Best Time

白 马 时 光

徐徐诱之

XUXU YOUZHI

上

北倾 著

江苏凤凰文艺出版社

不是刻意等待，
也没有抱着执念去等候。

.... YOU ARE MY HEART

只是知道有这么一个人，对他而言，意义特殊。知道也许再也不会遇见，但偶尔回忆起她，都有一种相思难舍的感觉。

然后就在某
一个寻常的时间
在一个并不是很熟悉的
悄然地、
毫无预兆地重新相遇。
那时候才明白，
什么叫相思成疾。

目录 Contents

/ 下卷 /

相思成疾

予你这一生，温柔尽付。——徐润清

第十二章 亲吻的诱惑　270	第十六章 学生证　363	第二十章 狼窝里的兔子　447
第十三章 醉后真言　297	第十七章 走进我的世界　380	第二十一章 做你的灯塔　470
第十四章 蔓延　318	第十八章 骨子里的霸道　405	第二十二章 嫁给爱情　497
第十五章 扑通扑通　339	第十九章 盛宴开启　428	番外五则　511
		小剧场三则　521

Contents 目录

/ 上卷 /

念念不忘

想做你的牙齿，我难受的时候，有你心疼。——念想

楔子 001	第四章 有所图谋 065	第八章 实习生 171
第一章 清润牙医 004	第五章 VIP 待遇 090	第九章 心跳失序 197
第二章 垂涎 025	第六章 亲密接触 118	第十章 时光深处 219
第三章 羞耻的事故 043	第七章 牵住 147	第十一章 还是喜欢 240

楔子

天色有些阴沉,云层压得极低,还是清晨的光景,却已经辨不清日色。

念想坐在医院的长椅上,紧张得胸腔里皆是心跳加快的阵阵回音。她一边用手捂着右侧的脸,一边又忍不住看向对面门内的牙科椅。

虽然距离隔得有些远,看得并不真切,但这并不妨碍她对牙科椅上那位正在接受治疗的患者感同身受。

她已经在这里等了将近半小时。就在她以为她今天将会这样无限期地等下去时,在牙疼的恍惚间听见了有人叫她的名字。

她愣了一下,在自己的名字第二次被更清晰地念了一遍后,快速地起身走了进去。

房间的规格并不小,被厚厚的磨砂玻璃整齐地隔开形成一间间独立的小房间。除了念想一直专心致志盯着的这个在治疗患者的医生外,另一个独立小隔间里还有一位医生和一位护士。

应该是刚结束了一位患者的治疗,那位医生还戴着口罩,只露出一双眼睛,手里正拿着她的挂号单,专注地看着什么。

念想走过去,牙疼得有些不能张嘴。她轻吸了一口气后才小声说道:"医生,我牙疼,你帮我看看吧……"

徐润清抬起头来,那双眼睛清亮透彻得像是山间溪流,安静地看向她。

念想被他看得一顿,手指还戳着脸,就这样傻乎乎地和他对视。

"念想?"良久,他才放下手上拿着的挂号单,站起身来。

"……是我。"因为姓氏实在太少,加上名字有些独特,像这种反复被确认或者是想看看叫这个名字的人长什么样的情况……念想早已经习惯。

徐润清似乎是笑了一下,眼睛微微弯起一个弧度,抬起手指托了一下她的下巴。

刚洗过的手,微微有些凉意。他一手固定她的下巴,一手轻捏了一下她的下颚,分开她的嘴,手指接触到她的皮肤,轻声问道:"哪里疼?"

"右边……最里面的……那颗牙齿……"因为被捏开嘴,她的声音含糊不清。

他个子很高,闻言又抬了抬她的下巴,微微弯腰仔细地观察着她的牙齿情况,俊秀的眉,缓缓皱起,他语调平淡:"你的牙齿问题已经存在很久了。"

念想可怜兮兮地点点头,的确很久了,如果不是实在疼得受不了,她估计还是会坚持不来这里。

……

这是很多年前的秋天。

这个起初,她是他的病人。

而很多年以后,又是一个落英漫天的秋天,他坐在椅子上,看着预约栏上"念想"这两个字时,忍不住微微弯了唇。

上卷

念念不忘

//

> 想做你的牙齿，我难受的时候，有你心疼。
>
> ——念想

第一章

清润牙医

糟糕……

念想看着后视镜暗暗皱眉,怎么她上去搬几箱牛奶下来……这旁边的停车位就挤满了车啊!

她握着方向盘调整了半天,终是忍不住降下车窗往车后看去。她刚才倒车的时候角度没看好,方向盘斜打了半圈,以至于现在因为右边倾斜的别扭姿势卡得动弹不得。

嗯,车尾正对着一辆玛莎拉蒂,她的右侧停车位是一辆奥迪,左侧是奔驰。完了,这是无论碰到哪辆车都要倾家荡产的节奏。

她把身子缩回车里,暗暗给自己打气,冷静点……找准角度,再试一次。

念想轻握住方向盘,深吸了一口气,就着后视镜看出去的角度小幅度地调整,直到——

很轻微的一声碰撞声,以及车身不自然的一个震颤。

第一章 清润牙医

念想头皮顿时一阵发麻,手心里细细密密的都是冷汗。她往右侧的后视镜瞄了一眼,想哭的心都有了。

碰……碰到了!

念想咬了咬嘴唇,立刻下车去检查情况。

情况……不算太坏,但绝对不算好。她的车尾直接撞了奥迪的车身,蹭掉了一块漆。她的视线在奥迪那突兀的白色摩擦处以及两车紧密贴合的地方来回转悠了两圈,欲哭无泪。

于是,接下来,念想就在车里想是等车主下来协商解决好呢,还是在车外望风、等车主一来就立刻解释以表诚意、争取宽大处理的问题好好思考了十分钟。

最后的结果是……还是搬救兵吧,万一遇上个彪悍的车主不依不饶的,她又没有处理事故的经验,一定会很吃亏。

而且,最重要的一点是,车子卡在车位里出不去了,留她继续挣扎,不知道接下来剐蹭的顺序是不是轮到玛莎拉蒂、奔驰,然后隔壁停车位里的路虎……

她扶额,转身刚要上车拿手机,就听见一个脚步声由远及近。

念想转身看去,车位拐角处正站着一个男人,手里提着一个购物袋,正看向这里,表情——似乎有些复杂。

那个男人侧目看了她一眼,眉头缓缓皱起,大步走了过来,等看到她的大众正"亲密"地蹭着隔壁的奥迪时,念想明显察觉到周身的温度骤降。

念想有些紧张地舔了舔嘴唇,斟酌着开口:"那个……先生你好……我倒车的时候不小心,剐到了你的车……"

"我看见了。"他打断她,站直身体垂眸看向她。

超市地下停车场的光线并不太好,环境逼仄,略显得有些昏暗。对面的那个女孩子明显很紧张,眼睛一眨不眨地看着他。

徐润清的目光从她的脸上滑到她垂在身侧紧握的双手上,他抬手轻捏了一下眉心,再开口时,声音都往下沉了几分:"留个联系号码给我,车子我开去修理,修理费你付。"

念想显然没想到他这么好说话,抬眸仔细地看了他两眼。

他拿出车钥匙先开了锁,车身两侧的灯轻闪了一下,发出"嘀嘀"的提示声。他绕到右侧的车门旁,拉开车门把东西放了进去,这才又走到了她的面前。见她没有反应,微挑了一下眉,轻声问:"不想负责?"

念想双眸微睁,赶紧摇头否认:"不不不,不是的,我会负责的,一定负责。我给你留个号码,你这边的车漆弄好之后给我打电话。"

说着,转身便回车上拿纸笔。

徐润清看着她手忙脚乱的样子,手指绕着钥匙圈轻转了一下,若有所思。

念想写完自己的手机号码,想了想,又要落笔写上自己的名字,笔尖触到便笺纸上时,却有一瞬的犹豫——直接写真名没问题吗?

可这种事情,不写真名更有问题啊。她认命地写下自己的名字,写完之后捧在手里端详了几眼……挺好,反正她的名字像假的。

她把便笺纸递给他,见他刚舒展开的眉头又皱了起来,脸上的表情都严肃了几分,以为他不相信,解释道:"你放心,我不会耍赖的,我可以再留个我学校的地址……不然我给你看看我的身份证?"

徐润清:"……"

他沉默,念想便真的要拿出身份证来给他确认信息。

他轻咳了一声,声音有些沙哑:"不用……"

念想抬头看他。

女孩的眼神清澈明亮,这样专注看着他的时候还能依稀从她眼里辨清自己的身影。

徐润清用手指轻弹了一下他夹在指间的便笺:"这样就可以……

这里有监控,如果找不到你,我可以报警。"

念想决定收回刚才夸他好说话的那句话,这……算是警告了吧,她沮目。

徐润清把便笺收好,见她垂头丧气的样子,瞄了一眼眼前这辆歪斜停着的大众,又四下看了看,顿时了然:"车子出不去了?"

她点点头,神情更加沮丧。

徐润清略一思忖:"上车。"

念想一愣,见他垂眸看着自己,又抬了抬下巴示意自己上车,这才反应过来。

徐润清看了一眼附近的车位,眉头皱得更紧了——她是怎么做到把车倒成这样的?如果非要形容现场情况,估计只能用"惨不忍睹"四个字了。

他走到车旁,手指搭在降下去的车窗上,轻轻地敲了一下:"挂一挡,松一点离合。"

念想立刻照做,听到他说"踩刹车停住"时,时刻准备着的右脚立刻踩了下去。

"往右半圈加九十度方向。"

"……好了。"

"松一点离合,然后等我说停再停。"

"好。"

徐润清俯身往车里看了一眼:"方向没打好。"说着,他干脆伸手去掌控她的方向盘。

念想这才注意到他的手指,修长白皙、骨节分明,微微曲着手时,弧线优雅,就连指甲都修剪得很整齐,干净清润,看上去很是讲究。

她忍不住分神抬眼看了他一眼,却不料,正好对上他的眼神,被他眼底的清冷晃得愣了一下神,赶紧掩饰般地低头看方向盘。

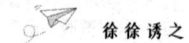徐徐诱之

徐润清微眯了一下眼,这才移开视线。

五分钟后——

困境解决。

在念想第三次道谢后,他往车后的车窗看了一眼,没有看见"实习"字样时,问道:"驾照拿了多久?"

念想抿唇没回答。

"撞车事件"被发现的后果,就是平日里总是乐呵呵的老念同志大发雷霆。

老念同志梗着脖子瞪着眼坐在沙发上的念想,怒道:"幸好是倒车的时候擦了人家的车。你要是在路上撞了,这会儿我看见的是不是就是你的尸体了?"

这话……实在惊悚,可见老念同志是发了多大的火。

念想缩了缩脖子,默默地给一旁无声围观的母上大人递眼色——还不出手解救?

冯同志淡定地瞄了一眼呈喷火龙状正暴走的老念同志,回以眼色——出手解救可以啊,要你考虑的事情考虑得怎么样了?

念想有些想哭。

其实事情的始末是这样的,冯同志说超市的牛奶正在大促销,撺掇着念想去扛几箱回来。作为一个手无缚鸡之力的弱女子,念想在请示过冯同志之后,便开着老念的座驾去小区门口的超市……从自家的车库到超市地下停车场满打满算也不过几百米。

冯同志很放心,念想也很放心。

但可惜的是,途中发生了一点意外。刚回家没多久,出差在外的老念也回来了,到家的第一件事就是约了知交好友去钓鱼。

结果回来——就雷霆暴发了。

第一章 清润牙医

一进门就给念想扣了好几顶大帽子,比如——知情不报,视人命如草芥。

而冯同志暗示的"要考虑的事情",其实只是牙齿矫正。

念想最怕疼,这个后遗症表现在哪里?就表现在换牙期上……怕疼不敢拔牙。这个也就算了,好歹有惊无险地度过了换牙期。虽然牙齿有些不整齐,但并不影响美观,冯同志也就没放在心上。

引线是六年前,念想十八岁的时候长了智齿,当时的主治医生便建议她做牙齿矫正。

冯同志这才开始考虑起这件事来,加之老念同志的那位知交好友就是牙科医生,这一来二去地打听下来,便动了给念想矫正牙齿的心思。

于是这六年下来,"牙齿矫正不矫正"就成了念家的历史遗留问题。

直到最近,念想研一,要去牙科实习时,战争全面爆发了。

碍于面前是如此严峻的形势,念想可怜巴巴地想了良久,含泪点头……说起来,矫正这个想法念想也不是没有,只是她怕疼,没有足够的勇气在还有路可退的情况下毅然踏进医院里。

她这里刚点头,作为念家风向标的冯同志这才放下瓜子,轻咳了几声,开始缓和老念同志颇有些激烈的情绪。

最后的处理结果便是,念想郑重在老念同志面前保证再也不危险驾驶,又十分壮烈地在冯同志面前保证……明天上午十点,就毫不拖延地赶赴第一战线。

所以现在——

念想站在瑞今口腔医院的候诊大厅里,望着前面还有七八个人的预约队伍,戳着手机屏幕数小绵羊。

等轮到她时,已经是十五分钟之后了。

她摸出昨晚老念同志递给她的小字条,照着上面的名字念道:"徐

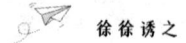

润清……你们这里有一位叫徐润清的医生吗？"

前台的护士小姐听到这个名字时，忍不住抬头打量了她一眼，点了点头："有的。请问您有预约吗？"

"没有。"念想一顿，"我想做牙齿矫正，能预约他吗？"

那护士小姐显然是对此见怪不怪了，扬起标准的笑容对她笑了笑，轻声道："可以的，您稍等。"

"好。"

念想的目光从护士小姐漂亮的脸蛋落到她纤细的手指上，不由感叹——私立医院就是好啊，无论是环境还是护士小姐，都精致得像是一幅画。

她正打量着，眼角余光瞄到二楼的楼梯扶手旁。那里正站着一位穿着白大褂的医生，手里拿着病历正在翻看，白大褂的袖口整齐地翻出一小截来，从念想这个角度看去，还能隐约地看到他漂亮的手腕。

啧……难道私立医院的福利已经好成这样了吗？随随便便看见的医生手腕都如此养眼。

她正天马行空地想着，护士小姐那里也已经基本完成了手续："您好，徐医生今天下午是不上班的，上午的病人也已经排满了。您看您什么时候方便，我帮您定个时间。"

念想移开视线，"唔"了一声，问道："明天早上呢？"

护士小姐看了一眼电脑，回答："可以的，那就帮您定在明天早上九点，您看可以吗？"

念想点点头，抬手指了指二楼："徐医生是在二楼吗？我能不能先去看看？"

护士小姐把预约单递给她，微笑颔首："可以的，徐医生的位置就在二楼最左侧的诊室里。"

念想低声道过谢，快步走上楼。

第一章 清润牙医

刚才还站着人的楼梯扶手旁此刻已经空无一人,念想拾级而上,按着护士小姐提示的位置找过去,一眼就看见了左侧的诊室。

牙科椅上躺着一位穿着校服的大男孩,嘴里似乎在含着什么,左侧的脸微微地鼓起来。旁边站着一位助理模样的人,正在整理器械,察觉到身后有人,回头看了她一眼。

不远处,背对着她,倒是坐着一位医生,大概是正在写病例,低着头,只看得见一个背影。

好像……挺年轻的?

老念同志不是说这是他的知交好友吗?居然……这么年轻?

她正犹豫着是不是要上去打个招呼顺便一睹庐山真面目,脚刚抬起还未落下,她捏在手心里的手机便嗡鸣着响了起来。

低头一看……是室友兰小君。

她收回要往前迈的脚,转身出去接电话。

兰小君是在刷朋友圈的时候,刷到了念想那带着发泄愤慨意味的一连串叹号,出于对念想的关心同情以及看热闹不嫌事大的心情,这才亲切致电。

念想推门走出医院,听着兰小君那幸灾乐祸的声音,无比沮丧:"能有点室友爱吗?"

"能啊,你要是实在害怕的话就留着让我来给你矫正啊。好歹我们也是口腔医学专业研一的学生了,实习就在眼前,你等得及的话我亲手上!让你成为我的第一位病人。"

念想有些无奈:"你确定是病人不是小白鼠吗?"

兰小君嘿嘿笑了两声,"哎"了一声,问道:"我们实习期那么久,你有没有打算出去租房子住啊?"

说起实习——

念想也有些头疼。

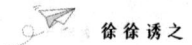

她是 B 大口腔医学专业研一的学生,再过一个多月就是学院统一安排的实习期。但是学校分配的实习名额有限,她也吃不准自己是不是能在那个范围之内。如果不在,就需要自己去找实习单位……

作为一个懒人,她光是想想要四处投简历就觉得一阵麻意从脚底直蹿脑门。

"到时候再说吧,不是在哪儿实习都没定吗?到时候考虑也不急。"想了想,念想又说道,"我今天也不回寝室了,明天上午还要跑一趟医院,预约的那个牙医太受欢迎,今天排不上号。"

"哟,哪个专家啊,这么大牌?"

念想又翻出那张写着瑞今口腔医院和医生名字的小字条看了一眼,报出一个名字:"徐润清。"

"噗——"兰小君顿时喷了,"天哪……徐润清?帅不帅啊?帅不帅啊!"

这么期待的语气,让念想不好意思说出"我还没见到人"这样的话来,她回想了一下自己刚才看到的那一截线条优美的白手腕和挺拔的背影,含糊地"嗯"了一声:"还好吧。"

兰小君狐疑地"欸"了一声:"你确定看到的是徐润清?别看成了他的助理啊。听说徐医生的助理姿容都很是俊秀呢……"

说得好像自己亲眼见过似的。

这么想着,念想就随口一问:"那你听说的徐润清是什么风评啊?"

"清俊雅致,唇红齿白,气宇轩昂,玉树临风,貌比潘安,美如冠玉,英俊潇洒,轩然霞举,宋才潘面……"

念想忍不住打断她:"小君,关掉搜索引擎。"

兰小君:"……这你都知道。"

就在念想要接电话,转身离开的同时,那一直背对着她的人也正巧转过身来，把手上的病例放进档案袋里递给助理："下一次的时间约好了？"

助理接过他递来的档案袋，放置到一旁："约好了。徐医生，方小杨来了。"

徐润清看了一眼躺在牙科椅上的男孩，眉头几不可察地一皱，站起身后拆了一次性的手套边戴边走过去，刚走了几步，似乎是想起什么，又随手扯下右手的手套折回了电脑前。

握着鼠标的手指轻点了几下，目光从预约栏里迅速划过，刚要点开方小杨的档案，视线倏然一转，又重新落回到刚才一眼扫过的名字上——

念想。

预约时间：201×年××月××日上午九点。

徐润清目光灼然地盯着那个名字看了片刻，刚要开口，工作手机便响了起来。他垂眸看了一眼显示屏，抬手接起："喂？"

是方小杨的妈妈，打电话来确认方小杨是否准时来复诊，并详细地询问了一下他的牙齿状况。

徐润清握着手机走过去，戴着手套的那只手按在男孩的下巴上微微用力，分开他的嘴后看见里面含着的水果糖，微皱了一下眉头，冷声吩咐："吐掉。"

方小杨看了他一眼，这才不情不愿地坐起身，抽了张纸巾吐掉后，"啊"了一声，张大嘴给他看。

徐润清捏着他的下巴微微俯身，待看清他的牙齿情况后，那眉头皱得越发紧。他移开视线，和男孩对视。

良久，他才指了指不远处的洗手台："去把牙刷干净。"

等方小杨跳下牙科椅离开，他这才开口道："我刚看了一下，他大牙里面的托槽掉了一颗，钢丝也弹了出来。而且牙齿刷得不干净，

蛀牙问题很大。"

那端又说了些什么，徐润清轻声应着，等挂断电话后，这才对助理说道："欧阳，去问问这个病人是什么时候预约的。"

欧阳正在写病历，闻言转身看去。徐润清的手指正落在一个名字的下方，电脑屏幕微微发白的冷光打在他的手指上，更显得莹润修长。

他往那名字上看了一眼，颇为惊奇地"咦"了一声："居然有人姓念啊，还叫念想……"

徐润清侧目看他，声音听不出情绪："废话这么多。"

等欧阳下楼去询问了前台的护士再回来时，徐润清已经开始给方小杨重新黏合托槽，见他回来，抬眼看过来。

虽然没说话，但那眼神，分明是在询问结果。

欧阳边拿了光固化灯过来，边说："那女孩子就刚才过来的，因为你下午不上班，上午的病人都排满了，就推到明天上午九点。还说人刚还上来看了的……"

说到这里，他"咝"了一声，皱着眉头努力回想了一下："我刚才是看见一个女孩子上来了，后来是接电话吧，就下楼了。"

徐润清轻声"嗯"了一声，低头看了一眼睁着眼睛打量他的方小杨，低声："把眼睛闭上，这个灯对眼睛不好。"

方小杨眨了一下眼，似乎是笑了一下，眉眼弯弯的，但就是不闭上眼睛。

徐润清微挑了一下眉，对方小杨总是喜欢对着来的行为已经习惯，索性空出一只手来遮住他的眼睛。

次日上午。

念想看着前面堵成长龙的道路，皱着眉头一筹莫展……这是要迟到的节奏啊。

第一章　清润牙医

出租车司机见她苦大仇深的模样，宽慰道："是和男朋友约会啊？女孩子迟到是专利，你男朋友要是连这点时间都不愿意等，趁早甩了。"

念想的脸色变了变，更不好看了："师傅……我还没谈过恋爱……"

司机默默扭头看了她一眼，见她一脸幽怨，唇角抽了抽，一时无语。也许是出于同情的心理，当前面的道路稍微顺畅了一些后，司机便立刻踩紧油门飞快地从车流里穿越而出，一路把她送到了瑞今口腔医院的门口。

念想付了钱，刚推开车门站稳，想回头说声谢谢，还未等她转过身，那司机师傅已经急不可耐地飞奔离开。

那架势……就像是怕她拿刀追杀一样……

这年头，健康向上的单身女青年都成了避之唯恐不及的存在吗！

她回过神，抬腕看了一眼时间——不偏不倚，正好九点整。

因为是周一，相比较昨天的门庭若市，今天的情况稍微好了一些。但候诊大厅里依然排着长长的队伍，只不过那些候诊的人已经从小萝卜头变成了各种形色年龄阶层的人。

念想拿着预约卡去前台确认时间，前台的护士小姐因为昨天徐润清的助理欧阳特意下来询问她的预约时间这件事，对"念想"这个名字印象非常深刻。

"您以后直接和徐医生预约时间，有预约卡可以直接去二楼找徐医生。"话落，她又补充一句，"徐医生今天的病人不多。"

病人不多吗……

念想抬头往二楼看了一眼，笑着道过谢，踩着小碎步"噔噔"地上了楼，她此时如此欢快……是绝对没有料到等会儿有多大的"惊喜"等着她。

"左边的诊室。"她喃喃自语着，快步走过去。

人好像……真的不多啊……

念想看着空无一人的诊室，默默无语——只是医生你为什么也不在？

正要退出去等，身后响起个爽朗的男声："找徐医生吗？徐医生在四楼办公室，请稍等一下哦。"

念想闻声回过头，是那助理模样的男人，他正拿着一铁盒子棉花走进来，和她擦肩而过时，似乎有些惊奇地"咦"了一声，就停在原地打量了她一眼："你叫念想吧？"

念想"啊"了一声，点点头："是啊……"

你认识我吗？小哥……

欧阳原本只是觉得她眼熟，这下一确认便肯定她是昨天看见的那个姑娘，不由殷勤地引她在一旁的椅子上坐下："念这个姓氏很少见啊，你是来干吗的？"

念想有些愣，但还是礼貌地回答："我来看牙……"

欧阳被她一本正经的回答噎了一下："我知道你是来看牙。"他的语气有些无奈，"我是想问你哪里不舒服。"

念想窘了一下，她哪里都舒服，只不过现在是来找不舒服的……

正要开口，便见眼前的人蓦然转头看向门口："徐医生。"

医生来了……念想的小心肝抖了两下，顺着他的目光转头看去，这一看，震惊了——

站在门口正往里走的男人穿着妥帖笔挺的白大褂，纽扣系到第二颗，露出里面白色的衬衫。衬衫倒是系得一丝不苟，领口正贴在喉结下方不远处。

她为这个小细节惊艳了一把，目光抬上去，当看见那张清俊雅致的脸时，顿时如遭雷劈……

为什么看个牙也能遇上——债主！

她双目圆睁，几乎是同手同脚有些慌乱地站起身来。

第一章　清润牙医

徐润清原本是没有注意到她的，听见这动静，这才微顿了步子，抬眼看过来。他的眼神很清澈，黑漆漆的，像是宁静的黑夜，只是毫无温度，冷飕飕的。

念想被那眼神一扫，更是下意识地后退了一步，结果踩到了牙椅的轮子，脚下一滑，匆忙抓住工作台的桌角时，瞬间扯下了一整片的档案。

于是，寂静的诊疗室里，只听见"哗哗"的声音，不一刻，念想的脚边就落满了患者档案。

完了完了……

念想目瞪口呆地看着满地的档案袋，已经不敢抬头去看他了……

徐润清显然也对这一瞬间发生的状况有些愣怔，目光在那些档案上巡视了一圈，又落到对面正努力减少存在感的念想身上，最后才转头看向还以石化状态杵在那儿的欧阳："愣着干吗？收拾一下。"

念想立刻一个口令一个动作，飞快地蹲下身去捡档案袋，速度快得让欧阳咋舌。他呆愣了一会儿才上去帮忙："没关系、没关系，我来就好。"

念想哭丧着脸，再三道歉："对不起啊！我真的不是故意的……"边说着，边从欧阳的手里把档案抢过来，"我来整理就好，真不好意思啊……"

欧阳有些为难："那个，还是我来吧，这个要按时间排的。"

念想的动作一顿，抬头看欧阳时，那表情惨烈又悲壮："对不起……还给你。"

徐润清忍不住勾了勾唇角，绕过两个人走进来，看见她端端正正放在工作台上的预约单后，抬手拿起来看了一眼，问道："牙齿哪里不舒服？"

念想站起身来，有些不好意思地挪了挪位置，小声回答："我想矫正。"

徐润清看了她一眼,走到牙科椅旁的小柜子前,弯腰拉开最上面的那层抽屉,从里面取出了一副未拆封的橡胶手套。戴上后这才折返到她的面前,边抬手轻捏住她的下巴,边说:"张嘴。"

念想从善如流地张开了嘴,因为有些紧张,张嘴时轻舔了一下嘴唇,差点咬了自己的舌头。

她微微红了脸,看向他。

徐润清却没注意到这个,他微俯低了身子,用手固定住她的下巴,那捏着她下颚的手微微施力把她的嘴分得更开。

念想有些尴尬……张着血盆大口什么的,好害羞啊。

她这边心思千回百转,徐润清却很专注地检查着她的口腔情况:"你上下两排牙齿都有些拥挤,如果要矫正,肯定要拔牙。"

话落,他收回手,摘下手套:"你的牙齿质量也不是很好,前牙拥挤对口腔卫生不利。你如果确定要矫正的话,等会儿去拍个片子,我再仔细看看。"

念想揉了揉下巴,认真地点了点头:"我考虑好了,要矫正……"

如果她现在退缩,出尔反尔的话……估计回去就会被冯同志直接拉到厨房……料理了吧……

"那先去拍个片子。"他拉开椅子坐下,点开她的档案,"年龄?"

"二十四。"

他输入信息,直接在电脑上开了收费单:"欧阳,你带她去拍下片子。"

欧阳刚整理好档案,闻言应了一声,在前引路:"跟我来。"

念想却没动。

欧阳走了几步见人没跟上来,疑惑地回头,就看见那个姑娘用小鹿般的眼神很是期盼地看着徐医生,软声问道:"那个……你的车修

第一章 清润牙医

好了吗?"

欧阳:"……"

徐医生的车就是眼前这个姑娘蹭的吗!

徐润清还在敲打着字母按键,闻言,转头看了她一眼:"还没有。"话落,他又补充了一句,"我家离工作单位远,这几天很不方便。"

这句话的语气并未带着指责,甚至还含着一丝无奈,偏就是这种"自认倒霉"的语气,让念想很是愧疚地搅着自己的手指头反思。

哎……都怪她啊,无证驾驶就算了,倒车还把人的车给蹭了……

在场唯一保持理智的欧阳默默地扭头,不忍直视徐医生那任性的一脸坦然——徐医生口中说的还没修好的车,今天早上还借给他去隔壁街跑了一趟买早餐。

那一小块被蹭掉的车漆,当天就已经修补好了好吗!而且,"我家离工作单位远"这种话说得这么理直气壮真的没问题吗?他记得没错的话,好像徐医生的公寓就在市中心啊!

这种诡异的氛围持续了十几秒,终于被欧阳的一声轻咳打破。欧阳轻捏了一下喉咙,无辜地看了一眼看过来的徐医生。他不是故意的啊,只是突然喉咙痒。

徐润清刚存完念想的档案,握着鼠标轻点了两下,保存。这样安静的环境里,就连鼠标轻击的声音都格外清晰。他松开手,把椅子往后滑开几步,站起身来:"你先跟欧阳去拍全景和侧位。"

念想"哦"了一声,转身跟上欧阳。

徐润清往后靠在工作台上,看着念想的背影,皱了皱眉头,若有所思。

X光室在一楼,欧阳带着她下楼,从中间的走道一路前行,一直走到尽头的左侧房间这才停下来:"跟我进来。"

徐徐诱之

念想点点头,打量了一眼口腔全景X光机,自动自发地站在中间去,见欧阳还在外面的控制室里,手痒地自己调节了高度和角度,下巴挨上去试了试:"咦……还是低了一点。"

她正想侧过身去继续调节,眼角余光一扫,看见欧阳助理站在门口,立刻装作观赏的样子四处打量。

欧阳笑眯眯地走进来,边调整高度边说:"这里等会儿就你一个人。你保持着这个姿势闭上眼不要动,好了我会说的,知道了吗?"

念想咬着仪器上的小塑料板点点头,示意自己知道了。

她这么一动,欧阳又"哎"了一声,重新调整两侧夹在脸侧的夹子:"你不要动。"

念想默默垂泪……是你问我知道了没的啊……

念想上楼回到诊疗室的时候,徐润清已经一手撑在工作台上,一手握着鼠标地仔细在看她的片子。

念想瞄了一眼——前牙的确拥挤,有一小部分有重叠的阴影。

徐润清仔细地看了几眼,见她也专注地盯着片子看,抬手指了一下牙科椅:"躺上去,我看看你的口内情况。"

等她躺好,他调节了牙科椅的高度,又抬头看了一眼灯光,微微下移对准她的口腔:"张嘴。"

他低下头来,那双漆黑的眸子背着灯光,更显得深邃。他的目光从她的脸上划过落在她张开的嘴上,侧身从托盘上拆了个一次性的口镜。

用口镜看里面的大牙时,他另一只手固定住她的下巴,指腹相触时,微微地温热:"大牙咬住。"

念想正在出神,有些迷茫地看着他。

徐润清重复:"大牙咬住。"

念想咬住大牙,露出一口白森森的牙齿继续看着他……

侧方有些看不清,他便倾过身来,俯低时,身上有着医院特有的消毒水味,淡淡的,混杂着他身上另一种自然的淡香,竟意外地好闻。

"矫正的话,你需要拔四颗牙。左边和右边上下各两颗,都是从你门牙中线往两边数的第四颗。"他推开灯,示意她起来,"还有矫正的费用,我也大概跟你说一下。"

念想跟着他走回工作台,见他随手抽出一张白纸来,在上面列了几串数字,很简洁快速且一目了然地计算了一遍收费方式。

念想跟着频频点脑袋。她原本以为私立的牙科医院收费会相对贵一些,但整体算下来和她预计得相差无几。

"那我今天要取模型吗?我想尽快开始……"

徐润清顿了一下,垂眸看向她:"拔牙前再取模型好了。今天拔?"

念想有些犹豫。

啧……拔牙……

一想到就觉得牙齿酸溜溜地泛冷。

她这么一沉默,他又开口问道:"今天在月经期吗?"

不知道是不是念想的错觉,总觉得他问这句话的时候似乎隐约地含了一丝笑意。那眼底有一闪而过的浅淡温和,但等她再凝神看去时,他的眼里只映着浅薄的灯光,微微发亮。

她十八岁那年长智齿,疼得不行后去医院,后来可以拔牙的时候,那个医生也是这么问她的。虽然只是例行询问,也还是有些害羞啊……

她摇摇头,一想到要躺在牙科椅上任人宰割,背脊一阵发寒,连忙说道:"拔牙另约时间好了……"

徐润清似笑非笑地看了她一眼:"不是想尽快开始吗?正好今天周一,病人少,不用排队。"

念想怀疑他是故意的,低了声音弱弱地回答:"我现在……好像也不是那么着急了……"

徐润清轻勾了一下唇角,又很快地隐去这抹笑容,转身看了看自己的时间表:"逃避问题不是聪明的选择,周三有空吗?周三上午我在这里,拔牙前先取模,还要拍照,签订协议……"

他顿了顿,转头看着她:"而且你拔牙要分两次。"

念想纠结地扯着自己的衣角转啊转,转了片刻这才下定决心,重重地点了一下头:"好……那就周三上午……"

他点头,快速地在预约栏上敲定了她的时间。

等欧阳帮楼下的护士小姐换完饮水机的水再上来时,念想已经离开了。他四处张望了一眼,显然不敢相信两个人敲定方案的速度居然这么快:"徐医生,那个姑娘走了啊?"

徐润清"嗯"了一声,指尖转动的笔微微一顿,被他夹在修长的指间。

"她确定矫正了?还是回去再考虑考虑?"

"确定了。"他切换了一下页面,重新打开念想的片子看了一眼,"后天过来取模拔牙。"

欧阳把从器材室拿来的东西一一放好,忍不住回头多看了徐润清几眼,说道:"徐医生,感觉你今天心情好像不错啊……"

徐润清停留在指尖的笔打了个转,漫不经心地回答:"好像是还凑合。"

相比较还凑合的某人,念想就非常地不凑合了——

用手机向冯同志汇报了矫正的进度后,她干脆回了学校。刚推开寝室门,还来不及欣赏一下兰小君与游戏的战斗姿态,便接到了辅导员的电话。

中心内容是入选了。

因为成绩优异表现突出,念想有幸拿到了去B大附属医院的口腔科实习的机会。也就是说,她成了大多数中的极少数,而且……不用自己去找实习单位了!

第一章 清润牙医

兰小君见她石化在门口,忍不住凑上来偷听了一耳朵,不过因为来得晚了……只听到一句"好好努力",对方就挂断了电话。

"徐润清的电话?"她猜测。

念想忍不住翻了个白眼:"为什么是他打电话给我……"

"鬼知道啊!"

念想一把拧在兰小君的腰间,拧得她嗷嗷直叫,这才松手,转身面对她一本正经道:"是辅导员的电话,通知我入选了。"

兰小君一愣,顿时一声"啊",甩开念想的手满寝室上蹿下跳了一会儿,才眯着双眼竖了个大拇指:"实至名归。"

念想有些感慨,这个成语……是这么用的吗?

入选对于念想而言绝对是个好消息:首先,它代表的是肯定;其次,它可以让她直接进入医院而不用再费心找实习单位。

但当她把这个消息告诉老念同志时,老念同志的反应却有些出乎她的意料:"我还以为你选不上,就一直没提前跟你说。"

……是亲生的吗?!居然对她半点期待都没有!

老念同志在那边斟酌片刻后,才措辞道:"公立医院规矩多,又忙。要是遇上个细心点的老师还好,遇上个不愿意教你的,这不是白白耽误时间吗!加上公立医院虽然挺好,但矛盾容易激化,容易出事。"

这个倒是个问题……

而且据念想知道的,很多同学其实都把 B 大的实习机会当踏板,准备出国深造。

她一沉默,老念同志就知道她是有些动摇了,赶紧说出自己的想法:"我觉得我们家念想去私立医院也挺好的,时间稍微自由点,环境也轻松一些……"

念想继续沉默。老念同志想了想,非常了解地补充上一句:"你放心,不用你自己去找,爸爸已经给你找好了一个。你到时候去报到就行,重点是这个医生很不错,学历高,经验丰富,肯耐心教你的话,你一年学的都能比人三年学的多。"

念想迟疑着开口:"……走后门不好吧?"

"什么走后门,我女儿这么优秀,用人单位抢着要都来不及还要走后门?只是正好老爸认识那个人,顺便……你懂啊。"

念想差点笑出声来,这就是她的活宝老爸,夸她跟天上会掉钱一样……

她仔细地想了想,觉得这话说得似乎还挺有道理,只是心里还是有些犹豫,握着手机没出声。去 B 大医院的实习机会也是很难得的啊。

老念同志了解她的脑回路,知道她这会儿是在思考,适当地又添了一把火:"当然,你现在已经完全有决定自主权了。我就是给你多一个选择,你自己衡量。要是想去 B 大那个公立医院呢,爸爸也绝对是支持你的,不用有什么后顾之忧。"说完,又恰当地补上一句,"不过私立医院时间的确是自由啊,睡懒觉的时间多多了。而且食堂伙食也不错……"

念想当机立断:"爸,哪家医院……我去!"

老念同志得意扬扬道:"你放心好了,这件事爸爸已经安排妥当了。你只需要准备好一份漂亮的简历,到实习前几天和人家碰面吃顿饭就行了。"

念想忍住挂电话的冲动,耐心地又问了一遍:"所以是哪家……"

老念同志贼兮兮地一笑:"保密!"

念想:"……"

为什么她突然有一种不祥的预感……

第二章

垂涎

周三。

念想踏上第一班B大去市府大道的公交车,这个时间点,B大的学生不是在上课就是在睡懒觉。所以整个车厢都很空旷,只有几个人三三两两地各占据一处。

她一路走到了后面的双人座上,这才挨着走道坐下来。

秋天的清晨已经带着微薄又明晰的寒意,呼出的气似乎下一秒就会凝结,张嘴就能触到空气里的寒凉。

念想懒洋洋地伸了个懒腰,有些倦懒地打了个哈欠。她一想到今天要送上门去拔牙,从昨天晚上开始就一直坐立不安地数时间。后来还是兰小君受不了了,强行把她扣押去睡觉,她这才勉强睡了几小时。

然后天还没亮她就钻进兰小君的被窝,为即将到来的拔牙,深刻沉痛地表达了整整两小时的哀思之情。

最后——

徐徐诱之

最后是被忍无可忍的兰小君一脚踹出来的:"念想你够了啊,自己也是要当牙医的人,能别那么厌吗?不就拔个牙啊,是要你的命吗?!"

念想觉得兰小君一定是没有体会过牙疼的痛苦,才会如此大言不惭。

因为没有得到室友爱,念想整个早上都有些恹恹的,跟被霜打过的茄子,打不起精神。

等到医院的时候,正好是八点半。

念想推门而入的时候,前台的护士小姐还有些诧异地看了她一眼,随即朝她微点了一下头:"徐医生也刚到不久哦……"

这个余音绕梁的"哦"是怎么个意思啊?念想有些窘迫地点了一下头,快步上了楼。

诊疗室里只有欧阳在,正坐在桌前写着什么,听见脚步声回头看了一眼,见是她便站起身来:"你来啦。"

念想左右看了看,问道:"徐医生呢?"

"徐医生来了的,好像是去办公室了。不过他有交代,要是你来了,先给你拍照取模,等他下来把矫正方案再给你讲一遍,签一下协议就可以去拔牙了。"他说完,弯腰从柜子里拿出单反相机,指了指门旁那处白墙,"站那里就好,我们现在开始吧?"

于是,念想一上来,连心理准备都还没有做好就被雷厉风行的助理先生拉着拍完照,这会儿正坐在牙科椅上……看他欢快地调好印模材料走过来。

她忍不住吞咽了一下口水,为难地看着他:"我们等一下?我有些……"紧张啊。

欧阳显然是误会了她的顾虑,详细地说明了一下取牙模印时可能出现的不适和反应,见她那一脸灰败的脸色,这才后知后觉地住了嘴:

第二章 垂涎

"其实很快就好的,你只要调节好呼吸,绝对没问题。"

念想当然知道,她还清晰地记得当初大一实验课她和兰小君一对一取模时,自己惨不忍睹的表现。此刻见欧阳一脸期待地看着她,默默地又咽了一下口水,这才张开嘴:"你来吧!"

那表情,悲壮得颇有上战场的架势。

欧阳一手固定住她的下巴,一手把手里调好样膏的托盘放进她的口腔内。

样膏有很淡的味道,念想不排斥,轻嗅了几下还隐约觉得这味道里带着一种香气。只不过凉凉的,又黏糊糊的感觉……实在不是很好受。

欧阳见她适应,抬手抵在托盘上微微施力,结果这一下……念想顿时觉得某一点被触动,干呕了一声。

有一就有二,那恶心感似乎是从胃里翻腾而出,生生不息。

"深呼吸……深呼吸,别紧张,没事的……"

没事个什么……她的早饭都要吐出来了好吗!

她实在忍不住,轻拍了一下他的手臂,示意取出托盘。

欧阳见她一直恶心,反应强烈,生怕她吐出来,快速地把托盘取了出来:"还好吗?"

……她这样像是还好的样子吗?

念想已经呕得脸都红了,眼睛水汪汪的,一副下一秒就能哭出来的可怜样子。

那样膏黏糊糊的,就算整个托盘都已经取下来了,似乎还有一些留在她的嘴里,整个口腔都有些难受。

她漱了一遍又一遍,直到把那恶心感全部压下去之后,这才有气无力地看了欧阳一眼,指控道:"再慢一点……你就能看到我早饭吃了什么……"

欧阳也心有余悸,见她平息下来,不死心地又道:"我们再来一次?"

念想的表情更悲壮了——

这一次加上一些特定的心理作用,那托盘刚挨着嘴,她又觉得恶心,转身抱着纸杯又开始无限循环地漱口漱口漱口……

太受罪了!

念想默默泪流。

在又尝试了几次,均以失败告终后,欧阳不得已还是给徐润清打了个电话。

念想正盯着自己的脚尖眼观鼻鼻观心地思考着,听欧阳的声音越说越小越说越没有底气。想着应该是被高冷的徐医生给训了,不免有些同情地安慰他:"应该不是你的问题……是我的身体反应太过诚实……"

欧阳:"……"可以安慰得稍微走心点吗?

徐润清过来时,欧阳正在角落里调样膏,念想专注地在玩手机游戏缓解压力,听见欧阳清脆又响亮地叫了一声"徐医生",这才扭头看过去。

他正在穿白大褂,动作利落地扣纽扣。不得不说,手指修长好看的人的这一幕无疑是非常养眼的。

念想的目光焦灼在他手指和纽扣之间,恨不得扑上去亲一口。作为一个手控,她完全没法忍受这么一幕!

不过……如果是解纽扣……

她光是想想就觉得鼻尖有些发热……

徐润清穿好衣服,又取了一次性的橡胶手套戴上,整套动作做下来行云流水。

他走到牙科椅前看了她一眼。显然是受了取模的折磨,一双眼睛红彤彤的,似是含着一汪清冽的泉水,一片水色。挺翘的鼻尖染着一抹圆润的粉,就连嘴唇都像是涂了一层红色的胭脂,此刻微微仰头看着他,眼底很清晰地映着一抹光。

徐润清面无表情地移开眼,问欧阳:"上下都是3号托盘?"

"是3号。"欧阳接话,接完看了一眼念想,默默地补充了一句,"上面那个一直没成功,下面的还没开始……"

徐润清似乎是轻笑了一声,看了她一眼:"别紧张,取模是需要你配合的。"

"我有很配合啊……"只是身体自然反应,她也无能为力。

他从欧阳手里接过托盘,一手握住她的下巴固定,见她张嘴,慢慢地把托盘放进她的嘴里。

不知道是休息了一会儿已经好了一些,还是确实他的手法比较舒服,念想意外地没有恶心的感觉。

她眨了眨眼。

徐润清一直在注意她的表情,手指落在托盘底部微微施力,同一时间握住她下巴的手改为托,轻声缓解她的不适:"可以稍微低下头,调整呼吸,用鼻子深呼吸会好很多。"

念想还是有些不舒服,她好像……想流口水。可她看了看面前正专注看着她的徐润清,默默地咽了回去——流口水什么的,好羞耻啊!

她这边还纠结着流口水的问题,那边徐润清的手指轻拉住她的上唇沿着她唇部的线条滑了一圈,彻底包裹住整个托盘,又轻微地用力压了压。

"呼吸。"他提醒。

说话的同时,他的手指一直在她的口腔里流离,只隔着一层薄薄的橡胶手套,他指尖的温度几乎是毫无阻隔地传递给她。

念想默默地脸红,觉得自己现在这个样子一定是蠢哭了……

而且她忍不住又吸了吸口水,嘤嘤嘤,好了没啊,忍不住要流口水了啊!

不过她的心声并未传递给徐润清，他的手指从托盘往下移了移，轻压住托盘其中的一侧。她被压得有些疼，忍不住抬起舌头……这样做的后果就是，她的舌尖不自然地舔了他的手指一下……

念想一愣，抬头看他——她刚才干了什么！

徐润清显然也察觉了，低头看了她一眼，面上的表情却没有丝毫变化，只是移开手指退了出来。

念想的心底默默滚泪——他一定当自己是变态了吧！

徐医生你听我解释啊，事情真的不是你想的那样啊。

她才没有想舔他的手指！这真的不是调戏啊！念想张着嘴，刚想发出声音，刚一动，察觉到口腔内托盘的存在，又偃旗息鼓了……

倒是徐润清察觉到她的这个动作，低声道："别动，再过一会儿就好了。"

念想一脸期盼地看着他——刚才我不是故意舔你的，这种正常反应你是能理解的对不对？

大概是她的眼神实在是有些赤裸裸，徐润清被她这样盯了一会儿，忍不住开口道："没关系的，我遇见过很多病人，反应比你更强烈。"

哎……

这是……在安慰她？

只不过——徐医生你确定这是安慰吗？而且……也没安慰到点子上啊。

取完模，徐润清把托盘交给欧阳去灌模。

随后——

他俯身从放着档案袋的抽屉里抽出其中的一份，把里面的知情同意书拿出来放到她的面前："你看一下，矫正前都需要签署协议，你看一遍没问题的话就把资料都填上。"说着，自己退后一步，把牙椅让给她，"坐着慢慢写。"

第二章　垂涎

念想认认真真地看了一遍，翻到后面那一张时，看见了他的笔迹——详细地写着治疗的方案。

并不是潦草得看不懂的"医生字"，他的字很隽挺端正，笔锋凌厉，落笔又如云烟带着几分随意的洒脱。锋芒微露，收笔时又恰到好处，曲直提按分明，不燥不润。

不知道他练不练毛笔……这种笔锋手法如果用毛笔来表达，估计能惊艳四座。

她看得入神，便有些不知道时间，还是他微带着些凉意的声音把她的神志拉了回来。等反应过来他说了些什么后……念想忍不住想把整张脸都埋进工作台的抽屉里。

他说："你还想对着我的字垂涎多久？"

念想快速地填完自己的信息，端端正正地看了几眼，确定没有遗漏这才递给他。

徐润清抬手接过来，修长的手指擦着她的指尖而过，他却似毫无察觉一般，扫了一眼她填好的个人信息后，便直接翻到了最后一页写着治疗方案的纸张："矫正的治疗方案看过了？"

念想点点头，心里暗自腹诽——你不是看见了吗！还问一遍，是故意的吗？

她不只看过了……还看得意犹未尽！

"那有没有什么问题要问我？"他微微低下头看向她，见她有些迷茫的样子，把矫正方案那一页放到她的面前，"或者你有什么顾虑现在可以问清楚。"

念想自己念的就是口腔医学，自然没有什么不清楚的，而且他的矫正方案写得一目了然，完全能当教材范例用了，她又不是白痴。可是什么都不问，好像显得她不够认真。念想努力地想了想："你们医

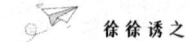

院拔牙的医生技术好吗？"

徐润清难得地沉默了一下，这才回答："要是担心拔牙的话，等会儿拔完了上来休息三十分钟，我看过之后你再回去。"

念想："……"她可以说不要吗？

欧阳已经灌好模回来了，刚才那软乎乎的淡紫色样膏已经成了白色的模型，被欧阳拿在手里。

徐润清在医生签名那一栏签上自己的名字，放回档案袋里后接过那模型看了一眼，用铅笔在模型的背面写上了"念想"两个字。

见她还站着，给她开了拔牙的收费单，让欧阳领她去楼下李医生那里拔牙。

拔牙的经历实在太过惨痛，念想如今是闻"拔牙"二字就丧胆，在诊疗室门口磨蹭了半天，最后被实在看不下去的欧阳给轻推了进去："你胆子还挺小的，其实拔牙打上麻药一点也不疼的。"

念想眼含热泪地爬上了牙科椅，颤抖地看着护士小姐取来要用的器械放在托盘上，等看见医生拿起麻醉针的时候——已经忍不住想晕过去了。

她这副壮烈赴死的样子实在是让人忍俊不禁，那年轻的医生拆了口镜又看了一眼她的牙齿，对比了片子，反复确定了要拔的两颗牙后这才注射的麻醉针。

念想能感觉到左边的嘴唇渐渐开始发麻，但越是发麻，她越是焦虑不安："……医生你等会儿下手轻点。"

李医生推了推鼻梁上的眼镜低头看了她一眼，似乎是在笑，眼睛弯弯的："不用这么紧张，打了麻药拔牙是没有感觉的。"

鬼才信……

"麻药打多了，人更蠢了怎么办……"念想垂泪。她觉得她这会儿的心态太消极，已经消极到思维都有些紊乱了。

等她的嘴唇麻得触碰都没有感觉后，医生拆了牙龈分离器先在她的牙龈上碰了碰，问她："有没有感觉痛？"

念想很认真地感受了一下，摇摇头："但是我紧张……"

"放松就好啦。"

要是能放松我跟你说什么我紧张！况且……这个怎么可能放松得下来！

于是，就在念想神经高度紧张，医生压力格外大的情况下，整个拔牙的过程持续了半个多小时也才堪堪拔了左边下面的那颗牙齿。

念想已经能感觉到牙根在牙龈里晃动的痛苦，这种疼痛到最后已经是麻醉药都无法压抑住了。她疼得闭起眼，只觉得头顶上那盏灯照得她眼眶发酸，脑袋有些热，还有些晕……

她疼得受不了，举了举手示意暂停。

她觉得自己这会儿的样子一定很英勇："还要多久能拔下来？"

"累了？那休息一下我们再开始吧。要是疼的话等会儿再给你上一次麻醉，你的牙根是弯的，我怀疑牙根都接近垂直了。"

念想闭了闭眼，再开口时声音都有些颤抖："……有全麻吗？让我睡死过去算了。"

那医生的表情，顿时古怪得像是吞了一只苍蝇。

这间诊疗室里安排着两张牙科椅，中间用一块磨砂玻璃隔开，显然是两个医生共用的。念想的位置偏门侧，侧过头就能看见门口经过的护士和医生。

她觉得她现在一定是出现了幻觉，居然看见徐润清缓步走了进来。

她眨了一下眼睛，又凝神看去——

咦，好像就是徐润清啊？

徐润清在门口停顿了一瞬，垂眸看了一眼门口紧闭着唇的念想后，这才几步走到正在仔细研究念想片子的李医生身旁："什么情况了？"

"徐医生?"李医生看见他有一瞬的诧异。

徐润清指了指躺在牙科椅上,正费力抬起脑袋看过来的念想:"我的病人。"

"哦,是这样。左四下面的已经拔出来了,上面那颗牙根有些弯。"

徐润清"嗯"了一声,弯腰看了一眼电脑屏幕,眉头皱了皱,出乎众人意料地说道:"接下来我来吧?"

语气虽是询问,却完全不容辩驳。他转身在牙椅上坐下,接过护士递来的一次性手套和口罩戴上,从操作台上重新拿了一副未拆封的器械,这才低下头来看她。

这还是念想第一次看见他戴着口罩只露出一双眼睛的样子,那双眼睛依然还是浓郁的黑,墨色沉沉,却很清亮。念想凝视他的双眼时,还能看见眼底深处隐约的一簇亮光。

徐润清用口镜看了一眼牙齿的情况,眉头微微皱了一下,皱得念想心惊肉跳的:"是不是拔不出来……"

"别动。"他说。

念想立刻就不敢动了。

徐润清先把她嘴里染着血的棉花夹出来,又换了新的垫在她的牙齿边,这才换了牙钳,用牙钳喙准确地放置在唇舌侧,微微用力。

念想忍不住呜咽了一声,那从伤口处传来的酸痛感简直要命……

徐润清垂眸看了她一眼,见她眼里蓄满眼泪一副要哭出来的样子,收了手:"疼?"

念想点头。

"再给你打一针麻醉,然后就开始。如果疼就忍一忍,五分钟就好。"

念想继续点头。麻醉针头扎进嘴里已经没有感觉了,只是效果并不大,念想还是觉得牙疼得厉害,本能地在他用力时偏过头去。

"别动。"他抬手贴在她的脸侧把她的脸转向自己这边,他靠得很近,近得念想能看清他白大褂上纽扣的纹理。

她微微抬头,目光落在他的胸前的名牌上,那里端端正正地写着他的名字——徐润清。

鼻端又溢进了他身上淡淡的清香,不是任何香水的味道,她耸了耸鼻尖轻嗅了几下,决定等会儿拔完牙问问他用的是什么牌子的沐浴露……

她试图转移注意力,目光从他的白大褂到胸口的名牌,再到他的下巴——其实下巴没什么好看的,被一次性口罩遮了大半,连弧线都看不清晰……

她有些遗憾地继续去研究他的纽扣,研究着研究着就回想起早晨他刚进来的时候一粒粒扣上纽扣时的样子。

正陶醉地回想着,只听见"哐当"一声轻响——

是什么东西掉落在托盘上的清脆声响。

结束了。

"咬住。"他说。

念想还有些发蒙。

徐润清低头看了她一眼,戴着口罩只露出来的那双眼睛里似乎是有浅淡的笑意,一瞬间便柔和了些许,他又重复了一遍刚才说的:"咬住。"

念想愣愣地闭上嘴含住棉花,支吾着问道:"拔……拔完了?"

徐润清侧身从托盘里夹起还沾着斑斑血迹的那颗牙齿在她面前晃了晃:"牙根,弯的。"

念想看着那接近七十度的弯根,心有戚戚然……

他淡淡地看了她一眼,见她坐起身来,瞄了一眼就在她头顶不远处的灯,眼看着她就要撞上去,抬手一推轻轻移开:"头晕不晕?"

念想已经从牙科椅上跳了下来,听见这句话的时候正头晕得辨不清方向,捂着嘴点点头,差点没站稳。

徐润清正要抬手去扶她,念想已经天旋地转地又坐了回去:"我有点晕……我要先歇一会儿。"

看出来了。徐润清摘下手套和口罩扔进垃圾桶里,去洗了洗手,这才说道:"等会儿到楼上来。"

念想有气无力地点点头,其实她这会儿更想直接回去睡一觉。

她坐着休息的空当儿,护士小姐给她科普了一下拔牙后需要注意的事项,又殷勤地扶她去二楼徐医生的诊疗室门口。她这会儿已经觉得好受点了,就是拔牙的伤口有些疼,而且拔牙后口水增多,偏偏又不能吐出来,咽下去的时候满嘴的血腥味,把念想自己恶心了个不行。

已近中午,病人渐渐多了起来。

念想坐在沙发上,看着诊疗室人进人出的,以及楼下前台此起彼伏响起的"徐医生",这才真的理解周一那天上午她过来的时候,护士小姐为什么要特意提醒一句"徐医生今天的病人不多"。

她坐着出了一会儿神,挨过半小时后便进去找徐润清。

他正在给一个病患做根管治疗,垂着眸神情专注认真,一直到清洗完神经髓,这才直起身看向她:"时间到了?"

念想点点头,主动凑过去。

他已经站起身来,手套未摘,一手轻捏住她的下巴固定,见血已经止住,把棉花夹出来扔进了垃圾桶里:"注意事项知道吗?"

"知道。"

"等会儿让欧阳给你拿几颗止疼药,如果回去疼得厉害就睡前吃两片,有问题的话打我电话。"说着,他从电脑旁放着的名片夹里抽了一张名片递给她,"记得注意休息,今晚早点睡。"

念想不住地点头,点完似乎是想起什么,凝视着他的双眼,说道:"徐医生,你戴着口罩的样子有点眼熟……"

徐润清微微挑眉,正想开口,念想已经沾沾自喜地补充完整了下一句:"后来我发现我对稍微长得好看点,遮得只剩下眼睛的医生……都有这种感觉。"

徐润清:"……"

念想说完之后,后知后觉地发现自己的挑衅……似乎有些太明显了。她偷偷瞄了一眼徐润清的脸色,后者神情自若,看上去半点都没有受到影响。这样的结论对于念想这种零腹黑细胞的人而言,绝对是深刻打击。

她想了半天的梗,结果一点杀伤力也没有。到底是藏不住心思的人,一有些想法就全部表现在了脸上。见她那满脸掩饰不住的失落,徐润清边翻着自己的工作行程,边似笑非笑地问她:"我们约下时间,下个星期三能不能过来?"

念想正在出神,只听到了后面的那句话,有些迷茫:"下个星期三?"

徐润清提醒她:"你还有两颗牙要拔。"

嗷呜——念想愤愤地捂住脸,还有两颗!

"好……下个星期三。"早死早超生。

徐润清在日期上标注了一下,见她准备走,才不紧不慢地加上一句:"那医生呢?还让今天的李医生来?"

念想回想起那惨痛的一个多小时,赶紧摇头:"他拔牙好疼……"

徐润清"嗯"了一声,坦然地看向她。

念想有些郁闷,正常的顺序不应该是他接着问:那你想换哪个医生的吗?

这样她就能理所当然地让他一条龙服务了啊……

只不过他不问,她又有些不好意思提,想了想,又拐着弯子想提示他:"而且也不是很温柔,不知道有没有比较有亲和力的医生啊……"

 徐徐诱之

亲和力……

徐润清一挑眉，反问她："不是说，你对长得稍微好看点的，遮得只剩下眼睛的医生都觉得熟悉？"

念想："……"这是记仇了啊。

欧阳带着刚才那位根管治疗的患者去做小牙片，结果对方的反应太强烈，直接吐了欧阳一身，现在去换衣服了。

于是，拿止痛药这种小事情，徐医生亲力亲为。

前台的护士小姐看着徐医生走下来，直接来前台拿止痛药，不由有些诧异："徐医生怎么自己下来了，欧阳呢？"

"欧阳去换衣服了。"他拉开抽屉，用一次性的封口袋给她装了四粒，"疼得忍不住了再吃，回去可以用冷毛巾敷一下，消肿。"

念想点点头，接过那止痛药十分虔诚地揣进口袋里。

徐润清正要离开去欧阳那里看看情况，随即又想起什么，问她："我给你的那张名片呢？"

念想从小包里找出来递给他："在这里。"

他垂眸看了一眼，低声问护士小姐："有没有笔？"

那护士小姐愣了一下，随即把黑色的水笔递给他，然后就看见徐医生微俯下身，在那张印着他名字的名片空白处留了一串他自己的私人手机号。

护士小姐觉自己整个人都有些疯了。

徐医生居然主动留了私人手机号给女病人！多么劲爆的消息！不行，她觉得她必须立刻跟欧阳交流一下！

"有事就打这个电话。"话落，他又垂眸看了念想一眼，交代道，"两小时后才能吃饭，尽量不要用左边。"

不知这串号码多金贵的念想连看都没看一眼，就直接塞回了包里，还一本正经地点点头，说："谢谢徐医生。"

心里却默默腹诽——她像是那种急不可耐的吃货吗!

走出医院后,念想走到附近的公交车站点等车回家。正值饭点,公交车上人满为患。

念想看着满车拥挤着面目扭曲的乘客,默默地收回了刚迈出去的脚继续等下一辆。

等了近二十分钟,第二辆车才姗姗来迟,依然……人气爆棚。

念想一狠心一咬牙,顺着人流一口气挤了上去,刚寻到一处容身之地,就接到了老念同志的电话:"粥已经给你熬好了,你快回来了吗?"

念想费力地抓住扶手站稳,随着公交车东摇西晃上下起伏,努力把手机贴在脸侧回答:"我在公交车上,马上就回来了。"

老念同志"哦"了一声,关切地问道:"拔牙疼不疼?"

这么一句轻描淡写的问候瞬间把念想拉回了半小时前鲜血淋漓的现场:"疼,疼死了!"

"没事,老爸给你熬了鸡汤又煮了猪蹄,回来补补。"

果然是亲爹啊!

不过……

念想有些郁闷:"拔完牙不能立刻吃饭。"而且她这种情况,估计今天一天内都啃不了猪蹄,撕不了鸡腿了。

老念同志颇为"沉痛"地回答:"我就料到是这样,没事闺女,就知道你吃不了,我让冯同志少煮一点,打算一餐解决,绝对不给你垂涎的机会。"

念想顿时黑线,一秒后,怒挂电话——再也不要理他了!

回到家时,老念同志正在玄关整理他的钓鱼工具,看这架势是下午又要出门钓鱼。

老念见她回来站起来打量了她几眼,念想被他的眼神看得发毛,迷茫地摸了把脸:"……我脸上沾东西了?"

老念同志一本正经:"血没擦怎么就回来了?一下巴的血啊……"

念想拔完牙就没照过镜子,这会儿被老念同志这么严肃的表情给唬到了,吓得脸色发白:"不是吧?"

说着,一个箭步冲进了卫生间。

等从镜子里看见自己白白净净的脸,念想顿时咬牙切齿地冲门外吼了声:"爸!"

"啧。"老念同志立刻嫌弃地回应道,"拔个牙把你的智商都拔没了啊……"

能大逆不道一次吗?她有些牙痒痒!想咬人……

这一顿午饭注定吃得艰苦又备受煎熬。当然,这种感受在场的也只有念想一直在深刻体会。

老念同志从入座开始就一直夸张地高呼"好好吃!冯同志的手艺又精进了",碍于他每一句都拍了冯同志的马屁,冯同志难得放纵他……吃完了整整一大碗的猪蹄,只留了一小碗撇了油的汤赏给了念想。

得了便宜还卖乖的老念同志见状,再补一刀:"要不老爸把猪蹄夹到你面前,你就闻着肉香再喝碗粥?"

念想:"……"她觉得她应该是老念同志当年老眼昏花在医院抱错的孩子。

拔牙就跟喝红酒一样,劲头都在后面……

麻醉药的效果过去后,那创口的疼痛便渐渐清晰起来,像是同时有个钻子和锤子在不停地开凿着她的伤口,疼得她神经都一阵紧绷。

念想原本还想下午回学校上课的,但因为拔完牙后太过酸爽,被冯同志扣押着回房休息,又替她给兰小君打了个电话让她代为请假。

第二章 垂涎

她睡得朦朦胧胧，意识浮动在浅层，就连冯同志装作轻手轻脚，实则半分没有减小动静地进出她的房间六次都记得清清楚楚。

老念同志钓完鱼回来她还睡着，冯同志刚从她房间里出来，瞄了一眼老念同志的"战利品"："你是打算把家里当养鱼塘了是吧？阳台的水缸里都有好几对一家三口了。"

老念同志把东西拎进厨房，洗完手出来后随口问道："念想呢？"

冯同志套上围裙，背过身去让老念同志系好，这才回答："你还成天想着钓鱼，你闺女在房间里躺一下午了还睡着呢。"

"还睡着？要不要送去医院看看？"

"送什么医院啊，就是从医院出来的。"冯同志回头看了一眼，"等她睡一天应该也好了，我一下午看好几次了。倒是老徐怎么说啊？"

老念同志跟着她进厨房打下手："老徐那边自然没问题，说这两天就跟润清说，你别担心。"

冯同志笑了一下，语气不善："你非让她回了自己学校安排的实习单位，如果这瑞今进不去的话你就等着被削皮吧……"

老念同志："……"还是远离厨房比较安全。

念想是在两天后的中午接到了欧阳的回访电话，她的第一反应是如今医院的生意也不好做啊，都开始有售后服务了……

欧阳的语气难得正经："你好，我是瑞今口腔医院徐润清医生的助理欧阳。"

念想的关注点显然又错了："咦，你不是姓欧阳啊？我一直以为你姓欧阳。"

欧阳沉默了一下，轻咳了一声，解释："我姓欧，名阳。"

"哦。"念想点头，问道，"找我有什么事吗？"

"你周三不是在瑞今口腔医院的李医生那里拔了左四上下两颗牙

吗？徐医生让我周六回访一下，问问情况。你好点了吗？"

念想昏天暗地地睡了一下午之后，晚上起来就好很多了，等第二天就差不多没感觉了。

她这么一犹豫，欧阳还以为状况不太妙，丢下一句"你等一下啊，我把手机给徐医生，你有什么不舒服就直接和徐医生说好了……"便直接把手机转手给了徐润清。

念想那句"等一下……"还没说完，就听那端微微有些沙哑，却清澈纯透的嗓音："牙齿哪里不舒服？"

那声音清透入耳，因为沙哑，低沉醇厚，跟他平常完全不同。

她愣了一下，才回答："我没有不舒服……"

那端沉默了一会儿，念想隐约听见了他按鼠标的声音，正想着要不要感谢一下他后来的出手相助，便听到他说："那星期三上午九点过来。"

念想"嗯"了一声，还想说些什么，就听见那边挂得格外干脆利落的脆响，以及随之而来的忙音。

嘟嘟嘟嘟——

第三章

羞耻的事故

相比较北方，南方地区的秋季就显得格外漫长。

秋天已经过去了一半，校园里行道树的树叶才刚刚开始黄了叶尖，温度倒是始终维持在一个舒适的范围值。

只不过好景不长，这几天就开始断断续续地下起雨来。一连下了好几天，空气里的水汽已经饱满得像是随手一戳都能溅出几许水滴来。

呼吸的空间范围里也带了几分湿软温润，有些凉凉的，深呼吸一口还能感觉到那冷意从心底深处漫开，丝丝缕缕地扩散。

老念同志想着她没带足衣服，怕她冻着，还特意来学校送了一趟衣服。

念想正感动地想表下忠心，就听老念同志说道："别以为感冒了能逃避拔牙，冯同志可是会一直监督的。"

念想："……"好了，当她什么都没想。

这会儿她刚被兰小君就差敲锣打鼓的起床动静给吵醒，缩在被窝

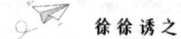

里刷朋友圈。

兰小君难得早起一次,精神得不行,为了让全世界都知道她竟然也有早起的一天,她很爽快地包揽下整个寝室的早餐问题,风风火火地跑去食堂了。

但其实整个寝室,也就只有念想和兰小君两个人而已。

她们住的是学校的老宿舍楼,本来寝室的组合除了她和兰小君之外还有个医学系的女生,三个人一起同住。后来不知道那个女生为什么退学了,加之学校也没有再安排新的室友住进来,这个寝室便一直是念想和兰小君两个人"相依为命"。

两个人正好又都是本地生,偶尔回个家,十分惬意。

她正回忆着昨晚在食堂吃夜宵看见的"明日早餐菜单",出去不久的兰小君就已经蹦蹦跳跳地推开门走了进来。见她还倦懒地躺在床上,猥琐地一把掀开她的被子,当看见她穿着整整齐齐的睡衣时,毫不掩饰自己脸上的失望:"说好的裸睡呢……人与人之间连这点最基本的信任都没有了。"

念想翻了个白眼,闻着早餐的香气,终于起床洗漱。

趁着她洗漱的空当,兰小君已经大快朵颐地解决了小半笼的小笼包。原本含蓄隐约的肉香现在已经是直接地飘到了念想的鼻前。

她洗漱完出来,扫了一眼品种丰富的早餐,忍不住怀疑——这货是每个窗口的早餐都打了一份过来吧。

"你猜我刚才碰到谁了?"兰小君费力地又往嘴里塞了半口油条,声音含糊不清,"我遇到送子师兄了。"

送子师兄的真名叫宋子照,因为谐音"送子",又比她们都大两届,兰小君私下都是叫他"送子师兄"。

宋子照也是口腔医院专业的,除了是学霸还有个金光闪闪牛气烘烘的背景——B大太子爷。

第三章　羞耻的事故

B大的校长是宋子照的父亲，那宋子照可不就是名副其实的太子爷。

兰小君刚入学的时候想挤上早恋的末班车，见到异性随时准备暗恋，正不挑不拣地准备对同系的一个男同学下手时，遇见了宋子照，然后——彻底春心萌动了。

那时候不知道天高地厚，她还拉着念想准备送情书。结果人情书是收了，回头却约了念想来婉拒。兰小君一颗玻璃心顿时碎成了碴，从此见着宋子照就绕道走。后来知道他是B大的太子爷，连听见名字都要捂住耳朵。

但也不知道过了多久，因为学院里组织的一个活动，念想和宋子照正好都负责策划，兰小君跟着蹭了宋子照几顿饭后，因为不好意思蹭了人家的饭还给人看脸色，所以一来二去地就混成了铁哥们儿。

念想喝了口豆浆，漫不经心地问道："碰到宋师兄又不是什么概率很低的事情，值得你大惊小怪吗？"

"没。"兰小君终于把嘴里的东西咽了下去，指了指这一桌的早餐，"这些都是送子师兄请我们吃的，还让我们别忘了晚上他的生日聚会。"

念想震惊得一口包子直接吞了进去，咳了半天这才缓过来："宋师兄请的？"

"是啊，他还跟我确认你是不是真的回了辅导员不去B大的附属医院。"兰小君想了想，突然觉得有些不对劲，"他怎么那么关心你啊，居然都没问我去哪里实习，差评！"

念想想了想，没想出个所以然来，干脆放弃。

至于晚上的生日聚会——

念想就在阳台晒衣服的几分钟，就觉得脸上被冻出了高原红，她隔着窗看了一会儿细雨绵绵，有些忧伤。下雨天要是在寝室追追剧，睡睡觉，那绝对是诗情画意般的享受。

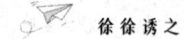

但如果下雨天要出门,那出行条件就非常恶劣了。

只是宋子照的生日聚会,不去的话,是怎么也不合适的。更何况,听兰小君说,宋师兄有一毕业就出国的打算。

最重要的是,礼物提前就买好了,积压在寝室里太占地方了!

宋子照的生日聚会场面不算大,只叫了几个关系不错的同学和朋友。念想和兰小君是踩着点赶到的,原本以为到时候能占个角落的位置蹭顿饭就好,结果等她们走进包厢,看见整个包厢只有宋子照身边有位置时不由得尴尬得无以复加。

偏偏平日里最能察言观色的寿星还很是高调地叫了一声她的名字:"念想,过来这边坐。"

能不能不要啊……

我只想安安静静地蹭顿饭啊……

内心挣扎嘶吼片刻,终是顶不住宋子照期盼的眼神,念想拉着兰小君走到他身旁的位置坐下,见整个包厢的人都往这边看,不由有些不好意思地笑了笑:"抱歉啊,来晚了。"

宋子照弯唇笑起来,给众人介绍:"我的师妹,也是 B 大口腔医学专业的。"

念想不太喜欢应付这种场面,只僵着脸对众人笑了笑,便埋头努力减少存在感。

没多久,就有服务员来上菜。

宋子照见她面前的杯子里还是空的,起身去拿了几瓶旺仔放在她面前,还细心地给揭了盖。

念想道过谢,格外殷勤地把揭了盖的旺仔推到了兰小君的面前,自己喜滋滋地开了一罐,凑到唇边抿了一口,分外满足。啊,旺仔!

宋子照眉头几不可察地皱了一下,随即又若无其事地转头和别人说话。

菜一道道地上来，念想的热情也水涨船高，正大快朵颐，便听宋子照问她："为什么不去 B 大附属医院口腔科实习？"

他的声音压得很低，语气也没有很刻意，就像是寻常聊天顺口一提而已。

念想也毫无障碍地回答："我爸怕我在附属医院太忙了。"她要是忙起来，可就没人让老念同志逗着玩了。

宋子照沉默了一下，良久才说："我本来还以为你会来 B 大的口腔科，我也能尽点师兄的责任。"

念想疑惑地看他一眼："不是说师兄毕业就出国吗？"

宋子照似乎是愣了一下，低头看了她一眼，问得意味不明："你希望我去？"

念想一愣，觉得这个问题实在有些刁钻，而且问得她有些不舒服。

她笑了笑，摇摇头："师兄这问题怎么能问我，应该跟家长商量才行。"

宋子照："……"跟不解风情的人说话真的好累心。

两个人低声说话的样子落在别人的眼里就有些暧昧，不知道是谁开头打趣了一句"子照，你跟身旁的师妹说什么呢，说大声点让我们也听听"后，便是此起彼伏的调侃声。譬如——

"真的是师妹啊，师妹有没有男朋友？"

"师妹跟子照是怎么认识的，说来听听看。"

"宋师兄不够意思啊，今天寿星还瞒着我们那么大一件好事……"

"……"

念想自然不会蠢到去回答这种问题，坦然地看了一眼宋子照："宋师兄口才好，就交给你解释吧。"

宋子照又是哑口无言。本来这种起哄听过之后笑笑就好了，她这

徐徐诱之

么一本正经地让他解释,反而有些进退不得。很多时候宋子照其实都在怀疑,念想看起来呆萌,但其实她就一扮猪吃老虎的主吧?

他无奈地开始斟酌用词,还没等他在众人期盼的眼神中坐满一分钟,便接了个电话后就笑容满面地迎了出去。

兰小君已经跟隔壁研二的师兄打得火热,不只要到了班级姓名,还连带着把人一家几口都摸清楚了,正在那里扫一扫——添加好友。

念想有些孤独地咬着筷子,可是她忘记自己左边刚拔了两颗牙,一筷子落下去——

卡,卡住了!

我,怎么卡住了……念想急得一脑门的汗,偷偷拽了一下兰小君的袖子,结果人不搭理她就算了,直接抬手一挥跟挥苍蝇一样拍了下来。

念想好想哭啊!她不动声色地换着角度力度试图把卡在两颗牙齿中间的筷子拔出来……但又不敢动作得太明显,没一会儿脸都僵了,虎口也一阵阵发酸。

念想觉得自己现在就像是把孙悟空吃进肚子里的铁扇公主。好丢人,嘤嘤嘤,筷子你快出来啊,你有什么冤屈尽管说啊!只要你出来我给你烧香拜佛都没事啊……

她正不动声色地继续努力,一双眼睛装作扫视着餐桌上菜品的样子,实则神经紧绷地注意着有没有人在关注她……

忽见半合着的包厢门被推开,宋子照的身影先出现在门口,他正在跟身旁的人说着些什么,谦谦有礼。

整个包厢里的人注意力都转向了门口——念想也看了过去。

被宋子照迎进来的男人穿着深色的双排扣大衣,微低着头,神情冷清,面无表情。一只手插在口袋里,一只手垂在身侧,姿态随意又慵懒。

似乎是察觉到什么,他倏然抬起头来……

第三章　羞耻的事故

念想瞪圆了眼，警报直接跳到红色警戒级——

念想坐的位置正好靠近门口，所以徐润清一抬起头，第一个看见的便是她。

只不过——

徐润清微挑了一下眉，上下审视了一遍她有些怪异的姿势——右手握着筷子虚抵在唇边，左手搭在桌面上，紧握成拳。

这种姿势有些不太礼貌。

念想还是拔不出来，她都不知道卡在哪里了，为什么两根筷子能这么皮实地卡住纹丝不动。支点呢！请告诉她支点在哪里！

眼看着宋子照迎着徐润清进来，念想着急了，她努力地眨了两下眼，试图把自己需要解救的讯号传送给他。

见他还不理解，四下扫了一眼，豁出去地做了个拔筷子的动作。

然后，念想就看见那个刚才还冷清着脸的男人在意会后倏然勾着唇角笑了起来——

他笑起来很好看，像是冰山被融化，洒满了阳光，脸上那层不近人情的清冷在瞬间就被他的笑容瓦解，那漆黑的眼底漾开浅淡的笑意，连眉眼都温润了几分。

他轻咳了一声清嗓子，然后看向她，压低声音道："念想，你出来一下。"

念想的脸已经红透了，此刻被点名，就这么含着拔不出来的筷子埋头飞快地走过去。即使这样，她也依然能感觉到众人焦灼在自己身上的视线，探究、不解……

她的耳根子红得发烫，就怕被人发现异样。

事实上，所有人都看见了她咬着筷子快步走出门的样子，只是没往筷子卡住了这种会笑爆全场的角度想。

徐润清等她走出去了,这才对一旁皱着眉头的宋子照微微颔首:"失陪一下。"

于是,满座寂静中,徐润清就这样唇角微扬,心情愉快地走了出去。

走廊上没有人,念想捂着脸在门外等着他,听到他随手关上门的声响,脑袋埋得更深了,呜呜呜,好丢人啊。

徐润清站在她的身旁,一低头就看见她红得鲜艳欲滴的耳根,甚至耳根到脖颈处都是一片让人难以忽视的绯红。

他压下唇边的笑意,低声问她:"想这样一晚上?"

念想摇头,那声音带着哭腔,显然是一副随时都能哭出来的节奏:"筷子卡住了,还,还拔不出来……"

因为嘴里有异物,她说话很慢,声音还有些含糊。

徐润清也是第一次遇到这种情况,他扫了一眼空荡的走廊,率先往前走去:"跟我来洗手间。"

念想探出半个脑袋看了看,见没有人这才垂头丧气地跟在他的身后往洗手间转移。

幸好这个时候洗手台边没有人,念想红着脸看着他,眼睛里蕴着水波光粼粼的。

"张嘴。"他抬手捏住她的下巴固定,看了一眼筷子卡住的地方,"我没戴手套……"

已经不是计较这个的时候了。念想眨巴着眼看他。

徐润清的视线从她脸上转了一圈,这才专注到她的口腔里,手指伸进去,拨弄了几下,然后微微用力。

念想只觉得被卡住的旁边两颗牙齿越来越酸胀,随着他渐渐施力,陡然一松,那筷子就被取了出来。

她正要松口气,看见他手指上的水光,有些羞耻地咽了一下口水,一时不知道是要道谢还是道歉。

第三章 羞耻的事故

徐润清顺手把那双筷子扔进一旁的垃圾桶，几步走到洗手台前洗了洗手。

不知道是不是职业的原因，他洗手很仔细，修长的手指在水光和灯光的渲染下就像是一件精致的艺术品。

念想忍不住多看了几眼，等烘干机的声音响起来才猛然回过神来："谢谢徐医生……"

徐润清转身看了她一眼，良久才"嗯"了一声抬步往包厢走。

哎，怎么就走了。不要算下劳务费吗？或者算下封口费啊……

念想在原地愣了片刻，直到看见他的身影就要消失在拐角处，这才反应过来，小跑着追上去："徐医生你都不问问我怎么把筷子给卡……卡在牙齿中间了吗？"

徐润清侧目看了她一眼，一脸"你好愚蠢"的表情："我已经看见了。"

念想："……"不想知道原因吗，他问了她才可以回答不是因为饥不择食啊……

宋子照见两个人一起回来，眉头先是一皱随即又很快松开，站起身迎着徐润清在他身旁的主位上坐下。

徐润清在B大的口腔医学专业可以说是风云人物一样的存在，在场的皆是口腔医学专业的，自然没有不认识他的道理。

等他一入座，便是接踵而至的各种敬酒。

徐润清的神情愈加寡淡，端着酒杯站起身，声音清冷，语气却很温和："等会儿还要开车回家，最近酒驾查得紧，我就随意了。"

他站起来，在座的就没一个敢坐着。除了——

徐润清目光冷淡地警向正在埋头吃糖醋排骨的念想，后者则后知后觉地发现头顶笼了一层阴影，还没等她反应过来，兰小君已经拧着她手臂上的肉一把拽了起来。随即手里又被塞了她喝了半瓶的铁罐旺仔，就这么滥竽充数地……后干也为敬了。

等重新坐下后，兰小君已经激动得不停地在扯念想的裤子："这个就是徐润清啊，久闻不如见面啊！太帅了啊！"

念想默默补刀："穿白大褂的时候更禁欲，可惜你看不到。"

兰小君下手更重了："是不是朋友？"

念想回想起十几分钟前自己的窘境，以及眼前这个见色忘义见死不救的女人，一狠心，埋头继续啃排骨。

然后念想就听见了宋子照问徐润清："师兄认识念想？"

念想的耳朵立刻就竖起来了——

"她是我的病人。"

念想的耳朵耷拉回去，继续费力地啃排骨。

宋子照回头看了念想一眼，眼里的光细细碎碎的："念想是在徐师兄那里矫正？"

念想耳朵又默默地竖了起来——

然后她便听见她的主治医生用一种她完全不知道该怎么形容的语气回答："不止，还要顺带着处理一些匪夷所思的情况。"

念想："……"

什么叫……顺带着还要处理一些匪夷所思的情况！

不就是……筷子……卡住了吗……？！

宋子照显然也没料到是这个回答，不过终究没有再细问下去，转而和徐润清说起了其他的。

念想这才悄悄转头去看他。徐润清察觉到她的视线偏过头来，眼神明亮又直接。

念想被那眼神扫得一个哆嗦，干脆埋头苦吃。

兰小君在一旁一副孺子不可教也的表情无奈地摇了摇头："这姑娘怎么就那么能吃呢。"

第三章　羞耻的事故

中场的时候，宋子照被人叫走，徐润清的位置就换到了念想的旁边。

念想原本还想去够不远处的牛肉，他往身边一坐之后，感觉周围的气场都有些凝滞了起来。她伸出去的筷子还没碰到牛肉，就偃旗息鼓地落在不远处的冷菜上……

"你是口腔医学专业的？"他问道。

念想偏头看他，认真地点点头："今年研一。"

徐润清看向她，微抿了一下唇角，端起杯子抿了口白开水，眼神清亮地看着不远处被人包围着的宋子照，面无表情。

虽然他什么也没做，甚至连眼神都未在她身上停留太久，但念想就是觉得他的内心没准正在鄙视她。

"研一，那找好实习医院了没有？"良久，他又问道。

念想想了想，应该算有吧，老念同志可是打了包票的。

她一瞬的犹豫后，便很肯定地点了点头："找好了。"

徐润清漫不经心地扫了她一眼，手指搭在杯沿上轻轻地敲了敲，再没有和她说过一句话。

还是念想突然想到星期三要拔牙的事情，然后又联想到自己还欠他一笔修理费，想着想着就开始坐立难安，但见他的注意力始终停留在宋子照那边又不敢开口叫他，只能使她一贯的伎俩——盯着他看！一直死盯着他看！始终寸步不离地死盯着他看！

徐润清皱着眉头转过头来看着她："有话跟我说？"

念想揉了揉瞪酸了的眼睛，殷勤地开了一罐旺仔推到他面前："徐医生，喝牛奶。"

徐润清看了一眼自己面前的那铁罐牛奶，眉角皱了一下，抬头看见她期盼的目光，顿了顿，说道："我不喜欢喝甜牛奶。"

念想"哦哦"应了两声，又拎了一瓶可乐来准备给他满上，刚拧开盖子，瓶口还没挨着他的杯子，就被他用一根手指微微抬起，隔开。

"我也不喜欢喝饮料。"话落,他又补充上一句,"有话直说。"

"那个……"她犹豫了一下,"那个车修好了吗?"

徐润清想起自己就停在楼下的奥迪,点点头。

念想眼睛一亮:"车漆花了多少,我周三过去的时候把钱带给你。"

徐润清眸色微深,就这样凝视了她一会儿,这才似笑非笑地说道:"恐怕不行。"

"啊?"念想一脸不解地看着他。

"行医不受贿,若是尊重我的职业,你还是等不是我的病人之后再还吧。在此之前,都欠着。"

都欠着……

念想猛然从睡梦中清醒过来,一睁眼看到窗外刺眼的阳光时,忍不住微眯了一下眼睛,靠在床头清醒神志。

自打周末那天,徐医生如此一本正经地说了那句话后,念想就跟魔怔了一样,后半夜总是做着各种光怪陆离的梦,无论过程如何,结局永远是他那一嗓子清冷的"在此之前,都欠着……"

念想觉得自己这笔钱绝对不能欠,欠着欠着肯定还不清了。话说回来,这还是她第一次欠债欠得如此有精神压力。

想起今天是周三,她还要去医院拔牙,在床上又赖了一会儿,这才起床收拾。

碍于上一次拔牙回来,念想一整天吃不了多少东西,又意志消沉地睡了一整天,老念同志就有些不放心,亲自送她去医院。

只不过,还不如不送呢……

老念同志装作非常好奇的样子,非要让念想说一遍拔牙的经过。一笔带过不行,不详细不行,老念同志宣称如今都是3D模式了,不让他身临其境也好歹有点深刻体会。

第三章 羞耻的事故

于是就一步步，很是恶劣地帮念想回忆了上个星期三那血腥的拔牙经过。嗯，而且毫无遗漏……

所以，这离医院还有很远的一段路时，念想就开始小腿肚子打哆嗦了。

他们来得早，医院里还没有多少病人。前台的护士小姐看见念想，微微颔首笑了笑，那礼仪标准笑容柔美，让老念同志忍不住多看了两眼："啧啧，比我闺女漂亮。看那牙齿又白又齐，都能当白切刀了。"

念想默默捂脸，回去一定要好好找找出生证明。

老念同志送她到候诊大厅便回公司了，临走前还不放心地叮嘱了好几遍："你拔完牙就打我电话，正好我过来要半小时，你就在这里休息半小时让医生看看。"

念想点点头，见老念同志推门出去了，这儿才往二楼走去。

老念是自己创业成功的"富二代她爹"，开了一家小型的医疗器械公司，公司规模不大，职工不多，盈利也没有那么夸张，但这些年下来家里的确积蓄不少，温饱不愁。

冯同志虽然在家喜欢欺负老念，但每次都会告诉念想："妈妈其实很幸运，嫁给你爸爸的时候他虽然还是穷光蛋，但就是最困难的时候他都没有苛刻过我一分。所以他现在那么浑蛋，你妈我还是不离不弃的……"

老念其实一点也不浑蛋，相反地，他完全是念想心目中最完美的老爸，虽然他这人生大多时候都在专业坑女儿。但他顾家有责任心，对冯同志很好，互相尊重，恩爱有加。对她的教育也从不会因为工作繁忙而懈怠，周末更是雷打不动地会空出一天时间来陪陪她，数十年如一日。

他常挂在嘴边的一句话就是："我人生的终极目标就是宠坏我的

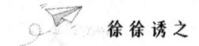

老婆和女儿,只可惜,钱不够多,任性不起来。"

念想有时候甚至会怀疑她的情商低其实有很大一部分……是因为老念同志惯的。

她刚走到二楼的楼梯口,就看见从三楼楼梯走下来的徐润清。他穿着白大褂,手里还拿着几个档案袋,白大褂的袖子略微皱褶着,露出他里面那件白色衬衫的袖子,一丝不苟地扣着纽扣。漂亮的手腕上戴着一块劳力士,越发衬得他手指修长。

念想的视线在劳力士上来回转了好几圈——如果不是 A 货,那徐润清肯定不在乎区区六百的车漆费啊。

不过,他不怕戴这么名贵的表会被误认为病人送的红包吗?

徐润清显然也看见她了,微点了一下头,清冷疏离。

欧阳正从诊疗室里出来,先向徐润清问了好,这才笑眯眯地转头看向念想,亲切地问道:"来拔牙了啊?"这其中,不难听出隐约的幸灾乐祸。

念想:"……"能投诉服务态度吗?

欧阳见她不回答,心里想着:这姑娘也太可怜了,都被吓得说不出话了。

于是,他就更加和蔼了:"不用怕,这次是徐医生给你拔,我们徐医生可是拔过各种'钉子户',很专业的。"

念想:"……"哄小孩吗!

不对,等等……

念想有些不敢置信地问道:"徐医生给我拔?"

欧阳正要回答,就被诊疗室里传来的徐润清略显清冷的声音打断:"过来。"

念想原本已经做好了被李医生继续残虐的心理准备,这会儿听见这种激动人心的消息,便有些淡定不下来。

她用力掐了一下虎口，很"冷静"地同手同脚走了进去，站到他的面前，忍不住对他傻笑："徐医生你给我拔牙啊？"

徐润清已经戴好了手套，正在拆一次性的口镜，见她笑得眉眼弯弯一副心满意足的蠢样时，微挑了一下眉头，眼底也晕开淡淡的笑意，解释："李医生今天不上班，正好我闲着，顺便而已。"

念想对结果很满意，但对这样明显撇清关系的解释她还是有些不太高兴的，遂抗议道："其实你可以不解释的。"

徐润清没回答，只是抬手指了一下牙科椅："躺上去，我先看看你的愈合情况。"

念想"哦"了一声，乖乖地躺上去，等他坐下来，自觉地张开嘴。

徐润清用口镜看了一眼她上次拔牙的伤口，又缓缓移过去，看了一眼今天要拔的上下两颗右四，低声问道："在月经期吗？"

念想摇摇头，忍不住看了他一眼。他正在看她的牙齿情况，灯光有些偏，他看也没看就准确地抬手扣住重新调整了一下位置。

欧阳已经端着放了器械的托盘进来，放在牙科椅的工作台上。

念想在看见托盘的瞬间就快速地切换成了"待宰"模式，她有些紧张地咽了咽口水，抬手默默地捏自己的耳垂。

不紧张不紧张不紧张！眼一闭腿一蹬，就什么都不知道了……

她正自我催眠着，欧阳看她那样子实在好笑，忍不住问道："真的有那么紧张啊？"

念想默默瞪他一眼，眼神非常哀怨。

欧阳："……"

"我下去拿点棉花。"欧阳被这么一瞪，捧起装棉花的器皿下楼装棉花。

徐润清戴好了口罩，正在准备麻醉针，似乎是想起什么，漫不经心地问道："对拔牙这么有恐惧感，为什么还学口腔医学？"

念想想了想,颇为认真地回答:"其实我只对别人拔我的牙发怵,我拔别人的毫无心理障碍。"

虽然不至于夸张到一上牙钳就浑身兴奋,但完全不会有任何不适应。

徐润清示意她张开嘴,给她注射麻醉药。那尖锐的针头刺进她的牙龈时,念想疼得一个哆嗦,忍不住闭了闭眼。

徐润清静静地看她一眼,又专注地看向针头。

打完麻醉针,他把针头用套子套上放在托盘里,又问她:"怎么想起来做矫正了?"

二十四岁的年纪,其实并不适合做矫正。念想也明白。

她摸了摸开始微微发麻的唇,有些大舌头地回答:"我十八岁的时候长智齿,那个时候遇上个挺好的医生,他建议我做牙齿矫正……"念想顿了顿,有些不太好意思地补充完下半句,"但是我怕疼。"

挺好的医生……

徐润清对这个评价略微满意,再开口时声音也温和了几分:"现在也没见你不怕。"

好吧,这是事实。

念想努力地回想了一下她第一次遇到的那个医生,颇为怀念地感叹了一声:"那个医生挺年轻的,我治疗的时候看到他对他的病人体贴又温柔。然后想着以后也要成为那样的人,就很天真地报了口腔医学专业……"

结果——没多久她就后悔了。

做人果然不能太天真。

念想沉浸在自己的世界里,压根儿没注意到徐润清柔和下来的眼神,自言自语着又补充了一句:"但我一点也不记得那个医生了。"

徐润清:"……"他的唇角顿时一僵,看向她的眼神也在瞬间变幻莫测。

躺在牙科椅上还沉浸在那一年青葱时光里的念想倏然觉得周身一冷，什么禁欲白大褂，什么清冷深邃的双眸，什么漂亮精致的锁骨瞬间飞到了脑后。

她后知后觉地看了一眼徐润清，有些不明白刚才还和颜悦色的徐医生怎么突然就晴转多云了……

哦……她知道了。任何一个医生都不会喜欢自己的病人躺在他的牙科椅上还如此怀念她的前一任主治医生吧。何况眼前这位，好像从来就没大度过。

不知道自己眨眼就被她定位成"不大度爱吃醋"的现任主治医生的徐润清，森冷冷地当着她的面撕开了牙龈分离器的包装，用牙龈分离器的前端碰了碰她的唇，冷声问道："有没有感觉？"

念想点头："还有一点……"凉凉的。

闻言，徐润清看了一眼时间，低头看她。那眼神，清亮得像是能看透人心，微微含着几分冷意，像是北极的寒风，还凝结着冰凌。

妈妈呀，念想默默地咽了口口水，觉得徐医生的眼神——特别可怕。

她立刻哆嗦着改口："那个……你上吧……"

说完念想就想咬舌自尽……她看了一眼脸色依然不善的徐润清，木着唇解释："那个，我是说，好像麻得没有感觉了，可以开始了。"

因为只有一边打了麻药，念想的舌头一边灵活，一边呆滞，偶尔碰到牙齿时，也只有一阵麻意，她突发奇想地用牙齿咬了咬舌头。

不疼哎……要不要再咬重点……

徐润清拆了牙钳低头看过来时，她就在自娱自乐地咬舌头。

他投去淡漠的一眼："想咬舌自尽的话，其实可以再咬重点。张嘴。"

念想窘了一下，乖乖地张开嘴。

徐润清用牙龈分离器轻碰了一下上右四的牙龈，轻微一钩，然后

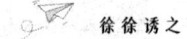

低头问她:"有没有感觉?"

念想摇摇头。

徐润清"嗯"了一声,良久才慢条斯理地说了声:"开始了,要是有什么不舒服就举一下手。"

念想故意举了举手。

徐润清停下动作看她,用眼神询问:还没开始,你就哪里不舒服了?

念想有些尴尬地把举起的手放回身前,端端正正地和右手十指相扣交叠在腹前:"没事没事,你继续。"

徐润清睨了她一眼,眸光清冷,转而继续手上的工作。

念想被那冷风过境一般的眼神一扫,顿时安分老实了下来,再没敢造次。

当那泛着冷光、十分凶残的牙钳落在她的牙齿上时,欧阳也踩着点捧着一罐棉花回来了。满满地堆着,像座小山。他就站在徐润清的身旁给他递工具,偶尔和念想的目光对上时,就露出他白森森的牙齿对着念想笑得格外灿烂。

念想默默地想:等会儿下楼去付钱的时候就投诉,不给投诉不付钱!

半小时后——

念想嘴里含着两团棉花从牙科椅上坐起来,嘴巴张了半天有些累,微微地酸疼。嘴唇更是干燥得微微起皮,她拿起刚才漱过口的纸杯接了点水,手指蘸湿在唇上抹了一圈。

徐润清洗完手回来,见她耷拉着脑袋有些无精打采的样子,问道:"感觉怎么样?"

念想有些不太敢开口说话,她咬着棉花含含糊糊地凑出一句:"像是……被人揍了……一样……"

欧阳在一旁收拾东西，闻言"噗"的一声笑出来，被徐润清微凉的眼神一扫，立刻抿嘴。因为努力地憋笑，整个肩膀一颤一颤的。

"有没有镜子，我觉得我的脸……好像肿了……"念想摸了摸脸，为了确定触感，微微用了几分力，按到伤口处时疼得倒抽一口凉气，顿时眼泪汪汪的。

欧阳这次倒是手脚麻利地给她递了个小镜子过来："脸没肿，徐医生拔个牙都跟在做什么手工工艺品一样，细心又完美。"

拍马屁……

念想在心里默默地翻了个白眼，照了会儿镜子确定自己脸没肿起来后，这才从牙科椅上下来："我要观察半小时吗？"

欧阳点点头，指了指外面走廊上给候诊病人坐的沙发："在外面坐一下，等会儿时间到了我来叫你。"

念想应了声，过去坐下。

她坐的位置背对着整个诊疗室，隔出单独诊疗室的是厚厚的高透玻璃，有些是磨砂玻璃，都能清晰透明地看清诊疗室里的情况。

念想给老念打完电话后，回头看了一眼。

他正在工作台上堆放着档案袋的那一处翻找着什么，修长的手指一寸寸从档案上移过去，然后落在其中一个上面，微一停顿，抬手抽了出来。

有他的患者走进诊疗室里，他微转过身看了对方一眼，抬手指了一下牙科椅："欧阳，先帮她看一下。"说话间，他一手拉过牙椅在工作台上坐下，坐姿有些随意，大概是要写病例，从笔筒里挑了支笔，对着纸页看了几眼，微俯低了身子。

他背对着念想，只能看清一个清俊挺直的背影。

她回过头，握着手机发了一会儿呆，给兰小君发了个信息："下午没课，我今天就不回去了。"

兰小君很快回复："我也没在学校，下午见网友。"

念想挑了一下眉，正想回复个"哦"，突然目光一转，在"网友"两个字上溜达了好几圈，震惊地说："你要见网友？"

"嗯啊，游戏上认识的，都认识两年了，又都是本地的。心血一来潮就约了。"

念想恨铁不成钢："又是游戏上！"

"想想乖，别刷叹号，看着头晕。"

"你不能心血来潮啊，兰小君！你忘了你前几次心血来潮的后果了吗？"

这不是兰小君第一次见网友，念想掐指算了算，好像是第三次了？

第一次也是心血来潮见网友，结果遇上个变态，吃过饭就想把兰小君往酒店带。结果呢？结果那天大半夜的，用一个电话把念想铲醒了去警察局陪夜。

因为兰小君把人给打进医院了，不过好在后来被证实是正当防卫。

第二次心血来潮，过程和结局都还算正常，只是没过多久，兰小君就哭丧着脸告诉念想，她被骗了两千块现金。

因为没找到人，这两千块注定打了水漂。

"这次绝对靠谱，我都观察一年多了，加了QQ和微信。人好像也是口腔医学专业的，我还看见他穿着白大褂的自拍照了，啧啧，那小模样清秀的。"

念想无力地扶额："小君你冷静点。"

"我很冷静啊！"

"现在就有骗子专门骗你这种傻白甜，通俗点说就是人傻钱多。"

兰小君："……"

最后的谈判结果，是念想一起去。

她实在不放心兰小君的智商,当然,在鄙视兰小君的智商时,她自动忽略了自己的情商。

两个人约了下午四点在纳兰咖啡馆门口碰面。相比兰小君的花枝招展娉婷妖娆,念想觉得自己实在朴素。

兰小君和网友约的是五点,也在这家咖啡馆。

念想听她说了一遍来龙去脉,默默内伤。

情况是这样的,此人的确是兰小君两年前认识的革命战友,网名叫欧阳大虾。因为念想那时候被兰小君拉着玩游戏时,还和对方组过队。但念想是一个手残党,手速不灵活,再加上对游戏并没有兰小君这么丧心病狂的狂热追求,刚脱离新手等级就弃号不玩了。

兰小君围观过念想的渣技术,并非常客观公正地评价过:"念想你除了在念书上天赋极高之外,别的技能几乎都是平平无奇。上天果然公平。"

所以,念想弃号不玩时,她也没有挽留——强扭的瓜不甜,尤其这个瓜在此方面一点兴趣也没有。

兰小君和欧阳大虾是固定的战场搭档,因为一个月后要去实习,之后再也不会有那么多充裕的时间投入游戏,兰小君就建议欧阳大虾可以提前寻找搭档。

聊着聊着,兰小君就把自己的专业透给对方了,也不知道是谁先提到的。等兰小君在热血沸腾过后冷静下来时,已经存好了对方的手机号,约定了见面的地点。

虽然兰小君在描述的过程中尽力撇清自己的主观意识,但念想还是从那些话语中理智地判断出了一点——兰小君并未主动想见欧阳大虾,但她的确是想见一面,这个想法非常坚决。

既然木已成舟,念想就心安理得地留下来蹭饭了。

徐徐诱之

出于安全因素的考虑，兰小君选择的是咖啡厅的大厅，靠窗位置。为了不打扰两个人的二人世界，念想主动提出要去兰小君后面的那个位置坐下，只隔着一层隔木栏，背对着兰小君。

将近五点时，中午只喝了一口粥现在已经饿得四肢发软浑身无力的念想决定先叫一桌吃的。她现在缺了四颗牙，尤其右边缺的两颗还是今天新添上去的，能吃的也十分有限。研究了半天的菜单，也只点了一杯哈密瓜奶茶，一碟蛋黄酥，小份鸡蛋饼以及一大盅排骨粥。

正是用餐的时间，餐厅里人满为患，上菜速度自然也慢了下来。

念想小口小口地抿完了一叠蛋黄酥，又叼着细细的吸管喝了半杯哈密瓜奶茶，这才等到自己的排骨粥和鸡蛋饼姗姗来迟。

而与此同时，因为堵车而迟到了五分钟的欧阳大虾也终于来了。

念想边轻吹着排骨粥，边竖起耳朵听兰小君那里的动静。拜咖啡厅幽雅安静的环境所赐，两个人的对话她虽然听得不是很清楚，但勉强能够听清。然后，她听着听着发现自己完全听不懂……

什么装备炼化，什么去紫竹林后山挖矿，什么轻罗仙子，什么浮生一梦的副本……

念想一边一口一口往嘴里送着粥，一边皱着眉头回想——自己是不是在哪听过这个声音，怎么觉得音色如此耳熟？

等念想非常凝重地分解完整份鸡蛋饼也还是没能回忆起来，她索性放弃，痛并快乐着地继续大快朵颐。

兰小君显然是和对方相谈甚欢，决定介绍两个人认识。

念想正小心翼翼地避开伤口啃排骨，见兰小君带着欧阳大虾走过来，就这么傻愣愣地叼着排骨看过去……

这一看，她顿时在心里大叫了一声，双眸圆睁——竟然是欧阳！

第四章

有所图谋

震惊的显然不止她一个,欧阳也受到了不小的惊吓,目瞪口呆:"念……念想?"

这回轮到兰小君一头雾水了:"你们认识啊?"

念想赶紧把叼在嘴里的骨头吐了出来,解释道:"他是我主治医生徐润清徐医生的助理——欧阳。"

兰小君愣愣地打量了欧阳两眼,喃喃自语道:"嘿,还真的被我说准了,徐医生的助理长得果然不错啊!"

欧阳:"……"

五分钟后,徐润清的私人手机上收到欧阳的一条短信——"老大,念想居然是B大口腔医学专业研一的学生!是你学妹啊!"

徐润清正在回徐家的路上,上午他正在给病人复诊的时候接到了老徐的电话,语气颇为严肃地说有要紧事要和他商量,让他今天晚上回家吃饭。

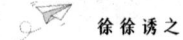

正是下班高峰,堵车堵得厉害。他拿起手机反复看了几眼短信内容,微微皱了眉头。

要是他没记错的话,欧阳说过今天晚上他有个约会。他不动声色地试探:"嗯?谁跟你说的?"

"念想亲口说的!"

亲口?

徐润清微眯了眯眼,对这个回答很不满意。他低头看了一眼屏幕,终是没再回复,顺手扔到车后座上,眼不见为净。

前面不远处是一座大桥,车流量很大。正好遇上红灯,徐润清距离前车一个安全距离缓缓停下来。

这个位置恰好能看见大桥斜坡上长长一列的车流,夕阳西下,那暖橘色的阳光落在大桥两旁的钢筋支架上,映出瑰丽的色彩,像是发着光,璀璨夺目。隐约能听见此起彼伏的喇叭声,他沐浴在最后的一缕阳光里,侧脸沉静又清俊。

车厢里安静得只有手机短信振动时的嗡鸣声,他透过后视镜往后看了一眼,抬手开了广播。男主播温和磁性的声音里,他这才无声地翕合了一下唇瓣。

绿灯亮起,他挂挡起步,很快离开。

阮青已经准备了一桌徐润清爱吃的菜,等了片刻他还没来,怕菜凉了便拿碗一一扣住保温:"要不要再给润清打个电话,怎么还没回来?"

徐开成瞄了一眼客厅墙上的挂钟:"现在下班高峰,哪儿那么快就能回来。"

话音刚落,便听见院子里传来汽车的引擎声。阮青透过窗口看了一眼,见是徐润清回来了,开门去迎。

徐开成回头看了眼,轻哼了一声。

第四章　有所图谋

吃过饭，徐润清进厨房帮阮青一起收拾，正洗着碗，便听阮青问他："最近工作忙不忙？"

"还好。"他回答。

阮青悄悄打量他一眼，见他微沉着脸，唇角微抿着有些不高兴的样子，扬了扬眉："怎么看上去不高兴，遇上烦心事了？"

徐润清的动作一顿，抬眼看了看阮青，扯了一下唇角回答："没有。"

分明是很有啊！阮青左右都问不出什么来，见他心情又不好，原本打了半天腹稿想问问他愿不愿意去相相女孩子的话也干脆闷了回去。

洗过碗，阮青就把他赶出去跟徐开成商量电话里提到的"要紧事"。

徐开成正在看新闻，有心想晾晾他，见他坐过来也没急着开口，继续专注地看他的电视新闻。

徐润清也不急，坐姿慵懒又随意，靠在沙发椅背上把玩着手机。

欧阳又发了几条信息过来，他打开一一看了。

"小姑娘果然都天真，是个制服控就学了口腔医学。难怪老大你从来不带女学生，太恐怖！"

"说实话，念想自己不说她是口腔医学专业的，打死我也想不到她会是未来的女牙医啊！老大你是不是也觉得特玄幻？"

徐润清皱了皱眉，回复："念想已经找好实习医院。"

同一时间，欧阳正在问对面两个姑娘的实习单位。

经过这短短两小时的交流，兰小君已经把欧阳视为自己人了，毫不设防地报了医院的名字。

兰小君的成绩在B大人才济济的口腔医学专业只排得上中游，所以她一早就很有自觉地先找了实习单位，也是个口碑还不错的私立医院。

欧阳的目光看向念想时，后者叼着吸管看了他一眼，笑眯眯地回答："我不告诉你。"

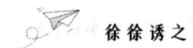

事实上是,念想旁敲侧击了一个多星期也没从老念同志那里问出半个字来。她隐约猜到大概跟瑞今有关,但后来想想,老念做了那么多年医疗器械的生意肯定不只和瑞今有建交。

这一下子扩大了范围,她就更想不到了……

欧阳刚"喊"了一声,还没开启吐槽模式,就被徐润清的回复给转移了重点——

他神情有些复杂地看了一眼念想,又仔细琢磨了一下短信内容,觉得这会儿自己的脑子有些不够用。这显然,他老大和念想是认识的啊。不然怎么连人实习医院找好了都知道?他也是前几分钟才刚问出来的好不好。

而且,他只是说念想是口腔医学专业的,老大这句"念想已经找好实习单位"是从哪里冒出来的?他又仔细地看了看自己给徐润清发过去的短信,皱着眉头想了半天也没理解徐医生的脑回路。

他看了一眼叼着吸管避开珍珠喝奶茶的念想,忍不住问道:"念想,你跟我们老大到底什么关系啊?"

念想刚不小心吸到了几颗珍珠,正想让珍珠做自由落体运动自己掉回去。闻言,忘记了自己还叼着吸管,倒抽一口冷气——

刚要回答,却被猛然吸进嘴里,并且毫不停留直接吞进去的珍珠给噎得死去活来,半天没能说出一句话来。

欧阳同情地看了念想一眼,看把她激动的。

完全不知道就这一会儿工夫就被误会了的念想捶着胸口,默默流泪,几颗珍珠堵在胸口下不去什么的,太虐了。

阮青端着切好的水果出来时,看见的就是父子俩分居一隅各忙各的样子,忍不住好笑:"不说有事要商量?"

徐润清这才收起了手机,端正坐姿:"爸。"

第四章 有所图谋

徐开成瞥了他一眼，清了清嗓子，先是问了些工作上的事，这才切入话题："你看你有没有时间带个实习生？"

徐润清皱了皱眉，想也没想就拒绝："没时间。"

"我话还没说完呢！"徐开成瞪他一眼，又补充道，"是爸的一个朋友，人姑娘学习成绩不错，也挺勤奋的。"

徐润清打断他："女的更没时间。"

徐开成眉头一皱，唇角一抿，表情立刻冷硬了几分："你没时间就给我挤出时间来。"

徐润清抬手轻捏了一下眉心，有些无奈："爸，一个实习生不是带一两个月就可以的。需要的时间和要花费的精力很多，我不是个有耐心的人。"

眼见着丈夫又要吹胡子瞪眼的，阮青赶紧上前灭火："不都说是商量了吗？那就平心静气地好好说。哪有当爹的像你这样的，跟儿子说不了几句话就上纲上线的。再说了……"阮青略微一顿，话锋就是一转，"润清说的也是实话，这没耐心还是你遗传的。"

徐开成有些心塞。"没耐心"一听就是拿来搪塞人的借口好吗？

他想着老念家那闺女，还是有些不死心："要不过几天让人上你那里，你见见，看要是合适的话你就带着实习。"

生怕徐润清二话不说又拒绝，阮青赶紧给儿子使了个眼色——考虑考虑啊！

徐润清沉默，他在快速地思考对策。徐开成是瑞今口腔医院的院长，有权给每个科室的医生安排一定名额的实习生，哪怕是他也一视同仁。

他想了想，回答："林医生其实不错，一般实习生也都是他在带，比我有经验。等快开始实习了，让她过来看看，想跟谁后面到时候再说。"

徐开成怎么会不知道他打的什么主意，说是到时候跟谁再说，但徐润清肯定有的是办法脱身。不过这样的回答，就目前而言，他还是

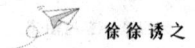

略为满意的,至少已经松口了。

他有办法脱身,那他也有让他脱身不得的法子。这么想着,他沉吟道:"也好,让人家小姑娘多元化地选择下,也不见得人能看上你,整天板着个脸,也不知道像谁。"

阮青看了一眼正板着脸一脸傲娇的丈夫,眼观鼻鼻观心,可不就是像他吗?

既然公事谈完了,那可以聊聊私事了。阮青轻咳了一声引起两人的注意,这才言笑晏晏地对徐润清说道:"妈一个老同学刚从瑞士回国定居,你小时候也见过的,改天抽空跟妈一起约她们吃顿饭吧?"

徐润清微勾了一下唇角,漫不经心地问道:"小时候?多小的时候?"

阮青语塞:"……"难道要说是你穿开裆裤的时候?

徐润清看了她一眼,语气依旧不咸不淡的:"妈你不用操心了,我已经有交女朋友的计划了。"

宋子照打来电话时,念想还缩在被窝里做春秋大梦。

周五的清晨,天色熹微。屋外笼着层层叠叠的白雾,白茫茫的一片,只能朦胧地看清不远处宿舍楼的轮廓和灯光。

空气里似是凝结着厚重的水汽,沉重又压抑。

念想磨磨蹭蹭地从被子里拱出来,半靠在床头接电话:"喂,宋师兄。"

"还在睡?"那端的人笑起来,声音清朗又明亮,灿烂得有些像太阳。

念想的双眼努力地睁开一条缝往外看了看:"现在几点了……"

"六点半。"他话落,微顿,"不是说请我吃早饭吗?我都快到学校了。"

第四章 有所图谋

啊……她早就把这事忘得一干二净了。

念想一拍额头，彻底清醒了，手脚麻利地爬起来："师兄你等我二十分钟啊！啊，不对，十五分钟就行，我立刻收拾好自己！"

"不急……"慢慢来。宋子照的话还未说完，就听那端干脆利落地"啪嗒"一声，直接挂了他的电话。他愣愣地看了手机半晌，这才牵着唇角有些无奈地笑了起来，"又挂我电话。"

"惯犯"正边走边往上提裤子，兰小君被她的动静吵醒，眯着眼睛看过去时，就看见念想为了拉上裤子，正在原地弹跳。

她无语地撑着额头看了半晌，才开口："你在干吗？"

"小君……"念想的声音略带哭腔，"我好像又胖了啊……裤子，裤子它又紧了。"

兰小君往念想那标准身材瞄了一眼，干脆回去挺尸："早告诉你，你那裤子缩水，你还不信。"

念想沉浸在拔牙期牙口不好居然都能长胖的震惊里，压根儿没听到兰小君的这声嘀咕。等她匆匆忙忙地收拾好自己，准备出门时，才听兰小君悠悠地说了一句："我突然想通一件事了……"

念想"嗯"了一声："发现你最近想通的事情不少……"

兰小君裹得跟个蚕宝宝一样扭头看她："送子师兄早就喜欢你了吧，最近一切的举动都在表明他要行动了。念想，你要是把持不住不用顾忌我的感受，上了他！"

念想："……"她默默失语片刻，解释道："你想多了，他就是来送个讲座的入场券。不还是你让我去找他要的吗？"

"这个不要紧。"兰小君指了指桌子上的借书证，一本正经，"帮我把书还一下，这些都是用你的借书证借的。"

……

念想和宋子照约在了食堂的门口，等念想赶到时，宋子照已经在

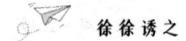

门口等了片刻。念想小跑上去,正准备打招呼,走得近了才看见他正在跟人说话。

她正犹豫是在这里等他们说完话呢,还是现在就上去刷下存在感时,宋子照就已经偏头看了过来,见她站在不远处,抬手示意她过来。

和他说话的那个男人侧目打量了念想一眼,露出个意味深长的笑来:"我说宋师兄怎么这么早来学校呢,原来是陪女朋友吃饭。"

念想走近正好听见这句话,微皱了一下眉头,正要解释,宋子照比她先一步开口道:"胡说什么。"

念想默默地想,就知道兰小君这个不靠谱的。一大早大脑血流量还少的情况下能思考出什么积极向上的事啊。

见过喜欢人女孩子却撇清关系这么快的吗?等会儿回去要好好嘲笑她!

早上这个意外的小插曲,两个人都没放在心上。吃过饭后,念想去图书馆还书,宋子照称老师那里有事找他,两个人便在食堂门口分道扬镳。

还了书,见时间还早,她便在图书馆里溜达,想借几本书回去打发时间。

念想从小就喜欢看书,而且喜欢看杂书。家里堆得最多的就是她的漫画书啊故事书,后来长大点又变成了什么《中国神话传奇故事》《世界未解之谜》。等把这些书翻完,她又迷上了科幻小说,就是没正经看过四大名著和世界名著。

老念同志一度很担心她长大以后会想不开地去做个探索宇宙奥秘的科学家,为此还一连买了几年的《故事会》给她看,就希望念想能接接地气,别想太多。所以当听见她的志愿是 B 大的口腔医学时,差点喜极而泣。

用私房钱连买了几年的《故事会》真的有用啊!

第四章　有所图谋

清晨的大雾已经散了，阳光穿透那雾霭落下来，整个图书馆都被笼罩在暖洋洋的阳光里，像是镀了一层金光，遍布着暖意。

她来得有些晚，图书馆的位置都被占得差不多。她四下看了看，只能坐到靠楼梯的那个小角落里。

斜对面就是一扇窗，窗玻璃上还有大雾散去后凝结的水珠。这个位置在走廊上，四面都是风，幸好今天有阳光，这才没有觉得冷。

直到兰小君打电话来"慰问"她是不是掉进食堂的饭桶里了，她这才恍然发现已经是中午饭点。她摸了摸肚子，有些迷茫："怎么那么快又要吃饭了……"

已经饿晕了的兰小君差点又哭晕在厕所，她坚信了一个早上，觉得念想会想起还"瘫痪在床，行动不便"的室友，本着人道主义，发扬友爱精神地给她带去美味早餐。

结果从希望等到绝望，满怀怨念地打电话过去表达关切之情顺便求带午饭时，竟然听到如此"惨无人道"的感叹。

她愤怒地一捶床："念想你不给我带午饭回来，我就撕光你的书！"

念想移开手机看了一眼，颇为不解："你大姨妈又来了啊？"这么暴躁。

兰小君："……"你才大姨妈，你天天大姨妈！

失去理智的女人是什么都干得出来，念想挂断电话之后便决定去觅食，刚收拾好准备下楼，便听见图书馆里一阵刻意压低声音的惊呼声。

念想循声看去——哎……

宋子照怎么跟徐润清在一起？

咦，不对，重点是徐润清怎么出现在这里？

反正不关她的事。

因为背对着他们，这个角落位置又刁钻。念想坦荡荡地站起来，准备去管理员那里登记借书。宋子照正好转身，看见念想正要下楼，

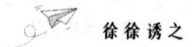

微挑了一下眉,飞快地和身旁的徐润清说道:"徐师兄你等我一会儿,我好像遇见熟人了。"

徐润清"嗯"了一声,顺着他的目光看去,微眯了一下眼。

不巧,也是他的熟人。

念想听见身后有些急促的脚步声,心想:不是吧,这人是背后长眼睛了吗?

刚加快脚步准备装作什么都不知道地溜走,就听宋子照开口叫了一声她的名字。念想的脚步一滑,差点从楼梯上滚下去。

"小心……"宋子照被她吓了一跳,见她抓住了扶手这才松口气,快步地追下来,"怎么做事还这么毛躁?"

念想无辜脸看他,明明是他那一声吓了她一跳啊,她哪里毛躁了?

她心有余悸地拍了拍胸口,表情有被逮住后的沮丧:"宋师兄怎么在这里?"

宋子照忍不住笑:"这么不想见到我?"

"没有啊。"念想捂了一下脸,再挪开爪子时,那表情已经换成了标准的微笑,"宋师兄是不是眼花了?"

"有急事?"他问道。

"有……"她回答。

"那急事先放放。"说着,宋子照指了一下上面,"跟我上来,等会儿一起吃午饭吧?"

急事先放放!念想扶额:"小君追杀我的话,师兄你来挨刀吗?"

她声音压得很低,几近自言自语,宋子照没听清,微俯低身子靠近她:"你说什么?"

不过念想倒没注意他的靠近,甚至她连宋子照说了什么都没听进去,她的注意力全部转向了二楼楼梯口那里。

徐润清拿着一本书正坐在她刚才那个位置上,窗外的阳光倾泻而下,把他整个人都笼罩在温暖的光晕里。他的侧脸线条在阳光下被勾勒得格外清晰明朗,眼睑微垂,如墨一般,幽沉深邃。

不同于以往穿白大褂时给人的严谨稳重之感,现在虽不减清冷,看上去却亲和了许多。

离开工作之后的他,似乎永远都是随意慵懒的,左手正在不停地转着手机。手机的金属边框在阳光的折射下发出璀璨的亮光,随着他的动作忽闪忽闪,那光影从他眼底转瞬即逝。

右手搁在桌上,指尖轻抵在书页上,正专注地看简介。

念想控制不住地去看他的手,手腕上依然戴着上次见过的劳力士手表,衬得他手腕那一寸修长白皙,腕骨分明,和袖口相差的那一分距离,线条流畅,轮廓完美。

那手指修长,轻搭着书本……

念想忍不住去捂了一下有些热乎乎的鼻子——完了,她这个追求完美的手控……

宋子照见她慢吞吞地跟在身后,不由回头看了一眼,见她双眼发直地盯着徐润清的手,微皱了一下眉头,忍不住抬手在她眼前晃了一下:"念想。"

"啊?"念想回过神,正要解释下,就见徐润清突然抬起头来,漫不经心地扫过来一眼。

念想到嘴边的"我就是觉得徐医生的手表特别好看"立刻咽了回去,她怎么觉得她的主治医生好像心情不是很好的样子啊?

正这么想着,就看见他站起身走过来。

念想立刻端正了表情:"徐医生。"

徐润清低头看她一眼,轻"嗯"了一声算是回应。

好冷淡……

宋子照倒是对徐润清这样的反应习以为常："午饭一起吃吧？"

徐润清没什么意见，念想却有些犹豫："那个，我还有个室友没吃饭……"

"那就让她过来一起吃。"徐润清说道。

念想："……"

短暂的安静后，徐润清微挑了一下眉，问道："怎么，很难办到？"声音淡淡的。

念想却打了一个哆嗦，赶紧摇头："我给她打个电话。"

兰小君是在和欧阳组队刷日常的时候接到了电话，她点击"跟随"前面骑着驴的欧阳大虾，撒开鼠标去拿手机："回来了？"

念想回头看了一眼低声说话的两个人，轻咳了一声："没，你要不要出来一起吃饭？"

兰小君竖起眉头："再给你一次机会啊！"

"有送子师兄和徐医生，来不来？"

兰小君手一滑，差点把手机扔出去："你说谁？"

"宋师兄和徐医生……"念想顿了顿，压低声音确认，"来不来？"

"天哪，不早说！没时间做面膜了！"

念想："……"

一阵鸡飞狗跳的动静之后，电话终于被挂断。兰小君把不小心扫下去的外接键盘捡回来，一边装回摔掉的键壳，一边飞快地打字："念想打电话来，问我要不要和徐医生一起吃饭。我没犹豫多久，果断地选择了徐医生这样内外兼修的。哈尼，中午要辛苦你一个人了，拜拜啊！"

欧阳："等等，念想和老大在一起？"

兰小君边往脸上抹乳液边单手敲字："是啊。你嫉妒啊？不跟你说了，我撤了。"

第四章　有所图谋

"别走啊……"

"兰小君你回来……"

"老大和念想在一起，你当什么电灯泡啊！"

"说好的心情不好让老纸陪你去看花灯呢？你个骗子！"

……

念想又往兰小君的手机里发了个地址，正准备先行去一楼图书馆管理员那里登记借书，目光瞥到徐润清手里拿着的那本英文原籍时，随口问道："徐医生也要借书吗？"

宋子照似乎是被提醒了一般，看了两个人一眼，指了指楼下，压低声音道："徐师兄不也要借书吗？正好一起去登记下。"

徐润清不置可否，率先抬步往楼下走去。

登记的窗口有两个，念想走得慢，见徐润清排在左边，正想跟上右边的队伍分开排。刚往右边迈出一步，就听徐润清有些清冷的嗓音响起："突然想起来，我用念想的借书证更好一些。"

忽然被点名的念想一愣，回头看他。

徐润清神色自若地看了一眼一脸疑虑的宋子照，解释道："她现在是我的病人，每月固定复诊，比和你联系要方便多了。"

宋子照张了张嘴想说些什么，但又觉得徐润清的这个理由根本找不出破绽，想了半天无法反驳，忍不住皱了皱眉头："念想你方便吗？"

……肯定不方便啊！她正挖空心思准备找个合情合理的借口，抬头便看见徐润清悠然看过来的一眼，那眼神眸光灼灼，颇具深意。

念想犹豫了一下，收回往右边队伍迈的脚，默默地站到了徐润清的身后，小声回答："方便的。"

徐润清回头看了她一眼，很自然地把手里的书递到她眼前："那就麻烦你了。"

念想暗暗磨了磨牙，抬手接过来抱进怀里，摇摇头："虽然是有点麻烦……"话没说完，察觉到他又落下来的视线，立刻狗腿地笑了起来，"但因为是徐医生，就算麻烦一点也没关系。"

怕他不信，她抬手捶了一下自己的肩膀，信誓旦旦："真的。"

话音刚落，便见徐医生眼角微扬，似乎是笑了一下。虽然转瞬即逝，但依然被念想敏锐地捕捉到了。

念想突然陶醉地想，不知道这样算不算是无意之间讨好了她的主治医生啊……

宋子照在一旁看着两人旁若无人地互动，眉头皱得越发紧了起来，一种从未有过的危机感呼啸而来。

可是，他仔细打量了一眼徐润清，这么高冷孤傲的人怎么可能看得上念想？

这顿兰小君格外期待憧憬并且全身细胞都为之兴奋的午餐终究没能圆满吃上，徐润清刚走进餐厅，就接了一个医院的电话。

宋子照去前台订包厢，念想就站在门边等徐医生。

他背对着她，只能看见个挺拔的背影。没多久，他握着手机转过身来。念想还目不转睛地看着他，直直对上他看来的视线，一愣，随即立刻飘忽开自己的视线装作在四下张望。

那端不知道说了些什么，他的眉头一点点皱紧，表情终于有了丝变化。

念想好奇地又看了回去，但又担心自己这么明目张胆的会被抓包，就挪开视线看玻璃门上的"欢迎光临"，为求效果逼真，她还用手去擦一擦。

连续几次之后，站在门口的服务员都忍不住多打量了她几眼。

徐润清挂了电话推门走进来，见她一个人在，问道："宋子照呢？"

"在那里。"她指了指不远处的前台。

第四章　有所图谋

徐润清顺着她手指的方向看去，微抿了一下唇，交代："医院突然有事，我要先赶过去。你等会儿跟他说一声，下次再一起吃饭。"说完，他微抬了一下下巴往她怀里看了一眼。

念想立刻警惕地后退一步："徐医生你在看什么？"

徐润清："……"他忍不住抬手轻捏了一下眉心，无奈提醒，"我的书。"

呃——

念想把抱在怀里的那本书递给他，微微脸红。

徐润清接过来时，手指不小心正好擦到她的指尖。女孩子的手微微地温热，触感柔软又细腻。他垂眸看了一眼她白嫩的手指，再抬头时正好看见她有些不好意思地红着脸，原本还有些糟糕的心情顿时愉悦了几分。

"周一的讲座来不来？"他问。

念想一愣："啊？是徐医生你演讲啊？"

"不是我。"他一顿，解释，"是我们医院的林医生，他的演讲含金量很高，可以来听听。"

说完这句，他又看了她一眼，没等她的回答便转身离开。

同一时间，兰小君推门而入，只斜了一眼和她擦肩而过的男人，非常急切地蹿进来东张西望，好不容易看见杵在门口的念想，立刻问道："哎，徐医生呢？在哪儿呢……赶紧让我瞻仰下。"

话落，想起什么，又狠狠地一拍念想的肩膀："刚才出去的那个男的你看见了没？长得好像徐医生啊。"

念想忍不住吐槽："那个就是徐医生啊。"

兰小君顿时一脸便秘状地看着她，无声控诉。

林医生的全名叫林景书，按兰小君的话来说，此君的名字看着不

徐徐诱之

像是牙科医生,倒像是个温温吞吞又带点穷酸气的化学老师。

念想还好奇地问过:"为什么是化学老师?"难道长得像元素周期表吗?

兰小君分析得头头是道:"你看,后面的名是景书,景书的谐音不就是金属吗,不是化学老师难道还是音乐老师啊?"并且,她对自己的分析深信不疑,以至于对周一的讲座都有些兴致缺缺。但当她溜达去学校贴吧不经意地看到了林医生的照片时,只觉得胸口像是中了爱神之箭,满眼冒着红心。

这年头当医生都需要满足外貌协会的审美标准吗?

林医生应该是瑞今口腔医院最金贵的医生之一,听说简历非常漂亮,被 B 大聘请为客座教授,这一次的演讲,是林医生第一次在 B 大的讲座。

念想被兰小君拉着围观照片——

"手没徐医生的好看,长得好像也稍微差点,这眼睛鼻子看着有些风流相啊……"

兰小君忍不住翻白眼:"那你倒是说出个林医生的优点来啊。"

"气质比徐医生要温暖多了。哎,你说我往瑞今跑了那么多次,怎么就一次都没见着呢。"念想摸了摸下巴,有些不解。

"一山不容二虎?"

念想觉得兰小君真相了……

很快地,便到了周一。

念想和兰小君难得起得早,吃过早饭就往礼堂赶。她们有入场券,能按照入场券坐在最前排相应的贵宾座上,近距离围观。

念想原本还在沾沾自喜,但当她发现前排除了她俩是无业游民之外,其余都带着"官衔"后,便深深地后悔起来。

于是,出现了以下一幕——

第四章 有所图谋

每位贵宾座席的人在入座前都会笑而不语地看一眼念想,再看看两人中间隔着一个兰小君的宋子照,一脸"我们都懂""你们太欲盖弥彰了"的表情。

念想简直要哭了,你们懂什么了啊!求告知求分享……

不过这种情况在整个礼堂座无虚席后终于有了改善。

八点整,林景书到场,讲座开始。

兰小君自打林景书进场就一直在狂掐她的手背:"好帅啊!本人更帅一点啊!"

念想被掐得咬牙切齿,连带着看向林景书的表情都狰狞了几分。她认真地听了片刻,越听越入神,连她左侧的大门开了都不知道。

念想的位置靠近礼堂左侧的偏门,距离门口仅两个空位。

偏门被推开,一直守在偏门的文娱部部长见到来人,眼睛就是一亮,引着他往主席台走。不料,男人丝毫没有去主席台的意思,目光在整个礼堂大厅巡视了一圈,在看见双手撑着脑袋专注听讲的念想时,往那里一指,示意自己去那里就好。

他的出现,让整个礼堂的氛围无形之中便开始热烈起来。

几秒的静默之后,观众席便爆发出低低的惊呼声,然后就像是传染了一般,渐渐有些骚动起来。这样的动静让主席台上正在说话的林景书都不自觉地偏头看过去,倏然一笑。

徐润清微点了一下头示意,抬步往贵宾席走去。

直到他在她身旁的位置坐下,她才后知后觉地侧目看过去——

下一秒,立刻坐正身子:"徐……徐医生。"

徐润清看了她一眼,微点了一下头,而后,转回头看向主席台。

念想:"……"

每次见面都要更冷淡一些吗?

林景书正在讲他医治成功的一例唇腭裂病例,念想想了想,忍不住转头问徐润清:"瑞今也做这种手术吗?"

"做。"他回头看了她一眼,补充道,"瑞今和B大有合作研究,像这种手术会在B大附属医院做。"

小看他了。念想默默扭回头。

没过一会儿,念想的后背被人戳了一下。她回头看去,后排那个女生看了一眼徐润清,见他并没有注意这里,小心翼翼地把字条递给她,示意她接过去看看。

后排那个女生是念想的同班同学任颖,不过平常两个人很少来往,见面连话都很少说,这会儿怎么给她传字条了?

念想一脸疑惑地接过来。

"念想,你和徐医生认识吗?"

念想正愁没有笔,满世界地找笔时,从后面默默地递过来一支——她窘着脸接过来,快速写道:"算认识吧……"

任颖又把字条递过来:"你们怎么认识的啊?"

念想抓了抓脑袋,偷偷看了一眼专注的徐润清,见他没注意这里便快速地写完扔回去,心虚得就像是在上课时候开小差传字条,怕被老师逮到一样。

任颖看到那句"我在徐医生这里矫正"时,微挑了一下眉头,问道:"你牙齿不是还挺整齐的吗?"

"没有啊,有些拥挤,拔牙就拔了四颗。"

"那你应该有徐医生的手机号码了?给我们一个吧,好不好?"

念想有些犯难,纠结地看了一眼徐润清——他的工作号码给她们应该没关系吧?

这么想着,她回想了一下。拜她过目不忘的好记性所赐,她立刻就记起了那天他用笔在名片上留下的号码,刚写了一半上去,就觉得一股力量在她还未反应过来时,已经成功地把她手里握着的水笔抽了

第四章 有所图谋

出去。

念想心头一跳,心虚地转头看过去。

徐润清正冷着脸垂眸看着她。那目光里的凉意就像是寒冬腊月时结在窗口的冰凌,嗖嗖地泛着冷光。

完了……被抓包了……

她默默地想把字条藏进手心里,结果手指刚动了一下,就被他抬手按住一点一点地从她手底下抽出来。

刚想看,念想已经反应迅速地拽住字条的一角往回拉。见他又用那种古井般沉寂又幽深的眼神看着她时,默默地咽了口口水,还是坚持道:"那个……我可以坦白从宽的,字条你还给我好不好……"

徐润清已经看到了后面那几句话,冷睨了她良久,这才松开手:"解释。"

念想生怕他反悔,赶紧把字条捏成一团塞进自己的口袋里:"我没乱说话,就是有人问我认不认识你,想要你的手机号码……"

徐润清"嗯"了一声,尾音上扬,语气不善:"所以你就给她们了?"

……这人的压迫感怎么就那么强?

念想心虚地抹了一把冷汗,回答:"我想着,给她们工作号应该没事啊……"话落,见他脸色又阴沉了几分,赶紧认错,"对不起。"

他似笑非笑地看着她,声音又压低了些,沉得就像是浸了水的棉花:"错哪儿了?"

错哪儿了……

她不知道啊……

念想悄悄看他一眼,努力地想了想,一脸疑惑地问道:"不应该说跟你认识?"

徐润清勾起唇角,笑得格外深藏不露:"你确定?"

啊啊啊啊……你别笑了啊,这样更恐怖啊!

她弱弱地说:"那是……不应该给她们你的号码?"

他的笑容终于敛去,冷着一张脸,一字一句格外清晰地说道:"你难道不知道?那是我的私人号码。"

念想顿时石化——

林景书刚讲完案例,就进入了这次讲座的提问环节。

五分钟给大家整理问题的空隙时间,他侧目往徐润清这里看了一眼。

徐润清微低着头,注意力显然没有放在主席台上。林景书顺着他的视线看过去,坐在他身旁的女孩子正用一脸震惊呆愕的表情看着他。

大概是察觉到他的视线,徐润清抬起头看了他一眼,微勾了勾唇角,似乎是……在笑?

林景书忍不住微眯了眯眼,多留意了几眼念想,这才移开目光看向观众席,声音温润:"现在开始提问。"

不知道麦克风还是喇叭出了一点问题,他话音刚落设备就发出了一声尖锐的杂音,转瞬即逝。

念想只觉得耳膜被刺得一疼,终于回过神来,抬手去揉耳朵。

兰小君的八卦之魂已经熊熊地燃烧了起来,见徐医生的注意力已经转移到了正在回答的林景书身上,立刻狠掐了念想一把,见她龇牙咧嘴地转过头来,贼兮兮地问道:"我刚才都听到了啊,什么私人号码?"

"能不能别掐我了?"念想揉了揉被她掐得满是指甲印的手背,转头看了一眼眸子微合、慵懒靠在椅背上的徐润清,咬牙切齿地举起了手。

兰小君一脸呆愣地看着她,小声问道:"你干吗?"

"提问!"念想回答得斩钉截铁。

第四章 有所图谋

她的话音刚落,林景书就已经看了过来,抬手指了一下念想,示意她起身提问。

念想站起身来,清了清嗓子,这才格外清晰明确地问道:"请问林医生,你在什么情况下会给你的患者自己的私人号码啊?"

这种堪比"林医生你有没有女朋友"的问题显然是一点即燃的话题,观众席上又开始有人蠢蠢欲动起来,窃窃私语不绝于耳。

林景书被问得一愣,随即想起什么,似笑非笑地看了一眼坐在贵宾席上微沉了脸色的徐润清,颇有兴味地反问:"这个问题的初衷是什么?"

念想正要回答,低头对上徐润清饶有兴趣的视线,一个激灵,再没了刚才那义愤填膺,灰溜溜地敷衍道:"大概是想要林医生的私人号码……吧?"

徐润清微挑了一下眉,看着她。

兰小君已经瞪大了一眼——她万万没有想到念想的胆子那么大,居然敢当众要林医生的私人号码。她难道不知道后面观众席上有一半的女同志都是潜在情敌吗?

一片寂静中,念想只听到徐润清用仅两个人能听见的声音近乎耳语般地回答:"通常我给私人号码……都是有所图谋。"

原本想反将徐医生,结果却让人把自己给将了的念想……悲愤了。

讲座快结束时,徐润清提前离开,临走之前还不忘提醒垂头丧气的念想:"周三早点来,粘托槽需要一段时间。"

念想现在满脑子都是他那句"有所图谋",晕乎乎地点点头。等他起身离开,恍惚间觉得后背被戳了好几下,一回头——便看见了以任颖为首的众人,那艳羡的眼神。

她有些无法理解这个世界了……

接下来的两天,念想的脑内始终在循环着"有所图谋"四个大字,愁得她的双下巴又重现江湖——想来想去,唯一的解释好像就是……那笔要欠两年的车漆维修费?

老念同志因公事出差,念想就没回家,周三上午直接从学校出发,去了瑞今口腔医院。

前台的护士小姐正在吃早餐,看见她推门而入时,赶紧抹了把嘴让她先在大厅的沙发上坐一会儿:"念小姐来得真早,我们刚上班。"说着,又亲自去饮水机旁给她倒了杯温水放在桌几上。

倒是念想有些不好意思起来,她边道谢边说:"你可以忙你的,不用管我。"

护士小姐对她笑了笑,问道:"念小姐今天是来找哪位医生的?"

念想疑惑地看了她一眼,回答:"我来找徐医生,今天要粘托槽。"

"啊?"护士小姐微皱了一下眉头,低声嘀咕了句,"我记得徐医生今天好像不上班啊。"

说着,绕回了前台,点开电脑看了一下医生的轮值表:"念小姐没记错时间吗?今天徐医生的确是不上班啊。"

这会儿念想也愣了:"可是他让我周三过来……"

想了想,她手忙脚乱地从包里翻出那张预约卡来:"预约的时间也是周三上午。"

护士小姐和她面面相觑了一会儿,挠了挠头:"那这样吧,你在这里再等一会儿,如果上班时间还没来的话,我再帮你打个电话问问。"

念想点点头,笑了笑:"那麻烦你了。"

今天的天气不怎么好,已经是清晨时分,却不见阳光。整片天空似乎遮了沉沉的雾霭,雾蒙蒙的,遮天蔽日。

这么一个恍惚,秋天都已近尾声,凉风四起。

两旁的行道树树叶早已发黄凋落,有车经过时,那扬起的风掀起

第四章　有所图谋

地上的落叶，呼啦啦的一大片，像飞舞的蝴蝶，翩翩然然。

她小口抿着纸杯里的温水，恍惚地想起六年前，她第一次踏进牙医院时，好像也是这个时候这样的光景，只是环境不同……

那家医院冷冰冰的长廊连带着日光都缀了几分冷意，看向尽头时，那一排的铁门就像是桎梏，压得人喘不上气来。

不像这里——

"有热茶，有沙发，还有美人欣赏……"

要是她实习的单位也这么棒，真的做梦都要笑醒了。她正这么天马行空地想着，陆陆续续地有医生和护士来上班。她坐的地方有些显眼，于是，每个经过的人都会偏头看她几眼。

念想被看得有些发窘，磨磨蹭蹭了一会儿，去前台问护士小姐能不能打个电话问问徐医生今天来不来。

话音刚落，就听身后一清冷的男声回答："你不是有号码，自己不会问？"

念想还未扭过头就已经从护士小姐有些惊讶和猜疑的表情里找到了答案。她慢吞吞地转过身，刚想举起手来打个招呼，余光瞥见徐润清身后的人在笑，看过去时，微微惊讶："林……林医生？"

林景书对她笑了笑，又看了一眼徐润清，颇有些意外："来找润清？"

啊……她脸上有写"我来找徐医生"这样的字吗？

"是啊，我来找徐医生的。"她回答。

正想再说些什么，徐润清已经把手里拎着的外套搭在了自己的臂弯处，垂眸看了她一眼，声音越发冷清："跟我上来。"

念想看了一眼面色不善的徐医生，有些莫名。这个人怎么无论什么时候都板着一张脸，见谁都是一副"你惹我不高兴了"的祖宗脸？

林景书显然很习惯了，微微颔首，礼貌地从她身旁经过。

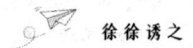

　　刚走了几步，似乎是想起什么，又停下脚步，看了一眼正往二楼诊疗室走的徐润清，问道："你今天不是休息吗？"

　　徐润清显然不太想回答这个问题，微抬了抬下巴指向跟上来的念想，简短道："因为她。"

　　念想愣怔了片刻，就保持着上楼的姿势僵在了楼梯口。

　　直到——

　　已经走到二楼，却发现人没跟上来的徐润清又后退了几步看下来，压低的声音微带了几分沙哑："放心，不另收你看诊费。"

　　念想默。

　　好像重点……不是在这里啊。

　　因为是"临时加班"，欧阳并没有来，加上他今天没有病人，整个诊疗室便显得空旷冷清。他换上了白大褂，正在系纽扣时，看见她杵在牙科椅旁，抬手指了指牙科椅："躺上去，我准备下，我们就可以开始了。"说完这句，他眉头微皱，抬手虚握成拳，侧过身去轻咳了几声。

　　念想边躺上去边忍不住问道："徐医生，你感冒了啊？"

　　他低低地"嗯"了一声，先去水槽旁边洗了手，刚取出一次性的手套和口罩放在工作台上，一个眼生的护士小姐捧着托盘走了进来，把东西放下时还低头看了一眼念想："徐医生，现在人不多，我留下来帮忙吧？"

　　徐润清看了一眼托盘里的东西，把手里一张打印出来的单据递给她："去前台把她的钢丝和托槽拿上来。"

　　那护士接过单据看了一眼，转身下楼。

　　光线微薄，整个诊疗室都有些昏暗。他走到窗前，拉起百叶窗帘。那轳辘"咯咯咯"转动的轻微声响在这有些寂静的诊疗室里分外清晰。

　　随着窗帘被拉上去，那日光也透过窗口投射进来，犹如实质一般，跃然而上，扑洒了一地。他拉了牙椅在她身旁坐下，拆了器械盒给她围上了一次性的围巾。

念想很自觉地抬起头来，他的手指就从她的颈后绕过来，简单地打上一个结："整个过程需要的时间有些久，有不舒服，举下手。"

话落，他抬手调整了一下灯光，用口镜检查了一遍她的口腔情况。

念想莫名就有些紧张，等他转身在电脑上打开她的片子时，用确保他能够清晰听见的声音小声说道："徐医生，我欠你的钱一定会还的。"

徐润清微挑了挑眉，有些跟不上她跳脱的思维，转身就看见她交叠在身前的双手正不自觉地扭成一团时，这才了然。

小姑娘一副待宰羔羊的样子实在是让人忍俊不禁，他体内的腹黑因子被激发，什么职业道德暂时都抛在了脑后。他勾唇笑了笑，笑容温润柔和，一双眸子透着光，明亮又深邃。

可就在下一秒，他便颇为恶劣地吓唬她："有没有利息？没有利息的话我下手没有轻重的。"

第五章

VIP 待遇

徐医生,你的职业道德呢!

这种时候,不应该非常坚定地回答一句——你放心,作为一个专业的牙科医生。我一定会全力以赴吗?

怎么会是没有利息下手就没有轻重呢?她躺在牙科椅上默默地仰望他,他微微勾着唇角,还保持着刚才那个笑容,眼底闪烁着戏谑的光,看上去虚虚实实的,根本看不透他是在开玩笑还是说认真的。

念想想起前阵子他还严肃正经地让她尊重他的职业。此刻一对比,鲜明得简直不忍直视,她觉得自己的双下巴都要被吓跑了。

气氛正僵持间,下楼拿钢丝托槽的护士小姐已经回来了,边把装着托槽和钢丝的小纸包递给徐润清,边问道:"徐医生今早就这么一个病人吗?"

徐润清打开纸包确认了一下,点点头:"嗯,就她一个。"

话落,念想便接收到了来自护士小姐艳羡的眼神。她站在牙科椅

第五章 VIP 待遇

旁居高临下地打量了念想一眼,笑眯眯地说道:"一早上徐医生的时间都是你的,简直是 VIP 服务。"

像只待宰的羊羔躺在债主面前任他宰割,这种情况,哪里值得羡慕了?念想觉得自己越来越不能理解这个世界了……

徐润清戴好口罩和手套,看了一眼已经进入状态的念想,轻声道:"放心,不会让你人生中唯一一次牙齿矫正留下心理阴影的。"

一旁拿好工具的护士小姐目光在两个人之间溜达了一圈,弯着眼睛笑得贼眉鼠眼。见徐润清抬眼扫过来,立刻端正表情,戴好口罩:"徐医生,可以开始了。"

念想自觉地张开嘴看向他,脑内开始自动循环播放牙齿矫正流程——

作为基础,念想对这个毫不陌生。

徐润清在清洗她的牙齿,那蓝色的药膏抹在牙齿上被水流一冲,酸酸涩涩得舌尖都有些发苦。

三用气枪的声音响起,在这安静的诊疗室里就像是一把电锯。

护士小姐用三用气枪吹干念想的牙齿后,又用开口器让已经清理干净的牙齿表面暴露,保持干燥。徐润清接过她递来的酸蚀剂在需要粘托槽的部分涂上,停留片刻,便让护士用吸唾器吸干水,一直到都冲洗干净,再次吹干。

整个过程流畅又熟练,酸蚀剂停留的时间几乎都精确在二十秒。

他夹起棉花固定在牙齿侧面,等护士调好黏结剂,用镊子夹起托槽仔细地粘在牙齿相应的位置:"灯照一下。"

护士赶紧拿了固化灯过来,见他一手固定着念想的下巴,一手用镊子一端轻抵着托槽,便自己操作着拿灯照。

那紫色的光线虽然柔和,却有种说不出来的不适,她眨了几下眼睛,正对上他看过来的目光,微微愣了一下。

徐徐诱之

"闭上眼。"徐润清戴着口罩只露出一双眼睛来,那双眼映着灯光,微微发亮。

念想乖顺地闭上眼,那灯光就浅浅地一层落在她的眼皮上。下一秒,就感觉下巴上的手松开,她的鼻梁微微一凉,睁开眼看去——

他的手围着那灯,隔开一个恰到好处的距离,手指贴着她的鼻梁,那凉意,就是从他的手指上传来,清晰又分明。

等粘好几个,念想就觉得有些累,一直保持着张大嘴的姿势,唇角那一处酸得有些发麻。忍不住动了一下,刚侧了一下头,他就垂眸看过来。

用吸唾器吸干水后,一手落在她的头上,一手轻捏着她的下巴调整回刚才的姿势:"再忍一下。"

念想眨了一下眼,觉得嘴唇干燥得起皮,嘴巴里充斥着酸蚀剂酸酸苦苦的味道,难受至极。

"头侧过来。"他边说边轻托了一下她的脑袋,隔着一层手套也能感觉到他指尖的温度,有些凉,紧贴着她的脸,却让念想有种说不出的舒适。

粘好一侧,他移到另一边,粘另一侧的托槽。因为是粘全口,同一侧的上下一起粘,需要十足的耐心。他白大褂的袖口就贴着她的脸颊,随着他的动作偶尔会轻轻地摩擦着她脸上的皮肤,那袖口近在鼻端,带着一种很恬淡舒适的淡香,香气若有似无。

念想在这个角度正好能看见他,他正凝神在粘托槽,眉头皱起个很细微的弧度,眼神专注,眸色深得就像是毫无波澜的古井,深幽,却又带着一丝隐秘。

念想看着看着就看得有些入神,她靠得近还能听见他隐在口罩下平稳又清浅的呼吸声。果然认真专注的男人……最有魅力啊。

整个诊疗室安静得像是入定了一般,就连走廊上的脚步声都能听得一清二楚。

林景书靠在门口看了一会儿,原本还等着徐润清先发现他,结果等了半天也不见那个男人转过头来,干脆自己走近刷一下存在感。

徐润清这才发现他的存在,微皱着眉头看了他一眼:"不忙?"

"忙里偷闲。"他低头看了一眼念想,轻"嗯"了一声,"粘得漂亮。"

徐润清对这样的恭维完全没有任何反应,只淡淡地扫了他一眼,继续粘托槽。

林景书看了一会儿,才想起正事,问道:"你上次说吃饭是几号?"

"月底。"他想了想,又补充道,"老头还没给我具体时间,到时候跟你说。"

"行。"他干脆应下,"确定不带实习生?女孩子萌萌的多可爱啊……"

徐润清闻言冷笑一声,声音清冷:"你确定是萌萌的很可爱?"

好吧,他不确定……

念想睁大眼睛努力瞪他,居然敢歧视女实习生!

收到她控诉的眼神,他微眯了一下眼,问道:"敢有意见?"

两侧托槽都已经粘好,说话间,他已经拿了颊面管,示意她把嘴巴再张大一点。念想还来不及说话就被上了颊面管,嘴张得大大的。

不用照镜子也知道——现在看上去一定又丑又蠢还凶残……

嘤嘤嘤,好想哭……

好不容易托槽全部粘好,念想等他把颊面管取出来后,赶紧活动有些僵硬的脸部。刚合上嘴巴就觉得口腔内部组织遭受到了前所未有的挑战,她有些不习惯地摸了摸……

一嘴的金属疙瘩。

徐润清正在调整弓丝,见她一直不停地在揉嘴摸矫正器,淡淡地瞥了她一眼:"感觉怎么样?"

"感觉不是很好……"她从牙科椅上坐起身，见他挑眉看来，四下看了看，眼神飘忽着，有些不好意思地捂着肚子小声地问道："那个……我能不能先去趟厕所？"

徐润清就坐在她身侧，能清晰地看见她眼里的窘迫，他弯了弯唇，从善如流地推开椅子，这才说道："请便，一楼人多，你可以去三楼上厕所。"

早上喝了两杯豆浆的后果……就是这样。

等她解决内需回来时，护士小姐已经不在了，徐润清正坐在牙椅上打电话。说是打电话，更多时候是在听对方说，他时不时地"嗯"一声，三言两语打发了对方挂断了电话。

见她回来，他抬手指了一下牙科椅，示意她躺回去。

接下来的步骤便快了许多，他调好弓丝扣进她的托槽上，检查了弓丝的末端，再拿出来时，减去太长的部分，用结扎丝固定弓丝。

他的动作熟练又快速，用镊子夹着那细铁丝一个个套好固定，旋转时，念想甚至能感受到他用的力在拉扯着牙齿。

套好，固定，再剪断钢丝，整个过程细致又完美。

做完这些，他又用手一颗颗摸过去，那手指染了几分热度，隔着一层薄薄的手套清晰地传达给她。检查完毕时，他说："你自己张合下嘴，看看有没有哪里扎。"

念想蠢蠢地动了几下嘴，摇摇头："没有。"

他这才站起身来，顺手摘下手套和口罩扔进工作台旁边的医疗废物处理桶："戴上矫正器牙齿会有一定的反应，比如酸软不能咬物，这些你应该都知道……

"还有，一定要保持口腔干净。每天至少三次，最好吃完东西后就刷牙。每次刷牙时间应该持续在三分钟以上，确保牙面都要刷到。戴上矫正器后，很多地方会不方便，比如弓丝下、拔牙的地方、后牙装置等，需要特别注意……"

他的声音很好听，低沉醇厚，因为感冒带了一丝鼻音，每个转音或者停顿时，低哑磁性，简直杀人耳朵。

见他看过来，念想这才赶紧点头示意自己知道——其实这些，不用他说，她也全都知道。

满意她的顺从，徐润清抽出她的档案写病例："最后，不吃骨类还有硬壳食品，就连苹果也最好切成小块吃。现阶段适合软性食物，坚硬的东西会导致矫正器附件松脱，如果出现这种情况以及口腔黏膜划破严重，尽快联系我。"

说到这里，他似乎是想起什么，握着笔的手一顿，抬起头看着她，一字一句道："直接私人电话联系，不用不好意思或者是和我客气。"

念想又是一脸蒙。前面那个不好意思，她还能理解下，后来那个不用客气是什么鬼！

预约好了下次复诊的时间，又交完费用，念想回家吃饭。

老念同志要晚上才能出差回来，但即使是在忙碌的工作中也没忘记念想今天矫正戴牙套的事情，亲切地致电问候。

念想跟着颠簸的公交车东摇西晃，戴上牙套后她的心情有些莫名低落，以至于现在对生活充满了失望，无精打采："爸，你下次能挑个我安静坐下来的时候给我打电话吗？"

老念同志不知道在吃什么，说话有些含糊："我这不是迫不及待想知道你的情况吗？疼不疼？"

念想舔了舔牙齿，柔软的舌头碰到矫正器方方正正的棱角时，闷闷地应了一声："牙不疼……"

"不是。"老念同志终于把嘴里的苹果给咽了下去，"我问的是一次性交那么多钱，肉疼不疼。"

"疼！太疼了，爸你赚钱太不容易了，我以后一定要好好孝敬你。"

老念同志这才满意："啊，对了，再过几天月底了，等星期天爸带你去见见你徐伯伯，也顺便见见你实习期间要跟的老师。本来是想让你准备准备，给老师留个印象分，转念一想，你都戴牙套了，也用不着准备，反正一样都很丑。"

念想："……"妈呀，每次和老念同志对话，都要深刻地怀疑一下自己是不是亲生的。

关注的重点不对导致的结果就是她直接忽略了老念同志说的"徐伯伯"三个字。

她有气无力地应下："我知道了。"

"还有啊，我晚上就回来了，让你妈给我烧一锅糖醋排骨，再去超市买点山核桃。我们晚上促进促进父女的感情，以构建家庭和谐，哈哈哈哈……"

念想忍无可忍地直接挂断电话，还构建家庭和谐，分明是他在挑起家庭矛盾争端，促使矛盾尖锐化好吗！

现在，她非常赞同冯同志经常挂在嘴边的那句话——"我为什么嫁给你爸？因为我眼光不好啊……"

眼光的确是有那么点问题……

念想牙齿的酸软反应没多久就出现了，前牙不能咬合，微用力就是那种直达大脑皮层的酸软无力。

冯同志颇为解气地哼了一声："让你以前不好好拔牙，现在知道错了？"

念想："……"不知道。

她默默地咬了口冯同志夹进碗里的菜，顿时——

"才说了你一句就红眼睛，你还好意思哭啊？"

"不是……"好辣！

"不是什么,我都看见了还狡辩,跟你爸简直一个德行。"

好冤枉!念想:"妈……你炒了几个辣椒啊?"

"一个啊,你别转移话题……咦?"冯同志拨了拨碗里的菜,毫无歉疚地说道,"哦,好吧。本来是就想加一个调调味的,不小心就把你爸种的辣椒摘下来放了几个进去。"

老念同志种的辣椒,还……几个?

情况是这样的,老念同志除了钓鱼之外还有个爱好是种盆栽。起初还非常高大上地喜欢各种名花名草,珍贵花种。

后来有一次冯同志忘记买葱了,回头见老念同志哼着小曲在浇花,就气不打一处来地发了一顿脾气:"你种这些破花是能炒菜吃啊,还是泡茶喝啊?"

老念同志解释:"它们的价值可不是这么衡量的,多有观赏价值啊。"

冯同志更怒了:"你懂还是我懂?"

老念同志:"……你懂。"

于是次日,阳台上各种迎风招展的盆栽全部换成了葱啊,蒜苗啊,小青菜……

这些全部挑战成功后,他又野心勃勃地想着再祸害下别的作物,因为喜欢吃辣椒,干脆自己培育了一盆——非常辣的朝天椒,虐人指数高度五颗星!

念想匆忙蹿进卫生间刷牙漱口,隔着一扇门还隐约听见冯同志给老念同志打电话:"你种的辣椒把你闺女辣哭了,还幸灾乐祸地笑!小心她把你整棵辣椒给拔了。"

嗯……这是个不错的主意!

同一时间。

欧阳边吃着外卖边和兰小君在山脚下采草药:"我都吃上外卖了,你还不跟念想去吃饭吗?"

"吃什么啊?"兰小君含着颗糖快速地敲着键盘,"念想今天去你们医院戴牙套了。"

说完,她似乎是觉得哪里不对,皱眉想了一会儿,想通时微曲手指搭在键盘上的手直接压在了输入键上,清脆的键盘敲击声后,游戏频道的输入栏里顿时出现了不怎么和谐的乱码。

她立刻删光,输入:"天哪,念想不是去你那儿戴牙套了吗?你怎么还在家跟我玩游戏啊!"

欧阳显然也意识到这个问题,有些迷茫:"我和徐医生今天都不上班啊!"

两个人在电脑前呆呆地发了一会儿愣,欧阳先反应过来:"我打电话问问老大!"

兰小君顺手拆了一包薯片,单手戳字:"快问问,是我们家念想被抛弃了还是你被抛弃了?"

他怎么可能被抛弃!

欧阳翻了个白眼,继续拨电话。

徐润清正在回去的路上,看了一眼来电显示,顺手接起:"什么事?"

"老大,你现在在哪儿?"

徐润清微挑了一下眉:"重点。"

"哦,我听念想的室友说念想今天去医院戴牙套……"

室友?这么快连室友都认识了?

徐润清眉头一皱,刚还微扬起的唇顿时抿成一条直线:"是。"

欧阳"啊"了一声,弱弱地问道:"可是我们今天不上班啊……"

徐润清瞥了一眼后视镜查看路况,边打方向边纠正:"是你不是我。"

欧阳又傻了——为什么他觉得徐医生今天说的话他都那么听不懂呢？智商是喂兰小君了吗？

"准确地来说是我临时加班，我一个人可以，就没通知你。"简短地解释完，他语气微扬，声音清冷地问道，"你还有什么问题？"

"没……没了……"挂断电话之后，欧阳呆坐了片刻，总觉得事情哪里有些不对劲。

他登录微信，戳了一下今天上班的同事："老大今天上午在医院里？"

同事回道："哦呵呵呵，是啊。徐医生一大早就来了，我这儿的护士把他和林医生的轮值时间背得比自己的还熟，看见他还以为自己记忆错乱了，一个个去前台重新背了。"

欧阳的重点显然不在这里："为什么要背？用手机拍一下不就行了。"

同事："……"

冷场了。

欧阳又问道："老大过来是不是给一个女孩子粘全口啊？"

"是啊，那女孩子的名字也好记，叫想念。"

欧阳默默回："咳，人叫念想。"

同事："……"

欧阳把已知的信息传递给刚打完外卖电话、已经饿得要靠四肢爬行的兰小君："徐医生一大早去医院给念想戴了牙套。虽然不想承认，但好像的确是我被毫不留情地抛弃了……"

兰小君回答："别难过，意料之中的事。"

欧阳"卒"。

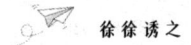

出差多日的老念同志终于回来了,看上去有些风尘仆仆,精神却挺好。

他回家的第一件事就是先去确认一下他那盆辣椒,见一切安好这才悠闲地踱步回客厅。

念想正窝在沙发上看电视,他走过来仔细地打量了她几眼,得出结论:"好像瘦了点?"

念想无奈:"我刚戴牙套没那么快……"

"张嘴给爸爸看看。"

念想纠结了一下,还是张开嘴,露出前排的金属托槽。

"是挺丑的,你还是闭嘴吧。"

念想:"……"

嘴上嫌弃着,但知道念想现在不能咬物,也不管一路上的疲惫,亲自下厨给她熬了一小锅的皮蛋瘦肉粥。

老念同志的厨艺堪比专业厨师,只是他不爱下厨房,如果不是心情好或者是特殊情况他都不轻易下厨。按照他的话来说:"贵精不贵多,偶尔喂一喂才能保持新鲜感。"

说到底,就是懒,非常懒,特别懒。也不知道冯同志有一颗多宽容的心才能日复一日年复一年地包容他。

大概刚谈成了一笔单子心情好的缘故,次日一大早老念同志又亲自下厨煮了一锅海鲜粥。

念想吃完早饭收拾了一下东西回学校,整理钱包时突然发现自己忘记把收费单据送给徐润清了。她挠挠头,有些头疼。要是让她再亲自跑一趟她肯定是不愿意的,那说一声下次带过去应该也可以吧?

这么想着,她便给徐润清发了一条短信:"徐医生,我是念想。不好意思啊,我昨天交完费忘记把收费单据送上去交给你,直接夹在钱包里带走了。我下次复诊的时候再带给你,可以吗?"

第五章　VIP 待遇

发完等了片刻没等到回复，便先抛之脑后，快快乐乐地出门了。

这厢。

欧阳听见徐润清放在工作台上的手机在振动，转头看了一眼，是他的私人手机。见他正在接待患者，只是侧头瞄了一眼手机屏幕，便像以往那样准备拿过来把短信内容念给他听。结果手还没挨着手机，就听徐润清压低了声音，阻止他："别动。"

欧阳愣了一下，伸出去的手还没挨着手机边，回头见他还在认真地给患者换钢丝，以为他的这句"别动"是和患者说的，又继续去拿手机，这次刚握到手里，就听徐润清的声音更往下沉了几分："欧阳，别动。"

欧阳"啊"了一声，有些不好意思地挠挠头："我以为你在跟病人说话，有短信哎，不看不要紧吗？"

"嗯。"他应了一声，始终没有回头。

欧阳见他没注意这边，趁着手机屏幕即将黑下去的瞬间快速地瞄了一眼短信的发件人，上面赫然只有两个字——念想。

欧阳觉得自己整个人都有些不好了。因为早些年频繁被"骚扰"的经历，徐医生便又专门弄了个工作的手机，给病人的名片上联系电话只有工作手机的号码，并且这个工作手机的来电和短信大部分时间都是他来处理。

但是现在！不只是私人手机！居然还存了念想的手机号！

啊，好激动！他觉得他好像发现了一件不得了的事情。老大果然还是和念想有些什么吧？那他之前觉得不对劲的地方完全都可以解释了好吗！

这种全世界只有我一个人知道这个秘密，别人都不知道的感觉真的是……爽呆了！

欧阳眼见着徐润清结束了这个病人，摘下手套先去洗手，擦干后拿起手机看了一眼,然后——笑了啊!笑了啊!虽然只是轻勾了一下唇角!但好歹唇角翘起来了!

老大你没事笑什么!

看来他的猜测果真没有错!

他也洗洗手,去给兰小君发短信了。

十五分钟后,念想收到他的回复:"忘记了?那怎么不把自己忘在医院?"

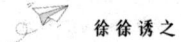小剧场

自打欧阳上次无意中发现徐医生对念想的特别之处后,他脑内便开始反复循环这样一句话:"我妈给了我一双明亮的眼睛,我却用它来发掘八卦。"

想着想着,就无意识地念了出来。

徐润清正在看病人的病例,闻言漫不经心地问道:"什么八卦?"

欧阳窘着脸,见他转头看过来,很没诚意地搪塞道:"没有,就是最近……突然对八卦感兴趣了。"

徐润清淡淡瞥了他一眼,没再理他。

这个人生转机是欧阳始料未及的,因为他发现他对这方面的确非常有天分。不只发现了老大的八卦,还发现了护士长的,还有前台小护士以及——林医生的。

当然,这些都是后话了。

他当天兴致勃勃地跟兰小君分享完这个劲爆消息后,两个人在游戏里勾肩搭背地拼凑徐医生和念想的瞬间……

说起来,这两个人的确是闲得慌。

这么回忆着回忆着,欧阳突然打通了任督二脉一般,想起一件有

第五章 VIP 待遇

迹可寻,甚至能找到证据证明的片段!

念想第一次拔牙,先是经过李医生的手拔了下面那颗牙。后来上牙死活拔不出来,还是徐医生赶到英雄救美……

当然,这不是重点,重点是之后发生的。

念想离开之后,徐医生指使他去把念想的牙齿拿上去,原话是这样:"欧阳,去楼下李医生那里把念想左四那颗拿上来。"

欧阳那时候想都没想,就飘着下楼把牙齿放进酒精里泡了一会儿,清理干净就装在一次性的纸杯里拿给了徐润清。

徐医生的反应是,往纸杯里看了一眼,声音清润:"留那根牙根弯的就可以,当标本教材。"

欧阳觉得那时候单纯得什么都没想的自己实在是太天真了!

一定是自己留着当"念想"了,还说什么当标本教材!

徐医生,你好甜!

Z市的冷空气来得迅猛又强烈,周五便开始全市降温。整片天都灰蒙蒙的,云层翻涌重叠,透着熹微的日光,白茫茫的一片。

看着倒是像要下雪,但事实上,连雨也下不出来。

念想坐在电脑前发呆。她刚上完课被老念同志接回家,晚上还需要出门和冯同志一起购置下"战袍",以准备后天傍晚那场"见师宴"。

为了哄她提前回来,老念同志亲自下了厨,这会儿满屋子饭菜飘香,她看着游戏下载的进度条百无聊赖。

兰小君决定要在游戏里和欧阳结婚,明天晚上就是他们的婚礼。所以她又被兰小君拉回游戏里围观婚礼。

QQ头像闪烁,兰小君发来信息:"下好了没啊?"

"快了。"念想看了一眼进度,还剩百分之十五,等她吃完饭就能下完了。

"那行,我先和欧阳去做任务,你晚点跟上大部队啊。"

游戏小白念想问道:"结婚前还要做任务?不应该培养下感情吗?"

兰小君有些郁闷地反问:"什么培养感情?"

"不是要跟欧阳结婚吗,这会儿不应该你侬我侬?"

兰小君发了个烧焦的表情过来,怒吼:"谁要跟他你侬我侬啊!"

念想窘了:"不能……干吗结婚?"

"天哪,念想你昨天到底有没有认真听我说话啊。我跟欧阳是因为情侣PK赛结婚的!因为PK赛!没有半点私情!"

念想幽幽地:"你觉得我会信吗……"

"喊!"兰小君猛敲了一下键盘,"我还没兴师问罪呢!说!你跟徐医生怎么回事!"

她跟徐医生?这是什么奇怪的组合?

她一头雾水:"躺着都中枪。我们怎么了?"

"都我们了……还需要怎么了吗?"兰小君冷笑一声,补充,"我前两天可是跟欧阳在一起把你们俩之前那粉红的互动都一点点扒出来做成表格了,你别想否认!"

"你们好无聊……"

兰小君:"重点不在这里!"

念想淡定地沉默。

兰小君问:"要不要看看表格?"

念想:"不看。"

兰小君不死心:"真的不看?"

念想:"捂脸,真的不看。"

"看来你已经对你所犯的罪状供认不讳。"兰小君摸了摸下巴,贼笑,"还没看出来,你居然有如此大的魅力,能拿下徐医生!"

第五章　VIP 待遇

"我只承认那句'你有如此大的魅力',谢谢。"话落,念想思忖了一下,说道,"小君,这些话跟我说说没问题,别传到徐医生那里去,影响不好的。"

兰小君"哦哦"了两声,哦完又觉得不对——她答应这个干吗!

等等……这是被念想反教育了?

"你给我回来!吃什么饭啊!说清楚!"

念想曰:"施主,不好意思。民以食为天,贫尼要去吃饭了。"

兰小君:"……"

吃过饭,念想被冯同志提溜出去逛街。

Z 市的夜晚,华灯初上。但因为这突如其来的降温,街上的行人还是少了不少。

冯同志见她把自己缩成熊一样的尿样,干脆领她去商场专柜。除了购置"战袍"以外,还添置了不少,从里到外无一遗漏。

念想手里拎满了购物袋,有些不安地看了一眼兴致正浓的冯同志:"买那么多?"

"你多久没买新衣服了?人家女孩子一天换一套。而且你是要去实习了,都二十四岁的人了,怎么还不寻思着打扮下自己?"

正好经过一个落地镜,念想瞄了一眼镜子里的自己,小声回答:"大概是因为天生丽质?"

冯同志脚步一顿,冲着她狠狠翻了个白眼。

念想:"……"

一楼是化妆品的专柜,冯同志左挑右选着,念想见她一时半会儿也挑不完,把手里拎着的购物袋都放置在休息椅上,就在旁边坐了下来。

正无聊地四处看着,一个不经意的回头,就怎么也移不开视线了。

专柜斜对面相隔一个电梯的甜品店里,落地窗口旁正坐着徐润

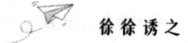

清……和一个漂亮的男孩子。

不知道他们在说些什么,徐润清的表情始终淡淡的,手里是一个漂亮的玻璃杯,杯沿上还夹了一片柠檬。

那个漂亮的男孩子看上去大概是十五岁?

念想对年龄评估这项技能实在水平有限。

距离有些远,念想只看见徐润清端起玻璃杯凑近唇边抿了一口,放下后,抬手伸向了那个少年——

然后轻捏住了少年的下巴,不怎么温柔地一转,把少年的脑袋掰正。

那好看的手指即使是隔着那么一大段的距离,依然还是第一眼就撞进了念想的眼睛里,闪闪发光。

等她把徐医生的五根手指都垂涎了一遍,再仔细看去时,那个漂亮的男孩子已经被弄哭了。眼睛里蓄满了眼泪,水汪汪的,在灯光下折射出水润的光泽,像是瑰丽的宝石。

徐润清抽了纸巾递给他,转头看过来,目光一路从隔壁的咖啡厅转到化妆品专柜,最后落在了——

她的身上。

念想一愣,两厢沉默地对视了片刻,她才颇有些尴尬地抬起爪子扬了扬:"嘿……"

徐润清静静地看了她三秒。随即站起身来,对对面的男孩子说了声什么,抬步离开。

念想就看着他经过他身后的空座,修长的身影在灯光下越发显得挺拔。然后他推开门,走了出来,看向她。

这是……要过来找她的节奏?

念想瞪圆了眼,被他用那种清亮的眼神看着时,感觉在被他目光锁住的那个瞬间,呼吸都有些错乱。

突如其来一股紧张无措的情绪……

第五章　VIP 待遇

念想有些蒙。

他信步走过来的动作就在她这样神经高度紧绷的情况下，一帧帧放大。

她清晰地看见他眼里的亮光在闪烁，眼神漆黑如墨，深邃幽沉，笼罩在炽烈的灯光下，恍如出尘。甜品店外面那彩色的霓虹闪烁，光点落在他的额头，再滑至鼻梁，最后落在他因外套敞开而露出的白衬衫上。

他抬起手腕看了一眼时间，那表盘在灯光的折射下，金属光泽微闪，那手指微曲，白净修长，看上去格外美好。

念想的心"扑通扑通"狂跳了几下。完了完了，她觉得她好像是被美色所迷惑了……

很快地，便到了星期天。

老念同志也正经地换了一套衣服，整装待发，见念想素面朝天地出来，忍不住"啧"了一声，回头冲着在玩斗地主的冯同志喊道："我孩子他妈，你快来看看你家的念想。"

冯同志出来一看，微皱了一下眉头，显然也是有些不满意："你好歹往脸上抹点水啊！"说着，便把念想拉进房间。

念想有些不明所以："不就是见一下老师吗？怎么这架势弄得跟相亲一样啊？"

老念同志默默无语——

念想不敢置信："等等等等……什么情况？"

冯同志反手拍了一下她的脑袋："你想什么呢？相亲？就你这样，谁敢给你做媒噢！简直作孽。"

念想："……"胡说。

饭局约在一家私菜馆，环境幽雅安静，据说是老念同志每次设饭

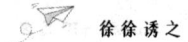

局的必选之地。

由于老念同志在路上就对里面的菜目赞不绝口,甚至连做法、口味都说得格外详细,以至于念想对这次的"见师宴"充满了期待。

私菜馆没有地下停车场,只有菜馆周围的停车位,现在正值饭点,附近的车位都已经停满了车。

老念同志看了看,干脆把念想丢在了大门口,自己往不远处去寻找停车位。

正是傍晚的光景,加之Z市最近几天阴沉沉地看不到日光,就连夜晚都来得要更早一些。路灯已经成片地亮起,映照得两旁的树木都泛着昏黄的光影。

街道上车流不息,延绵而去,就像是一条流动的灯河。

正起风,风声呼啸而起。

念想站的地方正好是风口,被吹得一个冷战,四下看了看,决定躲进屋檐下。

林景书没开车,晚上的饭局就蹭了徐润清的车一起过来,此刻正困在私菜馆斜对面的车流里。

车内正播放着轻柔的音乐,那声音浅淡舒适,他却莫名地觉得有些压抑,偏头看了一眼徐润清,问道:"能不能抽烟?"

徐润清转头瞥了他一眼,冷淡回答:"不能。"

林景书:"……"好吧,那就不抽。

对于徐润清说的话,最好不要质疑,这是他在瑞今那么久,亲身体验后得出的结论。

还记得他一年半之前刚到瑞今口腔医院就职,医院举行欢迎仪式,设了一个饭局。吃到一半他嫌闷,随便找了个借口出来透透气。

正好在餐厅的大堂看见了同样目的的徐润清,他本着结交的心思想套近乎,准备递支香烟给他,所以就问他:"抽不抽烟?"

说话间,已经拿出了烟盒。

徐润清往他手里睨了一眼,慢条斯理道:"不抽。"

林景书一愣,不知道是不是喝酒上头的原因,竟然说了一句:"你是不是男人,不抽烟?"

他还记得徐润清当时的那个眼神,似笑非笑的,看着温润如玉,实则冷光粼粼,看得人心头发虚。

"不抽烟就不是男人?"他轻笑,反问,"什么时候抽烟成了证明男人的方式?"

林景书:"……"他顿了片刻,深深看了徐润清一眼,抽出一支烟来准备点上,刚摸出打火机,就听身旁的男人淡淡地问了一句,"都说不抽了,还想让我抽二手烟,你是不是男人?"

林景书:"……"

偏偏徐润清面不改色,漫不经心,真是有气也没处撒。

后来的后来,林景书在徐润清那里碰壁多次后,有一次正好在医院的走廊上狭路相逢。他忍不住问道:"是不是我哪里得罪你了?"

徐润清轻扯了一下领带,慢条斯理地回答:"好像是,我不太喜欢别人质疑我。"

林景书:"……"他觉得他比徐润清多活了一年却还不如徐润清。

想到这儿,他笑起来,侧目往车窗外看了一眼,正要收回视线,瞥见站在私菜馆门口的念想时,微一挑眉,笑容越发深刻:"看那是谁。"

徐润清不耐烦地顺着他的目光看过去。

念想正在原地跺脚,距离有些远,看不太清楚,不过像个兔子一样在人家店门口蹦来蹦去的……十分显眼。

徐润清微眯了一下眼睛,定睛看了一眼,目光又落在她身后那家私菜馆,忍不住皱了皱眉头——说实话,他现在有种不太好的预感。

林景书的心情却颇为愉悦:"这不是你那个病人吗,等会儿要不

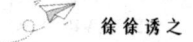

要过去打个招呼?"

听出林景书话里的调侃,徐润清侧目看去,眉目间蕴着一抹淡色,显然对他的把戏很不屑:"没必要。"

"不好奇我为什么会记得她?"林景书问道。

"说实话。"徐润清的目光又落在不远处的念想身上,微勾了勾唇,轻声说道,"一点也不好奇。"

"……"林景书理智地决定转移话题,"你上次说的那个什么交流学习,徐院长决定让谁过去?"

"好像还没定,等会儿可以问问。"他回答。

话落,前方的车流终于开始往前挪动,徐润清又往私菜馆门口看了一眼——刚才还站在那里转圈的人已经不见了。

他收回视线,薄唇轻抿,眼里映着前面车辆尾灯的灯光,清亮璀璨,正搭在方向盘上的手指轻敲了几下,若有所思。

念想跟着老念同志到包厢没多久,徐开成就到了。

老念同志和老徐同志是因为业务合作相识,后来发现有一共同爱好——钓鱼,从而渐渐发展为知交好友,并且正式建交多年。只是那个时候念想已经上大学了,并未见过他,就知道两家偶尔也会聚一聚,父母的交情很不错。

郑重打过招呼之后,念想随着老念坐下来,默默瞻仰自己今后的实习老师。

同一时间,徐开成也在不动声色地打量念想。念想的模样大方好看,五官端正又精致,眼睛圆溜溜黑漆漆的,看上去格外有灵气,笑起来的时候眼睛微微眯起,倒有几分猫的慵懒,看上去格外讨喜。加之肤色白,冯同志又特别心机地挑了件衬她肤色的衣服搭配着,自带柔光。

徐开成点点头,满意啊,别说老念长成这样,这闺女却不赖啊。

第五章　VIP 待遇

啧啧啧。

念想被盯得不好意思，抿唇笑了笑，给长辈都掛上茶。她起身举杯敬徐开成："伯父，以后就劳烦您多照顾了，我一定会用心跟您学的。"

徐开成刚举起的杯子就顿在了那里，眼神瞟向老念同志，犹豫地问道："老念，你还没跟念想说啊？"

说什么……

"念想啊。"老念同志笑眯眯地看着她，解释，"你徐伯父现在不太管这些事了，教你的是徐伯父的……"

话音未落，包厢门口就传来几声清晰又规律的敲门声。随即，候在门口的服务员推开门，笑着把人迎进来。

念想还维持着捧着杯子要敬徐开成的姿势，循声看过去，顿时如遭雷劈。

林景书见到念想的瞬间也是微微一愣，然后想到什么，转头看了一眼徐润清，勾唇一笑。

徐润清原本还未注意，被林景书这明显看好戏的眼神一扫，微微皱眉，抬眸看去。而后，那双幽远深邃的眸子就是一眯，迸出危险的光。

念想傻傻地看着他，默默咽了口口水……

天哪！不要啊……千万不要！气氛一瞬间有些僵持凝滞。

反应颇为迟钝的老念同志丝毫没看出几个人之间的风起云涌，乐呵呵地做介绍："念想啊，那是你徐伯父的儿子徐润清。不陌生吧？是你主治医生，多好的缘分啊。"

……是啊，这也叫缘分的话。

老念同志眯着眼睛看了看站在一旁笑眯眯的林景书，咦，不认识……

老徐同志见状，立刻救场："这位是我们医院的林医生，林景书。润清想得比我周到，怕自己没经验教不好。林医生的话经验丰富点，

111

带过几个实习生,现在还是B大的客座教授,倒是比他自己更合适点。"

徐开成这番话完全是从徐润清那日不配合、不合作、不妥协的态度出发的,殊不料……

林景书看了一眼周身气场有些冷凝的徐润清,笑得更欢畅了:"对我有印象吗?那天你来听我的讲座还向我问过问题。"

念想点头。

老念同志八卦属性顿时全开:"什么问题?"

林景书"噢"了一声,回想了一下,故意露出一副思索的表情,轻飘飘地说道:"好像是要私人号……"

"昨天在商场看见你了。"徐润清打断林景书的话,面色自若地看了一眼念想,说道:"正想跟你打招呼,阿姨把你拉走了。"说完,他似笑非笑地看了一眼念想,语气轻柔又饱含威胁地轻笑了一声,"看见我了怎么不过来?"

念想瞪圆眼,回答不上来——

这什么情况?

徐润清的话音刚落,整个包厢顿时寂静无声,就像是秒针突然停止转动,那一瞬的安静简直令人发指。

林景书显然是已经甘拜下风了,一脸崇拜地看着徐润清——豁出脸去圈地划地盘。说真的,等会儿他一定要跟他争一下这个小姑娘,以雪前耻。

徐开成的笑容微僵,默默地看了一眼同样反应的老念同志。而后者,正机械地转过头去看念想,一脸的求解答:"你们很熟了?"

念想"啊"了一声,一直端着杯子的手终于感觉到酸疼。她把杯子放到桌上,轻捏着小臂,弱弱地解释:"不怎么熟啊……"

话音刚落,就觉得周身的空气一个凝滞,"嗖"的一下就连降几摄氏度,直接坠入冰窟。

第五章　VIP 待遇

念想偷偷抬眼看了看徐润清，后者正慢条斯理地脱了外套提在手里，一双漂亮的眼睛里含着一丝淡淡的笑意，只是那笑意不达眼底。

现在改口来得及吗？念想挠脑袋："你昨天不是……还带着个男孩子吗？"

"怕打扰我？"徐润清微挑了一下眉，把外套搁在椅背上，抬手拉开椅子坐下，"别傻站着了。"

"哦。"念想乖乖随着他坐下，坐完见一屋子的人都用一种她不是很能理解的复杂眼神看着她。

念想默默地去看徐润清，他则姿态颇为闲适地靠在椅背上，察觉到她的目光，抬起眼来，微微一笑。

念想："……"怎么又用上美男计了。

见目的达到，徐润清侧目看了一眼还杵着的林景书，淡淡地："还要我请你入座吗？"

林景书："……"太嚣张！

落座没多久，就有肤白貌美的服务员来上菜。

老念同志正和徐开成说起工作上的事情，念想听不懂，干脆埋头吃菜。只可惜，她舔了舔矫正器微微有些郁闷，前牙使不上力，不能撕碎食物。后牙倒是能用得上劲了，可是，一整块丢进嘴里嚼，实在累得慌。

她正犹豫着下筷，餐桌上的转盘就转动了起来，往右转了小半圈在她面前停下，正是一盘拔丝芋头。

她忍不住抬头看去，徐润清抵在转盘上的手还未收走，那修长的手指在灯光的照耀下更显白皙莹润。他屈指轻敲了一下桌面，发出很清晰的声响，见她的注意力集中过来，开口道："别惦记着那些你吃不了东西。"

念想默，乖乖地伸出筷子去夹芋头。

"还习惯吗?"他又问。

两个人之间隔着两个空位,交流起来并无障碍,所以即使他的声音并不是很大,在老念那大嗓门下依然清晰可闻。

念想摇摇头:"还没习惯。"

"回去之后反应强不强烈?"他端起茶杯喝了口水,微微低着头,颈线弧度优美,侧脸轮廓精致,微垂下眼,那长睫在眼睑下方投下淡淡的阴影,那唇上染了水色,在灯光下隐约间便添了几丝诱惑。

念想突然发现徐润清长得真的挺好看的,以前她从不在意,可现在怎么偶尔扫上几眼,就会觉得口干舌燥呢……

她忍不住舔了舔干燥的唇角,正要找水喝,面前的转盘上已经多了一瓶旺仔牛奶——

林景书正隔着一张饭桌对着她笑,那眼睛略微弯起,笑得颇有深意。

老念同志看了半天终于看不下去,轻咳了一声,转入主题:"老徐啊,你看,今天这最主要的事情还没讲呢。"

徐开成瞥了一眼在座的三位小年轻,沉吟道:"既然你们都认识,那也不用我们做大人的操心了。说实话,我家儿子脾气不好,又没耐心,我还怕委屈了念想。"

徐润清原本还有些慵懒地靠在椅背上,闻言,微坐直了身体,双肘撑在桌面上,那修长的手指十指微扣,他就这么偏头看了她一眼,等徐开成说完,这才漫不经心地接过话:"她自己不能决定?"

老徐同志后面一堆夸林景书的话还没开口就直接被堵了回去,他额头青筋微挑,差点掀桌——这熊孩子抬杠也不看场合,皮又痒了啊!

这么想着,面上却依然淡定,笑眯眯地看向念想:"那念想你自己决定好了。"

被点名的念想一愣,"啊"了一声,内心隐隐抓狂——完全不用考虑地选林景书啊!可她的主治医生是徐润清啊,还是小心眼又高冷

第五章　VIP 待遇

傲娇没有亲和力的徐润清啊！

她还欠着钱呢！这会儿不选他，他觉得没面子，恼羞成怒了怎么办？

念想不由面露难色，她抓了抓头发："伯父……哪有我挑老师的道理……"

徐同志还没开口，林景书已经赶紧接话道："不碍事，我们都很愿意。"

念想有些吃惊——没看出来林医生的本质原来是 M 啊！

咳，想远了……

"我是 B 大的客座教授，要是有机会的话，估计我还能教你几节课。既然注定是老师，实习跟着我干吧？我比徐医生有耐心多了……"林景书说完，看了一眼默不作声的徐润清，很贱地问了一句，"是不是啊徐医生？"

徐润清捏着茶杯的手微微收紧，他侧目看了一眼此刻颇有些小人得志的林景书，拿起杯子凑到唇边抿了一口。

就在众人以为他不会回答的时候，他才面无表情地说道："不是。"

林景书："……"露出个吃瘪的表情是会死啊！

"哪里不是？"林景书颇有些咬牙切齿地看着他。

相比较林景书一脸"我要打败他我要求胜"这么明显的表情，徐润清显然淡定不少："我们什么时候比过耐心了？"

林景书不解。

他继续道："没比过怎么就敢说你比我更有耐心？"

林景书："……"

念想默默地啃了一口有些凉掉的土豆——好像根本没她什么事啊？

那继续吃她的好了……

这边硝烟味浓重，老念同志却笑眯眯地抬手轻撞了一下在发短信的徐开成，挤眉弄眼道："行啊，你这医院里的年轻人干劲十足，又上进又有竞争力,你还有什么不放心的?周末钓鱼约吗?"

这边,徐润清听见手机振动的嗡鸣声,拿出来看了一眼,见是徐开成发来的,不由轻皱了一下眉头,点开。

"你晚上又抽什么风!都说了让你陪着吃顿饭就好,我都顺水推舟让小林带了,你来捣什么乱?"

啊……真是……徐润清抬手轻捏了一下眉心,有些头疼。

他还未想好怎么回复,徐开成又发了一条:"不是说坚决不带实习生吗?想方设法地不愿意带,现在是想反悔了?"

徐润清反复看了几遍,眼底漫过一丝冷笑。他转头看了一眼正大快朵颐完全不在状态的念想,从心底溢出一丝轻笑。

是,他反悔了。

手机在他指尖旋转了一圈,他低头静静地看了一会儿,把手机往掌心一收,放在了桌上,神色自若地继续吃饭。

林景书出了几招他都不接后,终于了无兴趣,也开始专心吃饭。

于是这场饭局接近了尾声,都还没出来个结果。既然没出结果,那自然不能宾主尽欢地散场。

老徐同志对这个颇有些难以收拾的场面有些头疼:"念想啊,你们商量得怎么样啦?"

念想正捧着肚子在打饱嗝,突然被点名,一直压抑着的打嗝声便格外突兀地响起。她默默地喝了几口旺仔,目光在林景书和徐润清身上溜达了一圈,最终停在徐润清身上……

包厢里开了空调,大概是吃饭有些热。他衬衣袖口的金色小纽扣已经解开,卷起至小臂处,袖口翻折松散,看上去格外慵懒随意。此刻偏头看着她,微扬着唇角似笑非笑地说道:"要好好考虑,嗯?"

最后那个单音像是从身体深处发出的,低低沉沉,尾音微扬,那声线醇厚,不经意间就带了几分醉人的引诱意味。

第五章 VIP 待遇

念想默默竖起耳朵,扯着他的袖口求提示了。

他这种态度,她实在是摸不清是不是避而远之的意思啊。

而林景书,笑得一脸如沐春风——答案已经昭然若揭了。

她边打嗝边颤抖着手指指了指林景书:"林医生……"说出这三个字后,念想便看一眼徐润清,后者并没有太大的反应,显然是不怎么放在心上的样子。

"其实我是想跟徐医生的。"念想默默地揪着自己的手指玩,"但是做老师,好像林医生更适合一点……"

话落,见一屋子的人都看着她,她垂下头,低一点……再低一点……已经不敢看了。

林景书:"……"赢得并不怎么高兴啊。

他清了清嗓子,终于决定不逗小姑娘玩了:"念想……"

"哎?"念想萌萌地抬头看他,眼里含着灯光,湿漉漉得黑亮。

林景书就是一滞——

还不待他开口,徐润清有些清冷的声音便响起:"既然这样那就跟着林医生……"

念想循声看去。

他正低头在玩手机,看不出表情来,只那语气越发漫不经心:"我等着看。"

念想:看什么!

他却倏然抬眼看过来,眼底的光细碎地闪烁着,越发显得他眼神清亮。而后,似乎是笑了一下。

但因为太快太浅,念想再定睛看去时,他已经面色如常地站起身来,在灯光下越显修长的身影正好笼罩住她的。

林景书在一旁看得心惊肉跳。徐润清一旦有这种表情,那绝对是没完的节奏了!

第六章

亲密接触

念想回到家后有些垂头丧气，想了想，给兰小君发了条短信："你猜我的实习老师是谁？说出来吓死你。"

兰小君过了一会儿才回复："总不会是林景书或者徐润清吧？拿这个开玩笑真的没意思啊。"

念想默，良久才道："我想撬开你的脑子看一看？"

"……"兰小君立刻精神振奋了，"林景书啊？"

"是啊，但你为什么不猜徐医生？"

"如果是徐医生，你的开场白会是 TAT 这样或者 QAQ，反正不管哪一种，都是哭着的样子就对了。"

念想："……"她竟无法反驳。丢开手机，她抱着抱枕在床上滚了好几圈。想起今晚徐润清离开之前看向自己的眼神。

其实说实话，念想并不觉得徐润清对她有多少好感，表面也总是不冷不淡，就是最近总是有那么一些奇怪。只是自己刚才那样选择了

第六章　亲密接触

林医生，他肯定会觉得不高兴吧？就算没有不高兴，估计也看她会不顺眼。毕竟，按常理来推算，应该是他冷艳高贵地拒绝自己才对。

所以，要不要让他拒绝一下自己平衡一下？毕竟以后可是同事呢。

这么想着，她绞尽脑汁地开始想借口，毕竟主动发短信什么对于她这么矜持的女孩子而言，是非常害羞的事情。

你不信？揍你噢！

念想实在没有这方面的经验，只能去求助经验丰富的兰小君。她当初看上宋子照的时候，可是每天都要短信轰炸的。

兰小君正和欧阳在紫阳峰上刷一个夫妻副本，兰小君扛着把大刀在前面浴血奋战，收到念想的微信消息时，手上的动作一顿，那最后一层血皮被 Boss 的愤怒暴击给磨光，直接扑街在地。

兰小君顺手复活，输入："念想找我，你先扛怪，我去看看怎么回事。"

欧阳比了个 OK 的手势："放心，你稍微站远点。"

兰小君站远了点，很放心地去看消息了。

嫌打字麻烦，念想用的是语音："小君小君，给男孩子发短信要怎么发比较好？第一次。"

兰小君蒙……又重复听了一遍，确定自己没有听错后，这才问道："你给谁发？"

"给徐医生啊！不过你别管这些，快告诉我一般发什么比较好？尤其是有事情要说又难以启齿的时候。"

有事情要说？还难以启齿？

兰小君一脸震惊："念想你终于……有喜欢的人了啊？"

念想："……在我的心目中，徐医生属于高不可攀冷艳的高岭之花好吗？"

居……居然……上升到男神的高度了？

兰小君舔了舔有些干燥的嘴唇，斟酌了半天才回答："对待徐医生这样的，你不能用看普通人的眼光去看他！"

念想有些不太懂："不、不当人看？"

"……"兰小君沉默，沉默了一瞬后，爆发，"我是让你不要以衡量普通人那样去衡量徐医生，谁让你不把他当人看了。

"好吧，对待你这种情商低得一塌糊涂的人，只能简单说了。一般女孩子给男孩子发短信都是'你吃饭了吗？'或者是'明天要降温，注意多穿一件衣服哦'，你可以试试这两个。"

"你吃饭了吗？"

这个问题明显暴露智商啊？他们刚一起吃的饭。

"明天要降温，注意多穿一件衣服？"

念想记得明天好像——回暖了。

难道要发信息说"明天回暖了,徐医生你要注意多脱一件衣服哦"？

不仅暴露智商，还蠢得不可救药，弄不好……是会被当成变态的！

念想无奈地问道："有没有第三种？"

兰小君翻白眼："你不是徐医生的病人吗？就随便给他出个问题让他回答你怎么办！"

念想拍额……对啊，她怎么没想到！果然是没有这方面的天赋吗？

得了指教，念想立刻兴高采烈地去琢磨问什么好了。而兰小君——

她把最小化的游戏窗口打开，看见扑面而来的灰暗屏幕，顿时掀桌："怎么又扑了？欧阳你给老纸出来！你说，你今晚都连累我死几回了啊！"

欧阳正躺在地上挺尸，见她终于回来，泪流满面："小君你还有没有复活书，求拉起！"

"你滚！"

"不要，还有日常没做，我们要培养亲密值……！"

第六章 亲密接触

"亲你的头！"兰小君一边暴走一边复活，正准备丢下他一个人出副本，可临了看着欧阳这么人高马大地躺在地上便又心软了，正想复活他，便见当前频道跃出这样一句话——

"娘子既然不嫌弃为夫几年没洗头，那为夫自然不客气了，伸脑袋……娘子你来吧……"

兰小君："呵呵……"

去死吧！不救了！

念想苦思冥想了半天，也没能找到一个合理的理由。嗯，或者说借口。到最后，也只是干巴巴地发了一句——"你现在方便吗？我有话想说。"

徐润清的回答很简单，言简意赅得只有一个字"说"，连标点符号都没用上。

念想瞪着那个"说"字良久，不知道该怎么说……其实她也就是有"要给徐润清发个短信"的想法，但其实具体内容到底是什么，压根儿没来得及想。

她这么一发愣的时间，他又发了一条短信过来。

徐润清："难以启齿？"

念想："……"她愤愤地戳屏幕，"什么难以启齿，我就是想问问你现在在干吗？"

"刚洗完澡。"

你、你还真回答啊。念想有些哆嗦："……呃，那你等会儿干吗？"

"穿衣服。"

难道现在是没穿衣服吗？竟然没穿衣服？好想看看……啊，不对这种想法好羞耻！

念想拼命抑制自己疯狂脑补的行为，捂着有些发热的鼻尖一溜烟

徐徐诱之

蹿进洗手间降温——妈呀,现在就开始回暖了吗?好热!

同一时间。

徐润清看了一眼顿时安静下来的手机,顺手丢在书桌上,微微俯身握着鼠标轻点了几下,抬眼看了看夹在电脑显示屏上的视频,抬手压下,彻底转到一个死角,这才开启视频。

那端立刻传来有些含糊的笑声,有人在说话。

大概是察觉到他这边的接通,一瞬的安静后,率先有人叫了一声他的名字:"润清?"

"嗯,你们说你们的,我听着。"他用干毛巾擦着头发,上半身还光裸着,只穿着一条灰色的家居裤。

"视频怎么是黑的?"又有人问道,这一次是个女声。

徐润清没回答,事不关己。

倒是林景书端起茶杯抿了口茶替他解释:"应该不方便,毕竟这里有女同事。"

徐润清擦手的动作微微一顿,眉头一挑,有些不悦。事实上,从今晚开始他看林景书就怎么看怎么不顺眼。

湿软的头发已经半干,碎发轻搭在前额,他垂眸看了一眼依然安静的手机,捏在指尖微微转动了一下,又等了片刻。

闫莎莎看着右下角那黑着的窗口有些遗憾,难得他们有机会聚齐视频,结果——

她轻叹了口气,看了一眼视频窗口里的林景书,问道:"景书,你今年带不带实习生?"

"带了一个。"他略微沉吟,看了一眼那黑着的视频窗口,又抿了口茶,没再开口。

虽然他比较喜欢踩徐润清的底线,但是说实话老虎的屁股摸不得,这种见血封喉的事情还是适度为佳。

第六章 亲密接触

这小段对话很快就淹没在众人的讨论声中。徐润清听了片刻，留了一句"稍等"后，便起身去穿衣服。

等穿好衣服折回来，便听见手机嗡鸣的轻响，他低头看了一眼，是念想的短信，上面只有寥寥数字——

"徐医生你慢慢穿……"

他忍不住轻笑，声音低沉悦耳，落入众人耳中却颇有些诡异。

还是闫莎莎先问道："润清，你笑什么？"

"没什么。"他把手机塞进裤子口袋里，在电脑桌前坐下，"你们继续。"

电脑那端又断断续续地传来说话声。

"刚才说到哪儿了？"

"不是说到唇腭裂做手术吗？后来呢……"

"手术还算成功，不过后期治疗还需要花费精力。我上次跟你说的那个病人还记得吗？"

"哪个？是不是一挨上牙钻就突然蹦起来觉得疼得受不了的那个？"

"莎莎你记得啊？"

"嗯……印象深刻……"

徐润清静静地听着，不经意地一抬眸，看见林景书正面带微笑，慢条斯理地喝着水，想起什么，懒洋洋地开口道："景书。"

林景书顿时一口水全部喷在了电脑上。他轻咳了几声，起身去拿纸巾擦电脑屏幕，等擦完，这才心有余悸地说道："有话好好说……"

"没什么。"他依然是懒洋洋的腔调，"老头子刚加了一条规范，不允许办公室恋情，先提前通知你一声。"

说罢，利落地退出视频，关掉电脑，起身离开。

林景书一脸茫然。

徐徐诱之

　　林景书昨晚有些睡眠不佳，以至于从今天起床开始到现在，他的眼皮就一直在狂跳，弄得他越发心神不宁。这种情况已经好久没有出现过了，上一次出现时——

　　是他刚从国外回来，前一晚不知道为什么没有休息好，在飞机上就开始有预感会有糟糕的事情发生，幸好不是坠机或者飞机出故障这种危及生命的大事，但状况也实在好不到哪里去。刚下飞机拎错了行李箱，过海关时被扣下检查才发现拿错了别人的行李，而且一看就是个女孩子的。打开塞得满满的行李箱时，那一条蕾丝内衣几乎要弹上海关的脸……

　　往事简直不堪回首。

　　林景书轻捏了捏眉心，因为这一段十分迥异的回忆，握住方向盘的手指焦躁地上下摩挲着。前面的车流一望无际，远远地就能看见绿灯的灯光再次闪烁，黄灯跳跃又变成了红灯。

　　他侧目看向窗口外面，清晨的街道，拥堵得水泄不通。

　　今天是念想去医院实习报到的第一天，老念同志怕挤皱了她的新衣服，决定开车送念想去瑞今口腔医院。

　　Z市已经入冬，两旁的行道树已经只剩下枯燥的树丫，正层层叠叠，交叉重叠。那阳光从树枝间透过落在车前盖上，亮得有些刺眼。没多久，也开始为Z市拥挤的交通添了一份堵。

　　老念欢快地调了广播打发时间，正好有本地交通频道在实时播放路况。今早有一辆大货车和客车发生对撞，导致了路面的瘫痪，所以才实行了交通管制。所以今天的上班时间，道路状况才堵成现在这样。

　　等广告时间时，插播了一条驾校的广告。

　　老念同志凝神听了一会儿，郑重地看向念想，严肃道："等过几天，我给你报个驾校吧？"

第六章 亲密接触

念想正在跟兰小君聊语音，闻言过了好一会儿才反应过来："要我去学车？"

"学车怎么了？难不成你以为你爸能当你一辈子的司机啊？"

念想一噎，这种话题真的是无形中便有些伤感情。

"好啊。"她点点头，认真地想了想，问道，"是不是你驾驶证的分不够扣了？"

老念同志扭过头，很傲娇地轻哼了一声。

就是不告诉你。

幸好出门得早，念想赶到医院时，离上班时间还有十分钟。

她跟老念告完别，看着他分外艰难地继续挤进堵车大队，心里暖洋洋的，简直要满溢出来——老念同志虽然专业坑闺女二十四年，但毕竟还是亲爹啊！

念想在瑞今口腔医院的大门口站了片刻，深呼吸良久，这才推门而入。

前台的小姐正在录入病人的基本资料，听见门被推开时的铃铛声，头也没抬地说了声："欢迎……"

念想走进来，因为时间还早，病人并不是很多，三三两两地占据着候诊大厅的一角在等待医生。她正想去找林景书报到，刚迈出脚，那前台的护士小姐就"哎"了一声，颇为熟稔地朝她招招手："念想，徐医生还没来，你在这里等一下哦。"

念想"啊"了一声，正想说她不是来找徐润清的。护士小姐已经拿着病历单站起身来递给患者，笑盈盈地看过来："还没到预约的时间就过来了，是矫正器哪里出问题了？"

念想炯炯有神地看着她……上次好像还叫她念小姐的啊，这次就是念想了。而且，如今护士小姐的工作量这么巨大了吗？都要记住每一个病人的复诊时间?

好拼。她挠了挠脑袋,小声地解释道:"那个……其实我不是来找徐医生的……"

话还没说完,就见护士小姐完全不以为意地摆摆手,示意她看向她的身后:"欧阳来了,你找他也可以。"

喂——真的不是这样的啊,听她说完好吗?

欧阳进来的第一眼就看见她了,兴高采烈地走过来:"念想?你怎么来了啊?"

"我来……"实习。

"哦,是不是矫正器哪里有问题吗?跟我到楼上来,我看看。"

念想:"……"这里的人难道都这么喜欢脑补的吗?

"我听小君说你们学校今天开始实习啊,你不用去报到吗?"欧阳见她不肯上来,干脆握住她的手腕,正要往前拉,就听护士小姐清脆的问好声——

"徐医生早。"

"早。"略显低沉的悦耳男声响起。

念想和欧阳都循声看去,徐润清正站在门口,身后的玻璃门还有细微的前后起伏,显然是刚才才进来的。

他站着的那一片地方,有日光笼罩,他沐浴在阳光下,看上去整个人都柔和了不少。

徐润清也看见了念想,他微一挑眉,刚要开口说话,目光渐渐下移落在被欧阳握住的手腕,眼神几不可察地瞬间幽深了下来。沉默了几秒,他这才微点了一下头,面无表情:"来了?"

念想点点头,目光落在他微微敞开的衬衫领口,最上方的两颗纽扣没扣,正松散地敞开着,露出了一小截锁骨。线条优美又深刻,加上健康的肤色,在白衬衫的衬托下有种禁欲的诱惑。

第六章 亲密接触

徐润清这样的人真的是上天厚爱，每一处都精致得让人嫉妒啊！

念想浑身的每一处细胞都在疯狂地呐喊着——快点挪开眼睛！但眼睛此刻仿佛拥有了自己的意识，对着面前的美色坚决毫不动摇！

好吧，再看一眼，就一眼！欧阳倒是有些奇怪，听两个人说话的语气像是徐医生早就知道念想要来了啊？

他正疑惑着，倏然感觉到后背凉丝丝的，他再仔细地去感受一下，那种感觉却又消失不见。但片刻之后——连脚底都开始阵阵发凉，然后一抬头就看见徐医生的眼神落在他的手，哦，不，是抓着念想手腕的手上。

欧阳顿时大惊失色地松开手解释："那个，我是想带念想去楼上。"

"不必了。"徐润清走过来，和两个人擦肩而过时，才轻飘飘地丢下一句，"她跟林医生实习。"

"哦……"欧阳跟着徐润清走了几步，等反应过来后整个人都傻了，"什……什么？实……实习？"

震惊的不止欧阳一个人，还有前台的护士小姐以及刚听说这件事的护士长——哦，就是那个一直把念想的名字记成想念的那位。

原本的实习流程是先到医务科报到，再找实习主管，由实习主管安排实习老师。不过念想进的是私立牙医院，加之……大概也许是走后门的原因，她反正知道了自己的实习老师是谁，那就直接去跟林景书报到。

欧阳把人领到林景书的诊疗室后，还一脸"世界好复杂我看不懂"的玄幻表情打量她："你要来瑞今为什么要瞒着我。"

语气哀怨。

念想欲言又止道："没有啊。其实我也就刚知道我是来瑞今实习……"

"好吧。"欧阳很大度地原谅了她，"那以后我们就是同事了？

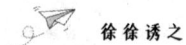

想想也挺愉快的。"

念想又是一脸的欲言又止,其实她没觉得特别愉快啊……不过想了想,还是默默地把这句话咽了回去。

林景书的科室就在徐润清的正对面,布置的格局和徐润清那里一样,只是更靠近候诊大厅一些,用厚厚的毛玻璃将其隔开。如果有人走动,便只能隐约看见个模糊的身影。

林景书的助理叫冯简,是个女孩子。她在更衣室换衣服的时候就听说林医生这里来了一个实习生报到,上来看见念想也不奇怪,互相认识完,林景书便踩着点到了。

因为睡眠不佳,他看上去便冷淡许多,脸上一丝笑容也无,微垂着眸子,颇为严肃。他先是了解了一下念想的基本情况,又询问了在校内的大概水平,听完后这才认真地抬起头来打量了她一眼,很真诚地说道:"说实话,你的长相和你漂亮的分数不太符合。"

念想灰溜溜地摸了摸鼻子:"好像是这样……"

林景书的脸上这才有了几分笑意,只是语气依然一本正经:"分数说明不了什么,你到我这里学习,我会严格要求你,当然,你也必须有这份自觉。"

念想认真地点点头,刚才还有的几分轻松此刻被他三言两语给激得认真对待。

该说的说完之后,林景书正准备让冯简带她去熟悉下科室和各科的主任和医生,刚开口叫了一声冯简的名字,想起什么后,顿时止住了话头。

冯简"嗯"了一声,有些不解地看向林景书:"林医生,需要我带念想去熟悉下科室吗?"

林景书思忖了片刻,摇摇头:"你先带她去领一下衣服换上,反正我今天上午病人少,熟悉科室的事情我来也可以。"

第六章　亲密接触

最重要的是，认识认识医生不是吗？林景书抬手摸了摸下巴，目光瞟向对面的诊室，笑得格外意味深长。徐医生的喜好习惯，他还是蛮清楚的。

"哦……"冯简疑惑地应了一声，但终究不敢问太多，朝念想招招手，带她去领衣服。

趁念想去换衣服的空隙，林景书拿起杯子去茶水间泡了咖啡，刚走回诊疗室，站在门口时似是想起什么，步子一顿，转身走向徐润清的诊疗室。

咖啡的温度正好，他捏着杯子轻抿了一口，惬意地靠在门口往里看。欧阳正在治疗龋病患者，换三用气枪时，偏头往门口看了一眼，笑眯眯地叫了一声："林医生。"

徐润清却恍若未闻，连头也没抬起来一下，专心地研究着手里的病历单。

林景书走近，靠在他的工作台上低头看了一眼病例，懒洋洋地说道："好羡慕徐医生，不用带实习生。"

徐润清面无表情地翻过一张病历，不答话。

"我刚简单问了一下她在学校的学习情况，想不想知道？"他微俯低身子，声音压得有些低，语气里尽是戏谑。

"没什么兴趣。"他终于抬起头来扫了他一眼，正要转回视线，余光扫到正站在门口不知道该进该退的念想，微微一顿，提醒，"你那实习生来了。"

念想听见徐润清这颇为清冷的嗓音，这才犹豫着迈着步子进来站到林景书的身旁："林医生。"话落，她的眼神却是瞟向了已经专注地看回病例的徐润清，默默哼了一声。

她也对他没兴趣！林景书站直身子侧目看了她一眼，语带笑意地把她拉过来些，正好站到徐润清的面前："过来认认人，这是我们这儿的全能医生，但主攻正畸，也是你们B大口腔医学专业出来的，认真地说起来也算是你的师兄。"

林景书话音未落，徐润清便懒洋洋地扫了一眼念想，半是玩笑地说道："我对做你的师兄不是很感兴趣，所以这句当没听到吧。"

念想"啊"了一声，见他还在等自己回答，愣愣地点了一下头，有些委屈……

不就是，没选择他当实习老师吗？不过他一脸冷淡的样子，看上去也没有想当她实习老师的意向啊。至于这么冷淡吗，讲话比之前还不客气？

"呵。"林景书轻笑一声，意味深长地看了一眼徐润清，毫不在意地继续道："徐医生不太喜欢说话，不管对谁都是这种寡淡又不可一世的态度，所以你只需要面子上稍微能过得去就行，别的无须太在意。"

徐润清拿着病历单的手指微微收紧，看了一眼林景书，微勾了勾唇角，示意他继续。

林景书被那眼神看得心头一阵发凉，轻咳了一声："徐医生不太喜欢女性生物靠近，也不太喜欢聚会，要求严苛，所以念想你记得和他保持距离，知道了？"

念想正想点头，刚眨了一下眼，徐润清就已经推开椅子站了起来。他比念想高了很多，居高临下地看了她一眼，似笑非笑地睨了林景书一眼，轻笑道："恐怕来不及了……"

林景书："……"

念想："……"

欧阳则默默地竖起耳朵。

"已经亲密接触过了。"他说得漫不经心，就连语气也淡淡的，只那双眼睛幽深如墨，静静地盯了她一眼，很快又移开目光，补充完整，"首先，她是我的病人。所以林医生不需要这么积极地帮助我的病人来了解我。"

亲密接触？

"还有，"他顺手整理好病历单，垂眸看向念想，一字一句格外清晰地说道，"我喜欢喝开水，水温要适中，过烫或者温凉都不可以。记住了？"

"记住了……"念想点点头，点完又有些觉得奇怪。要她记这个干吗？

徐润清颇为满意地点了一下头，指了指门口，对林景书说道："你，可以出去了。"

林景书："……"怎么又被他扭转战局了！

察觉到空气中无形弥漫开的硝烟味，欧阳眼观鼻鼻观心地继续手上的活，并且对患者更加温声细雨："补牙的材料你是想用哪种，我们这里……"

念想有些不敢看林景书的脸色，默默地垂着脑袋尽职地当她的小跟班。不过林景书显然渐渐地没有了耐心，给她介绍完二楼的科室和医生后，便寻了个借口让冯简继续带她熟悉。

作为软妹，而且是非常八卦的软妹，冯简在走到楼下给她介绍科室的时候，顺带问了一句："林医生怎么了？今天从来上班开始就一直臭着脸。"

"臭着脸？"念想回想了一下，好像也不是啊，刚才在徐润清面前的时候可是精神抖擞的。不过有点奇怪的是，她这么迟钝的人都多少能看出一些苗头来。

只要有徐润清的场合，林景书所表现出来的就会不一样。怎么说呢？就跟打了兴奋剂一样，明里暗里的又是讽刺又是挖苦又是暗喻的，

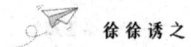

看上去跟结了很大的仇一样……

她想了想,措辞问道:"小简,我问你个事啊!"

虽然只有短短的一个多小时,但相处下来念想的性格非常对冯简的口味,所以这会儿已经非常自觉地把念想划归到了她这方阵营,很欢快地点点头:"啊,你说。只要是我知道的,我肯定知无不言。"

"林医生跟徐医生……是不是不对盘啊?"

"啊,你果然也看出来了对不对?"冯简兴奋地闪了一下眼睛,四下看了看,见没人注意这边,这才小声地说道,"很明显的对不对?"

念想一头雾水!看出什么来了……

"我们这里的护士啊,男神不是根硕,也不是巨基!基本上不是林医生就是徐医生,有分歧就很容易打起来嘛!"

根硕,巨基……念想默默瞪圆眼——她怎么觉得自己那么听不懂呢……

冯简已经停不下来了:"但是大家都相安无事,你知道为什么吗?"

念想配合地摇摇头:"为什么?"

"因为林医生啊……林医生和徐医生走得近。而且你也发现了对不对,是不是特别美好!"

等等——

念想觉得自己的脑子有些不够用……

他们两个人之间什么时候,冒着粉红泡泡了?

"而且,上次文文还亲眼看见两个人一起去了一家私菜馆!两个人!听说还是包厢!包厢啊!一起下的班!徐医生开的车!林医生一定要高兴得哭了。"

私、私菜馆,是不是她上次去的那家?散场的时候,林医生的脸色很灰败啊。

念想决定给两个人澄清一下:"小简啊……其实……"

第六章 亲密接触

"其实我觉得他们两个根本没必要这样欲盖弥彰的嘛。"冯简揪了揪头发,扯了扯念想的袖子,一脸天真地问道,"念想,我说的这些你都能听明白的,对吗?"

这么可爱地看着她!念想默默点头:"好像能听懂——"

"千万不要告诉别人噢,在徐医生和林医生面前一定要当作什么都没发生,你今天什么都没听见!"

啊——这句话你到底跟多少人说过?念想挠头,有些纠结地皱起眉头来。怎么能当作什么都没听见?她不仅听见了,还一字不落地记住了啊?

冯简没注意她那一脸便秘的表情,一拍额头,把手里拿着的铁罐塞到她的怀里:"我找文文有事,你去帮忙拿一下棉花吧?就在器械室里。"

念想还来不及回应一声,冯简已经提着她护士裙的裙摆飞快地跑掉了。

念想站在空旷的走廊里欲哭无泪——器械室在哪里啊?刚才冯简拉着她一个劲地科普林医生和徐医生之间不得不说的故事,根本没跟她说啊。

正值饭点,许多医生和护士都已经去食堂用餐了。

念想一个个科室看过去,有些蒙。她的方向感有些不太好,所以……

她正跟只虾米一样到处乱转着,便听见身后传来熟悉的清冷嗓音:"你在这里干吗?"

念想回过头。

徐润清手里正拿着一个一次性的纸杯在喝水,目光清润地看向她,眉头轻微地皱起,显然对她出现在这里有些不悦:"冯简在找你。"

"她让我拿点棉花下去,但是我不知道器械室在哪里。"她解释完,有些不忍直视地低下头盯着自己的脚面。

徐润清没发觉她的异常,看了她一眼,指了指楼下:"不在这里,在一楼,口腔多功能CT室的旁边。"

念想"哦"了一声,正要下楼,他又叫住她,把手里的纸杯塞进她的手里:"帮我扔掉,我带你下去。"

纸杯上还有余温,微微地温热。

念想有一瞬的愣怔,见他还在看着自己,点点头,很是自然地把手里的铁罐塞进他的手里:"帮我拿一下……"

徐润清看着被她直接塞进手心里的铁罐,难得一愣,等再回过神时,念想已经小跑着去走廊的尽头扔了他的一次性纸杯。

他看了一眼她蹦蹦跳跳的背影,却忍不住弯了弯唇,低喃道:"还真是不跟我客气。"

不过这个感觉,好像还不错?

今天的天气实在好,一扫连日来的阴霾,阳光大盛。从走廊尽头的窗口看出去,外面的街道都被笼在暖阳里,不远处正有一处广告牌,折射着日光,那金属光泽闪闪烁烁间,灼人视线。

又是正午时分,暖洋洋的,连带着空气里都溢满了几分暖意。

念想蹦过去把纸杯扔进垃圾桶里,转身的时候便看见光滑的大理石表面正被阳光灼出一个光影。她回头看了一眼,就看见了挂在墙边的工作人员一览表。

念想大略地扫了一眼,打算等会儿吃过饭就来这里认认人,起码得把以后的工作伙伴给记全了才行。

她边想边折回身去。

徐润清已经率先转身下楼,她"哎"了一声,赶紧小跑着追上去,然后就跟在他身后小步走着,努力地和他保持着两步的差距。

医生和护士大多都去食堂吃饭了,一楼只有前台的护士小姐文文在，看见徐润清和念想一起下来，还有些疑惑："徐医生，念想。你们还不去食堂吃饭吗？"

"正要去了。"徐润清回答。话落，回头看了一眼身后忙着踩他影子的念想，干脆转身。

念想一脚踩空，愣了一下，抬头去看他。

"器械室就在走廊的尽头，口腔多功能 CT 室的旁边。"话落，把手里拿着的铁罐递给她，语气自然，"自己拿。"

文文震惊地瞪圆眼——好大的胆子，居然敢劳驾徐医生拿铁罐！

念想顺手接过来，探头从他身侧看出去点点头："谢谢徐医生。"

说着便等徐润清去食堂，她再去拿棉花，不过等了几秒发现挡在面前的人丝毫没有挪开的意思，一脸疑惑地抬头看了他一眼——

然后念想便听见他问道："不先去吃饭？"

啊……

先吃饭吗？

一起吃食堂？

她愣了一下，抬头看见徐润清眉眼一抹清润，眼神漆黑幽深，眼底最深处还隐隐有个光点在闪烁。

念想顿时福至心灵，无师自通："好啊，我请徐医生吃饭。"

护士小姐的眼睛瞪得更大了——简直是胆大包天，居然敢这么直接地就请徐医生吃饭。啧啧，不敢看了。

通常的结果，总是徐医生一脸高冷地"不约"。她可是眼睁睁看着不少妹子前仆后继地壮烈牺牲，然后哭得红鼻子红眼睛，一颗玻璃心碎成碴啊。

就在她悄悄捂眼的时候，她的耳朵却自动接收了徐医生那颇为清冷的嗓音："想请我吃饭？"

念想挠了挠头。说实话，并不是很想，但这种时候应该小鸡啄米

一般飞快地点头以表诚意吧?

毕竟……都暗示得这么明显了。

想明白这一点,很显然不和徐润清在同一频道上的念想立刻点星星眼:"很想啊……"

然后护士小姐就看见了徐医生一脸"不太好拒绝"的表情,勉强地答应了下来。

不是,这刚来的小实习生就、就这么约到了?

简直不敢置信。

瑞今的布置格局很温馨,一楼走廊上有几处单独隔开。

落地窗外是个散步休闲的小花园,不远处还有个茶吧,茶吧的后面便是食堂。茶吧相当于二楼的茶水间,唯一不同的是,一楼这里的茶吧是向病人开放的。

茶吧的每个位置都由木质书架隔开,放着很多的报纸杂志,地方更是宽敞。每个小隔间都有吊顶的水晶灯,或复古或现代,十分具有手工艺的质感。

看上去一点也不像医院。

徐润清顺着她的视线看去,轻声解释:"那里也是和患者或者是患者家属谈话的地方。"

所以环境上才布置得尽可能舒适吗?

她点点头,有些似懂非懂:"谈话需要……这样吗?"

"你想试试?"他微挑了挑眉,问道。

念想赶紧摇头,她对会让人昏昏欲睡的谈话没啥兴趣。

"进去。"他抬手推开门,示意她先进去。

念想这才发现已经走到了食堂门口。

食堂里有不少就餐的医生护士,这会儿看见徐润清带着念想进来,俱是微微一愣，非常默契地抬眼看向了正在某一处用餐的——林景书。

正挨在林景书旁边吃饭的欧阳默默地抬手轻碰了一下林景书，小声提醒："林医生。"

林景书这才抬起眼来，一眼看见刚进门就殷勤得又是端盘子又是拿筷子服务周到的念想，转头问欧阳："怎么回事？"

欧阳一脸"我知道许多秘密，但我不能说我好辛苦"的表情，郑重地摇了摇头，心里却默默地记下这一幕，打算回头跟兰小君汇报完毕后加进《老大和念想统计表格》里。

徐润清显然没有半分的不适应，和她相对而坐一起用餐。然后他就发现了一个问题——念想很挑食。

他看着她用筷子挑挑拣拣地把青椒、香菜、胡萝卜都剔到一边，忍不住皱了一下眉："不吃这些？"

念想见他看着被她剔出来的那堆小山，有些不好意思地点点头："不太喜欢……"

"吃掉。"

念想："啊？"

吃掉？

"这是医嘱。"他面不改色地说完这句，微挑了眉看着她，似笑非笑。那笑容就像是在说"你敢不从？"。

念想困难地咽了口口水，十分不情愿——这算是哪门子的医嘱？

"那就一样一样开始，觉得哪个比较能忍受就先吃哪个，挑食不是个好习惯，也有些不礼貌。"他说完这句，又瞄了一眼她盘子里的那堆小山，示意可以开始了。

念想一脸呆滞地看着他，弱弱地问道："徐医生你认真的？"

徐润清甩了一个冷飕飕的眼神给她。

啊，啊！

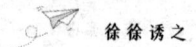

她哼哧哼哧地吃了几口胡萝卜,还是忍不住问道:"那个徐医生,你是不是有些强迫症,比如就是看不得别人挑食啥的这类……"说话的声音在他的注视下越来越小,最后只呜咽着念想一个人能听见。

她夹起胡萝卜又往嘴里塞了一口,无辜脸看他。

其实比起"强迫症"她更想说"多管闲事"的,不过怕被给小鞋穿,就在可接受范围内稍微变通了一下。

"大概。"他回答。

果然是这样。

等念想意志坚强地解决完了胡萝卜和青椒之后,她忍住胃里的翻腾勇敢地做了个决定——等晚上回家,一定要把老念同志那一盆青椒给全部扔了,起码这个星期内,她都不想再看见青椒。

因为戴了牙套,吃得有些不方便,速度便格外地慢。

她边吃还要边小心食物残渣别卡到牙齿空隙或者是矫正器的钢丝里,一顿饭吃得简直累瘫。

徐润清吃完之后便在等她,等她快搞定时,起身去给她倒了杯水,见她抬起头看过来,把纸杯轻移到她的面前,问道:"有没有带牙刷?"

念想点点头:"带了。"

"先漱口,等会儿回去再刷牙。"他说话时,眼睛一直看着她的,格外专注,那幽深的双眸明亮又清润。

念想下意识捂住嘴,有些窘迫地小声问道:"是不是吃相……太难看了?"

她指的吃相其实是在问是不是矫正器……有些那啥。还担心问得太含蓄,腾出另一只手戳了戳捂着嘴的手背,这样应该能懂吧?

徐润清侧了一下头,看着她,眼底漫开细碎的笑意:"答案很重要?"

也不是很重要,但她还是点点头,有些害羞地说:"徐医生,戴了矫正器之后，的确是忍不住自卑啊……"

她都拒了宋子照请客吃 好几次了。天知道，她是花了多大的毅力和决心。

"预约个时间。"他手指在桌面上轻轻敲了一下，颇有深意地说道，"我给你做个一对一的心理辅导，嗯？"

那最后一个单音字，似是从喉咙的深处哼出来的，带着低低沉沉的磁性，尾音略微上扬，说不出的诱惑。

念想被杀了一耳朵，立时石化。

她叼着牙刷站在镜子前，有些懊恼身体里突然出现的奇怪的感觉……那是一种说不上来的情绪，很复杂。

她理性地分析了半天也没能解析出里面包含了什么成分。只唯一清晰地记得，他话音一落，便感觉周身的空气像是突然被外力抽走了，她能呼吸到的氧气少得可怜。

除了脑子有些发晕，一直在反复地循环着他最后那一句话外，便是这种有些呼吸不畅的感觉让她觉得心烦意乱。

上一次出现这种症状，貌似是六年前——

还是拔智齿的时候。

念想闭了闭眼，不愿意去回想六年前那血腥的一幕——那一次拔牙她足足疼满了三天！伤口太大，还缝了线。

吃不下东西，嘴巴都张不开，更别说脸了，肿得像个包子，喝口水都需要插个吸管一点点抿。唯一美好一点的记忆就是她的主治医生了。

好像也是那个时候成为手控的？

想远了……

她回过神，看着镜子里含着满嘴泡沫的自己，揉了揉脑袋，自我催眠——念想，你的情商不足以处理这么复杂的问题，交给智商吧。

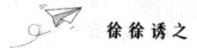

不过智商——貌似也没有用武之地啊。

正纠结着,听冯简在叫她,她含糊地应了一声,赶紧漱完口出去。

下午有些忙,林景书的病人有些多,念想就跟在他身旁学习。

林景书无疑是个很专业的老师,讲法细致,涉及大串的专业术语时都会放缓语速,等她点头示意自己听进去了,才会继续接下去。

自然也会有提问的时候,遇到不同的病症便会问一些相关的问题了解她的知识掌握程度。

一下午忙下来,林景书对自己的实习生表示很满意。

虽然看上去……不是很聪明的样子,但智商方面他是不操心了。起码不会出现一个动作指令,或者是治疗操作需要讲解好几次的情况,几乎只要讲了一遍她就能很快记住。

等终于闲下来,念想看了看正在写病历的林景书,忍不住悄悄地问道:"林医生,瑞今还有对矫正患者一对一的心理辅导治疗?"

林景书"嗯"了一声,有些不理解:"什么意思?"

"就是患者矫正之后出现心理上的不适应,然后医生开导下什么的……"她问完有些不好意思地飘忽了一下眼神。

"这种每个医生都会做。"他继续写病历,边写边回答,"如果正畸过程中患者出现心理上的不适,医生开导是很正常的现象。患者对医生是有一定的依赖性的。"

念想听得个一知半解,不过隐约是明白了——

徐润清说的一对一心理辅导,其实不过是正常职责范围。

欧阳晚上约了兰小君一起吃饭看电影,正好顺路,便顺便捎带上念想回家。

给老念同志打电话时,不太放心的老念同志一直在反复地确认:"男的女的?男的?就你们两个人啊?我知道是同事。啊,同事也有问题啊。不行,我还是来接你吧?不要?真的不要啊?哦,我也就是随便这么一说,你随意。"

念想默:"……"她这是摊上了怎么样一个爹啊!

挂断电话之后,念想收拾了一下东西去徐润清的诊疗室,欧阳正在递光固化灯,见她进来指了指他旁边的空位:"念想你要等一下了,过来坐这里。"

念想看了一眼病人,是复诊,拆掉了弓丝,正在粘掉落的托槽。她看了一眼时间,摆摆手:"没事,我等你。"

"在外面住?"徐润清侧头看了她一眼,只一眼,很快收回,"可以了。"

后面那句话是跟欧阳说的。

念想摇摇头:"回家住,学校太远了。"

"我记得你家好像也不是很近。"他专注地低着头,检查着患者的口腔,然后微直起身,开始调整弓丝。

明亮的灯光下他的一双眼睛也浮沉着闪烁的光点,他调整好弓丝的长度这才偏头看了她一眼:"坐这儿等吧,大概还要一小会儿。"

念想乖乖地应了一声,拉了牙椅坐在他的身侧,凝神看着他给患者戴弓丝,想了想,回答:"家里比学校近一点,交通也方便。"

最重要的是,老念同志最近不知道为什么心情特别棒。隔三岔五地就下个厨房折腾下。所以就愉快地决定暂时住家里!

问完又觉得有些不对……想了一会儿还是问道:"徐医生……你怎么知道我家在哪儿?"

徐润清正在固定弓丝,闻言头也没抬,只低声说:"你的矫正协议上写得很清楚,我又恰好看见了。"

欧阳沉默——他表示他对徐医生这个"恰好"的用词表示一定程度上的质疑,并且认为当事人所言与事实严重不符。

相比较之下,念想就很单纯很天真很欢快地点了一下头,一脸的原来如此。

欧阳有些怒其不争,怎么就那么好打发呢!

扣好弓丝,徐润清用镊子轻夹住结扎丝一个个固定,那金属器头在灯光下泛着冷光,在他的指尖却格外地灵活。

念想就看见他手法漂亮又快速地缠住结扎丝几个旋转,固定,再到下一个,夹住,旋转,固定。

那修长的手指做这些动作优雅又沉稳,那指尖旋开的弧度就像带着风一样。

他就是这样给自己固定弓丝的吗?

念想看得有些入神,抬眼悄悄地瞄了一眼徐润清。

他的眉目舒展,目光专注。因为戴着口罩,整张脸只露出了一双眼睛以及一小截挺直的鼻梁。

她一个恍神,总觉得这个样子的他有些眼熟,但仔细地在脑海里搜寻了一圈,却是一点头绪也没有。

她忍不住蹙眉,移开眼睛继续看他手法细致又快速地剪断结扎丝。

然后戴着手套的手在患者的口腔内一一地抚摸过去,检查每一个托槽。等全部检查完毕,他这才收回手,说:"自己动动,看扎不扎嘴。"

患者活动了一下,又伸出舌头舔了一下,摇摇头,从牙科椅上坐起来:"不扎嘴。"

"嗯。"他应了一声,摘下手套,推开椅子站起身,先去洗手,"欧阳你先走吧,这里我来就好,没什么问题了。"

说到最后,声音有些微的沙哑,沉沉的,嗓音疲惫。

欧阳把一旁凉着的温水递给他:"徐医生你先喝点水润下嗓子吧。"

徐润清刚洗完手,指尖还滴着水,并未直接接过,反而看向念想,微抬了一下下巴示意她抽几张纸巾过来。

第六章 亲密接触

念想确认了一下他是想要纸巾,直接把盒子捧到他面前,看他擦干手,接过纸杯喝了几口,这才把纸巾盒放回原位。

"预约好时间你就先走吧。"他又重复了一次,这一次却是垂眸看向念想。

念想被他的眼神看得有些不自在,眼神东躲西闪的就是不和他的对视。

欧阳跟患者约好时间,收拾了一下工作台,整理完东西后这才去更衣室换衣服。临走之前还把徐润清喝过的纸杯塞进她的手里,一路推着她到茶水间:"帮老大倒杯水,水温不能太冷也不能太热。他今天说了一天的话了,嗓子不舒服。"

说着,又从白大褂的口袋里摸出手机看了一眼,火急火燎地往下跑:"你等我一下啊,我去楼下还有点事,等会儿上楼来叫你。"

念想一句"哦,我知道了"才只说了一个字,欧阳已经跟阵风似的刮远了……

正值下班时间,茶水间早已经没有人了。只开着一盏明亮的照明灯,光线冷凄凄明晃晃的,越发显得茶水间空空荡荡。

她进去给徐润清倒水喝,一大半的热水,再掺一小半的冷水。她不知道水温是不是合适,但隔着一层纸杯那热度倒是挺适中。

她端回去的时候徐润清正在写病历,听见脚步声转头看了一眼,见是她还有些意外:"怎么还没走?"

"欧阳去楼下换衣服了。"她把纸杯放到他的右手旁,"我不知道水温是不是正好合适,你试试看。"

徐润清还在键盘上的手指一顿,目光从她的脸上滑落到她的手上,最后看向弥漫着淡淡烟雾的白开水。

念想见他没有要喝水的意思,皱了皱眉,有些沮丧:"太烫了?"

徐润清没回答,她就自言自语地继续说下去:"应该再加点冷水的,欧阳说你嗓子不舒服……嗓子不舒服应该是要凉一些的吧……"

话音刚落，便见他修长的手指轻握住纸杯凑到唇边喝了一口，然后看着她，低声道："正好。"

他的唇上染了一层的水光，衬着那双眼里细碎的笑意，整个人瞬间便柔和了些许。

见她发愣，他又喝了几口，这才放下纸杯继续打字存档，漫不经心地问道："是和欧阳约了吃饭？"

"不是。"她否认。

"嗯？"他疑惑地轻哼了一声。

实诚的小白兔立刻便顺着交代："欧阳约了小君吃饭看电影，只是正好顺路就载我过去。"

说完，见他转头看过来，又非常主动地解释："小君就是兰小君，我的室友。那个……你也见过的。上次宋子熙过生日你还记不记得？就是那一次，在 B 大的学院门……"

"记得。"他打断她，唇角一勾，眼底的笑意更浓。

念想心头一跳，隐约有种不太妙的预感。

果不其然，下一秒，他就帮她回忆起了那晚发生的事情："我对你那晚做的事记忆深刻，所以每次回想起那天全部都是你……"

后面的话他并没有再说下去，偏偏就是这种点到即止更让人觉得羞恼啊……

就不能忘记那晚的事吗！还提还提！还回想起那天全部都是你……啊啊啊啊，太浑蛋了！

她刚才才觉得他工作强度大嗓子不舒服好可怜！同情心果然不能这么泛滥啊！

念想抽了抽唇角，有些挫败："其实你可以忘记的……"

"然后呢？"他又喝了口水，垂眸看向她。

"啊,然后啊,就是坐我旁边的那个女孩子,她就是兰小君。你记得吗?"

徐润清努力地回想了一下,没想起来。

他虽然没说话,但那副表情显然是在告诉念想他一点也没想起来。

"那那次……林医生讲座!她也坐在我身边的!"说罢,又是一脸期待地看着他——想起来了吗?

"不记得。"话落,他看着她,似笑非笑地反问,"我为什么要记一个无关的人?"

念想愣了。

好像有道理?

"不过你说欧阳约的是你的室友?"他想起什么,微皱了一下眉头,"他们什么时候认识的?"

"我第二次拔牙那天。"念想笑眯眯地晃了一下脑袋,不知道为啥一涉及兰小君的事情,她就非常有倾诉的欲望,但想着这算是欧阳和兰小君的私事,挣扎了下,还是把这股欲望闷了回去。

就让它烂死在肚子里吧……

徐润清回想了一下时间,边敲着键盘边问:"所以跟欧阳吃饭的不是你?"

"我说啦,我只是个蹭吃的……"

呵——

徐润清眉头微挑,眼底那股沉郁一点点散去,眼神越发清亮。

原来如此。

欧阳换完衣服上来叫念想下楼。

徐润清正好存档完毕,看了一眼站在门口的欧阳,突然觉得自己的这个助理也没有那么不顺眼了。

然后欧阳就看见最近气压一直低得可怕的徐医生对他颇为和蔼可

亲地微微笑了一下。

欧阳的汗毛都要爹起来了!

天哪,念想你跟我们老大说了些什么啊!

怎么一个眨眼的工夫,老大就变得不正常了!

第七章
牵住

正有来接班的护士上楼，经过诊疗室时，看见徐润清还没下班，顺口便问道："徐医生怎么还没走啊？"

徐润清"嗯"了一声："就要走了。"

话落，关机，起身，然后低头看了她一眼，问道："要不要跟我一起走？"

念想不解地"啊"了一声……什么情况？

徐润清瞄了一眼门口站着的欧阳，眼神带着笑，提醒道："不是说欧阳约了你室友吃饭看电影，你在的话会打扰他们。"

这好像是个问题啊。

还没等她把这些理顺，徐润清倾身按了一下显示屏的电源键，然后……开始脱衣服……

等等，为什么要脱衣服！

念想一蒙，默默后退一步，眼睛却紧盯着他的动作，丝毫没有避开的意思。

"我今天回去吃饭,也顺路。"他慢条斯理地解开纽扣,那修长的手指利落又迅速,很快就从头解到尾。

他抬眼看向她,轻"嗯"了一声,尾音上扬,迷离又慵懒:"你怎么想的?还是准备搭欧阳的车?"

从刚才开始就一直被无视的欧阳默默地抹了一把汗——他有预感,念想一旦点头坚持,他明天应该会死得很惨。

而且老大肯定很憋屈,小白兔今天一整天都在林医生的身边蹦来蹦去,蹦来蹦去……

这么想着,欧阳立刻出声助攻:"呃,老大正好顺路吗?那念想就交给你啦,我先去接小君。"

话落,身手敏捷地挥完手,转身就蹿下楼了。

"那走吧。"徐润清把脱下来的白大褂挽在臂弯处,弯腰从工作台的抽屉里拿了车钥匙。

他的身材极好,身高腿长,肩膀宽阔笔挺。无论是穿着衬衫、休闲服还是制服,总能撑出身体完美的线条来。加上比例又好……

念想偷偷瞟了好几眼他的大长腿,悄悄咽口水……完了,她的审美观遭受了前所未有的审美风暴。

徐润清走了几步,见她没跟上来,转身看了她一眼。

念想立刻清醒,拽着包上的肩带飞快地跟上去。

文文正在等来接班的妹子交接,哼着小曲叼着奶茶吸管倒数计时,然后一抬头就看见徐润清以及他身后亦步亦趋跟着的小实习生……

念想想起她中途还要下去一趟买烤鸭,正在努力地和徐润清交涉中——

"徐医生,等会儿到乐购那边能不能停一下车?"话落,又解释道,"是这样,我要去一楼买一只烤鸭,再顺便买一盒比萨……可不可以?"

徐润清的步子一顿，转头看向她。

腿长的人步子迈得也大，念想跟在他的后面追得有些累，便始终保持着一头往下扎的姿势。他这么突然地停下来，她一个没刹住，眼看着就要冲进他的怀里，她非常机智地偏了一下方向，直接往台阶下冲了两步，这才堪堪停了下来。

呃……

她低着头有些尴尬地退回他身后："其实不方便也没关系……"

"就是我们第一次……"话落，又觉得"第一次"这个用词有些不妥当，微顿，改为，"地下停车场遇到那次的超市？"

念想忙不迭点头。

"烤鸭？"他低头看了她一眼，见她星星眼地点了点头，连犹豫也没有直接答应了下来，"顺便给我带一只。"

"好啊……"

还真是容易满足。

徐润清移开视线，继续下楼。

文文听了半天已经自动脑补出两个人一起下班，徐医生送小实习生回家，路上再去超市买点吃的。然后今晚就要共度春宵的故事，这会儿看着念想的眼神已经完全是崇拜和羡慕了。

一顿饭就搞定了高冷的徐医生——早知道这么容易，她软磨硬泡地也要坚持下来啊，怎么能被徐医生一个眼神就吓跑了呢？

完全不知道自己已经被神化成"一顿饭搞定徐医生"的勇士念想，此刻端端正正地坐在副驾上，轻捏着安全带一脸认真地——发呆。

下班时间正是堵车的时候，徐润清明显不着急，在路口等绿灯时，还记得往家里发个短信，表示今晚要回家吃饭，而且会带上一只烤鸭……委婉地表示不需要再加菜。

收到短信的阮青受宠若惊，问坐在沙发上的丈夫："润清受到什么刺激了?"

徐开成忍住想翻白眼的冲动:"这里也是他家,回家吃个饭还得受刺激才能回来?"

"孩子离家太久了嘛。"阮青嘀咕了一声,起身去厨房加菜。

难得回来一次……只多加一个烤鸭怎么够吃……

烤鸭?

阮青皱眉:"润清什么时候也喜欢吃这种烤的东西了。"

一路许多个红灯,加之车流拥堵,平常半小时的路程今天花了差不多一小时才到乐购。

念想很委婉地表示她自己一个人可以搞定,完全不需要他下车。毕竟乐购就在她家门口,等会儿她买完烤鸭送过来,他就能随时滚蛋……哦,不,随时离开了……

然后她也可以欢快地左手一手机,右手一只鸭地步行回去。

徐润清看了一眼已经黑沉的天色,反问:"你确定要继续跟我纠结这个问题?"

言下之意就是,他已经决定了,没的商量。

念想垂头丧气地转身带路——以后找男朋友一定不能找徐医生这样的,专制霸道,高冷强势还阴险腹黑……

买烤鸭的队伍有些长,念想瞄了一眼隔壁卖比萨的店,正犹豫着怎么劳驾徐润清帮忙排个队,她先去预订下比萨,毕竟烤比萨还需要点时间。

不料,她话还没出口,徐润清已经抬手一指,示意她先过去,自己很干脆地去排队。

念想感动得就要泪流满面,徐医生不说话的时候就是这么容易刷好感啊。

她预订完比萨,揣着烤鸭的优惠券回去。毫不费力地一眼就看见了身高腿长的徐医生。

她几步走回去，奈何人有些多，她挣扎了片刻也没能挤到徐润清的身旁，正打算另辟捷径时——

徐润清朝她伸出手来："牵住。"

他的声音低沉，但在这有些喧闹的环境里依然清晰得就像是在耳边，醇厚又好听。

念想几乎是有些膜拜地去握住他的手，指尖刚触到，还没握紧就给从队伍中退出来的人挤开了。

她"哎"了一声……只来得及捏紧手里攥着的优惠券……便宜十块钱啊！

下一秒，徐润清已经准确无误地握住她的手，微微用力，就把她拉向了自己。

那双手如她想象中的一般温暖又干燥，掌心里的纹路很清晰，握住她时，能让她很清晰地感觉到他微曲的关节那细腻的纹理。

她低头看着他的那只手，觉得鼻尖一瞬间发热……似有什么东西不安分地想喷涌而出。

妈呀，手控没救了……好花痴！

徐润清把念想拉到身边后，并未很快松开，反而再一用力，直接把她圈到了自己的身前，不动声色地隔开人群。

念想被他拉得只有"嗒嗒嗒"踏着小碎步的声音，等他松开手了这才回过神来。

掌心似乎还停留着他的温度，那热度就像是一股热气直冲她脑门，她晕乎乎地转身看着他，道完谢后，有些窘地解释道："乐购今天做活动，然后这家又是店庆酬宾，烤鸭味道也很不错的，所以人才那么多。"

窗口前排着几支队伍，人群拥挤，看过去满满的……

她个子没那么高，估计没徐医生看到的震撼——黑压压的人头攒动。

徐润清低头看了她一眼,单从表情分析完全看不出是什么情绪来。只那眼神微微的灼热,念想刚冷却下去的脸皮表面温度又"噌噌噌"地呈直线上升。

她赶紧回过头,用手背揉着脸——好热好热。

等排队买完烤鸭再提完比萨到地下停车场这一段时间,念想过得格外漫长,她决定以后不要再贪图小便宜了……简直要挤掉她的肉!

上了车后,她把给徐润清买的烤鸭放到后座,翻着包包准备给钱——

除了优惠券是她的,烤鸭和比萨都是徐润清付的钱。

徐润清扣好安全带后就看见她递了一张红艳艳的老人头过来,他转头看了她一眼,微眯了一下眼睛,良久才说道:"找不开,你先欠着吧。"

"欠着不行……"念想又翻了翻钱包,翻了半天也没找到钱包,她闷闷地想了一会儿,才想到一个折中的办法,"我给你带一个星期的早饭吧?"

徐润清瞥了一眼后视镜看路况,闻言微挑了一下眉,对这个提议甚为满意:"好。"

丝毫没意识到这其实是在给自己挖坑跳的念想还喜滋滋地夸了一顿自己的机智,然后欢快地指路。

老念同志在花坛边上蹲了半天,地上的烟头都扔了好几个,这才看见一辆奥迪慢悠悠地停了下来。

他微眯了一下眼睛,哼道:"哪家的兔崽子三十分钟的路开了一个多小时……"

说不是对念想图谋不轨他的脚指头都不答应!

这么想着,他站起身来,决定去看看兔崽子。

第七章 牵住

Z市入冬的傍晚气温直降。

小区内原本郁郁葱葱的花坛已经光秃秃得只剩下枝藤叶蔓,在冷冷的灯光下越发显得寂凉。

徐润清送她到家门口,念想道过谢,推开车门就要下车。结果刚探出一只脚,身子略微前倾……就被安全带给勒回了座椅上——

动作快得徐润清都没时间提醒。

念想整个人撞回座椅后,第一个想法就是好丢人。

她有些尴尬地转头看了一眼徐润清,无语凝噎:"我平常不是这样的……"

徐润清:"……"

他轻了轻嗓子,尽量掩去那溢到唇边的笑意,这才开口:"这个解释没有力度。"

念想尴尬地和他对视良久,因为觉得太丢人,整张脸都忍不住发烫,她眼神闪躲了一下,连声音都气弱了几分:"那什么……我先走了,徐医生再见。"

说着抬手便要去解安全带,奈何手里拎着东西有些不方便,正四下巡视着哪里可以放一下东西让她腾出手来时,只听"咔嗒"一声轻响,他已经解开了自己的安全带,倾身靠了过来。

念想瞬间浑身紧绷地看着他。

徐润清看了她一眼,一手捏住安全带,一手去按扣住的按钮,只听清脆的一声轻响后,绑在身前的束缚一松。

他微一松手,把安全带拨到一旁去,这才淡淡道:"可以了。"

趴在窗口仔细往里面看了半天的老念同志要气炸了!

兔崽子你给我滚开!不准再靠过去!

发现意念没用后,老念同志立刻虎着一张脸"砰砰砰"地用劲敲了一下车窗,边大声嚷嚷着:"你给我下来!"

那架势……就跟找人寻仇的无二般。

以至于念想看见老念同志那黑着脸的样子,也费解得不行——她还没扔掉老念同志的宝贝青椒啊。

徐润清一眼便认出了老念同志,微一挑眉,推门出去。

老念同志在这一瞬息之间就想好了好几种腹稿,比如"你个兔崽子对我闺女动手动脚的干吗"!或者"知不知道什么叫作礼义廉耻,对一个小姑娘动手动脚的,算不算男人"!再者最厉害的"你个兔崽子,看我不打死你"!

结果连语气都酝酿好了,在看见徐润清开门走出来的瞬间全部咽了回去。

……

这一片相当诡异的安静中,还是徐润清先伸出手来,微微颔首,礼貌又周全地先叫了一声老念同志:"叔叔。"

怎么是……老徐家的儿子啊!

老念同志脸色几变,又拉开车门往里面看了一眼,看见自家闺女跟个兔子一样还坐在副驾上,脸一虎,刚才那股气劲又上来了,直接吼道:"还不给我滚下来!"

完全不知道发生了什么的念想被吼得一个哆嗦,差点没拿稳手里的鸭子,赶紧连滚带爬地下了车:"爸?"

老念同志瞪着念想的眼睛简直要喷出火来,他刚才可是看见两个人……要……亲……亲了啊……

啊,真是让他这个老人家难以启齿。

老念同志欲言又止了半天,才堪堪挤出一句:"你们……你们怎么回事?什么时候开始的!"

念想拎着鸭子一头雾水。

徐润清听懂了,侧目看了一眼念想,后者一脸呆萌显然不在状况

第七章 牵住

之内。

他有些头疼地轻按了一下太阳穴，苦笑着解释："念叔，你大概误会了……"

"我亲眼看见的，我误会什么了……"老念同志赶潮流地在心底骂了一声，这小子居然还不承认，不打算负责？

他的这棵白菜养了二十四年，向来都是捧在手心里每天精心施肥浇水才拉扯得这么健康向上活泼开朗的好吗！

念想终于在自家老爸要发作的前一秒调进了频道内，一脸羞窘地解释："徐医生送我回来啊，刚才我提着东西没手解安全带，然后……"

怎么越解释越像掩饰，明明什么都没发生啊。

老念同志半信半疑地看了一眼念想，借着路灯还能看见她微红的脸颊，他顺着看了一眼她手里提着的东西，又很狐疑地看了一眼徐润清。

没事脸红什么，而且只是解安全带？可他刚才怎么看见这兔崽子靠过去靠过去，几乎整张脸都要贴上去了啊！

徐润清想了想，决定保持沉默。

僵持着僵持着——

念想忍不住扯了扯老念同志的袖子，小声提醒："爸，鸭子都要冷掉了……"

一句话，让老念同志立刻回神，僵了一下便笑眯眯地拍了拍徐润清的肩膀，结果手伸了一半发现高度有些高，又微抬了一下手轻拍了一下，皮笑肉不笑道："今天谢谢你送我们家念想回来啊。正好你冯阿姨做了一桌子的菜，一起上来吃吧。"

念想觉得好尴尬。

有一种脸丢尽了还摔在地上踩了几脚的那种感觉。

于是，赶在徐润清说话之前，赶紧抢过话茬："徐医生还有事要忙，爸我们赶紧回去吧？"说完，撒娇地晃了晃老念同志的手。

如果这会儿念想身后有尾巴的话,一定摇得很欢快。

徐润清看着她,心尖像是被猫爪挠了一下,微微地痒,虽然只一瞬,感觉却格外清晰。他借着低头的动作掩去眸底的一片深色,再抬头时,脸上已经恢复了平日惯有的表情,微勾着唇角笑得礼貌又得体:"这么晚了不方便打扰念叔。"

又客气地寒暄了几句,老念同志终于拎着念想打道回府。

念想刚被拎进楼,又想起什么,把手里的鸭子和比萨往老念同志手里一塞,快速地说道:"比萨都凉了,爸你赶紧上楼去热一热。我去跟徐医生说两句话啊……"

老念同志伸出手去逮,连衣角也没摸到,只能眼睁睁地看着自家闺女跟个兔子一样溜出去。

他在楼梯口站了一会儿,轻哼了一声,嘀咕:"把老爸晾在这还想吃热乎的?没门。"

徐润清刚准备掉头离开,就看见念想跑了回来,他降下车窗,微微皱了一下眉头:"东西落下了?"

"那个徐医生对不起啊……"

徐润清挑眉,看着她。

那眸光在路灯的掩映下闪烁着细碎的光,像是点亮的火种。

虽然是傍晚,小区内却安静得没有半分声息,只有汽车轻微的声响,更显得这夜色寂静。

念想想说的话就在他这样的眼神里忘光了——

擦泪。

徐润清到家的时候阮青刚加完两个菜,远在玄关都闻到了空气里飘浮着的饭菜香气。

他刚换好鞋,阮青就迎了上来,见他手里除了一把车钥匙之外,不禁有些疑惑:"不是说带了烤鸭?"

徐润清被这么一提醒才想起来,出去拿了一趟。

阮青把烤鸭重新热了热,这才装盘摆到他的面前:"怎么喜欢吃这个了?"

徐润清"嗯"了一声,淡淡道:"念想去买的时候就让她顺便带了。"

"念想?"阮青微皱了一下眉头,看向徐开成,"是不是老念家的闺女?"

徐开成显然也意外地看了他一眼:"今天是她过去实习的第一天吧。"

"嗯。"

话落,他放在桌上的手机嗡鸣着振动起来,他拿起来看了一眼,看到发件人时忍不住微挑了一下眉。

点开一看。

念想:"那个……烤鸭味道还不错吧!"

徐润清看着那条信息良久,这才伸出筷子夹了一口今晚还没沾到他筷子的烤鸭。

外皮油亮酥脆,烤得火候正好,色泽也好看,香气四溢。加上孜然调味,咸淡适中,肉质鲜美,倒还不错。

念想正费力地嚼着外皮,手机振动,收到他的回复:"一般。"

一般!哪里一般了!

她愤愤地又用力咬了两口,正要回复,手机又进来一条他的短信:"医嘱:吃完务必刷牙。"

念想一怒,直接把手机塞进了口袋,眼不见为净!

吃过饭,徐润清给徐同志泡了杯茶端过去,随后在他身旁的单人沙发上坐下,安静地陪他看新闻。

徐徐诱之

徐同志受宠若惊——

面上依然淡定，直接无视他，继续看新闻。

过了片刻，见他还没有主动开口的意思。徐同志清了清嗓子，端起茶杯喝了口茶，这才用一副漫不经心地语气道："说吧，什么事？"

徐润清搭在沙发扶手上的手指轻敲了两下，视线从电视上移开，目光清润地看向他，沉吟道："瑞今这次外派的交流会名额定下了吗？"

"还没有。"徐开成看了他一眼，不知道他在打什么主意，"原本是打算从你和林景书那里调一个人过去，但现在小林带了实习生。"

"上次是我，这次应该是林景书了。"他轻捏了一下下巴，若有所思地看过去，"中午吃饭的时候听几个医生说起来，我还以为你已经定了他。"

这话说得脸不红气不喘，一本正经。

徐开成认真地想了想，也有些头疼："照理是轮到小林了。"

徐润清看了一眼玻璃杯里浮浮沉沉的茶叶，那水色澄清，在灯光下透着清澈，格外诱人。他正出神，便听徐开成问道："你今天就为了这件事回来？"

"不是。"他收回视线，只否认却不解释。

徐开成沉默了一会儿，良久才道："如果这次让小林去，那念想实习就要换个老师。"

话音未落，他悄悄看了一眼面上完全不动声色看不出分毫的徐润清，试探道："你改主意了？所以急着把小林支出去。"

徐润清一开始就没觉得自己能瞒过徐开成，微一停顿，还是点了一下头："是，我改主意了。"

徐开成难得有调侃他的机会，自然不会放过，轻"噢"了一声，似笑非笑地又问道："这件事琢磨多久了？"

"也没多久。"他目光沉静，声音清润，低沉入耳，"就刚才回来的路上。"

徐开成端着茶杯的手一颤，仔细地打量了他一眼，结果自然是什么也没看出来——

他手指搭在杯沿上轻轻地摩挲着，思考了良久才问道："如果我说不呢？"

"哦。"徐润清云淡风轻地回答，"最近胃好像有点不太好，让妈去我公寓帮我调理下吧，爸你觉得如何？"

徐开成顿时气炸——兔崽子！

徐润清被徐同志一腔怒火地赶出来后，没急着走，就靠在车前仰头看了会儿天空。

因为阮青喜欢星空，徐同志就毫无原则地抛弃了他的钢铁森林，选择了这一片的别墅区。就因为这里云层清朗，污染较少，能让她一抬头就看见夜空上的星辰闪烁。

不管是广泛意义上还是严格标准下，徐开成和阮青应该都算得上是很标准的恩爱夫妻。

他站了一会儿，看着厨房的灯灭，阮青的身影出现在客厅里，这才上车离开。

半小时后，他的车缓缓停进地下车库自己的停车位上。正要上电梯时，接到欧阳的电话，他看了一眼，接起。

欧阳正在影厅的门口，他在收到念想的求助短信之后就被兰小君毫不客气地直接踢了出来——给徐医生打电话。

他一边想老大会不会把他当作变态，一边苦着脸掛酌后问道："老大，你一般喜欢吃什么早餐？"

电梯正好到地下停车场，他抬步走进去，按下楼层键后才漫不经心地问道："怎么？"

"啊,没怎么。就是随便问问……"这理由假得欧阳想跪地。

信号有些不稳定,徐润清断断续续地听完他这句,略微沉吟:"需要我问还是自己交代?"

欧阳"啊"了一声,随即又气弱了下去,哭丧着语气回答:"是念想问我你早餐喜欢吃什么,然后我惭愧地发现我居然不知道……"

"想知道?"他微扬了尾音,慢悠悠地补充完整,"让她自己问。"

欧阳刚想辩解下,就听那端毫不留情挂断后的机械忙音,他挠了挠头,蹲在原地画圈圈。

念想收到欧阳那条"任务失败,须女侠亲自上阵"的短信已经是半小时后,她刚洗完澡,像个小笼包子一样热气腾腾地出来。

她盘膝坐在床上擦头发,拿起手机正要给徐润清发短信,点开信息这一页,抬眼便看见了上次的短信内容。

"什么难以启齿,我就是想问问你现在在干吗!"

"刚洗完澡。"

"呃,那你等会儿干吗?"

"穿衣服。"

"徐医生你慢慢穿。"

念想羞窘地捂了一下脸,又默默看了一眼时间。

会不会这个时间点,徐医生又在洗澡——

于是挣扎了半天,念想索性放弃,明天早上自由发挥好了……

念想的自由发挥——是带了老念同志一大早煮的海鲜粥,装在了保温杯里。

临出门又想起,万一徐润清的食量大,海鲜粥吃不饱的话……

于是又匆匆去附近的早餐店买了两个茶叶蛋,一笼小笼包子,想了想,又给自己顺上了一杯豆浆。

第七章 章住

今天老念同志没送她,她就挤公交去上班,买早餐耽误了些时间,险些迟到。所以她风风火火地赶在最后一分钟踏进瑞今口腔医院的大门后,第一时间先去二楼徐润清的诊疗室给他送早餐。

欧阳一大早就来守株待兔了,结果没料到念想姗姗来迟,这会儿看见她气喘吁吁地跑上来,手还没抬起来打个招呼,怀里就被塞进了一个保温杯。

"徐医生还没来?等会儿帮我给徐医生啊……我先去楼下换衣服……"话落,又急匆匆地往外跑,刚到门口想起什么,又回头交代了一声,"豆浆是我的啊。"

欧阳:"……"没人跟你抢好吗!

冯简一直在翘首以盼,想跟念想分享她最新知道的八卦消息。好不容易看见念想爬上楼来,手还没碰到她的衣角,就眼睁睁看着她一转弯进了徐医生的诊疗室。

"念想你……"走错了。

最后三个字还没说出口,又见念想一阵风似的刮下了楼。

冯简目瞪口呆。

林景书刚从茶水间倒完水回来,见状,微挑了一下眉,有些诧异道:"动作这么快?"

冯简听得云里雾里的,一脸不解地看向他。

不过林景书显然没有解释的意思,往徐润清诊疗室的方向看了一眼,哼着小曲回了自己的诊疗室。

徐润清从办公室下来先看见的就是欧阳低头紧盯着他面前的保温杯,原本还不在意,视线粗略一扫过看见保温杯旁放着的早餐时,倏然想起什么,步子一顿。

正巧欧阳发现他进来,赶紧挪开身把位置给他空出来,笑眯眯地戳了一下还留有余温的保温杯:"念想刚送上来的早餐,除了豆浆,让我等会儿全部给你。"

"她人呢?"徐润清问道。

"在更衣室换衣服。"

徐润清略一沉吟,提起放在工作台上的这些早餐去食堂:"我晚点上来,有事情叫我。"

欧阳觉得徐润清这言下之意的重点一定是没事别打扰我。

他一脸崇拜地目送徐润清下楼,啊,老大连谈个恋爱都如此霸气侧漏。

念想在楼梯口撞到了刚下楼的徐润清,见他手里提着早餐,"哎"了一声,问道:"徐医生你……"

"跟我来。"

"啊?"她愣了一下,徐润清已经和她擦肩而过,先往楼下走去。

念想抬头看了一眼林景书的诊疗室,默默抹了把冷汗——她还没去林景书那里报到呢,没事吗?

等到了食堂,她才一脸恍然。

食堂里已经没有用餐的工作人员,空旷得了无声息。落地窗外是一地暖阳,阳光耀眼,那暖意层层叠叠地铺展而下,倒让这冬日的冷意散去三分。

"豆浆?"他问道。

念想点点头,见他寻了一处空位坐下来,想了想,就在他对面坐下:"这是我爸做的海鲜粥,让我带给你尝尝。"

徐润清有些意外地看了她一眼。

念想以为他不信,认真地解释道:"真的,昨晚的事情太乌龙了……"

"先喝豆浆。"他打断她,拧开保温杯。

打开的瞬间热气袅袅,蒸腾而上,随之伴着一股海鲜粥特有的鲜美诱人的香气。他低头看了一眼，米粒晶莹剔透，上面卧着虾仁、豌豆粒、干贝等食材，色泽鲜丽。

原本食物的香气便已经引人食指大动，加上这卖相精致，便更让人期待。

念想克制地收回视线，不断暗示自己，你已经吃饱了吃饱了吃饱了。

自我暗示完毕，猛吸了一口豆浆，满鼻子都是海鲜粥的味道——好像又饿了啊。

"以后尽量不要迟到。"他抿了口粥，唇上沾了几分水色，静静地垂眸看了咬着吸管有些心不在焉的她。

念想点点头："以后不会了……"想了想，她又自言自语地口算时间，"我六点半起来，起床需要半小时，吃个早饭需要半小时，出门也要半小时，因为以后都要坐公交……好像得提前半小时才行……"

徐润清微挑了一下眉，问道："起床要半小时？"

"是啊。"她不好意思地挠挠头，"现在就赖床十分钟，等天气再冷一点就需要半小时了。"

也好意思说……她把吸管咬得稀巴烂，表态："我以后一定会克制的。"

徐润清话中有话地问道："以后都要坐公交？"

"嗯，是啊。我实习不是一天两天，不能老是麻烦我爸反方向地送我上班……"以后天气冷了，她还要在公交站等公交，想起那种直蹿脚底的冷意，她又忍不住咬了咬吸管。

徐润清若有所思了片刻，快速地吃完海鲜粥后，用一种漫不经心地语气说道："回头帮我谢谢念叔。"

"没关系。"她摇摇头，完全不在意。

"正好我最近都住在家里，顺路，早上可以捎上你。"他说完这句，捏碎蛋壳，剥完一半的壳后递给她。

念想愣愣地接过来:"你……你不吃吗?"

"一个就够了。"他剥着蛋壳,见她还在发愣,干脆重复了一遍。

念想这回终于有反应了:"会不会很麻烦你啊……"

徐润清淡淡地说:"不会。"

念想还在犹豫——老实说,徐医生的车她不敢坐啊。起码昨天搭了一次顺风车就感觉……气氛压抑,呼吸不畅……

她的这点表情徐润清尽收眼底,难道他太快了,接受不了?

他微皱了一下眉头,反口:"也就这一个星期能顺便捎上你。"

念想那点犹豫立刻打消,赶紧点头:"要的要的!"正好这一个星期她要给徐润清带早饭,要是顺路的话两个人直接在外面吃了,岂不是更省事?

她这边噼里啪啦地打着算盘,徐润清瞥了她一眼,眼底也渐渐漫开散漫的笑意,在阳光的轻润下更显得光华千转,眼波璀璨。

他仅穿着一件薄衬衫,姿态闲适地沐浴在阳光下,整个人都显得十分慵懒随意。

念想看着看着,回忆起来,好像不在工作状态时,他似乎总是这个样子,上次在饭局,还有林景书在B大讲座那次,都是这般。

偏生他的慵懒却没有半分懒散,反而闲适得很是自在,让人看着不由自主地就像要放松下来,和他一起融进那一片空气里。

察觉到她的视线,徐润清偏头看她一眼,正好看见她的矫正器,顺口问道:"矫正器习惯了没有?"

"习惯了。"不过戴着总还是有些别扭。

她舔了舔嘴唇,看向他:"不过好像我吃东西的时候没注意,现在右边里面有些扎嘴。"

"午休的时候我看看,八点半后都是预约的病人。"他递了张纸巾给她,倏然问道,"我说的医嘱,你都认真听了没有?"

第七章 牵住

念想被他犹如实质的目光看得心头发虚,她点点头:"我都有认真地在做。"

她自己就是口腔医学专业的,自然知道口腔卫生的重要性,所以即使他不说,她也都会按部就班,认认真真的。

只是被他这样看着,念想莫名地就觉得自己有些心跳加快。

接下来的时间念想再不敢主动和他搭话,安安静静地喝完自己的豆浆,先回了诊疗室。

上午的病人有些多,等送走最后一个病人,离食堂午餐时间已经只有十分钟。

冯简刚褪下手套在水槽前洗手,见念想在整理器械,憋了一早上的话终于忍不住了。赶紧擦干手,蹭到她身旁去问她:"念想,你看在我们的交情上跟我说说呗,你跟徐医生到底什么关系啊?"

念想不明所以地看了她一眼,迟钝:"什么什么关系?"

冯简"哎"了一声,一脸"你不仗义"的表情,轻撞了一下她的肩膀:"你连早餐都这么光明正大地送了,不是在宣示主权吗?"

宣示主权?

念想有些蒙,看了冯简一眼,解释:"送早饭是因为昨天买东西的钱是徐医生帮我垫上的,我又……"

话没说完,她自己有些转不过弯来。

是啊,她为什么要给徐润清送早餐,找不到钱包改天还给他不就行了吗?

她皱了皱眉头,有些困扰地问:"送早饭会让人误会?"

"啊?"冯简被她问住,送早饭还不让人误会吗?尤其还是给徐医生送,是个人都会误会啊——楼下护士站的那帮小护士每天都如狼似虎地盯着,送早饭这种行为可不是情节严重吗?

但转念一想徐医生那半推半就的态度,又把到嘴边的话咽了回去,打哈哈地说道:"怎么会,就是我思维比较跳跃,想得比较多。"

念想深信不疑地点点头:"你的确想得很多……"

冯简卒……

等冯简在食堂吃上大厨做得香喷喷的可乐鸡翅后,想起什么,幽幽地看向面前眼放绿光的念想——

等等,这家伙是不是在忽悠她?居然这么不动声色地转移了话题!

念想戴着矫正器不敢直接硬碰硬去啃骨头,就小口分解,筷子"分尸",一顿饭吃得格外费力。等她好不容易吃完再漱口,被右边的钢丝扎了一下才猛然想起一件事来——

午休时间,要找徐润清看牙齿!

不过……她努力回想了一下,好像刚才在食堂没看见他啊!

这么想着,她赶紧上楼,刷完牙后直接奔进了徐润清的诊疗室。她探出一个脑袋看了看,欧阳不在,小护士也不在,只有他一个人。

听见声音,徐润清转头看过来,见是她,又转回头去继续写东西:"还要我亲自过去请你?"

念想摸了摸鼻子,灰溜溜地走进去。走得近了,才看清他是在写病例。

念想对他的那一手好字很早之前就领略了,见他在忙,就站在他身旁看着,一个字一个字地扫过去,想找出一两点瑕疵来,但一路看过来,行云流水,让她忍不住再次叹服。

"徐医生你学过书法?"她问道。

"没有。"他淡淡的,"不过我爷爷是书法协会的。"

说完这句,似乎才发觉她现在就跟被留堂的小学生一样恭谨地站在自己身旁,出声道:"先躺上去,我这边很快就好。"

念想"哦"了一声,刚磨蹭着坐上牙科椅,又听他问:"刷牙了没有?"

"刷了！"

徐润清正好写完，整理好病历放进档案袋里，给黑色水笔摁上笔套，这才推开椅子站起身来。见她还坐着，轻声吩咐："躺下。"

念想依言躺下，看见他从明亮的照明灯下走过，先去洗了手，擦干后拉开抽屉，拆了一次性的手套戴上，这才拉着牙椅在她身旁坐下。

她躺得有些低，他轻扶了一下她的肩膀，示意："再上来点。"

念想挪了挪。

他调节了牙科椅的高度后，戴上口罩，又拆了口镜顺便检查她的牙齿情况："嗯……"

他发出一个沉沉的单音节，用口镜轻敲了一下她的下排牙齿："牙齿拉过来了，你自己照镜子的时候有没有感觉？"

念想张着嘴不方便说话，就点点头，含糊地"嗯"了一声。

头顶那盏灯的光微烫，正好聚在她的眼前，念想忍不住微眯了眯眼。

徐润清注意到她的这些小动作，抬手往下移了一下灯，调整位置。见她再没有不适，这才松开手，微微低下头来。

戴着手套的手指轻碰了一下她的牙齿，问道："回去之后牙齿酸疼得厉害不厉害？"

念想摇摇头，抬手轻拍了一下他的手背，那指尖微凉，轻覆在他手背上，即使是转瞬即逝，也触感格外清晰。

没料到她会有这个动作，徐润清顿了一下，这才拿出口镜，垂眸看向她。

"我就疼了两天，但是现在吃东西还是有些不方便，前牙咬不动。"说着，她眨了两下眼睛，那黑漆漆的眼珠狡黠，一双眸子里蕴着水光，在灯光下波光潋滟。

徐润清看了几眼便收回视线，示意她重新张开嘴："慢慢来……吃东西的话很快就能习惯了。"

说着，徐润清又问她："右边哪里扎嘴？"

"最里面的那个，还有右三。"话落，她张开嘴。

他轻"嗯"了一声，微微靠过来，戴着手套的手指摸进去，在托槽上检查了一下，钢丝微有些弹出来了。

他反手用口镜柄用力地按了一下按回去，又调整了一下右三的钢丝，手指落在上面轻摩挲了一会儿，这才放开："现在呢？"

念想努了努嘴，又用舌头舔了舔："没问题了！"

"张开，既然都检查了，我帮你把其他的都再看看。"

他坐的这个角度靠得她极近，念想毫不费力地就能看见他的整张脸，因为戴着口罩，只能看见他的那双眼睛。一如既往地深邃幽沉，像是古井里的井水，无波无澜，沉静又安宁。

察觉到她的视线，徐润清低头看了她一眼，轻扬了尾音，颇为愉悦地问道："怎么？"

念想摇摇头，微微红了耳根子，飘忽着视线，从天花板，到不远处的百叶窗，再用余光瞄一眼工作台，四下扫荡着，却再不敢看他。

但注意力全部集中到他的手上，他检查得细致，一颗颗托槽地摸索过去，有"不合格"的，就用口镜柄轻按一下，细致又认真。

欧阳吃过饭就赶紧回来帮忙，刚进诊疗室，就看见徐润清在接待病人，他凝神看去，咦了一声。躺在牙科椅上的那位患者身上穿的，怎么像是自己医院的白大褂？

欧阳瞪眼，现在连患者都有统一的制服了？

还是徐润清先看见了他，微抬起头来看他一眼，神情自若。

欧阳这才发现牙科椅上躺着的不是别人……正是念想。他默默地把跳到嗓子眼的心放回原有的位置，拍了拍胸口，镇定下来。原来是念想，他就说嘛，老大虽然是工作狂，但也不常破例给患者插队治疗。但如果这个人是念想，那就没什么奇怪的。

第七章 牵住

毕竟，他可是发现老大和念想这样那样的第一人，早先入为主了。给家属开小灶什么的，人之常情嘛！

他正胡思乱想着，徐润清这边检查完毕，摘下了口罩。

欧阳赶紧说道："徐医生你赶紧去吃饭吧，这边接下来的我做就好。"

"徐医生你还没吃饭？"念想边揉着后脑勺边坐起身来，压根儿没留意到头顶上的灯。

上次也是这样。

徐润清摘手套的手一顿，先抬手去推开灯。手腕骨正好被她的额头撞到，力道不重。他低头看了她一眼，微皱着眉头，语气不悦："头上有盏灯你也撞上去？"

念想瞄了一眼，也不敢揉额头，气弱地回答："我不会撞坏灯的……"她的头还没修炼到那么坚硬好吗！

闻言，欧阳：明明不是撞坏灯这个问题好吗！

徐润清无奈地拢了拢眉心，起身摘下手套去洗手，顺便给欧阳交代了一下等会儿要做的事情，等折回身，她正拿了工作台上的小镜子在看牙齿。

见他看过来，咧着嘴对他笑了笑："是不是很丑……"

欧阳默默竖起耳朵——

只听徐润清声音寡淡，毫无情绪地表扬她："你的优点大概就是有自知之明。"

念想的脸僵住，不敢明目张胆地瞪他，就睁圆了一双眼睛，像个鼓起来的小河豚。

他轻笑了一声，又轻飘飘地问道："不会听不懂吧？"

那鼓起来的气顿时被戳破，念想软绵绵地偃旗息鼓了。

打击完人还要确认一遍是不是打击成功了……徐医生你这么坏你

自己知道吗。

念想看着他离开的背影，狠狠地挥了两下拳头，吐槽："难怪还没有女朋友，就这样的怎么找女朋友啊，对不对啊欧阳？"

啊，怎么扯到他了啊。

他为难地看了一眼念想，回答："向来只有徐医生拒绝别人的份。"

"……"念想不愿意相信："怎么可能！徐医生这样的……除了脸好看哪里好了？"

欧阳挣扎了一下，默默细数："颜好，身材好，职业好，有钱多金，脾气也好。当然，有时候也是很恐怖的，不过凭良心说真的很好了。无不良嗜好，三观端正，洁身自好，不抽烟，又注重个人卫生……"

念想脸色复杂地看着欧阳。

欧阳声音越说越小，最后忍不住咽了口口水，问道："你这么看着我干吗？"

"小简说的……瑞今还有很多因为各种难以启齿的原因所以躲在暗处默默暗恋徐医生的人当中……就有你吧？"

欧阳语塞，脸色几变后，蹲地画圈圈："我回家要跟我们家小君告你的状，你调戏良家男子，冤枉我的清白。"

对欧阳简直不忍直视了。

第八章
实习生

下午三点左右,林景书接了个电话后就暂时离开了一下。

没有病人,念想和冯简一起整理补充完器械后,去茶水间泡奶茶喝。水还没开,她就捧着杯子等,瞄到对面墙上挂着的工作人员一览表后,挪过去记名字。

开头第一个是徐开成,也就是瑞今口腔医院的老板,下面备注的头衔一个比一个金灿灿。念想来瑞今之前提前做过功课,加之有老念同志对知交好友的了解,知道的情况还挺详细。

听说徐伯父是因为在医院做得不开心,后来干脆就自己出来开了一家私营的牙科医院。刚开始起步的时候很困难,名字也很是潦草,据说是用自己的名字命名的。

也就是说,瑞今口腔医院的前身只不过是徐开成自己的口腔诊所。只是后来慢慢就形成了瑞今现在的规模,成了Z市本地一家专业的私立牙科医院,甚至于在全国都非常有名。

徐润清排在第一排的中间,后面才是林景书。

他穿着白大褂,清清冷冷地看着镜头。漆黑沉静的双眸,泛着清浅的光泽,唇角微微抿着,看上去一点也不温和。

她还在认真地点评着,便听见走廊上有由远及近的脚步声,闻声望去。徐润清正拿着纸杯来倒水,见她站在这里,目光顺着也落到了面前的墙上,微一停留便和她擦肩而过。

水正好烧开,他拿起水壶时,想起她,头也没回地提醒道:"水好了。"

念想这才收回视线,捧着杯子走进去。

他微偏了一下头,示意她把杯子放到桌上。

念想乖乖地把杯子递过去,徐润清抬手轻托了一下杯柄,把开水倒上。蒸腾的水汽凝成白雾,一股奶茶香气随之飘散在空气中,那甜味……

徐润清忍不住微眯了一下眼睛,不经意地问道:"喜欢吃甜的?"

念想点点头,可喜欢了……

他把水壶放回去,往她杯子里看了一眼,有些不赞同:"这种奶茶奶精太多,还容易发胖。"

最后两个字脱口而出后,念想就见他有意无意地瞄了一眼她的下巴。

她赶紧伸手捂住,含糊着回答:"我……戒不掉。"

他拎起纸杯抿了一口,水温有些高,他微有些淡薄的唇被染上一层水色,连带着那清冷之气都在着水雾中缓缓化去。

"可以慢慢替换成别的饮料或者泡腾片,慢慢就能戒掉。"他看了一眼时间,干脆拉开椅子坐下,"有空在这里发呆,下午不忙?"

很肯定的语气。

念想挠挠头,也坐下来,看见他手里素净的纸杯有些不解:"我上次看你的水杯……"

"摔坏了。"他又抿了口水,慢悠悠地回答,"新买的还在路上。"

念想"哦"了一声,不再答话。

徐润清的病人来复诊,他没坐一会儿就先离开了,念想在茶水间磨蹭了一会儿,喝完了奶茶又洗了杯子这才回去。

林景书已经回来了,正坐在牙椅上,手指搭在眉间,眉头微微皱起,不知道在想些什么。诊疗室内的气压一会儿高一会儿低,着实磨人。

冯简不甘寂寞地出去打听消息,回头就跟念想悄悄分享:"听说是老板来医院了,来了就叫林医生去了一趟办公室。"

念想默默地看了一眼冯简,问道:"你怎么知道?"

"重点不是这个!"冯简轻捏了一下念想的手背,警示道,"看林医生这样子像是被训了一顿,心情不好需要发泄啊,下午机灵点啊。"

好像有些严重的样子……念想认真地点点头。

只不过直到快下班了,林医生也没有迁怒别人的症状,只是因为板着脸,面无表情的样子比之他平时温和亲切的时候……严肃不少。

刚送走了一位病人,念想整理操作台。冯简下楼陪病人去前台收费,回来时拿了收据小单回来,顺便过去搭把手。

结果交接的时候,两个人都没拿稳托盘,那落地的声音清脆爽耳,余声不绝。

林景书转头看过来,眼神一瞬间的森冷。

完了完了!不敢看了。

不料林景书只抬眼看了一下面色凝重的两人,因为长时间不说话,刚开口时还带着丝轻微的沙哑:"念想……"

来了来了。

"你等会儿下班先别走,我有些话要跟你说。"

念想只觉得当头一棒,头晕目眩……被留堂了?!

念想整个晚上都有些心不在焉,拨着碗里的饭粒,半天才往嘴里喂几颗。

老念同志关注了她良久,微皱了一下眉头正要进行思想教育,不料冯同志比他更快一步。阴沉下脸,筷子"啪"的一下直接按在了桌上,发出不大不小的声响,但对发呆的人来说,却不亚于是一场晴空霹雳声。

念想被吓得手一抖,筷子都没拿稳,噼里啪啦地摔在了地上。

"是不是你爸把你的胃口喂刁了,我炒的菜你就一口都吃不下了啊!你倒是给我说说哪里比你爸做得差了啊!"

老念同志顿时满头黑线,这醋吃的……还把闺女给吓傻了。

他看了一眼明显不在状况的念想,挥手赶人:"去换双筷子,别在这里给你妈添堵啊!"

念想无辜地"哦"了一声,回来之后再也不敢这么明目张胆地神游,几口把饭吃光回房间里去了。

老念同志心不在焉地嗑了半天的瓜子,想想还是不放心,抓了一把去敲念想的门。

念想正在看书,开门见是老念,很不客气地把他手里的瓜子全部倒进自己的手里,这才问:"爸,什么事啊?"

"我是看你有事。"他也不进门,目光在她房间里溜达了一圈,"实习不顺利?"

念想"啊"了一声,摸摸脸,一脸认真:"我表现得那么明显?"

……

下班的时候,念想在冯简一步三回头的"好自为之"眼神下莫名地就有了几分紧张。据冯简亲身验证,林医生发起飙来,那恐怖程度和徐润清不相上下。

念想在徐润清掌心是翻身无门的,她有自知之明,同理可得……

"念想。"林景书皱着眉头,轻敲了一下桌面,吸引她的注意力。

第八章 实习生

见她看过来,他思忖了片刻才道:"有件事要跟你说一声。"

念想点点头,颇为认真地提出一个建议:"一口气说完,千万别给我回神的机会。"

在这种有些严肃的气氛下,林景书撑着额头轻笑了一声,一扫下午的郁结,眼角眉梢又染上了几分笑意。

他果然没大喘气地一口说完了:"哦,就是对于你要转到徐医生那里当实习生这件事比较遗憾。嗯,还有就是表达一下我的哀切之情。"

哀切之情……

所以连林医生都知道她调过去的处境,一定会有这么悲哀吗?

林景书等她消化完这件事情,又给她大概地解释了一下前因后果。就是他不可抗力地要去Z市临市的J市交流学习三个月,经过慎重考虑,念想跟着徐润清实习。也问过徐医生本人的意见,据说虽然有些勉强但是还是答应了下来。

念想欲哭无泪地抠字眼:"勉强?"这么虐!

林景书轻咳了一声,解释:"其实这是我猜的……"

哦……念想又默默看他,问了个风马牛不相及的问题:"那徐医生是什么时候知道的?"

他下午还在茶水间和她喝茶呢,如果那个时候就知道了,却一点口风也不透露。说明这个人有多坏啊!

林景书审视了她一眼,思考了一会儿,慎重回答:"据推测,应该知道得比我早。"甚至于,这件事还是他一手推动的。

只是后面这句话,林景书并未说出口。

念想耷拉着脑袋把自己收拾回家了,回家之后便一直维持着这种状态,越想越郁闷。

老念同志听她碎碎念地说完,眼睛一眯,顿时蹿起一种不太好的预感——他养了二十四年的白菜什么时候对别人这么上心过啊!不行,回头得拉个警报和冯同志商量一下,看看是不是要拉响守护白菜的预警活动了。

但见念想这么纠结,老念同志想了想还是给出了一个建议:"想知道就亲自去问他,这不是最简单的解决办法?"

念想顿时醍醐灌顶,把手里的瓜子往老念同志手里一塞,门一卷就把他关在了门外。

老念同志:"……"

沉默半晌,他扬声吼道:"冯同志,开紧急会议!"

"吼什么吼,屋顶都要塌了!"与之回应相伴砸来的是一个沙发抱枕,正中红心……

老念同志有些委屈。

念想回屋之后就给徐润清发了个短信,开门见山,刀枪直入:"徐医生,我要转到你科室当实习生你知道多久啦?"

很不凑巧,徐医生在洗澡,洗完出来套上上衣单膝跪在床边倾身越过去拿手机这才看见。干脆就这样坐在床边,回答:"昨晚。"

果然——

念想耷拉着脑袋,两手拽着自己的耳朵来回撸了几下,这才平静下来:"那徐医生怎么不告诉我,连口风都不透露一下?"

兔子是在不高兴?

徐润清意识到这一条,思忖了片刻,回道:"不高兴了?"

念想想也没想地嘴硬道:"没有。"

小猪才不高兴!哼!

发完又觉得太单薄,她费尽心思地补充了一句:"我才不是不高兴,我就是随便问问。"

徐润清勾唇轻笑了一声,握着手机去厨房倒水喝。水烧开有片刻了,但依然冒着袅袅的白雾。

第八章 实习生

他瞬间就想起下午,她站在茶水间那面墙的前面,微仰着头看着他的照片,翘着唇角。阳光笼在她的身上,面容有些模糊,唯那一双眼睛漆黑清透,像玛瑙,光华灼灼。

那热气凝结的白雾染上他的眉间,轻微地浸润,他想了想,回答:"在林景书答应之前,这件事的状态一直都属于'未确定',不确定的事情,我为什么要告诉你?"

还真的像是他才会说的话。

念想气闷地把手机塞进被窝里,她就是不高兴他知道也不跟自己说。如果林景书下午没先给她透个底让她准备下,是不是等几天之后她还要完全不知情地傻乎乎地去面对他啊!

那杯沿被热气氤氲出水汽,他低头看着杯底,手指有一下没一下地轻轻敲打着杯柄,耐心地等她。

直到那杯水热气散尽,被放在流理台上的手机这才振动了一声,嗡鸣声在这寂静的夜里格外清晰。

他偏头看了一眼,屏幕亮起,上面是她的名字。

念想:"我明天早上有事,徐医生你不用等我啦!"

他微一挑眉,这才意识到兔子是真的不高兴了。

念想发完那条,顿时解气!这可是她能想到的最大胆的表达不爽的办法了?

她挠挠头,盯着自己发出去的短信恨铁不成钢咬了咬手指——万一他看不懂怎么办……现在表达得再明显点来得及吗?

会不会因为得罪了实习老师被穿小鞋啊。

可徐医生看着……念想刚否定,又迟疑,随即肯定——他看着就像是会给人穿小鞋的人!

她挪进被窝里,扯了被角把自己盖得严严实实的,默默心塞。结果还没心塞多久,就被她一起卷进被窝里的手机屏幕一亮,顿时欢快地唱起了歌。

念想看着那来电显示半天没回过神来,等回过神来,又是手忙脚乱地接起电话:"喂?"

那端安静得没有一丝声音。

念想拿下手机看了一眼,屏幕上显示的是在通话中啊——

她又试探性地叫了一声:"徐医生?"

"嗯。"他沉沉地应了一声,声线慵懒地和她确认,"明天早上有事?"

念想心虚地点头,点完发觉他根本看不见,又"嗯"了一声:"有事。"

徐润清轻笑了一声,毫不留情地鄙视:"你早上除了吃早餐还有什么重要的事情?"

被、被鄙视了?

念想瞪圆眼,终于迟钝地发觉对方的心情好像有些不太好:"我也是有很重要的事的……"

徐润清"嗯"了一声,直接当作耳边风:"不说要给我带一个星期的早餐?你的信用是打算从明天开始透支?"

念想"啊"了一声,被他问得说不出话来。

"听好,这句话我只说一遍。"他话落,停顿了几秒,听见她平稳轻微的呼吸声,心头微软,声音也不由自主压低了几分,"不管你明天早上有没有事,七点十五准时在你家小区门口等我。念小姐,你的实习才刚刚开始,千万不要得罪实习老师。"

念想不敢相信自己的耳朵……

他说什么?

这是赤裸裸的威胁吗!太、过、分、了!

她正欲表达一下她虽然软但也是有自尊心的。结果刚张了嘴,就听他声音轻柔地问道:"明天早上想吃什么?A路的那家早餐店好不好?"

念想浑身都软了——A路的那家早餐店吗?

良久,她听见自己毫无骨气地应了声:"好。"

Z市的冬天来得迅猛又冷冽,一个冷空气降温,念想就直接趴在床上起不来了。

闹钟响了半天,她这才迷迷糊糊地掐着最后的时间起床洗漱。等手忙脚乱地收拾好自己下楼,已经七点二十分了。

念想焐了焐因为没有防护措施,加之一路跑来被冷风吹得通红的耳朵,四下转悠着找徐润清的车。

"嘀"一声轻响。

念想回头看去。

奥迪低敛又优雅的车身从她身后不远处缓缓驶来,不疾不徐地停在她身旁几步许。徐润清降下车窗看了她一眼,手指在车窗上轻敲了一下,示意她快上车。

念想刚扬起的爪子还来不及挥一挥,就偃旗息鼓地放了回去。手脚并用地上了车,她扭过头去,笑眯眯地和他打招呼:"徐医生早。"

徐润清看了她一眼:"安全带。"

念想"哦"了一声,拉了安全带系上,那清脆的锁扣声落下后,才听他慢悠悠地说了一句:"不早了。"

她瞄了一眼手表,就这一会儿,已经过去了三分钟。

A路的早餐店是Z市的老字号,念想还小的时候,家住在弄堂里,就在A路早餐店后面的巷子。小时候上学,老念同志推了自行车送她去,每天都会绕到早餐店给她买早餐吃。只是后来搬家之后,加上学习比较忙,就鲜少有机会回来了。

现在倒是方便了不少,因为A路转个弯就到了市府大道,离她的

徐徐诱之

实习单位很近。

到早餐店的时候还有角落的一处空位,两个人刚落座,就有个萌萌的服务员过来记单。

徐润清瞄了一眼菜单,看了她一眼问道:"想吃什么?"

都想吃……

她眼巴巴地一一扫过,最后还是节制地挑了一碗虾仁馄饨,一笼小笼包,原本还想点个油条的……但看了一眼对面姿态闲适、正微眯着眼睛看着她的徐润清,默默地咽了回去,把菜单推给了服务员:"就这两个。"

徐润清随手指了几个,点完单把菜单交回给服务员时,想起什么,又补充了一个:"等会儿结账的时候再算一个豆浆外带。喜欢喝豆浆吧?"

后面那句是问她的。

念想"啊"了一声,下意识点点头,喜欢的啊……所以这豆浆外带,是给她点的吗?

收到肯定的回答,徐润清微点了一下头:"就这些。"

服务员笑眯眯地看了一眼念想,飞快地下去了。

念想被那暧昧的眼神看得有些发窘,半天没敢抬眼和徐润清对视——看谁谁怀孕!

吃过早饭还有十分钟的空余时间,念想满足地摸着肚子去付钱,刚到前台结账的地方,收银员对了一下单子的编号,疑惑地看了她一眼:"这桌已经付过钱了啊。"

念想愣了一下,再次确认:"你确定付过钱了?"

收银员很肯定地点了点头,抬眸看向她身后时,说道:"就是和你同桌的那位先生付的。"

念想回身看去,徐润清正拎着她的豆浆站在不远处看她,见她一脸郁闷地看过来，招了一下手："快过来，不然要迟到了。"

她几步走到他身边，抱怨："不是说好我请的，你怎么先付钱了。"

"不太习惯出门吃饭女方付钱。"他把手里拎着的豆浆塞进她的手心里，见她拧着眉头还是不高兴的样子，迟疑了一下，抬手轻拍了一下她的脑袋，"我有经济能力，出门吃个饭还需要你这个实习生倒贴付钱？"

把角度切换到万恶的资本家和被压榨的小黄花上。念想顿时茅塞顿开。何必和资本家过不去！

完全忽略了徐润清刚才颇有些亲密的举动。

今天前台轮值的还是文文，她刚到自己的岗位上，还在整理护士服的领口。听见玻璃门被推开的声音，一抬眼，就看见徐医生和念想一前一后地进来——

"徐医生……早。"

徐润清微微颔首："早。"

文文继续呆滞道："念想早。"

念想笑眯眯地回了个早，跟着徐润清就上了二楼。

林景书今天就开始办理交接，与此同时，这次交流学习外派林景书的通知也公布下来。众人边向林景书道恭喜，边纷纷猜测林景书的小实习生会被调派到哪个科室，跟哪个医生。

肯定没那么幸运跟徐医生，徐医生可是不收实习生的，尤其是女实习生，不然这次也不会轮到念想去林景书那里实习。

但事实证明呢……

事实证明大家都太天真了！

众人在随后看到"原本林景书负责的实习生念想转到徐医生手下实习"这条通知后，面面相觑——

科室之间人手的调配并不是什么新鲜的大事，只是徐润清和念想的这个组合，实在是有些……复杂？

首先，徐润清和林景书不对付，已经人尽皆知。这会儿林景书外派，徐润清接收他的实习生，怎么看都像是一种挑衅。

不过也有人认为这事没那么复杂，林医生这么富有责任感，知道自己即将外派，一定会安顿好自己手下的实习生。整个瑞今，放眼看去，也就徐医生和他不相上下。不管是出于对实习生的拳拳爱护之心，还是出于不放过任何一个给徐润清添堵的机会，这安排都堪称完美。

其次，念想是徐润清亲自给过私人手机号码的特殊病人这件事，通过文文的"我告诉你一个秘密，你别告诉别人哦"，瑞今已经无人不晓了。

欧阳听到冯简八卦完前两条小道消息后，森森地鄙视了她一眼，一脸"我身怀旷世绝密我好辛苦"的表情，语重心长道："你们小姑娘啊，就是想太多了……据我所知啊。"

冯简一听有戏，就不和欧阳计较了，不计前嫌地凑过去："知什么？知道得越多死得越快啊，我可以无私地帮你承担一点。"

"你们都押错重点了！"欧阳神秘地压低声音，轻声耳语道，"其实徐医生最上心的人是……"

正说到高潮，旁边悠悠凑过来一耳朵，好奇地问道："是什么？"

欧阳看到念想脑袋的瞬间，只觉得那八卦的热情一泻千里。他轻咳了几声，握着杯子去倒水喝："是病人啊！医生最上心的不是病人还是谁啊！"

冯简"喊"了一声，毫不留情地甩了个大白眼给欧阳，转身出去。

兔子也学着翻了个白眼，水没倒就跟着出去了……她终于明白了，徐医生这样的性格，在瑞今还有如此好评，原来后面有欧阳这么狗腿的在四处树立形象。

这天交接完毕后，林景书开始休短假一直到去J市的口腔医院交

第八章 实习生

流学习。念想吃过午饭就去徐润清那里报到,兼顾打杂。

于是,接下来的几天。不在同一个科室的冯简是连念想的影子都没看到,想看到影子,那必须得从徐医生的诊疗室门口晃过去。

但是晃得次数多了,容易被徐医生逮去做劳动改造。

好不容易安排了一次茶水间偶遇,冯简先是泪眼涟涟地和念想倾诉自己的一片思念之情,再对念想仅仅几天就憔悴的小脸表示了惋惜,最后转移到正题上——

"念想,你给徐医生送早饭就送了一天不送了,是被拒绝了?"

念想正在抓紧时间喝水,徐润清接手了林景书一半的病人,他的要求又高,念想为了跟上他的节奏已经忙得不可开交了。就连吃个午饭都跟打仗一样,风卷残云地垫个底,又回去继续和欧阳并肩战斗。

所以,听到这句话,顿时——"噗"的一声,喷了!

"咳咳咳……"她咳嗽了半天,才涨红着脸问道:"你说的被拒绝是我理解的……那个意思?"

冯简点点头,拍拍她的肩膀:"我都听说了,说你在追徐医生。徐医生这么高冷不近女色,的确不好追啊。但你别灰心,你看广大女同志都没成功,这候补团不差你一个的!"

念想欲哭无泪:"我上次跟你解释说过了啊……"

冯简瞄了她一眼,轻哼了一声:"你以为谁都跟你一样笨啊,我像是这么容易被忽悠的吗?而且整个瑞今都知道你在追徐医生,不只是我这么觉得……"

话落,见念想的表情越发壮烈,想着自己这话是不是说得太严重了些,随即轻拍了一下她的肩膀,沉重地说道:"没关系,我看好你啊。我这边还有事呢,我先走了啊。"

别啊……壮士你听我解释!

念想从茶水间回诊疗室后整张脸的脸色都是灰败的。

她说呢,怎么最近前台的文文总用那么幽怨牺牲的眼神看着她。还有护士台的护士长,那眼神颇有些,意味深长。

还有故意给她使绊子的甲乙丙丁护士小姐们。

原来大家都在误会她吗——

她正暗自伤神,根本没听见徐润清叫了她好几遍,还是欧阳轻推了她一下,念想才一抖,彻底回过神来。

徐润清拧眉看着她,神色严肃得让她有些害怕。那眸间是分明的责备和不悦,眼神清冷冷地泛着冷光。因为戴着口罩,只露出那一双眼睛,他所有的情绪就由那双眼睛一寸寸放大,压迫的气场犹如实质,沉沉地威压而下。

她有些不知所措地看着他。

刚才光顾着出神,根本没听见他说了什么。

他接过欧阳递过来的器械,终于收回目光。只是念想还来不及松口气,他低沉的声音,就毫无感情,冷冰冰砸了过来:"这里不是可以容许你分神的地方,有什么私人情绪,都给我收起来。"

念想顿时愣住,呆呆地看着他。

他这是在责备她?

见她还愣在那里不动,徐润清不耐烦地皱了一下眉头,抬眼看过来:"刚才说的话没听懂?"

"没有。"她动了动唇,垂下眸子,那原本还荡漾的心湖瞬间平静如水,"对不起,我以后不会了。"

念想的话落,整个诊疗室便陷入了一股难言的沉静之中。只有徐润清轻声和患者交流的声音。

欧阳默不作声地看了一眼脸色有些不太好看的念想,正想出声缓解下气氛,念想已经主动靠过来,从他手里接过东西:"这里我来好啦。"

果然是老大喜欢的人——心理承受能力都如此强大。

他犹豫着要不要安慰她几句,毕竟徐医生的严苛在瑞今那都是出了名的,不过当着徐医生的面,他还是算了吧。

人家正主都没着急。

他退开位置。

念想靠过来,就站在徐润清的身侧。

患者的牙齿已经损坏到牙髓,并且已经感染,需要根管治疗。

根管治疗也需要医者足够的耐心,拍完 X 射线照片确定患处损伤程度以及结构后,局部麻醉,钻开病齿,去除腐坏牙质。

打开牙髓腔,取出坏死的牙髓,再用根管钻扩大根管。

最精细的地方大概就是扩大根管,需要根管钻慢慢扩开,并且要结合测量仪确定长度。

而刚才,徐润清叫她,就是拿大一号的根管钻,她却在出神。

"舌侧 20,近中 19,远中的……"他声音很轻,却正好能让念想听得清晰。

念想偏头看了他一眼,他微微侧着脸,一手固定患者,另一只手还在患者的口腔内扩大根管。

她这个角度只能看到他微垂的长睫,在他眼睑下方投下淡淡的阴影。修长的手指戴着手套,微微曲着,他保持这个动作很久了。

念想边记下这个数据,边问:"远中还没通?"

"嗯。"他声音低哑,沉沉的,与此同时,抬起头来看了她一眼,"快了。"

"下次你来做。"他说着,又用测量仪测了一下长度,问她,"行不行?"

念想迟疑了一下,点点头:"可以。"

他似乎是笑了一下:"纸上谈兵久了也该实践操作了。远中 19。"

念想立刻记下数据。

"准备下牙胶尖,在工作台的抽屉里。"话落,又问道,"知不知道在哪儿?"

"知道。"她跟着欧阳熟悉过一次器械的摆放,加之她的记性好,一直没忘。

接下来便是徐润清不厌其烦地冲洗,再用扩大锉扩大根管,反复几次后,扩大锉一直从10号逐号递进到30号,终于结束。

他放入牙胶尖,推开椅子站起身来:"带病人下去拍一下试尖片。"

念想应了一声,轻拍了一下病人,等她坐起来就要含上,提醒:"不要咬到,嘴巴张开点,拍完片就好了,忍一忍啊。"

徐润清起身去喝水,水杯里的水已经凉透了。他喝了两口微皱了一下眉头,听她这哄小孩一般的软声糯语,忍不住侧目看了她一眼。

那病人点点头,脸色因为轻微的疼痛而有些发白,却微微扬起唇角对她笑了一下。

徐润清的眼底也不由自主漫开个淡淡的笑意,随着她们一起出去,转身去了茶水间倒水。

欧阳刚才去了林景书那间诊疗室替龋齿患者补牙,回来不见念想和病人就知道是下楼去拍试尖片了。

徐润清正靠在工作台上喝水,神情寡淡,眉间隐约还能看出一丝疲惫来。

欧阳凑近,斟酌了一会儿才试探着说道:"老大,你刚才也太严肃了。"

"严肃?"徐润清微挑了一下眉,反问,"工作时间分神,你觉得这是对的?"

当然不对!

他当初开小差,多摸了一会儿手机,徐润清说的话比刚才的……

严重多了。

只是对方不是念想吗?

"我皮糙肉厚的,但念想不是小姑娘吗?"

"教育通常都是第一次的印象最为深刻,我要求向来严格,工作时候认真仅是标准。如果这次不说重一点,她下次会再犯。"他又抿了一口水,抬眸看向他,轻声问,"你觉得这是谁的责任?"

欧阳默默咽了口口水,老大你别这么看着我啊,好可怕。

"不过——"他微皱了一下眉头,困惑地问他,"太凶了点?"

欧阳内心顿时一群"羊驼"飞奔而过,有生之年居然能听到徐医生说这种话。真是以前想也不敢想的事。

认真考虑了一会儿,欧阳点点头:"其实我觉得老大你等会儿再跟念想说一声比较好,得让她知道你的良苦用心啊,不然误会了怎么办?"

"误会?"徐润清微眯了一下眼睛,看去。

"是啊,误会你不喜欢她的话就糟了……"说完这句话,欧阳赶紧装成一副很忙的样子,如果等会儿老大发飙,他要第一时间逃离现场。

不过等了片刻也没有动静,欧阳忍不住偷偷抬眼瞥了徐润清一眼。

徐润清面无表情地看着他,若有所思地问道:"我表现得有那么明显?"

啊——

欧阳傻眼,良久,才在徐润清微凉的视线中回过神:"那什么还是挺明显的。"

送走这个病人之后终于能喘口气,念想嗓子有些发干,正好看见徐润清放在工作台上的水杯空了,便顺便拿上他的一起去倒水。

欧阳正好在茶水间遇上她,以往还有些跳脱,看见谁都高高兴兴地弯着眼睛，今天看上去就有些无精打采。

忍了忍，终是没忍住自己的八婆体质，又四下无人，便语重心长地开导："念想，你别觉得徐医生说你一句不开心，以后还有的是被骂成狗血淋头的时候，要习惯啊。"

念想"嗯"了一声，显然没抓住重点："你好像很有经验的样子？"

欧阳语塞。

很快，他调整心态，继续道："这不重要，徐医生要求向来严苛。但是初期习惯了就好了，看我被教育得多根正苗红啊。"

"徐医生会骂人？他怎么骂人的？"

欧阳认真想了一会儿，皱着眉头回答："徐医生其实不会骂人，但是他有的是办法让你羞愧得抬不起头来。所以做徐医生的学生啊，心理承受能力一定要强。"

念想"哦"了一声，显然不以为意。

欧阳坐了片刻也没等到这只小白兔一脸崇拜地讨要"过关秘籍"，忍不住把眉头都扭成了麻花："你看起来不像是在难过徐医生训了你啊，怎么今天看上去跟没光合作用一样？"

念想忍不住翻了个白眼，倒好水准备返回，走到了门口才悠悠地说出一句："我只是在认真地思考问题。"

欧阳的脑海里顿时跃上前不久兰小君提醒的一句话："当念想认真思考问题的时候，就说明不久之后她要闯祸了。"

欧阳顿时一个激灵，浑身鸡皮疙瘩瞬间掉了一地，他有些看不懂这个世界了。

回来的时候徐润清正坐在牙椅上，手指搭在一侧扶手上，正在翻一本杂志。

念想走过去，把水杯放到他的手边。

徐润清的目光顺着她白皙的手移上去，便看见她安安静静的样子。

见他看过来,很快直起身,退了几步。

他搭在扶手上的手指有些烦躁地轻敲了几下,压低了声音沉沉地问道:"我刚才说你的那句,你有意见?"

念想"啊"了一声,随即反应过来他说的是刚才工作时间分神被责备的事情,赶紧摇摇头:"没有啊。"

事实上,她忘记得差不多了,不过一分钟前刚在欧阳的提醒下想起来。

顿时有些郁闷——

其实她纠结的倒不是被训斥了这件事,她脑子里转悠的是冯简的那些话。

初时的郁结过去后,她便不小心把徐润清放在了不是徐医生也不是实习老师的位置上看待,然后发现自己好像打开了一扇新世界的大门。

她忍不住垂眸打量他。

他正坐在灯光下,长腿微伸,慵懒又随意。那双眼睛在灯光下泛着琉璃色,清亮又透彻。鼻梁挺直,唇角微抿,淡淡的弧度,整个人看上去清贵又优雅。

白大褂的纽扣并没有扣全,露出里面的衬衫,笔挺整洁。

那双念想一直垂涎的手,正搭在扶手上,微微曲起,更显得线条弧度完美。

早知道他的皮相好看,但不知道即使是随意的姿态,也能在瞬间撩得人心湖混乱。

她悄悄别开眼,只觉得刹那的呼吸不畅,又默默退开了几寸许才觉得他的气场没有那么迫人。

徐润清只是徐润清的时候……她好像有一咪咪的,不同的感觉……

只是她没有经历过,也分辨不出是喜欢还是崇拜,或者只是单纯

徐徐诱之

的欣赏。但如果是前者,那是越界的吧?

而且——

念想有些苦恼地皱皱眉,大家都这么想她,觉得她是在追徐医生。那万一他听到这些了,会不会也相信了?那两个人……岂不是会很尴尬?

毕竟两个人现在……无论哪种身份,都很复杂啊……

完全不知道这转瞬之间,她又神游开了。

徐润清思忖良久,才用自己能想到的比较合适的话安抚这只脆弱的"兔子":"我是对事不对人,工作态度上我的要求是严谨认真。我的要求不过分吧?"

念想神游中:"不过分……"

他的语气放柔:"所以可以理解?"

继续神游:"可以啊……"

"那就不要往心里去。"

这一句,近乎诱哄。

念想蒙蒙的:"不往心里去……"

徐润清满意了,随手合上书,问道:"那大后天的夜班,把欧阳换成你,有意见吗?"

念想:"没有……"

很好。

嗯?

等等……

念想回过神来。

怎么夜班换成她了?不是说前一个星期都可以不夜班的吗?啊啊啊啊啊!

第八章 实习生

光可鉴人的机场大厅。

颜相宜拖着行李箱快步地穿梭在人群之中,因为时间有些紧急,她还不停地抬腕看一眼手表。到最后飞快地跑了起来。

那行李箱被她拖在身后,小轮子发出"咕噜咕噜"滚动的声响引人侧目。

但是她管不了这么多了,飞机就要起飞,她赶不上的话……绝对会很惨。

她横冲直撞,一路不知道对多少人说了多少的对不起,最后领了登机牌排进安检队伍,这才终于能停下来平复一下自己有些剧烈的心跳。

拖延症晚期——简直……

她理一理乱糟糟的头发,毫无形象地一屁股坐在了行李箱上,双手当扇子拼命地扇着风。正鼓着脸四处张望着,突然看到前面排队的男人手里拎着的行李箱格外眼熟!

啊……不止眼熟……是一模一样啊。

她低头看了一眼自己身下的行李箱,僵直着站起来,小心翼翼地探出个脑袋看过去。

因为等安检太无聊,林景书正在玩手机游戏。突然就看见自己的身侧冒出一个脑袋。

他垂眸看去,一个看上去……嗯,他好像认识的女人,正一脸兴奋地看着他。

手机在他指尖一转,顺手放进口袋里。林景书微退了一步,看向那个女人。想起来了——啧,蕾丝内衣。

颜相宜是第二次在机场遇到他,格外高兴地伸出手来:"你好你好,你还记得我吗?我们上次也是在机场碰见的,在过海关的时候……那个行李啊……"

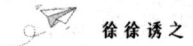

怕他没印象,她指了指彼此身旁的行李箱,似乎还要详细地描述下去。

"记得……"他轻咳了一声,打断她的话,微点了一下头算是打过招呼,随即便不怎么热络地转过身去,显然是不怎么想和她说话。

颜相宜挠了挠头,又凑近了些:"那你可以给我你的手机号码吗?上次你说不给第一次见面的人号码,这是第二次了……"

林景书忍不住扶额,他刚才就应该说不认识的。

"我好像还没自我介绍啊?我叫颜相宜,颜是颜如玉的颜,相宜是浓妆淡抹总相宜的相宜……你叫什么?"

"我知道。"林景书说道。

上次拿错箱子后,他瞄到了上面的名字,拜良好的记性所赐,他正好记住了。

只是颜相宜却有些误会,眉角一扬,整张脸都生动了起来:"啊?你记得啊?你真的记得我的名字啊!"

他是不是说错话了?

他微抿了一下嘴唇,想了想,这么说:"颜小姐,我们应该不是很熟。"

"啊……"她的笑容淡去,小心地看了他一眼,"你是不是不喜欢我啊?"

林景书无奈,这是正常人的沟通方式?

颜相宜再迟钝也察觉到林景书的冷淡,想了想,小声地问道:"那你告诉我你的名字和手机号码好不好,我保证不吵你了。"

说着,努了努嘴,示意前面还有些漫长的安检队伍:"我可以吵你一路的。"

林景书:"……"

颜相宜向来知道怎么利用自己的优势,就耷拉着脑袋楚楚可怜地

第八章 实习生

看着他,一副泫然欲泣的表情。

林景书被她看得心头发毛,僵持良久,才微哑着声音朝她伸出手来:"手机。"

颜相宜兴高采烈地嗷了一声,手忙脚乱地把手机递给他,一边默默地想——声音好性感啊!

林景书把自己的名字和号码存进她的手机通讯录里,垂眸看了一会儿,抬眼扫了面前一脸热切的女孩子一眼,这才递回去给她。

"林景书。"她轻念了一声他的名字,弯着唇,露出浅浅的梨涡,"双木林,景色的景,书籍的书……听着像是老师或者是艺术家啊……"

她说完,没得到他的回应,又兀自念起他的名字来:"林景书……林景书……名字真好听啊……林景书?林景书……"

他不耐烦地"嗯"了一声,微皱了一下眉头,轻声却严厉地:"不许吵了。"

她立刻捂住嘴,不让自己发出一点声音来,良久才小声地"哦"了一声。没一会儿,林景书又听见她弱弱地问道:"你有没有女朋友啊?"

今晚是老念同志下厨,美其名曰犒劳一下最近比较辛苦的念想。于是后者很不客气地大快朵颐扫掉了一大桌,刚放下筷子,就听老念同志说道:"我前些时间碰上老兰,听他一直在给小君找房子,说是实习单位离家太远了,回家不方便。"

念想见老念同志这是有长篇大论要发表的节奏,又默默拿起筷子,含糊地点了一下头:"是啊,她现在已经租到房子了,环境还挺好的,不过我没时间去看。小君的实习单位比我更远,还要上夜班。等下班了都没公交车了。"

说起这个,她嘴里叼着块肉,两眼炯炯有神地看着老念同志:"爸,

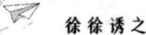

我大后天也要上夜班了。"

老念同志"嗯"了一声，良久才"哦"了一声，接下去说："你兰叔叔有熟人，我就托他帮忙看了看，瑞今那边有一处精装修房不错。回来跟你妈一合计，想着租房子住还不如自己的住得舒服，迟早都要给你备上嫁妆，正好有合适的，你明天午休抽个空，跟我一起去看看。"

念想蒙了一会儿才反应过来，有些结巴地问道："爸，你要……要给我买……买房子？"

老念同志鲜少有严肃的时候，脸上没有丝毫笑容，就认真地看着她道："我跟你妈也就你这么一个女儿，现在你长大了，独立了，又开始工作了，是该有一处自己的地方了。我跟你妈今天去看过了，主要还是看你喜不喜欢，喜欢的话明天就直接买下来。不说大后天值夜班，直接可以搬进去住了。"

大抵是见念想没见过世面的呆愣样子有些恨铁不成钢，冯同志往她嘴里塞了一个辣椒，这才慈母地说道："至于高兴得傻掉了吗？你爸有钱愿意给你花还不赶紧趁着他内心膨胀的时候让他赶紧去买了，回头后悔了你哭都来不及。"

念想还是觉得自己有些消化不良："让我先冷静一下……"太突然了！

"这孩子，不是她自己抱怨来回太远，起那么早辛苦，挤公交又太累。"

老念同志目光深远地看向阳台上那一株被念想折腾得光秃秃的青椒，一脸感慨道："我理解她，这种感觉就像是我知道我终于可以把你娶回家时一样。"

太突然了……

不过念想没有纠结太久，她在家里向来是属于随波逐流的墙头草，风往哪边吹就往哪边倒。冯同志和老念同志这么空前地团结一致，她

第八章 实习生

自然只有顺流而下。

所以后天。

念想拎着钥匙站在新房的门口时，还有些回不过神来——这就……买好了？

兰小君抱着她的纸箱子累得直喘气："愣着干吗啊，快开门啊，老娘我的手都断了。"

念想这才回过神来，开门进屋，把纸箱子放到门口玄关。兰小君一边嗷嗷叫着，一边甩着酸疼的胳膊参观："有个财大气粗的老爹就是好啊，直接买房。"

"我爸现在正在家里咬着咸菜哭呢！"念想叹了口气，去厨房给她倒了杯水，"你先歇会儿。"

"我说你爸是不是正预谋着赶紧把你嫁出去啊，不是说和徐医生都见过了吗？没准他们互相看上眼了，就等着你这只兔子送上门去。"

念想最近一听到徐润清的名字就神经过敏，扭头看了她一眼，直接拿了苹果塞进她的嘴里封口："不许提他。"

兰小君一口气差点没提上来，翻了个白眼，反身把念想压在沙发里，哼哼着笑了几声："我最近可听欧阳说了啊，你们情况大大的啊。"

念想眨了眨眼，老实交代："小君，我总觉得我最近有些不太对。"

兰小君轻笑了一声，拍了拍她的肩膀，这才松开她："你要是觉得不对那就对了。"

念想："……"

怎么听不懂？

念想入住新房的第一天，有些不习惯。她在楼下的面馆打包了一碗大排面，盘膝坐在沙发上呼啦啦地吃着。

老念同志的电话就是这个时候打来的，先是亲切地问候了一下房子还有没有什么设施是不够满足她现在日常生活所需的,再是温柔地问她一个人能否习惯,会不会害怕……最后很严谨地叮嘱关好门窗,正磨蹭着要挂电话时,才扭捏着问道:"那你自己住得离瑞今这么近了,下班一个人回家的吧?"

念想"嗯"了一声:"是啊。"

老念同志顿时满意,哼,小兔崽子,想拱我家的白菜也不先掂掂自己几斤几两,不是想上下班接送吗!就不如你的愿,哼!

"那行,你明天值完夜班回来小心些。我跟你妈明天去郊区的温泉度假会馆住两天,有事打电话啊。"

念想乖巧地应下,挂断电话后才小声嘀咕:"你们其实就是为了过二人世界才把我支出去的吧!"

第九章

心跳失序

念想靠在窗口看着外面亮起灯的小花园,如果不是值夜班,她不知道食堂后面的这个小花园就算到了晚上也这样漂亮。

欧式风格的路灯,亮着明亮又朦胧的灯光。花坛下面每隔一米……大概是一米,都有一个照明灯。

念想用手指比了比,又眯着眼睛看了看,索性放弃。她的方向感和对数字的敏感程度都不是很好。

灯光不是很亮,但组合起来绕了一整圈,看上去氛围很棒。

真的不像是医院,反而像是咖啡厅的后花园。

她嘀咕着,吃过饭就溜达去小花园转了一圈。

夜幕降临,晚风徐徐,冬天的夜风已经带了入骨的凉意。医院在营业时间一刻不间歇地开着中央空调,加之穿着外套做事情实在不方便,念想向来都是不穿外套的。这会儿在外面走了片刻,就冷得要跺脚。

回到诊疗室时,徐润清已经在了,看见她回来,目光略微停顿了一瞬："很冷？"

"啊？不冷啊。"

"嘴唇都青了。"他推开椅子站起来，就靠在工作台边翻着病历问她，"下午那个小男孩的预约时间存进电脑了？"

念想回想了一下，点点头："存进去了，是下个月的28号。"

"嗯。"他沉沉地应了一声，指尖轻夹住纸页翻过去，目光专注，"病历撰写的基本要求还记不记得？"

"记得。"

徐润清抬眸看了她一眼，眼神平静地看不出任何情绪，他抬手轻捏了一下眉心，沉吟："那背给我听听。"

念想留意了一眼，发现他现在正在看的，是下午她写的病历。下午病人很多，他一刻都没闲着，直到现在才有时间审阅。

她不敢马虎："初诊病历第一步骤是主诉，为患者就诊要求解决的主要问题，字数应该精简，但应包括时间、性质、部位及程度。如果患者有两种以上的主诉，应记录其最为主要者，其他次要的主诉，可以选择性简单记述。

"病史要突出主诉、发病过程、相关阳性症状及有鉴别诊断价值的症状表现，同入院记录要求……"

"初步诊断。"他打断。

"应按主次排列，力求完整全面，要严格区分确定的和不确定的或尚待证实的诊断。如有疑问可于其后加问号，或将诊断改为印象。"

徐润清饶有兴味地看了她一眼，漫不经心地问道："死记下来的？"

"啊？"念想不解。

"背得一字不差……"他手指在工作台上轻敲了一下，见她回过神来，目光凝视着她，问道，"那怎么做不到？"

"我记性比较好……很多东西看过两遍就能很容易记住。"念想微微有些脸红……这是被夸奖了吧?

当然,要先忽略他上面那后半句。

徐润清却轻笑了一声,微微地不悦:"不见得。"

她十八岁那年治疗智齿,因为牙龈发炎,根本拔不了牙。一天往医院跑三次,连着跑了三天消炎清洗,第四天拔牙,全部都是他亲力亲为,也没见她记住。

他有些疲倦地轻捏了一下眉心,重复了一遍:"既然能背下来,那怎么做不好?"

见她有些迷茫,他抬腿轻钩了一下自己脚边的牙椅,示意:"过来坐下。"

念想小步挪过去,挨着他坐下。他的脚还钩在牙椅的滑轮上,靠得极近。念想坐下之后,脸颊就挨着他的白大褂。

徐润清弯下腰,把手里的病历扔在她的面前,目光在工作台上的笔筒上停留了一秒,挑了一只黑色的水笔把病历里几处不和谐的地方挑出来。

他靠得近,手肘撑在工作台上,脸就挨着她的,念想能够清晰地听见他平缓的呼吸声,也能嗅到他身上很淡的香气。

好像是袖口处,又好像是在衣领上。

她忍不住循着淡香微微蹭过去,怎么感觉像是在脸上?

她抬眼偷偷地瞄了他一眼,他垂着眸子,那双古井般幽深的双眸被掩住,只能看清眼底一片余光,清亮又沉静。

徐润清把笔扔给她:"自己改。"

念想被他的声音拉回神志,赶紧回过神来,他已经圈圈划划地挑了好几处地方。

她"哦"了一声,慢吞吞地握住笔,有些不知道怎么下手。

"写病例不需要你特别遣词用句,也不是在写论文,简明扼要地

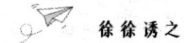

抓住重点,别遗漏了重要信息……"他手指在某一处一点,"不需要花式。"

念想摸了摸鼻子,有些窘迫地开始改病历——改改改……

徐润清等她改完,又以刚才那个姿势低下头去看了一眼,这一次没出声,直接从她手里抽出笔来在她的病历基础上改动:"自己看一遍。"

说着,又去翻第二本病历。

念想看见他缓缓皱了一下眉头,很快地用水笔钩出几处,又把病历扔到她面前,言简意赅:"改。"

……

冯简去茶水间倒水,路过诊疗室好几次,无一次例外地看见徐润清在冷声"训斥"念想,而可怜的念想,一整个晚上都在与病历做着斗争。

冯简眼看着念想的头越埋越低,越埋越低,忍不住默默同情——

落在徐医生的手里啊,自求多福吧。

就在念想的脸都快要埋到病历里了,徐润清抬手轻托了一下她的额头,那温热的手掌心贴在她的额上,微微的暖意熨帖得念想一愣,立刻坐直身体。

只觉得和他肌肤相贴的那一处火烧火燎地烫,那热意像是被风吹散了一般,从额头一路扩散开来,一直蔓延到耳根。

"困了?"他问道。

念想抬头看了他一眼,他还在看病历,目光根本没停留在她的身上。念想暗松了一口气的同时又隐隐失落,忍不住用手背捂脸降温。

她,她害羞个什么劲啊。

"没有。"她冷静地回答。

徐润清抬腕看了一眼时间,见她已经改好了面前的病历,从她掌

第九章　心跳失序

心里抽出来，边看边道："找一下方小杨的档案，看下他的复诊时间。"

念想应了一声，握住鼠标晃了晃，从屏保模式跳脱出来，去找方小杨的档案。但不知道是电脑的问题，还是医院系统的问题，她输入了几次拼音也没从档案中找到他。

"咦……"

徐润清低头看了一眼屏幕，转手放下病历，站到她背后，俯下身去，整个人从后面以一种完全包围的姿态圈住她。左手撑在工作台上，右手直接覆在她的手背上，修长的手指一握，就整个把她的手裹进了自己的掌心里。

压低的身子贴过来，念想甚至能感觉到他的衣领贴在自己后脖颈的触觉……他的脸就靠在念想的脸侧，只要微微一动，就能碰上。

怦怦怦——

心跳有些失序。

念想被这突如其来的姿势吓得浑身僵硬，一动也不敢动地僵直着身体，只瞪圆了眼睛有些不敢置信地盯着电脑屏幕，很恐慌。

发、发生什么了，性、性骚扰？

啊啊啊啊啊啊啊！

徐润清却恍若未觉，唇角却勾起一抹浅淡的笑意，转瞬即逝。他的手指落在键盘上轻敲了几下，很快就打开了方小杨的档案，瞄了一眼复诊时间，嘀咕了一声："快了。"

念想继续僵硬着……再坚持几秒，应该可以僵硬成蜡像了。

徐润清又握着她的手轻点了几下，调出几个患者的档案扫了一眼。这才缓缓松开她，转身拎起自己的水杯喝了口水，见念想还僵在那里，微挑了一下眉，提醒："快下班了。"

这一句就像是敲醒灰姑娘的午夜十二点的钟声，念想的理智顿时回笼，就跟被人踩了尾巴一样匆忙地跳起来，整张脸从头到尾红得像

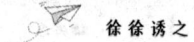

是煮熟了一般,看也不敢看徐润清,拿起自己的水杯就要往外跑。

结果刚走了几步,就听见楼梯口传来的冯简的惊叫和着急的呼喊声。

念想的步子一顿,隐隐有不太好的预感。

她刚疾步走到门口,迎面就撞上来一个人,那力道撞得她肩胛骨一阵发麻,往后退了几步就要摔倒。

她正想抓住什么稳一下,身后便有人稳稳地托了她一把。但因为力气太大,徐润清托住她身体的手一转,往怀里一收,被念想撞得往后退了一步才扶稳。

念想刚要回头看,徐润清已经松开手,脸色微变地越过她迎了上去:"怎么回事?"

冯简已经被这个嘴角满是血的男孩子给吓住了,脸色比他还要苍白些:"我我我不知道。"

见徐润清一眼风扫过来,又赶紧补充:"我刚要下楼走到楼梯口的时候就看见他一嘴血地上来了。"

"方小杨?"徐润清偏头看了他一眼,脸色微微阴沉。

那漂亮的男孩子皱了一下眉头,说话有些不方便,大着舌头道:"疼、死了。"

他张开嘴,念想才看清他嘴里有更多的血,似乎是伤着了舌头。她看见那红艳艳的血,只觉得一阵头晕,赶紧偏了偏头,看向窗台处放着的一盆绿色盆栽。

然后突然想起来——这个漂亮的男孩子她见过啊!就是不久之前,她被冯同志拉去商场买衣服,然后在那家商场的咖啡厅见到他和徐医生在一起。那时候,徐医生还摸了人下巴来着……

她目光复杂地看着徐润清紧皱着眉头把方小杨扶上牙科椅,又想起冯简之前和她说的,觉得自己整个人都不好了。

她还在发愣，徐润清已经抬眸看了过来："念想，口罩，手套。"

"哦哦。"念想赶紧取了一次性的口罩和手套递给他。他戴上之后，手指在方小杨的下巴上轻按了一下分开他的嘴。

念想这才看见他戴着矫正器。

徐润清夹了干棉球擦干血查看伤口，伤口有些深，一直在冒血，只能观察个大致的情况。

他略微沉吟："伤口有些深，要缝线。"

等用碘伏消毒清洗完伤口，再打上麻药，仔细地查看过伤口上有没有异物，等确认处理干净后再一次消完毒，就开始缝伤口。

这是念想第一次看徐润清缝伤口，又稳又快，方小杨全程一声没吭，只脸色在灯光下冷清得近乎苍白。

见念想看着他，便一眨不眨地盯回来，那漆黑的眼睛干净又清透，映着白冷冷的灯光却越显得他眼神澄澈。

看上去没有多大，还穿着校服，这么晚了伤成这样，却又只有一个人来。

她疑惑。

徐润清这边已经打结、剪线，完成了治疗，他并没有急着起身，就这么看着，居高临下地看着他，语气凝重又严肃："怎么回事？"

"我没带钱。"他扯了一下校服的袖子，弯着眸子笑眯眯地有些讨好地看着徐润清，"就是叉子吃水果伤了舌头。"

徐润清睨着他半天，这才站起身，神色不豫地摘下手套和口罩，去洗手："给方小杨的家长打个电话，手机放在工作台的第一个抽屉里。"

念想应了一声，从电脑里翻出方小杨档案里留着的联系电话拨出去，打通后简单地和对方沟通了一下方小杨的情况后，得到了对方半小时后赶来的答允后才挂了电话。

徐润清洗完手擦干时，往念想那边瞥了一眼，她已经挂断了电话，正呆呆地站在工作台前，握着手机的那只手还微微地颤抖着。

他忍不住皱了一下眉，见方小杨已经坐起身来，走过去轻按了一下他的肩膀："你妈妈等会儿就来接你回去，你的情况我等她来了再详细地说一遍，至于理由你自己跟她解释，这个不在我的负责范围之内。"

方小杨勾起唇角笑了笑，笑容略带几分痞气："我妈已经好几天没回家了，我这个办法是不是特别棒？"

徐润清不赞同地皱眉，面上也带了几分显而易见的严肃："上次说的话你显然没有听进去。"

微顿了一下，他曲指在他的额头轻弹了一下："在我看来，这个办法蠢得不可救药。"

方小杨显然不在意他的看法，探头瞄了一眼已经转身看过来的念想："女护士？"

徐润清轻拍了一下他的脑袋："出去等着，我等会儿过来。"

方小杨看上去很听徐润清的话，扬了扬眉毛，跳下牙科椅便走了出去。

念想还有些没回神，他的手已经贴了上来，轻碰了一下她的脸。

她蒙蒙地抬起头来。

便听他问："你在害怕？"

念想起先还以为自己听错了，见他垂眸看着自己，那眼神清晰地映着她有些惊惶的脸时，才反应过来，回答："没……没有啊。"

徐润清有些不大相信地瞥了一眼她还在轻微颤抖着的手。

念想疑惑地"嗯"了一声，顺着他的目光看下去，解释："它自己控制不住地抖抖抖……"

不知道是开着空调，没有水分比较干燥的原因，还是刚才方小杨满嘴血给她带来的视觉刺激。念想觉得自己一阵口干舌燥，忍不住伸出舌头舔了一下嘴唇。

那粉嫩嫩的舌头伸出来，干燥得微有些起皮的唇上就润了一层水光。

徐润清不动声色地皱了一下眉头，问道："你晕血？"

"不晕。"她赶紧否认，"不过每次看到很多很多血就觉得很刺激……"

那种刺激就像是大半夜时，一个人躲在被窝里看鬼片，大概就是那种感觉。

徐润清抬手用手背贴在她的额头上，指尖刚挨上她温热的皮肤，她就下意识地微微退开一步。

念想退后之后自己也有些尴尬，见他的手一直举着没有放下，抬眸小心翼翼地看了他一眼，正对上他双眸冷清，目光清冷。微微皱着眉头，对她这个闪避的动作有些不悦。

她忍不住咽了下口水，又默默地上前，把额头蹭回他的掌心里。

他的指尖微微收拢，贴在她的额头半晌，拢着眉心道："不知道是不是我刚洗完手温度偏低的缘故，你好像有些发热。"

说话的同时，那只手落下，很自然地顺着握住她拿着手机的那只手，轻轻捏住，从她的掌心拿回手机放回抽屉里。

念想不自然地握起手，在他看不见的时候悄悄地背到身后……呼，好像是发热了，她从头到脚都有些发烫。

外面传来说话声，徐润清往门口看了一眼，指了指牙椅："坐一会儿，今晚肯定不能按时下班了，晚点我送你回去。"

"不用……"念想摆摆手，"我现在住的地方离医院很近，走几步就到了，而且……"

而且老念同志也担心她晚上回家不安全，特地埋伏了两天。从瑞今过去整条路都灯火通明，两侧又都是居民区，加之小区的安保很给力，一般而言安全无虞。

但这些话还未说出口，就被徐润清微微眯起的那个眼神给堵了回去。

念想双手食指贴在唇上做了一个交叉的手势，示意自己现在就闭嘴。

徐润清这才面无表情地看了她一眼，转身出去了。

念想一屁股坐下，悲愤地用头磕工作台——念想你也就这么点出息。

方小杨正百无聊赖地歪在沙发上，见徐润清出来，立刻兴致勃勃地坐正身体："里面的那个女人我从刚才开始就觉得眼熟，刚想起来，不是上次……"

"现在我说一下医嘱。"他在方小杨的身旁坐下，"等麻药药效过后才能吃东西，吃些温凉的，近期不要吃辛辣刺激的，一周后过来拆线。"

方小杨有些不满："你打断我说话。"

"刚才说的，有没有问题？"

方小杨怏怏地："没有……"

"那就按照那个做。"话落，又想起什么，"酒，戒掉，尤其这个星期碰都不准碰。"

方小杨轻哼了一声，没吱声。

"当然，你可以选择当作耳旁风。"他的声音压低，隐约便含了一丝威胁，略带压迫，"以后有事求我的时候别怪我袖手旁观。"

方小杨立刻耷拉成一棵白菜："……"又来这套。

半小时后，方小杨被赶来的方妈妈接走，几个人这才终于下班。

徐润清去取车，念想就在瑞今的门口等他，等得有些无聊，就一盏盏地数路灯。她从小就喜欢看路灯,看星星,喜欢明亮的东西。不厌其烦地从眼前的这一排数到尽头,又从尽头数回来,来回三次。

在第四遍刚开始数到第三盏的时候,徐润清开着车缓缓地滑至她前方不远处。

念想熟门熟路地摸上车,扣上安全带后,斟酌着问道:"徐医生,刚才那个……方小杨。"

徐润清侧目看了她一眼,轻"嗯"了一声,见她好奇得要死又不敢问的欲言又止的表情,吊了她一会儿才开口:"想问什么?"

"啊……"念想挠挠头,老实回答:"想问的太多,不知道怎么问。"

笨蛋啊——

徐润清无奈:"他是我的病人,今年十五岁,上一年的九月来我这里矫正,到现在已经一年了。"

想了想,他又补充道:"他应该是我碰上的比较有问题的孩子。"

"有问题的孩子?"她重复。

他回想了一下:"刚开始矫正的时候每个星期都会有各种问题往医院跑一趟,托槽掉了,弓丝弹出来了,或者牙齿疼……各种理由。"

"不会觉得不耐烦吗?"

"不会。"似乎是想起什么,他微微勾起唇角,"细节记不太清了,如果你感兴趣明天可以看看他的病历单,内容很丰富。"

说话间,已经到了小区门口。

念想搬家的第一天就乖乖地把地址上报给了徐润清。

念想解完安全带正要下车,刚去推车门,就被徐润清一把攥住了手腕,她不解地回头看去,就见徐润清微皱着眉头凝视着前方的楼层:"好像停电了。"

念想顺着他的视线看去,果不其然看见不远处一片漆黑。因为从瑞今一路过来都有灯光,她根本没注意自己小区居然全军覆没。

这会儿看着这情况彻底傻眼，怎、怎么回事？

"去问问保安。"徐润清解开安全带陪她一起下车，问了门口值班的保安才知道小区的电路正在维修，晚上十点停电，到明天早上八点恢复供电。

这个通知前几天就已经下发了。

念想一脸茫然，她……怎么不知道？

"那我现在送你回父母家里？"他侧目看向她。

念想站在外侧，是风口处，她被Z市晚上的夜风吹得瑟瑟发抖，开口说话时，磕磕绊绊的，差点咬到舌头："我爸妈不在家。"

这个点，应该泡完温泉呼呼大睡了。果然是有对比才知道什么叫悲惨。

爹妈不爱啊。

徐润清随之静默。

又一阵风吹来时，他往她身侧走了几步，挡在她的身前，凝神看着前面的灯光良久，轻飘飘地扔出一句："开房或者来我家，二选一。"

保安大叔蓦地睁大眼，恨不得把手电筒的光给黏到两个人的脸上去。

啧啧啧，现在的小年轻啊，作风大胆，思想开放啊！明天下了班回家一定要好好教育自己的闺女。三岁的孩子应该能听懂吧？

"开……开房……"念想也傻眼了。

"看样子你是选了第二种，上车，走吧。"

念想还没回过神来，徐润清已经转身走了，她紧跟了几步，这才拽住他的衣袖，拉住他："那个……我觉得我还是回家。"

徐润清低头看了一眼她拽着自己袖口的手指，目光半晌才挪回她的脸上，静静地等她的下文。

念想正心有戚戚地回头看着漆黑的小区，心里的天平左右倾斜着

第九章　心跳失序

始终下不了决心。

徐润清若有所思了片刻，装模作样地从口袋里摸出手机："小区停电你女孩子一个人回去肯定不方便，如果你有顾虑，我现在给念叔打个电话。"

念想赶紧摁住他的手，摇摇头："不用了。"

虽然她有些迟钝，但老念同志对徐润清那点不待见她还是能感觉出来的。这个电话打过去……老念同志铁定能大半夜地杀过来把她拎回家去，然后一顿狗血淋头地臭骂。

她想了想，有些沮丧地松开手："今晚好像要麻烦你了。"

"是挺麻烦。"他懒洋洋地丢下这句话，先上了车。

念想在风中凌乱了片刻，这才嗒嗒嗒地迈着小碎步跑到车门旁，上车。

然后五分钟后。

念想脸色有些臭地跟在徐润清的身后上楼："徐医生，我记得你上次跟我说你家住得有些远。"

可这里出个门左拐有公交车直达瑞今的门口，右拐一个地铁站，一站就能下车，就算是步行，最多也用不了十五分钟。

被欺骗了！被欺骗了！这个大骗子！她当初还愧疚了好久！

被质问的某人面不改色："那时候住在父母家，说不方便还是有所保留了。"

……好像……也有道理？

念想挠头，但还是觉得哪里有些不对。

徐润清的公寓在九层，顶楼，大套复式。念想跟在他身后进门看见的第一感觉就是："哇……"

徐润清先一步进屋，等她跟进来，关上门，弯腰从鞋柜里拿出一双拖鞋来，轻扔到她的面前："新的。"

念想看着那大号的男式拖鞋,有些窘……她是37码的脚,能带得起这么大的拖鞋来吗?

徐润清已经换好鞋子了,见她杵在那儿不动,终于想起来瞄一眼她的脚,微皱了一下眉头,解释:"我一个人住,只有钟点工会定期来打扫,所以家里没有备别的鞋子,你将就下。"

说着,按了电灯的开关,趿拉着拖鞋往厨房走:"换好自己去沙发上坐着,我给你泡杯牛奶。"

牛奶助眠……看了血觉得刺激,喝这个应该可以?他这么想着,边回忆着上次阮青给他带的奶粉被他随手塞进了哪个柜子里。

念想看着他的背影融进那一片明亮的灯光里,觉得空气里都浸上了一丝暖意,从脚底发芽,一路蔓延。

她换上鞋子走了两步……很好,会掉……

她刚准备脱了拖鞋赤脚,可刚一踩上有些凉凉的地板就升了退意,还是穿着吧。

念想试着小步挪着走……唔,好像走得慢点就没问题。

徐润清刚烧下了水,见她站在厨房门口,往她脚上瞄了一眼。念想也顺着低头看去——刚才还没觉得,现在看着怎么看怎么像鸭子……

"电视柜的下面有医疗箱,你把温度计拿出来测下体温。"他转身去倒水,水流的声音在这寂静的屋子里越发显得清晰,"我的笔记本也放在那里,如果无聊可以抱着玩。"

无聊抱着玩。

念想默默地窘了一下,"嗯"了一声,拖着拖鞋去客厅。

徐润清边喝着水边转过身看她,以前倒不觉得,怎么现在看她觉得小小的一只……好像只到他的肩膀?

六年前更小。

时间有些远,徐润清其实不太能想得起来那个时候念想的样子,但隐约还记得轮廓，很稚气，就是个小孩子。

现在看上去——五官倒是长开了些，别的好像也没长多少？

正漫无边际地想着，身后的水壶发出煮沸的咕噜噜声响，片刻就听一声轻响，水烧开了。他照着说明泡了杯牛奶，走出去看她。

矮桌上摆着医疗箱，她用的是口腔的温度计，正有些不自然地鼓着嘴含着。

他把牛奶放到她面前，看了一眼医疗箱里的酒精和棉花，问道："消毒了没有？"

念想点点头，一双眼睛四下飘忽着，最后看了一眼时间，取出来，正要仔细看度数，徐润清已经伸出手来，手指就握在她捏着温度计的那一端，凑近看了一眼。

有些背光，他微眯了一下眼睛，握住她的手轻转了一下温度计。

"36.7……"念想报出数值，被他这么困着，只觉得脸上有些烧，连带着声音都虚弱了几分，"体温正常的。"

"嗯。"他松开手，处理后续，把医疗箱放回原处，直起身正要让她趁热把牛奶喝了，抬眸看见她脸色绯红的样子，忍不住皱了皱眉头，"正常？那你的脸怎么那么红？"

念想这个时候，大脑已经无法理智的思考了，没怎么仔细想就说道："我好像对好看点的男人没什么定力……"

徐润清眉头一松，若有所思地打量了她一眼。兔子是开窍了在调戏他？

不过兔子下一句话就粉碎了他的这个念头："小君说这是人之常情，我大概现在就是在常情一下，你不用管我……凉一凉等会儿就凉了……"

徐润清沉默片刻，语气也凉了："哦，原来我在你眼里的印象是好看点的男人。"

咦,这个不是重点啊。

念想捂脸,为了不让徐润清误会,义正词严地说:"徐医生你放心,我不会对你有非分之想的。"

徐润清的脸顿时黑了。

念想看着他的脸色,突然意识过来,自己好像说了些不太合适的话?

她无辜脸看他,有些无措起来,推翻刚才那句,试探道:"可以非分地想一想?"

他却没有半分和她开玩笑的意思,目光沉沉地凝视着她,毫不掩饰地让念想看清了他眼底浮起的那丝复杂情绪,他一字一句,咬字清晰:"念想,你不记得我了。"

念想有些狐疑,以这段时间以来她对徐润清的了解,这种情况通常都是他在给人下圈套。

所以要不要钻,是个很严峻的问题。

她努力地想了想,回忆了二十四年短暂人生的每个重大记忆点,有些迷茫地皱了一下眉头,犹豫着问道:"我……除了欠你钱之外……还做了什么对不起你的事?"

是真的不记得。

徐润清凝视她片刻。

她的眉目在灯光下似润了一层莹润的光泽,那眼角,眉梢微微扬起,一双眼睛黑漆漆的,像是黑曜石,在灯光的点缀下光彩夺目。眼底清晰地映着他,也只有他。

脸上粉粉的,更衬得一双眼睛似含了流光,光华千转,明亮透彻。

心头那丝不悦就在她这样的眼神里柔化,不是她想起来的好像也没有那么紧要的关系了,反正也不能指望这个粗神经的兔子哪一天能够自己想起来。

第九章 心跳失序

他正准备开口,"六年前"这个时间都还没吐出来,念想的手机铃声却比他更快了一步。那颇有些滑稽的铃声在空旷又寂静的夜里,声音被不断地放大。

念想一惊,回头看了一眼刚被她充上电,这会儿正放在电视机柜上的手机:"等一下啊,我先接个电话。"

没等他回答,念想已经一溜小跑地过去,拿起手机看了一眼。

手机屏幕上来电显示赫然是"兰小君"三个字,她顿时有些头大。拔掉充电器,刚站起身就看见徐润清正站在那里安静地看着她,没有任何多余的表情,只是静静地凝视着她,那眼神,就像是要看进她的心里。

兰小君已经在电话那头咋呼开了:"念想,我刚听欧阳说你今晚和徐医生一起值班,怎么样怎么样,有什么进展没有?比如,你有没有把持不住把人扑了啊!"

念想有些不自然。

她的手机声音有些大,客厅这么安静,会不会被他听到?

这么想着,她有些不自然地移开眼,装作不经意的样子,接着电话往阳台走:"没有啊,你乱说什么呢?我刚下班在家里。"

兰小君:"我没问你在不在家啊……等等,你不在家啊?"

念想好不容易走出客厅到阳台上,虚虚地舒了一口气,回头看了一眼。徐润清已经在沙发上坐下,并未留意这边。

"你想太多了,我没那个胆子扑倒徐医生的好伐……"主治医生,老师,她这么英勇地扑上去,是不要命了吗!

她走入阳台后,声音便断断续续地从远处传来,模糊得再也听不清晰。

衣领扣着有些紧,徐润清单手解纽扣,眉头微微皱着,胸口似是拥堵着一种不知名的情绪,有些烦躁,又找不到出口。他侧目看了一眼在阳台上跟个陀螺一样转来转去的念想,起身去洗澡。

好不容易应付完兰小君的查岗,念想挂断电话后回头往屋里看了一眼,原本沙发的那个位置上,只有徐润清的外套正懒懒地搭着。

他刚才好像是有话要跟她说的样子……

她走回去,捧着凉温了的牛奶,边走边喝,往亮着灯的,他的——主卧?

念想默默地收回脚,退到门口。

想了想,抬手敲了敲房门:"徐医生?"

没人回应。

难道人不在里面?

念想回头张望了一下暗着灯的其他房间,顿时有了答案。

她慢吞吞地往里面走了几步,边走边问:"徐医生?徐医生我进来啦?徐医生……"

走得近了些,才听见隐约的水流声。

念想还没反应过来那是什么声音,卧室里的隔间门被打开,徐润清仅穿着一条宽松的睡裤便走了出来,见她傻愣愣地拿着牛奶杯站在那里,有些不耐地皱了一下眉头:"怎么了?"

"没……怎么……"念想控制不住地看了徐润清的身材。

平时穿着白大褂,斯文俊秀的,不知道脱了衣服居然这么有看头。

她觉得自己的脸又有些发热的征兆,赶紧挪开眼睛,左右飘忽了半天,终于投放在了他身侧那个大床上。太过分了,一个人睡那么大的床?

徐润清折回去拿了一条干毛巾,边擦边朝她走过来:"要不要洗澡?"

念想无意识地点点头。

强烈的男性气息随着他的脚步,一寸寸逼近……

第九章 心跳失序

念想双眼发直地看着他——不要再靠过来了，她要把持不住了！

徐润清走到她面前几步远的时候这才停下里，微俯低身子看了一眼她唇上那一圈奶渍，抬手把手里拎着的另一块干净毛巾盖在了她的脸上："脏死了。"

被嫌弃了……

念想默默扯下毛巾，往唇上蹭了蹭，就保持着这个姿势，只露出一双眼睛看着他，问了一个至关重要的问题："我们今晚睡哪里……"

我们？

徐润清敏锐地抓到这个词，微挑了一下眉，反问："我们？你是想跟我一起睡？"

念想哑然，用目光谴责他——怎么可能！

"你睡我这儿。"他回头四下看了一眼，"我去睡客房。"

颠倒了吧？

看出她的疑惑，徐润清简洁地解释："客房没空调，也不方便，你住下就是。"

见他就要走，念想忍不住叫住他："你刚才好像还有话要跟我说。"

徐润清背对着她，念想根本猜不透他此刻的想法。沉默良久，他才慢条斯理地说道："现在不打算说了，你自己琢磨。"

话落，折回来，走到床边，拎起一个枕头就往外走，再没和她说一句话。

念想捧着牛奶杯有些蒙……不是，这、这就完了？

"自己琢磨"是琢磨什么啊？好歹给个思考方向啊！

她杵在那里不知道该怎么办时，徐润清又走了回来，上身已经穿上了衣服，脖子上还慵懒地挂着一条毛巾，手里正拿着换洗的衣服，随手放在了床尾："洗完澡换上这个。"

念想顺着看过去，叠得整整齐齐的白衬衫和一条灰色的运动裤。

"客房就在隔壁,有事叫我就好。"说完这句,他四下看了看,又去检查了一下门窗,看了一眼空调的温度,转身便出去了。

念想捏着玻璃杯转啊转的,总觉得他是有些不高兴了,可是不高兴什么,她却一点也不知道。

她先去厨房洗杯子,洗完杯子经过客房门口时,犹豫了一下,站定,然后轻敲了一下门。

里面沉默了一瞬,才听他声音冷沉道:"进来。"

念想开了门,就站在门口看着他,微微地局促:"徐医生。"

"嗯?"

这一声后,便再没有听见念想开口。徐润清这才抬起头看去,小白兔正以一种罚站一样的姿势低垂着头站在门口,手指轻捏着衣角,正不停地扭来扭去。

徐润清无声地叹了一口气,还是先妥协,信步走到她面前。

念想正别扭着,蓦然就看见自己低垂的视线里出现了一双男式拖鞋,扭衣角的动作一顿,随即变本加厉地继续蹂躏。

她有点想不通啊想不通……

徐润清耐心等了片刻,也没等到她开口,抬起手,用食指在她的眉心轻点了一下,声线微暗,语气却轻柔:"说话。"

那指尖微凉,但这样的靠近,念想一点也不排斥。

只觉得他指尖停留的那个地方微微地酥麻,然后扩散扩散,整颗心也麻麻的。

她一顿,再也别扭不下去,抬头去看他:"我有点事情想不通。"

徐润清斜倚在门边,双手插在裤兜里,慵懒地看着她,示意她继续。

念想又开始折磨衣角,声音也弱了几分,小声嘀咕:"我觉得你好像对我有些不太一样……"

徐润清的神色终于正经了几分,饶有兴趣地等她继续说下去。

第九章　心跳失序

不负众望地，小白兔一脸纠结道："我对你好像也有些不一样。"

"没谈过恋爱？"他问，语气淡淡的。

念想扬高声音有些疑惑地"嗯"了一声，随即摇摇头，目光落在他露出来的那一截手腕上："没有啊。"

念想直觉再谈下去一定会出奇怪的、会让她手足无措的情况，清醒的头脑立刻做出了理智的判断，转移话题："那个你刚才说的我不记得你……能不能提醒我一下？"

"想知道？"他轻笑了一声，眉眼间的慵懒之色更重了几分，却越发显得撩人。

念想差点失神，默念了好几遍的"色即是空空即是色"，这才清了清嗓子，清脆地答应了一声："想。"

"说实话，不太想告诉你。"他站直身子，又往前逼近了一步，整个人走出了身后灯光笼罩着的明亮的区域，陪她一起站进了昏暗的灯光里。

他的个子高，站在她面前，身影重重地笼下来，颇具压迫感。

他却似不自知，又往前走了一步，逼得身前的人不自觉地后退后退再后退……一直整个人贴到了墙上，他这才慢条斯理地俯下身去，低下头，目光和她平视。

"你之前问我的那个问题，我已经回答你了。"他的声音又往下压低了几分，轻声地，又带着几分分明的不悦，沉沉地逼近她，"不是说记性很好？怎么就不记得了？还是你向来这样？"

不知道是哪里蹿起的冷意，念想只觉得从脚底心开始，那凉意一路蔓延到背脊上，沁出了她一身的冷汗。

她被问得哑然无声，无辜地看着他——到底在说什么啊，她一点都听不懂啊！

徐润清眼底似漫开了笑意，浅浅的，柔和的，却让念想那一阵麻意更甚,整个脑子都"嗡嗡嗡"起来——妈呀,不要笑,好有压力的!

走廊里只有房间透出来的灯光,实在微薄,念想被困在他的势力范围内,颇无力地软了脚,紧贴着墙壁。

徐润清抬起手,右手捧住她的脸,大拇指拂在她的唇上,微微用了一分力,轻压住。

他的指尖比她的唇温度更烫一些,按在她唇上的触感清晰得让念想心尖顿时蹿上一种恐慌。不是害怕他会伤害她,而是一种难以预知的,却让她手足无措的恐惧。

是要亲她?念想惊恐。

他在她的注视里缓缓低下头来,眼神专注地看着她。

即使灯光昏暗,但念想依然看清了他眼里明亮的火光,正一点点燃烧着,渐渐地把她也卷了进去,一寸寸缓缓吞没。

他的唇终于压了下来,微凉的鼻尖轻抵住她,只是那唇却是落在他拂在她唇上的自己手上。

一刹那的电光石火之间,一幕突然跃上念想的脑海,她蓦然瞪圆了眼,有些不敢置信地看着他——怎么会?咦……

而同一时间,他就以这样的姿势,目光沉沉地凝视着她,压低了声音问她:"想起了没有?"

那声音似带了温度,滚烫,烫得她的心口微微得酸胀。

他缓缓地,又提醒:"六年前,B大附属牙科医院,智齿。"

第十章
时光深处

六年前的那段记忆对念想而言,并不算陌生,但却是她为数不多,不想回忆起的。

念想还一直记得,第一次遇见他时,那天的天气不是很好,没有暖阳倾城,连日光都朦胧灰暗,阴沉沉得似乎是下一秒就能下起雨来。

念想十八岁那年,长了智齿。那颗智齿横冲直撞地冒出头来后,又拼命地挤向她正常的牙齿,直到最后终于长歪了。

智齿的疼痛应该有不少人经历过,那应该是一种很难以形容的痛感,不像是磕了桌角一阵钻心,也不像是摔倒后,那一阵剧烈。而是一种很缓慢却很持久,一点点牵扯着神经,一点点拉紧你全部心神的痛感。

从牙齿的神经末梢传递而来,整颗牙以一种热烈搏动的姿态,有力地宣示自己的存在。那是一种从深处蔓延而来,一点点加剧,牙齿酸痛又热胀,想忽视又无法忽视的感觉。

她那年还在上高三,一开学学习就有些紧张。加上智齿作祟,她生平第一次考试滑铁卢,掉到了年级第五。

她很怕疼,尤其是牙疼。所以对这颗智齿容忍了良久,吃了不少的止痛药,最后实在疼得受不了了,这才请假去的医院。

那一年老念同志的公司遇上了一点问题,问题虽小但却很棘手。冯同志和他共进退,两个人一起去了J市。

念想在学校门口的小卖部站了半天,盯着那部公用电话良久,久到老板都动了恻隐之心:"是不是没带钱啊?要是有急事的话你先打吧,我不收你钱了……"

念想说了声谢谢,又站了片刻终于拿定了主意,转身去了学校门口的公交站台。

她对牙科医院其实没有什么太大的概念,也不知道附近哪里有,招了出租车后,说地址时便是:"师傅,去附近好一点的牙科医院。"

司机师傅看她还背着书包,穿着学校的校服,关心了她一路牙齿的情况,然后把她放在了B大附属牙科医院的门口。

挂完号,她坐在医院的长廊里,看着外头灰暗的天色,捂着微微肿起的右脸难受得想哭。

等了半小时后,终于被护士小姐叫到名字,她深呼吸了一口气,迈进去,然后一脚迈进了他的世界里。

医院下午有些忙,徐润清的实习老师干脆让他直接上手医治。

他刚洗完手,戴好口罩。拿起摆在他面前的挂号单,入眼便是患者的名字——念想。

他的第一位病人。

"医生,我牙疼,你帮我看看吧……"

他闻言抬头看去,正对上的那双眼睛清亮透彻得像是山间溪流。

第十章 时光深处

那个女孩子的手指还戳着脸，傻乎乎地和他对视。

"念想？"良久，他放下手上的挂号单，站起身来，确认她的名字。

"……是我。"因为牙疼，她说话声小小的，吐字有些不清晰，带着这个年纪的女孩子特有的软糯。

徐润清微勾了一下唇，眼睛也因为这个笑容微微弯起一个弧度，抬起手指轻托了一下她的下巴。

刚洗过的手直接触摸而上，带上微微的凉意。

他一手固定她的下巴，一手轻捏了一下她的下颚，没用几分力就轻巧地分开了她的嘴。手指接触着她温热的皮肤，轻声问道："哪里疼？"

念想声音含糊不清的："右边……最里面的……那颗牙齿……"

她忍不住去打量眼前的男人，看上去很年轻，长得应该也不差。因为念想看见他的眼睛，漆黑又深邃，比她看过的很多的男同学的都要好看。

个子也很高，微微弯腰仔细观察她的牙齿情况时，凑得有些近，近到念想能看进他的眼底深处。那是一种很明亮清澈的眼神，深幽到极致，眼底是含着一抹沉郁的浓黑，聚而不散。

她看得微微有些失神，直到他缓缓皱起俊秀的眉，语调平淡道："你的牙齿问题已经有很久了。"

不是疑问，是肯定。

念想很单纯地觉得，这一定是她的良医！

她可怜兮兮地点点头，等他松开手，这才合上嘴巴，再开口时声音里都带了一丝哭腔："我疼了好久了，因为牙齿疼，把考试也考砸了……"

老念同志前段时间还跟她承诺，如果这次考试还保持着年级前三的好成绩，就带她去游乐园。

结果……

她一脸沮丧，更显得垂头丧气。

徐润清拆开一次性的手套戴上，回头见她这副样子，目光在她的校服上溜达了一圈，略微沉吟："几年级了？"

话落，指了指念想身侧的牙科椅："躺上去，我仔细检查一下。"

念想把背上的双肩包取下来小心地放在一旁的椅子上，然后爬上牙科椅躺好，表情丝毫不见放松："如果会疼的话，一定要提前告诉我。"

徐润清"嗯"了一声，拉过椅子坐下，取了一次性的口镜要检查她的牙齿情况。

她张嘴时飞快地说了一句："我今年高三了，我怕疼，你要轻一点。"

徐润清眼底漫开一层笑意，又沉沉地应了一声，缓声道："只是检查而已，不会疼。"

不知道是注意力转移了的缘故还是这会儿牙疼的确缓解了些，那疼痛的感觉稍缓，念想也有了心思去研究别的。比如眼前这个只一眼就让她分外好感的那人。

"长智齿了。"他轻声说了一句，又问，"疼多久了？"

念想摇摇头，有些记不清："我不记得了，反正感觉已经很久了。"

"先去拍个片子，我要看看具体情况。"他收回手，想起什么，补充了一句，"拍片不痛。"

念想有些窘地捂着嘴坐起身来，牙科椅上的那盏灯离头顶只有一寸距离，她抬头看了看，轻推了一下，从牙科椅上跳下来。

徐润清开好单子递给她："拍片的费用是三十。"话落，又四下看了一眼，问道："你一个人来的？"

念想点点头。

"钱带够了没有？"

念想继续点点头，老念同志给她的生活费还是很大方的，她来医院之前兜里装了一堆的零钱。

"缴费就在你挂号的那个窗口,交完费用拿上单子去这条走廊尽头的CT室拍好片子。"他指了个方向,声音醇醇的,很好听。

年轻男人的眉眼又精致,只露出一双眼睛,就诱惑得人心驰神往。

念想微微脸红,低下头去"哦"了一声,拎起书包就小跑出去了。

念想拍完片子回来时,他已经坐在电脑前看了。旁边还站了一位年长的医生,两个人轻声交流了几句,而后那个医生匆匆离开,他转过身来。

念想站在他身后有些迷茫:"问题很大吗?"

"不大。"他抬手点了一下电脑屏幕,"你过来看。"

念想凑过去,就挨在他的身旁,顺着他的手指看去。那是她第一次看见牙齿的X光片,牙根齐整,但看上去依然狰狞……

她下意识摸了摸嘴,有些不太敢相信——牙原来长这样?

徐润清点了一下那颗长歪的智齿:"阻生智齿,是横向长的,并不是正常萌出,看见了没有?"

念想点点头:"看见了。"

"所以要拔牙。"

念想:"……"虽然来的路上她已经做了这样的打算,但此刻听到这样的结果还是忍不住心尖微微颤抖。

会疼哭吧……

"表情不用这么壮烈。"他轻笑了一声,那双眼睛也弯起,如一泓清泉,清澈见底,"这颗智齿已经引发了你周围软组织发炎,就是我们平常说的智齿冠周炎。附近的牙龈肿痛暂时拔不了,需要每天盐水冲洗上药……"略微一顿,他轻皱了一下眉头,"不过你还在上学,来医院方不方便?"

"中午有午休。"念想声音低下去,有些郁闷,"吃药不行吗?

消炎药，或者止痛药。"

徐润清抬眸认真地看了她一眼，跟她解释："看清楚这颗智齿的位置了没有？它没有空间，会继续挤压你正常的牙齿。而且现在的情况是已经引起了你局部的发炎，如果不拔掉你会一直疼下去。"

念想妥协："那……那什么时候拔？"

"先消炎。"

啊……消炎。

念想摸摸牙齿，想了想，又问道："那费用呢……是要一次性交完吗？"

"不需要。"他轻扯了一下口罩，并未拉下来，只露出来一大截挺直的鼻梁，"一次冲洗的费用是三十八，先付这一次的。"

话落，他抬眸看着她，似乎是在笑，眼睛微微眯起："冲洗会有些痛，你得早点做好心理准备。"

念想垂着眼睛，表情惨烈："冲洗也疼吗？"

"嗯。"他轻点了一下头，抬腕看了一眼时间，"先给你冲洗，等会儿再一次缴费。"

他瞄了一眼操作台，见她还站在那里，指了指牙科椅："躺上来。"

念想腿有些发软，一瞬间脑子里闪过很多种奇奇怪怪的情绪，等她磨蹭着爬上牙科椅时，脆弱的心理防线正一点点被牙齿疼痛的委屈代替。

护士去准备需要用的东西，徐润清正在戴手套，回头一看，就看见她端端正正地躺在牙科椅上，眼睛盯着天花板，眼眶却微微发红，一脸的委屈。

他微挑了一下眉，拉了椅子在她身旁坐下，想了想，又抬手碰了一下她微微肿起的右脸。隔着一层手套，那触感并不清晰。

念想扭过头去看他，这会儿连鼻尖也红了，下一秒就能哭出来一般。

第十章 时光深处

"这么怕疼？"他轻笑了一声，那语气似是有几分无奈，"冲洗之后不会立刻缓解疼痛，但是慢慢你就会觉得好受一点。"

念想没敢真的哭出来，毕竟……太丢人了啊。

她努力了半天，把眼泪憋回去，但开口时，那微弱的哭腔还是暴露了："不是……我一个人有些害怕……"

说完，她又觉得丢人，偷偷看了他一眼，他眉眼平静，安静地等她继续说下去。

她想了想，软声地哀求："你等会儿，轻一点，好不好？"

智齿的消炎步骤其实也很简单，用1%~3%的过氧化氢溶液及生理盐水或者其他灭菌溶液冲洗盲袋，然后点入3%碘甘油。

但要是放轻动作，尽量不弄疼她这个就需要一定的技术了。

徐润清耐心地清理消炎完毕，见她只是皱着眉头，目光又滑至她交握在身前，因为紧张搅得死紧而有些泛白的双手。唇角忍不住微微溢出一丝笑意，推开椅子站起身来，轻咳了一声清了清嗓子："已经好了。"

念想捂着脸坐起身来，那牙齿的痛感似乎更清晰了一些。她哀怨地看着他，说话都不敢张大嘴巴，只小小地张开嘴，嘀咕了一声："可我还是好疼……"

声音有些含糊，带着一丝很明显的哭腔。

徐润清转头看了她一眼，小姑娘的眼眶已经又红了起来，这次连鼻尖都粉粉的，又是刚才躺在牙科椅上时，那一副泫然欲泣的表情。

他不禁有些无奈，但小女孩粉雕玉琢，楚楚可怜地看着他，他的心里还是微微一软，略微沉吟："等会儿就会稍微好点，实在难受，我再给你开点药。下午回家睡一觉，起来就没那么疼了。"

他洗完手，摘了手套又在椅子上坐下，握了笔开始写病历单："家

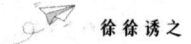

里有没有消炎药?"

"没有……"念想顿了一下,有补充,"但是有止疼药。"

徐润清"嗯"了一声,没再接话,安静的诊室,只有他钢笔在纸页上滑动时"沙沙"的摩擦声。

牙疼分走了她太多的注意力,她根本无暇顾及其他,只捂着脸,声音小小的,带了几分无奈:"我妈总说吃药吃多了会傻,几乎不让我吃止疼药。"

说完,她慢慢地从牙科椅上挪下来,站到他身旁。

徐润清正在写病历,闻言,手上的动作微微一顿,皱着眉头看了她一眼:"你牙疼了就吃?"

念想先是点点头,随即又摇摇头否认:"我就最近……我妈不在家,家里也没有人。我想着牙疼请假又有些小题大做,就吃止疼药。每天中午的饭后吃,一天吃一粒……现在只剩下最后一粒了。"

"止疼药吃多了的确不好。"他低头继续写病历,思忖了一会儿问道,"每天来医院一次方不方便?我给你开了消炎药,如果止痛药你有需求的话我给你开一天的量,再多不可以了。"

念想点点头,表示赞同。

"还有,你最近需要注意的……"他把单子递给她,细想了一下,交代,"不要用舌头去舔智齿,吃饭后一定要漱口,你现在这样的情况最好是用盐水。"

念想继续点点头,有些心不在焉。

"想减轻牙疼的话还有一个物理方法,就是用冰块冷敷。"他指了指自己的脸,示意,"你的脸有些肿起来了。"

念想抬起爪子捂脸,那单子把她整张脸都盖去了大半,她闷闷地咕哝了一声:"我知道……"

念想去排队交钱,因为牙疼整个人的兴致都不高,眉眼之间都有一股疲倦之色。原本交完钱拿了药是想直接离开的,结果刚走了几步就发现自己只拿着钱包,书包留在诊室了。

她认命地折回去取,医生却像是在特地等她。见她回来,朝她伸出手来。

念想微微发蒙地看着他的手,这是一双很修长的手,纹理并不重,指节分明,看上去秀气又优雅。虽然秀气和优雅并不适合用来形容手。

她的语言实在匮乏,只知道因为这双手的美貌程度,把自己逐渐发展成了一个不可救药的手控患者。

见她盯着自己的手发呆,徐润清微扬了一下手指,示意她把手上的药盒拿过来。念想这才如梦初醒,试探着把药盒递给他:"要……要这个吗?"

他点了一下头,没开口。

交接东西时,指尖不小心碰到了他的。男性的手大概本就比女性的要宽厚温暖,念想只觉得和刚才触及下巴皮肤时的微微凉意不同,他的指尖散发着热度,那热度就像是要烧灼了她一般,烫得她心口微微发麻。

真是……很奇怪的感觉……

她茫然地看着他的背影。

徐润清并未注意到念想那一瞬间心思的百转千回,微弯了腰,拿起笔在药盒上写了用法用量。做完这个,把消炎药和止疼药一起递回去给她时,又不放心地叮嘱了一句:"如果不是疼得受不了,别吃止疼药。"

见她还在发愣,他耐心地等了片刻,见小女孩回过神来又突然红了脸,微微不解,但也并没有多话,只叮嘱:"医嘱要记得听,今天注意休息,明天中午再过来。"

念想已经不想在这里待下去了,忙点点头,见他没有要交代的事了,

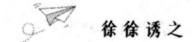

说了声"医生再见"就跟踩着了尾巴一样,飞快地离开了。

她前脚刚走,徐润清就发现了她不小心掉落在牙科椅下的学生证,他蹲下身捡起来,指尖触着那一层外保护包装时,低头看了一眼。

她的一寸照,学校名称,年级,班级以及名字。

他认真看了几眼,追到诊室门口想还给她时,宽阔悠长的长廊里已经没有了她的身影。他折回去,拉开工作台的抽屉放进去,打算明天再还给她。

此后的很多时光,徐润清再想起第一次见到念想的场景,都不禁想,果真是把所有的耐心和温柔都只给了她。

念想第二天去医院的时候找了他半天,徐润清并没有在昨天的那个诊室,而是和另一个年长的医生在同一间诊室里,似乎是在交流病人的病情,说话的声音很严肃。

其实念想有些不太确定是不是他,因为他这会儿戴着口罩,微微侧着身子,念想并看不真切。

她抱着书包在门口观察了一会儿,终于等到他发现自己的存在,转身看过来。然后念想如愿以偿地看见了他的那双眼睛,就像山涧清泉,又像悠然古井深邃又幽深的眼睛。

同一时间,他也发现了她,微微一顿,压低声音和那位年长的医生说了几句什么,便朝她走了过来。

念想跟着他回到昨天的那个诊室,笑眯眯地汇报:"医生,我今天好一点了。"

"不疼了?"他问。

"疼啊。"念想心有余悸地摸了摸脸,"不过比之前好一点了。"

徐润清换了一次性的口罩后又戴上手套,转过身来看她时,见她已经非常自觉地抱着书包躺在了牙科椅上。拉过椅子坐下之后拆了口镜检查她智齿的情况:"还是有点,估计还要再来两天。"

有护士过来，他交代了一下要用的东西，问她要了病历单去看。

念想坐着无聊，就东张西望地打量着诊室，后来目光落到了工作台上的医生名牌时，双眸一眯，凝神看去。

董渊？

这个诊室是他的话，那这个医生名牌应该也是他的，那他叫董渊？

董渊吗？

她默默地记住。

等到第四天复诊的时候，她牙龈肿痛的地方已经消了下去。念想躺在牙科椅上有些忐忑地问他："是不是要拔牙了。"

"是。"他回答得言简意赅，想起什么，瞥她一眼，带了淡淡的笑，"对你而言，应该有些疼。"

这几天下来，她天天来报到，徐润清早就知道她的痛点低到了何种地步。

念想看他戴着口罩，心理建设了半晌，才犹豫着问出了一个完全无关的问题："为什么我每次来你都戴着口罩？"

"流行病多发时段。"

念想："……"

其实这几天相处下来，念想才发现，这位医生给她的感觉和她第一次对他的印象有很大的不同。

不是很爱说话，好像也不是很温柔，只是对她还是一样的有耐心。而且，给人的感觉也不像一开始的如沐春风，反而有些清冷冷的。

因为在上学，她的时间有限。通常都是午休时间跑过来，每次等她来时，诊室里便很少有医生和护士，几乎都去吃午饭了。

他就一个人在这间诊室里等她，有时候是在看书，有时候在看病历，不骄不躁，怡然自得的样子。

接触的时间少，所以念想对自己主治医生的认知也实在少得可怜，

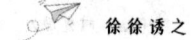

所有的这些全部都是自己一点点拼凑起来。

但就是这样做拼图一样的拼凑关于他的一切,却是她枯燥沉闷的高三生涯里唯一的乐趣。

智齿消炎之后就可以拔牙了,徐润清边写病历边很自然地问道:"智齿可以拔了,在月经期吗?"

念想"啊"了一声,直接愣住了——

不是他刚问什么来着?

徐润清抬眼看她,又重复:"我问你,现在是不是在生理期。"

念想"腾"的一下红了脸,不好意思得连手脚都不知道要往那里摆。见他还在等自己的回答,刚摇了一下头,想起如果拔完牙,是不是就不能见到他了?

这么一想,赶紧用力地点了点头:"在……在……生理期……"

说完越发觉得不好意思,被一个有好感的通身气质格外吸引她的又符合她对男神一切幻想的男性的主治医生问这样的问题,让她觉得好有羞耻感!

越想越不好意思,已经完全不敢抬头和他对视了,就垂着脑袋,越垂越低越垂越低。

徐润清见状,沉吟道:"不用不好意思,经期不能拔牙这个是例行询问。"

说完发现面前的小姑娘不只脸更红,连那原本只是粉粉的耳垂也一下子通红。

他一顿,若有所思了片刻,解释:"经期凝血能力不好……"

"你不要再说了……"念想的声音里几乎要带上哭腔,虽然明白他解释的道理,但明白是一码事,理解又是一码事,这两者在她心目中还是差着一段距离的。

她是脸皮很薄的小姑娘嘛。

她努力地盯着脚尖的那一寸地面,默默地想,要是能用眼神挖个洞让她钻进去该有多好。

这么容易害羞?徐润清微皱了一下眉头,立刻选择保持沉默。

念想支着笔杆子,盯着试卷上的空题发呆。

她已经有好几天没去医院了,原本以为在生理期的话还能拖延几天再见见他……结果拖延是拖延了,但也见不到人。

她那日临走之前还小心翼翼地问:"医生,那我明天还需要过来冲洗上药吗?"

"不用。"他一顿,又补充,"不在生理期了再过来拔牙。"

她抱着书包站了一会儿,良久才"哦"了一声,转身刚走了几步,他又叫住她。

念想立刻星星眼地回头去看他,只听他语气平淡,语调更是平平无起伏地说道:"拔牙的话早上过来吧,吃过饭再过来。"

念想点点头,见他已经没有话再跟自己说了,难掩失望地离开了。

老念同志和冯同志已经回来了,知道她这几天牙疼得脸都肿了,心疼之余更是心有余悸地摸着她的小脸道:"幸好没肿成猪头啊……"

老念同志自责了一下自己最近工作太忙从而忽略了自家闺女生理和心理上的不适,表示对念想失常发挥的考试成绩不予追究,并亲切地从头到脚慰问了一遍,下厨做了顿热乎饭给吃了一个多星期盒饭的念想吃。

顺便怕影响她的学习,催着她周六去医院把牙齿给拔了。

冯同志这么一次出去,回头见闺女瘦了一大圈,又听邻居说上次看见念想脸肿得老高。想着这么难受的时候,家里连个端茶关心的人也没有。说好听点那是体贴懂事,知道家里有烦心事也就闷着不说,说得不好听一点就是心太大,有事自己闷着。

但冯同志也就这么一个女儿，从小和老念捧着宠着长大，想着想着就心疼了，心疼着心疼着就母爱泛滥了。所以理所当然地拍板决定，周六不堆长城陪她一起去拔牙。

念想原本还想拖几天的，拔牙这么勇敢的事情显然不适合怕疼又胆小的她啊。

结果，就这么被赶鸭子上架了。

不过念想还是挣扎了一下，表示自己一个人完全可以，不需要冯同志牺牲时间陪同。

母爱泛滥的冯同志震惊之余，捂着胸口倒在老念同志的怀里，假惺惺地哭了半天："女儿不亲我了，我做母亲是不是太失败了啊！"

念想听得直皱眉头，被老念同志狠狠一瞪，怏怏地答应了下来。

她盘算着拔牙那天要不要大胆地去问医生要手机号码的，这样就算以后不能见面了，好歹有个号码还能偶尔联系一下，而且不说拔完牙之后要是有什么情况都是要联系主治医生的吗？

那样就完全顺理成章了。

但是……冯同志这么热切地要求陪同，她完全不敢了啊，不只不敢去要号码，甚至连想都不敢想了。

星期六正好是牙科医院就诊看病的小高峰，念想夹在一堆小萝卜头的中间有些坐立不安，频频地往诊室里张望着。

徐润清正在给一个小朋友看牙齿，比起其他的医生而言，他就显得略微清闲了些，所以很快就轮到了她。

他还在写病历，看见她进来，抬头看了一眼，指了一下身后的牙科椅："早饭吃了吧？躺上去我先检查一下。"

"吃了。"不仅吃了，还吃撑了。

老念同志包了韭菜饺子，味道有些重，她出门前还仔仔细细地刷了两遍牙,又嚼了半天的口香糖,应该不会有奇怪的味道。

她背对着他偷偷哈了口气,很好,薄荷淡香。

徐润清写完病历,交代护士小姐去取拔牙要用的器械,并没有起身,滑着牙科椅转过身来到了牙科椅的旁侧。

他拆了口镜仔细地检查了一遍,微点了一下头:"做好准备了?"

护士很快地取了东西过来放在操作台上,离开前还看了她一眼。

念想躺在牙科椅上,看着他拆了一次性的包装取出牙钳,忍不住不停地做着深呼吸:"一定一定要轻点啊……"

嘤嘤嘤,医生这个时候看上去一点也不玉树临风了,好凶残。

大概是她没出息的样子让冯同志觉得分外丢人,冯同志的手在念想的肩上安抚地拍了拍,扭头就出去等了:"赶紧出来啊,妈妈在外面等你。"

妈……不要啊……不说要陪着我浴血奋战吗?欸,怎么走了啊?

她正想叫住冯同志,刚想坐起身,正准备给她打麻醉药的徐润清就垂眸看了她一眼。

清冷又深邃的眼神,哪怕没说话就这样看着她,念想也再也不敢多动一下。

主治医生的权威是不能挑战。

"就打麻药的时候有些疼。"他示意她张嘴,往智齿两侧都打了一点麻药,见她皱起眉头来,为了分散注意力开始和她闲聊,"早上吃的什么?"

念想有些羞涩:"韭菜馅饺子……"

徐润清拆分离器的手一顿,侧目瞥了她一眼,继续……

过了几分钟后,他用分离器的一端轻碰了一下她的嘴唇:"有感觉了没有?"

"麻了。"念想舔了舔唇,没有太大的感官感觉。

徐润清见她舔了一下唇，瞬间在唇上染上了几分水色。小女孩的唇色本就嫣红，这会儿染上水光，在灯光的照耀下更是显出几分鲜艳欲滴来，格外诱人。

他目不斜视，让她张开嘴，又用牙龈分离器去碰了碰她智齿周围的牙龈："痛不痛？"

念想知道他是要开始了，紧张得呼吸都有些不畅，紧紧地盯着他。

徐润清被她的目光看得一顿，略微弯了一下眼睛，似乎是在笑："这么看着我干吗？"

念想张着嘴没法回答，就眼珠子转来转去的。医生你会读心术吗，赶紧读一读！

似乎是反应过来她现在不能回答他，徐润清眸光一转，自顾说道："我知道你怕疼。"

他已经专注在分离她智齿周围的牙龈了，眸光沉沉，认真且专注。说出口的这句话因为注意力不在这里，到最后便带了几分呢喃的语气，轻柔，温和，却直抵人心。

念想有些发愣，忍不住别开眼去，不敢再看他。

阻生牙需要切割一下牙龈，念想的牙齿情况还需要磨除一部分，用牙挺挺下来。但技术操作的难易程度依然在他的掌控范围之内。

念想躺在牙科椅上默默滚泪——骗子，还说不疼，麻药打上去都没感觉了！

徐润清正在切割分离她的牙齿，伤口有些大，出血比较多，他又换了她牙侧的棉花。一低头，就看见小女孩在那里默默地哭。

"很疼？"他皱了一下眉头。

念想很委屈地点点头，有种一嘴牙都要被拆下来的感觉啊！

"最多三分钟。"他说完这句，移开视线。心头却是微微一动，手上的动作又不自觉放轻了些许。

第十章 时光深处

他说三分钟便真的是三分钟，夹出牙齿，又清理了一下牙槽，因为伤口有些大，还缝了几针。做完这些后，夹了棉花让她轻轻咬住："疼得很厉害？"

念想摇摇头，伸手去够一旁的纸巾想擦眼泪，但躺着又够不着，正想坐起来，他已经摘了一只手套抽了两张纸巾塞进她的手心里。

冯同志掐着时间进来，见念想哭得眼睛红红的，扶着她坐起来，一迭声地安慰："哭什么，拔完牙就好了。多大的人了啊，回头想吃什么让你爸给你做，不哭了啊……"

冯同志鲜少有这么温柔的时候，念想很受用，擦干了眼泪之后就忍着没再哭。

徐润清洗完手走回来，见她唇边还有一道血渍，用镊子夹了棉花浸湿，一手轻捏着她的下巴，一手抬起来就要给她擦嘴。

念想却顾念着冯同志在这里，下意识地想避开。她刚一侧头，徐润清捏在她下巴上的手也微微一重："别动。"

冯同志一掌拍在念想的大腿上："听医生的话，动什么动。"

念想疼得那叫一个龇牙咧嘴，脸上的表情都有些不自然起来。是亲生的吗！下手这么重……

"你出血有些严重，在这里等半小时，我看过之后再走。今天就不要漱口刷牙了，有口水都咽下去不能吐出来。两小时后才能进食吃饭，这两天的饮食尽量是温凉稀软容易吞咽的。

"还有，下午就休息吧，不要太累。你的伤口有些大，我缝了针，等一个星期后要回来复诊拆线，实在疼得厉害就吃一粒止疼药，疼痛在忍受范围之内就不要吃。

"回去之后可以冷敷一下，能镇痛也防止脸肿起来。"说完这些，他拉开工作台的第一个抽屉，抽出一张名片递给她，"有情况的话就联系这个号码。"

徐徐诱之

念想接过来看了一眼,眼睛就是一亮。

上面赫然印着"董渊"的名字,下面除了医院的号码之外,还有医生的手机号码。

她几乎是欣喜的,脸上的笑意怎么也藏不住,弯着那双清亮的眼睛冲着徐润清笑,咬着棉花不敢张嘴,就含糊地挤出一句话来:"谢谢医生。"

冯同志欣慰地点点头,长大了,懂礼貌了啊!

这么想着,她顺便问道:"我们念想的牙齿健康情况还好吗?"

"她的牙齿质量不是特别好,不过清洁工作不错所以没有大问题。不过前牙有些拥挤,牙齿之间有重叠的部分,时间长了因为不能清洁到也许会发生龋坏,建议矫正。"

念想一听矫正,一嘴的牙顿时都酸软了……不要开玩笑啊……她胆小不经吓……

冯同志若有所思地看了一眼明显有些惊恐的念想,暗自琢磨起来,于是,矫正这个历史遗留问题就在那一日,埋下了。

念想回去之后很郑重地把那张名片给装进了自己随身带着的钱包里,时不时地拿出来看几眼,把电话号码背得滚瓜烂熟。

第五天的时候,她终于有些按捺不住。写完作业之后,揉着有些酸疼的脖颈,心理建设了半天,照着名片上的手机号码发了一条短信,生怕自己马马虎虎地打错数字,来回仔细地对了好几遍的号码。

她问:"医生,我拔完智齿之后伤口还是有些疼,不要紧吗?会不会影响两天后的拆线啊。"

怕他不知道自己是谁,后面还留了自己的名字。

已经是晚上十点的光景,她发出去才留意到时间,不禁有些懊恼,这个时间他会不会早就睡了啊?正这么想着,手机轻微振动,传回了短信:"两天后来复诊的时候再看看。"

念想回复了一个"哦"字,便再也没等到他的回复。

董渊次日来上班的时候想起这件事,顺口和徐润清提起:"你是不是有个病人叫念想?"

徐润清手上的动作一顿,看了董渊一眼:"是。"

"昨天晚上给我发了短信问牙齿拔完伤口还有些疼,会不会影响拆线。我不知道具体情况,就让她两天后照例来复诊。"

"谢谢老师了。"徐润清说完,不知道怎么的就想起那个小姑娘泫然欲泣的样子,无奈地摇了摇头,应该给她自己的号码的,不过他才刚来实习……

两天后,念想来复诊。

她早餐喝了太多豆浆,在公交车上挤了半小时一到医院就先找厕所。

隐约记得厕所是在走廊的尽头,过去的时候的确是找到了洗手间,不过这个洗手间有些奇怪,因为只有单独一间。

她在门口站了一会儿,左右没见人经过,又实在憋得不行,干脆推门而入,结果——

推……推不开?

她正锲而不舍地坚持,门内突然传来一声颇为熟悉的嗓音:"有人。"

念想顿时呆若木鸡——主治医生!!!下一秒,她听见他似乎已经走过来的声音顿时窘得手足无措,好丢人啊,怎么怎么怎么就……

不能被他知道是自己在门外……万一他误会她是个变态怎么办啊!

偏偏那脚步声越来越清晰,念想头皮发毛,下意识地飞快地跑了……跑了……

等她红着脸问了护士厕所的位置,解决了生理问题后这才慢吞吞地回诊室,一路上都在想,她没出声,溜得也够快,应该没看见她吧?

就这么忐忑地到了诊室,徐润清的面上却丝毫看不出什么来。等她磨蹭着过来,开口的第一句话问的就是:"前两天发短信说伤口还疼,现在呢?"

念想主动地爬上牙科椅:"现在不疼了,我喝了一个星期的粥。"

徐润清检查了一下,漫不经心地回答:"好像也没瘦下去……"

她有很胖吗……?

他拿了工具给她拆线,念想的脑子里就一个劲地转悠着,今天是最后一次,如果没有牙齿问题,她不会再来这里了,得找个像模像样的理由和他继续联系下去才行。

念想心不在焉地想着,徐润清这边却很快地拆完线,摘下手套正要去洗手,刚转身,就感觉白大褂的下摆被轻轻扯住。

他顺着低头一看,她一手撑在牙科椅上,一手拽着他的衣角,仰头看着他,一脸的期盼:"医生,你能不能给我你的私人号码?"

有些不好意思,又害怕他会拒绝,声音也小小的,却正好能让徐润清听得一清二楚。

他这么一迟疑,念想以为他并不想给,拽着他衣角的手指缓缓松开,脸上的失望之色毫不掩饰:"原来不可以吗?"

他转身看着她,突然有些迟疑:"要私人号码干吗?"

念想"啊"了一声,他问得这么直接,她根本不知道怎么回答。

说喜欢他吗,连他长什么样都不知道呢……

徐润清看着她的表情就已经知道她在想什么了,微抿了一下唇,想了想还是拒绝道:"不是高三了吗?应该学习为重,我们明显只能是医患关系。"

说完这句怕她不理解,又微低了头,确认:"这句话能听懂吗?"

念想面色微微发白,有些怔怔地看了他一眼,点点头。那双眼睛里的光似乎都黯淡了不少,就这么直直地看着他,片刻的工夫已经泛起了泪光。

要哭?徐润清皱了一下眉头,有些束手无措。不然把号码给她,以后慢慢引导?

不过还未等他妥协,她已经从牙科椅上滑下来,神色颇认真地对他道歉:"对不起。"

徐润清还没反应过来这是哪门子的道歉,她已经扑上来,一手钩住他的脖子猛地把他拉下来,一手按在他的唇上。

他还戴着口罩,念想的手指即使按上去也只能感受到口罩的触感。她抬起眼睛看了他一眼,一抬头就亲了上去。

徐润清的眉头狠狠一皱,正要推开她,却发现她凑上来并没有直接亲吻他……反而是……

他低眸看了她一眼,微眯了一下眼睛,眼底似有光闪过,就这么沉默不语地让她吃了一顿豆腐——嗯,还是隔着她自己的大拇指吃的豆腐。

她踮着脚站不稳,徐润清甚至还有心情扶她一把,想着等会儿一定要凶一点地教训她一顿。不料,她站稳后,连看都不敢看他,转身就跑了。

徐润清看着她的背影微微有些发怔,随即想起什么,拉开工作台的抽屉看了一眼。

她的学生证还安安静静地躺在那里,照片里的她微微弯着唇,一笑嫣然。

他的心情顿时便有些复杂起来。

念想吗……

那以后,的确成了他念念不忘的念想。

第十一章

还是喜欢

光影层层叠叠地落下,念想身后的墙上一片斑驳的棱光。

偏偏他俯低了身子,这么有压迫感地逼下来,让她的全部心神都落在了他那双深邃的眸子里。眼底似被墨晕染,丝丝缕缕,沉郁得浓黑。

念想的脑子里呼啸而过的曾经,让她此刻完全不知道要如何面对他。

那是她第一次喜欢一个人,是真真切切能感觉到自己想靠近他,想再和他接近一点,想知道他的存在并且无论如何都不排斥的感觉。

只可惜她的横冲直撞还有鲁莽,好像让这段还没萌芽的感情在一开始就被无情地扼杀……而且还是他亲口拒绝的。

她对外界的刺激向来反应迟钝,这段无疾而终的感情其实并没有让她难受多少。

好像是一个星期?还是两天而已?

后来学业渐渐忙起来,加之刻意地不去想他,就再也没想起过

第十一章 还是喜欢

他——会配合她休息时间一个人等在诊室安静看病历的人,工作时眼神专注又有魅力的人,知道她怕疼每次都会特外耐心的人。

虽然没有挫败难受很久,但高三那一年断断续续地想起来,总还是会有心疼的感觉,以及求而不得的遗憾。可是再多?好像没有了。

但他的存在却是偶尔别人问起"念想,你有没有喜欢的人"或者"念想,你有没初恋或者是暗恋的人"时,第一个想起的。

清清浅浅的一个背影,个子很高,长身玉立,剪影清俊,却摄人心魂。

念想一直以为以后她再见到他,应该会第一眼就认出来。事实上,她以为她不会再遇见他。

高考结束后,念想还是忍不住去了一趟 B 大的附属口腔医院,怕自己就这么进去太过冒失,就挂号预约。在窗口说出"董渊"的名字时,那护士的回答是:"董医生已经辞职,去国外任职了。"

那应该是不回来了吧?

结果……

好像是她自以为是地记错名字了?

念想看着面前已经不耐烦了的徐润清,默默地咽了口口水,心理建设良久才问道:"董渊董医生是?"

徐润清果然皱起了眉头,"嗯"了一声,微眯了眼睛看她,良久才回答:"我实习期的老师……"

话还未说完,他眸光一沉,那双眼睛传递出更危险的讯息,紧紧地盯着念想,一字一句几近咬牙切齿:"别告诉我你以为我是董医生。"

现在怎么办?溜还来得及吗?

她不动声色地扫了一眼左右,发现可以撤退的路线已经被他全部堵死,简直欲哭无泪。

间接得到了答案,徐润清怒极反笑,又压低了一分,几乎和她鼻尖相抵:"怎么?想起自己是怎么始乱终弃的了?"

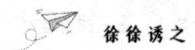

念想"啊"了一声,顿时蒙了:"我……我没有始乱终弃啊……"

什么始乱终弃?她都没来得及始乱怎么终弃,太言重了啊!

"看来全部想起来了。"他终于微微退开了些,唇角微扬,勾起个似笑非笑,"那是不是应该,重新理一理我们之间的关系了?"

念想呆若木鸡地站在他的势力范围之内,见他成竹在胸的样子,莫名又觉得委屈:"我们明显只是医患的关系,没有改变。"

"而且……"念想咬了咬唇,神色渐渐地淡下来,轻而缓地说道,"这话是徐医生你自己说的,我觉得挺有道理的,也一直这么遵守着。"

她顿了顿,仰起脸来对他笑:"刚才我说的那些,徐医生就当没听见吧。"

当着他的面就敢耍赖?

徐润清唇角的笑意倏然退去,眉头一拧:"没法当作没听……"见。

最后一个字还未说出口,就看见隐在黑暗里的她,眼底已经蓄起了水汽。那粼粼的水光,此刻看上去格外刺眼。

他所有的情绪顷刻间都在她这双眼睛里化解,沉默了片刻,忍不住软了声音:"你在哭?"

那声音里带了几分温柔几分无奈,就让念想回到了六年前,他也是这样,软声又无奈地问她"就这么怕疼啊?"。

念想摇摇头,逼回去的眼泪憋得她鼻尖酸痛。但又不知道自己在难过什么,简直莫名其妙。

原来还是喜欢啊。

哪怕中间隔了六年,再遇见也没能一眼就认出他来,可兜兜转转的,原来还是喜欢他。

怎么就……这么没出息呢……

终于明白这种对他有的奇怪感觉应该归属于喜欢后,念想更郁闷了……说出来再被拒绝一次吗?

第十一章 还是喜欢

她忍不住多打量了他几眼，见他神色之间那对她的束手无策，僵持了半天，指了指自己的房间，问道："我还能睡你的床吗？"

她刚才可瞄见了……客房的床没主卧的大啊！

徐润清这会儿已经不敢再逼她了，抬腕看了一眼时间，默认了。

念想就立刻跟只老鼠一样快速地溜进他的房间，又利落地关门上锁，"咔嗒"一声脆响之后，整个世界都清静了。

念想的背抵着门，这才感觉到自己心跳那么剧烈。

居然……什么都没发生吗？这种隐隐期待的感觉是什么鬼！

她甩甩头，把脑子里奇奇怪怪的想法全部丢出去之后赶紧去洗澡。洗完澡躺在了他的床上，念想觉得自己有些失眠了。

鼻息之间都是他清冽的香气，是她曾经在他身上嗅到的那种淡雅又清新的淡香。她抬起胳膊又嗅了嗅自己的……好像是沐浴乳的味道？

她抱着被子卷来卷去，直到卷累了，睁着眼睛努力地瞪着天花板。

其实每次经过牙医院都会想起他，不自觉地，不受控制地，不由自主地想起他。

后来这种不受控制的次数渐渐减少，直到现在如果不是刻意地去回想就不再记起。但是今晚发生的这些，她显然有些消化不良。

怎么会是他呢？

徐医生这么高冷傲娇又腹黑，她六年前的主治医生简直温柔得像摊水啊，打死她也不愿意相信这是同一个人啊。

当然，事实证明就是同一个人。

想着想着她又忍不住打滚，直到压到了被角把自己裹得动弹不得了，她这才神色萎靡地缩进被子里——她不太清楚他的态度，不过显然他对自己是不同的。

不过最严重的问题应该当属——以后怎么面对他了吧？总不能继续心怀不轨吧？她有心理阴影啊……擦眼泪。

于是念想消化着消化着，就这么睡了过去。

后半夜的时候下起了大雨，徐润清浅眠，被这雨声惊醒，意识清醒了片刻有些不放心念想，拿了钥匙起身去看看情况。

她睡得正熟，整个人都埋进了松软的被子里。

徐润清关了进屋时照明用的壁灯，微侧过身子，开了床头的落地台灯。见到她这副睡相，忍不住轻皱了一下眉头，微拉低了被子，露出她的脸来。

指尖碰到她的皮肤，软软的，又光又滑，带着热度，触感极佳。

他有些爱不释手地捏了捏，凑近了听她的呼吸声，平稳又清浅："还是睡着了讨人喜欢……"

他小声嘀咕了一句，探手覆在她的额头，确认温度正常没有发烧的现象，给她掖了掖被子，这才转身离开。

念想这一觉的睡眠质量还不错，一大清早生物钟就让她保持平时的水平清醒过来。她睁眼看见陌生的天花板时，反应了半天才反应过来自己这会儿正在睡着徐润清的床。

所以很无耻地又赖了五分钟，磨磨蹭蹭地起来了。

走进卫生间才发现根本没有自己的洗漱品，念想兜转了一圈，认命地正想以这份尊容出去找徐润清时，走到门口就发现了放在进门茶几上的洗漱用品，从牙刷到毛巾，应有尽有。

念想神色复杂地看了一眼门锁。

她记得她昨晚有锁门吧？

是锁了吧？

那这玩意儿怎么进来的？

念想觉得自己的脑子有些不够用了……

等她收拾好自己出门时，徐润清正在厨房摆弄碗筷，见她出来，抬眼瞄了一眼又漫不经心地继续摆早餐。

念想欲言又止了一早上，始终没敢问出口"你是不是半夜撬我门了"这种问题。

直到一顿早饭吃完了，他放下筷子，这才漫不经心地问道："有话想跟我说？"

念想斟酌着，小心地："我昨晚好像……锁门了。"

"我有自己家的钥匙很奇怪？"他站起身，收拾餐桌，见她石化，又慢悠悠地解释，"怕你半夜发烧，醒了就过来看一眼。"

念想"啊"了一声，有些不好意思地挠了挠头，却不知道怎么对待他的这份贴心。闷了半天，也就红着脸闷出个："谢谢徐医生。"

徐润清抬眼看了她一眼，没作声。

那清冷冷的眼神扫过来，就差没直接告诉她"我心情不好"了。

念想想了半天，也不知道他到底在生气什么。跟着他进了厨房，正想帮忙，他转身指了一下挂在挂钩上的围裙："帮我系上。"

说话间，又扬了扬自己湿漉漉的手，示意不方便。

念想乖乖地取了围裙过来，他个子高，她只能踮起脚来给他套上。好在徐润清并没有捉弄她的意思，很是配合地弯下腰。

她捏了围裙的带子要给他系上，正想就这样伸到后面去，但刚一动，发现这个姿势像是在投怀送抱……

她这么一顿，徐润清已经低头看了下来，微勾了唇角，戏谑道："怎么，有难度？"

徐润清的声音近在耳边，念想恍惚地一抬头这才发现两个人这会不只横向距离……连竖向的距离也很不安全。

见她发愣，他往前慢慢地走了一步，逼得念想忍不住往后挪啊挪，直到脚跟抵上料理台退无可退。

分明很有难度啊！

她的手还放在围裙的带子上，努力不碰到他。被他围困住，一时还有些反应不过来："靠这么近，怎、怎么系……"

"靠近点不是更方便？"他微俯低了身子，偏这动作慢得就像是电影里的慢镜头，一帧一帧都在念想的眼前放大。直到最后，他的双手从她的两侧过去撑在了她身后的流理台上，就这么低着头看她，语气清浅："你怕我？"

怕啊……

念想屏着气，连呼吸都努力放轻："你……你别动……"

徐润清微侧了侧脸，轻"嗯"了一声。

念想不动声色地深呼吸了一口气，微微凑近他，直到鼻尖快要抵上他的白衬衫时，才停顿住，仰头看着他。

两个人之间的距离已经近到只差一分毫就能彼此拥抱，徐润清的这个角度看下去，她就像待在他的怀里，鼻息之间尽是她的香软。

他的呼吸骤然一紧，有种不知名的蠢蠢欲动在他心尖窜动。努力压抑了片刻，却只惹得那股欲望越发深重，正要再靠近她一些，她已经直起身，扬起抹扬扬得意地笑来，声音清脆："已经好啦。"

徐润清纹丝未动，只那双眼里的深邃一点点加深，浓郁得像是染了墨水，正一丝一缕地在眼底晕染开来。

念想的笑容渐渐僵硬……

干吗要这么看着她……

就这么僵持良久，徐润清终于松开她，微微站直了身体："出去等，我等会儿再送你回去。"

那声音微微喑哑，沙沙的磁性，像是在压抑隐忍着什么。

念想听得微微一愣，乖乖地站到一旁不去妨碍他。

本就没有多少要洗的碗筷餐盘，他很快整理干净，回房去拿外套。

再出来时,她正站在客厅的中央,仰头看阁楼。

他走到她的身旁了,顺着她的视线往屋顶上的水晶吊灯看了一眼,问道:"想不想上去看看?"

"可以吗?"她问。

徐润清没回答,只是微点了一下头,率先往楼上走去。

弧度和缓的旋转楼梯,脚下的楼板是玻璃铺就,明晃晃的,好像下一秒它就会碎裂,看上去脆弱不堪。

念想扶着扶手走得格外小心翼翼……

走到了楼梯口,抬眼看去,忍不住微微惊叹。

整个阁楼已经被徐润清改造成了一个开放式格局的大书房,最显眼的就是高大的木质书柜,上面的藏书整整排满了一整面墙。

屋顶开了一个天窗,天窗的下面摆着一个和装饰有些格格不入的懒人床,身侧又是一整列整齐的 CD 架。

徐润清已经一路走了过去,他的左手边还有一个小房间。

他推开门,回头示意她跟上来。

是一个……私人影院……念想这会儿已经不是惊叹了,而是赤裸裸的嫉妒。是有多财大气粗才能把阁楼装修成这样啊,居然还带一个私人影院!过分!太过分了!

"听欧阳说你喜欢看电影?"话落,也没等她回答,自顾自地补充了一句,"我这里有很多影片,想看的话以后可以过来这里。"

"还有……"他一顿,指了指靠近这间屋子的那个书架,"这里杂书挺多,有喜欢的可以带走,权当你上次帮我借书的谢礼。"

说话间,他已经把书桌上放着的书拿给她:"去学校的时候顺便还上。"

念想差不多已经把这件事忘记了,这会儿看见这些书才记起,前不久他和宋子照一起来学校的时候用她的借书证借了书。

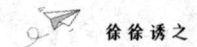

不过她现在的心思显然不在这上面，很垂涎地看着他的私人影院："我能带小君一起来吗？"

徐润清拒绝得很干脆："要带人的话你也可以不用来了。"

念想：太不客气了！

把她送回家之后，徐润清再回来竟觉得家里有些空荡荡的冷清。他在玄关站了片刻，顺手把车钥匙放在鞋柜的上方，换了鞋子去阁楼。

看起来好像挺喜欢这个影院的？

他推开门在门口站了良久，房间很昏暗，只有打开门后，外侧的阳光透进去才勉强照明。他走到沙发前坐下，回想起昨晚甚至更早之前的有关她的记忆，只觉得心口一直涌动着的浮躁缓缓归于平静。

因为昨夜值班，今天便是休息。念想吃过午饭后，就去了一趟学校还了书。顺便去驾校报到，跟着教练报完名，领了书之后在交警大队的门口自己坐了公交车回家。

晚上约了兰小君一起吃火锅。

她去得最早，订了靠窗的位置，没喝几口茶，兰小君就和欧阳一起到了。

自打兰小君从了欧阳之后，念想对两个人同进同出的频率已经完全习惯了，反而是……

欧阳盯着捧着杯水心不在焉牛饮着的念想一眼，一脸嫌弃："为什么会有电灯泡？"

兰小君上手就揍："你谁说电灯泡呢！"

欧阳："谋杀亲夫了……"

兰小君立刻温柔地改为拧，拧得欧阳顿时脸色铁青，只能分散注意力："我听说昨晚方小杨去了一趟医院，好像还挺严重的？"

念想"嗯"了一声，有些迷茫的眸子开始缓缓聚焦："哦，是啊。

舌头划伤了，徐医生给他缝了好几针。"

念想没提徐润清的时候欧阳还没想到，一提起，欧阳的脑子里顿时灵光一现，朝着兰小君一阵挤眉弄眼的，差点又挨揍。

等念想专注去点餐了，欧阳挨近了兰小君这才小声说道："老大孤家寡人的，不如叫上一起吃饭？"

兰小君眼睛一亮，欢快地点了点头。

卖队友这种事，兰小君完全没有心理障碍。

于是念想就看见欧阳和兰小君点餐的时候，一个劲地加量加量。

看到最后她忍不住小声提醒："这里吃不完不能打包的！"

结果——没人理她。

火锅热上之后，念想就自暴自弃地丢了一堆食材下去煮，丢得太欢快，差点把盘子也塞进去……

欧阳和兰小君已经有几天没见面了，正在互诉衷肠，念想听得头皮发麻，索性埋头苦吃。

吃着吃着，就感觉身侧的沙发陷下去，她正在跟一块鸡肉较劲，叼在嘴里扭头看去，然后震惊地一口"咔嚓"下去，骨头戳着了她的牙龈，疼得她顿时红了眼眶。

她赶紧把骨头给吐了出来，又漱了漱口，这才转头跟徐润清打招呼："徐医生啊，好巧……"

她话音刚落，就有服务员过来添了一副餐具。

他这才似笑非笑地回应："不巧，就是过来蹭吃的。"

感情兰小君和欧阳俩加量不眨眼是因为还要加一双筷子，居然不告诉她！

念想扭头过去鄙视地瞪一眼埋头苦吃装作什么都不知道的兰小君，抬脚就踩了过去。

结果——

欧阳正在吃娃娃菜,突然被踩了一脚,一口菜就直接喷了出来,咳了个天翻地覆:"谁……谁踩我!"

徐润清瞥了一眼突然忙着下菜又忙着捞东西吃的念想,微微弯了唇角。

念想是肉食动物,但碍着徐润清在场,不好明目张胆地当着他的面就犯禁律——比如啃骨头。

啃得不好的话,那一瞬间爆发的力量会弄掉托槽。

然后她开始和欧阳抢吃的,抢土豆,抢娃娃菜,抢鹌鹑蛋……抢到最后欧阳都萎靡了,忍不住投诉:"老大,你看念想!"

徐润清正优雅地分解一只虾,接到投诉瞥了一眼欧阳,语气不咸不淡:"你跟她抢什么?"

欧阳:"……"

念想伸出去的筷子也不好意思再往土豆片上戳,默默地缩了回来。

兰小君自打徐润清来了之后就成了一只闷葫芦,这会儿想起什么,便问道:"我下午给你打电话的时候你是说你在交警队?"

一桌人侧目看向念想。

"是……是啊……"她把煮熟的牛肉卷捞回来,在碗里滚上调料,"报名学车,所以下午在交警队办手续。"

话落,顿时觉得周身的温度陡然降低。她被冷得一颤,后知后觉地想起……前一阵子她无证驾驶把徐润清的车蹭了。

啊,好像说了不该说的实话?

还没等她找到补救的办法,徐润清已经放下筷子,脸色阴晴不定地看着她,颇有些咬牙切齿的意味,一字一句地质问:"无证驾驶?"

念想一抖,默默往后退了退,脸色发白:"……"

嘤嘤嘤,徐医生看上去好凶残!

"几次了?"他又问,声音比之刚才更加低沉。

第十一章 还是喜欢

"就……就那一次……"顿了顿,她解释,"就从我家开到超市,我一直都很慢的……"那速度就跟蜗牛差不多了!

"那也是无证驾驶。"他的脸色又难看了几分,似乎是在隐忍着不对她发火。眼底的光明明灭灭的,看着格外唬人。

念想还是头一次看到他这样的表情,怔了怔,有些不知所措。

同样吃惊的还有欧阳,他就知道是念想蹭了徐医生的车,但不知道念想胆儿这么肥居然是无证驾驶。

转念地,看向大动肝火的老大,心里不禁非常安慰——看老大那架势,看样子要收拾跟他抢吃的念想同志了啊,真是可喜可贺。

兰小君一脸的,徐医生生气的样子都如此清风朗月,风姿卓然啊。

念想虽然不太理解他为什么反应这么大,但这种时候,就应该放弃为五斗米折腰的精神。

要主动地、积极地、态度良好地认错。

这么想着,念想很是干脆地低头道歉:"对不起,我这不是意识到错误去学车了吗……"

兰小君这时良心才回来了点,帮腔解释:"念想对基本起步早就会了,念叔不在家的时候,我和念想都爬到车上玩过起步。"

说完,觉得整个世界都寂静了。

兰小君扭头一看,欧阳的脸色也阴沉了下来。

她后知后觉地捂上嘴……

念想闭了闭眼,忍住想掐死兰小君的冲动,可怜巴巴地看向徐润清。

后者的脸色又黑了几分,眼底酝酿着的沉郁浓得化不开,就这么沉沉地用眼神锁住她。包厢里暖橘色的琉璃灯光映在他的眼底,也驱散不开他眼里的寒意半分。

完了完了,徐医生看起来好像要揍她啊!

但出乎意料地,他并没有出现什么念想想象中很激烈的举动,比如揪她耳朵，比如弹脑门，比如揪她肉。

他生气……那表示他是关心她的吧？

念想转了个弯终于想到这一点，忍不住抬手扯住他的袖口，然后轻晃了一下："我知道错了。"

徐润清抬手轻捏了一下眉心，面上那些表情尽收，无奈地看着她："就不能让我省省心？"

念想："……"

欧阳目瞪口呆："……"他是不是错过什么好戏了？这两个人的相处进度简直突飞猛进啊！

汤底沸腾发出"咕噜噜"的声响，蒸腾得整个包厢都暖气融融的。隐约有香气飘散在空中，包厢内那盏古风吊灯在这热气氤氲里灯光都朦胧柔和了不少，光泽莹润。

徐润清神情自若地扫了一眼石化中的念想，格外自然地问道："哪个驾校？"

"临越那个，我学的是手动挡。"念想回过神，转过身去端正坐好，握着筷子一下下戳着碗里那块牛肉卷。

兰小君这会儿也恢复了说话的能力，小声地补充一句："念叔那车买得早，就是手动挡的。"

"其实我是听说手动挡比自动挡便宜了一千……"念想叼着筷子看了一眼徐润清，见他的眼神扫过来，又赶紧转回头去，认真地继续和欧阳抢土豆。

欧阳泪目，老大，你赶紧把这无赖拐走！

徐润清见她喜欢吃牛肉卷，下了几片放漏勺里烫熟，再放进她的碗里，漫不经心道："我也在那儿学的，葛教练？"

"嗯？"念想震惊："你怎么知道！"

"随便猜的。"徐润清眼底漾开一抹浅淡的笑意，对这个结果意

第十一章 还是喜欢

料之中。

葛教练是老徐同志的表弟，也就是徐润清的表叔，徐润清当年学车考驾照就在他那里。虽然学得快，但那个时候刚到瑞今工作很多地方都需要适应摸索，满打满算花了两个月。

老念同志和老徐走得那么近，念想会去葛教练那里学车就没有什么疑问了。

念想自然不信他就是随便猜的，不过也没有深究的兴趣，就着他夹过来的牛肉卷哼哧哼哧地吃起来。

欧阳默默地戳着碗里凉透了的土豆片，心酸地画圈圈——徐医生从来没有对他这样细致入微过啊，好嫉妒！

徐润清自己没吃多少，倒是一直在给念想留意，她的眼神瞟到哪里，过不了多久她的碗里就会出现。

就见欧阳一直在那儿涮火锅，结果想捞起来喂兰小君的时候锅底都翻了一个底朝天，回头看见念想正嚼巴嚼巴地往嘴里塞，顿时有些消化不良……

细致入微勉强不要求了，但要不要这样……真是委屈得分分钟都能哭出来啊！

完全没发觉欧阳强大怨气的念想不知不觉中就被徐润清喂饱了，低头一看自己盘子里的食物残渣，默默羞愧："我平常没有这么能吃的。"

徐润清显然不在意，敷衍地点了一下头，又往她碗里夹了一筷子青菜："你可以继续吃。"

念想："……"

念想看着碗里那颜色饱满，色泽圆润的青菜，感觉还能再吃一点，又重新握起筷子，再吃一口好了……

等这场饭局吃到快要散场时，念想终于心满意足地放下筷子。

徐润清刚才就借口要出去一下,到现在也没回来。念想正摸了手机准备去付钱,在桌子上找了半天也没找到账单,不得已地打断对面恩爱对视的小两口:"账单呢……快帮我找找,我付钱去。"

兰小君指了指门外:"别告诉我你不知道徐医生刚才出去的时候顺便拿走了……"

"啊?"念想傻眼。

吃得太投入了,根本没发现啊!人家会不会以为她故意装蒜逃单啊?

这么想着,念想赶紧抓了手机出去找人,结果刚出包厢没走几步,就看见他站在不远处的走廊尽头,正背对着她在打电话。

窗外是整座城市华丽的灯光霓彩,那灯火延绵,一路至尽头,像是一条连接天街的灯河,光华璀璨。正有人在放烟火,巨大的夜幕之下,那远处的光点却清晰可见,一朵朵盛开,亮如白昼。

他半侧着身子,黑色的大衣微微敞开着。

那明灭的色彩投影而下,从他的额头,鼻梁,嘴唇处一一闪过。身上也晕染了几分这瑰丽的颜色,连那双此刻看过来的眼神都被点缀得亮如星辰。

唔,真的是丰神俊朗,风姿卓然啊。

不过等等……

他什……什么时候看过来的!

念想立刻收拾好表情,在原地站了片刻这才慢慢走过去,走到近前时,电话也接近尾声。念想只听见他声音清浅又平淡地说了声"以后再联系",便挂断了电话。

她出来的原因已经不言而喻。

不知道是不是包厢内暖气充足的原因,她的脸微微地泛红,是一种很好看的绯红,衬得她粉雕玉琢。那双眼睛亮盈盈地蕴着抹水光,漆黑透亮,眼神清澈。

第十一章 还是喜欢

大概是沾了辣椒的缘故,双唇嫣红——整体看上去,十分秀色可餐。

徐润清不动声色地移开目光,问道:"来找我?"

来找账单的……

念想清了清嗓子,见他这样子应该是已经付完钱了。然后她回想了一下,发现自己和他之间涉及金钱交易的次数还真的不少。

也不好意思再当着他的面计较这些,徐润清看上去就是一副"我不缺钱请宰我"的样子啊。

咳——

念想收回思绪,正想开口说自己刚才心思百转之后酝酿好的开场白。但临了,一对上他深邃幽沉的眼睛,就什么话都说不出来了。

干吗这么看着她?每次这么专注地看着她总会让她有种不该有的错觉!

她站的地方正好是楼梯口,正有服务员经过上菜,她站在那里出神不躲也不避差点跟服务员撞上,还是徐润清上前几步拽住她的手腕往自己身前一拉,这才堪堪避过。

念想这才回过神来,有些不好意思地和那位受惊不小的服务员道歉:"对不起啊,我没注意。"

话落,小心翼翼地瞄了一眼脸色不是很好看的徐润清,默默抿嘴。

说起来,自打昨晚想起了六年前的事后,念想对着他就怎么都不自在……这会儿更加拘束。目光落在他还扣在自己手腕上的修长手指,发呆发呆发呆……

徐医生你不打算松开了?

徐润清轻叹了一口气,显然是无奈至极。这才松开手,转身先下楼,走了几步见她还是没眼见力地杵在那里,忍不住出声提醒:"不走吗?"

"不等小君和欧阳?"嘴上这么问着,行动上反应迅速地赶紧跟上。

徐润清没回答,只回头淡淡地扫了她一眼,那眼神不言而喻,让念想立刻闭上嘴，不敢再暴露自己的情商。

那眼神的大概含义应该是：你是笨蛋吗？

念想觉得自己是聪明蛋！

徐润清送她回去，到公寓楼下的时候时间还早，见小区已经来电，便顺口问了一句："今天回去看过了？"

他这话没上没下的，念想却知道他在指什么："回去看过了，供电已经恢复正常。"

徐润清"嗯"了一声，似乎是还有什么要说。念想等了片刻也没等到他开口，刚推开车门要下车，右脚刚迈下去还未踩稳，就听他叫了一声她的名字："念想。"

念想回过头去。

他的脸隐在黑暗之中，并看不真切。她的脸映衬在小区门口的路灯灯光之下，明亮又恍然。跟记忆中的那个人渐渐重合……

他想了良久，最后出口却是一句："没事，一个人住门窗要注意下。"

冬日的夜晚凉意深重，他的声音似乎像是染上了寒意，凉凉的，并无半分温度。

念想迟疑了一会儿，才"哦"了一声。隐约察觉他是有话要说，但不知道为什么就是没说出口。想了想，还是迈下了车。

就要关上车门时，她脑子里模糊地涌出个念头来，不等她反应，左手已经先一步去挡住车门。虽然用了几分力，还是被夹到手，痛得瞬间红了眼眶。

徐润清显然也没料到她会这样做，微微一顿，眉头就是一皱，快速地解开安全带正要下车。念想已经拉开车门重新坐了回来，泫然欲泣地看着他。

徐润清："……"

他沉默了一瞬，这才开口："疼了？"

第十一章 还是喜欢

念想点点头,把手藏进口袋里,声音闷闷的:"你是不是有话要跟我说?"

徐润清一怔,随即勾起唇角低低地笑了几声,反问:"哪里看出来我有话要跟你说的?"

这人好像又高兴了?

念想摸了摸鼻子,耳根微微地有些发热:"如果你没有的话,我有。"

他饶有兴趣。

念想盯着后视镜上的挂饰良久,这才斟酌着,组织着话语道:"我情商不高,说话也不讨喜,反应也很迟钝,但很多事情就算知道得比较迟好歹也是知道了。你好像挺忌讳医患,还有办公室恋情的……"

见徐润清渐渐皱起眉头来,念想还未说完的话就是一顿——说得太露骨了?她没涉及敏感词啊!

她试探着的:"我以前还存了点幻想,以为徐医生你对我是有些不一样的。不过现在好像知道原因了……"

如果是六年前就认识,自己还在他面前闹出过这么大一个乌龙,他对自己的态度就不难解释。

"办公室恋情?"他突然问道。

不能怪他太敏感,他好像联想起了一些不是很美妙的事情。

"是……是啊……林医生跟我说瑞今禁止办公室恋情就是你说的,让我千万别看上了……"后面的话在徐润清渐渐阴沉下来的眼神里戛然而止。

她又说错什么了……?

"千万别看上什么?"徐润清的声音缓缓低沉,那音色沉得像是被夜色打湿,带着微微的寒意。

唔——

念想此刻开始有些后悔自己刚才头脑发热坐回车里决定和他聊一聊的举动了,现在滚下车还来得及吗?

好像是来不及了……

"不说?"他轻飘飘地问了一句,拿出手机,"那我亲自问了。"

念想瞪圆了眼,太无耻!

这么想着,赶紧上前抢他的手机,结果刚扑上去。他就微微一侧身避了开去,另一只手牢牢地握住她的手腕一寸寸收紧,随即凝神看了过来。

他微沉下脸的时候总是不自觉地便会释放出本身的强大气场,不怒自威。通常这个时候,念想都会不自觉地臣服,不敢再造次。

所以她很没出息地举白旗投降:"林医生让我别喜欢上欧阳,不然你会六亲不认直接灭口的。"

那段时间欧阳追兰小君,一直在向念想打听兰小君的喜好,所以两个人走得很近。林医生正好来茶水间倒茶,若有所思了一上午回头就跟念想说了这件事。

徐润清双眸一眯,勾起唇角冷笑了一声。

林景书向来知道怎么勾起他的怒气。

前面是"办公室恋情",后面是"喜欢欧阳",这么用心良苦,是觉得外派三个月的交流学习时间还不够长?

他正寻思着怎么和念想解释,只听一阵手机铃声响起,念想抬手去拿手机,接起来一看是老念同志的,忍不住瞄了一眼徐润清:"我爸的电话。"

她原本是想借此把手给抽回来的,不料,刚动了一下就被他握得更紧,奇怪地看了他一眼,耐不住铃声急促地响了一遍又一遍,接了起来:"爸?"

老念同志刚吃了一顿海鲜大餐,正舒舒服服地泡着温泉:"学车

第十一章 还是喜欢

报名的任务执行完毕了吧?有没有难度?"

念想把手机凑近耳边:"一切顺利。"

"那现在是在家?"

念想瞄了一眼车前的公寓楼,默默地想在家门口……也算是在家吧,心虚地回答:"嗯,在家啊……"

徐润清侧目看了她一眼,勾起唇似笑非笑。那眼神清亮,像是能看穿人心一般,看得念想微微发窘。

手机那端的老念同志一无所知地继续问道:"一个人在家啊?"

念想更心虚了:"是……是啊,一个人在家。"

徐润清的唇角又往上扬起一分,捏着她手腕的手顺着她温热滑嫩的手掌而下,轻轻地握住。

念想的心跳顿时慢了半拍,垂眸看向他握住自己的那只手——

他、他、他、他在干吗?

"昨晚太累直接睡着了,都忘记问你值夜班的感受了,给你爸我讲讲故事?"

握住她的那只手干燥又温暖,比她的大了不少,修长的手指压下来,轻轻地、缓缓地、一点点地钩住她的手指,渐渐融进去,分开她的五指。就在她的面前,用一种很清晰直观的速度缓缓地和她的手指相扣。

念想已经说不出一句完整的话了,傻愣愣地看着他那双修长好看的手,下意识地呢喃:"讲故事……"

"讲啊,我听着呢。"老念同志格外享受地端了杯红酒小口地抿着,边安静地等念想说值班后的感想,但等了半天,也没听到声音,不禁皱了一下眉头,叫了几声念想的名字。

念想无意识地"嗯"了一声。

注意力却全部在他指腹轻轻摩挲着的地方——她的手背上。

徐润清食指的指腹有些粗糙,缓缓地摩挲时,那触感清晰地从神经末梢一路传递到她的大脑，情不自禁地就让她一个战栗，几乎是有些惊慌地想要挣开他的手。

徐润清自然不许，反而借着她挣脱的力道往前倾下了身子，越发逼近她。

念想目瞪口呆——这是要干吗？

他靠得近了就听见了电话那端老念同志的声音，眼底漫开浅浅的笑意，无声地用嘴型提醒某个已经死机无法反应的人："电话。"

她这才回过神，努力地忽略手上那格外烫人的接触，把注意力全部转移到和老念同志的通话上："值夜班不好玩啊，我一直在写病历，写完又改……唯一的好处好像就是第二天能休息一天……"

唔，当着自己的实习老师的面就说改病历不好玩会不会有些不太好？

她偷偷瞥了一眼徐润清，后者饶有兴味地看着她，示意她继续……

念想清了清嗓子，果断换了个话题："哈哈哈，不枯燥怎么会枯燥呢。病历是很重要的一项技能啊！爸，你都不知道，我第一次夜班就遇上了划伤舌头的病人，出血量很大……"

徐润清听着听着有些恍神，指下是她微微有些凉的手，正不自然地轻轻搭在他的手上……唔，准确地来说，应该是很僵硬。

他轻捏了一下她的手心，以前总觉得这里应该软乎乎的，现在发现好像的确是这样？

他又捏了捏，她的手比之他的要小很多，瘦削单薄，手指也很好看，指节不凸出不明显，恰好到处。捏在手里就像是猫爪——还是会挠人的猫爪。

念想红着脸挠了他一下，又挣扎着试图抽出手来，结果自然是无果。她忍不住瞪他，屈指在他掌心一笔一画地写字："干吗？"

他又无声地用口型告诉她："专心点。"

第十一章 还是喜欢

念想:"……"怎么专心?!

老念同志听了半天终于听出了念想的心不在焉,打断她的含糊其词,问道:"你那儿怎么了?怎么说个话也黏黏糊糊的……"

"欸?"念想一时答不上来,看了一眼徐润清有些欲哭无泪。

然后她就感受到掌心相贴的灼热微微散去,他用手指在上面快速写了个"困"字。

念想立刻福至心灵:"没什么,就是有些困了……"

老念同志品着红酒顿时有些愧疚:"也是,昨天那么晚睡……"

念想回想了一下,有些不自在地又瞄了徐润清一眼,拜眼前这个人所赐,睡得的确不怎么早!

她正在应付老念同志的絮絮叨叨,随即便感受到手心微微的痒,他不紧不慢地在她的手心里写字。

她垂眸认真地看去,灯光有些昏暗,只能看见他手指钩提撇捺时的动作,却根本看不清他写了什么,她就记住那笔画在脑子里组合起来。

想、知、道、我、要……

到这里,便戛然而止。念想抬眼看去,正对上他一本正经的眼神,提醒她:"电话已经挂了。"

欸……

念想看了一眼通话结束的屏幕,默默地把手机塞回口袋里,然后脸红红地看着他:"后面你还没写完。"

"嗯。"他看了她一眼,补充完整,"想知道我今晚要说什么?"

认真地,点头点头点头。

"我没有想说的。"他笑了笑,笑容很浅,眨眼即逝,"我想问你六年前你问我要私人号码的原因,你还一直没有告诉我。但是我在犹豫……"

念想的心跳又呼呼呼地像踩上了油门,怦怦怦地跳个不停。

好、好紧张啊。

她忍不住收紧手,只长了一点的那薄薄的指甲轻掐在了他的手上。徐润清低头看了一眼,紧紧地握住,良久才说:"犹豫是因为不知道你会给我个什么回答……"

念想愣愣地看着他,看着看着忍不住想移开目光。

他的眼神是前所未有的专注,虽然什么都没说,可却又像是什么都说了。就那样看着她,让她能明白他眼里包含着的多种复杂情绪。

深沉的,犹如辽阔的星空。那偶尔闪过的亮光,模糊的光影,就是星辰,一点点闪烁,发光,明亮,最后消失,归于沉寂。

他好像有什么不得了的事情想告诉她!

念想紧张地咽了口口水,不敢直视,飘忽着挪开视线。

沉默了许久,久到念想觉得车内空气都要在时间的流逝中被一点点挤压,消失殆尽时,他终于似笑非笑地:"我想纠正一点你刚才说的那句话。"

念想"啊"了一声,有些摸不着头脑:"哪句话?"

"你的情商不止低,是非常低。反应也不是迟钝,是特别迟钝。"他一寸寸靠近,没有安全带的束缚,他行动自如。顷刻之间,就已经压迫着把她逼到背脊紧靠着座椅,动弹不得。

徐润清看了一眼安全带,顺手拉下来,几个起落就扣了回去。

念想瞪眼,不解地问道:"徐医生,你、你、你干吗?"

"把你拉去卖掉。"他语气平淡,根本听不出喜怒,连那偶尔借由她窥探情绪的眼神也平静沉敛,丝毫看不出头绪。

他扣着念想的手一转,撑在了座椅上,又靠近了一分,和她鼻尖相抵,声音低沉又喑哑:"我都做得这么明显了,为什么你还是不懂?"

念想有些别扭,但碍于徐润清这么认真,她也不好意思分神,想了想,回答:"大概不是不懂,是不敢胡思乱想。"

第十一章 还是喜欢

呵，这个回答倒是难得聪明了一次。

他继续压低声音："那你告诉我，你胡思乱想什么？"

念想的脑子已经因为他渐渐地靠近变成了一团糨糊，那只被他握过的手手心热得有些潮湿发汗。那热意从指尖一路往上，不受控制地一直蔓延到脸上、耳根……

她只看得见他，这么近的距离，考虑到的第一个还是很不在状况的——帅得她想喷鼻血。

幸好是在夜色下，被掩在黑暗里，他根本看不清她这会儿是不是已经烧熟了……

冷静冷静……她渐渐平静下来，紊乱的心绪平稳，只耳根却因为他的近在咫尺一直没退温，甚至隐约还有往上攀升的架势。

她缓缓开口，刚说了一个字就发现自己的声音有些奇怪。

有些涩涩的，像是从嗓子深处发出来的……

她轻咳了一声，忍不住低头想避开他。

徐润清已经在她低头的瞬间抬手轻抬起了她的下巴，固定，那双眸子沉沉地看着她，声音带了一丝安抚一丝鼓励一丝让念想深陷其中无法自拔的温柔。

"说……你在想什么，都告诉我。"

念想在此之前都不知道原来声音竟然也可以如此有魅力。

一个简单的单音节，放柔了语调，加上几分随性慵懒，就让他整个人都显得十足地随意倦懒。眉眼轻垂，一眨不眨地凝视着她，眼底漆黑的，涌动着的情绪让她能在瞬息之间都能看得一清二楚。

那种带了几分诱惑，几分随意，几分懒散的语调，勾起她心底最隐秘的一处柔软，让她心尖一片酥麻。

而且他还靠得那么近——

近到一低头,他的唇就能压上来,严严实实地封住她。

鼻息相闻的狭小空间,念想看着近在咫尺的他,却反常地硬气了一回:"你……你凭什么觉得我现在还会对你有想法。"

分明忘了之前自己字字句句想和他撇清,又极力藏拙的样子。

徐润清也不恼,微弯了唇角轻笑了一声,微凉的鼻尖碰上了她的,含笑道:"嘴硬……"

话一落,他压下来,唇角碰上她的,微一停顿,重重地吻上去。

念想只觉得呼吸一窒,整个人都僵在座椅上动弹不得。虽然不是没有心理准备,但真的发生了却依然让她措手不及。

那种胸腔内心脏在火热地跳动,呼吸之间又和他的灼热气息密密实实地交缠,却偏偏脑子是一片空白,只有心尖那一寸的酥麻缓缓地随着心跳扩散扩散扩散……

然后,整个人瞬间酥麻了,连抬起手指的力气都没有。

她紧张地想去抓住什么,手指刚一动,触到他的袖口,还未来得及避开,已经被他握住,攥在了手心里。

唇上的触感柔软,就连呼吸都格外地轻柔。

他轻轻地一触后,在察觉她的慌乱和紧张时,犹豫了一瞬,还是微微退开了些。只鼻尖依然和她的相抵,垂眸看着她,那眼里的光芒闪烁,竟有那么一刹那,让念想想深陷其中。

念想的意识有些不太清楚了,但这种时候依然本能地害羞,一张脸红透了,连带着温度都不断地飙升。

徐润清借着路灯看清了她绯红的脸和清亮的双眸,不知道是不是因为图谋这么久终于得逞了,心情非常好,微微翘起唇角,连声音都带了三分暖意:"好好地说,不然还会这样……"

"这样?"念想迷茫地重复。

话落,想起刚才唇齿相依的触感,顿时闭紧嘴。

第十一章 还是喜欢

徐润清低低地笑了一声,停留在她下巴上的手指在她发烫的唇上轻抚了一下:"对,这样。"

那指腹轻轻摩挲时似乎是带着电流,让念想刚恢复一点行动力的四肢又开始软绵绵软绵绵软绵绵……

她欲哭无泪,就学着像往常那样顺从他,声音小小的,弱弱的,听在徐润清的耳朵里就像是小猫一样:"那你……想听什么……"

那声音柔软,就像是毛茸茸的猫爪在他的心尖揉过,他眸色顿时沉了几分,渐渐失了耐性:"你想告诉我什么?我只想知道这个。"

这个打死也不能说啊!

念想左右回避着他灼人的视线,含糊着说道:"你让我想想……"

"敷衍。"他低下头来,又吻住她,这一次比之刚才更加缠绵。

他凑近时,那清冽的男性气息也随之笼罩而来,淡淡的香气,却让念想觉得格外熟悉。亲吻她时,偶尔鼻尖擦过她的脸颊,微微的凉意,让她的意识越发朦胧。

为什么会发展成这样?

她原本只是想跟他说清楚,不然有着不明不白又暧昧的过去,无论是作为他的病人也好还是作为他的学生也好,都不适合。

只是念想用了十根脚指头想也想不到,现在会被他扣在车里……

这样那样……

被徐润清握在手心里的手指缓缓蜷起,她有些不自然地想挣开。

本来就有些不太清楚,今晚再这样岂不是更不清楚了?

她正模模糊糊地想着,突然就有些明白刚才他为什么要把自己的安全带扣回去了……现在这样被他压着,加之安全带的束缚,的确是行动不便。

这么昏沉暧昧的氛围里,她却找回了几缕神思,另一只还自由的手伸过去缓缓地,缓缓地攥住了他的衣服,然后微微用力,轻扯了他

265

一下。

徐润清一顿,退开一些,低头看她。

她眼底蕴着一层水光,朦胧又清亮,眼底的迷茫还未散去,看上去有些蒙蒙的。

"我们这样不好。"她轻抿了一下嘴唇,原本已经组织好的那些义正词严冠冕堂皇的话在对上他的视线时顿时全咽了回去。

这样安静对视良久,她终是不愿意违背自己的心意。

拉住他衣服的那只手探进去,自己主动凑过去环住他的腰,另一只手从他的掌心里挣开,从他的外套里钻进去。

她偏了一下头,整个人埋进他的怀里,声音闷闷的:"现在是我不怎么想改变我们的关系。"

徐润清皱了一下眉头,显然是不愿意接受这样的说法:"理由。"

话落,便感觉她有些不安分地在他怀里拱了拱,好像在……咬他的毛衣?

下一秒,就察觉到脖颈附近那一处的皮肤有微微的刺痛感,她张嘴轻咬了一口,声音更闷了:"我不要喜欢你。"

他的眉头皱得更紧,正快速地思考着对策,转念一想她刚才的语气,忍不住轻舒了一口气——以后得教她撒娇不能挑这种时候。

如果真的想拒绝,她有很多种理由,却偏偏是这一句……

他伸手环住她,把她更紧地压进怀里,手指在她的脖颈后面轻捏了一下,安抚她:"那你想喜欢谁?欧阳,林景书还是宋子照?"

说完发觉这个安抚好像更像是挑衅。

念想果然有些气闷地在刚才那一处又咬了一口,用了几分力,矫正器扎上去。好像是哪一处的结扎丝弹出来了,尖锐的刺痛感,十分清晰。

没有追求女孩经验的徐医生在那一瞬间产生了些微的挫败感。

"你是我的第一个病人,对我的意义不言而喻。"他的手指依然

第十一章 还是喜欢

停留在她的脖颈处轻轻捏着，指腹的温度和她的相融，那一下下的触碰恰到好处地缓解了她的不安焦躁。

"六年前那次我并不是真的要拒绝你，只是你那时候太小了，还是个分不清什么是喜欢的年龄。加之你高三，正是学业紧张的时候，我只知道那个时候的你不能出一点的状况。所以拒绝你的提议阻止你继续说下去是最好的办法。"他轻声解释。

"但那一次之后，再没有遇见你。我就后悔了，念想，我后悔了。"说到最后，他的声音像是揉碎在尘埃里，沙哑低沉。

念想的情商还不太够消化这一段话，她那时年少轻狂，对徐润清的这种好感也不知道是不是认真的。只是后来不经意地想起，这种情绪存在她的心里久了她才明白，好像是认真的。

而且是在自己不知不觉之中就已经认真了。

但显然地，她也没有投注太多的心力。她的治愈系统很发达，拜老念同志从小的良好教育所赐，她对一切对自己有伤害的物质情感都有一定的屏蔽作用，加上天生乐观，并没有难过多久，只是她知道，自己是在耿耿于怀。

那是初恋。

她少女情怀，情窦初开。结果喜欢得不明不白，被拒绝得不明不白，本来以为这件事会无声无息地被时光掩埋。

但再次遇见，念想发现自己一点逃开的机会也没有。

"那次拔牙的经验并不好。"她声音有些模糊，"但是我对医生的感觉好像还可以……"

说完，又觉得不好意思，又张开嘴嗷呜一口咬他，结果下完嘴正要抽离时，她顿时僵住了。

"你、你、你毛衣上的毛缠住我的矫正器了……"

徐润清一怔，随即低低地笑出声来，声音难掩愉悦。

那磁性的,成熟的男人声音听得念想面红耳赤,加上现在这尴尬的情形,她热度稍微减退下去的脸顿时又红了一圈。

你闭嘴!不准笑!

"别动。"他抬手按住她的脑袋,另一只从她的身后抽回,探到她的嘴边轻轻地摸索了一下。

大概是刚才咬毛衣的时候就钩到了结扎丝,现在缠上去,困住了。

他手指灵活地轻轻拨了一下矫正器,摸索到那个结扣,微微用力,也不知道是怎么操作的,几下就分开了。

徐润清解开她的安全带,一手固定在她的脸侧,一手轻捏着她的下颚,看了一眼矫正器。

灯光有些昏暗,他只能看个大概:"扎不扎嘴?"

"有点……但不是不明显。"

徐润清松开手:"结扎丝被钩出来了,这里没工具,明天到医院我再看看。"

"哦。"念想尴尬地点点头,微微地懊恼。

她好像搞砸了些什么东西……

等念想脚步虚浮地一路飘回家,开门,进屋,关门,换鞋。做完这些,她终于神志清醒了,想起最后她主动凑上去抱他的画面,有些懊恼地重重靠到门上。

然后又想起他的亲吻,害羞地转身,头抵在门上转啊转啊转……

最后想起自己的矫正器钩在了他的毛衣上。念想颓败地拿头撞门……这种时候就不能少出点状况嘛!

不然以后回想起来,就全部剩下了矫正器钩在他的毛衣上这种羞耻的回忆……

简直难以启齿。

图书在版编目（CIP）数据

徐徐诱之 / 北倾著. -- 南京：江苏凤凰文艺出版社，2022.6
ISBN 978-7-5594-6412-5

Ⅰ. ①徐… Ⅱ. ①北… Ⅲ. ①长篇小说－中国－当代 Ⅳ. ①I247.5

中国版本图书馆CIP数据核字(2021)第252268号

徐徐诱之

北倾 著

责任编辑	周颖若
特约策划	李　肖
装帧设计	小雾设计
责任印制	刘　巍
出版发行	江苏凤凰文艺出版社
	南京市中央路165号，邮编：210009
网　　址	http://www.jswenyi.com
印　　刷	三河市金元印装有限公司
开　　本	880毫米×1230毫米 1/32
印　　张	16.875
字　　数	420千字
版　　次	2022年6月第1版
印　　次	2022年6月第1次印刷
书　　号	ISBN 978-7-5594-6412-5
定　　价	69.80元（全二册）

江苏凤凰文艺版图书凡印刷、装订错误可随时向承印厂调换

Best Time

白 马 时 光

徐徐诱之

XUXU YOUZHI

下

北倾 著

江苏凤凰文艺出版社

下卷

相思成疾

//

予你这一生,温柔尽付。

——徐润清

第十二章

亲吻的诱惑

刚晴朗了没有几天，Z市又开始大范围地降温。

从清晨开始，乌云压阵，狂风肆虐，等到中午酝酿已久的大雨瓢泼而来。连带着空气里都带了几分湿漉漉的冷意，压得人心微沉。

念想的这一上午过得格外充实，徐润清已经开始让她处理一些小病症。为了避免出错，她一整个上午都全神贯注，还没到中午午休就已经饿得肚子咕咕叫了。

也直到自己亲身体验过才知道，医生这个职业无论哪种科室哪种专业，都是负压很大的一个职业。

已近中午，病人都已经看得差不多了。徐润清结束了最后一个矫正复诊的病人，摘了手套洗完手，回头四顾没看见念想，便问站在操作台前整理器械的欧阳："念想呢？"

"念想？"欧阳抬起头来四下环顾，"刚才还看见她在这儿，没准是去小诊室了。"

第十二章 亲吻的诱惑

"嗯。"徐润清擦干手,语气淡淡的,"我去看看。"

已经是中午午餐的时间,没有病人的科室医生和护士都已经去食堂就餐,二楼的走廊安安静静地没有一点杂音。

他信步走过去,快走到小诊室的时候便听见了她的声音:"张开嘴。"

念想正在给一个十三岁左右的小女孩检查牙齿,旁边还站着小女孩的母亲。她一手扣着小女孩的下巴固定,一手轻捏住她的下颚分开。

小女孩喜欢吃糖,刚换完牙就牙齿龋坏。

简单地看了一眼情况,念想让小女孩躺上牙科椅,拆了口镜仔细地检查。正专心致志的,就感觉到身旁有一道身影笼下来,她想着估计是小女孩的母亲便也不以为意。

等做好检查,抬起头时,一抬眼对上徐润清深幽的眼神时,顿时一愣:"徐医生……"

"你看你的。"他轻抬了一下下巴,示意她继续。自己则后退了几步,靠在身后的工作台上,拿起病历翻了翻。

念想的大脑空白了片刻,顿时有些紧张起来。

徐润清抬眸瞥了她一眼,眼神清清浅浅地辨不出情绪。但念想一个激灵,想起他上次双眸森冷地训斥自己分神的那一幕,理智、良心、道德立刻统统回来了。

忽略他忽略他……

她简单地和女孩的母亲说了一下她的龋齿状况,并给出治疗意见,等这一系列都做妥当,念想忍不住偏头瞄了一眼徐润清,怎么不吱声,好歹给个指导意见啊。

察觉到她的视线,徐润清抬眸看了她一眼,微抿了唇角几不可察地勾了勾唇角。

这算是什么意思?

还没等她会过意来,那女孩子的母亲有些为难地皱了一下眉头:"我明天带她过来会不会耽误?我们中午还有很要紧的事,如果赶不及的话要耽误她的学习了。"

"不会。"念想摸了摸小女孩的脑袋,见小姑娘仰头看过来,龇牙对她笑了笑,"龋齿都是越早治疗越好,但差一天也不打紧。"

小女孩的身侧就是徐润清,她左右看了看,轻扯了一下徐润清的袖子,见他低头看过来,小声地问了一句:"叔叔,我很怕疼,治牙会不会很疼?"

徐润清低头看了一眼她抓在袖口上的那只手,想起什么,抬眸看了一眼念想,似笑非笑道:"怕疼?"

"她从小就怕。"女孩的母亲解释了一句,无奈地笑了笑,牵了小女孩一起转身离开。

等她们走出了诊室,徐润清这才站直身子,眼神似有若无地瞥了一眼面前努力减少存在感的某人:"是不是感同身受?"

感什么同,身什么受……

念想摘了手套去洗手,等擦干手见他还在看病历,用手摸了摸耳朵……这么烫一定是红了!

"站那儿干吗?"他抬眸睨她,转身从笔筒里抽出支黑笔来在病历上勾画,"过来。"

他一本正经地严肃,念想也不敢开小差,赶紧跑到他跟前,乖乖地站着洗耳恭听。

结果等了半响,也没听他开口,抬眼看他,正好撞上他的,微微一愣。

随即便听他问:"眼睛怎么红红的,昨晚没睡好?"

打死也不能承认自己昨晚没睡好啊,那不是变相承认他对自己的影响力嘛!

她努力想了一会儿,这才找到个还算合理的解释:"在空调下,

第十二章　亲吻的诱惑

眼睛太干了……"

"有没有人告诉过你？"他突然问道。

念想不解地"嗯"了一声，告诉什么？

"你不擅长撒谎。"他圈划出最后一处，想了想，直接在她的病历上修改。就这样，还不忘看她一眼，见她涨红着脸，颇有些恼羞成怒的样子，淡淡地补充一句："起码在我面前，我能一眼就看穿你是在撒谎还是在说实话。"

念想沉默："……"

背在身后的手正互相拉扯着，有些不太高兴。

"有些话你可以不用说出来……"她轻声哼唧了一声，微弱地抗议。抬头见他没反应，胆子又大了一些，"我昨晚沾枕就睡，从来没睡得那么踏实过。"

绝对没有在怨念最后自己的矫正器居然钩在了他的毛衣上。

也绝对没有在害羞……绝对的！

说完，被他那蕴着淡淡笑意的眼神一扫，这才发觉自己太过"此地无银三百两"。

徐润清修改完最后一处，合上病历放回工作台上，盖回笔帽顺手丢在了工作台上，刚抬步往她那儿走了一步，就见她警惕地往后退了两步，顿时皱起眉头有些不悦地看着她。

念想暗暗懊恼，也说不上来这瞬间做出的逃避反应是出于什么心理，察觉到他眸光沉沉地看过来，深觉此地不宜久留，刚要找借口离开，他已经不容抗拒地一步走到了她的面前。

身影沉沉地笼下来，把念想整个遮在了他的阴影之下。

念想的身后就是百叶窗，窗帘拉开，玻璃上是一层迷茫的水雾。她忍不住又后退了一步，喉间发紧，心头发虚。

又……又来？

他的眼神在窗外那明亮的光线下都显得有些暗沉，那墨黑的沉郁像是凝结在了水中，浓烈得化不开。此刻映着日光，竟隐约有那么几分迫人。

念想悄悄地咽了下口水，背在身后的手指不知道触摸到什么，她抬手抓进手心里，才摸索出是百叶窗帘的拉绳。

徐润清又微微靠近了一些："一起去……"吃饭。

后面两个字还没说出口，突然"啪"的一声轻响，眼前的视野变暗。

念想攥着窗帘的拉绳手心还微微有些汗湿，她避开他颇有些灼人的视线，反手贴上自己有些发烫的双颊，含糊地嘟囔了一句："时……时间不早了。徐医生我先去吃饭了……"

话落，也不等他回答，赶紧侧身从他身侧的空隙里钻出去，一溜烟地跑了。

徐润清的眉头皱得更紧，垂眸看着还在不停晃动的拉绳，连脸色都沉了下去。

这是又下意识地选择了逃避？

他抬手轻捏了一下眉心，顿生一股无力感。

冯简哼着小曲来茶水间泡水的时候，正好看见念想蹲在窗前扮蘑菇，她"咦"了一声，问道："欧阳一直在找你，你怎么在这儿啊？"

念想正趴在窗台上数经过的车辆，闻言"啊"了一声："有说什么事吗？"

"不清楚。"冯简瞄了她一眼，见她神色郁郁的，试探着问道，"被徐医生训啦？"

念想抬了抬眼，摇摇头："没有啊。"

"又被拒绝了？"

从前晚开始就有些神经敏感的念想瞪了冯简一眼："谁会一直表

第十二章 亲吻的诱惑

白啊……"

"有啊。"冯简顿时笑得眯了眼睛，压低了声音小声道，"我听说林医生最近被一个小姑娘倒追，天天去报到。"

念想"嗯？"了一声，正想跟着八卦几句，冯简话一转："所以你学习学习啊，我还是蛮看好你和徐医生这对的。"

念想的心情顿时很复杂。

冯简见她不说话，脸色又难看的样子，想了想，顺便提醒道："我最近可看见不少女同事向徐医生挤眉弄眼的，小道消息啊，听说有和你一样不怕被羞辱的小姑娘正准备发动总攻，你抓把紧啊。"

不怕被羞辱的……原来在大家的心目中，她是如此英勇的存在？

念想的心情顿时复杂成了一团麻花。

茶水间是没法继续待了，她捧着茶杯回诊室，徐润清正在看一个病人的片子，指尖还夹着一支笔，正有规律地轻轻地转动着，这些小花样由他做起来灵活又优雅。

见她进来，他面无表情地看了她一眼，指了一下牙科椅："躺上去。"

念想震惊："欸？"

中午被丢下来的人显然心情不好，连带着也没了耐心，皱着眉头，语气清冷："昨晚，结扎丝，毛衣。"

"轰"的一下，念想的脸到脖子根顿时火烧火燎地红了起来。

瞬间就记起了她昨晚干的蠢事。

于是，默默地拿眼睛瞄他脖颈下方那处——他的衬衣严严实实地遮盖着，什么也看不见。

但这丝毫不妨碍她脑补出那里的牙印，一定整齐又清晰。

她站在原地，丝毫挪动不了半步，就这么看着他看着他，又恼羞成怒了，咬了咬牙，几下爬上牙科椅躺好，催促："你快点。"

徐润清正在戴手套，闻言，也不知道是故意的还是不经意的，轻声道:"这么急?"

念想:"……"

掀桌。

徐润清不紧不慢地拉了牙椅在她身旁坐下,边检查,边谈话:"在别扭什么?"

那声音,淡淡的,就像是在问一个捣蛋调皮的小朋友"你为什么不愿意配合"那种语气。

念想张着嘴不方便说话,反正这个问题她也不是那么想回答,索性装傻。

徐润清把结扎丝按回去,怕扎到她的嘴,手指探进去摸了摸:"你不回答的话我不介意采取点激烈的方法。"

激……激烈?

他似笑非笑地睨了她一眼,微微退离几分:"动动看,看扎不扎嘴。"

念想依言舔了舔,舌头不知道刮到了托槽的哪里一阵刺刺的痛,她"咝"了一声,下一秒就察觉到口腔里蔓延开的血腥味。

"张嘴。"他夹了棉花,看到她舌尖上冒着血珠,微皱了一下眉,棉花按上去止血。划伤很小,棉花球一擦便没有了痕迹。

徐润清微凉的指尖摸进去,按住托槽轻轻地摸索着:"这里?"

念想摇摇头:"不是……"

"那这里?"他微低了头,垂眸看了她一眼,仔细确认。

念想点头,借着灯光看清了他的眉眼,柔和的,认真的,专注的。她抬手轻扯了一下他的袖子,见他低头看过来,那攥着他袖口的手指缓缓收紧,别开眼去。

徐润清一顿,目光从她的脸上移到袖口处她紧拽着自己的那只手上,眉眼一扬,无声地轻笑。

果然是在别扭……

第十二章 亲吻的诱惑

冯简来茶水间溜达了好几次，每次来都能看见欧阳蹲在窗口那座位上感时伤秋。直到午休都快结束了也没见欧阳动弹一下，冯简瞄了一眼他那明显是失恋颓丧表情的脸，关心地问道："欧阳你不舒服啊？"

"舒服啊……"欧阳双手托腮看着窗外，目光涣散，"我只是在思考一些很严肃的事情。"

他刚才帮徐润清找念想，绕着瑞今跑了一大圈，最后听冯简说念想已经回去了，便折回去。结果刚走到诊室门口，未见其人已先闻其声。

"躺上去。"

"欸？"

"昨晚，结扎丝，毛衣。"

"你快点。"

"这么急？"

欧阳站在诊疗室的门口，脸红得像只煮熟了的虾。

他好歹也是有女朋友正在初尝恋爱滋味的正常男人好不好？为什么总是要让他第一时间发现这么多让人难以启齿的事情。

他原本以为徐医生是正直严肃冷静自持的好典范啊，只恨自己没有发现得太早，原来，原来徐医生也是可以如此不正经的。

什么采取激烈的方式？他完全不敢继续听下去了好吗！总觉得自己知道太多迟早会被灭口！

于是他肩负着望风的重任在诊疗室的门口扎营观望良久，这才敢来茶水间蹲着。觉得自己简直是刚直不阿，有情有义，尊师重道的伟大化身。

冯简围观了一会儿欧阳脸上颇为精彩的情绪转换，叹了一口气。

自打念想的存在动摇了徐医生的军心后，瑞今现在就没几个精神状态正常的。作为唯一一个清醒的人，冯简觉得自己太寂寞了。

不过接下来的剧情发展有些出乎欧阳的意料，他以为念想和徐医

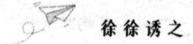

生早已经暗度陈仓了，还跟兰小君拍着胸脯打了包票，结果接下来的几天发现念想和徐医生居然画地为营，各自为政。

难道因为某些方面的不和谐，导致激烈的战术破裂，从此两个人不相往来？

欧阳摸着下巴，觉得自己遇上了一道颇为复杂难解的难题。

而与此同时，一直心存观望的"徐润清蠢蠢欲动追求者后援团"终于开始采取行动了。

念想最讨厌的就是写病历，尤其是午休时间被徐润清逮到诊疗室写病历！

她捏着笔有些费神，笔帽戳着自己的下巴认真地想了想，刚捕捉到一点可用的信息，正待组织好语言落笔，就见后援团N号捧着杯水走了进来。

"念想……"

念想蒙蒙地抬头看去，是上次给她拔牙的李医生科室的小护士。

小护士面若桃花地偷瞥了一眼就靠坐在工作台上的徐润清，轻咳了一声道："我说怎么找了半天也没看见你的人影，原来是在这里用功。"

念想张了张嘴，酝酿了半天也不知道怎么和她寒暄，干脆问："找我有事？"

小护士轻瞪了她一眼，娇嗔："找你就必须有事了啊……"

念想："……"她怎么记得她们之间完全没有到没事都能互相找着玩的地步啊。

正纠结着，徐润清低头看了她一眼，微皱了眉头，一本正经："写完了？"

念想摇头，赶紧扭回头继续写病历，耳朵却默默地竖起来。

然后便听那小护士轻笑起来，那声音柔柔的，媚媚的，像是刚融化的雪:"徐医生对念想好严格。"

徐润清头都没抬一下,继续看着手机。

他向来有一个习惯,中午会拿手机看几眼新闻,或者是去楼下拿报纸看。今天拿报纸的小报童正在写病历,所以他就将就着边监督边用手机看新闻。

小护士尴尬,不过很快地调整好状态,继续:"啊,对了。最近有新上映的电影,好评不错,徐医生你有没有兴趣啊?"

徐润清"嗯"了一声,终于抬眼看了看她,问道:"什么电影?"

念想的耳朵竖得更高,握着笔专心地听墙脚。

小护士兴奋得声音都高了八度:"是科幻电影,当然,徐医生要是不喜欢的话还有什么清新文艺的爱情片……"

"她就喜欢看那些乱七八糟的科幻片。"徐润清打断她,目光垂下来瞥了一眼念想,轻勾了一下唇,"你要去看电影?电影片买了没有?"

"啊?"小护士有一瞬的呆愣,还有些没反应过来徐润清口中的"她就喜欢看那些乱七八糟的科幻片"是什么玩意儿,听到接下来的那个问题,下意识地就回答:"还没有,徐医生要看吗?我可以去订票……"

"嗯,那麻烦你了。"徐润清轻点了一下头,手机在他的指尖转了一圈落在他的掌心里。他顺手把手机轻丢到工作台上,慢条斯理地补充:"就周日的晚上好了,我和她正好都休息。"

他说这句话的时候,手指落下去撑在工作台的边沿,轻轻地敲了几下桌面,语气继续清而浅的:"麻烦你给我订个情侣座。"

小护士顿时心裂,她捂着碎成渣的心口不敢置信地问道:"徐医生,你……你……你……你有女朋友了啊?"

"就快有了。"他微眯起眼睛笑了笑,慵懒又惬意,"等追到她了,我会记得谢谢你。"

小护士目光呆滞地看了一眼念想，见她也是一脸迷茫的样子，默默否定女朋友是念想的可能性，又看了看春风得意的徐医生。

完全没法接受地洒泪奔走。

她才不要这样的感谢啊啊啊啊啊啊！

有些清楚又有些不太清楚的念想只觉得耳根子热热的，那热意蔓延开来，缓缓地烧红了整张脸——

他说的……应该也许可能是她吧？

她正粉红地飘啊飘飘飘啊飘，只觉得额头一痛，念想顿时"嗷"了一声抬眸看去。

徐润清正收回手，面无表情地看着她，沉声道："再开小差，我不介意罚你把这个病历抄上一百遍。"

念想揉着额头泪眼汪汪。

关于徐医生有正在追求的女孩子这件事在十分钟之后就传遍了整个瑞今，半小时后整个口腔医学专业圈子的……差不多都知道了。

原本扎堆讨论怎么趁着念想不"受宠"时发动进攻的后援团们现在开始扎堆讨论分析那个神奇的女子是谁。

念想去茶水间，去卫生间，去食堂的路上开始频频半路失联，被强大的护士小姐们拉走刺探军情。

这么几天之后，她开始萎靡不振。哀怨地看着面前正坐在牙椅上看片子的徐润清，你倒是收拾下这个烂摊子啊！

大家突然把她划分到自己的阵营，让她心虚愧疚得简直分分钟能哭出来啊。

出神的结果就是没有第一时间在徐润清问完问题后反应过来——

念想看着他用手指移到面前的 X 光片，欲哭无泪："你再重复问一遍？"

徐润清抬眸看了她一眼,眉头轻微皱了皱眉,重复道:"常用的 X 线头影测量的标志点和平面。"

"要画出来吗?"念想问。

徐润清不置可否,把指尖一直转悠着的黑色水笔递过去。

笔上还存留着他指间的温热,念想拿在指间有一瞬间的愣怔,又很快调整好情绪,扫了一眼片子,开始画点。

"头影测量的标志点,一类软组织鼻根点 Ns,眼点 E,鼻下点 Sn。上唇缘点 UL,下唇缘点 LL。上唇突点 UL,下唇突点 LL。软组织之颏前点 Pos。软组织颏下点 Mes,咽点 K……"

她边说着,边用笔在 X 光片上准确地画出位置。

"测量平面,基准平面,是在头影测量中相对稳定的平面。前颅底平面,由蝶鞍点与鼻根点之连线组成,在颅部的……"

她的声音轻软,在这寂静的午后有着淡淡的慵懒之意,垂下来的眸子乌黑透亮,像是上乘的玛瑙,光华千转。

徐润清手指轻抵在下颚,目光落在她的脸上,心里涌起一阵说不上的柔软。

她还在继续:"……另一类是引申的,这一类是通过投影图上解剖标志点的引申而得。如两个测量平面相交的一个标志点。颅部标志点:蝶鞍点 S;鼻根点 N;耳点 P;颅底点 Ba;Bolton 点。上颌标志点:眶点 O,翼上颌裂点 Ptm;前鼻棘 ANS,上齿槽座点 A;上齿槽缘点 SPr;上中切牙点 UI……"

"模型测量包括哪些内容?"他问。

念想只停顿了一瞬,立刻流畅地回答:"包括牙冠宽度的测量;牙弓弧形长度的测量;牙弓拥挤分析;曲线的曲度;牙弓对称性的测量分析……牙弓长度及宽度的测量;牙槽弓的长度及宽度;基骨弓的长度及宽度以及腭穹高度的测量等内容。"

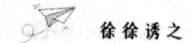

"别扭完了?"他又问。

"其实我就别扭了几……"话说到一半,意识到什么的念想立刻一个急刹止住话头,蓦然抬眸看向他——挖坑给她跳?她才不上当。

她清了清嗓子,迎着他那双眸子,理直气壮地回答:"工作时间我不回答私人问题,这样很不专业。"

徐润清手指抵着眉心轻笑了一声,那笑容浅浅的,颇有些随性:"跟了我那么久,就这些乱七八糟的话听进去了?"

念想抿唇不回答。

徐润清也没有逼迫的意思,静静地凝视了她半晌,见她刻意摆出一副"坚贞不屈"的表情,心里忍不住发笑,只面上却丝毫没有显现半分。

"最后一个问题。"他略微沉吟,"星期天和我一起去看电影?"

嗯,该收网了。

阴沉了几日,Z市的天空终于开始放晴。

由于温泉度假村极为舒适的游玩环境,老念同志回来的行程又往后推了推,直到和冯同志去后山坐了一趟缆车,终于舍得回家了……

途经家门口的乐购购物超市时,终于良心发现地记起了他们还有个外放的闺女。

老念同志亲自过来接,路上怕堵车,还提前半小时就到了瑞今口腔医院的门口。在车里待得有些无聊,索性下车去视察一下念想的实习单位。

快下班了,诊疗室没有病人。

念想就坐在牙椅上看徐润清写的病历,那字体苍劲又好看,隽秀工整,不像是在看病历,而是书法作品。

这年头能把病历写成这个样子的医生估摸着屈指可数吧?

第十二章　亲吻的诱惑

她默默地膜拜着,一字一字看得仔细又认真。

欧阳在旁边围观了半天,终于逮到空插话打断她:"念想啊。"

后者"嗯"了一声,头也没抬。

"你最近跟小君联系过没有?"话落,他微微一顿,拧着眉心有些担忧,"我总感觉她最近心情不好,但每次问她什么事又不告诉我。"

"唔?"念想终于抬起头来看了他一眼,想了想,回答,"我们基本上每天都会联系,她好像是工作上遇到不高兴的事情了,她没跟你说?"

欧阳似乎是想起什么,恍悟地挑了挑眉,随即眉头皱得越发紧:"我们前不久就因为她实习的事情闹过不愉快。"

情商低能的人一脸认真地看着他:"你说出来我帮你分析分析?"

欧阳很不给面子地"嗤"了一声,正打算嘲笑她,想起这会儿还指望人家帮忙,立刻端正了表情,一本正经地说:"她这段时间一直都觉得实习有些辛苦,而且她的实习老师性格有些不太好。前天,我和小君很严肃地谈了谈,但是不知道哪里惹她不高兴了,她一直到现在都没理我。我下班去接她也总是扑空。"

现在轮到念想鄙视他了:"女朋友抱怨的时候得听着,她说什么你就跟着她说什么,谁让你义正词严去纠正她的……"

欧阳傻眼:"……"还……还有这样的?

念想回以眼神,不信?

欧阳有些怵怵的……

兰小君这段时间的情绪和状态的确都有些不太稳定,就像是个随时会爆炸的火药桶。这几天打电话来,基本上都是在诉苦。

念想听着听着,比较下来觉得徐医生简直就是天使。

她这两天忙着顺毛,但是顺完好像也没啥效果就是。欧阳不说她还迟钝地没发现,原来两个人闹不愉快了。

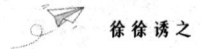徐徐诱之

她皱起眉头,心事重重。

目光刚转移到病历上,就听欧阳有些打不起精神的声音:"徐医生。"

念想转头看过去,他刚走进诊疗室,手里还拿着一杯蒸腾着热气的水杯。水杯是粉红粉红的 Hello Kitty,而且很不凑巧地,是她的。

念想眼神不善地盯着他:你对我的 Kitty 做了什么!

徐润清走到她身后,微微俯身,把水杯放到了工作台上,声音像是染了几分雾气,湿漉又清冷:"念叔在楼梯口等你,你提前下班吧。"

"啊?"念想看了一眼时间,老念同志刚才在电话里也没说要来接她啊,"离下班还有半小时⋯⋯"提前什么的,会不会不好啊?

"不是已经有段时间没和念叔见面了?"他站到她的身旁,帮忙整理起病历,略微一顿后,轻瞥了她一眼,反问,"我准了,谁还敢有意见?"

从徐润清进来开始就一直被当作空气无视的欧阳内心非常激烈地斗争着——要不要举爪抗议下?这偏袒得也太明目张胆了啊,当他是死的啊!

"可以?"念想眼睛一亮,蠢蠢欲动。

徐润清沉沉地"嗯"了一声,随即想起什么,把水杯递给她:"喝几口再走。"

一整天都待在空调的暖气下,她的嘴唇都干燥得有些发白,偏偏她自己不自觉。

等念想迫不及待地离开后,欧阳眼巴巴地看着那水杯,小声地:"徐医生,我也口渴⋯⋯"

徐润清刚拉开牙椅坐下,闻言漫不经心地瞥了他一眼,语带笑意,不轻不重,不疾不徐地问道:"需要我帮你倒?"

那眼神沉沉的,蕴着浓郁的黑,丝毫没有温度。

欧阳立刻转身往外走："咦，我记得冯简找我有事来着……"

念家的饭桌上。

老念同志往念想碗里夹了两大块烤鸭肉，忧心忡忡地说："怎么瘦了那么多啊，脸都小了一圈了。"

是你自己圆了一大圈吧？

念想黑线。

"我刚去你们医院溜达了一圈啊，环境倒还真的不错。"老念同志顿了一下，装作不经意地问道，"环境好人也水灵啊，我去的时候就看见你跟一个小白脸有说有笑的，干什么呢？"

小白脸？咳……老念同志说的好像是欧阳？

冯同志很不给面子地翻了个白眼，补充："你爸都跟我叨叨了半天了，说是觉得你们二楼那些小年轻都在妄想你。哈，他当他自己的闺女是人民币啊！"

喂喂喂……

冯同志你口中的"老念同志的人民币闺女"就在这里坐着好不好。

"你看看你同事里有没有合适的，有合适的适当地发展下妈妈是支持的。"冯同志往念想碗里拨了个荷包蛋，"你爸生怕你被猪拱了，脸太白觉得没有男子汉气概，脸太黑了看上去就跟挖煤的一样。长得好看的觉得人家靠不住，长得不好看的又觉得配不上你……还是拿他自己当衡量标准，啧……"

念想窘得差点整张脸埋在碗里。

冯同志今晚这嘲讽语气让她都替老念同志羞愧啊……

当事人却没什么特别的感觉，依旧笑眯眯地："念想啊，我还是觉得你们医院的男的啊，都不行。男医生总是能碰到貌美年轻的小姑娘，歪心思太多而且这职业本来就诱惑年轻小姑娘，你可别想不开啊。"

于是，接下来，念家的饭桌上掀起了近年来最大的一场风暴……

念想从满餐厅乱飞的锅碗瓢盆里挣扎着出来，接了兰小君的一个电话后迫不及待地就出门了。

兰小君和念想约在了市中心的一家KTV见面，正是华灯初上的时间，念想坐在出租车里，从车窗看出去，整座城市的灯光璀璨得像是一条灯河，随着车快速地往前行驶，就像是在流动一般，流光溢彩。

Z市的夜晚，像是笼罩在水粉画里，颜色鲜明又艳丽。

到乐意KTV时，已经是晚上七点四十五分，一秒不多，一秒不少。念想对KTV曲折又大同小异的走廊实在没有方向感，挣扎了一会儿，逮住了正巧经过的服务员这才找到了地方。

推门而入的瞬间，就被兰小君嘹亮得几乎鬼哭狼嚎的歌声吓得差点退出去。

半小时前念想接到电话的时候就隐约觉得兰小君今晚说话的声音有些不对，这会儿看见她的状态，越发肯定……这孩子不是被逼疯了就是压力太大有些崩溃了。

她在门口一迟疑的工夫，兰小君已经发现她了："念想你终于来了啊。"

她笑眯眯地蹭上来，靠近她的瞬间，念想立刻闻到了一股清晰的酒味。她轻捏了一下鼻子，扶了兰小君一把："你喝了多少啊？"

"不多。"兰小君竖起三根手指，"才三瓶啊……"

念想："……"作为干上几杯就可以睡成猪的人有些不太理解三瓶的概念。

旋转的灯光有些晃眼，念想摸索着把灯光切换成明亮。抬手掩着兰小君的眼睛，过了片刻这才放开，正扶着她到沙发上坐下，一垂眸就看见地上摆着一箱啤酒……

第十二章　亲吻的诱惑

念想数了数空酒瓶，脸都青了，五瓶了！

难怪这么大的酒气。

"你怎么了啊？跟我说说？"她从包里翻出湿纸巾给她擦了擦脸，擦着擦着手就顿住了。

兰小君睁开眼看着她，泪流满面："念想……"

"嗯，在呢在呢。"她凑过去抱她，感觉到她的身子在颤抖，眉头立刻揪了起来，"受委屈了啊？"

"我今天被病人家属纠缠了。"她把脸埋在念想的怀里，抽抽噎噎的。

念想眉心一跳，摸了摸她的脸。

她又哭了起来，挣扎地爬起来去开酒瓶。

念想去拦没拦住，反而被她塞了一个酒瓶在手里："我现在不需要安慰，我憋火着呢，陪我喝几口好不好？"

念想被她亮晶晶的眼神盯着，指间又是啤酒瓶冰凉的触感，顿时觉得自己的五脏六腑都打结了。她为难地看了一眼兰小君："小君我酒量不好啊……"

"喝……"兰小君摸了一把脸，自顾自和她碰了碰酒瓶，"好闺密不就是在需要的时候陪个酒吗？！"

谁给你灌输的！

念想眉头揪得更紧了，刚把瓶子挨着桌上，就被兰小君一把握住手直接凑到她嘴边灌了一口。

那涩苦的味道入喉，念想被呛得差点吐出来。

事情有些大条，必须得搬救兵！

不然兰小君这么灌她酒，恐怕最后的结果是小君还清醒着，她已经献身周公了。

她刚有这个想法，还没付诸行动，就又被兰小君用蛮力灌了好几口。

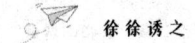

兰小君力气大,这会儿喝了酒,更是有些无所顾忌。念想挣了半天没挣开,干脆含着酒,等她松开,转身赶紧吐进垃圾桶里。

即使这样往返几次,念想还是咽了好几口下去。抬眼瞄向酒瓶,整个人都傻了……一瓶就这么见底了?

不知道是生理反应还是心理作用,下一秒念想就感觉到酒精作祟,她的整个身体都开始发热。

念想边哄着她去唱歌,边翻出欧阳的电话拨过去。一抬眼就看见兰小君唱几句喝一大口,看得简直触目惊心。

妈呀,这么喝真的没问题?

电话接通后,念想溜到门外简洁地、快速地把事情大概讲了一遍,随后报上了KTV的名字和包厢号。

透过门上的透明玻璃往里看,还能看见兰小君在灯光下的身影。

念想的心顿时像是被揪了一把一样,钝钝地疼,临挂电话之前,她还没忘记提醒:"你得快点来,不然我被小君灌醉了就更制不住她了。"

欧阳是听兰小君说起过念想那差劲的酒量的,顿时觉得眉心隐隐作痛:"她现在精神状态还行不行?"

"好像已经醉了……"不然清醒的兰小君是不会使劲灌她酒的。

这么想着,念想只觉得刚才咽下去的那口酒,酒香弥漫,那冰凉的感觉到现在都还能清晰地记起来,熏得她太阳穴的神经一阵剧烈的跳动。

太难喝了,没有之一。

欧阳抓起车钥匙走到门口,边在玄关换鞋边问道:"那你呢?"

念想轻扯了一下领口,觉得有些难受:"我觉得我很快就不会很好了,毫不夸张的……"话落,她低头抹了一把辛酸泪。

欧阳已经出发,等念想挂断电话之后,他已经走到了楼下的停车场。

第十二章 亲吻的诱惑

想了想,有些不放心,毫不犹豫地给徐润清打了一个电话,但他没接到。

徐润清刚洗完澡,泡了杯咖啡坐在电脑桌前。

等了良久,终于弹出个 QQ 消息。他点开,接受视频邀请,看着电脑那端的阮青,懒洋洋地勾了勾唇角。

老徐同志公务出差,带上了阮青一起去,已经离开了一段时间。

算了算日子,是有一阵子没见了。

阮青见到了人,心满意足,开始切入正题:"你爸白天参加交流工作,我就出去玩。这里环境不错,我闲着无聊还整理了攻略,你休年假的时候就能带着女朋友来玩了。"

女朋友……

徐润清心思微转,轻声应下。

阮青不满道:"你说自己有安排了,我就一直没催你。都这么久了,也该跟我说说进度了吧?"

徐润清指尖轻抵了一下眉心,有些没有耐心。他今晚一直都有些心神不宁,又不知道让他有些焦躁不安的情绪出自哪里。

他沉默了良久,才缓缓说道:"我不知道。"

阮青立刻切断了视频通话,愤愤地留下一句加粗的超大字体:"你小子等着老娘回来给你相亲吧!"

徐润清微挑了挑眉,正要回复,就听"嘟嘟"的电流干扰声,他侧目看去,手机屏幕亮起。

来电显示——念想。

"对不起,您所拨打的电话正在通话中,请稍后再拨。Sorry……"

欧阳皱着眉头盯着还显示着通话中的手机屏幕半晌,略一沉思,先发动车子,不厌其烦地继续拨打。

念想打完电话之后没锁屏,等回到包厢把手机放到桌面上以防漏掉电话或者短信时才发现自己不知道什么时候把电话拨给了徐润清。

她立刻又灰溜溜地出包厢,把手机凑到耳边:"喂?"

"在哪儿?"徐润清从电脑前站起来,眉头紧皱。

"在陪小君唱歌。"她轻咳了一声,解释状况,"刚才给欧阳打电话,打完忘记锁屏了,不知道怎么就拨到你那里去了……"

她那端的背景声音有些杂乱,但能清晰地分辨出是一家KTV。她的声音近在耳边,却模糊又悠远,一松手就会立刻从指间流逝一般。

"就你和兰小君两个人?"徐润清微抿了一下唇,眉头皱得更紧。

念想没觉得哪里有问题,欢快地应了声:"是啊,小君有些喝醉了,我一个人搞不定她。"

徐润清颇有些头疼地捏了捏眉心,再开口时,声音沙哑得让念想一愣:"为什么不找我?"

"啊?"念想一愣,竟被他问住了。

短暂的沉默过后,徐润清没再多做纠缠,开门见山地问道:"在哪里?我过去找你。"

"这么晚了没关系的啊,欧阳马——"上就过来了。

没等她说完,那端的呼吸声一沉,一字一句,不容置驳地说道:"我只要你回答我的问题。"

那语气强硬,声音又清冷,带了几分不近人情,隐约却直接地让念想察觉到他突如其来的怒意。

念想被他用这种态度对待,那种酸涩的委屈感顿时翻涌上来。她捏着电话良久,声音里略带了几分哽咽:"你这么凶干吗?"

她委屈的语气太明显。

徐润清只是听着,都能想象出她这会儿的表情。一定是耷拉着脑袋,低垂着双眸,眼底晶亮的一片,满是水光,盈盈流动又摇摇欲坠。

和六年前那次被他拒绝时……一样。

他无奈地轻叹了口气,心尖发软,恨不得立刻见到她。这么想着,语气虽然还是急切,却已经很克制地放柔了几分:"我只是不放心你,你在哪里?"

"在乐意。"话落,她忍不住小心翼翼地试探着确认,"你真的要过来啊?"

"你待在那儿别动。"

你待在那儿……别动?

念想听着电话那端的忙音,回想起他挂电话前的最后一句话,还有些发愣。

你要来了吗?

徐润清挂断电话之后才知道欧阳连着打了好几个电话,拿了外套,边往玄关走边拨回去。

欧阳打电话果然显然也是为了这件事:"念想说小君这样不敢让家里长辈知道,就先给我打了电话。"

"嗯,我知道了。"他快速走进电梯,"我离得近,先赶过去。"

挂断电话之后,徐润清看着不断跳跃下降的电梯楼层,微微拢起了眉心。电梯里照明的灯光有些寡淡,映衬得他的面容线条清晰又冷峻。

徐润清赶到的时候,念想正坐在KTV包厢里最里侧的高脚凳上。一只脚搭在椅子上,一只脚轻抵着地面,整个人埋在阴影之中,看不清轮廓。

兰小君正趴在桌上玩骰子,自娱自乐。看见有人进来,盯着看了好一会儿,才凑到麦克风旁,提醒念想:"念想,有个长得像徐医生的人进错包厢了。赶出去……把他丢出去……"

念想还没醉,只是刚才那些酒意上头,有些昏昏欲睡。躺在沙发上兰小君就手脚并用地凑上来灌酒,后来只能努力保持清醒的神志陪着她玩了几盘真心话大冒险。

两个人从小一起长大,知根知底无话不谈,玩了几轮就觉得这游戏对于她们两个人来说实在有些坑爹。

于是,行酒令,比大小……

念想就快招架不住了,赶紧借口自己要去唱歌,就到角落里的麦克风台上窝着了。

这会儿被兰小君吵醒,睁开眼看过去。视线还有些蒙眬,但毫不费力地就看清了推门而入的人。

什么长得像徐医生?

念想微微坐直身体,有些凉意的手指轻捏了一些眉心,分明……就是徐润清啊。

她还抱着麦克风的支柱靠在墙上,见他信步走过来,就保持这个有些别扭的姿势眼睁睁地数着他的步子看他走过来。

一直到他走到了她的跟前,和她差着一个台阶的距离,依然居高临下地看着她。

酒精的味道已经在念想的身上发酵,她不敢凑上去,就这样和他对视了良久,心思百转千回。

下一秒就该皱眉了,然后凶她,凶她喝那么多酒,那么胡闹。

或者,勾起唇角似笑非笑,眼神清亮地看着她,用一种不是很明显的嘲讽语气,问她这是在干吗?

不然,就是一脸的不耐烦。

只是每一个假设都没有出现——

他只是抬步上前,站到了她的面前。这会儿更加高了,整个人把她笼在了他的身影之下,强烈的压迫感扑面而来,逼仄得让念想一瞬间呼吸困难。

"徐……徐医生……"她蹭着墙角坐起来一些,有些不安。

第十二章　亲吻的诱惑

"你可以叫我名字。"他边说着边俯低身子，比她更凉的手指贴上来，轻捏住她的下巴。不断地靠近靠近靠近。

念想蓦然瞪圆了眼——这是要……要亲她吗？

就在她呼吸急促，下一秒就要缺氧时，他却在距离她鼻尖一小寸的地方停了下来。眸光沉沉地看了她一眼，眼底似酝酿了笑意。可等念想再眨眼看去时，哪里还有半分的笑意，认真的、专注的、落满了不断转动闪烁的灯光的光影。

那灯光落在她身上时，那一片刻，让她毫无阻碍地看清了他的眼底，清晰的自己。

他又微微压低了几分，凑近闻了闻，问她："没喝多少？"

"没有……"满打满算估计就一瓶，但是就这一瓶的酒量，已经让她头晕目眩，浑身发热，本来就迟钝的反应更加缓滞了。

"嗯，再半瓶应该能灌醉了。"他捏着她下巴的手移上来，贴在她的脸上。

温度有些高，不过关系不大。

正要收回手，见她紧张兮兮地紧盯着自己看，便突然起了坏心思。手指移到她的耳垂上轻捏了一下，满意地看见她一颤，这才收回手。

不甚明亮，甚至因为他的存在而有些拥挤的小空间里，他却怡然自得："还要不要喝？"

虽然是很温和的询问语气，但念想就是听出了他隐藏在这温柔表面下的高冷轻哼声。立刻识趣地摇头，并解释："我不喝……我就是不小心……"

他轻"嗯"了一声，很有耐心地等她说下去。

他的眼神很专注，幽深又沉郁，就这么安静地凝视着她，唇角略微弯起，怎么看都是一副宠爱纵容的模样。

念想突然就说不出话来了，呆呆地看着他。

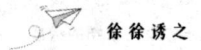

怎么就这么让人……不安呢？

"几分醉意了？"他想拉起她，见她还抱着麦克风台柱不撒手，低垂了眸子看了她一眼，从她手里接过来。

然后一手握住她的手腕，一手揽在她的腰上，稳稳地一托，就半抱进了自己的怀里。

"我有话要跟你说。"他抱着她温热的身体往怀里又贴了几分，低下头，唇瓣凑到她的耳边，低柔又清晰地问她，"你是想我在这里说，还是想坐在沙发上说？"

不离开这里就好……

念想揪着他的外套，有些腿软——

说实话，冷着脸的徐医生也比现在温柔可亲许多啊！

"喂……你们当我是死的啊！"兰小君哼了一声，话筒没握住，落在沙发上，发出沉闷又压抑的"咚"声。

念想被吓了一跳。

徐润清却像是根本没听见一般，念想甚至有些怀疑，他从进包厢开始对兰小君就是一种屏蔽的状态……

默默地咽了一口口水，念想小声说："我选……这里。"

"好像忘记告诉你，选择的地点不一样，说的话也不一样……"他笑了一下，握住她手腕的手缓缓松开，几步就把她逼至墙角，背脊紧贴着墙面。

另一只手还扶在她的腰上，脱了厚重的外套，念想里面只穿了一件贴身的毛衣，正好勾勒出她身体的曲线。

徐润清的双眸缓缓一眯，深幽的眼底隐隐亮起了一簇刚点亮的篝火。

兔子急了是会咬人的——

被逼到墙角退无可退的念想，显而易见地借着几分醉意恼怒了……

她亮出爪子不轻不重地挠了他一下，刚想挠第二下，被他攥住手腕，

第十二章 亲吻的诱惑

微微用力反压在了她的身后。

念想怒:"徐润清!"

徐润清勾唇,颇为愉悦:"很好,叫我名字了。"

念想:"……"拼尽全力挥出去的一拳打在了棉花上,无力和挫败感比以往都要更强烈一些。

她沮丧:"你要干吗,小君心情不好……我们这样……"也太过分了啊!

"她有欧阳负责。"

唯有那么一个人,才是他想负责全部喜怒哀乐的。有,且唯一。

他的声音低沉醇厚,就在耳边。念想听得一窒,那种呼吸窘迫的感觉又寸寸逼上心头。她拧眉,有些不高兴:"我不喜欢你。"

"这句话你以后都不会再有机会说了。"他的眸色一沉,倏然迸出几分冷意。那冷意还未蔓延,就被他眼底渐渐燃烧起的火焰遮掩。

他低头,压下唇,轻吻了念想。

念想"唔"了一声,另一只手去拍他,结果还未碰到他的身体,就被他握住,一起扣到了身后。

他丝毫不受干扰,就以这样一种姿势,吻着她。

她悄悄闭上眼。

感觉到自己的呼吸一点点变轻。

被他压在角落里,压在墙上……包厢里还有一个人,哪怕那个人此刻已经醉得有些不省人事……

她的呼吸急促,有些喘不上气来。

被他反手扣在身后的手因为他有些用力的禁锢有不易察觉不甚明显的痛感,只是这些有什么关系?

她喜欢他,也喜欢他吻她。

如果爱一个人的心情无法隐藏,那亲吻绝对是暴露这个情绪,让

 徐徐诱之

这无法隐藏的心情昭然若揭的关键。

　　包厢的背景音乐是念想从未听过的一首歌，旋律缠绵又轻柔。她闭着眼，能感觉不断闪烁的灯光落在眼皮上的光感。

　　也能听见自己心底，那从未那么安静的回声。

　　徐润清嗓音刻意压得低沉："又是选择题……"

　　念想迷茫地睁开眼看着他。

　　徐润清苦笑："要我命的选择题。"

第十三章
醉后真言

一念之间,他又准备压下来,念想一偏头,他的唇就落在她的唇角。那温度,炽热得她觉得整个人都烧起来了一般,正坚定不移地升温。

在今晚之前,念想不知道原来徐润清这样那样起来,竟然也有几分撩人的惑人。原本如同古井般悠然清冷的双眸清亮得有些逼人,在包厢不断闪烁的光影之中就像是明亮的星辰。

那目光就像是流星划过她的心头,流光璀璨。

她好像是真的有些喝醉了,头晕晕的,身体也无力发软,整个人的温度就高得有些不正常,最异常的是她觉得她所看见的徐润清,竟然一举一动都带着对她而言致命的吸引和诱惑。

徐润清仍维持着这样绝对霸占的姿势,一声不响地看着她。

她装作醉意越发浓的样子,眼中刚聚起的焦距又散开,声音软糯又无辜:"为什么这么看着我……"

徐润清的声音沙哑,带着散不去的慵懒和随性,回道:"在想什么时候让你开窍比较好。"

念想最受不了徐润清用这种漫不经心又野心毕露的语气,那声音像笔刷,撩得她的心尖发软又发痒。她咬了咬唇,在他幽邃的目光中忽然明白了他在暗示什么,她眨了眨眼,不敢吭声。

恰巧此时,念想的眼角余光扫到门口的光影一闪。她偏头看过去,眼睛有些酸涩,她不自然地眯了一下眼。

包厢的门被人从外面猛地推开,欧阳气喘吁吁地站在门口,神情竟比徐润清刚才的脸色还要冷上几分。

他环视了一圈,目光从桌上横七竖八的空酒瓶上扫过,那俊秀的眉头狠狠一皱,现出几分凌厉来。等他的视线经过角落麦克风台时,看到徐润清和念想,目光停留了一瞬,很快便波澜不惊地转开。

几步迈进来,面色不善地去修理已经醉得不省人事的兰小君。

可怜的兰小君即使喝醉了酒也保持着敏捷的应激能力,手里的酒瓶刚被抽走几分,立刻一把握紧,抬起身来一脚就踹了过去:"谁跟我抢酒喝?还是不是哥们儿!"

这一脚还挺狠,欧阳只觉得小腿处一阵疼,低头看去,借着那灯光便扫到了白裤子上面那清晰的黑脚印。

这次有了准备,他制住了兰小君的双手毫不怜香惜玉地就把酒瓶从她手中夺了出来。见她扑上来抢,微一避身……

念想醉意蒙眬地看完了一场精彩的贴身肉搏战,还有些意犹未尽。

不过作为当事人之一的欧阳却再没有半分兴致,全程都黑着脸,气势迫人。

欧阳把不配合的兰小君扛走之前,特意和念想交代清楚了他的行踪,以及明确表示不会乱来。

念想要是不相信欧阳的人品也不会给他打电话了,但心里还是有些隐忧:"不然送我家去啊,我可以照顾她。"

第十三章 醉后真言

如果不是小君这样不能让家长知道，念想早就把她塞回兰小君她自己家了。而且这件事还不能让老念同志知道，这两家的大家长早就互通有无，一有点风吹草动，没多久就传了过去，比什么都及时。

欧阳一脸怀疑地打量了她一眼，斟酌了良久才委婉地说道："念想，我觉得你现在有必要喝点醒酒汤醒醒酒。"

她才没有醉。

话落，在徐润清的默许下，理直气壮地就把人带走了……

兰小君有些不老实，欧阳一路顶着众人怪异的目光把她弄到楼下，再塞进车里，收获了不少"这看着人模人样的居然拐带喝醉酒的失足少女"这类的眼神。

他摸了摸被兰小君挠得有些火烧火燎的后颈，轻"啐"了一声："小看你的战斗力了。"

兰小君绑着安全带行动不畅，也就渐渐地老实了，歪着头就睡了过去。越睡脑袋越靠近窗口，到最后已经整个人都黏糊了上去。

欧阳"哼"了一声，幼稚地找了一个路面坑洼处，经过时，听见兰小君"哎呀"一声惨叫，一整晚都无处发泄的火气终于散了一半，然后良心和理智都回来了，靠边停车纠正了一下她的坐姿，这才重新起步。

兰小君被欧阳强行灌了醒酒药后，趴在马桶上吐了一个昏天暗地。

吐完头脑清醒了不少，漱完口，顶着一张醉酒后红艳艳的脸去找念想，"翻箱倒柜"地把欧阳的卧室折腾成"入室抢劫"的案发现场后，欧阳终于闻声而来，看见这个劲爆的场面，一口血哽在喉间，差点气晕了。

半分钟后，念想的手机上收到这样一条信息："念想你赶紧跟老大商量下，我借你一晚行不行？求您赶紧把兰小君这祸害收拾走吧，

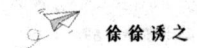

这家伙上辈子是拆迁队队长吧！真的，求您了！"

念想多少还是不放心，想着还不如回去让兰叔骂小君一顿，也比让她今天一整晚都提心吊胆强啊。

正要追上去，徐润清像是洞悉了她的想法一般，边握住她的手腕，边把灯光开关按钮调回明亮。

骤然明亮的光线让念想有些不适应地闭了闭眼，那眼底的酸涩感还未散去，他的手心已经贴了上来遮住了光。

"放心好了，欧阳不会对你那朋友做不恰当的事情。"他就这样捂着她的眼睛，在她身后引导着她往前走，一直到走到了沙发前，这才停下来，松开手。

"再喝一点？"他扫了一眼桌上那一箱啤酒，利落地一下子开了瓶盖递进她的手里，"喝一口。"

那声音轻柔，带了几分轻哄。

念想鬼使神差地就真的顺从了，低头轻抿了一口，立刻被那凉凉的酒液冷得一个哆嗦。

酒量看上去是真的不行……

徐润清唇角泛着轻笑，看着桌上排列整齐倒扣在桌面上的几只玻璃杯，心思微微一转，拿了两个杯子过来，连开了两瓶啤酒，往玻璃杯里注了一半的酒："来玩个游戏？"

念想疑惑地看着他："嗯？什么游戏？"

他修长的手指捏着杯沿，指尖的弧度恰到好处得行云流水。

她忍不住多看了两眼，有些困倦地掩唇打了个哈欠："我要不费脑的，我困了想睡觉了。"

"喝完这半杯可以问对方一个问题，而对方，务必要如实回答。"

"真心话，大冒险？"她的脑子里冒出这么一个词组来。

"没有冒险……"他端起酒杯向她示意，"我会向你坦诚，会回

第十三章 醉后真言

答所有你想知道的问题。"

念想有些心动,看着那半杯酒却迟疑:"我真的……喝不了那么多。"

徐润清勾唇,干脆替她一杯全部满上:"喝完,今晚准你问三个问题。"

念想有些发蒙地瞪着那酒杯,说话都有些不顺畅:"这……这么多?"

"你先还是我先?"话落,见她没有反应,酒杯凑到唇边就要抿下,刚贴上唇,就被她扑上来,一手按住杯子,一手贴在他的唇上。

他微微一顿,看着她。

念想心里斗争良久,最后还是逃不过这三个坦诚回答问题的诱惑。内心崩溃地一口喝下,那苦涩的感觉从喉间滑入,难受得她眉头紧皱,坐在沙发上缓了好一会儿,才压下那股恶心的劲儿。

"第一个问题……"她捂着发热的脸颊,坐到他的身旁。因为有些醉意,目光测距有一定的偏差,坐下后大腿就挨着他的。

她一晃神,盯着他清隽又俊秀的脸看了半晌才问道:"你保证你接下来的回答都是诚实的?"

徐润清好笑地看了她一眼,端起杯子似乎是又要喝,她抬手按住他的手,微微的凉,覆在他温热的手背上,说不出的服帖。

"你别喝了,喝酒了就不能开车了……"

"好,不喝。"他放下杯子,语带笑意地提醒,"你已经浪费了一个问题。"

"好,那第二个……"她覆在他手背上的手指收紧,握住他。感觉到她的手心之下,他的骨节分明,心猿意马:"如果你愿意回答,哪怕我不喝酒你也会告诉我,所以灌我酒的目的……"

徐润清丝毫没有自己的意图被察觉的恼羞成怒:"只是想灌醉你,

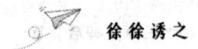

看看你喝醉之后是什么反应。"

念想心塞:"……"

"那最后一个……"她舔了舔干燥的嘴唇,只觉得脑袋更重了一些,昏昏沉沉的倦意从四面八方侵袭过来,她有些坐不稳,往他那里靠了靠,"你喜不喜欢我?有没有我喜欢你那样的喜欢?"

她问得毫无底气,声音又轻又小,只让他恰好能够听见。

他扶住她手肘的手微微一紧,心底某一处被她这句话刺了一下,只觉得那一处被她挠中,酸酸胀胀地犯着细微的隐痛。

"喜欢。"他沉沉地叹了一口气,把已经半眯上眼、困倦十足的人揽进怀里。

她毛茸茸的脑袋就靠在他的颈窝处,那微软温热的呼吸落下来,让人不由自主地心生圆满。

徐润清抬手轻揉了一下她的头发,声音轻柔且无奈:"不是一见钟情,是相思成疾。"

耳边是朦胧的音乐背景声,念想的眼皮重得有些发沉。

徐润清清润又低沉的声音却在这样有些纷扰的环境里格外清晰,一字一句每个音节都像是鼓点,一点一点落在她的心口,如珠玉落盘,那回响似水涟漪。

相思成疾?

相思成疾。

她挣扎着想清醒,但用尽了力气也挣脱不开这层层叠叠束缚着她的黑暗和困倦,挣扎到最后索性放弃。

就那样揪着他的袖子,缓缓收紧手,那衣料柔软,她贴在脸侧,说不出来的安心。

徐润清垂眸看着她,她安安静静地睡在他怀里。眼睫低垂,在眼

第十三章 醉后真言

脸下方投下淡淡的暗影。鼻梁秀气挺直,唇角微微抿着。因为喝了酒的原因,脸上微红,更衬得她粉雕玉琢。

她向来都是这样小巧精致的样子,不过这样安安静静的倒是少见。

他抬手探了探她的额头,温热得近乎有些发烫。他的指尖顺着从她的鼻梁处滑下,落在她的唇上轻轻点了一下,微微俯身看了一眼,维持这样的姿势良久,轻吐出口闷气,抬手抄起桌上的酒瓶,刚凑到唇边,想起等会儿要开车,又生生止住。

念想的呼吸平稳又清浅,显然已经进入了睡眠的状态。

徐润清抬手轻捏了一下眉心,拢眉看了她良久,轻捏了一下她的鼻尖,无奈地往沙发椅背上靠了靠:"小麻烦。"

念想抱着他的手臂就半枕在他怀里,他这么一动,她便跟着往上蹭了蹭,嘴里还"咕噜咕噜"地抗议……

谁是小麻烦!

正打算闭上眼小憩一会儿,便见念想放在沙发里侧的手机闪光灯一闪,进来了一条短信。

徐润清毫无障碍地拿起来看了一眼,见是欧阳的,瞄了一眼已经睡过去的念想,微挑了一下眉,指尖划过屏幕……

密码?

徐润清盯着那数字键盘,皱了皱眉心。

略一思忖,手指轻点几个数字——

"嚓"一声轻响,解锁成功。

徐润清握着手机又低头看了她一眼,微扬了唇角,似笑非笑——想也知道,她这样的人,密码不是生日就是家里的门牌号码。

真是一点也没有破解的成就感。

他曲指轻弹了一下念想的脸,见她眼皮子动了动还是没有要醒来的迹象,手指顺着她脸侧的弧线落到她的耳朵上轻捏了一下。

耳垂上的触感出乎意料地好,他捏了一下又一下,这样频繁又明显的骚扰,终于让念想再也睡不下去,迷茫地睁开眼来。

灯光已经从明亮的状态切换成了柔和,暖橘色的灯光落下来,勉强照明。

他微低了头,背着灯光,那双眸子深幽又明亮,见她终于醒来,不动声色地收回手,轻扶了她一把:"醒了?那就走吧。"

"去……去哪儿?"她顺着他的力道坐起身来,趴在桌子上回神。

耳垂热热的,有些发烫。

她抬手轻摸了一下,默默地看了他一眼——她的耳朵怎么那么烫……

徐润清回视:"难道你今晚想在这里睡一夜?"

念想后知后觉地摇摇头:"不想……"

他清了清喉咙,嗓子有些不舒服:"要不要我牵?"

念想刚站起身来,脑子里还有些晕乎乎的,听到这句话努力想了一会儿。

她的沉默在徐润清眼里就是"拒绝",微沉了脸,抬步先离开。结果,还没走几步,就感觉袖口被拉住。

他还没来得及回头,就感觉她的手指贴了上来,轻轻地从他的掌心滑过,然后小心翼翼地塞进他的手心里。

"要牵的……"她回答。

声音很轻,却正好能让他听见。

见他没反应,生怕被甩开,又往他的掌心里蹭了蹭:"不牵吗?"

徐润清眼底漾开淡淡的笑意,还没回答,她就已经开始退缩,指尖刚从他的掌心里划过,就被他一把攥住,稳稳地捏在了手心里。

他依然没说话,只是回头看了她一眼:"来不及了……"

念想蒙蒙地看着他,什么东西来不及了?

第十三章 醉后真言

"现在想退缩,已经来不及了。"话落,他又不咸不淡地补充上一句,"我不打算给你这种机会。"

说完,拉开包厢门,牵着她走出去。

念想落后他一步,垂眸看着两个人相握的手,脑子里盘旋着他刚才说的那句话,脸色微微发红……

然后……越来越红……

到最后,念想都要怀疑自己是不是再这样升温下去,就能把自己煮熟了。

经过乐意的大厅,下了电梯,一直到KTV门口,坐上了徐润清的车。念想热得一塌糊涂的脑子这才清醒不少,但看着他绕过车头坐进驾驶座,耳根子又开始烧起来……

烧啊烧的……

她忍不住扭头降车窗,刚降下一半,就听他问:"想吐了?"

"不是,我有些热……"念想回头看了他一眼,往脸上扇了扇风,"真的好热。"

徐润清瞥了她一眼,没的商量地把车窗升回去,快到顶时,这才空出一条缝透些风进来:"你现在吹风明天会头疼,影响工作。"

念想开始生闷气:"那我开始脱衣服了啊!"

徐润清:"……"

他有些头疼地轻捏了一下太阳穴:"先系上安全带。"

"不想系。"她往后一靠,靠在座椅上偏头看向窗外。

正是华灯初上的热闹时间,车速并不是很快,念想就透过窗口看着灯光明亮的商店:"我想喝饮料……"

徐润清偏头看了她一眼,没回答。

经过人头攒动的广场时,念想又突发奇想:"我想学广场舞。"

"我也想骑自行车……"

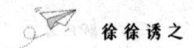 徐徐诱之

"她在喝奶茶是不是？我也想要……"

"那是气球吗，好想要……"

徐润清手指搭在方向盘上轻敲了敲，得出一个结论——如果喝醉酒会变成心智一口倒退回二十岁之前的小无赖的话，以后在他的视线可控范围之内，她都不会有机会摸到酒瓶。

快到家时，她这才安静下来，蜷在座椅上像只打瞌睡的松鼠。

念想眯眼看见外面陌生的停车场拉着车门扶手不愿意下车："这不是我家……"

徐润清轻"嗯"了一声："是我家，要不要来？"

那声音故意压得低低的，还带着几分显而易见的诱惑，见她微微迷了眼，又不疾不徐地加上一句："还想不想喝酒？我家里还有几瓶味道不错的红酒，要不要尝尝看？"

答案好像是……

"要。"

徐润清不嗜酒，但家里的酒柜里依然珍藏了几瓶好酒。他四下看了看，挑出一瓶红酒，又折回厨房拿了两个高脚杯。

念想一来就已经熟门熟路地换了鞋子坐在了客厅的地板上，地板铺了厚厚的羊毛毯子，又有中央空调，倒是一点也不担心大冷天的坐地板会着凉。

他往高脚杯里斟了酒递给她，似笑非笑地睨着她："会不会喝？"

"当然会……"念想接过来，凑到鼻尖闻了闻，红酒清洌醇厚的香气果然让人心驰神往。她低头抿了一小口，抬头看了一眼徐润清。

他正微摇着酒杯，那红酒随着他的动作轻轻晃动着，在高脚杯里划出一道道优雅的弧线，那红色的酒液在水晶灯的照射下更是添了几分魅惑，就像现在的他一样——

第十三章 醉后真言

脱了大衣，只穿着一件白色的衬衫，袖口微微挽起，露出结实又线条完美的小臂。手肘撑在膝盖上，修长的手指轻捏在高脚杯的杯柄上，更衬得手指骨节分明。

美色果然好下酒。

念想默默地抿完一整杯，然后试探着问道："红酒的酒劲大，徐医生你不是打算灌醉我做点什么吧……"

徐润清微眯了眯眼，装作不懂："什么事情要喝醉了才能和你做？"

念想："……"

她沉默不回答，他就一步步逼近："在想什么，不告诉我？"

"没想什么啊……"她一脸纯洁地望着水晶灯。

"那上个问题给我解释一下，嗯？"他微抬起杯柄，抿了一口红酒，然后靠近她。

念想正拨弄着柔软的羊毛毯，他突然的靠近，让她紧张地一把揪住羊毛："其实……能做很多事啊。"

说完，她垂了脑袋不去看他，端起酒瓶自己给自己满上，然后双手捧着，小口小口地抿着，一直到她还想再喝第三杯，徐润清终于抬手按住她，微皱了眉头："不准多喝了。"

红酒的后劲已经开始上来了，念想的视线落在被他盖住的手，忍不住打了一个酒嗝。

徐润清的眉头皱得更紧，覆在她手背上的手又落在她的手腕处，微俯下身来要拉起她。

念想盘膝坐得腿都麻了，本就想干点什么，索性借着酒劲揽住他的脖子，整个人挂上去。

他果然如她预料地微微僵住身子。

她抬起头去看他，因为有些紧张，钩在他颈后的手指忍不住颤抖："我又陪你喝了两杯酒，我能不能再换一个问题？"

姿势有些不舒服,她干脆靠得更近一点,刚一动,腿上就是钻心地麻。她皱着眉头轻"哟"了一声,苦着脸看他:"你抱我起来好不好,我腿麻了……"

徐润清的目光滑下去落在她不自然僵着的腿上,手落下去托住她的腰,微微一提,就抱着她坐进了自己的怀里。

然后沉声,温和地问她:"你想问什么?"

"就一个……很小很小很小的问题……"她醉意蒙眬,眼睛微微眯起来,那细碎的光点就像是水晶,一闪一闪的。

说话的时候,钩在他颈后的手挪回来,在他面前做了个"就这么一点点"的手势。

他握住这只手反剪到她身后,轻"嗯"了一声:"你只有这一个机会,好好想,要问我……什么……"

他说得缓慢,咬字清晰。

话落,就见她眉头微蹙,真的认真思考了起来。

到底是有些喝醉了。

他端起旁边一早就倒好,现在正好凉凉了的白开水去喂她。杯子凑到了唇边,她就顺从地张开嘴,小口小口地抿着。

小姑娘的心思全部表现在了脸上,欲言又止,以及眼里的那点闪烁紧张,全被他尽收眼底。

他瞄了一眼桌上还剩下一小瓶的红酒,也思索起来。到底是比她大了四岁,这样欺负她会不会不太好?

喂了一半,她喝不下了,抽出手来轻推开水杯:"我不要喝了……"

她推过来,徐润清就着她的手也喝了几口,抬起头见她又是一副脸红红的样子,忍不住想笑:"问问题之前,要不要先听我说几句?"

念想想了想,点点头。

真的好乖。

第十三章 醉后真言

"今晚我说的话都听见了?"他问。

她听得很认真,还很仔细地想了想:"都听见了……"

"那都听懂了?"他继续问,手指钩住她的,缓缓扣住。

念想并没有察觉,还在回想他今晚说的那些话,幸好他惜字如金说得不多,拜良好的记忆所赐,每一句,基本上都能记个大概。但对这些话的理解能力,实在欠佳。

她摇摇头。

"哪一句?"他放轻了声音。

"相思……成疾……那句。"她说完,又开始脸红脸红脸红……啊,讨论这种问题,真的是有些害羞啊。

"就是很想你,念念不忘。"他简单地解释完,微挑了一下眉,"这样懂不懂?"

念想点头,脸更红了。那个想问的问题其实已经不用再问了,他已经用这样的方式告诉了她。

大概是看出她的疑惑,徐润清想了想,解释:"虽然一开始是你对我图谋不轨,但这种话怎么好让你先说?"

念想还没从"一开始是你对我图谋不轨"这句话里反应过来,便又听他问道:"要不要和我在一起了?"

他的声音里带笑,很自然很自然的语气,却莫名地让念想有些心跳失序。

她看着他,看见他的眸子里有很浅淡的笑意,很专注地在看着她,看着她的眼睛。就以这样的眼神来告诉他,他现在是认真的,没有一丝开玩笑的意思。

念想很喜欢他的眼睛,无论是六年前他始终戴着口罩只露出那双眼睛时也好,还是六年后再次躺在牙科椅上面对他时,那双眼睛都一成不变,始终是这样,温和地专注地又耐心地看着她。

让她无数次都觉得自己是被他放在心里去认真对待的。

所以毫不犹豫地，她凑上去吻他。不是第一次主动，却是第一次得逞。

她微眯了眼，有些餍足。想这么做很久了……只是没有合适的身份。

她亲上去，黏糊糊地吻了他一下，很快地又分开，弯着唇笑得像是偷完油心满意足的小狐狸："要。"

徐润清心头一悸，被她那笑容招惹得喉头一滚，和她相扣的手指微微收紧，一手覆在她的脑后，低头吻下去。

原本只是浅尝即止，可碰到她之后便不想离开。那些本能，想要亲近她的本能正一点点地侵占他的理智。

因为戴着矫正器，念想回应得有些磕磕绊绊，这过程实在算不上美妙。她有些不安地动了动身子，感觉到他一瞬间收紧的力量，还未反应过来，就被他的手臂一压，牢牢地桎梏在了他怀中。

念想有些蒙，她揪紧徐润清的衣领，脸颊滚烫："徐……徐医生……"

"还这么叫？"

念想一愣，不这么叫……要怎么叫？

她一脸迷茫的样子让徐润清有些微不悦，他轻咬了她一口，有些挫败："我上次跟你说什么时候能摘掉矫正器？"

"啊？"话题怎么转得那么快……

念想努力回想了一下："你说配合的话一年半就可以……你怎么忘了？"

念想跟在他身后实习，最佩服的就是他对自己的矫正器有过目不忘的本事，准确到患者的个人信息，牙齿状况、矫正原因、矫正过程，以及什么时候来矫正完全精准掌握。

没道理不记得她的啊。

第十三章 醉后真言

"现在忽然觉得，"他声音有些含糊，"一年半还是太久了点。"

念想有些发蒙，她鼻尖充盈着他的气息，她后知后觉地开始害羞起来。红晕从她的耳郭开始，一点点扩散，她闭了闭眼，心都颤了起来，只会顺着他的话往下说："已经挺快了，我有好好配合，遵行医嘱……"

"我知道。"徐润清打断她，他明明没有喝多少酒，那双眸中却似弥漫着几分醉意，在这幽光夜色中看着她。

念想瞬间连大气也不敢出，眼睛一眨不眨地看着他。

察觉到她的紧张，徐润清沉沉地笑了起来，而后连嘴角也微微扬起，漾开个笑容："紧张什么？"

他说着，微微放松了点身子，带着她往沙发旁边一躺，换了个舒服的姿势。

念想乖乖地被他抱在怀里，嘴硬道："没紧张。"

徐润清低头看下来，眼神在她唇上流连了一瞬，意味不明："挺碍事。"

念想秒懂，默默噘嘴。

要是把徐医生放到瑞今医院那堆小护士堆里，回头铁定被扒了一层皮。

然后她想起什么，眼神又微微黯淡了几分："你对我……有没有什么要求？"

徐润清慵懒地"嗯"了一声，对这个问题似乎是有几分不太理解，微垂了眼等她继续说。

"就是比如……你需要我乖乖听话啊，或者课业成绩一定要优秀这样的……只要算要求……"念想看了他一眼，声音轻飘飘的，"难道一点都没有吗？"

"乖乖听话？"他微挑了一下眉不以为意，"在我面前你敢不乖？"

念想默默地摇头。

"课业成绩优秀?"他不置可否,"我肯定希望你的课业成绩优秀,但这些不是因为我,或者说跟我们在一起也没有一点关系。"

咳……

念想辩解:"我就是打个比方。"你不用……这么认真纠正的啊。

"噢。"他懒洋洋地应了一声,对这个话题显然没有什么兴趣,"我对你没有要求,如果以后有的话我会记得通知你。"

太敷衍了……

想了想,她又问:"那别的呢,比如……"

"念想。"他打断她。

"啊?"

他将她正不自觉绞紧的双手握住:"这个决定没有冲动,无论是你和我,所以不必要这么不安。也没有什么交往条件,我不能保证我们以后不会出现变故……"

察觉到她一瞬的僵硬,他放柔了声音:"外力因素现在将来都不会是影响,只有你不喜欢我这个可能。"

念想有些不太明白,半知半解地点点头。

她怎么会不喜欢他?

"我们还有很多时间,你的问题可以慢慢问。"他抱着她坐起来,"要不要去洗澡?快十点了。"

"那以前……"她舔了舔有些发干的唇,垂着头小声说道,"可以前你不就是因为我还小还在上学,所以拒绝了我吗?"

一瞬的沉默。

他没有回答。

念想微微咬住唇,有些懊恼不该问的。

"我那时候……还没有喜欢你。"徐润清看她低着头,手指轻摸了一下她的下巴,就像是在安抚一只小猫。

第十三章　醉后真言

念想又开始脸红——

她今晚到现在，依然没习惯他的触碰，一旦他靠近，总是忍不住脸红状态……

啊，不行。

她一咬唇，扑上去环住他，一点也不介意他刚才的回答："我不问了，我就是有些不太习惯，有些想象不了……你现在……"

也喜欢我。

毕竟我没有很美好，也没有很出色，也没有能够成长成你喜欢的那样。

徐润清拿出了一套新睡衣放在浴室里，然后让念想先去洗澡。念想瞄了一眼，神情顿时有些复杂……女式的睡衣，而且还很偏好她的幼稚口味，印满了小熊图案。

不过徐润清显然没有解释的打算，抬腕看了一眼手表："给你半小时的时间洗完出来，不然我就开门进来了，明白？"

念想点点头，目送他出去了，目光落在竹篮里那小熊睡衣还有些回不过神来……

因为喝了酒，念想这一晚睡得无比香甜。唯一美中不足的就是一大早她睡意正浓时，被兰小君一个电话吵醒了。

她迷迷糊糊地接起，刚哼哼唧唧出一个"喂？"字，话音还未落下，兰小君的第一句话就震惊得念想的瞌睡虫全部跑光了。

"念想，我一大早醒来发现我就穿了条内裤躺在欧阳的床上。"

念想一个翻身坐起，脑子里还一片空白，下意识地问道："你你你被欧阳……他他他？"

"我现在在你家门口。"兰小君抽噎了几声，无比可怜地，"你快来开门啊。"

"你等一会儿啊,我这就来……"念想匆匆忙忙地跳下床,刚跑到门口握住门把手,目光聚焦时,看见这房里完全陌生的格局和摆设……才猛然反应过来——不对啊,她她她现在没在家啊。

念想烦躁地挠了挠头,原地转圈圈。绝对不能让兰小君知道她夜不归宿,还留宿在了徐润清这里。

她脑子飞快地转动,在兰小君第三次叫她的名字时,终于想到了一个勉强凑合的理由:"我……我在晨跑啊,你等会儿啊,我这就来。"

兰小君果然很狐疑:"晨跑?你逗我玩吧?"

兰小君有此疑问是有缘由的:念想十八岁那年被老念同志喂得珠圆玉润,就跟贴在门上年画娃娃一样白白胖胖。后来听说牙齿疼,结果从口腔医院回来后就吵着要减肥,减肥的第一步就是早晨要起来晨跑。

口号喊了一个星期,也从没见她实践过。

兰小君做过几天的督军,天天起得比鸡还早地去念想家叫开门。无论什么方式,最后的结果通常都是面对着念想被窝里那死活不起来的一团默默叹气——太天真了啊,念想怎么可能起得来晨跑。

念想显然也想起了那不堪回首的往事,扶额,很明智地绕开话题:"你早饭一定没吃吧?我等会儿路上顺便给你带点了啊。"

话落,不给兰小君反应时间赶紧挂了电话。

衣服昨晚淋湿了些,不过幸好面积不大,晾了一晚上早就在暖气里烘干了。穿回身上,她又是一条好汉。

她匆匆忙忙地洗了把脸,连留句话都忘了,直接开门冲了出去。

兰小君快要饿死在念想家门口的时候终于看见她提着袋早餐姗姗来迟,气喘如牛的样子……好像真的是在晨跑锻炼?

念想一路跑过来肺都要炸了,到家门口边摸出钥匙边上上下下地打量她:"你没事吧?欧阳他欺负你啦?"

第十三章 醉后真言

兰小君摊手,毫无罪恶感地解释:"我刚看见自己就穿了条内裤的时候差点吓尿,然后清醒了一会儿就想起来是自己睡觉的时候不老实,自己扒的。我以为你在睡觉,不这么说怕你不起来。"

念想:"……"

沉默了一瞬,念想揪着兰小君的肩膀就狠狠揍了她几下,揍完瞪着她恶声恶气地:"吓唬我好玩啊,昨晚你还是从我手上交出去给欧阳的,你要真出点什么事,我……"

"别啊。"兰小君勾肩搭背地勾着她往里走,"就算有个什么也是两情相悦啊,我告诉你啊,我昨晚趁着喝醉酒可是摸到了欧阳的小屁股蛋,啧啧,那叫一个有弹性啊……"

念想顿时黑线,一口老血梗在心口闷得她想翻白眼。

兰小君用了一千多个优美的词汇夸完欧阳有弹性的屁股蛋后,终于发现了一些不对劲,她凑到念想身上嗅了嗅,一脸不解地看着她:"你不是出去晨跑吗,还穿昨晚的衣服?这酒气这么大,你……"

"说得是啊。"念想揪着衣服嗅了嗅,装傻,"我去换衣服,你把早餐拿出来,我刷个牙出来就能吃了。"

兰小君狐疑地看着她跟只耗子一样溜进房间里,微眯了眯眼睛,轻"咝"了一声,不对劲啊……很不对劲,非常地,不对劲……

徐润清特意起早,原本想着等会儿先送她回去换衣服,再一起吃早餐。在门口叫了半天也没见她回应,干脆开门进去。结果……

徐润清看着一团乱的被窝,以及丢在沙发上的睡衣,眉头顿时皱紧。折到玄关,看见昨晚她穿过的拖鞋东一只西一只地放着,几乎能想象得出来她离开得有多匆忙。

念想正在刷牙,接到徐润清电话的瞬间一个惊慌,咽了一大口的漱口水下去,顿时脸都青了,弯腰咳了一阵子,差点没喘上气。

那端的人耐心地等着,直到她开口说:"我刚……不小心喝了一大口漱口水。"

"放心,不会产生什么奇怪的化学反应。"他声音清冷,还含着一丝很明显的不悦,"在家?"

念想心虚地揪衣角:"小君在家门口等我,我就匆忙赶回来了,好像……忘记跟你说一声了。"

徐润清沉默了片刻,再开口时,声音带了一丝无奈:"我以为你……"话并未说完。

念想不知道他后面要说什么,不过显然对方觉得有些委屈。

她想了想,很认真地回答:"你放心,我这次绝对不会始乱终弃的!"

徐润清显然是没料到她会突然说这么一句,一怔,随即低低地笑了起来。原本因为她匆忙离开的那些复杂情绪也顿时消减无踪:"你以为你敢?"

"啊?"念想一蒙,随即又开始脸红脸红脸红,小声地回答:"好像……是不敢。"

徐润清又笑了一声:"头疼不疼?"

她摸摸额头:"不疼。"昨晚洗了热水澡,喝了半杯热牛奶,又睡得早,没有一点后遗症。

"嗯。"他话音一转,刻意压低了几分语气,"那昨晚的都还记得?"

念想听着他这样温和的语气心头顿时像是有小鹿在乱撞一般,她抬起头就看见镜子里的自己脸色绯红。

一大早地就开始调戏模式,真的好吗?

她一手捂着脸,努力降温:"应该都记得……"

徐润清沉沉地"嗯"了一声,声音低沉且性感地:"我昨晚睡得不是特别好,你应该知道原因吧,嗯?"

第十三章 醉后真言

念想："……"她怎么可能知道？当然不知道！

兰小君正心情颇好地哼着小曲啃着油条，回头看见念想轻飘飘地飘出来，脸色还红得跟猴屁股一样，受惊不小："这一眨眼的，你又怎么虐待自己了？"

念想迷茫地"嗯"了一声，摇摇头："没有啊……"

兰小君显然不是很相信，不过明显也没有刨根问底的意思，转了话题："我听说送子师兄要出国了，他没跟你说？"

念想在她身旁坐下来，一脸奇怪地看着她："为什么要跟我说？"

兰小君咬着筷子阴恻恻地看了她一眼，轻"啧"了一声："说你笨吧，每次学习成绩总是能打别人脸。但的确不怎么聪明啊……"

"喂。"念想抗议，"不带人身攻击的啊。"

"送子师兄要出国，我们院里一堆姑娘哭得肝肠寸断啊。决定给送子师兄饯行一下，你去不去？"

"到时候再说。"念想皱了皱眉头，显然对这个没什么兴趣。

"还有啊，前几天任颖从我这里打听徐医生的事，我说我又不跟徐医生实习，让她去问你。你猜她怎么说？"

"怎么说？"

兰小君轻笑了一声，回答："她说她看上徐医生了，想让你搭个线，但是又不敢直说，所以来我这儿旁敲侧击，就想借着我的口搭上你这辆顺风车。"

"啪"的一声轻响。

念想顿时脸色沉沉地一把摔了筷子。

第十四章
蔓延

念想送兰小君上了公交车后,便匆匆地往回赶。脑子里还一直回响着她上车前的那句话:"念想,我觉得你很多时候表现出来的反应迟钝和低情商,都是因为你聪明地知道怎么规避一些麻烦。所以送子师兄那里,你就算没法给个交代,也好歹去送一程吧。"

念想挠挠头,有些出神。

规避麻烦吗?

她其实只是对不感兴趣的人不太爱下功夫琢磨而已。

啊……好烦。

欧阳正蹲在医院门口逮念想,见她慢吞吞满腹心事地走过来,脸色又往下沉了沉。

念想走得近了才看见欧阳,被吓了一跳:"你……你怎么在这儿?"

"小君跟你说什么了?"欧阳直接开门见山地问。

念想"啊"了一声,有些不太好意思复述"酒醉少女醒来后发现

第十四章 蔓延

自己把自己扒得只剩下一条内裤"这种窘事，只能摇摇头："什么也没说啊。"

"她说要跟我分手。"欧阳的脸色更沉了，简直黑得跟锅底一样，"我哪里做错了？"

念想有些傻眼："小君跟你说分手？"

欧阳的表情更郁闷了，动了动唇，最终什么也没说，转身回去了。

念想一副被雷劈过的表情站在原地，久久回不过神来。

念想在更衣室换好衣服到楼上时，徐润清正站在二楼楼梯口给病人家属讲解治疗方案。见她上来，很自然地就把手里的病历单递过去让她拿着。

念想原本还想先去茶水间喝口水的，早上买的小笼包子有点咸，她这会儿有些口渴。现在只能乖乖站在他的身后，听他条理清晰又简明扼要地和家属沟通。

他的声音很好听，又是晨起，带着低沉的磁性，不刻意，却有一种说不出来的魅力。

那家属显然对这种通俗易懂又简洁明了的沟通很满意，和念想预约了时间之后便带着病人离开。

他们前脚刚走，徐润清便转过身来从她手里抽回档案在她头上轻拍了一下："不专心。"

念想摸着脑袋蒙蒙的：她就走了一会儿神啊，这也知道？

"这个就是上次那个病人，我们讨论过用国产的矫正器还是进口的那位。"他提醒，说话间，翻开病历看了一眼，"你提的意见我仔细考虑了……"

他抬眸看了她一眼，见她正直勾勾盯着自己看，略勾了勾唇角，问道："没吃饱？"

念想迟钝地"欸"了一声，刚想认真地回答，瞥到他唇边那戏谑的笑容这才反应过来他是在开她的玩笑,顿时耷拉了脑袋,转移话题:"我知道你考虑国产的是因为金属底板,不过有个很重要的问题啊。进口的技术底板掉了可以补上,但是国产的掉了想补上都没有。"

徐润清"嗯"了一声,示意她继续说下去。

"而且国产的操作技术要求高。"虽然有些国产矫正器矫正出来的牙齿最后效果也很棒,但无论哪个角度来说,都是进口的要高效准确。

"担心我的技术问题?"他漫不经心地开口,目光落在病历上,一目三行地浏览而过。

念想被问得噎了一下,很认真地摇摇头。

在她的眼里,徐润清向来是无所无能、无往不利的。

徐润清眼角余光瞥到她的动作,没有抬头,只唇角略弯,心情愉悦。

星期六的早晨忙碌又喧嚣,欧阳单独一个科室,念想就跟在徐润清的身旁接待病人,做简单的初诊。一直到中午才有片刻的休息时间,吃过饭,念想回诊疗室写病历,把病人的档案资料输入医院的系统以及完成上午来不及弄好的预约。

徐润清全程都没有插手,没有病人的时候就坐在她的不远处审视她写好的病历或者看X光片,偶然一抬头两个人的目光交汇,也没有任何交流。

但即使这样,念想还是觉得空气里都好粉红。被他看一眼,就感觉心跳加速,呼吸紧张,默默地扭回头,要平息半天才能继续心平气和地写她的病历。

正遭遇感情危机的欧阳在一旁被虐得一脸血,内心几乎是崩溃的。

虽然两个人从来没有谈及要如何对待这份感情,却都不约而同地选择了在工作的时候不涉及私人情感,达成了某种意义上的共识。

下午三点,病人开始减少。

冯简也终于能出来透个气,捧着茶杯来看望念想。

第十四章 蔓延

自打知道徐医生有恋爱目标并且稳步进行即将登上堡垒取得胜利后，护士站徐医生的拥护者看念想的眼神都是怜悯的。

冯简一直觉得自己对于念想而言是依靠是寄托，所以毫不犹豫地担起了开导小姑娘并继续撺掇念想勇往直前的重担，跑徐医生的科室比去上厕所还殷勤。

念想正握着鼠标翻方小杨的病历，今天本该是他的复诊时间，结果人没有来。念想刚打完电话，方小杨的母亲对他的行踪表示完全不知道。只能往后挪一个星期，给方小杨还在外地出差的母亲亲自逮捕押送的机会。

冯简飘进来，手肘撑在念想的肩头看得专心致志："又是方小杨啊……没来？"

"嗯。"念想改好预约时间，回头看了她一眼，"你那边忙完了？"

"忙完了啊……你别动。"冯简突然按住她的脑袋，低下头来闻了闻，"你用的什么洗发露，味道真好闻……而且好熟悉啊，感觉在哪里闻到过。"

念想头皮一紧，顿时紧张起来："啊，有……有吗？"

正有护士过来借东西，听到这句话回头看了一眼，笑嘻嘻地开玩笑："闻到过就闻到过啊，这么大惊小怪的干吗，对不对啊念想。"

"不是啊。"冯简疑惑地看了念想一眼，皱着眉头神情颇为认真地喃喃自语了一句，"这个香味很别致，我上次还特意问过。"

话还没说完，冯简一脸震惊地偏头往某处看了一眼。

欧阳眼神莫测地扫过来。

正靠在工作台不远处喝水的徐润清淡淡地睨了念想一眼，若有所思。

小护士好奇地接话："问过谁啊？"

说着，也走过来，凑到念想身旁闻了一下，顿时表情复杂地问道：

"念想身上的香味怎么跟徐医生的一样？"

话落，一瞬的寂静。

那护士显然也意识到自己说了什么不该说的话，懊恼地咬着唇闭紧了嘴。

念想浑身一僵，脑子顿时一片空白，只剩下："完了完了完了……"

她默默地看向徐润清，后者神色自若地回视了一眼，淡定地继续喝茶，只那唇角不动声色地微微扬起。

这样难言的沉默下，冯简的血压在一路飙升——

冯妈妈很早就说过，她总有一天会死在自己的这张嘴上，果不其然要应验了吗？居然撞破了徐医生和念想，而且广而告之地……

虽然不是她说出口的，但却是因她而起，会不会被灭口啊，嘤嘤嘤，好害怕。

一旁的小护士已经冷汗都要滴下来了，见大家都不说话，手脚僵硬了片刻，才"啊"的一声："李医生还在等我送东西，我先下去了。"

匆匆找完借口，赶紧逃离了案发现场……

冯简目送对方离开，半响后，清了清嗓子，也开口道："我上来其实是想问一下，明天晚上全科室聚会。念想，欧阳和徐医生你们来不来的，准许带上家属……"

说完，先把目光投向了僵化的念想。

念想被冯简那意味深长的眼神打量着，冷汗流得更欢快了，为什么有种冯简在暗示她"如果你不答应我就抄家伙揍你了"的错觉？

于是沉默片刻后，念想努力淡定地点了一下头。

欧阳有些纠结，但考虑了一会儿也点了点头。

然后众人都把目光投向了还没有表态的徐医生，按照往常的经验，徐医生向来都是不参加的。

接下来发生的一切，冯简都是用一脸"见证奇迹"的表情面对的。

第十四章 蔓延

最后飘出了诊疗室,更是狠狠地掐了一把大腿,感觉那痛感传达到大脑皮层的刺激感,忍不住泪流满面地感慨:"妈呀,真的是太不敢置信了……"

徐润清在众人的注目下,不慌不忙地把手里的茶杯放到了工作台上,然后中指轻搭在桌面上,食指推着茶杯移到念想的面前。

欧阳顿时一脸"老大好体贴,老大你的轻微洁癖呢"的表情羡慕嫉妒恨地看着念想,被老大眷顾的女人啊!

他刚跟着徐润清的时候,有一次开会,院长主持会议。他就跟着徐润清坐在门口处的位置,口渴喝水的时候不小心端错了纸杯喝了徐医生的水,还是徐医生没喝过的水啊!结果徐医生看都没看一眼,拎着纸杯就丢进了垃圾桶里。

这件事给他造成了难以磨灭的心灵创伤,哪怕后来知道徐医生不是清高只是有些洁癖,他虽然理解释怀了,但此刻面对这个景象,小心肝受伤害的程度又默默往上爬升了一级。

有一种我被伤害了,全世界都来践踏的孤单感。

默默泪流。

念想的表情始终是这样?

高度紧张空气都被压缩,连针掉落的声音都清晰可闻的现场。

就听徐医生不疾不徐地开口道:"作为家属,我也去。"

作为家属,我也去……

作为家属……

我也去……

他们刚开始的恋情,就这么公开了?

还不等在场的几位反应过来,就有刚才下去的病人排队交完费,上来交收费单据。冯简呆滞了半天,这会儿灵光了:"那徐医生你忙,我下去跟大家说一声,我们就定好明天的聚会了啊。"

徐润清微一点头，接过病人的收费单收进档案袋里。

那个病人却没急着走，在原地踌躇了一会儿，小声地问道："徐医生，我有些问题想私下再咨询你一下，你看能不能借一步说话？"

徐润清侧目看了一眼念想，这才微一颔首，和那位病人错了一步往外走。

欧阳继续收拾工具，沉默了半晌，才闷着声音说道："你跟老大同一个科室，又是医患师生这样复杂的关系，说开了其实不是明智的选择。"

"我知道啊……"念想闷闷地捏着杯柄发呆，她以为她藏得还挺好的……结果……

欧阳瞄了她一眼，看到她手里的杯子，心中那郁结之气更甚："女朋友的待遇就是不一样啊，这么快就能同喝一杯水了。"

念想瞄了一眼空空如也的杯子，脸都黑了。她木着脸把杯子倒扣下来，面无表情地解释："你想多了，他把杯子给我就是让我去倒水。"

欧阳一脸的"咦"，随即"哎呀"，最后归于"老大还是最棒的！"

成功地用表情刺激走了念想，郁闷了一天的欧阳开始摸出手机继续给兰小君发信息："刚才同事来问我们这个诊室要不要参加明天的聚会，念想答应去，老大作为家属出动，你猜我答应了没有？"

兰小君看到信息顿时一噘嘴："谁管你去不去，哼！"

嘴上这么说着，心里却好奇，想了想，回道："爱说不说。"

发完顿觉不对，仔细地看了一眼欧阳发过来的信息，差点把手机都摔了出去——什么？徐医生作为家属出动？谁的家属？

如果欧阳敢回答是他的家属，这个手一定分定了！分不了就剁，剁他还是剁自己的都剁剁剁。

没有热水，念想就自己烧了一壶。

窗外影影绰绰的，天气算不上很好，黄昏时分起了风，刮得天色

第十四章 蔓延

都暗沉了几分。

她支着下巴盯着那电源键看,看了半晌,察觉有人靠近,等她回头看去时,徐润清已经走到了她的身后,就顺着她这样前倾趴在桌上的姿势靠过来,俯身,双手撑在她的身侧。

"徐……徐医生……"

念想想站起身,徐润清却压下来,下巴轻抵在她的肩上,紧贴着她的颈侧。

她顿时不敢动了,又怕有人会来,浑身僵硬。

徐润清轻"嗯"了一声,侧了侧脸,又靠近了她几分,鼻尖在她的耳郭上轻蹭了一下,那温热的呼吸就在她的耳畔,拂下来时微微地痒。

念想有些不自然地缩了缩,幸好他很快就起身离开:"你不用担心冯简和李医生诊室里的那个护士。"

水正好烧开,他端起来先往她的杯子里倒上,颇有些漫不经心地解释道:"不这么说她们会误会,说了在瑞今的影响是有些不好?不过这些都不用担心,她们两个会心照不宣,不会到处乱说。至于欧阳,自己人。"

他看了她一眼,把杯子移过去,推到她的面前。

"啊?"念想有些反应不过来,"你怎么跟她们说的。"

"你不需要知道。"事实上并没有费多少力气。

他端起茶杯凑到唇边,那热气氤氲,凝结成白雾从杯沿缓缓升起。他手指轻轻摩挲着杯柄,似乎是轻叹了一口气,语气有些轻飘飘的:"有我在,你不用担心这些。"

念想的心像是被这热水烫了一下,暖得心口灼热灼热的。她微微眯起眼睛,笑得憨憨的:"我也不怕啊。"

"笑得真难看。"他微皱了一下眉头,屈指轻弹了一下她的额头,"今晚跟我一起吃饭?"

"欸……"念想想了想,摇摇头,"我约了小君一起吃饭。"

徐润清微挑了一下眉,理直气壮地问她:"那我呢?"

念想便秘脸看他:"……"什么你!

不过最后的结果——

兰小君神色复杂地看着坐在念想身旁的徐润清,目光来回在两个人身上巡视了半天,默默给念想使小眼色:"不是说就约了我吃饭,咱们联络感情的吗?徐医生是怎么回事?"

念想无辜脸:"你看决定权像是在我这儿的吗?"

兰小君:"……"扶额。

关于念想和徐润清的事情,兰小君是在下班的最后一分钟时才得知的。于是马不停蹄地赶来赴约,就是想听听念想这只蠢兔子被碾压的血泪史。结果遇上的不是兔子,是叼着兔子一起来的大魔王……

两个人频频使眼色,徐润清自然看得一清二楚,放纵了一会儿见两个人的沟通还没有达成一致,微皱了一下眉头。

他往念想碗里拨了一小半的芹菜虾仁,见她又挑挑拣拣地想拨开芹菜,问道:"不喜欢吃?"

念想拨芹菜的动作顿时一顿,赶紧拨回来:"不是很喜欢,但我不挑食,我等会儿一定都吃掉!"

兰小君不忍直视地捂住眼睛,这才刚确定关系呢,这地位……啧啧啧。

念想嚼了几口芹菜,开始嫌弃:"芹菜切得太粗了,我咬起来好累。"

徐润清终于良心发现地想起她的牙齿间隙,的确吃起来有些不方便。正要说话,手机振动,有短信消息。

是欧阳发来的,问地址。

徐润清回了一个街道和店名,不动声色地收回手机。

他见她已经又开始费力地吃起了芹菜,唇角微微扬起说:"不用勉强。"

念想叼着芹菜看他——

然后后知后觉，试探着把芹菜夹到他的碗里，见他夹起吃掉，又继续夹过去，直到全部清理完毕。

兰小君又默默捂住眼睛，啧啧啧……这恩爱秀的，好想插两把刀过去啊……

不过很快地，当兰小君看见欧阳推门而入的刹那，她觉得就用两把刀对付徐医生完全不够啊！

念想显然也是在状况之外，轻拽了徐润清一把，压低了声音问道："你让欧阳来的？"

"怎么会？"徐润清很坦然地回答，"他自己找过来的。"

念想："……"她看上去有这么好骗吗？

她还想说些什么，徐润清往她碗里看了一眼，抽了纸巾边擦手边问："吃饱了没有？"

念想不明所以地点点头。

"那我们可以走了。"话落，他站起身，对刚坐下的欧阳以及兰小君点头示意，"我们先走了，你们慢聊。"

不等对方的反应，牵起念想就离开。

兰小君看得目瞪口呆，就……就这么被抛下了？

欧阳显然对老大这明智的安排很满意，笑眯眯地转头看着她："小君，吃饱了吗？"

兰小君唇角抽了抽，脸色灰败地撑着额头扭过头去。

念想显然有些不放心，三步一回头："这样走掉可以吗？他们两个现在……"

"科室的聚会放在星期天了？"他打断她，问道。

这样的打断并不突兀，甚至自然得没有半分不和谐。念想顺着他的问题就回答:"是啊,不就是明天吗?"

"那电影看不了了。"徐润清微皱了一下眉头,重申,"我和你的第一场电影,看不了了。"

念想被他那专注深邃的眼神看得脸颊又开始发烫,也觉得有些可惜起来:"那怎么办?其实电影以后随时都能看啊。"

"正好今晚有时间。"他看了一眼时间,建议,"就今晚吧?"

念想:"……"这么急?

不过决定权显然不在她这里——

半小时后,念想捧着个大桶的爆米花坐在影厅最后排的情侣座上,还有些害羞地红着耳朵。

情侣座啊……

最后一排啊……

而且这个电影刚上映,看的人少,整个影厅的观众都很少,至于最后排的情侣座……除了他们两个,就没有别人了。

她默默地叼起一粒爆米花嚼啊嚼。

自从知道徐润清就是她的第一任主治医生,是她喜欢过、惦记过,并幻想过的那个人后,念想在面对他时,总有种要抓紧一切时间去珍惜的想法。

想把这六年来的空白补回来……只是怎么可能补得回来。

她情窦初开遇见的就是他,所有的,对爱情的幻想,都来自他。想和他做很多事,很多很多情侣才可以做的事。

就像一起看电影,看别人的故事这样的事,好像和他一起,感觉就不一样了些。

于是,电影的前半场念想一直在出神,中场……一直在努力跟上剧情,直到下半场,她转头悠悠地盯着徐润清。

他看得很认真,眼睛里映着大屏幕上闪动的光影,他的眼神本就清亮，漆黑又深邃。此刻映着光，倒映出清清浅浅的光点让念想不禁看得有些出神。

察觉到念想的视线，他侧过头来，靠近她，微低下头，轻声问："怎么了？"

"啊……没事啊。"念想赶紧扭回头，目光却落下来，看向他搭在膝盖上的手。她悄悄地伸出手，轻轻地握住他的。

余光瞥到他转头看过来，耳根已经红透了，却强装着镇定，努力地看着屏幕。

她的手指正一点点地塞进他的掌心里，握住他的手指。大概因为紧张的原因，手心有些烫。

徐润清忍不住轻扬了一下唇角，抬起手握住她的，叫了一声她的名字："念想？"

注意力明显不在屏幕上的人立刻扭头看过来。

他压低头亲下来，在她的唇上轻轻一碰，而后分开，微微退离一些，问她："想不想亲我？"

那声音融进电影的背景音乐里，好听得念想的骨头都酥了大半。

她点点头，见他眼底漾开细碎的笑意，试探地慢慢靠近他，然后凑上去，吻住。就这么轻轻一贴，就感觉自己的心跳如鼓，那鼓声翻腾，几欲迫人心。

念想只感觉自己的脸一直在发烫，和他相握的手隐隐有些出汗，浑身的血液却都沸腾了一般。

原本捧着爆米花的手微微松开，探上去碰到了他的脸。那一瞬间的触碰让她的心都软了一下，酥酥麻麻得连心跳都有些失序。

她靠过去，贴近他，却有些不敢再凑上去。

昏暗的光影里，她只看见他那双明亮的眼睛正含着淡淡的笑意耐心看着她。电影的配乐轻扬，空荡的影厅里，没有人察觉到这里，这骤然升温的地方。

念想摇摇他的手臂:"左三的矫正器有点扎嘴,有点疼。"

"这里看不见。"他轻捏了一下她的下颚,手指钩着她的下巴像安抚猫咪一样钩了好几下:"等会儿到大厅了我看看。"

"好。"她笑得眼睛微微眯起,心满意足。

一场电影结束,念想出了影厅,这才把进场时就关掉的手机开机。结果还没和徐润清走到地下停车场,就收到了一连串未接电话的消息。

念想一个个看过去,脸色顿时很精彩……

先是兰小君的,电话轰炸没成功已经灵活地改变战术变成了短信轰炸。总结下来就是:"浑蛋你没义气,你丢下我一个人走你这个见色忘义的王八蛋,放学后小树林见,老娘保证不打死你。"

念想默默地忽略,看到宋子照的名字时,犹豫了一下,还是拨了回去。

一阵忙音之后,对方才接起:"念想?"

声音有些含糊,像是正在吃东西。

念想"嗯"了一声,看了看走在前面的徐润清,小步追上去,这才解释:"刚才在影院就关机了,宋师兄找我有事?"

徐润清步子一缓,回头看了她一眼。

"星期五吗?"念想小声嘀咕了一声,掐着时间算了一下,偏头问徐润清:"下个周五我们不轮夜班吧?"

"不值班。"他拉开车门,见她站在几步外,微抬了抬下巴示意她上车再说。

宋子照微微一顿,有些狐疑地拢起眉心,问道:"念想你在跟谁说话?"

话音刚落,就听车门开合的声音,那熟悉的男声再次响起:"系上安全带。"

第十四章 蔓延

"啊，我够不到。"念想一手拿着手机，一手拉着安全带的扣锁比画了一下。

徐润清睨了她一眼，从她手里接过，很轻松地扣住。

念想这才想起来回答："徐医生啊。"

宋子照随即想起什么，突然沉默了下去，良久才道："那正好，你帮我跟徐师兄也说一声，你们一起来吧。我就不打这个电……"

话音未落，念想已经很热心地把手机递了过去："宋师兄的电话。"

宋子照："……"

徐润清侧头看了她一眼，视线又落在正在通话中的手机屏幕上，这才不疾不徐地接了起来。对方不知道说了些什么，他轻"嗯"了几声，再没说别的。直到最后快要挂断电话的时候，徐润清突然转头看过来，眸色沉沉地看了她一眼，回应了一个"是"字。

念想好奇地要凑过去听，刚挣开安全带靠过去，徐润清抬手抵住她凑过来的脑袋，轻轻松松地把她隔离在一臂之外。

念想："……"

直到他挂断电话，把手机递给她："我妈明天下午五点的飞机回Z市，她对你很好奇。"

念想原本想问他宋子照说了什么，为什么他最后看自己的那个眼神有些怪怪的，结果话还没出口，就被这件事转移了关注点。

"对我很好奇？"念想抬起手指戳了戳了自己的鼻尖。

"你终止了我的单身生涯。"他微微一顿，再开口时声音里隐约带了几分笑意，"所以她让我问问你，明天愿不愿意去接机。"

这么快……

念想目瞪口呆："徐……徐医生，我还没……没有准备啊。"他们不是昨晚才刚确定的恋爱关系吗？！

像是知道她在想什么，徐润清略微沉吟，解释："她知道你有一

段时间了,为了避免她回来就给我安排流水席一样的相亲宴,我坦白从宽了。"

念想微微地有些窘,手指又开始揉搓揉搓地绞着衣角:"可是我还没有准备好,太、太快了……"

"那就不去。"他调整了一下反光镜,往后看了一眼,神情轻松,语气愉悦,"不然见过你三天后她就开始大张旗鼓地准备去拜访念叔了。"

念想一个激灵……顿时冷汗直流……

完全把宋子照刚才那个电话忘记得一干二净。

平复好心情,念想开始一个个往回拨电话,先是她的教练——下周一理论考试,让她带上身份证到驾校报到。

然后是老念同志。电影院就在念想公寓的附近,即使徐润清的车速不快,这会儿也已经能够看到小区的门口了。

念想正侧过脑袋往窗外看,老念同志的前两句话顿时让她震惊得差点直接跳车……

老念同志语气严肃沉穆:"一整晚给你打了多少个电话了,你知不知道的?出去玩还敢把手机关机?你妈不放心,最重要的是我也不放心,正好出来买消夜,就顺便过来看一看。我在你楼下等得头发都直了,你对得起我花了几百刚烫出来的发型吗?这么晚了还在外面鬼混,念小想,你是皮又痒了是吧?"

"不管你现在在哪里,都限你十分钟出现在我面前!别让我看见任何野男人,不然先打死他再打死你,我老念说到做到。我现在就在你家楼下,赶紧给我回来。"

赶紧给我回来!

给我回来!

回来!

第十四章 蔓延

最后一句话……气拔山河，余音不绝。

徐润清洗完澡从浴室里出来，身上带着几分氤氲的热气，整个人像是笼罩在水雾里有些看不真切。

他从架子上抽出干毛巾擦了擦半湿的头发，抬手扯下浴巾，随意地套上家居服。

做完这些，他看了一眼时间，才刚过去了半小时。

外套的口袋里有念想临下车时塞进去的东西，让他一定要等回到家之后再看……他拎起外套，往口袋里摸索了一下。

是一个心形的……什么东西？

他用食指和中指夹出来，抛上去，然后用掌心接住。

巧克力。

他微挑了一下眉，拿在手里把玩了片刻，转身去厨房泡水喝。

厨房的壁灯是橘色的，灯光不是很明亮，却透着一股暖意。他微靠着流理台，神色却有几分疏离清冷地看着窗外那一轮冷月。

半小时以前。

老念同志挂断电话之后，她还有些没反应过来地握着手机走神，直到那端沉寂了几秒，她才陡然回过神，脸色有些微的不好看起来。

她扭头看了一眼徐润清，轻皱起眉头来："我爸就在我家楼下等我。"

正要经过一条没有红绿灯的路口，徐润清放缓车速，侧目看了她一眼，见她神情有些微的不安，心思微转就猜到了原因。

"不方便？"他声音略微往下沉，尽量不带任何情绪地说道，"那过了路口你再下，这里停车不安全。"

"你要不要和我一起过去？"她眨了一下眼睛，神情却有几分急促。

已经经过了路口,滑过一小段的道路,徐润清在离小区几步远之外的花坛旁停了下来。左手握着方向盘,微侧过身来看向她,似笑非笑地反问:"你是想我选择前者还是后者?"

不知道是不是因为他的语气太平静的原因,念想反而生出几分不安来,她想了想,回答:"一起去?你又不是我的野男人……"

是已经定了名分,准备认真交往的好吗!干吗藏着掖着。

只是这句偷偷放在心里的腹诽,却有些心虚……

老念同志面对徐医生时表现出来的反应应该不属于……友好那一列。她最后的三个字咬字含糊,又刻意压低了声音,徐润清听得不是很清楚,但显然不是什么动听的形容词。

她那双眼在灯光下亮得有些璀璨,像是星辰,光芒微闪。

徐润清搭在方向盘上的手指有规律地轻轻敲动了几下,唇角漾开一丝不怎么善良的笑容来:"我是不是跟你说过,你不适合撒谎?"

他轻移手指,指尖点了点她微皱起的眉心,然后轻轻地一划:"怎么想的就怎么告诉我……"

念想的眉心随着他指尖的动作松开,很快又重新聚起。

他几不可察地轻叹了一声:"我知道你还处于正在接受的状态,所以有任何问题,无论大的小的,不懂的不明确的都来问我?"

念想似懂非懂地点点头,唇一抿,小声嘀咕道:"我没撒谎,我就是……"

他耐心地等着她说下去。

念想不知道要怎么和他形容自己的想法,她并不是想退缩,抑或是想隐藏这段感情。事实上,她更想所有人都知道她站到了他的身边,正完完全全地拥有着他。

那个她曾经迷恋过,喜欢过,执着过,念念不忘了整整六年的男人。

很幸运地,他也不曾忘记过。

第十四章 蔓延

甚至她觉得他们两个好像已经相爱了很久,而不是昨晚才刚刚确定关系。

她咬着唇有些懊恼,和他对视良久,最终一句话也说不出来。沉默了片刻,才努力地解释道:"我觉得现在见见我爸爸没有什么不好的……我对你很认真,从来没有过的认真。你对我……"

念想抬起眼睛看了看他,又垂下,双手开始揪着衣角扯扯:"我们这种目的基础的人,没必要纠结这个问题啊。反正我爸爸那里,你迟早……"

"嗯,你这么想我很欣慰。"他低头看了一眼她的手,伸过去轻轻握住阻止她扯衣角的动作,顺便帮她解开了安全带,"下次好了。起码要等你跟念叔打过报告了,我再正式登门。"

顿了顿,他郑重地补充完整:"不是野男人,而是打算结婚的男朋友。"那眼底促狭的笑意,让念想看得清晰又分明。

还是听到了吗?

念想有些不好意思地看了他一眼,嘀咕道:"不是我说的啊……"

说着,瞄了一眼时间,暗叫一声糟糕。不敢再耽搁下去,抬手推开车门,刚要下车时想起什么,车门一带又关上,急匆匆地扑过去。

左手紧紧地拽住他的衣袖,身子前倾在他的脸侧落下一吻。趁他还没从这突袭中反应过来,身手敏捷地坐回去,脸红红地在小包里翻找她准备的巧克力。

今天早上出门的时候,特意拆了好几个巧克力,看了里面的英文短句做了标记才带出来的。一直想给他,但是一来是太忙根本没空忙里偷闲,二来突发情况就够她喝一壶的,早就忘光了。

她借着窗外的路灯努力辨清了一个备注着"B"字母的星星巧克力,攥在手心里,飞快地塞进他的外套口袋。

刚要收回手,却被他一把按住……隔着一层布料,被他按在了口袋里。

"我要走了。"念想动了动手腕,软声撒娇,"等会儿我给你打电话好不好?"

见他低头看她,她干脆又凑上去亲了一口,这一次仰头亲在他的唇上,满足得像是偷了腥的小狐狸,欢快地摇着尾巴:"这个……"

她的手指在他的口袋里动了动,隔着他里面的衬衣碰到了他的腰,她笑眯眯地又轻捏了一把:"你回家之后才能看。"

徐润清的手一松,还没来得及吓唬她,她已经跟尾鱼一样,滑溜溜地就跑了……连车门都没关好。

他轻捏了一下眉心,只觉得眉心隐隐作痛。不甚明亮的灯光下,他反复把玩,终于看见了那不是很显眼的"B"字。

徐润清看着那个字母良久,缓慢又小心地拆开包装纸。那巧克力被包裹在里面,剥除了这锡纸,才看见内里,留着这样一句短语——

Believe in those you love.

他还来不及有什么想法,她的电话就这么掐着点地打了进来。

徐润清端起茶杯往卧室里走,指尖还夹着那张纸,反复地、仔细地看了好几遍。

"徐医生……"念想叼着筷子有些郁闷地叫了他一声。

"嗯?"

"我在吃夜宵……"她松开咬着的筷子,挑起面条卷在筷子上一口塞进嘴里,塞了满嘴含含糊糊地说不出话来。

老念同志的确是在公寓楼下等了太久,这碗捎带上的给她的夜宵大排面到她的手里时,已经只剩下余温了。

所以,怒气挤压着,见到她时立刻大发雷霆,就在楼下,车前教育了她一通。

但事实上,念想的注意力全部放在了随着他说话一抖一抖的风骚小卷上了。冯同志看见他顶着这个发型回家的时候,难道没有想一脚踹出去的想法?

简直不忍直视。

等平息了老念同志的怒气后,老念同志送她上楼,顺便到厨房把面重新热了热。念想这才敢问:"爸,你做这么个发型,你能告诉我你是怎么想的吗?"

老念同志得意地轻哼了一声:"这些你管得着?你妈说好,那就好!"

念想:"……"您最近一定是哪里得罪她老人家了。

就这么沉默了一会儿,老念同志已经审视完毕,确认公寓里没有任何除他之外的男性踏足过,这才心满意足地离开。

念想送他到门口,正想开口提一提徐润清,结果话还没开口,老念同志就转过身来,脸色分外严肃地交代了一句:"行了,你赶紧回去把面吃了,早点休息。"

念想讷讷地应了一声,又酝酿着想提,老念同志看着她的脸色更加灰败了一些,带了一丝说不清的沧桑:"小念,你小姑今天下午给爸打了个电话,说奶奶身体状况有些糟糕。我跟你妈商量了一下,打算明天去J市把她接过来住。等下个星期,你搬回来住吧。"

这个消息毫无预兆,让念想犹如吃了一记闷棍,顿时脑子一片空白:"前两个月过去看她的时候不是还好好的吗?"

带着她去地里撒菜籽,挖番薯,身体还很硬朗。

"没什么大事。"老念同志皱了皱眉头,语气沉郁,"爸明天就过去接人,大概周一就能回来了。你奶奶每年都做体检,要有问题肯定也不是大问题。"

念想这才安了几分心,但依然还是有几分心事重重。在客厅呆坐了一会儿,想着现在杞人忧天也是无用,揉了揉脑袋,暂时抛下这件事,去厨房吃面,只是这碗念想素来喜欢的大排面怎么都吃着不香了。

"医嘱是吃完一定要刷牙。"他端起茶杯喝了口水,声音顿时像被润过一半,柔和又温煦。

"我没来得及跟我爸说。"她努力地咽下去,心头还是有些闷闷的,"我爸说奶奶身体不好,他明天去J市把奶奶接回来。我下个星期,要搬回去住。"

"嗯。"他应了一声,没接话。

"我有记忆起,小时候好像很多时候都是跟奶奶一起。一眨眼,我都这么大了,却从来没有意识到她就在我长大的时候一天天变老。"

有时候想想……觉得长大也是一件残忍的事情。

"我有些不敢想……"她的声音突然就哑了。

徐润清耐心地听着,听见她那端压抑得很小小的有些沉重的呼吸声,一声一声,缓慢又低沉。

他端着茶杯坐在桌前,那一盏台灯映得整个电脑桌面亮得有些刺眼。他倾身调节了一下光线,灯光暗下去,他整个人似乎也随着那变暗的灯光渐渐柔和。

"我有些不敢想,哪一天,我奶奶会突然离开了我……"

还是一个用任何交通工具都无法到达的地方。

他安静地听着,听到那端即将要凝固,很快就要哭出来一般的声音,想了想,说道:"念想,这是每个人都要经历的事情……

"对于你而言,很重要的那个人,终有一天,要离开你。"

第十五章
扑通扑通

"对于你而言,很重要的那个人,终有一天,要离开你。"这句话就像是一把钥匙,恍然之中就把念想带到了另外一个世界。

外公外婆去世得早,离开的时候念想还不记事,完全没有大印象。爷爷是在她小学时还不懂得亲人离世是什么滋味的时候就走了的。独独留下一个奶奶,成了她的念想,心心念念惦记着的念想。

但从未想过,有一天,她会离开自己。总觉得她还能陪自己久一点,再久一点……

这一晚,念想没睡好。抱着被子在床上翻来覆去地滚动,脑子里始终回旋着徐润清的这句话,一直滚到深夜也没有一丝的睡意,烦躁地爬起来给徐润清发短信。

"徐医生,我失眠了……"

"徐医生,我失眠了。"

"徐医生,我失眠了!"

三秒后,收到徐润清回复的短信:"那来我这里睡?"

念想的手指一僵,眨了好几下眼睛,又眯着眼瞄了一眼时间,已经一点四十五分了,居然还没睡?

"你怎么还没睡啊?"

"起来倒水喝,好像有些感冒了,口干舌燥。"发完,又补充一句,"刚有一点睡意,被你吵醒了。"

一连串的短信提示音加振动。

他好不容易才睡下,又被吵醒,那怨气隔着手机屏幕都能嗅到。

"啊?感冒了?严重吗?"

发出去良久,他都没有回复。

念想戳着暗下去的屏幕好几下——难道睡着了?这么快?

刚腹诽完,屏幕猛然亮起,徐润清的来电显示。

念想接起。

"我没事。"他的声音带着刚睡醒时的沙哑和低沉,还有一丝不易察觉的鼻音,"为什么睡不着?"

"就是想着你那句话,然后在反思自己这么多年来的没心没肺……"她放低了声音,躲在被窝里,瓮声瓮气的,带着几分自己也没意识到的撒娇语气。

原谅她深更半夜的骚扰了。

"是应该反思。"他想起什么,声音又压低了几分,"如果这次牙齿矫正没有遇上我,实习也没有遇上我,念想……我是不是就成了你年少不知时的一段青葱过往了?"

"怎么会!"念想顿时心虚,努力地想了想,说道,"就算没有牙齿矫正,实习也没跟你。还有那一次……那一次,我、我蹭了你的车啊……"

"嗯。"他微扬了尾音,似笑非笑,"你不提醒我还忘了。"

第十五章 扑通扑通

念想：“……"嘴贱啊啊啊啊啊！

"你看，徐伯伯和我爸认识，我们迟早也会认识的啊。"而且……怎么可能会是青葱过往。

按照兰小君的话来说，念想的世界老成又沉闷，根本没有一般少女的青春飞扬。

"以前一直以为你是智商上面后天不足，对我的明示暗示都没有反应。后来发现智商不是问题，只是情商先天缺陷。而且情商低得非常有技巧，总是能很幸运地转移很多危机。"徐润清总结完，轻笑了一声，"你自己觉得呢？"

念想默默回答："可还是没能从大灰狼的爪子下逃走啊，还亲自……送上门了。"

那端略微沉吟，有些不满道："再说一遍？"

念想立刻闭嘴。

"所以这样就挺好的，很多东西你不用那么深刻地去体会。"他的声音越说越低，到最后渐渐沙哑，连话都听不清楚，"今年年初，我刚送走了我的外婆和外公。

"这就是现实的世界，你总要面对各种突如其来的失去。难过，肯定有，只是还没发生的事情，你要做的不是杞人忧天，是去珍惜。"

好像被教育了……

念想点点头，声音闷闷的："我知道了。"

"除了这个问题，你还有什么问题？"他那端传来喝水的声音，声音清清浅浅的，还带着几分倦意。

"你是不是想休息了？"念想试探着问了一声，又瞄了一眼时间，两点了。

"是。"他不知道想到什么，笑了一声，"你失眠……是不是因为夜宵吃得太饱了？"

念想揉着肚子,想起那碗大排面,顿时觉得整个人都有些不太好。

按着徐医生的医嘱吃了两片消食片后,念想摊成个"大"字形霸占了整张大床,睁眼看着天花板,睡着之前还想着——

明天一定要一口咬定失眠是因为情绪泛滥,想太多,而不是夜宵吃得太饱。

因为昨晚两点多才睡着,念想今天明显有些睡眠不足。晨起来上班的时候,差点一头撞上门口的玻璃门。

幸亏冯简就跟在她身后来上班,眼疾手快人机灵地先一把推开了念想,及时地拯救了差点无辜躺枪的玻璃门。

念想被推开之后,用力地揉揉脸这才清醒了几分:"小简啊,我没撞到你吧?"

"没有……"冯简虚扶了她一把,见四周没人注意,这才悄悄地凑到她耳边轻声问道,"是不是最近纵欲太过度了啊?看你走路都飘了……"

念想一张脸顿时红得跟老念同志种的朝天椒一样:"谁谁谁……纵了!我那是没睡好……"

冯简促狭地一眯眼,了然地点点头:"那就是欲求不满……"

念想忍住想翻白眼的冲动。

冯简还想说些什么,却听二楼楼梯口有人在叫念想,抬头看去,见是清风朗月的镇店之宝——徐医生时,赶紧挥挥手一脸嫌弃地抛下念想走了。

一大早的就开虐单身狗,简直不人道。

徐润清顺手解了围,念想立刻跟只兔子一样蹦蹦跳跳地就跳到了二楼。站到他面前时,先是仔细地看了一眼他的脸色。

除了脸更白了点之外,没有不正常的地方。

什么高烧才有的性感潮红,什么面如纸色,什么病恹恹的病美男之态,统统没瞧见。

"看什么?"他曲指轻弹了一下她的额头,见她回过神来,转身先往诊疗室里走,"今天会很忙,做好准备了?"

"我没问题啊。"念想默默地咽下到了嘴边的哈欠,努力得眼眶都红了一圈,平息了片刻这才问道,"你感冒呢……"

"没事。"他拉开牙椅坐下,曲肘把玩着一个患者的寄存膜,指尖在上面的托槽上一一划过去,神情带了几分认真,"现在能画线都粘得不标准,以后不给画了你要怎么办?"

念想这才看清他手上拿着的是这两天自己用来练习贴托槽的寄存膜:"看着好像挺简单……"但是上手的时候才发现每一个位置都很关键。

是一件十足考验耐心和功力的事情。

念想练习的时候一没放足耐心,二没有那功力。

"等晚点,病人少一点了,有空闲的时候再教你。"他正要指点,眼角余光瞥到有病人进来,索性停止。

这一忙一直忙到下午四点,就快要下班的时候。

念想洗完手,就站在徐润清的身侧给他递工具。他工作的时候,专注又认真。

她站的角度只能居高临下地看见他戴着口罩的半张侧脸,眼神深邃,背着灯光,那深幽的墨色清凌凌的,就像是古井,波澜不惊,又沉敛温凉。

她正看得出神,便听他突然说了一句:"明天是你的复诊。"

病人就躺在这里,复诊肯定不是对病人说的。

她迟钝了一下,随即才反应过来:"要换弓丝了?"

"嗯。"他给患者冲洗了一遍口腔,又用口镜仔细地检查了一遍,

徐徐诱之

"念想,拿个镜子给她。"

"哦。"她转身从工作台上拿了一面小镜子递到患者的手里。

"这颗牙齿已经补好了。"徐润清用口镜轻敲了一下刚补好的那颗牙齿,示意她看过来,"除了这颗龋齿,旁边这颗也有了一点龋坏的迹象,你自己平时要多注意。"

"最好半年来检查一次牙齿问题。"他收回手,推开椅子摘下手套去洗手。

小姑娘就着小镜子左右看了看,躺的时间有些久了,晕乎乎的。从牙科椅上坐起来,目光只在念想身上停留了一瞬,立刻转移,落在了徐润清的身影上。

他穿着白大褂,更显得身材纤长。他的手指白皙,骨节分明,在水流的冲刷下更显得十指修长。看上去有些漫不经心,还带着几分随意,清俊又禁欲。

很明显,这里有个被诱惑到的小姑娘。

想当年,念想也是这样,被他诱惑到的时候,觉得他的一举一动都清贵逼人,引得她心跳失序。

现在吗?好像还是这么不思进取,常常不经意之间就被勾得五迷三道不知所云。

完全没有一点进步啊!

念想在指间转悠着水笔,默默吃醋……某人现在也这样啊,还是不动声色地就勾引人家小姑娘!哼。

小姑娘恨不得整个人都要黏上去了,见念想杵在一旁,像是丝毫没有察觉到她的不悦,有谁不悦的时候还面带微笑的?哪怕这笑容略显僵硬。

凑上去,轻声地问道:"阿姨,你们徐医生有没有女朋友啊?"

阿姨?

第十五章 扑通扑通

念想震惊得手里的笔都掉在了地上，不敢置信地问道："你叫我阿姨？"

"姐姐？"小姑娘不情愿地改口。

已经晚了！

"阿姨不知道啊，阿姨帮你问问徐医生吧？"念想木着脸，边捡起笔边扭头问徐润清，"徐医生，小姑娘问你有没有女朋友。"

话落，就被旁边的小姑娘投以带着强烈杀气的眼神。

念想目不斜视，权当没看见。

哼，年轻的阿姨现在可都很有脾气的！

徐润清转头看了这边僵持住的两个人，不由觉得好笑，微微勾起唇角，反问："我有没有女朋友，你难道不清楚？"

小姑娘没听懂潜台词，只以为念想故意让她难堪，一跺脚，气鼓鼓地鼓着脸瞪她："阿姨你让我很尴尬。"

女孩子看上去十七八岁的样子，即使在生气，那表情也很是讨喜。

念想攀上去轻捏了一下她的脸，一本正经地回答："开个玩笑嘛，现在的阿姨都很爱开玩笑的。徐医生不只有女朋友，连孩子都有了。"

徐润清微挑了一下眉，不置可否地看了念想一眼，没出声。

忽悠完小姑娘，念想轻哼了一声，把水笔往笔筒里一插，拿起水杯转身就要出去。

结果还没迈出第一步，就被徐润清堵住去路。

他比她高上很多，站在她面前，还是这么近的距离，看上去他的身影把她整个人都笼在了里面。

念想还是有些不高兴，酸溜溜的。

上次有个任颖，虽然不知道真假，现在又……以后肯定还有小姑娘前仆后继……

她正胡思乱想着，就见他突然俯下身来，一低头，就吻住她。

毫无预兆,毫无准备,毫无声息地……

吻住她。

吻是温凉的。

头顶那一方灯光落下来,暖暖的。就像是他此刻缓缓握上来的手,温热,干燥。

毕竟是诊疗室里,随时都会有人进来。

徐润清浅尝即止,就这么低着头看她,压低了声音问她:"孩子?谁的?"

念想"啊"了一声,有些迷茫地看着他。哪来的孩子?

"不知道?"他微眯起眼睛,那双眼深邃得像是大海,沉沉寥寥地辽阔,"不是你说的?徐医生不只有女朋友,连孩子都有了。"

他一字不漏地重复完这句话,眼里倏然散开几分意思,压着声音,似笑非笑地看着她:"女朋友,孩子在哪里?"

念想默默哭。

好记仇好小气好会事后算账的徐医生!

"今天脾气有些不太好。"他松开念想的手,微凉的指尖在她的鼻尖上轻轻一点,声音低沉缓慢,带了几分喑哑的磁性,"还是不高兴?"

他突然这么温柔下来。

念想不自然地吞咽了一下口水,只觉得刚刚安分下去的小心脏又开始"扑通扑通"地加快速度,全身的血液都缓缓沸腾起来。

她小声又别扭地辩解:"没有啊,没睡好,好像一直起床气到现在。"

连找借口也不会找。

念想简直要被自己蠢哭了。

她偷偷瞥了他一眼,见他正低头饶有兴趣地看着她,脑子一热,一句不经大脑思考的话冲口而出:"不是说禁止办公室恋情吗?徐医生你现在好像是在公然违反啊。"

徐润清显然不在意，轻飘飘地又把问题丢回来："那你显然是头号从犯。"

念想："……"讲不过他，不玩了！

瑞今今晚聚会的第一站因为迁就当晚值夜班的科室，就订在了医院对面的那家"小家居"餐馆里，包了一个大包厢，塞下了所有人。像这种私下里的聚会，院长是从来不出席的，嗯，徐医生也是向来缺席。

所以当护士站的护士姑娘们得知这个消息兴奋了一下午后又开始唉声叹气——一直超级期待的徐、林两大男神同台，结果今年徐医生是来了，林医生却还在外派。

众人谦虚选座时，念想不动声色地落后一步，打算隔着一个欧阳好掩人耳目。结果她刚找准位置，欧阳立刻一脸"你别害我"的表情惶恐地让了座。

徐润清抬眼，淡淡地瞥了她一眼，手指一点，指了一下自己身旁的那个座位："坐过来。"

他的动静不大，但毕竟是众人热烈关注地对象。话音一落，气氛就开始微妙了起来。

念想有些尴尬，乖乖地和欧阳换了位置，正要坐下时，徐润清又漫不经心地解释道："那个位置是上菜位，没有让女孩子坐那里的道理。"

欧阳对这个顺手拈来的理由顿时跪服："……"

同时，心里泪流满面：徐医生，其实我也是女孩子啊！你看看我啊！我就是个女孩子啊！

饭桌上的气氛热烈，后来兴致高了，便有男同事申请开几瓶酒助助兴。

欧阳作为一个"女孩子"，挨个往能喝的杯子里都倒了满满的一杯，就快要徐润清时,念想突然皱着眉头拉了拉他的袖口。

徐润清"嗯"了一声,微低头靠近她:"怎么了?"

他身上好闻的香气顿时溢到念想的鼻尖,她一顿,反应迟缓了一下,才压低声音,仅用两个人能听到的声音小声地提醒:"你不是有点感冒吗?不要喝酒了……"

徐润清睨了她一眼,轻勾起唇角:"不想我喝?"

念想犹豫了一下,点点头。

"好,那就不喝。"

他说不喝,那就真的不喝。欧阳来满酒的时候,他微抬了一下手轻移开杯子,见众人纷纷不解地看着他,脸不红气不喘地解释:"等会儿要开车,我们医院那么多女孩子,总得有人送回去。"

话音刚落,在场的男同胞顿时悔得肠子都青了。看着手里端着的酒杯,悔恨得咬牙切齿。

欧阳站在徐润清的身旁,一脸坚毅地想:老大能当上瑞今第一男神,是有道理的。

然后下一个是念想。

欧阳默默看了一眼徐润清,很果断地直接略了过去——给他十个胆,他也不敢灌念想酒啊。

念想已经殷勤地伸出酒杯去了,就见欧阳看都没看她一眼,直接跳过她……

顿时一脸蒙。

于是徐医生就几杯大麦茶,面不改色理直气壮地喝了一整个饭局。

吃过饭,接下来续摊。

在座的除了年轻一辈的医生之外,还有不少后来随徐院长一起开山河,一起撑起瑞今前身的老医生。他们不愿意掺和小年轻的热闹,吃过饭就回去了。

第十五章 扑通扑通

其中一位王医生临走之前意味深长地看了一眼徐润清，说道："小徐你要是缺个媒人，可以找你王姨担保。"

话落，又看了一眼跟在徐润清后面一路打饱嗝的念想，笑了笑，也没等徐润清的回答就走了。

念想一头的雾水……

续摊离得也不远，就小家居楼上的KTV。

念想吃得有些撑，进来就窝在角落里的沙发不动弹，如果不是冯简太吵了，她这会儿一定已经眯上眼睛睡着了。

也不知道众人的默契是怎么产生的，念想那一块地方原本已经挤得跟沙丁鱼罐头一样了。但等徐润清接完电话，推门进来的刹那。

男同事起身去开酒，挪出位置。女同事去点歌，去上洗手间，去吃果盘。偌大的沙发顿时空出了一大片的位置任君选择。

念想抱着抱枕傻乎乎地看着他，就见徐医生丝毫没有心理障碍地在众人的视线中一路走过来，走到她的身旁，淡定地坐下。

念想胆子小，见大家的目光有意无意地往这里瞥，连搭句话也不敢，就一本正经地坐着，装作很认真地听冯简唱歌。

事实上，一点都不知道冯简那一首歌……一直都没在调上。

欧阳实在听不下去了，直接切了歌，把冯简丢出去了……

被剥夺了拿麦克风的权利，冯简开始人来疯地到处拉着人拼酒猜拳，这一项全民热爱的运动很快就波及努力减少存在感的念想。

念想默默地看了一眼徐润清，见他没有反对的意思，摸了几把手，跃跃欲试地和欧阳摇骰子比大小。

于是……

欧阳输的时候，他咕噜噜地喝。欧阳赢的时候，苦兮兮地瞄一眼坐在念想身旁一动不动，却全身自动散发冷气场的徐润清，揽过酒杯，继续咕噜噜。

徐徐诱之

要是小君在就好了,那可是个移动的大酒桶啊!

玩到最后,念想看着眼都喝直了的欧阳,终于后知后觉地弃权退出。

徐润清起身去接电话,念想就侧身戳着欧阳热乎乎的脸蛋,问:"你跟小君怎么样了啊?"

"她就是撒娇……"欧阳闭着眼,歪在沙发上,声音却乐呵呵的,"很快就什么脾气都没了,呵呵呵呵。"

念想戳着欧阳脸颊的手顿时一顿,面色怪异地看了一眼欧阳,收回手揣进自己的口袋里。

这种事可以不用这么老实地说出来的啊!

冯简撒了一圈酒疯,回头见念想孤零零地照看着一个醉鬼,顿生恻隐之心,拉着她加入文文那小圈的真心话大冒险。

念想手气好,轮轮都有惊无险地擦了过去。于是,她还没入局,已经知道了这里谁谁谁喜欢谁谁谁,这里的谁谁谁怕老婆,这里的谁谁谁借了谁的钱,这里的……

念想默默地看了一眼被八卦滋养得满面红光的冯简,默默地端起酒杯压压惊。

几次之后,喝得有些头晕眼花的念想终于挂了。她捂着热乎乎的脸,连对方的问题都没敢听,直接选择了大冒险。

她是考虑着,如果对方坏心眼地问她——你喜不喜欢徐医生啊?

或者:你是不是跟徐医生在一起了啊?你有没有亲过徐医生啊?你是不是对我们的男神爱之入骨啊……这类任何有关徐润清的问题。

她肯定不知道怎么回答。

但念想没想到,大冒险原来也这么坑爹……

大家不敢开徐润清的玩笑,于是就开她的:"念想给你两个选择,一是亲欧阳,二是亲我们的徐医生。我们给你创造了机会,你别不珍惜啊!"

第十五章　扑通扑通

明明是在使坏啊!

念想扶着脑袋,有些头疼:"……有没有第三种选择?"

冯简是知情人,嘿嘿一笑,端了两瓶刚开的酒放在念想的面前:"喏,对瓶吹,吹完这两瓶,后面你再踩雷,我都替你喝了。"

不然她现在去亲一下欧阳?

她的视线越过冯简看向已经醉成一摊的欧阳,赶紧摇头否定……这太有困难了啊。

亲——徐医生?

念想看着面前这群已经兴奋起来的同事,默默地拿起了酒瓶。

不过念想终究没能喝完两瓶,她喝了一瓶就已经饱得要吐了。深呼吸了好几口气,手刚伸出去还没挨着瓶身,就有一个男人的手拿起酒瓶。

李医生笑眯眯地看着惊诧的众人,耸了耸肩:"我只是发挥一下同事爱,这瓶我替了。"

念想感激涕零,以前拔牙对她造成的心理障碍她决定大度地一笔勾销。

然后她等着李医生整瓶喝完,捂着肚子一副难受得忍不了的表情,演技大爆发地突破重围冲了出来。

徐润清没有在包厢的门口。

念想左右看了看,扶着墙往走廊尽头走。她上来的时候,记得这里有个安全通道。

脚下是厚实柔软的毛毯,念想本就有些头晕眼花的,这会儿脚步更加飘了,深一脚浅一脚的,就像是踩在棉花上。

尽头就是一个窗口,能看见瑞今的大门。

而徐润清,就站在那里,和一个念想不认识的女人说话。

闫莎莎先发现的念想,她正扬着唇轻笑,一回头就看见了站在几

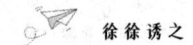

步之外的念想。见她目光有些发直地盯着徐润清,出声提醒:"润清,是不是你认识的人啊?"

徐润清随着转过身来,看见念想的时候微一挑眉,正要开口介绍。看到她脸上不自然的绯红以及有些涣散的目光时,眉头就是一皱:"念想,过来。"

念想耸了耸鼻尖,有些不高兴地用指尖蹭了蹭——跟叫小狗一样。

一边腹诽着,一边慢吞吞地走过去。

磨磨蹭蹭地没走多远,徐润清就没了耐心,几大步迈过来站到她面前,低头凑到她唇边闻了闻,那酒气……

他皱了一下眉头,抬手扶住她:"喝了多少?"

念想努力地回想了一下,伸出一个手指头,再想一想,又竖起一个手指头。

徐润清的眉头皱得更紧,抬手把她正要竖起第三根手指头的手握进掌心里。刚想揽住她——

念想已经自觉地蹭过来,蹭进他的怀里。手从他的外套里伸进去,抱住他的腰。

悄无声息地……撒了个娇。

徐润清的身上带着让念想莫名安心温暖的熟悉淡香,丝丝缕缕,似有若无。她埋在他的怀里深深地嗅了一口,只觉得刚压抑下去的醉意又开始翻涌起来。

徐润清一手揽在她的腰上,一手虚扶着她的肩膀,把她整个人的重量一半都转移到自己身上,这才有空和已经看傻了的闫莎莎介绍:"我的女朋友,念想。"

念想这个名字,闫莎莎早就如雷贯耳了,但却不是以徐润清女朋友的这个身份。

她想起前不久从林景书嘴里听到的那些,诧异地看着徐润清怀里

第十五章 扑通扑通

背对着她的念想，略微带了几分审视："润清你自己是有分寸的吧？"

"分寸？"

徐润清双眸一眯，也不知道是听懂了她话里的意思还是没听懂，略微沉吟："我做事向来不用分寸来衡量。"

闫莎莎眉头一皱，还想再说些什么，但见他一脸的不耐烦，顿时识趣地咽了回去。

"那我先走了。"徐润清微抬了一下下巴示意怀里还有一团小麻烦，侧身对闫莎莎略略一颔首便稳稳地揽着念想往前走。

还没走出几步，闫莎莎立刻叫住他："润清，刚才说的那件事就拜托你了。"

徐润清头也没回，只留下一句"我尽量"，抬步便离开了。

念想这才从他怀里探出头来，脸色红润，双眸似含着水一般，蕴着一汪的水汽，醉意分明："我们要回家了？"

"不想回去？"Z市的冬夜已经笼上了一层寒凉的夜霜，徐润清顺着她的手臂落下去，碰了碰她的手，微微的凉意。

他拉开外套，不动声色地把她裹进去。见她仰着脸，粉雕玉琢的模样，心头一软，低下去用唇在她额头上轻蹭了一下。

念想反应有些迟钝，良久才伸出手来摸摸额头，揪着他袖口的手指微微往下扯一点，再扯一点……见他又侧目看过来，扬起个灿烂的笑容，眯着眼睛一副餍足的样子。

已经走到包厢的门口，徐润清原本还想进去打声招呼，看她这副明艳艳的样子软软地窝在自己的怀里，立刻打消这个念头，把她抱得更紧了一些。

"不用……和他们说一声吗？"念想回头张望了一眼包厢门，有些迟疑。

"让他们知道我和你一起消失？"他低低地笑了起来，语气促狭，

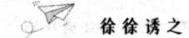

"我是不介意……"

念想晕乎乎地捏了捏自己滚烫的耳朵,脸红红地看了他一眼,小声嘀咕:"人面兽心……"

她声音压得低,咬字又含糊,徐润清没听清,就微微俯低了身子凑过来:"你说什么?"

他们已经走进了电梯里,电梯里除了他们空无一人,她就着这个姿势张嘴轻咬了一下他的耳垂,感觉他一僵,得意得眉开眼笑。

已经逐近深冬,Z市的冬日就像是一个浮着巨大水汽的水球。里面温度一低,那水汽就缓缓凝结,被风一刮,凛冽得像是要穿透人的骨髓,乘风而去。

念想被这冷风一吹顿时清醒了一些,只觉得额角一阵阵地隐隐发疼。等坐上车,车内又是干燥闷热的暖气,念想闭着眼,觉得胃里一阵翻腾,难受得脸色都变得有些青白。

"不舒服?"他探手过来贴了一下她的脸。

徐润清的本意是想试探她的体温,不料,她冰冰凉凉的双手缓缓握住他的,那柔软嫩滑的脸就挨着他的掌心轻蹭了一下。

然后……

徐润清想起前不久,念想喝醉酒……似乎也这样?

软乎乎的……也格外……主动?

他的眸色瞬间就幽深了下来,被她双手握着的手指轻弹了一下她的额头,试探着叫她名字:"念想?"

"嗯。"她含糊地应了一声,松开他,直觉地系上安全带,看着他的眼神还有些困倦,"我先睡一会儿好不好,你等会儿叫我。"

徐润清抬手揉了揉她的头发,指尖那细腻的触感让他有些爱不释手,又停留了一瞬这才收回手,倒车离库,很快就离开车位。

道路两旁的路灯飞快从倒退,那轻微的车轮滚动和引擎轻响,在这寂静的夜里便格外地清晰。

Z市的夜晚，悠凉又深沉，车内，却时光静好。

念想是在徐润清抱她走出电梯的时候醒过来的，迷茫了好一会儿，意识回笼第一眼看见的就是徐润清家门口的门牌号。

一头雾水地看着他："我……不回家吗？"

"你这样回家？"他放下她，摸出钥匙开门，"自己去我房间里的洗手间洗脸，我去给你煮个醒酒汤。"

念想站在他身旁，看着他修长的五指握住门把，那白皙，骨节分明的手指看得她一阵口干舌燥。

徐润清进屋后见她还傻站在门口，朝她勾勾手指："快点进来。"

念想这才三步并作两步地蹦进去，刚踩上玄关柔软的毛毯，就见他弯腰在鞋柜上方的储物柜上翻找了一下，然后曲指拎起一把钥匙递给她："拿着。"

念想有些蒙地看着那把钥匙："开……开什么的？"

徐润清睨了她一眼，不作声，显然是懒得回答这么白痴的问题。

"咳。"念想伸手接过来，有些受宠若惊地看着他，"真的要给我？"

"给我女朋友的。"他捏住她的下巴凑过去，原本是要亲她的，才一靠近，嗅到唇上那淡薄的酒气，微皱了一下眉头，"去刷牙。"

念想噘嘴，揪着他的衣领扭了扭……

是的……扭了扭……

扭完念想自己傻了一下……

立刻松开揪着他领子的手，双手举过头顶做投降状："老念同志说我喝醉酒的酒品有些糟糕……"

"现在好像很清醒。"他的指尖在她眉心轻点了一下，看她骨碌碌地转悠了两下眼珠，微翘了翘唇角，无奈，"以前怎么就没发现你

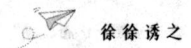

这么爱撒娇？"

"其实我也一直都没发现……"她挠了挠头，绕过他去刷牙。

因为拜访的次数有些频繁，起码一个月内这是第三次了，所以不说徐润清这里设备齐全，但她的必需品，几乎都已经备上了一份新的。

念想的小熊睡衣，念想的碎花小拖鞋，念想的兔斯基牙杯，念想的矫正小牙刷，念想的……

她刚走了几步，想起什么，又回过身来。见他还站在玄关门口，就着那一盏橘黄小灯看着她，兴冲冲地折回去，踮起脚就在他下巴上咬了一口。

不知道是她牙齿的棱角尖利还是矫正器刮到了他的下巴，微微地一阵刺痛。

始作俑者显然也发现这个问题了，赶紧松了口，去检查他的下巴："咦，我是不是弄疼你了啊……"

徐润清握住她的手腕，从今晚看见她出现在窗口，带着一身蒙眬醉意开始，那涌动的急躁的渴望始终被他强制按压下，偏偏她却不自知，非要一步步，踏进来，又缓又稳。

他按住她，微一用力，推到了身后的墙上。

又要……壁咚吗？

念想默默地瞪大眼，直勾勾地看着他……

那眼神清澈见底，在灯光下就如上好的玛瑙，光华千转。

他隐忍又克制，并未碰到她。只一手撑在她身后的墙上，一手轻扶在一旁的储物柜上，把她圈在自己的势力范围之内，并且留了足够的安全距离。

他的声音低沉喑哑，刻意地压抑下却有着说不出的魅惑："今年二十四岁？"

话题转这么快？

念想扶了一下有些混沌的大脑，点点头。

"过了法定年龄了。"他下完结论，不给念想思考的时间又问，"过完年结婚吧？"

念想"啊"了一声，觉得双腿开始发软。

这是求婚？

可是好像……又是单方面的决定一样……

不对。

念想觉得自己的脑子有些打结，她要是没记错，他们恋爱还没几天啊！这就……求婚？

"跟……跟我吗？"

徐润清微偏头审视她，唇角溢起一抹似笑非笑来，语气危险："不然呢？"

好像问了个很蠢的问题。

念想又开始紧张地揪着衣角，这个问题简直让她手足无措。完全不知道怎么回答。

看出她的纠结，徐润清略一思忖，开始绕着弯子："那什么时候找个合适的时机跟念叔说一说？"

念想又"啊"了一声，更紧张了："说我们要结婚？"

徐润清顿时笑了起来，低低沉沉的，说不出的悦耳："如果你这么着急的话，我是没有意见。"

念想黑线："……"

"不然退一步，先订婚也可以。"他的手指抚上来，捏了捏她温热柔软的耳垂，刻意地引诱她，"你看，我都二十八岁了。"

念想被他捏得心尖都有些发痒，不自在地想避开，刚退一步他就逼近一步，丝毫不给她喘息的机会："念想，你说好，答应我说好。"

念想有些想哭："这……这么急？"

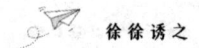

徐润清显然很喜欢回答这个问题,双眸缓缓一眯,像只狐狸一样狡黠:"嗯,确实挺急的……"

念想觉得矫正器一阵发紧。

"急……急什么,我又……我又不会跑。"她结结巴巴地问出口,脸红得几乎要烧起来。

徐润清见她故意装不懂,微皱着眉心,低下头和她平视:"需要我说得再清楚一点吗?"

这是耍流氓了吧!

念想目瞪口呆,到底不是个脸皮厚的,抿紧了唇角没接话。

他却忽然笑了,曲指轻钩了一下她的鼻尖:"开玩笑。"

徐润清略微沉吟,和她对视良久,才轻而缓地说道:"我只是想把你定下来,时时放在我看得见的地方。"

念想听得心一紧,刚想伸手去握他的手,却扑了一个空。

徐润清已经站直了身体,转身往厨房走去。

念想看着他挺拔修长的背影,竟觉得有些孤零零的……

没有迟疑的,她几步小跑过去,从他身后抱住他。

徐润清还再往前走,被她这么一扑,怔了一下,正要转身,她环上来的手一紧,牢牢地,十指交扣在他的身前。

"我只是不太会……像你一样去表达……"她磕磕绊绊地解释,"很多话我想不到,也不会说……

"我好像在这方面一直都有些笨。"她声音有些沮丧,也不管他有没有听进去,自顾自地继续,"不会说的时候就想亲你,可是又怕你觉得我太黏人,太主动……"

"想亲我?"

念想愣了一下,有些不高兴地嘀咕:"这个不是重点啊。"

徐润清握住她的手腕,捏着她的腕骨,分开她的手,转身看向她。

她的鼻尖在他背后蹭得微红，一双眼睛漆黑透亮，纯净得像是水晶，正微微仰头看着他。

"不会主动？"他有些怀疑地问道。

念想犹豫了一下，矜持地点了点头。

"上次好像不是这样。"他低下头来，和她一样的高度凝视了她一眼。然后，在念想呼吸发紧的那一瞬，微微偏头吻住她。

"你上次做得就很好。"他亲了一口就退开，食指的指尖在她唇上轻轻一点，"小骗子。"

念想的耳根一下子涨得通红，看着他支支吾吾了半天，最后发现说什么也不合适，恼羞成怒地踩了他一脚，绕过他去刷牙了。

洗完澡，喝了醒酒汤，念想又开始捂着肚子不舒服，抱着被子在他的床上到处打滚。

外面那个卫生间的花洒出了点问题，徐润清是等她洗完之后才进的卧室里的卫生间。洗完澡出来，就见床上乱七八糟，那个始作俑者把自己包裹得严严实实地躺在床中央。

他微微皱眉，单膝跪在床边，拍了拍被子："念想？"

念想含糊地"嗯"了一声，有些艰难地从被子里探出双手来环在他的脖子上。眼眶微微发红，显然是有些不太舒服。

"哪里不舒服？"他干脆坐下来，掀开被子把她抱出来，就靠在自己的怀里。

"肚子……"

胀胀的，又有些酸麻，像是要坠下来一般，说不上来的难受。

今晚吃得太多，再加上又喝了那么多酒。她的胃里也沉甸甸的，一阵阵的沉闷感让她的呼吸都有些不畅。

"要不要去医院？"

念想摇摇头，撑着身子坐起来，耷拉着脑袋倦极了："我就想睡觉。"

徐润清皱了皱眉头，显然是不放心。看着她睡下了，也没急着离开，先去擦干了头发，绕回来见她已经睡得平稳了。眼见着时间还早，就去书房拿了本书，就靠在床头看了将近半小时。

她脸上的不自然的红晕终于退下去了一些，只睡得还是有些不安稳，辗转反侧时总是皱着眉心。

徐润清用指腹揉了揉她的眉心，每次都是刚揉平，转瞬又皱起来。反复几次后，他终于放弃，垂眸看了她良久，掀开被子一角，也躺了进来。

念想睡到半夜开始不老实，不是踢被子就是踢人。

徐润清原本就是浅眠，这种动静之下很快就转醒，看见窗外幽寂无声的夜空时，捏了捏眉心，头疼地起身去倒水喝。

回来的时候就看见原本应该睡熟了的人正呆呆地坐在床中央，一脸的……生无可恋？

念想揪着被子，脑子还有些晕乎乎的，但意识却已经开始活跃起来。

屋内只有门口一处壁灯，灯光温暖又宁静。屋外是漆黑的一片，只卧室的窗外才透着明亮的月光。

念想捂着肚子，呆滞迷茫地看着他，出口的第一句话带着哭腔，可怜极了："徐医生，你家有没有卫生巾……"

徐润清："……"

想也知道徐医生的家里不可能有这东西啊。

念想揪着被子泫然欲泣，眼眶红了一圈又一圈："床单也脏了……对不起，我应该早就想到……"

刚睡醒，她的声音软软糯糯的，显得有些娇憨。

床单？

徐润清瞄了一眼她身下那深色的床单，不以为意。

他走到床边，开了灯。

这才看清她这会儿正在哭，原本还压抑着很小声地转换呼吸，他坐到了床边，就怎么也忍不住了，扯着被子捂住脸……

然后念想就感觉到他的手覆上来，在她脑袋上摸了几下。

悄无声息的安慰，温柔至极。

"附近有个二十四小时的便利店。"他抬腕看了一眼时间，拉开衣柜，随便挑了一件外套穿上，"都是能解决的事情，不准哭了。"

念想抬起头看他，徐润清已经穿好了外套，捞起放在桌几上的车钥匙，想了想说道："其实便利店有些远，来回大概要半小时。一个人在这里怕不怕？"

念想摇摇头，肚子有些疼，身体更是有些不舒服，可那一瞬间，心却暖得一塌糊涂，就快要化成了水，柔软得不可思议。

她整个人埋在被子里，只露出一张脸来，还是哭得惨兮兮的脸。徐润清心底却被轻微触动，一圈涟漪，却惊扰了整片心湖。

他折回去，抽了纸巾给她擦了擦脸："那就在这里等我，不准动，也不准乱跑。有什么事，都等我回来再说，听进去了？"

念想还在纠结床单，也有些不厚道地想笑……

明明刚才还难堪，尴尬，害怕，觉得很丢人很不好意思，觉得天都要塌下来了。

可他三言两语就把她的躁动不安抚平，明明是有些不太情愿的，却又……所以完全忍不住地抽了抽唇角。

看出她的意图，徐润清捏了一把她的脸，看她疼得龇牙咧嘴地，这才终于气顺，心甘情愿地大半夜出门买卫生巾。

不然呢？看着他的小姑娘在他面前哭？

等他回来，念想去卫生间收拾好自己。出来的时候，他还穿着外套，有些困倦地坐在床边捏着眉心。

手边是一盏茶——热气腾腾的红糖姜茶。

徐润清显然已经有些累了，眼神却还很清明，看着她把茶喝了，也懒得去洗杯子。倾身关了灯，也躺了下去。

阮青昨天到的家，因为太累，回家的第一件事就是补眠。睡得早，醒得也早。

天还没亮，就已经神清气爽地下楼做了早饭。

老徐同志还在梦乡里，阮青清点完这次出差带回来的战利品，想着正好做好了早饭，顺便一起给徐润清送过去。

从柜子里拿了徐润清公寓的钥匙，阮青就着将明未明的天色，出发！

第十六章
学 生 证

阮青把车停在了公寓楼下,提着保温杯下车,正要往楼道里走。刚走出几步,恍惚瞥见什么,脚步一顿,停了下来。

前面不远处的停车线内,赫然停着徐润清的那辆奥迪。

看来人是一定在家,不过就去年快过年的时候,徐润清有几次回家晚了,车就随意停在了公寓楼下。照理说小区里的安保还是不错的,但年关的秩序比起往常总是要乱一些。

就那天,车轮被恶意扎破了两个。此后,徐润清无论再晚回来,都会把车开进车库里。但今天……

阮青压住疑惑,往楼上走去。

天色已经放亮,是彻底地掀开夜幕,被白光一寸寸吞噬。

清晨朦胧的雾色里,一切都像是蒙了面纱,影影绰绰地看不清晰。

今天的天气看上去并不是很好,雾蒙蒙阴沉沉的,许久也不见太阳。空气里的湿气层层叠叠地覆盖、弥漫,湿润得像是要下雨。

念想下半夜睡得不好，总是半梦半醒，等天亮了这才有了一丝睡意。刚闭上眼，又觉得肚子微微地抽痛，伴着那种下坠的酸胀感，真是要人命。她捂着肚子翻个身，似乎是听见有人开门的声音。

她顿时一僵，奇怪地"嗯"了一声，这个时候难道还有小偷吗？

只是天色一亮，人声渐起，也许是隔壁家开门的声音？

念想僵着身子不敢动，仔细地听了一会儿，又是一声不轻不重分辨不清出自哪里的关门声。

她轻扯了扯徐润清的手，头皮都有些发麻。

这寂静沉默里，就连呼吸都有些发紧，沉重。

徐润清刚睡下没多久，被她这么一扰，顺手把她揽进怀里抱住，严严实实地压住她："不要动……"

他的声音低沉沙哑，还带着浓浓的倦意："再陪我睡会儿。"

念想被他压住手脚，动弹不得，呜咽了一声，放低声音小声地说道："我听见开门声了，好像是有人进来了。"

徐润清这才睁开惺忪的眼，垂眸看她："有人？"

念想的神经绷得紧紧的，就像是拉满了的弓弦，一触即发。

徐润清的话音刚落，就听一阵似有若无的脚步声由远及近。门外的人象征性地敲了三下门，随着一声扳下门把手的声音，阮青推门而入。

徐润清闭了闭眼，下意识的反应就是把正要探出个脑袋的念想按回去，紧紧地抱进怀里。

"还在睡？"阮青轻笑了一声，打量了一眼徐润清的房间，顺手把他挂在沙发扶手上的外套拿起来，妥帖地挂到一旁的衣架上。

"多大的人了啊，还赖床……"阮青小声地嘀咕着，顺手就帮徐润清收拾了一下房间。

那窸窸窣窣的小声音，此刻却在念想的耳边不断地放大放大。震耳欲聋。

第十六章　学生证

她慌张地扯了扯徐润清胸口的衣服，又不敢乱动，简直要哭了，就这么磨蹭着一点点往他怀里钻得更严实。

徐润清揽住她的腰，扣进怀里让她动弹不得，察觉到她的不安和慌乱，迟疑了一下，还是伸出手在她脑袋上轻拍了一下以示安抚："别动。"

念想乖乖的，立刻不动了。

脸埋在他的怀里，恼羞地张嘴咬了他一口。

这厢徐润清还没想好怎么开口。阮青已经自觉徐润清的反应有些不对，正要往前走几步看看情况，结果一眼就看见了床边摆着的——两双拖鞋。

嗯。其中一双很明显是女孩子穿的。

阮青顿时一蒙。

环视一周，立刻发现了挂在窗前衣架上的女孩子的外套，电视柜前放着的女孩子的随身小拎包。

阮青只觉得血压一阵上涌，一瞬间脑子里纷乱地闪过多种思绪，最后归于平静时，脸上依然青一阵白一阵的有些阴晴不定。

她是希望徐润清尽早成家，她闺密的儿子比徐润清还要小两岁，但人闺密现在已经当上奶奶，成天抱着孙子来气她了。

前阵子她倒是听说儿子有稳定交往的对象了，但现在到底是哪种情况？

碍于眼前情况不明，阮青只轻咳了一声算是提醒，努力镇定后，语气平缓道："赶紧起来，我在外面等你。"

念想不知道这一瞬息之间发生了什么，听到了关门声，顿时松了一口气，从徐润清的怀里探出脑袋里，大口大口地呼吸新鲜空气。

真的，她跑 1500 米的时候都没现在这么刺激。

徐润清听着阮青那一瞬间发紧的声音就知道情况不是很妙。

他抬手轻捏了一下眉心,抬眼瞥到念想憋得一脸通红,此刻还有些惊慌未定心有余悸的表情时,还是忍不住想笑。

嗯,想了很多种念想和阮青见面时会发生的奇怪的状况,但没想到会是这一种完全不在意料之中的场景。

他撑着身子坐起来,低头看见自己胸口处那湿漉漉的,刚被她咬了一口的地方,微挑了一下眉,看向她:"皮痒了?"

念想还沉浸在恐惧中无法自拔,自动忽略他:"怎么办,阿姨一定会误会我是个随便的女孩子,到时候对我的印象一定不好。我我我……"

"有什么好误会的?"徐润清神情自若,早就想好怎么解释了。

他微眯了一下眼,专注地凝视了她一眼,微微靠近,凑到她的鼻尖,轻声且认真地说道:"念想,相信我吗?"

念想还在胡思乱想,但他的目光沉静,云淡风轻的样子让她瞬间就平静了下来。认真地想了想,点点头。

"那就全部交给我来解释。"他挑起一旁的衣服穿上,见她蒙蒙地看着自己,微扬了唇角笑,丝毫没有算计她的不良反应。

几句话就商量好了应对的方法,徐润清先推门出去,见阮青正双手环胸,面色冷沉地坐在客厅沙发,一脸严肃地看着他时,面不改色地先去洗漱。

念想还在卧室里的卫生间磨蹭——啊,不想出去,不想出去,不想出去……

她抬头看了一眼镜子里有些憔悴的自己,一头闷在温热的毛巾里,悔恨得想咬舌自尽——为什么会变成这样!

徐润清洗漱完毕,这才坐到阮青身侧的单人沙发上。姿态随意,语气镇定:"徐夫人,你有十分钟的自由提问时间。"

阮青"啧"了一声,抬手就把手边的抱枕丢过去:"怎么跟你爸

第十六章 学 生 证

一个德行……"

为了不激怒显然有些情绪不太稳定的徐夫人,徐润清保持沉默。

"那个女孩子……"阮青压低声音,拢着眉心很不赞同地看着他,"怎么回事?"

徐润清略一思忖,回答:"是念想。"

"念……念想?"阮青的眉头一舒,松了一口气,"我还以为你……"

"以为我背着她乱来?"徐润清给阮青倒了杯水润嗓子,那清晰的水声里,他的声音微微的喑哑、沉敛,"没有别人,一直都只有她。"

阮青最讨厌的就是徐家的男人总是这么一副运筹帷幄的样子,不解气地猛灌了一口茶水:"我听你爸说,人家小姑娘跟你差了四岁。你怎么回事,就这么把人家小姑娘拐……拐上床啦?"

徐润清不辩解也不否认,沉默应对。

阮青觉得自己有些头疼,太阳穴的神经"突突"地疯狂跳动:"你别告诉我你不打算负责。"

阮青一向觉得自己的这个儿子冷清得过分,但碍于他对自己的事情向来有分寸,所以很少干涉他的决定。

而这些年也不负她的期望,虽然在"娶老婆生孩子"这方面实在是难以令人满意,但阮青知道他心高气傲,必然是在等一个自己喜欢的女孩子,所以就算操心着也很充分地尊重他的意见。

但不料这一次的事情,徐润清的反应居然这么暧昧不清!

"你是个成年人,自己做事情都不先考虑考虑?如果没确定要对人家女孩子的一辈子负责,你干什么混账事?"阮青说着说着,就有些压抑不住自己的怒意,眉角轻扬,那怒意肆意,像是燎原大火,越烧越猛。

徐润清淡定地喝了口茶,抬腕看了一眼时间,声音清冷:"我跟她什么都没有,你别想这么多。我先去看看她。"

说着,不等阮青回答,便起身往卧室走去。

身后,阮青怒得又摔了一个抱枕,起身去阳台冷静冷静……

念想还在跟个陀螺似的在卫生间里转悠,门一开,徐润清站在门口看着她,饶有兴味:"不打算出来了?"

念想泪眼汪汪地看着他:"可以吗?"

"不可以。"他迈进去,把念想弄得一团乱的牙膏牙刷全部收拾起来,见她可怜兮兮的表情,思忖片刻,从她身后环住她,抱在身前。

"怕什么?"他偏头在她耳郭上亲了一口,又沿着耳垂往下,在她耳后落下一吻,"外面那个人,以后会疼你宠你比对她亲生儿子都更好。"

念想的背脊贴在他的胸前,依稀还能感觉到他沉稳有力的心跳。

她眨了几下眼,无措,害怕:"我怕她对我印象不好,会不喜欢我。"

"她不会。"

徐润清想了想,眼底漫开一丝浅淡又愉悦的笑意:"我这么喜欢你,她为什么不喜欢你?"

念想"欸"了一声……

有点晕……

念想被徐润清用一堆听得不是很明白的歪理开导了一番,云里雾里地就被忽悠着出去和阮青见面。

阮青见徐润清和念想一起出来,饶是此刻怒火中烧,脸上也努力扬起个和善的笑容来:"是念想啊……"

念想心塞地想:这会儿能说自己不是吗?

"阿姨好,我是念想。"

到底是小女孩,脸皮薄,又不太懂人情世故,这会儿一有些什么情绪全部表现在脸上。

第十六章　学生证

阮青见她脸红得都要烧起来的样子，心里却多了几分欢喜，然后狠狠地瞪了一眼面无表情当背景的徐润清："早上还要去上班的吧？我正好带了早饭来，我去给你们端出来，润清，你过来帮忙。"

念想正准备了一肚子的腹稿想要活跃下气氛？

刚张嘴，还没说出口，就听阮青刻意地支了徐润清一起去厨房，又开始胡思乱想了。

嘤嘤嘤，什么狗屁的"我这么喜欢你，她为什么不喜欢你？"

徐润清跟着阮青到厨房。

阮青沉着脸，一言不发地看了他一会儿，突然冷冰冰哼了一声："刚才被你一激差点没想明白怎么回事，就算是有些不太好意思开口的话，跟妈说怎么了？"

终于问到了点子上。

徐润清不疾不徐地把保温杯里的早餐装盘，敛眉沉声："念想还有些犹豫，念叔也不太喜欢我。"

"你直说让我教教你怎么做会死？"阮青舒缓了表情，拍了一下徐润清的手，自己接过来，"你跟人家女孩子才交往多久啊，就算她再喜欢你，这么快肯定也是要斟酌思量的……"

"妈。"徐润清抬手轻捏了一下眉心，有些无奈地提醒，"我二十八岁了。"

"现在知道急了。"阮青终于畅快，轻笑出声，想了想还有些不放心地问道，"你没把人小姑娘怎么了吧？"

"嗯？"徐润清沉吟片刻，只回答，"我会对她负责。"

阮青头皮一紧，回头看了一眼在客厅里坐得端端正正的小姑娘。两厢沉默片刻，阮青问道："你想让我怎么帮你？"

徐润清微挑了一下眉，露出个愉悦的笑容来："去念家定亲吧。"

"那就定……"阮青的话说到一半，戛然而止。然后幽幽地，带了几分审视地看向他，一字一句认真地问道，"这不是小事，你考虑清楚了？"

嗯，坚持了那么多年不愿意结婚，就连相亲也是实在被她烦得受不了了才迫于压力去看了两次。突然就有女朋友了，突然要定亲，突然就想成家了……

阮青心里自然是高兴的，这些年光听瑞今传疯了的"徐医生和林医生是真爱"这种论调，她都要放弃成见去接纳小林了。

现在徐润清不只有了成家的念头，主要对方还是知根知底的老念家的闺女，这种亲上加亲的喜事，喜闻乐见。

但阮青心里更是有一些犹豫，毕竟不是小事，而且又涉及老念家，一个办不好，到时候鸡飞蛋打，连关系都不亲厚了。

徐润清"嗯"了一声，看了一眼阮青。

后者又问："这个决定是确定的？绝对不反悔？"

徐润清转身开了壁橱拿筷子和调羹，闻言，微微一顿，思忖了片刻，反问："妈，你还记得那个学生证吗？"

"学生证？什么学生……"证？

阮青的话一窒，朦胧地想起什么，有些不确定地看了他一眼："就是你冲我发脾气那一次？"

徐润清无奈地捏了捏眉心："我什么时候发脾气了？"

"还不算发脾气？都多少天没理我，最后还搬出去，搬得一干二净……"阮青瞪了他一眼，显然对这件事耿耿于怀。

应该是六年前发生的事情。

徐润清研一在B大附属医院的口腔科实习，外套弄脏了就挂在玄关处的衣架上，阮青顺便就收拾去洗干净。

洗完晾出去的第二天，就见徐润清脸色不太好地拿着那件衣服站

第十六章 学生证

在阳台的门口，手里还揣着一张看不清任何东西的纸质的东西。

阮青见他脸色实在难看，便过去问他怎么了。

结果徐润清一言不发地就回了房间，几天都没理她。后来阮青收拾他的房间时，才看见被他压在书下的那团洗得发白发皱的白纸。

像是个学生证，那时候的学生证还是纸做的，又是泡了半天水，又是经过洗衣机的摧残，最后暴晒不变成粉状都谢天谢地了。

阮青一直不知道这是谁的学生证，但因为徐润清一反常态的强烈反应一直记忆深刻，当下不由表情有些复杂地看了一眼不远处的念想。

徐润清顺着她的视线看过去，等阮青不确定地用眼神询问他时，抿唇轻点了一下头。

徐润清并非没有动过去学校找念想的念头，但这毕竟不是个很恰当的举动，因为没有足够的动机，一直就搁浅了下来。

原本以为只是人生过客，没料到，最后竟然被眷顾，重新遇见了她。

这些念念不忘、相思成疾的时光里，就像是他在她的世界之外等她长大，一等多年。

徐润清不是没想过，假如再也没有遇见她，他的今后会怎么样。只是每次的答案都是一片空白。

不是刻意等待，也没有抱着执念去等候。没有什么刻骨铭心，也没有什么轰轰烈烈，更不是所谓的求而不得。

只是知道有这么一个人，对他而言，意义特殊。知道也许再也不会遇见，但偶尔回忆起她，都有一种相思难舍的感觉。

然后就在某一天，一个寻常的时间点，在一个并不是很熟悉的地方，悄然地、毫无预兆地重新相遇。

那时候才明白，什么叫相思成疾。

阮青的表情瞬间变得很精彩——她都不知道自己的儿子是这么痴心长情的人。

不好晾着念想在厨房里待太久,阮青甚至已经不用再三确定徐润清这个决定的慎重性,单就刚才那个信息,阮青就完全能够肯定——

徐润清是认真的,前所未有的认真。

不过人家小姑娘是怎么想的啊。

饭桌上,阮青一直给小姑娘夹菜,看她小口小口吃得认真,一脸的慈爱:"小念你刚才说矫正器是润清亲手粘的啊,真是缘分啊。"

念想憋得有些内伤,但依然乖巧地点点头,继续努力地啃阮青夹过来的笋菜。

"十八岁时的智齿都是润清拔的,这缘分……"

念想看了一眼一旁稳坐如山、面无表情的徐润清,默默垂泪。

有种孤军奋战的凄凉感。

"现在还跟着润清实习……"阮青突然感叹了一声,话题一转试探道,"老念知不知道你们的事?"

念想愣了一下,摇摇头。见阮青的眼神黯淡了些,紧张得匆忙解释:"我还没来得及跟我爸说,最近家里又有点事,我就……"

阮青一笑,连忙安抚:"别紧张别紧张,我就是顺口一问。你们刚开始谈恋爱,谨慎郑重点总是没错的。"

欸……念想偷偷瞥了一眼徐润清,欲哭无泪。

真的是……来不及说啊!

总而言之,一顿饭吃下来,念想是身心都煎熬,导致食不知味还消化不良。

阮青送他们两个出门,看见他们走进了电梯,下一刻赶紧拿着手机给冯同志打电话。

念想垂头丧气地抵着电梯壁角,深深地叹气叹气叹气。

那围巾系得潦草,后面还翘出一个角来。徐润清帮她把围巾翻折好,见她还是一副要死不活的样子,抬手垫过去,十指轻拢贴着她的额头上。

微微的暖意，源源不断。

念想刚想站起身来，徐润清已经就着这个姿势把她往后一拉，拉到怀里靠着，就像从身后抱住了她一般。

"冷静下？"

念想皱着鼻子哼了一声，整张脸写满了不高兴，可到底在不高兴什么，却连自己也没有头绪。

"对我不满意？"他又问。

念想刚要点头，可又觉得这样赌气有些不应该，犹豫了半晌还是摇摇头："我不高兴的是自己，好像哪儿都做得不好。"

说完，念想才迟钝地想明白自己在不高兴什么，又皱起鼻子，对着电梯金属镜面做了个鬼脸。

好讨厌。

这种不按照剧本来的剧情，让她手足无措，完全不知道要怎么应对。坑爹的是，她都没能好好地设想彩排一下，就这么见了家长……

徐润清却是一声轻笑："跟自己较劲？"

念想很不想这么承认，但事实上，的确是这样。

"我妈很喜欢你。"他松开手，退开一步，手落下去牵住她的手塞进口袋里。

做完这些，电梯也正好到一楼，"叮"一声轻响，他牵着她走出去。

外面是冷冽的空气，凉凉的，还带着沉重的雾气，湿漉漉地寒冷。

"我们算认识六年了吧？过了十月，现在算第七年了……"徐润清握着她的手指轻按了一下她的掌心，随即侧目看了她一眼，缓缓补充完整，"认识得够久了。"

念想不太明白他的意思，抬头看他。

"照我妈的行动速度，我过几天就应该上门拜访念叔了。"他嘴角一勾，那笑容肆意，看得念想头晕目眩——

这节奏,是闹哪样!

昨夜的聚会狂欢,让众人今天就跟打了鸡血一样,活力十足,连带着低气压了几天的欧阳都神清气爽地来上班。

欧阳精神抖擞的结果就是念想被拦截在茶水间数绵羊。

欧阳捧着水杯耐心十足地追问:"我听冯简说你昨晚后半场就消失了?老大也不见了……"

念想默默地看了他一眼,怀疑地问道:"该不是冯简让你来刺探军情的吧?"

"不是啊。"欧阳很爽快地回答,"我就是八卦之心熊熊燃起了,你不满足我一下?"

念想无奈,摸出手机开始搬救兵:"你说我现在是打给小君好呢?还是打给徐医生好?"

欧阳大叫一声,转身就走,干净利落。

念想继续数绵羊——

工作日的第一天,早上的病人并不是很多。

念想在徐润清的监督指导下,粘完了寄存膜的上排托槽。还来不及对自己的作品沾沾自喜一下,就有病人复诊。

今天上午,徐润清就预约了这么一位病人,做矫正治疗,粘全口。

念想不是第一次看徐润清粘托槽,但每一次看他粘完,都觉得自己真的是太小儿科了。

"灯。"徐润清提醒。

念想就坐在病人的左侧,手里拿着光固化灯。听到这声,赶紧认真地凑上去,拿灯照着患者粘黏托槽的部位。

一声很轻微的"嘀"声,光线亮起。

念想看了一眼患者,抬手挡了一下灯。她的手绕过去,正好贴在他的手腕上方。

温热的触感。

念想忍不住抬头看了他一眼,正好对上他看过来的目光,不经意地,深幽又沉静。

没有说话,也没有交流,这一眼对视之后,两个人都很默契地继续手上的工作。

冯简"路过"时看见的就是这么相亲相爱的一幕,忍不住啧啧了两声,满脸粉红地飘了下去。

午休。

念想吃过饭后,拿着牙刷正认认真真地在茶水间不远处的刷牙示教区认真地刷牙。

冯简幽幽地从她身后走过,见念想叼着牙刷看过来,暧昧地笑了笑,风情万种地下楼去了。

念想有些蒙蒙的,啥情况?

她想了半天没想出结果,索性放弃,反正自打冯简对她和徐医生之间的事情心照不宣之后,经常这样一副暧昧不清,高深莫测的样子。

刷过牙,念想去诊室报到。

徐润清不在诊室里,她溜达了一圈也没找到人,暗自奇怪:"明明说好了中午帮我换弓丝的啊,人呢……"

作为出镜率极高的配角人物欧阳恰到好处地出现,又十分恰到好处地提醒:"老大在楼上的院长室,估计是在……睡午觉。"

念想:"……"

不是说好了,她复诊的嘛!

"你亲自上去叫一声不就行了。"说完,欧阳就挤眉弄眼地功成身退了。

念想在原地挣扎了半天，悄悄地戳了个电话去问情况。

"你上来吧，换弓丝下午也来得及。"

徐润清的声音清冷得哪有半分睡意？

徐润清是瑞今的太子爷这件事，没有人不知道。但是瑞今在念想的认知里，算是一个比较特殊的地方。

这里的工作氛围很棒，并没有很多职场上的钩心斗角。她所接触的认知的范围里，每一位医生尽管都有自己的脾气，但无一例外地很好相处。

至于徐润清，毕竟他是这么个"大神"的存在，瑞今里没有人敢冒犯他。所以瑞今太子爷这种微妙的身份，大家似乎也并不怎么上心。唯一的，就是默认的院长办公室，徐医生是可以自由出入的。

比如：睡午觉。

又比如：拿了徐院长的好茶叶下来分给大家一起尝尝。

哦，对。

听说，有不少年轻的护士小姑娘都以走错路为借口，摸到院长办公室门口徘徊。

念想站在办公室的门口，心有点虚。这个小姑娘，说的好像就是她？

她严谨地、认真地敲了两下门。

里头的人沉默了一瞬，才沉声应道："进来。"

徐润清正坐在沙发上看文件，见她进来，很自然地吩咐道："把门关上，可以上锁。"

上……上锁？

"听不懂？"徐润清抬眸瞥了她一眼，见她那纠结的表情，恶劣地想欺负一下。

他顺手把文件放在桌几上，起身走过去。

他比念想高出很多，身影笼下来，带着十足的压迫感。

第十六章　学生证

念想被逼得往后退了一步又一步，一直到门边。

徐润清伸手，从她身旁越过，握住门把手，轻轻一推，关上门，又落了锁。那"咔嚓"一声轻响，在寂静的房间里显得格外清晰。

他维持着这个动作不动，就这么居高临下地看着她："干吗用这种表情看着我？"

念想努力地调整着自己颇有些惨烈的表情："你叫我上来……什么事？"

很心虚的语气。

徐润清轻"嗯"了一声，抬起手捏了一下她的脸，柔软又嫩滑。他的手指顺着她脸部的线条滑下去，凑近她，一直到凑到了她眼前，微一偏头，唇靠近她的耳朵，轻声问："你们老师有没有提醒你注意点？比如，每个医生的办公室里的那张折叠床。"

念想"咕咚"一声，紧张地咽下一口口水，觉得被挑逗得浑身都热得开始冒烟。

有些欲哭无泪地："你叫我上来不会就是无聊了，想逗我玩吧……"

一点都不好玩啊！

"难得聪明。"徐润清的唇角略微一勾，心情愉快。

徐润清见念想下一秒就更壮烈的表情，忍不住，轻笑了一声，抬手揉了一下她的脑袋："把这些文件搬下去，我这里还有点事，乖乖去楼下等着我。"

他转身去拿文件，递进她的手里时，很自然地俯身，亲了亲她："那个……"

他突然开口。

念想蒙蒙地"啊？"了一声，啥……个？

"不舒服的话等会儿跟我请个假。"他说完，静静地看了她一眼。

念想反应过来，脸顿时"轰"一下烧红了，她手忙脚乱得都不知道这会儿应该做什么反应才算正常,转身握住门把手就跑。

徐润清从办公室下来的时候,就看见平常最讨厌写病历的小姑娘正一声不吭、一丝不苟地趴在桌上写病历。

离下午上班还有段时间,徐润清戴上手套和口罩,示意她去牙科椅上躺着。

念想磨磨蹭蹭地爬上去,乖乖地躺好。

看着他坐下来,然后调节牙科椅的高度:"刷牙了?"

念想点点头,亮出一口白森森的戴着矫正器的牙:"刷了。"

徐润清垂眸看了她一眼,拆了一次性的口镜检查她的牙齿情况。事实上,朝夕相处。念想所有的症状,他都了如指掌。

他微低下头,仔细地看了一眼。把托槽上的环扣解开,再剪断结扎丝夹出来,一个一个,手法快速又利落。

念想还没怎么感受到那股拉扯的力量,他已经结束这一环节,用镊子夹住弓丝,微一用力,就取了出来。

念想用舌头舔了舔托槽。

徐润清脚下一滑,推开牙椅去工作台的置物柜拿弓丝。

原本给他打下手,会准备好这些的人一个正在牙科椅上躺着,一个避嫌不在。他摘下右手的手套,拉开柜子。弓丝通常都是各种型号粗细地捆扎在一起放在工作台下方的柜子里。

念想跟在他后面,接触到最多的就是牙齿矫正的患者,很多东西都是她在整理。看上去粗枝大叶的,这方面却谨慎又认真。

取出念想要用的弓丝,他戴回手套。拆开包装后,用里面的弓丝和念想刚换下来的比对了一下,剪短弓丝的末端,重新卡进托槽里。

"现在已经适应矫正器了吧?"他低头看了她一眼,温声问道。

念想的牙齿虽然有些拥挤,但是总体上来说,程度属于轻度。刚

第十六章 学生证

戴矫正器的时候牙齿酸软不能用力分解食物,一个月下来,那种酸软感已经褪去,运用自如了。只一些坚硬的东西,依然吃不了。

她张着嘴不方便说话,就点点头。

徐润清轻捏了一下她的下巴:"别动。"

说着,指腹轻按在她的脸侧,正仔细解开最里面的那一环结扎丝。他的衣袖紧贴在她的脸侧,浅浅的,是念想熟悉的淡香。

大概是角度有些不方便,他轻移了一下念想的脑袋,让她脸侧紧贴着自己的身前。这一下,念想差不多是埋在了他的怀里。

她微微地耳热,又努力地让自己忽视。

男朋友就是自己的主治医生,真是让人吃不消。

她正开着小差,徐润清已经截断了那一截结扎丝取了下来。大拇指和食指的指腹捏在她下巴的两侧轻轻一转,面向自己。

换完弓丝,徐润清又细致地一个个检查过去。修长的手指隔着一层薄薄的手套,那温热的触感偶尔触碰到她的牙龈,有一种说不出的感觉。

"动动看,看扎不扎嘴。"他松开手,看她伸出舌头舔了舔,轻移开目光,推开操作台,站起身来。

念想确认没问题了,也坐起身来,照例是直接忽视了头顶那盏灯。

徐润清只来得及抬手挡住。

念想只觉得自己撞到了什么,抬头一看,见他无奈地摇摇头,眯着眼睛笑了笑,小心地避开他的手轻轻推开灯,从牙科椅上跳下来:"医生,给我预约下一次复诊的时间。"

徐润清摘下手套,轻睨了她一眼,面不改色地说道:"随叫随到,二十四小时不限时间地点候诊。"

第十七章
走进我的世界

在念想的认知里,老念同志一切符合她对另一半的全部想象。

孝顺,顾家,有责任心,等等。

冯同志在念想大一那年不经意地就问起过:"念想,你以后想找什么样的男朋友?"

嗯……爸爸那样的。

不过,念想支着下巴看着正靠在工作台上漫不经心翻着杂志的徐润清,觉得他跟自己的理想型有些不太一样。

不过也没关系,这样就很好。

她发了一会儿呆,趁他还没发现,赶紧低头继续看书。

就在她低头的同时,徐润清的目光从杂志上转移到念想的身上,略微停留一瞬,这才不着痕迹地移开。

老念同志是自驾去的J市,因为念想奶奶晕车,老念同志不放心,

第十七章　走进我的世界

干脆放下手上的工作亲自跑一趟。

不知道是不是老一辈的人都怀旧，前一天和奶奶商量着让她来Z市住上一段时间顺便检查身体时，她便开始收拾屋子。

老念很多次表示："妈，这些东西我那都有，你带着也是……"

"不一样，这可是你爸留下来的，我都用习惯了。"

老念同志当即发了个朋友圈，表示自己的泪点被戳爆。

冯同志评论：你动不动就戳爆泪点，你这么脆弱你老婆女儿知道吗？

念想默默地点了赞……

念想暗戳戳地点完赞之后，老念同志的电话立刻就追了过来。念想还以为他是来计较家庭和谐的问题，结果第一句就是有些疲惫的："等会儿就下班了吧？我现在就快到瑞今门口了，你等一下我。"

念想"哦"了一声，从窗口往外看出去，车水马龙的街道，行人纷杂。

天时越来越短，不过才四点多的光景，已经开始灰沉了下来。

她正要挂断电话，突然又听老念同志问了一声："我听你妈说你交男朋友了？"

念想傻了，"啊"了一声，愣在原地。

"她就这么提了一句，别的没详细说。"老念同志轻叹了口气，默默补充，"我养了二十四年的大白菜噢……"

念想："……"

事实上，她还陷在惊恐里没回过神来。

这、这就知道了？

她还没坦白从宽呢！

"站这里干吗？"徐润清正好出来倒水喝，见她站在窗口吹风，微皱了一下眉头，顺手关上窗，见她还握着手机，呆滞地转头看过来。

微挑了一下眉，不作声。

老念同志听见突兀出现在耳畔的男人声音有些不高兴，拧眉问道：

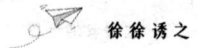

"谁跟你说话呢?"

"徐……徐医生啊……"见徐润清已经转身去茶水间倒水给她留出足够的私人空间,又瞄到停在对面马路的那辆熟悉的车型后,念想又小声地嘀咕了一声:"嗯,就是拱了你辛辛苦苦养育了二十四年大白菜的那只……"

她的声音轻轻的,又软绵绵的,刻意压低,就像是在撒娇一般。

传进徐润清的耳里,并不清晰,还带着几分模糊朦胧,却像是四月清风拂过,在他心尖留下一缕又轻又浅却分外娇艳的颜色。

他微弯了弯唇角,眯着眼笑了起来。

而另一端,却有人炸毛了。

老念同志大惊失色:"你被拱了?哪种程度了?"

这是什么问题?

老念同志的脸色有些臭,念想没敢在老虎头上拔毛,默默地钻进后座陪好久不见的奶奶说话。

奶奶对老念同志的臭脸没有一丝顾忌,拉着念想仔细地关心了一遍,看着她龇牙亮出一嘴的金属托槽,直皱眉头:"我们念想都这么漂亮了,干吗还要受矫正的罪啊?"

"为牙齿好啊。"念想蹭上去,亲亲热热地靠在奶奶怀里,"奶奶,我找了个高高帅帅的男朋友,你喜不喜欢?"

奶奶微眯了眯眼,笑得格外和善:"我们念想喜欢,奶奶就喜欢。"

一直沉默开车却竖着耳朵专心偷听的某位同志顿时哼了一声。

念想已经有一段时间没有回家了,冯同志已经煮好了饭,热好了菜,一接到老念同志的电话,就在楼下等着。

奶奶因为长途坐车有些累,也没有胃口。简单洗漱了一下,先去客房休息。

冯同志过去照看,于是,就剩下老念同志和念想在客厅里,面面相觑。这种沉默一直僵持到冯同志轻手轻脚地关好门出来，看见父女俩之间奇怪的氛围为止。

"我是听徐妈妈说的。"冯同志往念想碗里夹了一块红烧肉，"反正你都二十四岁了，有足够的能力自己去拿捏主意了。"

"她能拿什么主意？"老念同志突然插口，"就她这种迷迷糊糊的性子，人家说怎么样她就怎么样。"

冯同志果断无视他，继续说道："我是觉得徐家那孩子挺好的，本来你们交往的事情应该你自己告诉我们，不过你阮阿姨也是高兴，还说小徐一定认真。"

不甘寂寞的老念同志继续打断："哪个爹妈不夸自己的孩子好？我在家嫌弃念想，出门照样夸得天花乱坠。"

冯同志开始摔筷子："行，你能你说。"

老念同志捧着碗不作声。

冯同志这才捡回筷子，酝酿片刻："听说你们认识挺久了，我怎么都不知道？我以为你们就从矫正牙齿开始……"

念想一口红烧肉咽得太快，差点噎住，想了想，决定坦白从宽："我跟徐医生认识六年了……"

老念同志又哼了一声，语气更加不悦："你接下来就要瞎编，说那次给你拔智齿的医生就是他了吧？我不信……"

念想："……"

冯同志又摔筷子："不想吃饭就别吃了，出去出去出去。"

"我想吃啊。"老念同志捧紧饭碗，一脸无辜，"我就是管不住我这张嘴。"

冯同志冷哼了一声，不悦："你就压根儿没想管住，我觉得你闺女哪儿都不怎么样，就这看人的眼光跟了你的。小徐我觉得挺好的，你又不是没见过人家小徐，这样的都看不上，你是想你闺女这辈子就都你养着了吧？我要是有你这样的老丈人，我都看不上你闺女。"

老念同志终于正色了："说得好像念想不是你生的一样。"

冯同志："……"现在的重点不在这里好吗？

"还拐着弯地夸自己，你一个当妈的了，脸红不脸红。"老念同志一本正经地发完牢骚，也真的不吃饭了，沉着脸丢下一句，"你改天就把这小子给我往家里带一趟，我倒是要听听他怎么说。"

念想拿着筷子默默地看冯同志："妈，我爸为什么这么不喜欢徐医生啊？"

冯同志现在的心情显然很好："不用管他，他就是舍不得你。也不想想你现在多大了，再在身边留几年该嫁不出去了。"

念想默默垂泪。

其实老念同志的心思是很简单的，因为徐润清这个人无论从哪一方面来看都是无可挑剔的。又是好朋友的儿子，两家知根知底，若是能成就是一桩亲上加亲的好事。

和念想差四岁，这个相差的年龄也正好。念想从小被他护着长大，懵懵懂懂地过了二十多年，是该有个人在前面牵着她给她引路。

至于外貌、家世，等等，一系列地比对下来，老念同志有些沮丧。

挑不出错来啊！

他年轻的时候有些浑，看人家大姑娘这个不满意那个不满意，后来遇上了冯同志这才终结了他的单身生涯。

念想来得也晚，他这辈子除了念想也没有别的寄托。结果这闺女刚养得白白胖胖热热乎乎，正是亭亭玉立的时候，拱白菜的猪来了！

老念同志在楼底下抽了一根又一根的烟，被北风一吹，肚子有些饿，想了想决定去门口的餐馆吃酸菜鱼……

念想帮着冯同志洗完碗，回房间，刚开了电脑上网，就看到兰小君狂轰滥炸的一堆消息。

第十七章 走进我的世界

"我听我妈说你妈知道你跟徐医生的事了啊,怎么样,是不是特满意?"

"哎哟喂,我刚才回想了一下,觉得我们两个从小一起长大,小时候过家家酒都还做过老公老婆,你现在这样算不算红杏出墙啊?"

"最近大姨妈,所以格外感性。不受控制地想起很多我们之间的事情,就觉得时光匆匆,真的是瞬息之间。"

"念想啊,你可得抱紧徐医生的大腿啊,真的是优质老公没有之一啊。"

"说起来,念想你上辈子那就是太子妃吧?这辈子怎么回事啊?送子师兄吧,是B大的太子爷,徐医生是瑞今的太子爷,我怎么就没这么好的命,嫉妒!"

念想等电脑卡过那一阵子,这才回复:"今晚也回家了?"

那边静默了良久,才回答:"是啊,不然欧阳铁定要找上门来。"

正聊着,出现一个视频邀请,念想戳开一看,是徐润清发来的视频邀请。前阵子加了好友一直没在上面聊过,结果一来就玩大的?

念想也顾不上听兰小君的少女心事,跟被烧了尾巴一样,赶紧去卫生间拾掇。

啊,衣服衣服,衣服换掉……

脸,脸今天怎么油油的,赶紧洗了补点水……

还有什么,啊,头发披下来……

算了,还是绑回去吧,卷得像蛋卷……

她又捣鼓了一下,又顺手收拾了一下视频会扫到的区域范围,这才端端正正坐好,点下同意。

啊呸!视频那端除了冒着袅袅白雾的茶杯,空无一人!

咦……念想凑近,仔细地看了一眼视频。这里的卧房,不是徐润清公寓里的摆设。

她正研究着,远处那扇单间的房门被推开,徐润清边擦着头发边走出来,还沾着几分水汽,朦胧又湿润。

就像是蒙了湿漉漉雾气的远山,带着几分清冷,也带了几分悠远。

他拉开椅子在电脑前坐下,见她端正地坐在电脑另一端,微扬了扬唇角,端起茶杯抿了口水:"等了很久?"

"也没有。"知道他看出自己的那点小九九,念想默默地挠了挠头,"你在家里啊?"

"嗯。"他放下杯子,轻点了下头,"你这段时间不是都住回家里了,我这边离你家还近一点。"

近一点……

可是这两天也见不了面啊……

徐润清见她出神,片刻才问道:"念叔怎么说?"

"让我改天带你回来……"念想坐得有些累,偷偷地往后靠了靠,"明天正好休假,陪奶奶去医院。"

徐润清已经开始在做别的事情了,偶尔还能听见他那端轻微的键盘的声音,他微垂着头,那下巴的弧线清晰可见。即使隔着一层网络,他看上去依然丰神俊朗,清俊雅致。

念想手肘支在电脑椅的扶手上,支着脑袋看他看得入神。

那端喋喋不休的声音缓缓停下来,徐润清抬眼看了一眼屏幕,小女孩正支着下巴在看他。

"怎么不说了,我在听。"

念想弯唇笑起来,抬手捂住脸,就露出一双笑得眉眼弯弯的眼睛:"我在想,我怎么那么幸运。那么多人,偏偏就遇上了你。"

"我执念太深?"他似笑非笑地反问,也不知道是在问她还是在问自己。

"其实我以前一直以为你是个清冷的人。哪怕是喜欢一个人,也不会这么……"念想皱着眉头想形容词。

徐润清了然地一点头，明白她想问什么。

他向来不掩饰他比念想更多一点的喜欢，女孩子向来没有安全感，更何况念想在这方面是白纸一张。

这些该表达的，他自然不会吝啬。

"只是为了让你勇敢走进来。"他清了一下嗓子，刻意压低了声音，"或者说，我是在邀请你。走进我的世界，毫无顾虑地走进来。"

念想那晚有些失眠，在床上翻来覆去的有些睡不好。

努力放空半天，却总是不由自主地想起和徐润清的点点滴滴。刚相遇的那一次，在B大附属医院……

她的记忆一直停留在光影孤单的长廊上，以及隔间里忙碌走动的医生、护士。对他的所有清晰的画面全部停留在拆线的那一次，他低敛着眉目，一双眼睛清透辽远，像是蒙着雾的远山，神秘又幽沉。

再后来，就变成了一个名字，一直被她误认为是"董渊"的那个名字。

偶尔不经意想起时，便是一场怅然若失。

记忆翻滚反复，最后停留在灯光明亮的诊室里，他挺直的背脊，朦胧的面容，在灯光下随着他的走近一点点变得清晰。

好像很少看见他笑，就算是笑起来，也是似笑非笑。表情也总是淡淡的……可笑起来却完全不复平时清冷的样子。

他刚才隔着一层网络，却那么认真专注地告诉她："我是在邀请你走进我的世界，毫无顾虑。"

每一帧，都让念想有种处在虚空，落不到实处的感觉。

可又那么真实，她伸手就能触摸，踮脚就能碰到，真真切切地存在。

她咬着被角，忍不住在床上又滚了两圈。这种被喜欢的人珍视喜爱的感觉，真的是好幸福好幸福。

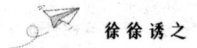

她现在就想把这种满溢的幸福感告诉别人,那种因为他一个眼神、一句话或者随意的一个举动就满足的幸福感。

不过显然地,胡思乱想的后果——

念想困倦地揉了揉头发,捧着水杯走出卧室去厨房倒水喝。等她经过客厅时,差点吓了一跳。

老念同志正坐在沙发上抽烟,那烟头一明一灭的,在黑暗中格外明亮。

"爸?"念想叫了一声。

老念同志"嗯"了一声,声音粗噶又沙哑:"怎么起来了?"

"我睡不着……"念想捧着杯子蹭过去,挨着他坐下。她想了想,凑过去把烟抢过来,烟头蹭着烟灰缸碾了几下:"你别抽烟了。"

老念额角抽了抽,忍了良久才努力用平静的语气开口道:"我思想斗争了一晚上……刚下定决心抽一根!"

念想:"……"

老念开了一旁的落地灯,看见她捧着茶杯,问道:"倒水喝?"

念想点点头,去厨房泡了两杯牛奶来。父女俩就着朦胧的月光,静坐谈心。聊着聊着,不免把话题扯到徐润清身上。老念同志挫败地揉了一下头发,有些焦躁:"你跟爸好好说说,你就这么喜欢他?"

"啊?"念想不好意思了一下,垂着脑袋,良久才跟小猫叫一样软绵绵地回答,"爸爸,我挺喜欢他的。"

老念沉默了一会儿,"嗯"了一声:"小徐是挺好的,我对他纯属个人意见。你在爸身边这么多年,我都习惯身边有你了。突然就听你妈说,你谈男朋友了,我就觉得有些失落感。"

老念同志平时都是粗枝大叶的,突然跟女儿说起自己的小心思也不免有些害羞,老脸都热了起来。

"他比你大四岁,正好能带着你一些,我也放心。不过小徐人聪明,

第十七章 走进我的世界

心眼也多。你自己要小心保护自己,别让他欺负了去。还有啊,也得看清楚了,他对你是不是真的好,对医院里那么多年轻漂亮的小护士是不是真的没兴趣,拈花惹草的咱们要不起,知道了?"

念想认真地点点头,弯着唇笑起来:"我都听爸爸的。"

老念同志那一肚子的郁闷顿时因为她这句话烟消云散,还是闺女好啊,闺女贴心,闺女就是小棉袄!

隔日正好休假,一家人陪着奶奶去医院检查身体。

年纪大了,奶奶的高血压有些不稳定,加之失眠的原因,抵抗力下降,前一阵子又是感冒又是发烧的,一有点毛病就要卧床。

感冒也总是反反复复的,所以就见她缠绵病榻。

不过来了Z市,看着精神倒是好了一些,当日出来了一半的体检报告,还有一些检查需要等三天之后才能知道结果。

瞧着没什么大事,老念同志兴高采烈地直接在饭店订了一桌解决了晚饭。

菜还没上齐,就接到了文文从瑞今打来的电话:"念想啊,你现在有空吗?"

念想还伸着筷子去夹玉米烙,闻言回答:"我在吃饭,怎么了嘛?"

"方小杨来复诊,非要等徐医生来。我往徐医生的座机和手机上都打了电话,没联系上人。你跟徐医生关系比较近,帮忙找找人?"

念想心里一"咯噔",放下筷子:"欧阳呢?"

"欧阳请了好几天的假,现在不在Z市了。"文文说完,有些焦急地"啧"了一声,"方小杨这边还好说,这联系不上人才瘆人啊。刚才往徐院长家里打了电话,探了一下口风是不在家,我暂时也没拿好主意要不要说,就先瞒着了。"

"我现在就去徐医生家里看看,保持联系啊。"念想说完,转身拎起包,挂断电话匆忙解释了一遍,连心爱的玉米烙都顾不上吃一口,就飞快地离开了。

一路到徐润清的家门口,念想敲了一会儿门才想起自己有钥匙,正把整个包里的东西都倒在门前地毯上翻找时,一声清脆的开门声后,徐润清出现在门口。

念想的动作一顿,抬头看向他。

他的面色有些苍白,嘴唇干燥,看上去似乎有些不太好。不过眼神还算清亮,正低眸看着她,眼底还残留着倦意,此刻正懒洋洋地靠在门边饶有兴致地看着她。

"怎么找到这儿来了?"

约莫是刚睡醒,声音有些沙哑,低沉得像是大提琴的弦音。

"文文说联系不上你,还说你也没在徐院长那里,我就知道这个地方……"念想站起身来,走到门口踮起脚去碰了碰他的脸,"发烧了?"

"嗯。"徐润清拉下念想的手,曲指轻刮了一下她的鼻尖,"昨晚就有点了,趁时间还早出来买退烧药。怕回去我妈会担心,就回公寓了。"

他蹲下来,想要帮她把东西整理好。念想赶紧拦住他,自己一股脑地把东西全部塞回包里:"你别动,我自己来就好。"

徐润清抬手轻扶了一下额:"我现在没事了。"

"你看上去很有事。"话落,不容分说地拉起他进屋,"睡到现在一定没吃饭。"

按着他在沙发上坐下,念想转身去厨房……看了一圈,发现只会用电饭锅煮点皮蛋瘦肉粥,嗯,还有鸡蛋饼。

她懊恼地皱了一下眉头,却条理分外清晰地先淘米熬了粥。

徐润清喝了几口水润嗓子,见她半天没从厨房里出来,好奇地过去看了一眼。

第十七章　走进我的世界

念想正认真地在打鸡蛋，听见脚步声，突然想起什么，着急地皱起眉头："你快点给文文打个电话，我们说好了，要是半小时没消息，就打电话跟徐院长说的。"

徐润清似乎是笑了一下："嗯，你别着急。"

一句话，就连语气都平淡似水，却奇异地让念想顿时安下心。

文文接到念想的电话，听见的却是徐医生的声音时，先是松了一口气，再是冷静地汇报情况。在把电话转接给方小杨之前，顺口问了句："徐医生，念想呢？"

徐润清看了一眼正一脸严肃，如临大敌一般烙着鸡蛋饼的念想，微勾了勾唇角："她在我这里。"

文文"哦"了一声，等把电话交给方小杨接听之后。

文文回想着徐医生那突然温柔下来的声音，想着这会儿念想正辛苦地伺候生病脆弱的徐医生，咳咳，顿时生起几分旖旎的心思来。

挂断电话，他顺手把手机放回她的外套口袋里。

那"滋滋"的热油声，在寂静的傍晚，像是一道音符，平凡又温暖。

他凑近，从身后环住她，把她抱进怀里，偏头在她耳后吻了吻："着急了？"

念想被他抱住的瞬间，顿时一僵，随即才放松下来，往后靠在他的怀里。听到这句柔软的问话，心里顿时冒出股酸酸胀胀的情绪来。

她闷闷地"嗯"了一声，转头看了他一眼："对不起，我都不知道你生病了。"

"那今晚留下来？"他问，带了几分笑意，沉沉的，醇厚又磁性。

念想思考了一下老念同志抓狂的后果，还是一本正经地点点头："好，我留下来照顾你。"

"傻。"徐润清这回是真切地笑了起来，一手轻捏住她的下巴转过来，碰了碰她的唇角，"等会儿吃过饭我送你回去。"

"不行。"她难得执拗,关了火,在他怀里转过身和他面对面,一字一句格外坚持,"我今晚就赖在这儿了。"

那么小,被他抱在怀里。眼神却明亮认真,灼然地看着他。

徐润清一直以为念想的性格柔和,软绵绵得像猫一样,偶尔有执着也是温柔无害的坚持,却鲜少地,有这样的一面。

那么坚定,不愿意退让。

"担心我?"他问。

念想点点头,嚱着嘴有些不高兴:"你生病都不告诉我,发烧的时候半夜最难受,如果你晚上想喝水想干吗的,身边没有人,我……"

"给你省事你不乐意?"徐润清松开她,把锅里的鸡蛋饼装盘,"我发烧来得快去得也快,睡一觉就好了。"

刚煮下去的皮蛋瘦肉粥已经开始飘出一些香味。

徐润清凑近闻了闻,回头看着念想正看着他,洗了下手,这才走回她面前:"不高兴了?"

"没有。"她拿了毛巾给他擦手,绕过这个话题,手背贴上他的额头,"还有没有哪里不舒服?不需要去输液吗?"

"送你回去之后我回家。"他握住她的手腕,刚洗过手,掌心还有些凉。他反手轻扣住,低凑到唇边亲了亲她的手腕:"你留宿我这里,我怕念叔连机会都不给我了。"

因为发烧比平时都要更烫一些的吻,就像是一簇小火苗,在她的手腕内侧绽开,浓烈又灼热,那样的不容忽视。

见念想还在发愣,徐润清拉下她的手腕,微靠近了几分,垂眸安静地看着她。

徐润清:"还要我哄你?"

念想犹豫了一下,摇摇头,踮起脚,捏了捏他的鼻尖,又亲了一口他的下巴,软绵绵地凑上去:"我来哄你。"

徐润清怔了一下,随即有些哭笑不得:"这样算哄?"

"你乖乖的。"念想煞有其事地拍了拍他的后背,环住他的腰,在他胸口蹭了蹭,"不要让我担心。"

徐润清低头看她,看了良久,哑然失笑。

随即声线慵懒地"嗯"了一声,回抱住她,唇角在她耳后轻轻一摩挲:"好。"

厨房温暖的光线里,两个人相拥的姿势格外契合。

念想的晚饭没吃几口就跑了出来,这会早就饿了,粥刚煮好,就迫不及待地拿了勺子去试吃。家里有老念同志,再不济还有冯同志,念想下厨的机会实在是少得可怜。

这皮蛋瘦肉粥还是因为冯同志有一段时间偷懒,寻了教念想熬粥的借口才让她试过几次。

徐润清端了鸡蛋饼去餐厅,回厨房拿碗筷的时候就看见她像只偷腥的小老鼠,含着一口粥,满足得眯了眼睛。

"我觉得我还挺有下厨天分的。"念想尝到粥的第一口,就忍不住给自己竖起了大拇指,抬起木勺子向他示意,"要不要尝一尝?"

徐润清从善如流,张嘴等着她喂。

念想也丝毫没有觉得哪里不自然,用勺子挖了一小口,又小心翼翼地吹了吹这才用手兜着,凑近他唇边。

看着他吃下,一脸期待地问道:"好不好吃?"

徐润清卖了一下关子,见她开始着急了,这才从她手里接过勺子盛粥:"嗯,你做的都好吃。"

念想被夸得心花怒放,埋头在他背后蹭了一下,顶着一头乱糟糟的刘海就去餐厅摆筷子。

"医院不用去吗?方小杨那边……"

"嗯,我跟他另约了时间。"徐润清分碎了鸡蛋饼,往她碗里夹了几筷子,这才慢条斯理地问道,"下个星期的周一周二两天,瑞今安排了聚会一起出去玩,邻近的城市有没有想去的?"

"啊?"念想愣了一下,有些发蒙,"地点……我说了算?"

"嗯,你说了算。"徐润清丝毫没有一点假公济私的负罪感,"总觉得下半年的时间过得更快一点,等这次冬游回来就放寒假了。"

放寒假也就意味着快要过年了。

念想咬着筷子炯炯有神地看着他:"我竟然有一种兴奋感……"

徐润清看了她一眼,不动声色地转移话题:"如果嫁给我,你会每天都有幸福感。"

念想弯着眼睛笑,没答话。

"笑什么?"他微扬了扬唇角,似笑非笑地补充,"过完年,我二十九了。你不心疼?"

念想吃得半饱,放下筷子,就支着下巴看着他:"我爸说你是只老狐狸,让我多观察观察。"

徐润清不置可否:"念叔应该也说过,这些话让你不要告诉我。"

念想:"……"好像是说过。

"那还告诉我?"他笑。

能说是……嘴太快了吗?

"你不用担心。"徐润清忽然一笑,慢条斯理地补充完整,"如果我要是想算计你,绝对不是徐徐诱之。"

徐徐诱之……

这四个字旖旎又缱绻,他用这种轻柔磁性的嗓音念出来,让念想忍不住脸红心跳。总觉得这四个字里,酝酿着的不只是其字面意思,还有什么更深层次的阴谋?

他只是言语上的撩拨,小姑娘就已经红了脸,手足无措地看着他。

徐润清心里发笑,面上却还是一本正经,摆出非常民主的态度问她:"过完年就订婚好不好?先订婚,然后你搬过来住……"

念想瞪圆眼……

搬过来住?

会被老念同志打断腿吧!

见她表情顿时有些壮烈,徐润清委婉了一下:"这些我会和念叔说,你只需要告诉我愿不愿意。"

念想"啊"了一声,完全不知道怎么回答。被他这么注视着,良久才冒出一句:"不是发烧的人都脑子不太清楚的嘛?"

怎么徐医生还这么侃侃而谈,目的明确啊?

尤其是她见到阮青之后,他那强烈的目的性已经连遮掩都懒得,就这么明目张胆地摊开在她的面前,让她一一赏阅。

徐润清伸手轻钩了一下她的鼻尖:"不要转移话题。"

诱哄小兔子的时候,大灰狼向来都有耐心。

念想有些崩溃,她又扯着衣角扭起来,欲哭无泪了半天,可怜兮兮地看着他。

徐润清就看见她的脸色越来越红越来越红,到最后红得鲜艳欲滴。

他了然地笑出了声,不忘调戏:"继续说啊。"

念想恼羞成怒,抓起他放在桌子的上手凑到嘴边不轻不重地咬了一口,发脾气了:"你明明知道我想说什么。"

徐润清连眉头都没皱一下,另一只手安抚一般轻轻地拍了一下她的脑袋,朝她招招手:"坐过来。"

念想不愿意,磨蹭着反身抱住椅子,说什么也不过去。

徐润清很好说话地自己走过去,轻而易举地抱起她到客厅的沙发上。他坐下,把念想整个拢在怀里。

"为什么不愿意,嗯?"他低下头去蹭了蹭她的鼻尖,念想忍不住躲了一下,被他扣住下巴,重复问道,"为什么不愿意?"

"我没有不愿意啊……"念想知道自己在劫难逃,立刻乖乖地软下来,安静地当她的小兔子。

"我知道念叔舍不得你。"徐润清低头,"我从二十二岁开始搬出来一个人住,独居六年了。念想,没有人生来就喜欢孤独,我想要个家,非你不可。"

他语气认真,看着她的那双眼睛深邃又幽沉:"所以我想问问你的意见,我知道有些快。如果你不愿意,我们也可以继续谈恋爱。"

他徐徐诱导着:"也不用立刻结婚,订婚之后我们就能名正言顺地同居。就像今天这样,一起生活。我不是等不起,我是怕你委屈。"

最后那句话让念想的心顿时软得一塌糊涂。

果然是老狐狸!

念想泫然欲泣:"那你一定不要告诉我爸我今天就这么缴械投降了啊……"

说完,又暗暗懊恼——

念想!你的原则呢!

在喜欢的人面前,原则能吃吗?

哪怕知道他在刻意诱导,哪怕知道他强烈的目的性,可一想到他这样的想法,想到他刚才那句"如果我要是想算计你,绝对不是徐徐诱之。"就怎么也强硬不起来。

她这么喜欢徐医生,对他哪儿还有什么原则可言?

不过她这么没出息就投降了,她又有些害怕,老念同志要是知道昨晚上刚语重心长地和她谈过话,结果今天兔子就被大灰狼叼走了,会不会气得把他种的朝天椒全部塞嘴里,嚼巴嚼巴就咽下去?

想着想着,念想顿时一个激灵……

收拾过厨房,徐润清送她回家。刚驶出小区不远,他就在一家餐厅前寻了个停车位停车:"不是想吃玉米烙,这里的味道还不错,等

第十七章　走进我的世界

会顺便带点鸭架鸭骨回去当夜宵。"

她只是随口一提啊……

餐厅这会儿正是用餐热潮，徐润清点完菜要外卖，就牵着她到窗边的位置上坐下。

服务员来斟茶，热气腾腾的大麦茶，那香气氤氲，带着淡淡的麦香，芳香扑鼻。

念想今晚一直处于口干舌燥状态，一口气喝完一杯，起身自己去倒茶，等回来，就看见原本她的位置上坐了另一个人——嗯，实习之后已经好久未见的任颖。

任颖见她端着茶杯回来，热情地招招手："念想，这里坐。"

念想默默地凹凸了一下，心里暗暗翻了个白眼，神情却格外淡定端庄："任颖。"

"才多久没见啊，就从阿颖变成任颖了？"任颖拉着念想在她身边坐下，笑眯眯地转头看向徐润清，"徐医生你跟念想一起出来吃饭吗？"

念想尴尬地看了一眼徐润清，努力地回想自己什么时候和任颖这么亲密过。

徐润清见念想反应冷淡，自然了然，端着茶杯抿了口茶，并未回答，眼神却扫向念想，暗示。

念想难得聪明了一回，立刻接话："我们在等外卖。"

任颖"咦"了一声："等会儿还要值夜班？"

念想："……"干吗想得这么纯洁？

这一桌三个人，就这么有一句没一句，气氛诡异地聊了起来。

任颖就询问几个实习问题为借口和徐润清搭话，不过大部分都是徐润清扫过来一个眼神，念想立刻接话回答，直到任颖终于看出点什么，有些不高兴地问道："念想你怎么跟徐医生的发言人一样……"

幸好,任颖话音刚落,外卖也好了。念想恨不得立刻找借口离开,赶紧去拿,徐润清落后一步,对脸色有些不太好看的任颖颔首示意。

任颖"哎"了一声叫住徐润清,见他停住立刻扬起笑容,问道:"徐医生能不能给我留个联系号码?我有不懂的想请教你。"

徐润清略一思忖,含笑拒绝:"我未婚妻喜欢吃醋,要是看见女孩子给我发短信,会不高兴。"

任颖顿时傻眼——

什么?未婚妻!

徐医生什么时候有未婚妻了?

"那你……跟念想……"任颖刚说出念想的名字就后悔得立刻闭上嘴,只思量之间,对念想有了几分不齿。

徐润清自然知道她在想些什么,转头看了一眼正在等包装的念想,也没有半分想解释的意思。

只微一点头,转身大步离开。

念想还在数数,数了半天也没见徐润清跟上来,眉头都皱了起来,一脸的不高兴。

还聊聊聊,有什么好聊的。人家女孩子分明就是有企图啊,这都看不出来。

刚腹诽完,就见徐润清走了过来。

念想忍不住回头看了一眼,还没瞄到任颖的衣角,就已经被徐润清按着脑袋转了回来。

徐润清一手拎过外卖,一手很自然地牵住她:"圈地宣示主权会不会?"

念想"啊"了一声,傻乎乎地看着他。

"知道你不会,所以我自作主张了。"

第十七章 走进我的世界

奶奶的体检报告是念想下班的时候搭了徐润清的顺风车过去顺路拿的,她这段时间忙得不行。

前几天在考试中心,通过了科目一的理论考试,第二天中午午休就去驾校的场地练车。别的时候她又没有空余时间,只能在每天午休的两小时里,溜去驾校里练练手。

奶奶的身体状况还行,年纪大了抵抗力下降,加之太过劳累,心脏方面有些不太好。除了高血压之外,血糖也有些高。

老念同志研究完念想奶奶的体检报告,特意开了小灶给奶奶调养身体。加上冯同志每天在家,又是滋补的参汤,又带着奶奶出门锻炼。几天坚持下来,奶奶的气色就好了很多。

念想有时候想起当时徐润清说的那句"还没发生的事情,你要做的不是杞人忧天,是去珍惜",就会有种说不上来的安心感。

此刻的念想。正专注地盯着后视镜,从后视镜看出去,车后不远处有一个白色的醒目的线条角度。她快速打死方向盘,缓缓倒进去,然后就看见轮胎和车库白线的距离一点点……缩进,最后严严实实地压在白线上。

念想"欸"了一声,先是鬼鬼祟祟地张望了一下回家吃饭的教练有没有回来,见没人在,赶紧挂一挡,踩下离合器起步。

念想没有接触过别的教练,也没法比较葛教练的脾气算不算好。但几天下来,也没见他发过脾气。不过想来也是,她挑的时间实在刁钻,正好是葛教练回家吃饭的时间点。

不止葛教练,整个场地都空荡荡的没有几个人。

她正严肃地对准左侧的停止白线,就听车门被拉开的声音。她下意识地侧目看去,只见徐润清拉开车门坐进副驾,见她震惊地瞪圆了眼,忍不住提醒:"还不停车?"

念想"啊"了一声,回头看向车头已经严重歪向了右边的车头,

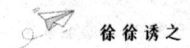

头都疼了。

"你怎么来了?"念想费劲地把方向调整回来,想着这次肯定完了,不是车头歪得没法对准线条,就是看不准角度,反正注定是不能把车标准地塞进车库里。

"为什么不能来?"他语气清浅,往后视镜看了一眼,握住方向盘帮她调整角度,"来驾校场地怎么不跟我说?"

"这也算翘班啊……我哪敢说,你知道了就是知情不报的共犯了。"她嘀咕着,干脆放松了握着方向盘的劲,由着他把方向调整回来。

徐润清没接话,调整好方向,侧目看了她一眼。

念想见位置总算归止,刹车,挂倒挡,开始退回去。

不知道是不是身边坐了个存在感有些强大的男朋友的原因,念想接下来出现的失误终于能够用一只手数清。

这种良好的状态一直保持到对念想倒车技术非常操心的葛教练提前回来为止。念想正关注着倒车镜,瞄到葛教练骑着车去停车棚,忍不住分了一下神:"教练回来了。"

徐润清显然也看到了,叮嘱她别分心后,便推开车门出去了:"表叔。"

葛教练回头看到徐润清时,显然很意外:"你怎么过来了,饭吃了没有?"

徐润清转身看了一眼一本正经绷着下巴的念想,微抬了一下下巴示意:"陪女朋友过来。"

葛教练顿时心想:女朋友在哪儿?

顺着他的视线看到念想时,一脸的吃惊:"你说这个小姑娘啊?"

不能怪他太吃惊,他接到委托电话的时候可不知道这回事。

念想坐在车里,只隐约能听到几个字眼,忍不住频频地回头张望,这一个分神……自然又惨不忍睹。

葛教练一脸的不忍直视，摇头念叨："你看看，来我这里练了好几天了，还是这种表现。"

徐润清对此倒是意料之中，毕竟他还看见过比现在更糟糕的情况。

嗯，他至今都记忆犹新——

在超市的地下停车库里，她那辆车是怎么蹭掉他奥迪的一块车漆，又是怎么以一种诡异的姿势卡在了车位里。

可这样糟糕的重逢，并没有成为糟糕的回忆。毕竟看见她的瞬间，那直观的惊喜，他现在还能回想起来。

车内的念想连回头看的勇气都没有，握着方向盘盯着偏离了很远的停止线，欲哭无泪。

徐润清无奈地笑了一下，抬步走过去。就着开着的车窗，伸出手去不轻不重地赏了她一个板栗："不是让你别分神？"

念想扭头无辜地看着他。

徐润清看了一眼挡位，握住她的方向盘，往左打了一圈的方向盘："松离合。"

念想乖乖松开一些，半联动往后退。

车身慢慢地调整回来，他的手指依然没有松开，又顺着回正。

调整方向的时候，他修长的手指就落在她的上方，轻移转动时，时不时地总是能碰到她的。

念想忍不住出神。

不约而同地，也想起了很久之前在超市地下停车场的时候。

他也是这样，握着她的方向盘帮忙调整方向，把她从那样无助的困境里拉出来。

她偏头看了他一眼，正对上他投下来的视线，忍不住就想笑："以后你都陪我来练车好不好？"

徐润清看了她一眼，轻飘飘地问了一句："来给你收拾烂摊子？"

念想:"……"她平时,不会停得这么糟糕的啊。

"我听兰小君说你们今晚去给宋子照饯行?"他突然问道。

念想点点头:"是啊。"

她想了想,又补充一句:"他后天就要走了,我和小君还约好一起去送他的。"

后天?徐润清微眯了一下眼睛,后天是这个月内最后一天休假。

念想明显得察觉到话落后,身旁散发出的不稳定气压,气弱地咽了咽口水,补救道:"后天……要一起吗?"

徐润清扬着唇角冷笑一声,一言不发地松开握着方向盘的手。就站在原地,居高临下地睨了她一眼。

念想敏锐地感觉到他的不高兴,踩下刹车,就这么和他对视了一会儿:"那我不去了。"

"为什么不去?"他看了一眼时间,拉开车门,"要回去了,可以停车熄火了。"

念想"哦"了一声,乖乖地停好车下来。

他走得快,念想到最后只能小跑着追上。一直走到了车前,见他要拉开车门,也不知道哪来的力气一下子爆发,冲上去一把按住刚打开的车门,整个人紧靠着车门挡在了他的面前。

徐润清微挑了一下眉,看着她。

"你怎么不高兴了?"

"表现得很明显?"徐润清反问。

念想迟疑了一下,点点头。

"念想。"徐润清突然叫她一声。

念想立刻集中注意力看着他。

"是我的问题。"他俯下身,一手撑在车门上,微微侧身替她挡住肆虐而来的大风,"我不太喜欢你和宋子照见面。"

第十七章 走进我的世界

"我不是单独去……"念想解释,"我有约小君一起。"

而且送机这个主意,是兰小君出的啊。每天QQ弹窗震屏让她答应,说是送子师兄这一去要好久,想去送机吧,一个人又名不正言不顺的。

搞得念想很是奇怪地问了一句:"小君你移情别恋了啊?"你倒是想想大明湖畔还在伤心垂泪的欧阳啊!

兰小君沉默了片刻,不高兴地整整刷了她一晚的屏幕,还不准她下线。扬言,念想要是敢下线就立刻追杀过来,今晚和她一起睡。

嗯,跟兰小君同床共枕可是比被刷屏更恐怖——一个酒品差到喝醉睡着了都能扒了自己衣服的女人……杀伤能力多强悍!

他抬手轻揉了一下她的发顶,突然就低头亲了她一口。

什么情况?

"本来我想后天……"他说了一半,没有再说下去。

念想似懂非懂……

徐润清的手滑下去,牵住她,思忖了一会儿,说道:"理所当然地以为你后天的时间属于我,所以不高兴了。"

念想好像是懂了……

微微脸红。

她想了想,说道:"送子师兄是早上的飞机,中午我们一起吃饭?下午……"

她抬头看了他一眼,声音莫名就低了下去:"晚上来我家吃饭吗?"

话落,念想的耳根子瞬间就红了。

她深思熟虑了好几天的,而且原本就这么打算,准备下午再跟他说的。

半晌没听到他回答,念想奇怪地抬头看他一眼,一眼就对上了他含笑的目光。

徐润清扬着唇,那眼神清润又深邃,像是墨染一眼,浓黑得沉郁。

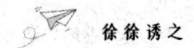

眼底浮着细碎的笑意,真真切切,明朗又清晰。

干吗这么笑?

念想恼羞成怒地揉了揉耳朵,转身要走,刚走出一步就被他拉住手腕。他那温热的手指覆在她的皮肤上,微微地发烫:"好。"

一个字而已,他也说得格外认真。

念想回头看了他一眼,看着他熟悉的眉眼,温润的眼神,突然就觉得眼前的一切都和六年前没什么变化。

只不过是花了一些时间等待,等待彼此踏过时光,不约而同的某一天,圆了一个"恰好"的重逢。

第十八章

骨子里的霸道

徐院长下午往医院跑了一趟,B大附属口腔医院接收了一个患者,需要徐润清带领的实验小组一起过去会诊治疗。

欧阳又请假不在,念想只能留在诊疗室里。

写她的病历,粘她的寄存膜……

枯燥得都能拔草了。

就这么忙到快下班的时候,来了一个龋齿患者。

念想对这个女孩子的印象很深刻,因为前不久的初诊,她是和同学一起来的。来的时候嘴里还咬着一块软糖。牙齿龋坏程度严重,其中一个牙冠严重碎裂不完整,没准需要拔除治疗,另外还有好几颗治疗之后还需要牙冠修复。

她当时就跟小姑娘科普了严重性,但因为小姑娘的不配合,就只登记了一下病历基本资料。治疗之前要用到的辅助治疗的X光片都还没拍。

徐徐诱之

今天她倒是在家长的陪同下一起过来,拜良好的记性所赐,念想马上就记起了这位让她印象深刻的病人。

她起身来迎,笑容还没扬开,就听小姑娘的妈妈语气不善地问道:"我姑娘上次来你这里看牙,说是你不给她治。还要拔牙,做烤瓷?"

不给她治?

念想狐疑地皱了一下眉头看了一眼默不作声的小姑娘,略一思忖解释道:"上一次郑蓉蓉是下课放学的时候和同学一起过来的对吧?初诊就是我接待的,不是不给治。她的牙齿太多龋坏严重。"

念想站在郑蓉蓉面前,手指轻捏着她的下巴分开她的嘴,示意郑蓉蓉的妈妈自己看:"就看下面的这颗大牙,牙冠已经碎得不完整,修复起来都是个问题。如果牙根穿了,这颗牙也保不住了。"

郑蓉蓉的妈妈敷衍地瞄了一眼,抬腕看了一眼时间:"那你看看怎么治吧,我家姑娘怕疼,不想拔牙。"

"先下去拍个口腔全景的X光片好不好?"念想看了一眼郑蓉蓉,问道。

郑蓉蓉看了一眼身后的妈妈,点点头。

念想带着郑蓉蓉下去拍了片子,再回来的时候电脑上已经有郑蓉蓉的口腔全景片了。她拉开椅子坐下,仔细地看了一遍。

右下五那颗牙齿的牙根已经穿了,没有保留价值。

右上四透明面积很大,龋坏程度严重,肯定需要根管治疗。后期加桩固定后,还需要牙冠修复。左上五和右上四那颗的情况相似,左下五牙冠碎裂,也需要根管治疗。

"情况不是很乐观,蓉蓉这几颗牙齿是明显存在问题的,你可以看……"念想指着那几处空缺透明的位置,"健康的牙齿是这样的,这里已经龋空了,一大片……"

她又指了一下龋齿隔壁的两颗牙齿:"按照你这么严重的龋坏情

况，相邻的牙齿也有这种情况，但除了这四颗，别的都比较简单。"

郑蓉蓉一听脸都白了，默默地扭头看了一眼皱着眉头不动如山的郑妈妈。

"她这牙齿要弄下来多少钱？"

念想指了指需要拔除的那颗大牙："这颗牙是需要拔除，蓉蓉年纪还这么小，建议做种植牙，或者烤瓷牙……"

她心里迅速地过了一遍大概的治疗方案，迟疑了一下又推出另一种选择："还有一种就是矫正治疗。"

"矫正？"郑蓉蓉的妈妈怀疑地看了念想一眼，"我家蓉蓉的牙齿这么整齐干吗要矫正。"

"矫正的话就是拔除蓉蓉这几颗坏死的大牙，正好拉上间隙。她现在矫正的话，年龄也正好，你可以考虑一下。矫正的费用和一颗颗治疗下来的价格差不多……"

如果是矫正治疗的话，病人肯定是要移交给徐润清负责的。

郑蓉蓉的妈妈虎视眈眈地注视着，让念想不由有些心虚起来。

她大致详细地开始科普这三种方案，刚说完第二种，就见诊室门口出现了一蹦一跳进来的兰小君以及和她只相隔几步距离的宋子照。

念想的话就是一顿，看过去。

她这么一停顿，郑蓉蓉的母亲也顺着她的视线看过去。回过头来见她还在分神，有些不高兴地提醒道："医生你继续说啊，我们还赶时间呢。蓉蓉等会儿还有一节钢琴课。"

念想立刻回神，好脾气地说了声"不好意思"，找回思路，大概地讲解了一下。话落，补充道："如果是矫正的话，我们这里有很专业的医生提供治疗。"

对方显然是有些开始迟疑了。

念想看了一眼时间，距离下班已经过去二十多分钟了，难怪兰小

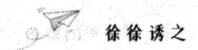

君带着送子师兄直接杀了过来。

"也不急着这一时,不管哪种方案,蓉蓉左边下面的这颗牙齿都是要根管治疗的。你回去可以考虑一下,如果不放心也可以去咨询一下。确定治疗时间的话可以直接往前台打电话预约时间……"

终于把人送走,已经离下班时间过去了半小时。

念想收拾了一下东西,打卡离开。

兰小君一边感慨瑞今的环境好,美人又多,工作氛围简直赞爆,一边又默默地吐槽她让自己等得太久。一直念叨到上了车,这才安静下来。

然后便是一阵诡异的沉默。

直到快到目的地了,不甘寂寞的兰小君出口问道:"对了,刚才就想问,就是忘了之后一直没想起来,徐医生去哪儿了?怎么留你一个人孤军奋战啊。"

"徐医生去B大附属口腔医院了啊,宋师兄没有碰上?"念想转而问宋子照。

宋子照正在开车,闻言顿了一下才回答:"我前两天就没去实习了。"

念想默默咬舌头——人家后天就要出国了,怎么可能还奋斗在工作岗位上。

"徐师兄过去的话一般都是大手术……"宋子照透过后视镜看了一眼坐在后排的念想,淡淡地补充,"师兄的能力在Z市其实有些大材小用了。"

念想没吭声,却把这句话默默地记在了心里。

兰小君"嘿嘿"笑了两声打马虎眼:"你不是一直想知道我跟欧阳怎么了吗,我们两个正好也好久没坐下来说说话了,今晚就借着宋师兄的风凑个茶座。"

第十八章　骨子里的霸道

宋子照看了她一眼，弯着眼睛笑了笑："荣幸。"

出乎意料的是，这一次"饯行"并没有念想想象中的规模宏大，只有几个宋子照的好朋友，女生方面，除了她和兰小君，还有个姗姗来迟的任颖。

兰小君一脸的"她怎么会来"的表情默默看向念想，后者迟钝地摇了一下头，立刻闷闷地把自己缩得小了一点。

嗯，前不久……她和徐医生刚在人面前招摇过，要低调低调。

幸好，这次聚会是因为给宋子照饯行，个人恩怨都是放到一边的。任颖隔着两个位置坐下的时候，瞥了念想一眼，似笑非笑的。

吃过饭，念想正要发个短信问问徐润清现在的情况，刚摸出手机来就被宋子照抬手按住，按在了桌上面。

那屏幕在他的手指下光芒一闪，立刻恢复了黑暗。

"今晚专心点？"他勾唇笑了笑，松开手后，眉眼处突然又黯淡下来，"这次出去我好久都不能回来，念想……"

兰小君不知道什么时候已经去麻将桌旁凑着了，念想这一恍然四顾，才发现这一处的沙发上只有他们两个人。

念想莫名有几分不自在，面上却努力地保持淡定："这次也是好机会啊，你加油。"

宋子照没接话，端着杯果汁，垂眸专注看了良久，这才偏头看着她问道："我听小君说你很早就和徐师兄认识了？"

"欸？"念想默默地瞪了一眼不远处的兰小君，恨恨地磨了一下牙。就知道兰小君没安好心，每天有一句没一句地套她的话，套完转头就去给别人科普。

等会儿咬不死她！嗷呜。

"是啊，我以前……在他那里拔的智齿。"念想装傻，当作没听出他语气里那打探的暗示，转而问道，"那你以后还回国吗？"

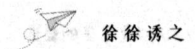

"回来的。"他端起杯子喝了一口,声音飘忽,虚虚实实的,"念想,你这么聪明怎么可能不知道。不过是不想知道对不对?"

宋子照对念想是有好感的,只是那好感并没有积累到他想要主动去追求她的地步。又或者因为念想只有那单一又狭小的交友圈,这一度给了他很强烈的自信。

他甚至想象过,以后和她在一起,两家先订个婚,他就带着她一起出国,今后的人生和她一起规划。

只是这些,都在不久前被逐一打破,速度迅猛得让他根本没有反应时间,眼睁睁地看着自己失了城池,折了心。

现在依然还是这样,并没有喜欢到非她不可。但心里有了自己差一步便求而不得的执念,看着念想就不自觉地反复想起过往,想起她,不受控制地一遍遍让自己回到某一个时间点,然后又一遍遍推翻这个假设。

把自己困在了这个执念的牢笼里,走不出来。

念想心里念叨着:还是来了……这摆明的事情干吗要捅破?机智巧妙地化解尴尬是很费脑力的好嘛!

她快速地思忖了一遍,回答:"我哪里聪明了,就是个死读书的书呆子而已。虽然我不知道你为什么看上去不太高兴,不过我一向觉得很多过去的事情还是不要再去执着比较好。因为现在的结果,就是当初自己埋下的一个个伏笔。"

"你知道我在想什么?"他笑了一下,开口时,声音沉得有些沙哑,听不太清晰。

念想犹豫了一下,摇摇头:"事实上不是很清楚,但多少知道一点,所以我现在正在想,说什么话才能阻止你。"

这一句话,已经是在明确地拒绝他了。

宋子照扬了扬眉,一瞬的诧异,看着她认真的眉眼,随即又弯唇笑了起来。

这一点,她和徐师兄倒是一样的。

徐润清看上去清清冷冷,与世无争的清贵样子,事实上那心思讳莫如深,宋子照从来猜不透他的想法。能了解的,只有他所表现出来的那些——疏离,清冷。

念想是看上去毫无攻击性,性格又温软呆萌,可事实上,智商和表现出来的事实完全不符。

但两个人,骨子里,都霸道。

和聪明人打交道无疑是一件省心省力的事,之后的话题里,宋子照再也没提起任何暧昧的话题。言谈举止间的分寸更是把握得恰到好处,让念想一点心理障碍也没有。

包厢里燃着淡淡的熏香,那香气淡淡的,扑鼻而来,让人心旷神怡。她和宋子照聊着聊着,心神便彻底放松了下来。靠着软软的枕垫,迷迷糊糊地想……如果她没和徐润清在一起,现在会是怎么样?

各种假设,到最后总汇成一片空白。

很多事情就像是命中注定的一般,在你不知不觉中,就被命运的大手牢牢地牵到了一个地方。

她正出神,任颖过来叫人,刚走了一个去卫生间,正三缺一。

宋子照偏头看了念想一眼,见她神色有些倦懒,想了想,问道:"要不要让徐师兄来接你回家?"

念想一直在看时间,现在才七点多。虽然她一直打着提前离席的打算,但也没想着提前这么早啊,所以只犹豫了一下便摇摇头:"还早呢,你去玩你的,我继续看电视。"

宋子照一离开,任颖就在他之前的位置坐下来,面色犹疑地看了念想一眼,显然也听见了刚才宋子照说的话。

掛酌了一下，任颖问道："你跟徐医生？"

念想正盘算着出去透口气，这想法还没付诸行动，就被任颖这句话直接扼杀了。

她迷茫地看了任颖一眼，一脸疑问地看着她。

任颖被她这么坦然装傻的表情看得一蒙，一怔之后便直接问道："你跟徐医生在一起多久了？"

"准确地来说我们认识六年了。"念想避重就轻，回答完，端起桌几上的果汁小口抿了几口，不给任颖机会，指了指门口，"我出去透透气啊，这里的熏香太重了。"

话落，起身就走，速度快得就跟后面有狼在追一样，看得任颖目瞪口呆。

至于嘛！

她就是打听一下，满足一下八卦而已。

念想出来透气没多久，兰小君就跟了出来。见她正斜倚在墙上发短信，走过去轻轻地撞了一下她的胳膊："怎么了啊？"

念想抬头见是她，闷闷地吐出一口气来："我觉得我还是更适合蹲在家里发霉。"

脚下是柔软厚实的地毯，她踮着脚尖沿着那地毯的花纹画圈圈，有些不耐烦："我想回去了。"

兰小君一脸"你脑子热不热"的表情，探手摸了摸她的小脸蛋："不想在这里早跟我说啊，反正我热闹也凑了，可以撤了。"

"你跟我一起走啊？"念想蒙蒙地看她。

兰小君点点头，不明所以："我怎么了？不配跟你走一起啊？"

念想被她噎了一下，卡壳了半天："不是正好啊，徐医生来接我。"

兰小君了然地哼了一声："小没良心的，男朋友来了就想甩开我和徐医生双宿双栖……"她一顿，想起什么，八卦地眯了一下眼睛，"来，跟我说说,你们进展到哪一步了?"

念想脸不红气不喘地反问:"我为什么要跟你说啊?"

兰小君倒竖起眉头刚要说话,就被念想后半句话直接给浇熄了小火苗。

念想说:"啥时候你把你跟欧阳干了啥写个万字的报告我就告诉你。"

万字……兰小君拧眉……她除了检讨书和论文垒起来,才写过那么多字好伐!

徐润清顺着念想给的楼层数乘电梯上来,电梯门刚一打开,就看见蹲在电梯门口装蘑菇的念想。

餐厅的暖气有些强烈,她的脸色被晕染得绯红,一双眼睛漆黑得如同黑曜石,灼然生光,此刻和他对视,能看见眼底漾开的一层水色,圈圈涟漪。

"怎么在这里等我?"他迈出电梯,左右看了一眼,"就你一个?"

念想指了指楼上:"其实我在楼上的包厢,我说要先走,就先下了一层楼等你。"

她弯起唇角,拍了拍膝盖准备站起来,刚站直身体,就觉得从脚底心开始蔓延的一阵麻意,一路顺延而上,让她整条腿都陷入了麻痹的状态。

那种感官被冻结,轻轻一动都能感觉到细胞在喧嚣的……神奇感觉。

她皱眉,苦恼地看向他:"腿麻了,你等一会儿。"

徐润清微扬起唇角笑了笑,低下头凑近她的唇边闻了闻:"没喝酒?"

"没有。"念想握住他伸过来的手平衡身体,软了声音回答,"我骗他们说我喝了酒就会升级成危害社会的醉酒女司机。"

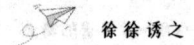

"小聪明。"徐润清由着她靠过来,手绕到她的身后虚揽着她,"可以走了?"

念想摇摇头,仰着脑袋笑眯眯地看着他,那神情慵懒又带着几分讨好的撒娇意味,像只用完餐一脸餍足地晒太阳的小奶猫。

她倾身,踮脚环住他的脖颈,抬脚踩在他的鞋上,另一只脚如法炮制。见他低头看过来,用发顶蹭了蹭他的脸颊:"还是不能走。"

徐润清无奈地轻摇了一下头,就由着她这么踩在自己的脚上,半抱着反身走进电梯:"直接回家了?"

念想点点头。

透过金属墙面看见自己现在的样子——

脸红红的,眼睛像是染了墨色,漆黑得见不到底,在电梯明亮的灯光下更是闪着……嗯,智慧的光芒!

嘴角上扬着,明显就是一副娇羞脸。

念想被自己总结得出的"娇羞"两个字雷得不轻,赶紧从他怀里下来,一本正经地拉了拉衣服,端正仪表。

徐润清的车就停在餐厅外面的临时停车位里,这里地界宽阔,行人也少,车辆进出很是方便。

上了车,念想开了点车窗透气。

车内开了音乐,是轻扬的钢琴曲。

念想侧目看他一眼。

徐医生开车的时候其实不太喜欢听音乐,因为他说有时候听歌会分神。

察觉到她的视线,徐润清边看着倒车镜倒车,边解释:"神经需要刺激一下,有问题?"

念想摇摇头,试探着问道:"那个患者的问题很复杂?"

第十八章　骨子里的霸道

"还好,病例比较特殊。"他简短地回答完,车正好汇进主车道,他这才偏头看了她一眼,"不跟我解释一下你有些反常的原因?"

"啊?"念想被问得一蒙,"我哪里反常了?"

"没喝酒也黏人。"这句不知道是认真的还是开玩笑的,他说完自己也笑了起来,握着方向盘的手微微一转,左转经过路口。

一盏盏路灯掺杂着树影,像是一条流动的灯河,朦胧影绰。

那突然暗沉下来的光影像是一张绵密的网,严严实实地遮掩而下。

念想看着前面空无一人的车道,略一迟钝后,才想起来……

她刚才在等徐润清的时候,因为闲着无聊,就在脑内各种花式地脑补着等会儿怎么撒娇。

比如电梯门一打开,看清是他就扑上去来个树袋熊式的拥抱。但这个考虑强大的弹跳性,以及对方的默契配合。

她综合所有因素考虑了一下,觉得不太合适。比如:她刚吃饱,跳不动。

再比如,如果电梯里没有人,她就风一样地卷进去,对着徐润清壁咚一下。当然这个 PASS 的速度更快,原因不言而喻——她比徐润清矮太多,除非跳起来,那问题又来了,她吃饱了,跳不动……

念想忍不住默默地咬了下手指,这么说起来——她的确蛮喜欢撒娇的。

她悄悄看了一眼徐润清,他的侧脸在不断经过后退的路灯下像是打上了一层暗影,轮廓分明清晰。

其实很多时候,念想对徐润清的描述单薄又词穷。可是,他在她的心目中,是这样好,好得无与伦比。

徐润清轻"嗯"了一声,一转头,就捕捉到了她亮晶晶的眼神。

为了掩饰她那么明显的垂涎。

念想赶紧收回视线一本正经地问道:"我听宋师兄说你在 Z 市还

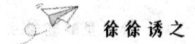

是屈才了……可是我觉得你蛮自得其乐的。"

"他说了什么让你不高兴了?"徐润清依然执着于猜测她"为什么没喝酒也黏人"的问题。

念想挠了挠头,歪着脑袋看灯光下的绿化带,轻声丢下一句:"没有啊,就是有些想你了……"

而她想念一个人最直接的表达方式就是黏糊地蹭上去啊。她不太会说话,嗯,在语言的表达上念想一直非常有自知之明地觉得自己是匮乏的。

被老念同志荼毒太多,不太理解正常社会的交流以及表达方式。

徐润清转头看去时,念想正一本正经地扭头看着窗外,只这过分端正紧绷的坐姿。

他轻笑了一声,声音低沉愉悦,然后松开握住方向盘的右手,越过去,牵住了她。

念想一愣,随即低头看下去。

他修长的手指正一点点收紧,把她的手纳进手心里。依然是温暖柔软的熟悉触感,十足地让人安心。

隐约地,似乎还能嗅到一丝淡淡的熏香味。

那琴声已近尾声,低沉缠绵,悠扬又刻骨,几分暧昧,几分旖旎,几分缱绻。

这样的牵手,毫无预兆,却又让念想……怦然心动。

车子经过小区门前的减速带,微微震感。

念想回过神,另一只手摸了摸有些发烫的脸,一瞬间,心思百转千回。

徐润清缓缓停下车,等着前面的保安室放行,这才缓缓驶入。然后,一直到车停在了公寓楼下。

第十八章　骨子里的霸道

楼道出口处的左右两旁都设有路灯，灯光明亮。光影落下来，透进车窗里。

他的手还牵着她的，就随意地搁在她的包上……灯光良好，能清晰地看清他修长的手指。

不知道是气氛太过暧昧，抑或是心跳得太过剧烈明显，想忽视都不行。念想这一瞬间，一个念头强烈得几乎就要脱口而出。

久不见她说话，徐润清偏头看着她，微带了几分笑意："不回去？"

说着，他缓缓松开手指。还未抽出手来，就感觉被她一个反手，又紧紧地握住……

他抬眼看去，这下是真的确定了某个人今晚是有些不太对劲。

念想有些害羞："你要不要上来喝杯茶？"

说这句话时，她都没敢和他的目光对视。支吾着说完，想起什么又补充上："我爸妈应该都还没睡。"

话落，是一阵难言的沉默。

幸好，刚才那一曲钢琴曲结束已经换了一首新的，悠扬的音乐下，这样等待回答的时间就显得没那么奇怪忐忑了。

见他半天没回答，念想犹豫了，开始退缩，难道这话说得不合适？

她眨了两下眼睛，握着他的手不由自主地松开了些。

她突然的邀请让徐润清心下思量了几分，倒不是迟疑，相反，这种开始被她接纳甚至被她家庭接纳的感觉很有成就感。

只是他考虑的是……合不合适。

可一想到她的心思，沉默着，点了点头。

然后念想就看见他清冷的面容瞬间就融化了冰凌，一点点柔和起来。那眼角眉梢都带了几分笑意，暖暖的，哪儿还有平日里拒人千里之外的疏离感？

于是，两个人下车一起上楼。

念想按下电梯楼层键,看着数字往下降,想了想,提醒道:"我妈妈其实是家里最精明的那个,性格也比较直接,但是除了对我和爸爸……她都挺温柔的。"

她摸了摸鼻子,有些不好意思地吐了吐舌头:"我爸爸性格略激烈,毕竟是……老来得子……"

"老来得子?"徐润清失语。

念想默默捂嘴,低头,揪衣角……

不怪她啊,明明是老念同志最近一脸幽怨,常常挂在嘴边说的话。

等两个人站在了家门口,念想看着熟悉的家门,生平第一次回家都有了紧迫的紧张感。她回头看了一眼徐润清,小声问他:"紧张吗?"

徐医生很淡定地摇了一下头。

念想揪揪揪衣角,揪得心里平顺下来了,这才摸出钥匙开门。那一声清脆的钥匙碰撞声后,"咔嚓"一声轻响,心虚得额头沁出冷汗的念想推开门。

强自镇定地换了鞋子,也没忘记给他拿了拖鞋换上。

然后朝客厅里招呼了一声:"爸,妈。"

冯同志刚练完瑜伽,正在卷瑜伽毯,听见念想的声音,探出半个身子看过来,这一看差点没惊得把腰给扭了。

下意识地,猛掐一旁乐呵呵坐着看电视的老念同志,压低了声音,仅用两个人能听见的声音激动地嘀咕道:"你快瞧瞧谁来了!"

不就是念想嘛……

老念同志懒洋洋地起身走过去,看见玄关处站在念想身后,身材修长的男人时,顿时怔了一下——这兔崽子,竟然都追到家里来了?

他这边正在酝酿着杀意,冯同志已经笑眯眯地迎了上去:"小徐来啦,念想你怎么那么不懂事,也不提前招呼声,我都没准备。"

"阿姨。"徐润清恭谨地点了一下头,越过冯同志看向身后脸色

第十八章　骨子里的霸道

已经复杂难辨的老念同志，同样周到地颔首，"念叔。"

"快来坐快来坐，我给你泡杯茶。"

"阿姨不用麻烦。"徐润清勾着唇笑起来，温温润润的十足美好的样子更是谦和有礼，风度翩翩，"我就是送念想上来。"

念想看得目瞪口呆。

冯同志注意到他鞋子还没换，眼风一扫，盯了念想一眼，暗示意味极浓——把人给我弄进去！

念想忙不迭地恭送太后去厨房泡茶，一边监督着徐润清换了鞋子，带到了老念同志的面前。

老念同志怎么说也是见过大风大浪的人，自然知道这种时候绝对不是长他人威风的时机，既不热络也不冷淡地招呼了人坐下，随意地交谈了几句便开始装作专心致志地看电视广告……

幸好冯同志已经泡了茶端了出来，在老念同志身旁的空位坐下，毫不留情地占走了老念同志的大半江山。

徐润清的坐姿倒是和平时没什么太大的差别，就是少了几分慵懒随意，多了些严谨约束。他道过谢，看了一眼一旁不在状态的念想，暗叹了一口气……这种时候果然是不能指望她。

他思忖了一下，斟酌着开口道："这么晚还上来打搅，有些冒昧了。"

冯同志立刻"欸"了一声，装出一副不高兴的样子，只唇角上扬，显然是心情极好："说这种见外的话……我跟你妈妈也是好朋友，你寻常过来坐坐我高兴都来不及呢。更何况现在你和我们家小想正在交往，多来来，下次过来尝尝阿……你念叔的手艺。"

冯同志那一停顿之前原本是想说"阿姨"的，但后来考虑到自己的手艺实在是不怎么样，临时改口成了"你念叔"。

于是某个幼稚的老男人不高兴了："我技术还没老徐好。"

冯同志笑眯眯地伸手狠掐了他一把。那一下掐得老念面容扭曲，一瞬间脸上的表情繁杂精彩……

徐润清只当作没听见，笑容越发温和礼貌："我也是想跟阿姨还有念叔说说我和念想的事情。"

冯同志继续维持微笑的表情，表示洗耳恭听。

老念同志悄悄竖起耳朵。

"我跟小念在六年前就认识了，说来也是缘分，我正好是她的主治医生。后来是在乐购停车场……"徐润清侧目看了一眼从刚才开始就一直不在状态的念想，缓缓地继续说道，"我对这份感情是认真的，这些年也一直都是单身。也不能说是刻意在等小念，只是心里有了念念不忘的人……"

他又恰到好处地停顿了一下，然后压低声音："我想和小念在一起，也一直都是很认真很真诚地在对待这份感情。我希望，阿姨和念叔是能理解支持的。"

冯同志在念想那里是肯定没有机会听见这些的，所以这会儿听着徐润清这么诚恳地剖白自己，不由得对他更满意了一分。

她转头看了一眼闷不作声的老念同志，后者高冷地只留一个侧脸表示不悦。

嗯，于是只好是冯同志继续发言："理解支持是当然的，我们都是很开明的父母，只要念想喜欢那就什么都好商量。你们反正小恋爱谈着，别影响了正经事，我都是绝对支持的。"

得了冯同志这句话，徐润清显然是有一种攻克关卡赢得胜利的心情。

正这么想着，就感觉身后的衣服被轻扯了一下。徐润清不用回头也知道，一定是继承了某人幼稚这项基因的小幼稚。

又随意地聊了聊别的话题，徐润清见时间差不多了，提出要离开。

冯同志立刻大手一挥，批准了让念想去送客。等人一走，冯同志的脸顿时就黑了下来，阴沉沉地看着老念同志，尽量平静地问道："你怎么回事？"

"看他不顺眼。"老念同志的回答……很直接。

冯同志显然也是想起了这位"老来得子"脆弱的心情，拍了拍他的肩膀："行了，人就是上来坐坐，你摆什么架子。就算是小徐，你这么端着，人家思考了一会儿觉得不合适不要你闺女了你就等着被你闺女的眼泪淹死吧。"

老念同志脑补了一下那个画面，顿时脸也黑了："……"

念想等出了家门这才敢笑，见走道上没人，凑上去抱了抱他："徐医生你好棒。"

徐润亲笑纳，指了一下还停留在这个楼层的电梯："不用送了，走上走下的还麻烦。"

"可我还想跟你待一会儿……"念想揪住他的衣角扯了两下，又补充上个时间，"就五分钟送你到车前。"

徐润清没吭声，目光四下一巡视，拉着她往安全通道走。

"五分钟是吧？"他抬腕看了一眼时间，语气故作严肃，却也难掩笑意，"计时开始。"

话落，他顺手关上安全通道的门，居高临下地看着她，声音温凉地问她："想做什么？"

念想原本就是想送他下楼而已，他突然把自己拉到安全通道里，又一本正经地问她想做什么。

她顿时就有些不纯洁起来。

"我没……没想什么啊。"略微无力地辩解，事实上她什么都想了一遍……

空旷的楼梯间，安静得没有一丝杂音。就只有照明灯清冷的灯光，倒映得他整张面容清俊了不少。

念想嫌仰头看他太累,干脆站到楼梯的第二阶台阶上,刚扶上扶手,他便压了过来。一手按住她的后脑勺,密密实实地吻了下来。

"你不想……我想……"他含着她的唇,声音模糊,"今天一天都没……亲近你……"

徐润清说着低低地笑了几声,轻轻地咬了咬她的嘴唇:"不是说想黏着我,想撒娇?"

他的声音低到极致,带了几分沙哑,性感又魅惑。

念想被他的声音勾得有些恍神,又觉得这次这种体位、高度的接吻……不够热烈。

她扶着他伸过来的手,往下跳了一步,钻进他的怀里,微微仰起头来,碰了碰他的下巴,然后毫不客气地张嘴咬了一口。

就听他轻"咝"了一声,在念想松口后,低头看下来的瞬间,念想扬起头,吻住他,软声问:"这样算不算?"

徐润清几乎是那一瞬间,就低下头来,鼻尖擦过她的脸侧,带着微微的凉意。

然后,念想就看见他眼底,那一瞬绽开的火焰,亮得惊人。里面似乎有凝结的冰凌,泛着光,一层层,如同绽开的花朵。

"无师自通?"他的声音瞬间就更哑了。

念想还想说些什么,可惜某个人再没有给她机会。最后的结果自然是念想被徐润清收拾得服服帖帖的。

念想回家的时候,脖子上围着徐润清的围巾,低着头,红着脸,埋着脑袋遮掩着嘴唇匆匆地闪进自己的房间。

要是她现在这种……被疼爱过的样子被孤单又寂寞的老念同志看到,估计今晚就要从窗口被扔出去了。

结果,她刚进屋,只来得及先松开围巾,再脱下外套,房间的门

第十八章 骨子里的霸道

被敷衍地敲了两下,冯同志推门而入。

念想吓得一声惊叫,直接掀开被子一闷头就钻了进去,只露出个屁股……来……

冯同志被吓了一跳,差点洒了手里的牛奶。她心有余悸地把牛奶远远地放到床头柜上,这才毫不留情地照着她撅起来的屁股就是一巴掌:"出来,我有事跟你说。"

"你说,我听着啊……"闷在棉被里的声音模糊又朦胧,冯同志听着立刻皱了眉,可想着念想现在都谈恋爱了,结婚嘛也不久了,也生出股舍不得的心绪来。

好像突然就能理解老念的心情了。她轻叹了口气,原本装了满腹的道理一句也说不出口了。

她自己的女儿她能不知道吗?看着是糊涂,但心里其实跟个明镜一样,就是心眼是实的。也不愧老念这二十几年如一日的维护,念想如今的心思才依然干净又透彻,没什么心眼。

只是以前欢喜她不是个算计的,往后嫁出去过日子,倒是希望她精明些。

这么想着,冯同志斟酌着便问道:"你觉得小徐对你怎么样?"

"挺好的啊。"念想回答完,兜着被子转了一圈,悄悄掀开一处被角。躺下来,枕在冯同志的腿上,"是真的挺好的。"

冯同志忍不住笑,手指覆上去轻轻梳理着她的头发,难得一见地温柔。

念想顿时有些受宠若惊:"妈你是不是又被我爸刺激了?"

冯同志果断地掐了她一把,看她龇牙咧嘴又不敢声张,顿时解气:"你个没出息的,欺负你你都不知道。"

"我知道的啊。"念想挨着她的掌心蹭了蹭。

"我刚跟你爸谈恋爱的时候也觉得他很好,后来结了婚,柴米油盐的事情一多……你爸那个时候还不是个成熟稳重的,我刚嫁进念家的时候也是适应了好一阵子。"

冯同志想起以往,忍不住轻叹了口气。

"我那时候也是什么都不懂的姑娘家,虽然没像你一样被你爸这么娇宠保护,但也是家里护着的。嫁了人有种无所依从的感觉,那个时候我依然觉得你爸挺好的,但是结婚之后毕竟是过日子,念想,没你想的那么简单。"

念想似懂非懂地点点头,心里想的却是:"无论什么问题,徐医生都是能解决的吧?"

"所以你爸最近就跟个神经病一样,患得患失。刚看你出去那么久,想想不放心。去泡了杯牛奶让我端进来,顺便跟你交流沟通一下……"冯同志因为做家务微有些粗糙的手指轻贴在念想柔软的脸上,心底更是生出几分不舍得来。

二十四年的白菜被拱了是什么心情?她算是体会三分了。

"念想,你不知道,你就是你爸心尖上的肉,剜去了不是疼一阵子就好的事情。他还会担心你过得好不好,有没有受委屈,是不是不高兴……"

念想被说得鼻尖发酸:"妈你说这些都太早了啊,我和徐医生还没有到……结婚这一步。"

她原本是想说"谈婚论嫁"的,后来一想,徐医生都提了好几次订婚的事情……也不好意思装作什么都不知道,只能硬生生地改了词。

她这些小细节在冯同志眼里比透明的还透明,笑了笑,不说话了:"其实妈还有很多话想跟你说,很多经验想教你,很多自己跌过的地方受过的委屈都告诉你……"

她微微一顿,话锋就是一转:"不过看小徐这么靠谱,等事情发生了再说吧。"

第十八章 骨子里的霸道

话落，轻推了一下她的脑袋，指着床头柜上的牛奶："喝了就赶紧睡下，不是说最近就开始忙起来了吗？"

念想又黏糊糊地蹭上去，抱着冯同志蹭了好几下，咕哝了一句："妈妈你身上还是那么香。"

那种说不出来的香，从小到大都陪伴着她，让她安心又宁静。

冯同志一巴掌轻轻地落在她的肩膀上，虎着一张脸故作姿态道："别想着拍马屁抱大腿啊，我已经知道你是个胳膊肘往外拐的叛徒了……看你把你爸折磨成什么样了，他好几天没睡踏实了。也别总顾着自己，有空多陪陪你爸。"

说着，转身便要出去，走到了门口了，欲言又止了一会儿，还是说道："你们小年轻的相处方式我现在是不知道，不过以后也注意点啊。你今晚别再出来了，省得你爸看见了又要我的心肝啊我的肺直叫唤……你们俩幼稚都能幼稚到一块去……"

随着房门关上的一声轻响，念想顿时石化。

她捂着嘴，一声哀号，又把自己塞进了被子里。

扭扭扭。

扭成……麻花。

宋子照出国的那一天，念想和兰小君一起去送他。在机场大厅"依依不舍"话别的时候，宋子照像是想起什么有趣的事情，突然问念想："听说你在考驾照？"

念想呆滞了一下，点头。

然后就听宋子照"嗯"了一声，玩笑道："又一个马路杀手快要诞生了。"

念想顿时："……"飞机怎么还不飞！

送别的人不多，但也绝对不少。并没有兰小君之前设想的"如果大家都哭了,你说我们要不要也挤一下眼泪表示投入其中?但是让我这种泪点高的人挤眼泪太困难了"或者是"大家都搜肚挖空地想些祝福词,我们想不出来怎么办?"这样的问题。

前者念想出主意:"喏,拿手指沾点口水抹脸上。"

后者念想回答:"这个简单,你只要不说一路顺风这样的话就可以。"

当然,两个回答,兰小君都以沉默抗议。

送走了宋子照的第二天,欧阳就销假回来上班。不知道是突然想通了什么还是谁闷了他一棍子突然开窍了,和兰小君终于不再你和我死抠着,一到下班时间就勤快地往兰小君的单位跑。

兰小君矫情高冷地拒绝了几天,也就投降了。虽然没有和好,但是依念想的观察来看,和好那是顺应历史潮流,是必然的结果。

但念想有些不高兴,欧阳最近天天笑得跟朵花一样,没事还老往徐医生的跟前凑,老碍眼了。

哦,事实上是徐润清准备着和B大附属口腔医院的联合手术,因为之前有跟欧阳一起出台的经验,这次也没带上念想。

然后某个越来越小心眼的姑娘,吃欧阳醋了。

不过最近不只大家都忙,念想几乎也忙得脚不沾地。

奶奶突发奇想地想要早锻炼,嗯,也不算突发奇想,她从来Z市之后就念叨着城市里没什么事好做,一大早起来就是发呆,真怕得老年痴呆症,于是提议了好几回早锻炼。老念同志不想早起,但是又想表孝心,毫无疑问地把这件事推给了念想。

中午午休又要赶赴驾校场地练车,她觉得自己各项体能透支严重,心理承受能力直线下降,脆弱得跟个瓷娃娃一样。

徐润清再忙中午也会陪她去场地练车,葛教练每天上午教学员道路下午就是场地,据说现在新的训话方式变成了这样:"中午在我这儿练车的那个小姑娘啊,是我的表侄媳。我中午都不用操心,我表侄子就把他女朋友教好了,我回去一验收,嘿!你们一个个的练得还不如人刚来几天的小姑娘。"

好奇的姑娘八卦,葛教练几下就呱啦呱啦地把情况都倒出来了,把徐润清和念想夸得天上有地上无的……

于是,没几天,就有人开始扎堆中午来练车了,并且在念想主动让给她们练车时,纷纷表示:"我们就是不小心来得早顺便等等教练,你忙你的……"

念想:"……"

被围观了两天之后,念想撂挑子了。

徐润清不太理解:"怎么不去了?"

念想噘嘴不满:"她们都看你!眼珠子都要黏上去了!"

徐润清了然,很自然熟稔地顺毛道:"嗯,她们看她们的,我的视线焦灼在你身上不就好了?"

视线……

焦灼……

在你身上……

啊,好害羞。

一句话就把念想哄得不知南北了……

出息啊!

虽然事情发生了很多,但其实堆积在一起也不过一个星期而已。这段时间倒是把瑞今全体员工的两日游路线给定了下来。

念想想都没想,就决定去温泉会馆。

于是,过完周末,很快就迎来了这期待已久的温泉之旅。

第十九章
盛宴开启

星期天,去温泉会馆的前日。

徐润清和欧阳一起去B大附属的口腔医院开会研究患者的治疗方案,念想一个人留在科室里。

正在写病历,她眼角余光扫到有人进来,停笔,转头看去。

冯简捧着茶杯慢悠悠地走进来,见念想这一脸的呆萌,往她身旁的工作台上一靠,抬手勾起她的下巴,调戏:"哟,哪家思念夫君的小娘子啊……"

念想除了面对徐润清总是被调戏得分分钟脸红之外,对其余的人免疫力一向很好。她拍开冯简的手,继续奋笔疾书……

她边写边问:"你好像每天都很闲?"

冯简撩了撩头发,很是忧伤地叹了口气:"你又不是不知道我那个科室,就是很闲的清水衙门。"

冯简调过去的科室闲暇时间较多,她原本跟着林医生,工作强度

第十九章 盛宴开启

不比念想小。林医生三个月外派,她突然松懈下来浑身都闲得要长毛了。

现在好不容易已经懒下骨去头去适应并且自得其乐了,结果林医生三个月外派周期将至,听说这次还会提前些日子回来。这个消息导致冯简最近都有些不快乐,长吁短叹,天天西施捧心地感伤:"好纠结呢,一边希望看见我们林医生帅气逼人的脸,英俊潇洒的身姿,风景如画的侧影,一边又好贪恋现在闲着没事到处溜达串门的日子?"

"念想,等会儿我们下了班去买泳衣吧?"

念想"啊"了一声,回答:"泳衣吗?"

她差点把这事忘记了!

冯简看她一脸的"我终于想起来我忘记了什么重要的事"的表情,立刻"欸"了一声,挤眉弄眼地约好时间,这才欢快地走了。

到下班时间,念想换好衣服在门口等冯简打完卡出来,顺便给徐医生发了个信息,问问结束了没有。

徐润清正在茶水间,斜倚在窗前看着B大附属医院的后花园。

口袋里手机嗡鸣振动,他拿出来一看,顺手把水杯放在窗台前,回复:"还没有,大概还要半小时,下班了?"

念想支着下巴傻乐了一会儿,回复:"是啊,和冯简约了去买泳衣。"

徐润清端起水杯轻抿了一口,目光沉沉地看向窗外微薄的日光,弯了弯唇,摩挲着手机良久,说道:"我也缺泳衣,等会儿顺便给我看看。"

冯简就是这个时候来的,看念想低着头,小跑过来轻拍了一下念想的肩膀:"嘿!"

正害臊脸红胡思乱想中的念想一个心虚手抖,手机直接摔在了地板上,很清脆的一声响。念想傻了,冯简也傻了。

良久还是念想回过神来,赶紧捡起来,忙安慰歉疚得就要埋胸的冯简:"没事没事,摔一下而已,我手机哪天不摔啊,咱们赶紧走吧。"

一边把手机揣口袋里,一边还是忍不住想……徐医生的泳衣,不就是那一条薄薄的……泳裤吗?

她想着想着,就觉得双颊又有些发热,低低呻吟了一声,赶紧拉上冯简走了。

到商场之后,念想就一直分心往泳裤上瞄……服务员在一旁奇怪地看了她两眼,决定还是伺候看上去购买兴致格外浓郁的冯简去。

念想的这点不对劲,冯简很快就发现了。她顺着念想的视线看过去,挤眉弄眼地笑得猥琐:"小心肝,快跟姐姐说说是不是想买条泳衣送给徐医生。"

见她不回答,冯简"欸"了一声,恨铁不成钢地直接把她拉过去:"想给徐医生买就大大方方地挑嘛!这么害羞,我又不是不知道你们……"说着,眼睛滴溜溜一转,"这次温泉,念想你一定要把握机会。"

说着……也完全没给念想开口的机会,左挑挑右选选的,给念想直接挑了一套比基尼。

念想看着那细细的的肩带,猛摇头。等到最后念想刷卡结账,脸都红红的,脑内一直回想着冯简跟洗脑一样的声音:"念想我跟你说啊,泡温泉这么暧昧的机会可一定要把握住了啊,你想象一下,温泉里那氤氲朦胧的水汽!啧,多天时地利啊。"

念想捂脸。

原本两个人是打算就在外面用餐的,结果,冯简家里一个相亲电话急召,她就立刻赶赴第一线,走时和念想道:"万一我遇到条优质的漏网之鱼呢!人生就该如此自信自强。"

念想正准备坐公交回家,结果刚走到公交车站就接到徐润清的电话让她先到附近的咖啡馆坐一坐,等他来接,晚上到他家一起吃饭。

第十九章 盛宴开启

念想正想装作不经意地问一下是哪个家时,那端已经贴心地解释:"到我家,买点菜,回家吃。"

于是,对徐医生厨艺的好奇以及想观赏徐医生下厨的心战胜了一切。

十分钟后,徐润清接了她一起回家,就在公寓不远处的超市里买了食材。等到达目的地,正好半小时。

徐润清两手都拎着东西,微抬了一下示意丝毫没有自觉性的念想:"开门。"

念想"哦"了一声,先是去摸他的口袋找钥匙。

徐润清没说话,等开了门进屋,这才问道:"我给你的钥匙没带?"

最近记性不太好的少女终于想起来似乎是有这么一件事,抬起脸无辜地看着他:"带了……"

"以后要学会熟练地使用操作。"他换好鞋子,慢悠悠地补充上一句,"这是老师教你的重点内容,不能学以致用不给通过实习。"

念想:"……"敢不敢威胁得再随心所欲一点?

时间已经不早,Z市已经是深冬,日长严重缩水,五点的光景天色已经沉下来,拉上了夜幕,天光熹微。

小区里的路灯都已经亮了起来,一盏盏,静谧又安宁。

徐润清穿上围裙,先开始煮汤。念想帮忙打下手,等他洗干净了排骨,捞出来丢进锅里煮沸。

念想这边刚出锅,徐润清那里已经切好了姜片、山药,就待下锅了。

煮下了汤,接下来是可乐鸡腿,原本是可乐鸡翅的,被念想义正词严地以"肉不够多骨头还有两根"为理由给换成了鸡腿。

没关系,她高兴就好。

还有一盆酸菜鱼,一碟玉米四季豆,再加一小碟的大白菜。

念想看得口水都要流下来了,趁徐润清转身去试试山药排骨汤的味道，拿起筷子就夹了几块鱼肉往嘴里塞。

徐润清听见身后可怜兮兮地倒抽凉气的声音，转身看了一眼，就见念想被烫得泪眼汪汪的也不愿意把鱼肉吐出来，见他看过来，几口咽了下去，装作一副什么都没发生的样子。

"馋嘴猫。"徐润清无奈地摇摇头，俯身，给她拿了个小碗，"碗沿烫，想吃先吃一些垫垫肚子，等会儿我再端出去。"

念想点点头，忍不住吐出舌头凉一凉……太烫了。

徐润清看着便想起很久之前那一次，她在念叔面前讨好撒娇的样子，就像是在摇尾巴。也跟现在……差不多……

那时候就忍不住想吻她，现在依然也是。

他手里还拿着勺子，微微移开，低头去亲她。

徐润清看了她一眼，只停留了一瞬便离开，转身若无其事地给排骨汤加加味。

念想紧扣着碗边，脸红得像是一只煮熟了的螃蟹——

嗯，徐医生这六年来自立门户当然不是混着玩的，厨艺自然没的说。不过以前没跟念想提起过，导致她今晚一直都处于惊喜的状态。

吃过饭，徐润清收了碗筷，把想帮忙的念想提溜到阁楼上的书房。等收拾完厨房再出来时，念想已经盘膝坐在柔软的地毯上，手里捧着一本不知道是什么的书看得专心致志。

时间还早，徐润清干脆也抽了本书，在她身旁坐下。但不知道是不是她在身旁的原因，始终静不下心来，最后干脆放下书，拿了耳机坐下来听。

念想看了一会儿也开始走神，见他坐在不远处听歌，想了想，凑过去，伸出食指轻轻地戳戳他的腿。见他垂眸看来，端端正正地在他面前坐下，用口型问道："你在听什么？"

徐润清看清了她的口型，没回答，只是扬起唇笑了笑，笑容温润

第十九章 盛宴开启

又柔和,看得念想心里暖洋洋的,又觉得那笑容有点撩人,心尖痒痒的。

他钩钩手指,等念想靠近,取下耳机给她戴上。然后,低头去亲她。

心尖那细密的痒立刻便止住了,酥酥麻麻的,连骨头都酥了下来。

念想揉紧了他柔软的家居裤,下一秒,被他握住手,他微侧过头,那吻越发柔软细腻。

以至于,念想从头到尾……都没能听出那是首什么歌……

甚至于,连歌词都没能记住。

自打老念同志在几天前知道瑞今的出游活动是去温泉会馆之后,他就有些不太好,总是不受控制地东想西想,觉得自己都快要神经衰弱了。

于是,今天一大早,老念同志早早地起来在浇花了,等念想起来吃过早饭,坚持要亲自送她去瑞今门口和大部队集合。

一路上拐着弯地提醒她,男人都是人面兽心花言巧语的大坏蛋,耳提面命地告诉念想,你一定要把持住!把持住。不要脱离大部队……

念想听了半天总算是听出来老念同志想要传达给她的中心思想——你别太出格。

念想出门虽然早,但到底路程比较远,等到瑞今门口集合的时候才发现同事已经大部分都到了。

旅游大巴已经到位,徐润清正站在大巴驾驶座旁边和司机说着什么。见她正东张西望地在找自己,微俯低了身子,透过车玻璃看了她一眼,轻敲了几下车窗示意他在这里。

念想本就站在大巴车的旁边,听见声音转头看去,他手上拿着文件,已经专心致志地继续和司机沟通了。

他刚才敲车窗了。

念想捂着脸,傻乎乎地乐了一会儿,这才蹦着去找冯简了。

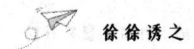

没过多久,所有的同事都集合完毕,开始上车准备出发。为了避嫌。当然,这是念想单方面的想法。

她挽着冯简的手刚要上去,站在车门口勾画名单上名字的徐润清瞥了两个人一眼,很是自然地把手里的名单和笔一起递给她:"找你半天了,你来。"

念想满头黑线地看了他一眼,后者神情自若,眉梢微微挑起,显然很愉悦。

冯简同情地看了她一眼,很自觉地一把撇开念想的手快步上车。跟在后面的欧阳暧昧地朝念想挤了一下眼睛,戳了戳名单上自己的名字:"喏,这个,划一下。"

不太情愿的念想就这么被留下来和徐润清守车门。

于是,等全部的人都上了车,念想只能默默地当个小跟班跟在徐润清的身后一起,在万众瞩目之下坐在了第一排的双人座上。

念想坐下之后就捂着脸,拿帽子捂着眼睛开始休眠。她不要理他。

不过念想在这方面向来不是捏着主动权的那个,没过多久,徐润清牵住她的手搭在自己的膝上。念想坚强地反抗了几下,两次之后被他捏得手指都有些发疼,这才甜蜜蜜地放弃挣扎。

一小时后,终于到了温泉会馆的山脚下。

山并不是很高,那一条延绵又悠长的山道公路并不很宽阔,以至于从上山开始,大巴车爬坡后,速度就降了下来。

山道的尽头掩在了葱郁的树林间消失不见,隐约地,已经能看见半山腰上的温泉会馆,隐藏在树林间,朦朦胧胧,若隐若现。

今天的天气又好,阳光穿透云层,落下万千金光,这山林就像是披上了一层霞光,树影间层层叠叠地落满光辉,透着一种说不出来的,撞击人眼球的强烈视觉效果。

第十九章 盛宴开启

等到了会馆,便开始自由活动。念想和冯简先去领了事先便已经订好的房间,在这一点上,瑞今还是很舍得花钱的,并不是什么大通铺,统统都是两人一间,内置小汤池,环境上非常舒适。

冯简从进屋开始就一直在夸徐润清,夸得徐润清就跟教科书一样……夸得念想都忍不住想辩白一下——哪里有这么好?

念想是早知道自己和冯简是一屋的,两个人一起回了房间,先是在房间里的小温泉里泡了一会儿解解乏。等收拾了一下,正准备去吃午饭,便接到徐润清的电话,让她到温泉会馆的小花园里等他。

念想和冯简面面相觑了一会儿,还是冯简大手一挥:"你赶紧走,让我家徐男神等久了看我不削你……"

念想到后花园的时候,徐润清已经在小溪上的木桥那里等着她。手里捏着点鱼食,正随意地坐在木栏上喂锦鲤,双腿随意地舒展着,姿态闲适又慵懒。

见她过来,手里的鱼食一撒,朝她伸出手来,示意她过来牵上。

幽会什么的……真是好害羞。

徐润清带她去的后山,从温泉会馆的后门出去,沿着一条小径走了一段地方,一个转角过去,开始下山。

午间的山林有着温暖的阳光,山上很多树木即使是在冬天依然郁郁葱葱地泛着绿意,加上这里看上去人烟鲜少,安宁又静谧,像是另一个时空一般,只有风吹过时,树叶沙沙作响。

幸好山不高,徐润清牵着她走了没多久就差不多到了山脚下。随意踩着一条小路过去,一个转角之后,念想立刻被眼前这景色震惊了。

一眼看去,这一片土地上满眼的红,那树叶红得就像是一团火,阳光洒下来时,林间的颜色也越发鲜艳欲滴,透着阳光,那枝蔓都透明得能看清脉络。

环绕着这片树林的就是清澈见底的溪流,水位已经降下去了,岸

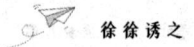

边有些干涸，露出底下那一溜的鹅卵石。水面正徐徐波动着，那水漾一圈圈的，涟漪不断。溪水清澈见底，流淌的水声就像是乐曲，连绵不绝，清透悦耳。

"喜欢？"徐润清问。

念想猛点头。

"我妈喜欢泡温泉，几乎每年都要过来。后来这里的会馆就入了股份，我来了几次，后来有一次自己随意走走，就找到这里了。"徐润清挑了一处干净的大岩石坐下，见念想蠢蠢欲动地想去树林里，牵着她的手往回一收，拉着她在身旁坐下，"不急，等会儿去河边烧烤，烧烤的东西都让人准备好了，等会儿烧了炭就能烤东西吃了。"

念想已经惊喜得要哭了，抱着他的手臂挨过去蹭了蹭他的肩膀，像只小猫一样，黏糊糊地在撒娇。

还真是容易满足。

"这里其实是培育红木杉的基地，这片树林都是。"徐润清又往北侧指了指，"往会馆这条山路的前面再开一段就能进来这里，但因为这段地方不开放，很少有人知道。"

歇了片刻，两个人手牵手穿过树林。

脚下是松软的土地，大概是早上有雾，有些湿漉漉的。阳光落下来，那光影照出空气里飘浮的小因子，不断旋转、游离。

光是和他这样牵着手往前走着，念想都觉得是一种浪漫。

嗯，哪怕没有前路，就是这样……

念想有时候对电视剧里那些"我就想和你一起走，哪怕是一路往死亡而去"或者是"我们就这样在一起，哪怕下一秒面对死亡也不觉得可惜"这样的台词嗤之以鼻。

可现在，被他牵着，一起走在这一片红树林里。整片山都安宁寂静，就像是与世隔绝了一般，只有眼前的这一切。

第十九章 盛宴开启

她突然就觉得，如果是和喜欢的人在一起，哪怕是漫无目的，只是在一起，在行走，都能感受到那暖阳的光在眼前，一点点绽放。

是那种很温暖的光，是每天早晨醒来，感受到的第一缕阳光。

想起来，就觉得连呼吸都是暖洋洋的，那种幸福感。

"十八岁那年我最大的愿望不是考一个好学校……"念想突然开口，"因为这个对我来说反而简单。"

徐润清侧目看了她一眼，唇角含笑，难得是一副温柔的表情看着她。

"我十八岁那年遇见了一个医生，他治好了我的牙疼，让我觉得如果和他在一起，一定会很美好。这不是我那么多年来有的唯一一次期盼，却是第一次那么强烈，强烈得仅靠着本能在引导。

"后来牙齿治好了，也不敢再去见那位医生了。受那个人的影响，突然就想着也要当牙医，温柔也耐心……"念想说着自己也笑起来，手心微微的汗湿，也不敢抬头去看他的表情，"后来真正读了口腔医学专业之后才发现，这个选择需要付出很多，也要承担很多。教科书厚厚的好几叠，又枯燥又无聊，还一堆我不认识很拗口的专业术语……

"那个时候就觉得好佩服每个学医的人，那年最大的愿望就是能顺利毕业。"

感觉他握着自己的手指收紧，念想顿了一下，想了想还是抬起头来看着他："我一直都觉得自己很努力很积极，到现在也这样觉得，我想当一个好的牙医。但是实习下来，其实有些累，有时候会有力不从心的感觉。"

"之前为什么不跟我说？"他问。

"不想让你觉得我很糟糕啊……"念想嘀咕了一声，又默默补充上一句，"而且我也没有到应付不过来的时候，男朋友是个很出色很优秀的牙医，也是有压力的。"

"笨。"徐润清曲指轻弹了她一下，"你解决不了的问题，完全

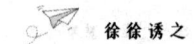

可以找我帮你承担。"

见她还要辩解,徐润清那修长的手指沿着她的鼻梁落下去,点在她的唇上:"现在呢?"

"现在的愿望。"

"现在的愿望?"念想歪着脑袋想了想,眯着眼睛像只小狐狸一样,笑得眉眼弯弯,"我起先是你的病人,后来成了你的学生,最后……我想做你的太太。"

"想做我太太?"徐润清翘了翘唇角,眼角略微弯起,眼眸清透如一弯鸿沟。就像是环绕着这一片红树林的溪水,清醇透彻:"那我会记得过段时间就认真求婚的。"

念想顿时,这样也可以?

"我二十二岁那年研一实习,第一个病人是个女孩子,智齿治疗,很怕疼。名字也很特别,看见一次就会记住。"他压低了声音,沉沉的,低醇又清透,"我没什么愿望,从小到大。小的时候连对玩具的渴望都很少,至于女孩子,在我这里一直都是麻烦的代名词,我不喜欢。

"那个女孩子其实也一样,是我实习生涯里的第一个'麻烦',让我不知所措。后来更是念念不忘,就这么让她留在心里留了六年……想起来有时候都觉得莫名其妙。"

他笑了笑,钩住她的手指:"会生气吗?"

念想摇摇头。

事实上,她那个时候也预料到自己那样的方式对于他其实是多大的困扰。念想那个时候甚至还在想,他会不会害怕她再出现在自己的面前?

幸好,他没有。

"唯一庆幸的事情,应该是她现在就在身边。"他突然抬手,指尖从树上划过,捏住了一片叶尖夹在指间,而后又很快松手,转头看她,

第十九章 盛宴开启

"没有很多过程，但一直刻骨铭心。"

没有很多过程，但一直刻骨铭心。

他明明也没说什么，甚至说的都不算是情话，却让念想心下一阵阵的，像是海啸地震一般，翻山倒海。

果然……她的段数实在是太低。

吃过烧烤，又畅谈过人生，在红树林溜达了一阵子，又去溪边洗了几把手，这才打道回府。

回去的时候天色还早，冯简下午泡了一会儿温泉就在房间里，见念想回来拉着一起去吃了晚饭，决定晚上再一起去泡温泉。

"我下午跟文文她们一起的，后来大家这个温泉那个温泉的全部都泡散了……"

泡散了……

念想默默地往嘴里塞了个泡芙。

"我刚还看见个帅哥在温泉里，啧啧，那脸那身材……"

念想又往嘴里丢了好几个，那脸那身材能跟徐医生比吗？

"我想去要号码，但是中午吃得太多，有游泳圈，没好意思下温泉里……"

念想一口泡芙噎住："幸好你没下去一起泡……"不然人帅哥好端端地泡着温泉，突然横空飞下来一个搭讪的，得吓坏吧：

于是，就冯简说一句，念想吃一口的状态，念想直接把自己吃撑了。

这个原理就跟看电视会不自觉往嘴里塞东西一样。

念想揉着肚子泡在温泉里，昏昏欲睡。

冯简说泡温泉要再喝着饮料才过瘾，泡了没多久就又爬回去拿吃的了。现在后花园的小温泉里就她一个人，靠着岩壁困得分分钟想睡过去。

也不知道到底是睡着了没有，只觉得意识有些恍惚，脑袋热热的，晕晕的。整个人置身在温热的水流里，是前所未有的放松和舒缓。

梦境虚虚实实的，她还能感受到夜晚的凉风从肩头拂过，只想着棉被能再往上盖一些，彻彻底底裹住自己才好。

一旁明亮的灯光在眼前慢慢地模糊朦胧，从一束亮光渐渐变成了光影，一片晕黄。然后又从那光影细碎成星星点点，缓缓远去，最后一点点被黑暗吞噬，沉入寂静。

只有耳边有轻微的声响，不知道是风声，还是水声，让念想沉重的眼皮子再也睁不开来。

再次有意识，是念想突然感觉身旁有人，那吹过的夜风越来越凉，这才猛然清醒。

睁开眼，还不甚清楚的聚焦下，视线所及的第一个瞬间，就是徐润清。

念想有些蒙，揉着脑袋，只觉得睡意沉重："你怎么在这里？"

"一直没看见你，问了冯简找过来的。"徐润清已经脱下长外套丢在边上，看她迷迷糊糊刚睡醒的样子，无奈地叹了口气，干脆下来抱她，"这样睡着很危险的，不知道？"

念想揉了揉眼睛，被他揽进怀里，直接打横抱起，然后用外套裹住，低头用额头碰了碰她的："去我那里吧，冯简今晚估计也不回去，你一个人我不放心。"

"冯简为什么不回去？"念想钩住他的脖子，往大衣里缩了缩，离了温泉就是冷啊。

"被拉去斗地主了，今晚通宵。"

就这么被抛弃了，明明说好边泡温泉边吃零食一起长胖的啊……这个骗子。

然后念想才抓住重点："我、我我要去你那？我怎么觉得……我还是自己待在房间里比较安全啊！"

徐润清挑了挑眉，似笑非笑："晚了，已经到了。"

念想看着眼前的别墅区有些反应不过来："你怎么住在这里？"

"不是告诉你说有股份？"他走进最近的那栋二楼小别墅，抬脚轻轻一踢，踢开门抱她进去，"也不用担心，他们分了好几批，斗地主的看日出的，没人会发现你不在。"

念想被他放在沙发上，忍不住拎过身后的抱枕挡住脸："你说得我们好像在偷情一样。"

"的确是地下关系。"徐润清倒了杯水递给她，看着她喝下了，指了指木质的推拉门，"后面就有温泉，现在还困不困？"

念想很配合地打了个哈欠："困……"

"那睡一小时，等会儿叫你，我先去换衣服。"

念想这才注意到他的衣服还是湿的，顿时皱起眉头："吹了风不要紧？"

"不要紧。"话落，他想起什么，又指了指沙发斜对面的那个房间，"我等会儿在这里，等你醒了我们一起去泡温泉？"

他问得一本正经，念想脑子里转悠的可不是纯洁的东西……继续捂着脸，往后一躺，开始装睡。

没过多久，就听见很轻微的脚步声由远及近，念想正纠结着是醒来吓唬他呢还是继续装睡时，只感觉身上搭上了一条被子。然后脖颈被一只手温柔地托起，往后垫了个枕头。

她正要睁开眼，就感觉那手指移过来，轻捏了一下她的耳垂，又顺着，捏了一下她的脸，最后拧了一下她的鼻尖。

念想觉得自己还是继续装睡吧。

等睡了一会儿再醒来，屋子里寂静得没有一丝人声。念想摸着晕乎乎的脑袋，踩下地时才发现自己的鞋子落在温泉池边上了。

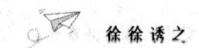

房间里有地暖，她干脆赤脚走过去，找了好几个房间，终于在拐角最里面那间听到了徐润清的声音。

她敲了敲门，过了大概几秒钟，门被拉开，徐润清站在门前，修长的身影挡住了房间里的灯光，把念想整个都笼在了他的阴影之下。

"我打扰你了吗？"

"没有。"徐润清打量了她一眼，视线落在她光着的脚上时，眉头就是一皱，"怎么不穿鞋子。"

她就是为了这件事找他的："鞋子在温泉池那里了……"

"等会儿让人过去拿一下就好。"他微俯身，抱起她，用并没有询问语气的询问句问她，"一起去泡温泉？"

念想"啊"了一声，还来不及反抗，他已经抬步走向了那个推拉的木门。

门外还真的是别有洞天，是个很精致的温泉池，泉水氤氲着袅袅的热气，一片白雾朦胧又隐约。

温泉池旁种着两株梅花，红艳艳的花色，在这一片白雾里几分真假，点缀得恰到好处。空气里似乎是有梅花的隐香，丝丝缕缕。

院子不大，景致却很是精致。

徐润清把她放下来，她自己就迫不及待地泡进去……溜进去才发现身上还披着他的外套，这会儿已经浸湿了。

正要拎起来跟衣服的主人报备一声，一转头，徐润清已经脱了上衣，露出精瘦的胸膛，正在解裤子的皮带，裤子松松垮垮的，他拎着腰头，正低着头看她。

见她蓦然瞪大眼，烧红脸，又飞快地背过身去，低低笑了一声，继续慢条斯理地脱裤子："给你耍流氓的机会不珍惜？"

"你才耍流氓。"念想想着自己刚才瞄到的那些，脸热得不行，手脚并用地想爬回去。结果还没使上力，就听见徐润清下水的声音，

第十九章 盛宴开启

下一秒,她就被困在了池子里,进退不得。

徐润清姿态闲适地靠在池边,朝她伸出手来:"不过来?"

念想摇头,摇头,摇头。

徐润清微眯了一下眼睛,从善如流:"也好,我过去。"

然后长腿一迈,毫无阻碍地就到了她的跟前。那水波漾开,一圈圈涟漪,念想只觉得那水波此刻撩得她浑身都有些发软……

这种情况怎么破啊!

山间的夜晚是深沉又寂寞的,那夜色浓郁得像是笼在一个狭小的空间,触目所及,皆是一片沉沉的黑暗。

夜间有风时,那树叶沙沙作响,声音并不像白天那么清越。

此刻风声渐起,这里安静得只有水波轻微荡漾的声音。

梅花树旁那古色古香的路灯,灯光明亮,与夜色交融,掩出树下的一片暗影。他就站在交界处,眼神深邃又幽沉,像是古井无波无澜,又似深海,广袤悠远。

念想悄悄地扯下放在岸边赶紧石头上的浴巾,不动声色地拉下来,裹住自己,然后,再悄然无声息的,慢慢后退,后退,后退……

直到她看到徐润清那似笑非笑的神情,终于停住了这看起来颇像"垂死挣扎"的举动。

徐润清只不过就是吓唬吓唬她,并没有"轻薄"的打算,不过这会儿看见她神经紧张的样子,歪心思一动。

"要不要壁咚?"他突然问道。

念想摇头:"地点有些不安全,不要了……"

"不要?"徐润清无视她的理由,又认真地问了一遍。

念想迟疑了一下,看着他。

"那过来给我抱一下?"

念想已经开始在心底默默爆粗口了,最讨厌这种善于利用自己姿色诱惑别人的男人了!

她这么想着,却是非常果断地,扑过去,一瞬间水花四溅。

徐润清恰到好处地伸出手捞了她一把,微一用力,就拉到了自己的怀里。不知道是在笑她还是就单纯高兴,微扬着唇角,笑容随意又慵懒。

见她仰头看过来,垂下眸,睨了她一眼,给了个选择题:"你主动还是我主动?"

念想被他抱在怀里,两个人之间除了念想那一层薄薄的泳衣布料之外,就只有一条什么都阻挡不了的浴巾。

温泉水轻轻荡漾起来时,念想还能感觉到那细微的水纹在两个人之间的空隙涌动着……真是暧昧得过分。

就在这种意乱情迷、即将无人再能阻挡的境地,屋外却响起了门铃声。

这突兀的门铃声吓了念想一跳,也让念想从这一片中清醒过来,一抬眼,就看见他眼底浓郁的还未散去的情欲。

徐润清有些不悦地皱起眉头,依然没松开她,但也再没继续下去。就这么抱着她抵在池边,下巴搁在她的肩上轻轻地吐了一口气。

"没……关系吗?"念想开口,才发现自己的声音嘶哑得……很奇怪,装作若无其事的样子清了清嗓子,继续提醒,"门铃……"

"不用管他……"他皱着眉,目光倏然冷淡地往屋里瞥了一眼。

但这个"不用管他"似乎并不怎么奏效……

门铃持续响着。

徐润清终于认命,从她颈窝处抬起头来:"我抱你进去休息。"

"我自己……可……"以字还没说出口,念想就发现刚才那一段意乱情迷之中,自己的情况……根本就不能用衣冠不整来形容。

第十九章 盛宴开启

徐润清见她瞬间精彩的表情，压着笑帮她整理了一下，抱着她离开温泉，立刻拿了浴巾裹住她，见她红着脸把自己整个都缩进浴巾里，终于忍不住低低地笑出声来："害羞了？"

念想开始消极地拒绝和他说话。

徐润清把念想放到卧室的床上，正想去拉被子给她盖上，她已经自发自觉地滚了一圈完美地把自己塞进了被子里，只露出个毛茸茸的脑袋来。

门铃还在响着，大有"你不开门，我就一直按到天荒地老"的架势。

"擦干了去换衣服，别着凉了。"叮嘱完开始闹别扭的小姑娘，徐润清披上宽大的系带睡衣去开门。

随着卧室那一声清脆的关门声落下后，念想这才悄悄地探出个脑袋，确认徐润清是真的不在房间里，这才悄悄地掀开被子看了一眼狼狈的自己。

嗯，便宜被占光了……

不知道徐润清去了多久，念想又去卫生间冲了个澡，严严实实地换好安全的睡衣之后，在房间里来回踱步了好几圈，这才凑到门边，耳朵悄悄地竖起来，打算听听外面的人是谁。

谈话声有些听不太清，但对方显然是个和徐润清年纪相差无几的年轻男人。咦，声音听着倒是有几分像是林医生？

念想又凑着听了一会儿，断断续续的并不真切，最后索性放弃，爬回床上看电视。

她刚睡了一觉，但泡了一会儿温泉，又那啥意乱情迷了一回，精力被耗得差不多了，又开始犯困。

徐润清结束对话进屋来的时候，看见的就是念想半撑着眼皮昏昏欲睡的样子。

他走到床边坐下，手指搭在她的脸上轻扶了一下，那微微的凉意

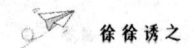

让念想稍稍清醒地抬起眸子看了他一眼。

"在等我?"他压低了声音,轻声问她。

"我好像听见林医生的声音了。"念想撑着身体往上坐了坐,努力让自己清醒一些。

徐润清见她这么"辛苦",略有些无奈地按住她,抬手遮住她的眼睛,一边又倾身去关了照明灯,只留下昏黄的,不伤眼的暖色壁灯:"嗯,林景书回来了。就是想知道这个?"

"确认下……"她低低地嘀咕了一声,终是不敌那沉沉涌来的睡意,慢慢睡了过去。

她脸上的那抹潮红早已褪成了柔软的粉,薄薄的一层,衬得她眉目如画,五官都精致的不得了。

想着她困倦得下一秒就能沉进梦乡里,却又惦记着想知道外面的人是不是林景书的样子,徐润清忍不住笑了一声,曲指刮了一下她的鼻尖。

"当着我的面就敢惦记别的男人?"那轻柔划过她鼻梁的手指一收,捏住她的鼻尖不轻不重地拧了一下,"明天再收拾你。"

第二十章

狼窝里的兔子

念想这一觉睡得神清气爽，一直到日上三竿才醒来。

还没睁开眼，就感受到温暖的阳光从窗外投射进来，那光线落在她的眼皮上，浅浅的一层光，暖得发烫。

鼻尖是被子淡淡的香薰味道，念想嗅了嗅，揉着眼睛，睁开眼。

陌生的环境。

念想抬起头，看向正靠在床头，膝上放着个笔记本的徐润清。他正在看视频，一手搭在笔记本的底盘轻轻托住，一手停留在空格键上。

听见动静，徐润清低头看了她一眼："醒了？"

念想点点头，伸了个懒腰，从被子底下钻出来，探出双手来："现在几点了？"

"等你起来就可以吃午饭了。"他面无表情地说完这句，把手递到她的面前，示意让她自己看时间。

念想尖叫一声，忙不迭地弹起来开始洗漱穿衣……等等，穿、衣？

她昨天就是一条泳衣,外面裹个遮羞布就被徐医生抱回来了啊。哪儿来的衣服?

念想正犹豫着怎么开口,徐润清已经善解人意地提示:"我起得早,帮你回去了一趟房间找冯简,衣服拿来就放在卫生间里了。"

念想顿觉心中有千万头"羊驼"狂奔而过,捂着脸就钻进了卫生间。

她这么紧张是有原因的,因为下午三点就要返程,中午是定好的聚餐时间,要是迟到,那万众瞩目的场面真是比任何时候都要来得折磨人。

穿好衣服,念想先离开,都到门口了,想着徐润清有些不悦的表情,又折回来,抱了抱他。抱完又怕他临时起意把自己扣下了,飞快地转身溜了。

冯简在房间里等念想,见到她这时才回来,揶揄了几句,和她串好供后,一起赶赴餐厅。

一路上,哪怕四周静悄悄的,了无人烟。冯简也故意用一种暧昧又低沉的悄声问她:"怎么样怎么样,徐医生的身材有没有我想象中的好?"

念想沉默以示立场。

徐润清来得最晚,他是和林景书一起过来的。进门时,目光四处环顾,径直往念想这一桌走来。

林景书的突然出现是众人都始料未及的,并且强烈地引起了女性同胞们一致的、且非常热烈地欢迎。

冯简和他贫嘴惯了,见林景书也跟着徐润清到这一桌坐下,忍不住吹了声口哨:"林医生,看科里的姑娘都这么热情,带泳衣了没啊。"

林景书温和地朝她笑了笑,说:"好久没见了。"

冯简受宠若惊地点头,并十分享受直属上司这温柔的转变。

"回头去护士长那里拿准则抄个一百遍再给我,不准有错别字,

第二十章 狼窝里的兔子

也不准漏字,我会一一过目的。"

念想同情地看了一眼顿时风中凌乱的冯简,用眼神问她:"还觉得林医生温柔吗?"

冯简:"……"

吃过饭,念想兴致勃勃地撸了袖子要和欧阳打麻将,因为自己不会。等拉好了队伍,她又摇尾巴撒娇着去请了一个军师来。

于是,队伍阵容就从小白二人组隆重地晋升为"瑞今男神豪华包"。

幸好棋牌室的位置偏僻,大家又都忙着争分夺秒地再泡一会儿温泉,这个安静的午后没人打扰。

林景书丢出一张牌后,看坐在念想身旁的徐润清,突然问道:"我听说你们成了?"

"很惊讶?"徐润清淡淡瞥了他一眼,往念想嘴里喂了颗葡萄,手指收回时,顺手在其中一张被她捏得紧紧的牌上轻轻一点,示意不要这个。

林景书看着二条直皱眉头,摸了牌之后,才嘟囔了一句:"迟早的事,我干吗要惊讶?"

说着,饶有兴致地打量了两个人一眼:"你们到哪一步了?"

念想刚摸了一张好牌,高兴地往外丢了个北风,先回答:"见家长了……"

林景书"噢"了一声,挑了挑眉,戏谑地看向徐润清:"没想到,速度这么快。"

"二十八岁了我该着急点,不然二十九岁就像你这样,无趣乏味还八卦……"徐医生毫不留情地打击完林景书,又捏了葡萄往念想嘴里塞了一个。

念想咬着甜滋滋的葡萄,突然想起个事。中午吃饭的时候,老念同志打来电话问她今天什么时候回家。

报了大概的时间之后,老念同志犹豫了良久,才含糊着说道:"那我去多炒几个菜,你去问问小徐,看他愿不愿意跟你一起回家来。就说回来都是饭点了,他既然要送你回来,就上来一起吃饭吧。"

念想抱着手机看了半天的通话显示,确定没接错电话,玄幻地答应下来后就暂时抛到脑后了,现在才想起来。

"我爸让我问问你,等会儿晚饭要不要上来一起吃。说是回来的时候正好是饭点,你既然要送我回来,就一起吃个饭,他多炒几个菜。"

还真是突如其来,毫无防备……

徐润清葡萄剥皮的动作一顿,几不可察地勾了勾唇角,点头,声音平稳又淡定:"去,当然要去。"

欧阳顿时露出一脸羡慕嫉妒的表情——他连兰小君家的门长什么样子都不知道,老大都要去老丈人家蹭饭吃了……太幸福!

林景书表示他也嫉妒。

孤家寡人,不太想回家做饭。

这并不是第一次登门拜访,有过之前那一次短暂的经历之后,徐润清便一直都准备着第二次见面,所以虽然时间匆忙,对于他而言,却是绰绰有余。

大巴在瑞今门口停下后,徐润清去停车场取车,带着念想一起,先回了一趟他自己的公寓。念想待在车里,就看见他一个上楼的工夫,下楼的时候大包小包地提了满满的好几袋,全部都放到了后车厢里。

念想这才突然想起来,徐医生第一次和她的家长见面没多久之后,便不经意地问过她爸妈的喜好。起初她倒是没有留意,这会儿……突然反应过来,徐医生的伏笔居然铺垫得如此之深。

奶奶上次没见着徐医生,回头知道后闹了好一阵子,一见到念想就问:"小徐他什么时候来啊?"

第二十章 狼窝里的兔子

所以当知道自己的儿子开窍了之后,她便格外欣慰地在客厅里待了一下午,严阵以待地等徐润清的到来。

最不高兴的当属老念同志了,他话一说完就后悔了。但当着念想的面又不好耍赖,当作没说过。他向来很重视自己在念想那里伟岸又高大的形象,是以,只能无奈地去准备了。

并且,他今天下午可就找着借口没去公司了。想看看足球赛……因为念想奶奶执着等候的精神,憋屈地陪着看了一下午的越剧,现在脑子还在"嗡嗡嗡"地响。

结果还没得到厚待,老太太盯着天色,天色一沉就赶他去做饭。他现在正在厨房里打鸡蛋。

剁剁剁剁剁剁——

冯同志则从下午知道徐润清要来之后,就开始整理屋子。上次是毫无准备,这次人家都要上门吃饭了,怎么着也得拾掇一下,尤其念想的房间,乱七八糟的。

等到念家的时候,Z市已经华灯初上,夜色分明了。小区里的路灯一盏盏亮起,明亮又繁多。在这夜色里,温柔又沉静。

徐润清一手拎着东西,一手牵着她上楼。

走到了门口了,突然叫了声她的名字。

念想"啊"了一声,抬头去看他。

他的眼珠漆黑,映着楼道的照明灯能清晰地让念想看清自己的身影,深邃得见不到底,又清透得像是琉璃,光华千转。

"我有点紧张。"

念想有些发蒙,等反应过来他确实是说了"我有点紧张"这句话后,已经有些……

"不要做小没良心的,知道了?"他的手指在她的眉心处轻轻一点,然后往左侧一滑,将她垂落下来的、不属于这里的发丝钩至她的耳后。

那指尖温热,划过的弧度恰到好处,让念想一瞬间,心尖麻麻痒痒的,随着他的指尖上上下下。

想了想,她点点头,钩住他的小手指,抬手去按门铃。

来开门的是在厨房离门口最近的老念同志,他的身前还围着可爱又搞怪的卡通围裙,一只手的袖子高高地挽起,开门见是两人,动了动唇,最后也不过是说了句:"来了啊,先去客厅坐会儿,等会儿就能吃饭了。"

"念叔。"徐润清颔首示意。

老念同志自然就瞄到了他手上拿着的那个黑色的拎包,眉头一挑,深深地看了一眼徐润清,有意思。

他一直垂涎老徐的那根钓竿,但碍于冯同志对他的这个爱好并不给予高度的支持和赞同,还没敢往家里报备。这小子上哪知道的?

进了屋,换鞋。

徐润清一到客厅,就被冯同志迎着在沙发上坐下。那热情程度,念想觉得自己这辈子都没能在她亲妈身上体验过一回。

摸了摸鼻子,念想灰溜溜地过去挨着徐润清坐下。

他刚才说紧张,她可是在当徐医生坚强后盾的人!

饭还没好,冯同志去厨房里帮忙。奶奶端了果盘出来,往徐润清面前递了芒果让他先吃些清清口。

念想在一旁可怜兮兮的:"奶奶,我呢……"

奶奶笑起来,捡起个大苹果丢给她:"你吃这个。"

念想龇牙露出一口金属的矫正器——当着徐医生的面啃苹果?回头得把准则抄一千遍吧。

奶奶在一旁看着年轻的小两口眉来眼去的,心下欢喜,很上道地寻了个借口,先回了房间,给两个人独处的时间。

第二十章 狼窝里的兔子

奶奶一走,念想立刻原形毕露。

她从果盘里翻出个芒果,凑到鼻端下方轻嗅了一下。芒果的香味很清冽,带着一股甜味,念想想着芒果那果肉的味道,顿时觉得肚子也咕咕叫了好几声。

她刚从果盘底下找到小巧的水果刀,还没握热乎,徐润清就已经从她手里接了过来,拿着芒果抛了几下,目光一扫视,指尖轻抵着芒果皮上。

那小刀漂亮地在他手里旋转了一圈,落在他的掌心里。

从中间切开芒果,去核,又捏着黑色的刀柄,手法娴熟地切了个九宫格。这才递过去,给已经双眼看得发直的念想:"拿好。"

这一厢,以去打下手帮忙为借口的冯同志正在行偷看之事,见着徐润清目光温柔地切了芒果递给念想,死寂了N年的少女心又活跃起来。

"你看看人家小徐,你闺女想吃芒果,他接过水果刀亲手削,削完先递给你闺女,多好啊。我们结婚那么多年了,你给我削过几次芒果啊!"

老念同志努力地回想了一下,神情不郁地照实回答:"芒果一次也没有,你都是让我独手劈西瓜。"

冯同志有些心塞:"老念,我们结婚二十多年了,你有没有想过离婚?"

老念同志夹了一筷子猪腰尝了尝,嗯……咸淡适中,冯同志的最爱:"没有。"

冯同志继续心塞:"那你现在考虑考虑?我都想了二十多年了。"

当真了的老念同志差点一口咬碎筷子,震惊地转头看着她说:"你跟我说真的还是闹着玩的?"

冯同志白了他一眼,没好气地回答:"开玩笑。"

老念同志:"……"

这种玩笑是会影响家庭和谐的好吗!

受了惊吓的老念同志在饭桌上格外沉默,他沉默的后果就是大家高高兴兴地吃完饭,高高兴兴地把饭桌留给了他。

冯同志留了徐润清一起在客厅看了会儿电视,这才打发两个人去念想的卧室说会儿话。

念想等他进了屋,立刻关上门,后背抵在门上深呼吸了好几口气。这种众目睽睽之下带着男朋友进房间,还关上门什么的……感觉太刺激。

徐润清显然和她不在一个频道,环视了一周,对念想的审美有些嫌弃:"在这种房间待久了不会觉得晕吗?"

念想的房间是典型的女孩子喜欢的,色彩搭配上自然是怎么花哨怎么来。当初装修房间的时候,要不是冯同志拦着,老念同志铁定会买一堆的玩具熊丢进来!

"还好啊……"起码,她挺喜欢的。

然后,念想发现了一个问题:"我们审美不一样特容易在装修房子的时候产生分歧,产生分歧的时候双方都会有一种过不下去的负能量感……"

这还是兰小君给她科普的,以前还没实习的时候,在寝室里,兰小君最喜欢捧着平板给她念八卦。当时是有条新闻说小夫妻两口子因为新房装修产生分歧,结婚没几天就离婚,上了微博热搜。

"你会?"徐润清打断她,问道。

念想设想了一下,摇摇头:"不会……"

"我也不会。"他走到小书架前面,顺手抽了几本书翻了翻,有念想高中时的课本,上面有几页摘着工整的笔记,有几页画着乱七八糟看不出是什么东西的图画。

第二十章 狼窝里的兔子

徐润清忍不住微微弯了唇角，倒是和他想象中的差不多。

他放回去，再换一本。

念想就在后面默默地整理房间，调整摆设。冯同志虽然临时调整了一下，有些地方还是乱糟糟的。

整理着整理着，好久没听见他的声音，恍惚地一抬头，就看见他斜倚在书桌上，手里正捧着一本书，目光清澈又明亮，正专注地看着书本的扉页。

难道她写了啥奇怪的东西？

对自己不是很有信心的念同志觉得凑上去刺探一下军情。还没往敌营深入，徐润清已经抬起头来，把书页朝向她，手指轻按着那一处贴着便笺的地方，微扬着唇角，神情愉悦："看你这么喜欢我的分上，写错名字认错人这件事勉强不追究了。"

念想顺着他手指的方向看去，顿觉天雷滚滚。

十八岁那年还处在脑洞大开的玛丽苏时代，随便看一些文艺的爱情句子就往上面套。她那个时候初识情窦初开的滋味，就搜刮词汇努力地写了个感时伤秋的情书？

嗯，三百字的情书。

写什么已经想不起来了，那铅笔字淡淡的铅印也已经褪得差不多，模糊得反着光，却照亮了念想心底深处那隐秘的怀念。

她倏然就有种年少的秘密被挖开袒露的害羞心情，尤其还是自己的少女心事被当事人看到，那种感觉简直有些无法形容。

她正手脚都不知道往哪里摆，试图说些什么的时候，徐润清放下书本，走过来，站在她身前时，抬手轻揉了一下她的发顶，那手指落下来，轻柔又温暖："我很珍惜。"

温泉旅游过后没多久，就进入了春节倒计时。大大小小的学校放假，

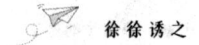
徐徐诱之

瑞今口腔医院最忙的季节又来了。

念想站在徐润清的身后,看他仔细地复诊完小朋友的矫正器,不忘和小朋友的家长约好时间,又仔细叮嘱了一句:"过年吃大餐一定要小心噢,注意矫正器。"

那个小朋友来过几次,已经和念想很熟了,握着牙刷,做了个刷牙的动作,调皮地说道:"医生姐姐你也是啊,不要贪吃!"

徐润清刚端起茶杯喝水润嗓子,闻言,眉眼一弯,低低地笑了起来。

等小朋友一走,念想凑到正坐在牙椅上看病历的徐润清身前,半蹲着,和他平视,有些不满地噘着嘴:"你刚才笑什么?"

徐润清细细地扫着她写的病历,闻言,转头看了她一眼,格外自然地倾身,覆过去,亲她一口:"乖,别吵。"

念想顿时捂着脸遁去茶水间了。

徐医生太浑蛋了,每次一遇到不想回答的问题都来这一招。

这样的繁忙程度,让念想都开始怀念之前上学时期清闲得每天早上都能在床上翻咸鱼,和兰小君互相踢着"谁去买早饭"的皮球,一直耗到中午一起下楼吃饭的日子。

欧阳和兰小君的感情发展得很是一波三折,两个人都是欢脱的性子,但凑在一起不知道怎么的,总是会有些不和谐。

反而徐医生这种话不多高冷型的和念想这种低情商的,这恋爱反而谈得就差念想什么时候动一下结婚的念头,就能领证了。

因为徐润清去B大附属口腔医院小组会诊,念想才难得有了几天的调休去准备科目三的考试。就这几天的休息,除了最后临时抱佛脚,念想也过得十分紧凑。

徐润清忙完下班,就给她打了个电话询问情况。

念想刚回家,累得衣服都没脱,直接在床上挺尸了。

从窗外看去,外面的天色就像是即将沉入黑暗前的最后一丝亮光,

第二十章 狼窝里的兔子

那光线熹微,正一点点地吞噬着,把夜幕彻底地拉了下来。

一门之隔,外面便显得热闹许多。老念同志和冯同志正因为一道菜怎么烧在斗嘴,奶奶向来作壁上观,乐呵呵地笑着。

这些声音落在念想的耳里,孤单和想念在一瞬间疯狂地涌来。

她眨了眨酸涩的眼睛,压低了声音,很小声地低喃了一句:"我好想你。"

这是光明沉入黑暗的那一刻,夜色里,她这一声轻柔软糯,就像是猫爪,在徐润清的心尖上不轻不重地挠了一下。

在经过路口时,徐润清毫不犹豫地驶入最左侧的掉头车道:"我现在去接你,一起吃饭吧。"

虽然不过三天没见,却像是过了很久一样。

思念和孤独,最能消磨意志。既然触手可及,那就立刻去她身边。

念想原本还想先睡一觉,晚点起来再吃饭。徐润清一句话就成功地让她清醒起来,抱着被子一骨碌地从床上翻身坐起:"现……现在吗?"

他轻笑了一声,低低地反问:"不然呢?"

哪有什么不然……

念想突破老念同志的防线下楼时,徐润清已经等在楼下了,车窗放下,正坐在车里等她。

念想抬头往自己的楼层看了一眼,果不其然地看见了老念同志拉得跟驴脸一样长长的脸。

她忍不住笑了起来,拉开车门坐进去的时候还听见徐润清问她:"是不是念叔又……"

他没再说下去,但意思念想当然能够听懂,这段时间的相处下来,徐润清已经深知自己未来的老丈人是个多么爱玩又幼稚的人。

就前不久一次,徐润清送念想回家顺便去蹭饭。吃过饭之后,奶

徐徐诱之

奶就像是闲聊一样，不经意地就把话题引到了老念同志的身上。

原话是这样的："念想她爸爸啊，看上去这么大把年纪了有时候还跟个孩子一样爱玩爱闹，在家里还爱跟念想妈妈斗斗嘴。念想总说以后找另一半要找自己爸爸那样的。念想的爸爸顾家又负责，家里就念想一个独生子女，自然是忍不住要娇惯她。尤其是念想的爸爸，所以在你和念想的事情上他才诸多阻拦，不是这样就是那样的……就是舍不得闺女，想继续留在身边，这才挑剔。

"他这辈子看着一直平稳顺遂，但我和念想的爷爷也并没有给他攒下多少。现在的事业啊基本上都是靠他自己做起来的，一肩之力扛起了整个家，并几十年如一日地爱老婆爱孩子，为她们遮风挡雨。小徐啊，你的敬重是没错的。"

徐润清自然知道，所以得寸进尺，有恃无恐。

"你们年轻人有年轻人的抱负，奶奶呢，是打算过完年回J市的，也许有些话就没机会说了。我们念想啊，是个没心计的孩子，就一根筋一头热。我们老念家捧在手心里二十多年都没摔着她过，你接手了，自然也要多珍惜珍重。过日子的事情不好说，但遇到事情，奶奶还是希望你能多偏心偏心她，让她这辈子都过得这样喜乐平安。"

很朴实，却也很打动人。

念想没有特别想去的餐厅，但却有一堆不想吃的东西。于是，最后的结论就是，两个人去徐润清公寓楼下的饭店吃酸菜鱼。

嗯，这是念想最近的新欢。

念想其实是个对约会没有要求的人，这种没要求表现在约会地点随意，约会质量随意，约会方式随意，唯一不随意的大概就是约会的对象。

林景书对念想这么将就凑合、委曲求全的姿态很是看不过去，当着徐润清的面就煽风点火:"念想,这样不行。你看,你以后结了婚可是没法谈恋爱了。女人最精彩的阶段就在婚前,你要多相处几个,现在就被徐医生吃得死死的,婚后一定会后悔的……"

念想咬着土豆丝看了一眼处变不惊的徐医生,扭头问林景书:"林医生你恋爱过几次?"

林景书开始掰着手指一个个地数,一连串的英文名,数到最后自己也笑场了,严肃了表情晃了一下手指:"一个。"

念想嗤之以鼻:"过完年林医生你就三十而立了,才谈过一个女朋友。"

她明明就是用很平淡的语气说起来,甚至没有带什么色彩性的表情,但林景书依然听出了里面浓浓的讽刺味。

才三个月啊,念想就被某只大尾巴狼从只兔子调教成了同类。

见林景书大受打击,徐润清这才不慌不忙地继续补刀:"我和念想的婚后生活不用林医生操心,肯定会过得比而立之年才谈过一次恋爱至今都单身的某些人丰富精彩。"

林景书心里顿时跟有千万头"羊驼"呼啸而过一般。他真的只是比徐润清"虚"长了一岁啊。

于是,跟着徐润清刚进公寓的大门,念想想起这件事,转身问他:"我是不是真的太没有追求了一点。"

徐润清"嗯"了一声,有些不知道她说的是哪件事。

"你看人家约会都是在电影院啊,小公园啊,游湖啊,坐船啊……怎么浪漫怎么来。我发现我们约会基本上都在你家……"

不然就是在医院里值夜班的时候。

晚上二楼是没有人的,她坐在牙椅上写病历,看材料或者在寄存膜上练习粘托槽的时候,他都会拉一把椅子在身旁坐下。手里或者拿一本书,或者就是一杯清茶,安静地陪着,然后在她出错的时候纠正、调整。

嗯。有时候会动动手啊，动动嘴啊，医德沦丧。

念想恋爱没有经验，只要是和他在一起，即使是这样，都觉得很满足。

徐润清闻言，微微挑眉，理所当然地说道："我们以后是要结婚过日子的，要早点习惯这种平淡又温馨的两人日常。"

念想若有所思地嘀咕了一声："两人日常。"

然后默默地看了他一眼，去厨房烧水泡茶喝。

徐润清刚才可是拿家里有新的好茶叶为借口带她回来的，等会儿自己泡一点喝喝，再带回去一些孝敬孝敬老念同志。

徐润清跟着她进厨房，就靠在墙边，问她："想去公园游湖坐船？"

念想"啊"了一声，点点头，弯着眼睛笑眯眯地："没有，我就是顺口一提。其实那样不适合我们。"

徐医生不知道是想到了什么，非常赞同地点了点头。

某只兔子最爱撒娇摇尾巴，每次这么做的时候，他都会有一种想要亲近亲吻的渴望，这种事情可不适合在外面做，至于看电影……

徐润清往阁楼瞄了一眼，问她："要不要看电影？"

念想顺着他的视线看到阁楼，想起自己还没染指过他的私人影院，顿时心动。

她这点细微的表情被徐润清尽收眼底，他扬起唇角微微一笑，刻意压低了声音，一字一句，咬字清晰地说道："还没人能打扰。"

没人打扰……

念想对徐润清的美色诱惑向来把持不住，于是在选片的时候格外严谨，挑了个非常正经的电影。

徐润清对此没有异议，等到电影放映到中场了，他转头看了一眼看得兴致勃勃的念想，附耳过去，轻声说了句："其实该做什么的时

第二十章 狼窝里的兔子

候还是会做的。"

念想正投入，突然听到这么一句还有些迷茫。但当她转头，询问地看向他时，看见他眼底深沉的笑意和细碎的光影时，顿悟……

徐润清轻咬着她的唇，有些不满地问道："有没有听我的医嘱，认真地在配合治疗？"

念想闻言呜咽着回答："有啊……"

"早点拆掉矫正器……"他低喃了一句，不轻不重地咬了一下她的下巴，含糊地"嗯"了一声，表示，"接吻不方便。"

等看完一场电影，时间已经不早了，不过徐润清显然没有放念想走的意思，煮了杯奶茶，继续看下一部。

念想有些犯困，懒洋洋地靠在他怀里。闻着他身上淡淡的，却很熟悉的淡香，心头突然涌上一种很陌生的情绪，很安心的一种情绪。

像是一个人找到了港湾，找到了归属时的那种心情。

她抬头看了他一眼，揪着他袖口的金扣子玩。

"明天考试，有没有把握？"他搭在她颈后的手抬起，在她头上揉了一把。

念想自发自觉地就着他的掌心蹭了几下，被他拦腰一提，抱到膝上坐着。

徐润清格外熟稔地捏住她的下巴，微微一抬，然后低头，凑上去亲了亲："考完奖励一辆车，喜欢什么样的？"

"车？"

"聘礼。"他低低地笑了两声，曲指在她鼻梁上轻刮了一下，"好像还没送过你什么，不喜欢？"

念想依然……

"不想要？"他低头看了她一眼，很善解人意地退一步，"那过年的时候跟我回去见下爸妈？"

念想:"……"

就知道有后招呢!她现在已经对徐医生的套路了如指掌了。

于是接下来——

"见家长吧……"

徐医生很满意,指尖在她下巴上轻轻地撩着,就像是在摸一只餍足的小猫,轻柔又宠溺:"刚才在电话里说想我……"

他手指微微一顿,打了一个转,摩挲了一下她的嘴唇:"实际行动呢?"

念想电影都看不下去了,瞪他:"你刚才都亲我了。"

"那是我亲你。"他的手指沿着嘴唇的弧线轻轻描绘,眼神专注又认真,"你呢?"

念想瞪圆了眼,随即又有些害羞。她清了清嗓子,端端正正地捧住他的脸,凑上去,亲了一口。然后退离他几寸,就着屏幕的光影看着他。

并不是很明亮的空间里,他那双眼睛就像是墨染的一般,深邃又幽深。五官轮廓被光影切割得格外立体,眉眼清俊。

此刻看着她的眼神,有柔和一点点散开,那眼底似有一簇火焰,清晰明亮。

她这么乖,徐润清那捉弄调戏的心思顿时压了下去,瞄了一眼时间,问道:"现在送你回去?"

念想揽住他,在他颈窝蹭了几下,只觉得他身上那淡淡的香气舒适又好闻。她的额头贴着他的颈侧,温热的肌肤相触,念想黏糊糊地揽着他不放,想着要和他分开,就一千个一万个的舍不得,明明很快就能见面了。

"你那边什么时候忙完啊?"

"还要几天,等做完手术……"

第二十章 狼窝里的兔子

"你不在，我一个人有些心虚……"她咕哝了一声，开始吐槽模式，"给患者补牙齿的时候总担心下手没轻重，他们一皱眉我都会紧张。患者一多我就会紧张。还有根管治疗，疏通根管的时候总是有阻碍，太磨耐心了，经常反复地拍小牙片，我平常不是这样的。"

她说着说着，就觉得那些深埋在心底无人分享的小困难开始发酵。

在学校里其实有一直地反复练习，现在也不是第一次操作，可最近总是有种没有主心骨的感觉。而且对工作有了疲倦感，遇到问题也不自信……

这种负面的，消极的感觉起先只是一点点。她是个善于调整心态的人，很快就能把这些情绪埋掉。但遇到挫折，解决得不顺利时，这种感觉就越积越多，一直叠加。

"不是有林景书指导？"他安抚地摸了一下她的脑袋，感觉她情绪的低落，也忍不住皱了眉头。

"是啊，但这种问题好像是我的问题。"

心态上的消极应对，这种心态不赶紧调整好，时间久了会很麻烦。

徐润清沉默了良久，沉吟道："实习的时候遇到的病人都不是教学时的练习标本，自然会有这样的那样的你无法预料也无法掌控的问题，这个时候就需要你用你所有知道的知识去解决它。忘记当牙医的初衷了？"

念想没说话，抬起头来看着他。

前面的头发因为刚才的乱蹭乱七八糟的，徐润清抬手，帮她顺直，钩回耳后。收回手时，手指顺势在她鼻尖轻点了一下："我没回来的时候，有问题就去问林景书，他在专业的问题上面从来不马虎。遇上自己没法应对的，也丢给他。你不会的，以后我慢慢教你，实习本身就是个学习的过程，你对自己的要求太高了。没有达到预期就会觉得失望……但没有关系……"

他的声音突然轻下来:"不是想成为一名好牙医吗?这些都需要时间历练,需要你不断学习,没有一蹴而就,也没有平步青云。起码,你现在对待患者的态度是很正确的。

"而且,你有我。我会陪着你,做你的灯塔,做你的港湾,任何时候你都可以依靠我信任我。哪怕到你成长为合格的牙医,能够独当一面。念想,这是我的承诺。"

对于念想过年要跟徐润清回去见家长这件事,家里三位长辈的看法和态度都有些不同。但总的来说,支持的阵营里是奶奶和冯同志。毫无意外地,老念同志是喝倒彩站反对阵营的。

因为这件事的态度问题,老念同志被念想奶奶面壁教育了好几分钟。

等奶奶去房间休息了,老念同志顿时把手里的瓜子往盘子里一丢,拆了颗水果软糖塞进嘴里,气呼呼地说:"你们才谈恋爱多久啊,就见家长……"

因为徐润清送的那根鱼竿,老念同志转好的态度在念想提了要去见徐家的家长时顿时瓦解粉碎。

"这小子现在这么着急,肯定有阴谋。"老念同志嚼了几下软糖,手指在烟盒上轻轻地打着转,"你就这么答应了?"

念想没敢说徐润清是怎么让她答应的,只沉默着点了点头,表情悲愤。

冯同志在一旁哼了半天的小曲,回头见父女两个又莫名其妙地僵上了,抬腿轻踢了一下老念同志:"你怎么回事呢?每天都给你做思想工作,合着我说了那么久你是一句话都没听进去是不是?"

老念同志又往嘴里丢了块软糖,没吭声。

"行了行了,念想明天还要考试呢,赶紧让她去睡觉。"

第二十章 狼窝里的兔子

老念同志这才懒洋洋地抬了一下眼,微抬了一下下巴不情不愿地放了行。

念想揉着额头回了房,深深地后悔自己怎么就被老念同志三言两语地给套出话来呢,她明明想好了要守口如瓶,做好保密工作的啊。

念想的科目三考试进行得非常顺利。

老念一大早跟车过来,全程陪同,知道念想是一次性满分过的,就比自己拿下了一单生意还要高兴。回去的路上和念想先去超市买了一堆食材,中午亲自下厨给念想办个庆功宴。

顺便给念想后天的科目四考试加个油鼓个劲!

念想拿到驾照的第一时间先拍了照片给徐润清看,再发了朋友圈,一个假期回来后,简直春风得意。

林景书和她一起在食堂吃饭,听冯简问起她考驾照的事,想了想,也问道:"驾照出来了,徐医生就不表示下什么?"

冯简还傻乎乎地追问:"要表示什么?"

林景书轻勾了一下唇角,笑得格外不怀好意:"徐润清总不至于连辆车都送不起吧?念想我跟你说,男人啊都不细心,这种礼物什么,要自己开口要的……"

念想默默地瞥他一眼,忍不住打断:"林医生你去交流学习回来之后,煽风点火的坑人技能越来越炉火纯青了……"

林景书正想摆出无辜脸,就听念想继续补刀:"你不用装了,你的本质我可都看清楚了。"

林景书:"……"

林景书的外表看上去是个和善温润的人,比徐润清要亲和许多。所以林景书一回来,就分担走了大量的女患者。

但事实上,林医生肚子里也装着坏水。阴晴不定的时候,根本摸

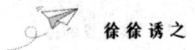

不清他的想法。

念想在他手上是没吃过亏,不过被暗算过几次,比如他煽风点火给她错误情报之类的,多几次念想就学乖了,这种人要敬而远之。

又不是徐润清哪能这么放心被他算计。

没过多久,徐润清就带着欧阳归队了。这对念想而言,无疑是军心大定。

将近年关,所有的科室都开始繁忙起来。这种节奏比往常是翻倍升高的,几乎一整天下来,连吃饭的时间都需要像挤海绵里的水一样挤出来。

这种平静又忙碌的生活就像是暴风雨的前夕,宁静得透着一股不安。

事情发生在除夕夜的前一天。

念想的右眼皮跳了一早上,她跟徐润清一起去吃饭的时候还忍不住嘀咕了一句:"总觉得今天不倒霉一下对不起我跳了一上午的眼皮啊。"

徐润清不置可否:"昨晚几点睡的?"

"啊?"念想咬着筷子,努力地回想了一下,陪老念同志下飞行棋。嗯,飞行棋,下到了晚上十一点多了,洗完澡再到床上躺平已经是十二点的事了。

她脸上的表情已经不需要她再回答了。

下午的时候,徐润清抽不开身,念想领几个龋齿患者去隔壁的诊室独立治疗。冯简忙了一天了,现在才有空喝口水,见念想正在柜子里翻找着什么,过去帮忙:"找什么?这里我比较熟,我给你拿。"

"要根管锉……"

"这里好像有一副,我来拿给你。"冯简找到器械递给她,正要跟她交代些什么,听见护士长在叫她,只来得及应声,赶紧就出去了。

第二十章 狼窝里的兔子

郑蓉蓉和她母亲就是在这个病人治疗结束时直接过来的。

因为小姑娘的牙齿又开始疼，实在受不了了，决定过来根管治疗，并且只是疼痛的病齿治疗，别的暂时都不动。

念想确认了家属的意愿之后充分尊重，先给郑蓉蓉的左下五进行根管治疗。

根管治疗先是确认龋齿的损坏程度，这些念想上次看到郑蓉蓉的口腔全景片时就已经确认了大概的范围，先用三用气枪的小钻子清理她龋坏的牙齿。

牙神经已经严重坏死，所以她放柔动作，一点点来，对小姑娘而言，一点痛苦也没有。

不过显然，即使不痛苦，女孩也是紧张的，双手交叠在身前，捏得虎口青得发白。

郑妈妈看着看着就皱起眉头来："你稍微轻点，没看见孩子疼得手都掐青了吗？"

念想往郑蓉蓉交叠的双手看了一眼，安抚地轻拍了她一下："没关系，你要是觉得不舒服举一下手告诉我。"

郑蓉蓉点点头，看了一眼郑妈妈，乖乖地配合。

清理了龋坏的部分，健康的牙齿部分已经不剩多少了。念想看着残冠忍不住皱眉，让郑妈妈凑近过来看："蓉蓉这颗牙齿没有龋坏的部分只剩下这么多，如果单单是用材料补回去的话，我只能说坚持不了多久。到时候整颗牙受力不均，会碎掉。就跟这颗牙一样……"

她用口镜敲了敲郑蓉蓉右边碎裂得只剩下一个穿孔的牙根："这颗应该也是根管治疗过？"

郑蓉蓉的母亲却突然有些被触怒了："我来瑞今是听说瑞今的医生技术好，你这牙齿补好了寿命也不长，那你怎么不给我弄好？材料可以好一点，又不是花不起这个钱。"

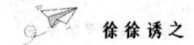徐徐诱之

"根管治疗过的牙齿脆性都很大,你可以选择根管治疗后打桩再加上个牙冠,这样情况会好一点。"念想指了指郑蓉蓉那只剩下半边的牙齿,"你看,龋坏面积那么大,整个牙齿去掉了三分之二。"

郑妈妈显然也看见了自家闺女牙齿的严重程度,声音软下来:"那医生你给蓉蓉先补上。"

念想点头,先消毒,反复清洗根管:"她的牙齿坏得太多了,而且基本上都是比较重要的需要咬合的牙齿。蓉蓉年纪小,牙齿情况这么糟糕,真的需要早治疗。"

"早让她少吃糖不听……"郑蓉蓉的妈妈脸上又是怒容,阴晴不定地看了她一眼,无奈地摇摇头。

短暂的安静之后,又听郑妈妈问道:"打桩再加上个牙冠就可以?"

"我上次建议过你,蓉蓉牙齿有些拥挤,这么多牙齿坏掉,其实可以考虑矫正,拔掉这些坏掉的牙齿留下的都是健康的。"

念想开始用根管锉慢慢扩大根管,再反复冲洗消毒,看着牙科椅上的姑娘被药水的味道苦得眉头都皱了起来,安抚地放柔声音:"再忍一会儿。"

"你们医生个个都建议矫正,是不是这个利润大点?"

念想被问得噎了一下,无奈地蹙了蹙眉心,轻拍了一下郑蓉蓉的肩膀:"可以了,起来的时候张着嘴巴不要咬到。我们去楼下拍个侧位片确认一下,马上就好了。"

郑蓉蓉点点头,跟着念想下楼拍片。

不知道是不是对压舌的反应太过敏感的原因,念想试了好几次都没能成功,几次的反胃恶心显然让郑蓉蓉对侧位片有些压力和阴影,最后一次尝试时,努力地压下那股恶心感这才终于成功。

郑妈妈全程都看着,眉头越皱越紧,目光略微审视地看向念想,最终也不过是一言不发地扶着脸色有些发白的郑蓉蓉上楼继续根管

治疗。

  颊侧的根管难度有些大,还差着一些距离,念想换了根管锉继续扩大根管,心里还犯着疑惑,这一套根管锉怎么这么老旧。

  隔壁的诊疗室里还能听见冯简咋咋呼呼的声音,念想看了一眼拉上窗帘的百叶窗窗口。并没有阳光,只是惨淡的日光,对一直在诊疗室里并未出去过的念想而言也稍微有些刺眼。

  她收回视线,冲洗根管,换回之前的根管锉。

  根管锉在根管停留的时间并没有多久,念想只感觉手上一松,几乎是同一时间,一种不安的感觉从心头扩散开来。

  那心尖像是被掐了一下,顿时惊慌失措。

  她看着断裂在根管里的根管锉,只觉得背脊一阵发凉,脸色在瞬间,血色尽褪,苍白如纸。

  那心情,就像是被空气里的水分浸湿,一点点的渗着水。

  完了。

  完了,完了……

第二十一章
做你的灯塔

最先听到隔壁诊室动静的是正要去看看念想的冯简。

她总觉得那位病患的家长有些不善,结果还没走到门口,就听见清脆的巴掌声以及推翻东西后那凌乱的声响。

一个女人的咒骂声也尖厉地响了起来:"你还是医生?就你这样的人当医生,你别把人都害死了。你看你把我女儿弄成这样,什么东西留在牙根里了,你说怎么办吧?"

冯简心头一惊,几步跑过去,就见念想站在牙科椅旁边,整张脸白得像是凝结了冰霜,漆黑的眼睛正压抑地看着她对面的女人,试图解释:"你先听我说,我们现在最需要的……"

"不用听了,叫你们的院长给我下来。什么破医院,破医生,就这样的技术给人看牙齿,你们院长是不想干了吧?"郑蓉蓉的母亲一怒,又是抖落了工作台上的一叠病历。

那"哗啦啦"的声响下,整理好的病历掉落下来,铺满了一地,

第二十一章 做你的灯塔

有几份更是直接砸在了念想的面前。

她低头看着病历上的名字，只觉得太阳穴一阵叫嚣般的跳动。脸上还有刚才事情发生时遮挡不及不小心被病历划伤的痕迹。

冯简看到这一幕，顿时觉得头脑一麻，赶紧逮着凑过来看情况的小护士，轻声地叮嘱："赶紧把徐医生叫过来，说念想这边出事了。"

见小护士跑走，冯简深呼吸了一口气，走进去。

先是看了一眼躺在牙科椅上正哭着揉眼睛的小姑娘，再打量了一眼正在暴怒状态的病患家长，轻舔了一下嘴唇，清了清嗓子，介入："念想，怎么回事？"

念想还有些发蒙，恍惚之中听见有人叫自己的名字这才抬起头来。冯简这才看清她脸上那清晰浮起的痕迹，顿觉怒火往头上一冲，也炸了。

"你脸上怎么弄的？"冯简凑上去看了一眼，"啧"了一声。

念想的皮肤很白瓷一样，这伤口便格外清晰狰狞，微微的红肿，浮起在她白皙的脸上，还有几处更深一些几乎就要破皮。

"我没事……"念想抬手摸了一下脸，她抿了一下唇，觉得嗓子干涸得有些说不出话。

正脑子发晕之间，被冯简用力地握住手，这才理智了几分，简洁地交代："根管治疗的时候根管锉断在牙根里了。"

冯简正要说些什么，郑母突然上前，扬起手，又是一副要动手的架势："你当然是没事，那根管锉又不是断在你的牙根里了，是断在我女儿的牙根里！说什么根尖切除，那都是意外伤害，后果谁承担？"

冯简被这阵势吓得不轻，赶紧把念想又往后推了推，上前一把拦住对方，声色俱厉："这些我们医院当然都会负责！"

"你们医院就惯会拿钱欺负人，我要去曝光！你滚开，别拦着我……"

……

徐润清刚好结束一个来矫正的患者,还在说医嘱,就听见外面突然嘈杂的争吵声,还未等他出去,那个小护士已经跑进来,神情焦急地指着隔壁的那个诊室:"念想那边出事了,病患的家属闹起来了,徐医生你赶紧去看看。"

欧阳正在帮忙整理病历,闻言双眼圆睁显然是有些吃惊:"怎么回事知道吗?"

"不知道,我一听到争吵声过去,冯简就让我来跟徐医生说一声。"那小护士明显是有几分着急的神色,但目光落在徐润清瞬间沉下去的脸上时,不敢再多说,微微侧身给他让路。

欧阳看着徐润清离开的身影,心下着急,但还是先对患者交代完注意事项,这才跟上去。

念想的临时诊疗室前已经围满了人,几乎都是看热闹的病患和病患家属。

那女人不客气的指责谩骂声刺耳又响亮,徐润清只是走到门口就差不多能够想见里面糟糕的情况。

除了冯简还有几个闻风凑过来的护士正挡在那个女人的面前,不知道是谁先喊了一声"徐医生来了",接二连三的"徐医生"随之响起。

徐润清环视了一下乱糟糟的诊室,目光一逡巡,看到念想正站在最后。被冯简挡在身后,就站在窗口边上,还没来得及松口气,就看见她抬起头看向自己时,左侧的脸颊那明显的伤痕。

他的双眸顿时一眯,那眼底的沉郁瞬间凝结,转而看向还在撒泼的那个女人,沉声问道:"怎么回事?"

"根管锉断在牙根里了,病人的家属了解情况后第一反应就是十分生气。"

徐润清微抿了一下唇角,又看了一眼念想,转身,先是扶着坐在牙科椅上吓得直哭的小女孩躺回去:"我检查一下。"

第二十一章 做你的灯塔

郑蓉蓉的母亲这才闭上嘴,怀疑地打量了他一眼,问道:"你是?"

"我是这家医院的负责人,刚才为你女儿治疗的是我的学生,她还在实习。"话落,他微挑了眉,语气沉郁又低沉,"但我相信她的专业操作能力是没有问题的。"

"没有问题?"郑蓉蓉的母亲声音陡然拔高,"没问题还把这种东西断在我女儿的牙根里?你们医院就是不想负责是不是?"

徐润清刚走到洗手池边洗手,闻言,目光微凉,态度上却依然得体:"你误会了,医院并没有不负责的意思。对我的学生在根管治疗的操作过程中把根管锉断裂在病人的牙根里这件事,我会负责到底,并且也保留追究一切责任。"

后面那一句,显然是在维护念想。

他身材修长,又穿着制服,站在灯光下,身影背着光,就这样面无表情目光凉凉地看着她,就让郑蓉蓉的母亲觉得心下一阵发虚。

她下意识地,避开他的眼神。

见她安静下来,徐润清略一沉吟,继续说道:"你先冷静下来,现在首要的是先把根管锉取出来,不然耽搁下来问题还会更大。根管锉断裂并不是没有办法,我会负责把它取出来,费用由医院承担。"

他的声音沉稳,眼神平静又清透,可带了几分威压,那压迫感便格外清晰沉重。

许是他的话更有分量,又或许是徐润清的气场太强大迫人。郑蓉蓉的母亲不敢再像刚才那样无理取闹地对念想动手,沉着脸想了一会儿,点了点头。

对方一妥协,他这才走到牙科椅前,调整了一下灯光,垂眸看着躺在牙科椅上的女孩,拉开牙椅坐下。

这才转头看向念想,用跟往常并没有什么不同的语气叫她的名字:"念想。"

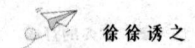 徐徐诱之

见她抬头看过来,那一直沉着的声音放柔几分,吩咐:"把工具准备一下,我先给她检查,你过来给我打下手。"

念想一迟疑,对上他清澈又温和的目光,微微一顿后,重重地点了一下头,去准备工具。

冯简生怕郑蓉蓉的母亲会有异动,就挡在念想的身旁跟她出去,一起帮忙准备了工具再回来,欧阳已经把围观的病患和病患家属清开了。

徐润清正坐在牙椅上和女孩子轻声地说着话,郑蓉蓉的母亲被请到工作台一旁坐下,桌前正放着一杯温水,气氛温和得根本不像是前不久还发生了一次医患之间的冲突。

接过念想手里拿着的托盘,徐润清边戴上口罩和手套,边问她:"知道发生这种情况要怎么处理吗?"

"知道。"念想回忆了一下,回答,"先拍片,确定位置,看是否需要取出来。如果位置比较上方,可以考虑用别的锉制备通道,再用锉带出。如果在刚好在根尖,根方无阴影,可以常规备好,根充观察。若超出根尖,要做根尖切除术。"

徐润清已经拆了口镜检查女孩的牙齿情况,闻言,"嗯"了一声,又问道:"你观察到的是哪种情况?"

她的声音顿时弱下去几分:"还没有拍片,处理方法没确定……"

徐润清抬头看了她一眼,看清她低着头,显然还沉浸在刚才那意外的插曲里。

"以后可以不用这样规矩。"他压低声音,仅用两个人能听到的声音继续说道,"处理事情的方法可以不用这么死板。是不是事情一发生,你连情况都没确定就先让家属了解情况了?"

念想"欸"了一声,轻点了一下头。

现在还能回忆起刚才那种有些恐慌无措的心情。

第二十一章 做你的灯塔

根管锉断裂之后她的脑子顿时就空了，背脊直冒冷汗，第一反应是操作过程出意外了。接下来的事情怎么发生的她现在都混乱得有些回想不起来。

郑蓉蓉在根管断裂时就因为疼，哭了起来。郑蓉蓉的母亲几乎是在下一秒就扯着她的白大褂直接拉开，质问她是怎么回事。

那种瞬间被人推进黑暗里，伸手抓不到可以依靠的东西，那种踩在空中随时都在恐慌失重的心情直到现在才真正清晰地烙进她的心底。

最嘈杂的争吵发生时，念想被冯简挡在身后，那一刹那，她的耳边是空无声响的，安静得能听到心脏在胸腔里跳动的紧迫感，也能察觉到脸上那微辣的疼痛，以及自己指尖掐进掌心的触感。

恨不得立刻逃离，躲避的害怕心情此刻像是潮水一般涌来。

她的声音干涸，生涩，还带着微微的，不易察觉的无措："我那时候……"

"等会儿再跟我说。"他把口镜递给她，并未直接放回托盘里。

指尖触碰到她时，微微一重，轻捏了她一下："先带病人下去拍片，确定一下根管锉的位置。"

念想不敢耽搁，带着郑蓉蓉下去拍片。

根管锉的位置已经超出根尖，要做根管切除术。

徐润清看着片子，微皱了一下眉头，但只一瞬，他的表情恢复如常，交代念想去准备要用的工具。

麻药，棉花，去骨器，锤子……

念想拿好东西，正要上楼。就见这会儿应该在楼上诊室的人，此刻就站在门口。

见她看过来，徐润清回头看了一眼，见没人注意，走进来，顺便关上门。

念想不解地看着他。

"麻药不用了。"他走过来,从托盘上拿走针剂,"欧阳在楼上给病人麻醉,我下来看看你。"

他抬手轻扶着她的脸,微微抬起,指尖在她脸上的伤痕周围流离。眉头皱得很紧,原本还温和的表情瞬间就沉了下来,沉郁得像是在酝酿一场风暴。

"还好?"他问。

念想点头,就这两个字,却让她听出了他话语里的心疼。即使在事情发生的那一刹那,她震惊无措觉得委屈害怕时,都不曾想哭。

这会心尖却像是被谁拧疼了,鼻尖酸得不行。

然后感觉他吻上来,在她额头上停留了一瞬,很快离开。

徐润清的声音有些沙哑,轻轻的,却带着力量:"哭什么,有我在。"

根管锉断裂在根管里,这种概率其实很小。但只要碰上根管锉老旧,根管尖端疏通有障碍,加上操作失误,发生的概率还是非常高的。

而念想对这个医疗事故的解决方法,暂时只有留存在大脑里的理论知识……

是的,只有理论。

照欧阳说的,能处理这些疑难杂症的,那都是大师级别的人物。而口腔科惯常拿手术刀的徐润清,无疑就是这其中之一。

徐润清戴上手套和口罩,拉开牙椅在牙科椅侧坐下来。

头顶的灯光有些炫目,他偏头看了一眼,细心地微微拉远了一些。等待麻醉生效的过程中,他往工作台边移了一下位置,打开片子,又专注地看了好久。

就这么安静地又等了几分钟,这才滑到牙科椅旁,看了一眼躺在上面面色有些苍白,显然非常紧张的女孩:"不用担心,很快就能结束,打了麻醉不会很疼。"

第二十一章 做你的灯塔

说着，他从托盘上拿过镊子，示意她张开嘴，然后用镊子碰了碰手术区内的牙龈，低声和患者确认："有没有疼痛的感觉？"

郑蓉蓉摇摇头，因为嘴里含着棉花，说话的声音也有些含糊不清："嘴巴麻掉了……"

确认麻醉已经生效后，徐润清用镊子夹开手术区周围垫着的已经湿润的棉花，换上了干净的干棉花垫在手术区的周围。

"如果过程中你有些不舒服或者是觉得疼了，可以举手告诉我。"说完，他微微敛眉，似乎是在细细地思索着，严格认真地关注着郑蓉蓉的口腔情况。

他的手法精准又快速，几乎没有犹豫的，就照着预先考虑好的位置切开黏膜暴露牙槽骨。

念想就站在他身旁，看得很是仔细。切口位于颊侧附着着牙龈，依照龈缘的形态切成了扇贝形。并不破坏边缘龈和牙龈的附着，也容易翻起和切开，手术视野清晰。

徐润清在这里并没有花费太多的工夫。

他回头看了一眼 X 光片，眼神深邃又清幽，那一截露在口罩外面的鼻梁正好被灯影打上光，让他清俊的侧脸更贴了几分冷漠和疏离，看上去冷静又精英十足。

骨膜分离器寻着切口进入，翻起黏膜骨膜瓣，翻开后用龈瓣牵引器牵起黏膜骨膜瓣。

由于骨质完整，先要确定根尖位置再依照根尖位置去骨开窗，建立了进入根尖和病变组织的通路。

而这一步骤，徐润清的速度缓慢，认真又专注，每一个动作，细微又精准。

此刻暴露了根尖位置，接下来便是徐润清用刮治器去除根尖区域的所有病变组织和异物。因为这一处有重要的神经和血管，在精准度的要求上可谓是非常地高。

因为患者的根尖病变严重,刮除病变组织的整个过程,有些惨不忍睹。

郑蓉蓉的母亲已经别过脸去,眉头皱得紧紧的,明显是在压制着怒气。

病变组织从骨腔全部脱离后,念想立刻递了组织钳给他。清理完毕,很快就找到断裂在根管里的根管锉的位置。

切除根尖,取出断裂的根管锉,根管倒充,封闭暴露于根尖周组织的根管系统。

用生理盐水对手术区进行冲洗,再用组织钳将瓣复位。

进行到这里,念想又带着郑蓉蓉下楼拍片确认,确认断裂的根管锉已经取出,并且没有留存任何异物后。

徐润清缝合伤口,压了压棉花,止住血,再取出。

一直看得目不转睛的念想似乎这个时候才回过神来,如果不是在目前这种有些意外糟糕的情况下,她简直像是看了一场很完美精巧的艺术表演。

那修长白皙的手,是天生适合拿起手术刀的。

徐润清摘下口罩,垂眸看着一脸如释重负,还有些发抖的女孩,轻声问:"还好吗?"

郑蓉蓉点点头,眼睛却突然湿润,因为疼痛紧闭着嘴不说话。

念想扶着她做起来,难免有些歉疚,毕竟是因为她才多受了这么些罪。

徐润清褪下手套去洗手,洗完手,向郑蓉蓉的母亲交代医嘱,病嘱咐下个星期要过来复诊拆线。

郑蓉蓉被她妈妈扶着,脸上苍白,双眼因为刚刚哭过的原因湿润得漾着水光。

第二十一章　做你的灯塔

大约是又心疼闺女了，郑妈妈的脾气顿时又上来了："你看看你们医院干的好事，我只是来补个牙，结果整个牙齿都给我切开了，万一我女儿这颗牙齿以后功能不行了，我都找不到人说理。"

显然，这件事并没有结束。

护士长正好来接班，听说了这件事后，亲自过来安抚解决。劝慰着家长去一楼的茶水厅坐下说话。

徐润清抬手轻捏了一下眉心，有些显而易见的疲惫，他忽然叫住她的名字："念想……"

声音压得很低，磁性又悦耳。

念想此刻颇有些惊弓之鸟，抬头看着他，眼神深处还依稀能看到一些惊惶。

"先下楼，去我车里等着我，我过去看看，等事情处理好了，我送你回去。"大概是因为白大褂扣得有些发紧，他微皱着眉头，有些不太耐烦得轻扯了一下领口，解开了最前面的那两颗纽扣。

见她没有回答，抬眸看了她一下，从口袋里摸出车钥匙递给她："顺便跟念叔说一声，我要去蹭饭，好不好？"

听出他特意耐心温和下来的语气，念想点点头，也顾不上收拾好操作台上的狼藉，捏紧车钥匙，先去更衣室换衣服。

欧阳帮着收拾好了医疗废品，想了想，也换了衣服去停车场。

念想坐在副驾驶上，手里捏着手机，手机屏幕按着，她只是拿在手里，不停地在指尖转来转去，像是借由这个分散自己的注意力，专注投入。

欧阳拉开后车门坐进后座，见她转头看来，笑眯眯地靠过去："冯简让我来帮她道歉，她说那副根管锉是她拿给你的……"

"不关她的事。"念想闷闷地捏紧手机，轻叹了口气，"当时那么忙，就算没有她，我自己到时候在诊室里找器材也会用那副……"

479

说到底,还是技术不纯熟,是她自己的问题。

"这是在沮丧?"欧阳挠了挠脑袋,突然有些头疼起来,"你别这样啊,其实当医生吧,就要有这种出医疗意外的准备。其实牙科医生还是比较……安全的职业。只是这位家属患者格外没有素质而已,你放心,有老大在,绝对不会让你吃亏的。"

念想没吭声。

其实对于吃不吃亏她倒是没多大在意,只是就像很多时候,很多人在事情发生后的第一反应就是,沮丧,失望,自责,不自信或许也有被不公平对待的愤懑不满,狼狈丢脸。

对于念想而言,更大的打击,是在这一次操作过程中的失败。

她并不是自负的人,但学业上的优异成绩,这么许久以来的顺风顺水让她这些年积累了不少傲气,至少在她心目中,她始终觉得这些难不倒我,或者这些有什么难度?

但这么一栽坑,把她这些年积累下来的所有都抹得一干二净。

而且种种的情绪包围下来,她突然就对兰小君上次医闹事件感同身受起来。

这种感觉真的很糟糕……那种既定的,掌握的事情突然滑出控制范围发生偏移,然后整个世界天翻地覆,斗转星移的陌生感,就像是潮水,汹涌而来。

念想觉得自己有些喘不过气来。

欧阳显然也发现了自己的开导对于某位沉浸在自己世界中的少女没有多大的用处,就安安静静地陪着她在车里坐了良久。

直到看见徐润清从停车场的侧门走出来,欧阳这才推开车门下车。

徐润清并未直接坐进驾驶座,先是拉开副驾的车门,把手里包裹了一层毛巾的冰袋贴上她的脸。

怕太凉,徐润清把冰块装在了手套里。

第二十一章 做你的灯塔

念想摸着那触感，表情有些微妙。

正是下班时间，有车辆从自己的停车位离开。车轮摩擦着地面，发出轻微的声响，间或在出口处传来鸣笛的声音，短促又清晰，却分外遥远。

念想安静地看着他，动了动唇，想解释些什么，最后出口的却只有三个字："对不起……"

"让她道歉应该还不够吧？"他突然说道。

念想"欸"了一声，有些不理解。

"让她道歉，亲自跟你道歉。"他咬字清晰，语气里有分明的不客气。

念想突然哑然，看着他，不知道要说什么了。

其实这件事无论是从哪个角度来看，最大的责任人都是念想。

好像是知道她在想什么，徐润清忽然起身，俯下身，利落地解开她的安全带，握住她的手腕拉下车，拉开了后座的车门示意她进去。

而后，他也坐进车内，一切动作行云流水。

念想还没反应过来就被他抱着坐在了他的腿上："如果要追究责任，你是我的学生，出了问题自然由我全权负责。"

"我知道具体情况了。"他的手沿着她的手腕落下去，和她的十指相扣，"这种意外事故我不能安慰你全部的责任都在设备老旧上，现在有很复杂的情绪也很正常，我一点也不介意你发脾气。但这种情绪，控制在一个很短的时间内就可以。现在，这里，我的可控范围内。"

做她的灯塔和港湾。

他曾经这么说过。

念想抬眼看他，看着他的轮廓在渐渐暗下来的天色里一点点变得深邃。那些消极的情绪，随着渐深的夜色，便真的一点点在流逝。

徐润清让她整理情绪的方法很简单，在他的势力范围内，你随意。

无论是发泄,还是大哭,起码,要在他能看得见的地方。

这种时候,也庆幸念想调整情绪的方式是安安静静地陪着她就好,她会自我疏导。

天色越来越沉,几个瞬息之间,已经连成一片黑幕。

能听见远处的近处的鸣笛声,远处的喧闹,越能显得这里安静又冷寂。

良久的沉默后,念想终于开口:"我们回家吧。"

老念同志并不知道念想今天在医院的遭遇,刚才和念想通电话的时候虽然觉得声音有些闷闷的,不太高兴也没有多想。

挂断电话之后又念叨着徐润清这个兔崽子又要来蹭饭,脸上表情不郁,身体却很诚实地特意加了好几道徐润清喜欢吃的菜。

但等一桌人等得菜都快要凉了,这才等到早该到家的小两口姗姗来迟。

老念同志看着念想脸上那卡通OK绷,眉头皱得比山区的道路还要曲折。

刚才在车里一直冷敷着,红肿早就褪了下去,连伤痕看上去都没有那么狰狞。念想怕老念同志看见了会较真起来,路过超市的时候就进去买了卡通的伤口贴贴上,虽然明显连借口都找好了,结果竟然没有一个人问她怎么回事。

等吃过饭,冯同志心事重重地叫了念想一起来洗碗,见她一蹦一跳地进来轻拍了一下她的手臂,压低了声音问道:"你跟小徐吵架啦?他跟你动手了?"

念想哭笑不得:"妈你想哪儿去了啊?"

冯同志顿时淡定了:"哦,那没问题了。你别在这里杵着占地方,把水果切一切端出去给我们小徐清清口。"

第二十一章 做你的灯塔

给我们小徐……

念想酸了一下,有些愤愤地说:"妈,你疼徐润清比疼我多多了。"

冯同志非常惊讶地转身看着她,认真问道:"我什么时候让你产生我疼你的错觉了?"

念想:"……"简直要生无可恋了。

她这边正和冯同志瞎贫嘴,恍然听见客厅里砸东西的声音。念想心头一跳,连水果刀都忘记放下,直接跑出去看情况。

老念同志涨红着脸弯腰捡起烟灰缸,见念想就站在厨房门口,眼神在她脸上转悠了一圈,顿时咧嘴一笑:"不好意思,发出噪声了,回头我罚钱给冯同志买水果大家吃啊……"

念想默默地看了一眼坐在一旁的徐润清,见他低头,神色自若地把玩着一根香烟,这才缩回头去,继续切她的水果。

给老念同志送了切好的水果,伺候着他老人家舒服了,念想便和徐润清一起回了房间。嗯,纯洁地一起看看书,看看电视。

冯同志敲门进来送过一壶水果茶,见他们各自占据沙发一角在看书,视察完毕回去汇报老念领导了。

等冯同志前脚刚走,徐润清就放下书,朝她招招手:"过来,有件事跟你说。"

念想见他表情有些严肃的样子,乖乖地挪了几下凑到他身旁,侧目,安静地凝视他。

"给你放个假?"他抬手,手指掠过她的鼻梁,轻轻地勾了一下她的头发,帮她抚顺。这才收回手,询问她的意思。

原定是明天正常上班,然后过年她和徐润清一起值班,等年后大家恢复上班了,这才轮到他们小休几天,一起去周边玩玩。

但现在出了这样的意外,念想对自己的工作开始有了一种说不上来的别扭情绪,像是会被审视,那些陌生的或者探究的眼神会落在她

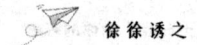

的身上,满满地不自在。

她点点头,很顺从。

"嗯,那我也不值班了。"徐润清揽住她的肩头按进怀里,声音凉凉的,蕴着一丝很浅淡的笑意,"让林医生来吧,反正他是孤家寡人,不会介意。"

念想表示无异议。

然后想着想着,自己也笑了起来,咕哝着问道:"林医生会不乐意吧?"

"他不会。"像是想起什么,他勾起唇角笑了起来,补充,"林景书向来很有牺牲自己的奉献精神。"

……

就这样,不聊工作,也不聊别的,只是谈论身边的人,身边的事。就连她每天都吃太多甜食这样微不足道的小事都能拿出来声讨一下。

他并非刻意地让她忘记今天下午发生的事,却极好地引导她融入另外一个他创造的温馨随意的日常氛围里,让她有足够的时间放下那些负面的、消极的情绪。

说不压抑是假的,念想的心里还是很难过很难过。对自己的怀疑,对工作的不自信,对别人看法的在意,等等,都让她觉得心里像是凝结了一股抑郁的心情,沉郁得像是刚甩入水的墨汁,丝丝缕缕,不化不散。

徐润清走之后,念想去找老念同志谈谈话。后者表示吃过饭的时候就刺探到了军情,现在丝毫不意外,甚至于老念同志这个时候也并没有太多的担心。

他说:"我很不高兴你被人欺负了,我最疼你,你脸上多疼爸爸心里就有多不舒服。但我对小徐是放心的,所以就算你这次吃了亏,我也并不担心。谁的人生经历没有几次碰壁?这件事揭过不提了,这

第二十一章　做你的灯塔

假期你就好好玩，玩得高兴了年后再回去上班。

"事实上，如果你不打算告诉我，我也不会让你知道我已经知道这件事了。你有你的自尊骄傲，也有你的敏感纤细，爸爸是尊重也谅解的。

"所以小徐说给你放几天假，我没反对。当然，我现在后悔死了，大白菜交给了猪能有什么好事啊。"

念想原先还感动得想抹一下眼泪，到最后先前酝酿的情绪顿时灰飞烟灭。

老念同志这种完全不放在心上的态度让她豁然开朗，其实心态放对了，这件事的确不是什么大事啊。

心态调整好了，念想那一晚，一觉睡到了天亮，无风无浪。

次日舒舒服服地赖了个床，刚醒来，就收到了欧阳的微信直播——郑蓉蓉的妈妈带着人来医院闹事了，非要赔偿。

不知道是不是因为叫了人过来，底气明显足了不少，在瑞今的候诊大厅里就开始生事。

念想一大早的，心情又郁闷了。

但事情显然没有结束，郑蓉蓉的母亲是铁了心地要赔偿。任由护士长怎么说，架子端得足足的，就是不愿意好好协商。

徐润清起初让人就晾着，很快，郑蓉蓉的母亲发现对方不太配合，开始骚扰病患，这事态就开始严重了。本来郑妈妈就已经造成了瑞今的负面影响，也严重地破坏了病患的秩序和安静的环境，现在就更加糟糕了。

于是，徐润清耽误了一个早上的时间都在处理这件事。

事情结果欧阳没有告诉她，或者说，欧阳也不知道双方讨论出了个什么结果。

可怕的事情，似乎还没有结束，而这些麻烦，源于她。不只是对徐润清个人的影响,还有瑞今的同事,瑞今这个口腔医院的形象。

说实话,念想是有些愧对徐润清的,总觉得……欸,一言难尽的心情啊。

那种沮丧又失落,歉疚又悔恨的感觉,就像是丢了什么东西一样,让念想的心里空落落地难受。也突然,不敢见他了。

她知道自己是有些胡思乱想,但心情实在糟糕透顶,不知道要如何面对这些。她不想把残局全部丢给他去处理,但事实上,她无能为力。而这一切,都是因为她。

于是,除夕——

中午徐医生来约午饭,念想回:"我还没起床,冯同志已经准备好了清甜可口的饭菜,要在家吃。"

除夕夜,徐医生下班之后自然是要回家的,顺便给她带了几本打发时间的书,让她能不虚度光阴。

念想是领情了,但还是含糊着,找借口:"啊,除夕夜了就别送过来了。下次见面再带给我一样的。"

吃过团圆饭的晚上。

徐医生问:"要不要见个面,一起跨年?"

念想现在不太想见到他,闪烁其词:"奶奶过完年之后就要回J市了,今年要陪奶奶。"

日子是有些特殊,而且理由正常,虽然有些奇怪,但无迹可寻。

但当大年初一一整天都无音讯后,徐润清终于察觉了她的不对劲,干脆地上门去找人时,老念同志难掩幸灾乐祸地回答:"念想送奶奶回J市了,她没跟你说?"

徐润清站在那里,忽然就觉得北风凛冽。

他从安全通道下去,一步一步,那长长的楼梯像是走不完一样,没有尽头。

第二十一章　做你的灯塔

念想一大早出发的时候就把手机关了，因为完全不知道怎么跟徐润清交代，索性关机。一直到傍晚到了奶奶家，念想也因为没想好怎么和徐润清说自己一声不吭地就坐了火车和奶奶一起到J市了，迟迟没敢开机。

老念同志打来电话确认安全，顺口就跟念想的奶奶提起了徐润清："妈你等会儿问问小念，送你回J市的事情怎么没跟小徐说一声啊。今天下午来找小念说是给她带了几本要用的书，知道这件事的时候那表情噢……"

老念同志兴致勃勃地搜肠刮肚地找词汇形容徐润清的落寞失意，惹得奶奶都开始心疼了，这才不疾不徐地问道："两人吵架了啊？"

念想被奶奶盘问的时候，一个没招架住，全部招了。

奶奶顿时把筷子一搁，声音严厉："赶紧跟人说清楚，你都和小徐说好年后去见他的父母了，这么一声不吭地就走了，别人还以为你没家教。多大点事啊，就绕进死胡同里了。"

念想沉默不语，只觉得心头还未散的烦躁又被撒了一把盐，委屈难过。

车票没买着卧铺，奶奶这一路坐的都是硬座。吃过饭就累得回房间睡觉了，上楼之前还不忘叮嘱："等会儿把事情给小徐说清楚了，这不是闹别扭的问题。你得先和他说好了，再慢慢地梳理情绪上的不舒服。小年轻谈个恋爱的想法我老太婆是不懂了，哪有不敢见人就躲着的……"

念想对奶奶的恋爱观念也有些无法理解。因为老一辈人那时候的感情通常都是看对眼了就结婚组建家庭，所以奶奶在对徐医生各方面都非常满意后，表示："念想啊，如果小徐跟你说起结婚的事情啊，你就赶紧点头，我看差不多了。结婚了赶紧生个孩子，年纪轻生孩子啊女人容易恢复，到时候你闺女跟你出去逛街就跟你妹妹一样……"

所以重点是在出门逛街女儿和自己的妹妹一样上吗？

但谁都不知道，念想对徐润清的死心塌地，也表现在……没条件的妥协上。这些事情，她都是愿意的。

只要是徐润清，好像就没有什么不好的。

J市和Z市相邻，也隶属于江南水乡的范畴。奶奶家只是J市其中一个小镇，这里似乎是要比Z市更冷一些，可景色，却温柔得没有一丝棱角。

念想是很喜欢奶奶家的，小时候放暑假，因为在家里太淘气也没有人照顾。那个时候冯同志还不是家庭主妇，经常跟着老念同志一起努力奋斗，一到放假就把她丢给了奶奶。

奶奶家并不在J市的市区里，是在离市区很近的乡下。

春天是满山红艳艳的花，夏天是绿油油的鸟叫虫鸣，秋天？秋天太过短暂，念想对这个季节没有太大的印象。冬天的山上依然也是绿的，但再也不是开春时，那鲜嫩的青绿，而是一种老态龙钟般优雅的深绿。

如果天气够冷，能够遇上下雪的话，满山披着白莹莹的大雪，是念想最喜欢的季节。

只是上了初中之后，念想除了春节会回来和奶奶一起过年之外，很少再有机会踏足这里。

J市的夜晚也是安宁而沉静的，不知道是不是因为这里后背就靠着山，一到夜晚整个夜幕沉下来，就连空气都清新了不少，带着冬天的凉意，丝丝缕缕的，却让人格外放松。

这里没有网络，只能依靠短信和电话与外界联系。

念想进了屋，在床上躺着发了一会儿呆。

不免想起徐润清，会忍不住地猜想他的心情他的反应。想着想着就有些后悔起自己明显小气又不理智的做法，然后便是心疼。

自己的想法和做法都有些不太理智，嗯，或者可以不客气地说是幼稚。

而这些——就是因为仗着他的喜欢，所以才有恃无恐。

这种后悔的情绪从一开始便泛滥得再也收不回来，翻涌着，一点点地蚕食着念想的内心。

不可避免地，回想起很多时候，他的体贴和维护，那些不为人知的小细节。

他喝水的样子，他专注看书的样子，也有穿着制服认真工作的样子，每一个……哪怕是零碎的边边角角，她都记得格外清楚。

念想捂着被子忍不住深深地，又有些无奈地叹了口气。

突然就很想见他。

被角染着淡淡的香气，清新又温和。被子还是下午到家时，就着最后那点余晖温热晒了小片刻，这会儿盖在身上暖洋洋的，惹得念想昏昏欲睡。

她裹着被子翻来覆去地滚了好几圈，整理好了思绪，一骨碌地翻身坐起，给徐润清打电话。

电话接通时，先入耳的是嘈杂的声音，像是在聚会。

念想迟疑了一下，问道："现在不方便吗？那我……"等会儿再打。

话还没说完，就听他嗓音微微有些沙哑地打断："等等。"

他话音落下的同时，念想听见了很清晰的拉开椅子的声音，然后是不是很清晰的脚步声，那些嘈杂越来越远。随着一声开门关门的声音，彻底清净了下来。

她还在出神，他已经低咳了一声，开口问道："在J市？"

念想很心虚，"嗯"了一声后，装作若无其事地转移话题："你在哪里？"

"一个人无聊，就跟景书、欧阳出来了。"他一句话带过，又不动声色地把话题扯了回来,"兰小君也在,问我怎么不带上你一起出来。我回答不上来……"

他好像是轻叹了一口气,然后轻声地咳嗽了起来,咳了好几声才止住。

念想心口像是被谁揪住了一样,闷闷地钝痛:"你感冒了啊?有没有在吃药?"

"不问问原因?"徐润清轻笑了一声,走到沙发上坐下。

等念想十分配合地照着问了,他这才心满意足地回答:"哦,是气急攻心,内伤。"

嗯,念想就知道他会这么拐着弯地,责备她。

"对不起。"她软着声音道歉,连那突然沉重起来的呼吸声,徐润清都听得一清二楚。

他沉默了半晌,哑着嗓子,近乎无奈地说道:"以后不管发生什么,都不要让我找不到你。"

念想听着这句话,只觉得心里微微震动,良久,才郑重其事地答应了下来。

在电话里别扭又不好意思地解释了一下前因后果,又认真地剖析了一下内心世界和想法,徐润清以一句"我觉得我们需要面对面好好再聊聊"结束此次通话。

念想握着发烫的手机,脑袋也蒙蒙的。

这是要过来找她的意思吗?

徐润清次日中午就到了,刚吃完饭,念想正陪着奶奶坐在门口的木椅上玩剪纸。剪好了花样,抬眼,就透过剪纸上的空隙看到了站在不远处的徐润清,震惊得一下子站了起来。

最高兴的人无疑是念想的奶奶,安顿着徐润清在念想隔壁的那间

第二十一章 做你的灯塔

客房住下来后,又赶紧去给他热饭菜了。

念想站在门口,有些尴尬。

反倒是徐医生,熟稔得像是回了自己家一样,左右一环视,转身看向还站在门口微微红着脸有些不好意思的念想,说道:"进来,把门关上。"

念想"哦"了一声,慢吞吞地关上门,在门口站了一会儿,刚要转身,便察觉到,他不知道什么时候走了过来,已经站在了她的身后。

念想僵硬地眨了一下眼睛,看着他:"徐医生……"

声音软糯,听得徐润清心里也有那么一处地方柔软又暖糯。

"嗯。"这一声像是从嗓子深处冒出的回答,沉沉的,略微沙哑。

随着回应,他已经迈步上前,伸开双手把她抱进了怀里。

很熟悉的拥抱。

念想的鼻尖抵着他微微带着凉意的外套,突然酸得有些发疼。她缓缓抬起手回抱住他,想道歉,可知道他不需要这个,想了一会儿都不知道要说什么,只能沉默着,收紧手,抱得紧紧的。

也许是洞悉了她的想法,徐润清微微偏过头,蹭了一下她的脸颊,把她拥进自己的怀里。也是紧紧的,生怕一个松手,就是南柯一梦。

他来到这里,就代表不需要她说任何话了。

徐润清慢条斯理地吃过饭,陪着奶奶在院子里晒了一会儿太阳。

今天的阳光好,就是风有些大。山后的竹林葱郁,被风刮得"呼呼"响。即使是冬天,正午的太阳也是热烈的。

看上去远远的,林间阳光遍地,给人很是温暖的视觉。

念想坐在奶奶旁边的椅子上继续剪纸,没一会儿就被晒得眼前有些发晕,一回头看向屋内时,所有的东西都像是蒙了一层黑色的幕布,看不清晰。

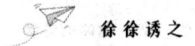

　　而阳光下,所有的东西都带了光点一般,折射出比自己本身更耀眼的颜色来。

　　她揉了揉眼睛,转头看向唇角始终挂着抹温润笑意的徐润清,心里满满的都是沉郁和郁闷。刚才突然一抬头,就看见不远处站着他时的那种巨大惊喜和感动,早已经被满心的吐槽取代了。

　　因为从刚才在房间里抱了她一下之后,徐医生就再也没有和她说过一句话。别说一句话了,连眼神都吝啬丢过来一个!

　　奶奶活了大半辈子了,哪不知道这小两口正在闹别扭。要是按平时,她断然是看不得念想在徐润清那里吃一点亏,碰一下壁,但这次嘛,情况特殊。

　　念想有错在先,都是谈婚论嫁的大姑娘了,结果做事情毛毛躁躁的,还不知道考虑后果。如果没有念想答应小徐过年一起回去见父母在先,奶奶也懒得管他们小年轻之间的那些事,毕竟自家孙女在工作上受了委屈,发个脾气怎么了?

　　男朋友连这点都没法包容,那以后过日子要怎么办?

　　但念想答应了,结果这么不说一声就跑了。小徐找了半天不说,对方的父母会怎么看念想?觉得她不识大体,不够懂事,现在也许不会表现出来,那以后呢?保不齐因为这件事为诱因发作起来,欺负念想。

　　现在得个教训也好,长长记性。

　　当然,适当得偏袒一下小徐,他是个聪明人,以后也会敬重念家。

　　奶奶的算盘打得噼里啪啦的,面上却不动声色,权当不知道小两口之间的激流暗涌。晒了一会儿太阳,觉得有些困意了,起身上楼去睡午觉。

　　念想继续剪剪剪……

　　她的动手能力并不算好,尤其剪纸这种也需要一定技巧和耐心的活儿,奶奶一不在身边监督指导,她就开始整齐划一地只剪蝴蝶。

第二十一章 做你的灯塔

边剪边竖着耳朵听动静,但她一口气剪了几十张纸蝴蝶,也没等来徐医生开口和自己搭话。

这应该是真的生气了。

念想抿了抿唇角,纠结了好一会儿,自己服软?本来撒个娇,再蹭上去牺牲一下色相,她绝对干得出来啊。

但这几天自己跟自己对着干,都把深藏在心底深处的固执给激发出来了。

心理建设了良久也没能如愿,于是多种情绪夹杂在一起,念想恼羞成怒了——

念想丢下剪刀,也没压住那些纸蝴蝶,几乎是她起身的那瞬间,一阵风呼啸而过,那些被她压在手心下,刚剪好的蝴蝶被风一吹,顿时就真的……飞、走、了!

目瞪口呆的念想看着那些纸蝴蝶,二话不说,转身就往后山走。

都欺负她!

根管锉欺负她,病患家属欺负她,徐医生欺负她,连纸蝴蝶也欺负她!

后山的海拔并不高,说是山,其实用小山坡形容更贴切一些。

加上比较平坦,念想没走多久就已经上了山,一口气爬到了山顶。

到底是冬天,花草不旺盛,有些地方光秃秃的,露出碎石子。那些一到春天就疯长的草木鲜花此时只剩下枯萎的枝干,就连竹林里四季常青的竹子都泛着不健康的枯黄色。

念想一路走,一直没回头。等走到山顶,有些累了,气喘吁吁地准备找个干净的地方坐一会。四处环视,愣是没找到地方,干脆就在原地站了一会儿。

山顶的风比山下更大,那声音听着就像是在咆哮,狰狞又恐怖。如果不是现在艳阳高照,光这风声就能吓得念想连滚带爬地滚下山去。

被风吹了一会儿，念想的脑子也清醒了。捂着脸叹了口气，正要下山，一转身，就看见徐润清站在不远处的那棵树下，臂弯处还挽着一件他的大衣，不知道站了多久。

什么钻牛角尖，什么固执，都在看见他的这会儿全部烟消云散。

念想呆呆地在那儿站了一会儿，他没开口，她也就不知道过去，就这么僵持良久，还是徐润清先妥协。

他站直身体，远远地看了她一眼，几步就走到了她的面前。臂弯处挂着的大衣被他用手抖开，披在了她的肩上。

他就那样低着头，安静地看着她，嘴唇微微地抿着，那双眼睛宁静又清澈，像是山间困在一隅，没有出口的潭水，安静得波澜不惊，又清澈得能够一眼见底。

想了想，念想伸出手去，轻轻地拽了一下他的衣角。

没反应……

没关系，她脸皮也是蛮厚的。

于是，她又悄悄地拽了他第二下。

徐润清眉头微微皱起，依然没有反应。

没关系，她也有挺多张脸的，暂时不要一下也没关系。

随即，她的手沿着他的衣袖下滑，一点点地滑下去，蹭着他的手部的线条，一点点地滑下去，握住他的手，又小心翼翼地把自己的手指塞进他的掌心里。

她吹了半天的风，手凉得像冰块。刚塞进他的掌心里，就被徐润清紧紧地握住。

他的眉皱得越发紧，握着她的手拢进双手的掌心里暖了暖，语气不悦："穿那么少站山顶吹风，长出息了？"

念想从来没有一次被教训都觉得好爽，差点感动得痛哭流涕。

整个人扑上去，抱住他，委屈得声音都有些哽咽："我知道错了，你不高兴可以说我嘛，干吗不理我！"

徐润清听着她的声音，刚松开的眉头又皱起，捏住她的下巴，微微推离她一些，低头看了一眼。

眼圈已经红了，鼻尖不知道是冻的，还是想哭，也红红的。

他顿时无奈，闭了闭眼，把她揽进怀里抱着，没出声。

念想知道他这是消气了，气焰顿时更嚣张了："你还不理我，你再不理我，我就哭了！"

"你敢哭试试。"徐润清咬牙切齿地挤出这句话，揽着她的手微微收紧，颇有些强硬地禁锢住她，语气生硬，"你一声不响就来了J市，还不准我发下脾气？"

念想没敢接话，整张脸埋在他的怀里，满足得直吸气。

徐润清的怀抱总是能给她一种说不上来的安全感，好像再如何解决不了的事情，受了如何不能承受的委屈，只要被他抱一抱，揽进怀里，闻着他身上熟悉的淡香，感受他身上的温度，被他这样紧紧地圈在他的怀里，整个人都能安心下来。

"我找不到你……"他突然轻声说了这么一句。

就附在她的耳边，声音清晰又无奈。

但那一瞬间，念想却明白了他的心情。就像是掉落在海底，被海藻紧紧地缠住，无法移动，只有无力感迫切又严密得笼罩着你，直到最后，压迫得你再也无法呼吸。

那种，不能控制的无力感。

山顶的风不知道何时平静了下来，只徐徐的微风一扫而过，吹得树木"哗哗"作响。

念想被他拢在掌心里的手慢慢地暖和起来，柔软得发烫。

她用鼻尖蹭开他的外套，又蹭着他里面那件灰色的毛衣，蹭了几下，小声地道歉："对不起……"

"我知道因为我的事情给瑞今造成了很大的麻烦。"念想耸了耸鼻子，埋在他的怀里，声音沉闷，"给你也添了很多的麻烦，这种问题其实都是可以避免的，我……"

"自责？"他反问。

也不在乎她的回答，微一停顿，继续说道："我之前跟你说过什么？这些问题我都会解决，让你休息只是想让你避开二次伤害，也顺便调整下心情。结果呢？"

他轻笑了一声，意味不明："调整到 J 市来了，如果我不是直接去问念叔，你打算这样放逐我多久？"

放逐……

念想忍不住抬起头来看他，他脸上稍显冷清之意，那双眼睛却亮得惊人。

不会很久。她那天晚上就后悔了，她也不是在用这些来试探他的在乎，在他们之间，这些都没有必要，不是吗？

但显然地，徐润清对此拒绝交流，拎着她下山，把她丢回房间，自己也回了客房，美其名曰："我们都冷静冷静。"

嗯，相亲相爱这么久，念想终于迎来了她和徐医生的第一次冷战。

于是，念奶奶午觉睡完，发现两个人之间更加沉默诡异的气氛时，还有些不解……怎么一下午没促进感情，反而剑拔弩张了？

第二十二章
嫁给爱情

楼下是奶奶煮的大麦茶的茶香,念想在房里待不住,快步下了楼。

刚煮好的茶芳香四溢,大麦茶的香很淡,味道也不浓,但念想却比任何花茶都要爱喝。自己餍足地喝了两小杯,又拿了一个精致的茶壶茶盏装好,端着拿上楼去徐润清的房间。

下午的三点左右天气就阴沉了下来,一直到现在月黑风高,连稀薄的星光都看不见。风声又起,气温一降再降,突然就冷了下来。

念想走到客房的门口,刚要敲门,手挨上去才发现门没关。她悄悄地探进去看了一眼,他正靠在床头看书,目光低垂,认真又专注。

她刚往前走了一步,他便似有所觉地抬起头来看了一眼。

念想一怔,轻推开门走进去。

徐润清坐直身子,随手把书搁在了枕边,看向她。

"我给你送茶。"念想把茶壶放到他手边,想了想,替他斟上茶,再递过去,"奶奶煮的大麦茶,很香的。"

他接过来,指腹擦过她的指尖,那微微的温热,一触即逝。

念想蹲在他的脚边,微微仰头看着他,看他喝了一口,那唇上染上的水色,微微眯起眼睛:"怎么样?"

他点头,又抿了一口,拍了拍身旁的位置示意她坐下。

念想不想起来,正好他脚边这一块到书桌前铺着厚厚的羊毛毯,索性盘膝坐在了地上。看他喝完茶,接过来倒满,又递给他。

来回几次后,徐润清看着她,目光不禁也柔和了下来。微微俯身,但依然是居高临下地:"时间不早了,还不回去睡觉?"

"奶奶说晚上会下雪。"她看了一眼窗外,有些期待,"Z市好几年没下过雪了,我又没机会去北方。"

大概女孩子都这样,对下雪天总有莫名和美好的期待。

徐润清没说话,若有所思地看了一眼窗外,问她:"附近,有没有你很喜欢的地方?"

念想首先想到的就是今天的那个小山坡,冬天的时候在山顶随便挖个坑,埋了番薯进去烤一烤,拿出来时香喷喷的。她每年冬天回来都会这样……嗯,老念同志负责点火,她负责吃。

但最喜欢的还是"小西湾。"

徐润清点点头,并没有表现出多大的兴趣。他不说话,念想也不知道要说什么,就靠在他的脚边,安静地看着窗外。

坐得久了有些累,见他没注意自己,干脆伏在他的膝上。徐润清翻书的动作一顿,垂眸看下来,轻勾了勾唇角。

念想对今晚会下雪这件事虽然期待,但并没有很认真地在等待。事实上,今天天气这么好,哪怕下午突然降温,念想也觉得下雪的可能性太小。

只是想找个借口和他待在一起,哪怕不说话,就这样安安静静地待着。

第二十二章 嫁给爱情

时钟走过的嘀嗒声在静谧的夜晚显得更加清晰节奏,就像是催眠曲一样,一点点地摧残着念想的意识。她听见奶奶上楼的声音,挣扎着想清醒些时,感觉他温热又干燥的掌心覆在她的额头上,轻柔地下滑,掠过她的眼睛,让她的倦意又侵占了理智几分。

"睡会儿吧,下雪了我叫你。"他的声音低沉,带着磁性,低低的,似乎能听见声带振动的声响,立体得像是随手能触摸。

下一秒,念想就接受他的引诱,闭上眼,沉沉地睡了过去。

奶奶房间的关门声传来,一切,又归于寂静。

徐润清看着伏在自己膝上的念想,放下书,微微倾身,拉过折在床头的毛毯盖在她的身上,想等她睡熟些再抱回房间。

念想浅浅的意识里知道他给自己盖了毛毯,也察觉到他的手指游离在她的眼睛、鼻梁、嘴唇。指尖暖暖的,很舒服的触碰。

等她睡了一会儿,徐润清看了一眼时间,已经十一点多了,正准备送她回去睡。刚拉开她搭在膝上的双臂时,念想便惊醒过来,见是他,这次干脆抱住他的腰,整个人埋进去,喃喃地嘀咕了一句:"不要和我冷战了好不好?"

徐润清一怔,原本要去拉开她双手的手在半空中顿住,迟疑了一会儿,轻揉了一下她的脑袋:"知道错了?"

"知道了。"她咕哝着,轻蹭了他几下,就像是小猫一样,柔柔地撒着娇。

明明眼睛还闭着,在贪睡。

可瞬间,就让徐润清的心柔软得一塌糊涂。

他原本就没有要和她置气的意思,就连今天表现出来的清冷疏离也是自己克制出来的。为的不过是想让她知道自己的底线,也从那个死胡同里钻出来。

事实上,他对念想的底线几乎是没有底线。只要是她,无论做错

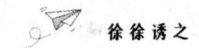

了什么事,他都愿意原谅,愿意等她改正。这样的耐心,从未有过。

"不钻牛角尖了?"他又问,这次带了几分诱哄,无声地引她自己绕出死局。

"不了,我想了一下午。"念想明显还没睡够,困得声音都带着浓浓的倦意,"我今年的梦想除了要做徐太太之外,就是想当个合格的牙医。我不能现在遇到一点问题就自暴自弃……我还有改正的机会,对不对?"

"然后?"他勾了勾唇角,继续诱着她说下去。

"不能再有麻烦你,所以没脸见你这种想法了……"念想轻叹一口气,低低地声音娇软又坚定,"你愿意解决我的麻烦,我只有努力成长,才不辜负你。"

"嗯。"徐润清终于笑起来,指尖落在她的鼻尖,轻捏了一下,"我是你的灯塔,也是你的港湾。所以不确定,不自信,无法选择,无法退离,无法勇敢的时候你都可以依靠我。"

念想睫毛抖了抖,眼皮的沉重感轻了不少,但她依然不想睁开眼。被他握着手,感受他的指尖停留在她的脸上,这样亲近又亲密。

放下一切担子后,念想明显轻松不少。他的退让,温柔之下,现在的气氛默契又温暖,这样安静的夜晚,相互依偎着取暖,这样平凡的小事,都让念想觉得幸福得不行。

对于念想而言,这一次的经历很明显就是她的一个成长。而徐润清在其中扮演的角色无疑就是她的灯塔她休憩的港湾,无比庆幸,她的身边有他。

就如她所说的,努力成长,才不辜负他这样倾尽全力的保护。

"念想。"他突然叫她。

念想"嗯"了一声,迷迷糊糊地睁开眼看他。

半梦不醒的时候最困了。

第二十二章 嫁给爱情

徐润清微抬了一下下巴示意她看窗外："下雪了。"

念想的脑子"嗡"的一下，似乎轻响了一声，然后反应了几秒才消化这句话的内容，松开手，转头看去。

路灯之下，那大片大片飞快飘落的雪花几乎弥漫了整个天际。

下……下雪了？

她呆呆地看了一会儿，终于醒过神来，起身去窗边。微微拉开窗户，露出一条缝来……那冷风迎面而来，凛冽又寒冷，念想一个激灵，顿时清醒了。

徐润清双腿被她枕得有些发麻，皱着眉头走过去关上窗："刚睡醒就吹风，不怕感冒？"

"有个医生男朋友，怕什么！"

徐润清轻笑，提醒："我只是牙医。"

念想转头看他笑，回头看着这漫天的鹅毛大雪，不禁有些期待："不知道明天醒来会不会看见积雪。"

南方的雪总是湿润的，落下没多久就会融化成水，湿漉漉的，一点意思也没有。

正出神，徐润清悄无声息地欺上来，从身后环住她。

窗外是落满了整个世界般的大雪，雪花纷飞，夜晚安静得没有一丝声音。

她陷在徐润清的怀里，被他的体温熨烫，觉得时间似乎都在此刻静止了一般。

他的双眸幽暗，额头和她相抵，静静地凝视了她一会儿，又低下头去，轻柔地亲吻着。

"明天下午随我出去逛逛？"他提议。

因为亲吻，他的声音低沉又沙哑，带了丝不易察觉的魅惑，无声的引诱。

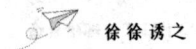

念想有些晃神，迟钝了几秒，踮着脚环住他，慵懒得笑着，点了点头："好啊。"

不管去哪里，在一起就好。

念想握住他的手腕看了一眼时间，跟只树袋熊一样缠住他："送我回房间，我不想走了。"

徐润清微一挑眉，瞄了一眼宽敞的大床："床够睡。"

念想顺着他的目光看去，脸上刚退下去的绯红，又"噌"的一下，重新染红了她的耳根，龇着牙威胁："快点，奶奶起得早，我得睡自己的房间。"

"那后天跟我回Z市？"他转身往门口走去，特意放轻了脚步声，不惊扰隔壁已在梦乡里的老人。

"后天？"念想想了想，压低了声音小声地问，"回去干吗？"

她的语气一本正经，但因为压低了声音，莫名地渲染上一丝暧昧。

徐润清刚走到门边，蓦然停下，微眯了一下眼睛，看向她，唇角还扬起个意味不明的笑容："你想干吗？"

念想一怔，偏过头去不让他看见自己已经红得跟煮熟了的螃蟹一样的脸。

明明很正经的啊……怎么突然就……不正经起来！

一定是徐医生的气场不对！

一定是！

念想做了一个很长很长的梦。

她梦见了自己的十八岁，梦见了自己初遇徐润清的时候，也梦见了自己踏入B大口腔医学院的第一天。

她现在都还记得第一次见面，他戴着口罩，用微凉的手指捏着她的下巴时的那目光，清润又专注。现在在梦里重新回放，就像是穿梭了时光，虚幻了背景，眼里只能看见他。

有些相遇，真的是命中注定。哪怕错过，依然能够在某一天的某一个地点，重新遇见。

念想无数次想过，如果哪一天遇见了自己要坚守一辈子的人，是不是会在遇见之初就怦然心动，有所察觉。

但事实上，她并未想过，她和徐医生会兜兜转转，隔上六年修成正果。

就像她从来没有想到，那几次很寻常的遇见，竟然是她另一场人生的开幕仪式。

第一次在他家里留宿，第一次参观一个成熟男人的私人公寓，第一次牵手，第一次拥抱，第一次亲吻……

即使在梦里，他靠近时，温热的呼吸，微烫的手心都清晰得像是就在身边。

念想觉得春梦做得太真实也不好，虽然满足了，但还是会有种……亵渎男神的愧疚感。

她洗漱完毕，揉着脑袋下楼。

徐润清正陪着奶奶坐在窗边，喝茶聊天。不知道是聊到了什么，他的眉心舒展，唇角微扬，心情似乎非常愉悦。

听见她下楼的脚步声，侧目看过来。那双眼墨黑得像是晕染过，浓郁又深邃。

她微微一愣，就站在楼梯口，看着他。

屋外是下了一夜才堆积起来的雪，门前已经有很清晰，重叠的脚印。但一眼看过去，雪虽然不厚，但积起来，哪里都是白茫茫的。

天色依然还是阴沉沉的，日光却凉薄又清晰，冒着寒意。

他坐在窗边，被窗口透进来的光线衬得面如冠玉，五官精致，眉目沉静，俊美又优雅。这样微微笑着，还真有那么几分温润如玉……

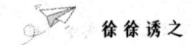

她走过去坐下，趴在桌子上，双手托着下巴，看看奶奶，又看看徐润清，小声地咕哝："笑得这么开心，是不是在说我坏话啊。"

徐润清偏头看了她一眼，眼里含笑，端起茶杯抿了口茶，敛眸时，勾着唇笑起来："奶奶在跟我说你小时候的事情。"

"小时候的事情……"念想顺手给自己倒了茶，刚拿起要喝，被徐润清抬手按住。

干吗……她用眼神询问。

"先吃早饭再喝茶。"他从她手里拿过杯子放回桌上，微抬了一下下巴，示意她自己去厨房拿吃的，"给你熬了粥，还热着。吃完我们准备出发了。"

出……出发？

徐润清淡淡地扫了她一眼。

念想顿悟。

她这一觉耗费太多精力，差点要把昨晚约定好的"随他出去逛逛"的事给忘了。

奶奶对两个人这么快就和好是在意料之中的，不由得觉得徐润清怎么看怎么顺眼，怎么看怎么满意："念想虽然说有二十五岁了，但事实上，还是不懂事。她爸宠她、惯她，打出生起就没怎么吃过苦，人情世故也不是很懂。你能理解包容，奶奶很高兴。"

"应该的。"他转头看了一眼跟只小老鼠一样的念想，忍不住又笑起来，"我很珍惜。"

"那就好。"奶奶也笑："人没活过六十岁都不敢说自己已经看清这个世界了，我也是一脚踩进土里的人，这人生啊，是没有规律可循的。两个人在一起，不只是眼下，还有后半生要共度。你和念想两个人，肯定是你要辛苦一些。"

徐润清安静地听着。

第二十二章 嫁给爱情

想起研一实习刚遇见她，对她耐心又温和，那个时候自己对她就有些不一样。想起后来治疗结束，她就像来时那样又毫无预兆地瞬间离开他的世界，以为再遇见她会是漫漫无期，一直到她的眉眼都模糊得记不太清楚了，又在某一个寻常的日子偶然重逢。

始终没有忘记她曾经出现过，也在这漫漫无期里无数次地出现在他的回忆里。

念想，是他相思成疾的良药。

怎么可能不珍惜？

徐润清不知道从哪儿弄来了一辆车，开车带她出门。

下雪天，路有些不太好走。从市区穿过，一大片都是白茫茫的大雪，行到中途从一个十字路口转弯，念想看着指示路牌这才恍然大悟："我们要去小西湾？"

"嗯。"他转头看了她一眼，挑了挑眉，"不喜欢？"

"喜欢啊！"百去不厌的圣地！

徐润清没说话，似乎是在想什么事情，眉目微敛，一本正经地严肃着。

小西湾其实有些偏僻，从盘山公路上去，再顺着下来，越过一座小山头这才到达目的地。

山间清冽的空气带着雪后的清冷，刺激得念想的鼻子都微微有些疼。她捂着鼻子下车，在车外站了一会儿，这才适应。

卖票处坐着一位大爷，一手搭着收音机听戏曲，一手落在桌面上打着拍子。见他们从停车场过来，微睁开眼看了他们一眼，懒洋洋地说了一句："过年来的人少，不用买票了，你们自己开门进去。"

小门半开着，念想轻轻推进去，不买票就跟占了天大的便宜一样，弯着眼睛笑眯眯的。

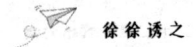

远远地就听见了水流声，倒是和在红树林的景色有些相像。冬天的水位骤减，小西湾的河面上露出了不少鹅卵石的石面，因为昨晚下的雪，覆着积雪，说不出得好看。

河边是高大的树木，不知道是什么品种，已经光秃秃的只有粗壮的枝丫了，枝丫上压着雪。

"我爸最喜欢在那里钓鱼……"念想指了指木屋子的后面，"垂钓区过去有个情人桥。"

她几步跟上去挽住他，没戴手套，手指已经冻得红红的。

徐润清垂下手，把她的手指握在掌心里，塞进自己的口袋里严严实实地拢着。

她显然是来过很多次，献宝似的给他介绍。今天的室外温度有些冷，她的鼻尖已经红红的，倒是那张脸白皙得透着粉色，眉目如画。

"念想。"他突然打断她，见她"嗯"了一声，笑着看过来，和她一起经过木屋往情人桥走，"我其实是个很平凡的人，也许能力比一般人出色，但也没有太大的不同。"

念想下意识地觉得他接下来说的话会很重要，顿时安静下来，凝视着他。

"没有太大偏差和意外的人生，稳定的职业，还算优渥的生活环境，和任何人都没有什么不同。选择牙医这个职业有大部分原因是从小耳濡目染，就算是现在，我也觉得这个选择非常适合我，我并不是个很有野心的人。我甘于平凡的生活，唯一坚持的，始终坚持着的，就是感情上的选择。"

已经远远地能看见不远处的情人桥了，桥面是木板拼接铺就，一路延绵，很长。两边是牢固严密的铁链，没有人走动，这座吊桥安静地悬在小西湾之上。

念想垂着眸子看着远处，心里却因为他这些话渐渐变得柔软。

第二十二章 嫁给爱情

他哪里平凡了？在她的认知里，他从来不归于这一类。他能解决她所有的难题，轻而易举。

医生这样的职业，不分类别，都是伟大辛苦的。为了从医付出的艰辛，别人不知道，念想一路经历过来，刻骨铭心。

他不知道想到了什么，笑了起来，一直安静地和她走到桥的这一头，认真地握住她的手，询问："要不要过桥？"

念想点点头，握得他更紧了一些。

他就牵着她缓缓过桥，那桥面震动，越来越晃。他放缓速度，侧目看着她，到桥中央时，停下来："我接下来说的话，要认真地听，知不知道？"

念想又点点头，心头微紧，忍不住心跳失序。

他顿了顿，这才缓缓说道："也许我现在说的很多话以前就已经对你说过。七年前，我们遇见，是在 B 大附属口腔医院。第一眼，不是你走到我面前，是我洗完手，戴上口罩时，看见你坐在长廊的椅子上。然后第一次看见病历单上你的名字……"

停顿一瞬："念想这样的名字，无论是谁看过一眼，都会印象深刻。"

这得感谢老念同志……给念想取名字时，智商正好正常。

"你是我的第一个病人，还是个完全不懂得掩藏心思的病人。这些就是开始，我反复想起的遇见。"他迈前一步，轻轻地亲吻她的嘴唇。

而后，又微微退离，和她平视。

"这件事，在你说你的愿望是做徐太太的时候就开始准备。原本是打算在大年初一，在我的公寓里，或者是带你去看一场电影，在影院里……很多种设想，全部因为你一声不响地离开打乱。对你来说，觉得才几个月的恋爱时间会有些仓促，但我想和你在一起，这种强烈的欲望没有一刻停止过。

"在做这个决定之前，我有和念叔见过面。在他说愿意把你交给我的时候,在他问我,往后的所有时间都要和你共度,承担你的喜怒哀乐,承担你生病的痛苦,承担你人生所有的迷茫无助,我能不能做到始终如一的时候……"

念想已经猜到他接下来要说的话了。

她忍不住颤抖,不知道是什么情绪更多一些。眼里只看得见他,他认真说着这些话,努力想让她明白他的时候,那种被抽离空气一般微微的感觉,让她心头一阵阵发紧。

很多她不知道要怎么形容的心情,交织在一起,复杂,又让她有些不知所措。

但更多的,却是对未来生活里有他的期待。往后的每一天,他都会和她在一起。

"愿不愿意嫁给我?"他突然屈膝,单膝跪在她的面前,手上不知道什么时候拿了一枚戒指,微仰头看着她,眼神明亮又深邃,"我想以后陪在我身边的人,是你。"

无论何时何地,都会有一个人,和你是亲密的关系,和你保持着紧密的联系,和你共同经营着一个家庭。

牵挂,相爱,陪伴。

他说他唯一坚持的,就是感情上的选择。

他说他这六年始终没有忘记过她,不是刻意地等待,只是再没有遇见给他这样感觉的人。让他甘愿放下一切身段,徐徐诱之。

他说她是他实习生涯遇上的第一个麻烦,让他不知所措。

他说他在邀请她勇敢地,毫无顾虑地走进他的世界。

他说他愿意解决她所有的麻烦,承担她的所有问题。

他说他是她的灯塔,是她的港湾。

他说他喜欢。

他说她是他的念念不忘、相思成疾。

第二十二章 嫁给爱情

每一句话,念想都记得很清楚。

她知道,他向来不喜欢说情话,连许诺也很少。可在红树林,他说他会准备一个认真的求婚时,念想还没想到……他会这么快,这么认真地向她求婚。

念想一直都觉得他们之间的感情进展很快,但非常自然,并没有让她觉得有不适应的地方。至于求婚,她也不是没有幻想过。

但没有任何一种像现在这样,他拿着戒指,在小西湾的情人桥上这么认真地向她许诺未来来得更直接真实,让她觉得感动。

早就决定是他了,从未有过动摇、有过改变,死心塌地。

念想点点头,就像是一个承诺一样,心口烫得她想哭。鼻尖一酸,还真的掉了眼泪。看他笑着把戒指套进她的无名指,念想还分神想象了一下如果远在Z市的老念同志知道她就这么毫无战斗力地放弃战斗直接投降了,不知道会不会暴走。

空荡广阔的天地,白雪皑皑的山林,水流潺潺的小溪,这座安静沉默的吊桥,都见证了念想人生中非常重要的一刻。

托付终身多需要勇气,感谢她遇到的人,让她如此勇敢。

这并不是一段多刻骨铭心的感情,甚至连轰轰烈烈的桥段也没有。唯一的波折也许就是前不久的医患事故导致的一天冷战。

念想被他抱在怀里,眼泪都往他的领口上蹭:"我要做你的牙齿,我难受了,有你疼。"

徐润清想着自己亲手粘上去的矫正器,有些头疼:"我疼你。"

他愿意纵容,哪怕她无法无天。

时间就像是停止在了这一刻。

念想想起昨晚做的那个漫长的梦,梦的结尾停留在红地毯上,她挽着老念同志的手,轻推开门,看见他站在红毯的尽头,负手而立。

笑容温暖又柔和,在等着她,一步步,走进他的世界里。

毫无顾虑地，走进去。

她起先是他的病人，后来成了他的学生，最后，做了他的太太。

人生最重要的阶段，那些最初和最终，都将有他，贯穿始终。

人生那么漫长，幸得有你，一路陪伴。

予你这一生，温柔尽付。

我的念念不忘、相思成疾。

（全文完）

北倾

2015年4月15日凌晨一点零六分

番外五则

1. 企图与诚意

又一年的实习季,各个科室都分配了年轻貌美的实习姑娘。

也许是因为念想还没出师,也许是徐润清不想收学生了,徐润清的科室里只添了一个实习的助理代替已经出师的欧阳。

小姑娘嘴甜,实习的第一天就已经亲密地搂着念想的手臂喊"姐姐",那娇滴滴的声音听得冯简鸡皮疙瘩掉了一地不止。中午都没敢跟念想同桌,就怕那小姑娘也追着她喊姐姐。

显然,冯简这样的担心不是空穴来风的。

没过几天,念想跑腿把资料送给林景书的时候就看见那小姑娘已经跟楼下科室的"哥哥姐姐"们都成功建交。

冯简正好端着茶杯从茶水间里出来,擦肩而过时轻撞了一下念想的肩膀,压低了声音小声地说道:"你可要小心了,看紧徐医生了啊。"

念想:"……"

冯简这话说完还没几天,念想就渐渐发觉了苗头。

那小姑娘没事就靠在工作台上,笑眯眯地和徐润清搭话,不是借由工作的名头问问题,就是询问Z市有什么好玩好吃的地方。

徐润清刚帮患者换好弓丝，填完了预约卡正往电子档案上备注，连正眼都没有分过去一点，直到听到念想在科室门口和欧阳说话的声音，这才转头看过来："念想。"

念想的目光在小姑娘有些尴尬的脸上转悠了一下，不着声色地移开。

徐润清拉开牙椅示意她坐下："把档案整理一下。"

念想微愣，她虽然还在徐润清的科室帮忙，但很多事情已经渐渐脱手。这个档案……她完全不清楚啊。

她刚要说话，徐润清已经按着她的肩膀坐下来，一手撑在桌沿，另一只手搭在椅后，很自然的一种圈护姿态。

"这里，归下档。"他用手指了指，说话时，微低下头，那唇就在她的脸侧，近得似乎再偏一偏头就能碰上。

念想顿时就有些僵硬了……

她顺着徐润清的指示，几乎龟速。刚整理完一个，就觉得肩上一重，他原本搭在椅背上的手直接落在了她的肩上。那认真严谨的表情也瞬间卸下，转身靠着工作台，居高临下，双手环胸地看着她："别的女人对你的男人有企图，你都不知道防御下？"

念想还是一脸蒙的表情。

小姑娘不知道什么时候已经走了，科室里安静得只有他们两个。

徐润清脸色有些阴沉，和她对视良久，显然是也想起来她在这方面的迟钝程度，略有些挫败。

茶水间里有人在泡咖啡，咖啡的香气弥漫，让静谧的午后多了几丝浓郁芬芳。

念想在口袋里摸了摸，摸出一块巧克力递过去，有些不太好意思地说："给你的。"

"情人节？"徐润清皱眉，顺手接过。

念想摇摇头:"喜欢,才送巧克力的。"

徐润清正要拆开的动作一顿,安静地注视着她:"什么?"

念想站起来,双手轻拽住他白大褂的衣领,往下一拉。

徐润清配合地俯下身,只听她说:"我的企图,是不是更明显一点?"

他摩挲着巧克力外那一层柔滑的包装纸,逗她:"就这点诚意?"

念想摇摇头,抬起下巴,在他唇上蹭了蹭,这突如其来的亲吻让徐润清顿时一愣——在医院不秀恩爱,不过分亲密接触这是两个人之间默契的共识。

"不止。"念想笑起来,踮起脚,覆在他耳边,轻声地,"我还会色诱。"

2. 想你

J市有个合适的机会适合念想去学习提升,原定是徐润清带队,正好学习交流结束还有小半天的假期可以约个会。偏偏原本属于林景书收的兔唇裂的八岁小男孩的手术他做不了,转交给了徐润清。

这么临时的安排,显然打乱了徐润清的全部计划。

制订手术方案和术前准备就占据了不少时间,无奈,带队出征的"领导"就变成了林景书。

此时的林医生也有了家室,对这样的安排非常不满意:"我申请要女朋友随队,公费的那种!"

徐润清正在写病历,闻言冷哼了一声:"休想。"

话落,又恶意满满地补上一句:"你还有脸申请?"

林景书:"……"

这明显就是公报私仇了。

但抗议无效能怎么办?只能安抚安抚女朋友,收拾行李出差去了。

出差正好赶上J市的梅雨季节,当天中午到达J市,报完到后一下午的时间都用来休整调节。

念想就趁着下午的空闲回了一趟奶奶家,回程的时候错过末班公交车,淋了雨。等回到酒店后睡一觉醒来,鼻塞,喷嚏,直接感冒了。

所幸,并没有发烧。

出师不利导致念想士气大衰,加上身体状态这种客观原因,她从第二天正式开始时就有些不振。

白天的行程比较紧张,就连午休,加上吃饭才只有一小时。甚至连睡一会儿的时间都没有,更别说去医院了。只能晚上的交流会结束后,去医院挂针。

第三天晚上,挂针区的病人少得可怜,整个区域只零零散散地坐了几个人,唯一的声源便是电视机。

她看着看着有些犯困,想眯一会儿又不敢,生怕点滴没了又没人叫醒她。在这种孤单的境地,她就格外地想念徐润清。哪怕……他什么都不做,只要陪着她就好啊。

没让念想委屈太久,纠结了没一会儿,她就抱着"就眯一下,马上醒来"的念头睡了过去。

心里装着事,睡得并不深。

有人在她身边坐了下来,接着便是手心变得暖暖的,连带着全身都暖暖的。

念想挣扎了一下,没能醒来。又睡了一会儿,直到听到耳边清冷却熟悉的声音响起,她这才恍然惊醒。

护士小姐正在给她换点滴,看见她醒来,温和地笑了笑:"你的男朋友来了。"

念想刚睡醒,身体各部分机能都还处于休眠的状态,下意识地纠正:"我们已经结婚了。"

话落,她这才迟钝地转头,看向只穿着一件单衣的徐润清,而她的身上,赫然披着他的长外套。挂着点滴的手被他温热的大手盖在底下,那热度熨帖着她微凉的手背,一路暖进心底。

"你什么时候来的?"她惊喜。

"刚来一会儿。"知道她感冒有些严重,一下手术台就一刻也没耽搁地赶过来了。

徐润清抬手贴了贴她的脸,因为生病,她的脸色并不好看:"饿不饿?"

念想摇摇头,在他抬手拍着自己的右侧肩膀时,立刻意会,歪头靠上去:"我好想你。"

他低声笑起来:"嗯,所以我来了。我知道你需要我。"

他一句话,直戳她内心最柔软的地方,突然就矫情地想哭。

哪怕她什么都没有说,就连晚上通电话时只是一笔带过说自己感冒了,他却知道,这个时候她最需要他。

能在一个人最需要的时候出现,这该是多大的惊喜和在乎。

3. 柔情尽展

徐润清把披在她身上的外套又往上拎了拎,一直遮到她的脖颈处。那暗色系的衣服衬得她整张脸白皙得毫无血色,加上紧凑的日程,看上去怎么都像是瘦了一圈。

他轻捏住她的脸,看得眯起眼来:"瘦了。"

念想点头,再点头,苦哈哈地抱怨主办方提供的伙食有多糟糕,那水准几乎要和飞机餐媲美了。

徐润清安静地听着,温热的手始终握着她扎着针头的手小心地摩挲着。

念想已经从伙食抱怨到了课程,无聊透顶的人有些多,内容又枯燥,她这几天过得格外辛苦。

碎碎念着,娇嗔的语气,落入他的耳里,却是满满的安心和宁静。

只有她在身边,他才能彻底地放松下来。

徐润清轻按住她在挂点滴的手,按住她的肩膀把人拉过来靠在自己的肩上,听着她的声音越说越小,等没声了的时候再去看时,她已经闭着眼睡着了。

眼睑下方一圈淡青色,是没有休息好的痕迹。

他低下头,搁在她发顶的下巴轻轻地摩挲了两下,闭了闭眼,低头落下一吻:"辛苦了,老婆。"

刚沉进睡梦中的人,对他此刻的温柔一无所知。

挂完水,已是夜深人静。

医院并不大,门口三三两两地排着接客的私家车。

幸好,徐润清是自己开车过来的,念想就不用再像往常那样,要顶着这些私家车车主如狼似虎的眼神快速钻进要等好久才来一辆的出租车里。

不知道是不是药物的原因,她最近总也睡不够。明明挂水的时候在医院睡了小半个小时,可一上车,温暖适宜的温度,熟悉的环境,让她安心的人……那困意来得毫无预兆。

一路瞌睡到酒店门口,等看见徐润清从后座拎出行李箱来时,那睡意这才稍减:"你……你要住这里?"

"你这样让我怎么放心地回去?"徐润清换了只手拉行李箱,另一只手很自然地握住她,从空旷寂静的酒店地下停车场往电梯走去。

"那……跟我睡一个房间?"问出口,念想就莫名地红了红脸。虽然两个人都已经是合法关系了,可是酒店开房这个词多提几次也不习惯，总觉得……很邪恶，很不纯良。

徐润清看她那表情就知道她在想些什么，用力地捏了一下她的手，轻佻反问："不跟你睡，跟谁睡？"

念想："……"

其实她还是蛮想说可以自己睡的。但考虑了一下，觉得自己刚挂完点滴的手，应该经不起徐医生大力的捏揉。

念想住的是单人间的商务房，只有一张床，一个人，那空间还是足够活动了，但再加一个身高腿长的徐医生，那就有些堪忧了。

徐润清显然也考虑到了这一点，先在大厅办理手续，但碍于酒店和活动会场很近，全国各地来参加的医生们络绎不绝，已经没有多余的房间了。

只能将就一晚。

并不大的活动空间，并不大的床……可想而知，今晚有多艰辛。

林景书还没睡，踩着点来恶意嘲讽奚落徐医生，不料敲了半天门，来开门的徐医生正系着浴巾，漫不经心地摆出一幅优哉游哉的美男出浴图。

那滴水的发梢垂下来，徐润清微微扬眉，笑得不怀好意："林医生大半夜的来关心我们的夫妻生活？"

林景书一口老血梗在胸口，脸都青了："谁关心你们……"

"哦，那是我自作多情了。林医生分明只是来羡慕一下有随队家属的同事。"徐润清撩了撩发尖，墨黑的眼底尽是戏谑。

林景书："……"

念想就在门口听着，没忍住，笑出声来。

几分想念，几分在乎，几分柔情，全都揉碎在了这深沉又温柔的夜色里。

4. 宠爱

徐润清下午要值班,念想约了兰小君回大学的图书馆看书。

书刚摸热,兰小君接了一个电话就提前匆匆地离开。念想无事,索性就靠着窗口坐下,享受难得静谧的午后。

立秋过了一个星期,正是天气最多变的时候。没多久,太阳就藏进了云层里,整个天色变得格外灰暗。

念想抬腕看了一眼手表,刚好到平常下班的时间,便收起书,准备离开。念想下楼还了书,等她到门口时,天色阴沉得像是提前进入了夜晚,风声呼呼响着,那豆大的雨点,噼里啪啦兜头浇下。

说变脸就变脸,没有一点点防备。

徐润清打来电话确认她的位置:"在图书馆的门口?"

"嗯……"念想被轻溅过来的雨水打湿了裙摆,往后退了退,"你要来接我吗?我没带伞。"

"很快。"那端含糊地回应了一声,"我看见你了。"

念想"啊"了一声,不明所以地抬起头来。徐润清撑着伞从雨中走来,那么大的雨,他信步而来,闲适又从容。哪有其他人躲避大雨的半点窘迫。

身后不少被雨拦住脚步的学弟学妹们已经认出了走过来的人,低低的交谈声透过雨声传进念想的耳里。

她回头看了一眼,有些想笑,抿了抿唇,突然有些骄傲有些满足。

这个人,光环加身。无论哪里,都这么优秀,很多时候好得都让她有些不知所措。可就是这样一个人,青睐她,在乎她,宠爱她。

徐润清走近,才发现她灼灼的目光,像是藏着一簇小火苗一样。

他倾下伞,靠近她,那雨水的清新便直入鼻尖:"是不是很好看?"

他压低了声音,那语气里含了几分笑,低沉入耳。

念想用力地点点头,毫不吝啬地夸奖:"最好看了!"

徐润清屈指轻刮了一下她的鼻尖:"兰小君呢?"

"有事先走了。"念想皱了皱鼻子,握住他伸过来牵她的手,"你怎么来了?"

"看天色不对。"徐润清瞥了一眼漫天大雨,"提前下班来接你。"

他修长的手指摸索上去握了握念想的手腕:"冷?"

念想点点头,把整个人都塞进他的怀里,突然冒出一句:"徐先生,你来接徐太太回家啊?"

徐润清揽了她,撑伞迈进雨幕中:"前两天妈问我,什么时候要个孩子。"

念想顿时紧张起来。

徐润清低头看了她一眼,似笑非笑地:"我说,得等某个小朋友先长大。"

念想:这个算恶意中伤吧?

5. 医院日常

这是念想取下牙套的一年后——

念想正在整理档案,最近比较空闲,便干脆把陈年旧案也一并翻出来重新整理一下。按档归类后,她突然看见了自己的名字。

同年的所有档案袋上几乎都是欧阳当助理时的手笔,唯独她的,档案上的名字是他亲笔写下的。

念想心头一动,抽出档案袋来。

徐润清的字很漂亮,又不是秀气的那种漂亮,很苍劲有力,每一笔一画都像是藏着点拨山河的气势。

她一点点看下去,那些在她回忆里并不算美好的画面正随着他笔

下的病历和治疗方案慢慢展开。

正看到他对方案略做调整的批注和勾画,还没入神,身后就偎上来一具温暖的身体。熟悉的、宽厚的、他的身体。

念想吓了一跳:"你怎么来了?"

"来看看你有没有偷懒。"他拥紧,低下头来,顺着她的目光看下去,"在研究自己的病历?"

"万一……"念想有些拘谨地推了推他,"万一等会儿有人进来怎么办?"

他低笑了一声,"我们又不做什么,有人进来又能怎么样?"

念想的耳朵顿时娇羞得红了起来。

"这里……"念想努力让自己镇定下来,用手指了指被他划了好几道横线的地方:"这里为什么要重新调整?"

这是她看下来,不太理解的地方。

徐润清顺着她的指尖看去,等看清,脸色微微有些复杂:"真想知道?"

念想猜测:"是小诀窍?"

他忽然笑了起来,沉沉地"嗯"了一声:"调整了之后,总算不会刮到我的嘴唇了。"

念想"啊"了一声,没听懂,等把他这句话放在心里再过一遍,不止耳朵,整张脸都红了。

她支支吾吾地说:"你……职业道德呢!"

徐润清侧目看她,理直气壮地反问:"难道我不是在努力增进念小姐和男朋友的感情吗?"

念想:"……"

小剧场三则

1. 老夫老妻

徐润清和念想婚后的第三年,瑞今搬到了新院区。

为了方便以后上班,小两口也跟着搬了一次家。新家离院区步行仅需十分钟,念想十分满意。唯一美中不足的,恐怕就是新房需要装修。徐医生身兼数职,念想舍不得他忙碌之余,还要为这些小事操心,干脆将装修一事全包揽了过来。

好在现在的装修公司配置齐全,从设计、购买材料到安排师傅全是一条龙服务,前期念想除了盯装修进度,并没有太操心。

等进度到软装,问题就出来了。

这家具采买,她总不能一言堂吧?万一徐润清不喜欢,又或者遇到点其他五花八门的问题,影响了夫妻感情那多不好。

但冯简认为,念想想太多了。以徐医生对念想的偏爱,就是念想上房揭瓦,他估计还会笑着帮她一起拆。

念想惊讶:"你怎么会有这么荒唐的想法?"

"荒唐?"冯简嗤了一声,手指点了点自己的一双眼睛,"这些都是我们亲眼看见的好吧。"

徐徐诱之

正逢午休,食堂内聚满了同事。众人闻言,纷纷赞同。

"不只冯简这一双眼睛啊,我也看见了。"

"你们还别说,徐医生自打结婚后,对我们这些女同事是连个笑脸都没有。门风清正,堪称典范。"

"我怀疑师母是在秀恩爱,但是我没证据。"

念想默念:我没有我不是,你们别瞎说。

众人讨论得正热烈,徐润清不知何时端着餐盘,走到念想身旁坐下。

念想吓了一跳,正在开两人玩笑的众人也吓了一跳。

念想结巴道:"你忙完啦,你怎么不跟我说一声,我先去给你打饭呀。"

徐润清瞥了眼念想倒扣在桌上的手机:"你确定这样能看得见消息?"

念想顺着他的视线看了眼手机,扒拉着拿起来,微信上,赫然躺着两条徐润清发来的消息。她忍不住脸红,小声为自己辩解:"那你给我打电话呀。"

"老夫老妻了。"徐润清语气寻常,"知道你在哪儿。"

言下之意是,不用找,他也知道念想的行踪,没必要再多此一举。

众人瞧着是自顾自聊起各自的话题了,可耳朵还竖着在偷听,闻言,心照不宣地露出暧昧的笑容。

冯简用手肘轻轻撞了撞念想,无声地用口型示意她:"老夫老妻。"

念想她习惯了!

瑞今系统内部自我消化的情侣不少,可不知怎么的,大家就是喜欢开徐润清和念想的玩笑。

念想一开始还担心影响不好,但徐润清开解过她一回,她也就逐渐适应了。

按徐润清的说法,大家都是善意的,牙医的工作枯燥,工作之余开开玩笑调侃几句无伤大雅。

当然,主要是他们摸准了他在念想的事情上没什么脾气,甚至还有些乐于被调侃。

毕竟聊工作,聊不过他,聊得太专业,那就是学术探讨了。谁没事下班的时候还绷着神经等挨训?聊生活吧,徐润清英年早婚,看着也没什么特殊的兴趣爱好,压根儿找不到切入的话题。

念想还记得那晚。

他原本靠在床头,手里还翻着一本书。怕影响她睡觉,只有靠近他那侧的床头柜上亮着一盏阅读灯。灯光暖暖的,将他清俊的棱角勾勒得分明。

他含笑说:"所有人都知道,无坚不摧的徐润清,有一个弱点。"

明明说的是弱点,那语气却带着点骄傲。

念想翻了个身,侧躺着看他。然后,他的声音逐渐慵懒,像是突然走了神,带了点心不在焉。

那本他拿在手里的书,不知什么时候就被放下了。那盏灯,也在数息后熄灭。他拥着她,埋在她的颈窝旁,低声道:"但我乐意。"

念想捂住红透了的脸。

啊,有些不经意闪现的回忆,真是销魂得要命。

2. **脸红**

关于软装的事,念想后来决定和徐润清聊一聊。

于是,某天下班后,念想捧着平板电脑就去书房找徐润清了。

徐润清正在翻译文献,见念想进来,推开电脑,十分自然地就把刚挨到桌边的念想抱进了怀里。

念想捧着平板电脑,有一点蒙。

徐润清微微低头,下巴抵着她的肩窝,扫了一眼她的电脑屏幕——某购物平台的家装页面。

念想想了想,说:"新房子已经装修得差不多了,我把需要置办的家具都列了个清单,你不忙的时候,看一下?"她补充,"看有没有喜欢的品牌和风格,或者特殊需要什么的。"

"特殊需要?"徐润清来了兴趣,看着她问,"哪种特殊需要?"

念想与他对视。

一秒……两秒……三秒后,她突然红着耳朵,嘀咕:"哎呀,你能不能不要用这种奇怪的语气重复我的话。"

徐润清失笑,见她不经逗,越发过分:"哪种奇怪的语气?不就问你你说的是哪种特殊需要吗?"

念想莫名就气虚,她强调:"我说的特殊需要,是问你有没有想要的家具。你之前说书房里太空,想放一张贵妃椅……"

她忽然想到这句话出自什么情境,跟被掐住了脖子般,立刻噤声。

徐润清本来还没察觉这句话有什么玄机,见她脸色突然爆红,心虚地四下躲避他的眼神时,也想起了她想到的事。

他笑得颇有意味,有那么点刻意的坏:"嗯。看来我没误会你的意思,确实是……特殊需要。"

他咬重最后四个字的音调,窘得念想恨不得钻进地洞里去。

她确实也这么做了,起身就想溜之大吉,可她刚一动,就被徐润清牢牢困在怀中。他亲了亲念想的耳垂,声音低低的:"怎么还是动不动就脸红?"

念想咬了咬下唇,不吱声。

徐润清抬手转过她的脸,有一下没一下地亲着她的唇:"偏偏我就喜欢得不行。"那语调,像是无奈极了,勾得念想神魂颠倒。

彻底沉沦在温柔乡之前,念想心里默默地置顶了一条笔记——别管是贵妃椅还是折叠床,必须加!

3. 玩火

当然,婚姻生活也没有绝对的甜蜜。

念想爱网上冲浪,受冯简的影响,尤其喜欢看些"极品"爱情故事。两人午休的时候,没事就凑一块嘀嘀咕咕地讨论。

有一天,话题就聊到了测试老公身上。

念想歪心思一动,偷偷摸摸申请了个小号,加徐润清。

第一次申请好友,没通过。

念想内心窃喜,又改了个申请理由,继续添加。

第二次的好友申请理由,念想备注了一句"想咨询一下矫正"。

此时已经下班,大家陆陆续续地整理完科室,往停车场走去。冯简是知道念想的大胆举动的,可惜下午太忙,她压根儿没时间和念想说上话。

临到下班时间,她干脆守株待兔,果不其然,蹲到了正等徐润清下班的念想。

冯简把念想拉到角落里,说:"我下午都没找到机会跟你说,你别干测试徐医生的事啊。要是被发现,会伤害你俩感情的。"

念想也是头脑一热,冯简这么一说,她也有些动摇。

冯简见自己说话好使,语重心长地补充了一句:"而且吧,我说句实话,你十个脑瓜子也斗不过你老公,你还是省省吧。别玩火自焚!"

这话念想就不爱听了!她叉腰,语气恶狠狠的:"谁说我斗不过他!你瞧不起人。"

冯简一脸看傻子的可惜表情,她拍了拍念想的肩膀,安慰她:"也不是你的错,你别往心里去。"

好了,这句话,真的是火上浇油。

回家的路上,念想故意假装不经意地拿起徐润清的手机:"你这有条好友申请唉,你怎么不通过啊?"

徐润清握着方向盘,侧目瞥了眼大惊小怪的念想。

见他不为所动,念想清了清嗓子,继续努力:"她向你咨询矫正,应该是有事找你吧。"

徐润清回得漫不经心:"是吗?"

念想:"看头像应该是女孩子,你要不要加啊?"

前方路口红灯,街道上堵车堵得寸步难行,徐润清缓缓减速,停了下来。他转头看了眼对这件事格外在意的念想:"我没在任何公开场合透露过我的联系方式,患者想要咨询矫正,可以联系咨询热线。"

一番话有理有据的,念想找不到可以攻克的点,偃旗息鼓。

晚上,两人难得都有空闲,就窝在沙发上,一起看电影。

恰巧电影里有个背叛婚姻的剧情,念想灵感所至,意有所指:"男人都是靠不住的。"

被圈入"靠不住"范围的某个男人眯了眯眼,低头看了看她:"最近的生活是不是太平淡了点?"

他风马牛不相及地来了这么一句,念想一时没接上:"什么?"

徐润清抬起她的下巴,皮笑肉不笑:"平淡到你都忍不住给自己找点事了。"

念想眨了眨眼睛,装傻:"我就看个电影感慨一下而已,你怎么还上纲上线?"说完,她越发觉得就是这么一回事,理直气壮道,"还是你也觉得自己靠不住,所以恼羞成怒了?"

徐润清轻笑了一声。

这一声，笑得念想毛骨悚然。

他拿起念想的手机，从切换账号中找到了念想的小号："这是什么？"

念想傻了，同时又有些羞恼，气鼓鼓地看着他不说话。

徐润清没察觉到她的小情绪，继续说："你说男人靠不住，你说这句话时是希望我怎么证明自己靠得住？我们在一起这么久，你对我，还是不了解吗？"

这话有些重，念想一时有些愧疚，但愧疚之后又有些不知所措。她张了张嘴，想说什么，可脑子一片空白，什么也没说出口。

于是，莫名其妙，两人就吵架了。

冯简第二天来科室，见念想无精打采的，还乐不可支："小样，怎么样，我就说你斗不过你老公吧，看你被收拾得这副憔悴样，啧啧，昨晚挺激烈的吧？"

她冲着念想不正经地挑了挑眉，往常这个时候，念想不是恼羞成怒地拧她一把，就是以牙还牙。今天，她罕见地只是抬了抬眼睛，看了她一眼。

冯简内心顿时有些不安："怎么了？玩火自焚了？"

念想憋了憋，最终还是没憋住，将昨晚的事说了一遍。

冯简支着下巴，听得一脸凝重。她怎么觉得这件事，像是徐医生故意把事情严重化。

作为当局者迷的念想，还在诉苦："他话说得就很重啊，然后电影也没看完就回房间了，一晚上没跟我说话。"

冯简问："他不跟你说，你也不跟他说？"

念想："不然呢？"

冯简挠了挠头，一时有些猜不透这小两口在干什么。

冷战维持一天后，念想就先举了白旗。

当晚，徐润清仍是如往常一样，靠在床头看书。念想在旁边翻来覆去地折腾着，可折腾了半天，那男人也没分过来半个眼神。

念想有些气馁，她委屈巴巴地扯了扯徐润清的衣角："你说不跟我吵架的。"

徐润清的眼神落在她拽着自己衣角的手上，心一下被她捏软了。

他放下书，看着她："没吵架。"教育而已。

念想忽然就很委屈，道："我知道错了，我就是一时兴起。你总是高高在上的，我就是有点不服气嘛。"

"我们是夫妻，有任何问题，都可以沟通。你如果提出来，我会审视，会改正。但念想，你不应该故意去透支信任。"

"我没想试探你。"念想解释，可她一时也说不清自己当时的心理状态。再复盘整个事件，她确实认识到自己做错了。

结婚好几年，这还是头一回两人有这么大的矛盾。而且这矛盾，还是她没事找事，自己作出来的。

念想理亏，翻了个身，背对着徐润清："我不知道你这么介意，我以后不会开这种玩笑了。"她难受不已，说到最后已经带了点哭腔。

身后，徐润清几不可闻地轻叹了一声。他躺下来，从背后拥上来，把念想抱入怀中，轻哄："是我错了，我不该用这种方式解决问题。"

他轻轻摸到念想的眼角，她闭着眼睛，眼眶微微湿润。

徐润清拭去那点湿润，亲了亲她的颈侧："翻篇儿了好不好？"

念想用力地点了点头。

"我不会真的和你生气，我们要走那么长的一辈子，我不敢消耗一点你对婚姻的信任和热情，才会故意这样。"徐润清的嗓音微微沙哑，他耐着性子,哄着怀里的小姑娘,"下次有问题解决问题,好不好?"

念想是泪失控体质,她没想着哭,她自觉丢脸,转身一头窝进了他怀中:"你这么好,我对婚姻只有热情,没有消耗的。"

她瓮声瓮气,语气倒是认真。

徐润清见她雨过天晴,松了一口气的同时,翻起了旧账:"你刚说我,总是高高在上?"

念想哑了一瞬,立刻决定不认账:"我瞎说的。"

她那没出息的样子逗笑了徐润清。他低低笑了一声,唇挨着她的耳朵,低声地说了一句悄悄话:"那是因为你见过我在你面前低到尘埃里的样子。"

他声音低低沉沉的,撩人又魅惑:"只有你知道,怎么能把我拉进尘埃里。"